U0485061

2020 年度中国作家协会重点作品扶持项目

风吹稻浪

王怀宇 著

APCTIME 时代出版传媒股份有限公司
安徽文艺出版社

图书在版编目（CIP）数据

风吹稻浪/王怀宇著.--合肥：安徽文艺出版社,2021.5
ISBN 978-7-5396-7139-0

Ⅰ.①风… Ⅱ.①王… Ⅲ.①长篇小说－中国－当代 Ⅳ.①I247.5

中国版本图书馆CIP数据核字(2021)第006049号

风吹稻浪
FENGCHUI DAOLANG

出 版 人：段晓静
责任编辑：段晓静　　汪爱武　　装帧设计：观止堂_未氓

出版发行：时代出版传媒股份有限公司　　www.press-mart.com
　　　　　安徽文艺出版社　　www.awpub.com
地　　址：合肥市翡翠路1118号　　邮政编码：230071
营 销 部：(0551)63533889
印　　制：安徽新华印刷股份有限公司　　(0551)65859551

开本：710×1010　1/16　印张：30.5　字数：550千字
版次：2021年5月第1版
印次：2021年5月第1次印刷
定价：68.00元

（如发现印装质量问题，影响阅读，请与出版社联系调换）
版权所有，侵权必究

风吹来,雨打来,风吹雨打花儿开……

——题记

引言

2005年的夏天好像比往年来得稍晚一些,东北的黑土大地还没有彻底化冻,田间的柳树条子还是初春时的模样,身姿僵硬,枯瘦干黄;濒临断流的洮儿河水也没有完全从冬眠中苏醒过来,半死不活的纤细水流爬到白鹤村时并没弄出多大响动,白鹤村人好像还沉浸在昏昏沉沉的睡梦之中……

虽然已是改革开放后的第二十七个年头了,但地处东北大地西北角的偏远乡村——白鹤村依旧显得贫穷落后。有人说,个别村民是比以前富裕了一些,但那毕竟是极少数。白鹤村仍旧是个戴着贫困帽子的落后村,村里绝大多数人还远远谈不上温饱,如何过上衣食无忧的日子仍然是众多村民抓心挠肝的头等大事。有人可能不太相信,在全国人民都热火朝天奔小康的时代背景下,白鹤村的很多村民竟然还停滞在吃穿两愁的半温饱状态。绝大多数村民并不懒惰,可田地里就是打不出多少粮食。"起早贪黑不歇脚,忙乎一年造半饱。"民间流传的这句顺口溜,基本就是白鹤村的真实写照了。

伴随着长年累月无节制的放牧和不科学的乱砍滥伐,再加上近年来干旱少雨,洮儿河水不仅流量小了,也远不如从前清澈了。眼瞅着白鹤村的绿色植被一天比一天稀少,黑土地渐渐变成了白土地,盐碱化程度一天比一天严重了。没风的天气还好一些,只要大风刮起,铺天盖地的白色盐碱末子就会随风飘扬,一股咸滋滋的味道会持久地弥漫在空气中。近年来,风沙好像愈加恶化了,白鹤村已经被更多的人叫成了"白灰村"。很多人都调侃说,"白灰村"一年就刮两次冒烟大风,不过一次要刮上六个月。

就像白鹤村人弄不懂那该死的冒烟大风一样,很多人对眼前的一些事情也缺乏正确的认识和合理的判断。他们不知道白鹤村夏天的雨和冬天的雪为什么变少了,他们也不知道白鹤村春天的种子和秋天的收获有着什么样的内在联系;他们不知道白鹤村白天为什么总是突然停水,晚上为什么总是突然停电;他们也不知道身边那些男孩子和女孩子好端端的为什么那么快就变坏了或心理上出现了问题;他们同样不知道为什么自己活着活着就觉得没啥意思了……总之,有人逃离,有人留守,也有人在逃离中不断地回头张望着……他们就像从来都不想知道他们身边发生过什么、正发生着什么或即将发生什么……

既然留守看不到什么希望,那就想各种办法逃离吧。最近这些年,选择逃离白鹤村的人越来越多了。但是,要逃出这个兔子不拉屎的穷地方,又不是想象的那么容易。除了出门打工下苦力,参加高考几乎是白鹤村年轻人远走高飞的唯一途径。在这个偏远落后的小乡村,不论家境好坏,都在拼命地供孩子上学。上完村小,一定还要送到平安乡、洮水县去念初中和高中,就连明显呆傻的孩子,家长们也不轻易放弃。如果单从这一点上看,白鹤村反倒显得有些文化了。

用村主任刘福贵的话说:"考出去,你就是一条龙;考不出去,你就是一条虫。"不知是刘福贵天生霸气,还是沾了聪明儿子刘大岗和刘二岗的光,自从他儿子上了学,刘福贵就有了这句"龙虫论"。他经常在公开场合讲:"全村孩子要都像我们家大岗、二岗学习那么好,白鹤村就有救了。"从来没人认为刘主任是在吹牛。因为在平安乡中学,只要刘主任的儿子参加考试,别人就只能争取考第二名了。

而没文化终究还是没文化,赌博之风长盛不衰就是一个有力佐证。除了那些拼死拼活的逃离者,无奈的留守者们大多数也失去了远大志向。村民们整天无所事事,除了不怎么上心地侍弄着那点薄拉地之外,余下的时光就都沉浸在穷叽咯、闲磨牙的赌海之中了。

说起赌博,白鹤村最热闹的还要数牛大翠家的小麻将馆,不仅经常是通宵达旦,而且还能做到旷日持久。穷屯子,家家空,人们手上都没有几个闲钱。所谓输赢,无非就是有限的几个小钱今天从你兜到我兜,明天再从我兜到你兜……赌注虽然不多,但这足以让村民们瞪大血红的双眼,深吸着浓烈的旱烟并用熏得焦黄的糙手往里收钱或往外掏钱了。赢钱的人眉飞色舞,张罗着去喝小酒,输钱的人垂头丧气、骂骂咧咧地往家走……说他们可怜吧,有时候还挺可恨;说他们可恨吧,有时候又挺可怜。

另一个让白鹤村显得有些文化的现象就是白鹤村的文学青年比较多。自从20世纪80年代全国掀起了狂热的文学浪潮之后,白鹤村的文学青年就呼啦一下子多了起来。一些人梦想着通过一首诗歌、一篇散文或者一篇小说让自己一炮打响,由一个无名文青变成一位知名作者,继而逃出白鹤村,去外面的广阔天地闯荡一番。因为在全国范围内,这种现象还是有的。哪怕是平安乡这个弹丸之地,也时不时就有传闻,说某某村的穷小子因为爱好文学当上乡村语文教师了,说谁谁家的大丫头因为会写散文进城当上小报记者了……半真半假的传闻更加坚定了白鹤村文学青年们的飘摇梦想。

第一章

　　从白鹤村到平安乡虽然只有十几里地的距离,但那永远是距离。白鹤村是村屯,平安乡是乡镇。而要说起远在几十里开外的洮水县,那距离就更远了。

　　面黄肌瘦的李芒种就是白鹤村众多文学青年中最具代表性的一个。和往常一样,身体有些单薄的李芒种已经从白鹤村步行到平安乡了。此时,他正坐在平安乡开往洮水县的大客车上。这已成了他近几年习惯的路径,那是因为几年前在一次全乡文学创作骨干培训班上,李芒种有幸结识了洮水县文化馆的赵馆长。就是在那次培训班的接风晚宴上,平安乡文化站站长老余把优秀学员代表李芒种隆重推荐给了特邀授课嘉宾赵馆长。赵馆长在酒桌上就认真地看了李芒种两首关于父亲的短诗,他不仅大加赞赏,还当场向李芒种约稿,并答应在《春雨新花》上给他发表一组。从那以后,李芒种的志向就更加高远了。他不再像从前那样仅仅把目光停留在平安乡文化站站长老余这儿,而是把平安乡文化站当成一个温馨的中转站,接下来一定要奔向更加广阔的洮水县文化馆。如果时间充裕,他就到老余的办公室唠一会儿;如果时间不充裕,他就直接坐车去县里见赵馆长。

　　在城乡之间最常见的二级公路上,一辆破旧的大客车不快不慢地朝前方行驶着,李芒种和一些进城打工的农民就挤在这辆破旧的大客车里。虽说再有一个星期就要参加高考了,但李芒种还是忍不住经常旷课去洮水县文化馆看上一看。前面已经说了,因为洮水县文化馆不仅有一位正直热情的赵馆长,还有一本定期出版的叫《春雨新花》的内部文学期刊……

天生不喜欢数理化、只喜欢文史哲的李芒种对自己还是很了解的,他知道自己很难在高考的战场上拿到足够的分数,知道自己参加高考注定会落榜,也就不去劳那份神、熬那份油了,他只好战略转移式地另辟蹊径。他心想:如果想当诗人或者作家,参不参加高考真就无所谓了。只要把文学创作弄好了,不必通过考大学,一样能让一个乡村人获得飞翔的自由。

李芒种突然想到了文静漂亮的文友吕文凤,同样喜欢文学的吕文凤就不如他自由了。吕文凤正在平安乡中学读高中二年级,准备明年参加高考,她仍然在为高考而痛苦地挣扎着呢……而比吕文凤更痛苦的还得说是她那可怜的哥哥吕文龙,本来想一边种地一边画点农民画,却被他爸吕老倔逼迫着要去第三次参加高考……想着想着,李芒种还是多多少少为自己提前放弃高考而叹息。他虽然有些失落感,但更多的还是为自己终于想明白了而暗自庆幸。自己毕竟从此告别了一切考试,从此拥有了彻底的自由啊!

在白鹤村大多数农民还在追求不愁吃、不愁穿的温饱生活时,李芒种却追求起了自由。那么到底什么是自由呢?李芒种认为:想去哪儿就去哪儿,想干什么就能干上什么,这只是自由的初级阶段;想去更远的地方就能去更远的地方,不想干什么就不干什么,那才是自由的高级阶段,才是真正的自由。李芒种一路上为自己突然间就有了这样的认识而沾沾自喜,就更觉得自己很适合当作家,确实和同车这些普通农民工不太一样。

从白鹤村到洮水县一路上的自然风光让李芒种触景生情,鼻子一阵阵地发酸,眼睛一阵阵地湿润,心里也一阵阵莫名其妙地激动起来。再加上有关改革开放的标语口号还时常出现在路边的栏杆或建筑物上,他好像还想到了"广阔天地大有作为""敢教日月换新天""好男儿志在四方"什么的。大客车上的广播里也正播放着那个时代的特色新闻:改革开放二十七年来,我国城乡已经发生了巨大变化……

李芒种自己也说不清楚为什么就激动起来了,但肯定和上述那些综合因素有关。唉,就别问那么多为什么了,总而言之,在这辆从乡镇开往县城的破旧大客车上,一个文学青年十分难得地激动起来了。

当然,此时的李芒种还没有正式落榜呢,能够拥有如此激动心情的人就是一个幸福的人。

就在李芒种怀着激动的心情从平安乡前往洮水县文化馆的时候,他的同班同学江春燕家里却发生了这样的一幕:白鹤村外,汗流满面的春燕妈正在自家的稻田里薅草,突然她手捂胸口,失控地抖动起来,并很快晕倒在了泥水里……

好在这时外号叫"穆桂英"的小媒婆穆秀英正从田间匆匆路过,远远地望见春燕妈躺在稻田里,一向爱开玩笑的穆秀英还以为春燕妈干活累了躺在地头歇晌呢,就没太当回事。穆秀英还一边走一边说着玩笑话:"老嫂子,这是咋的了?就算有机水稻产量低,也不能把人种在地里呀!"

迈过一个小壕沟,又跨过两个小田埂,穆秀英又说:"你说我这记性,越来越完犊子了,差点又给忘喽,后村黑鱼淖老胡家下个礼拜给儿子说媳妇,托我给弄几幅红双喜字的剪纸呢。都和我说好几回了,要是不看见你呀,我还想不起来呢,愣是给忘了个溜干净。这几天哪,我光顾着撮合前村月亮湾那对大龄青年的事了。把两个隔路人往一起凑合可太难了,一天到晚跑得我晕头转向的,连小麻将都没时间打了……"

一直没有春燕妈的回应,穆秀英急忙跑过来,仔细一看才发现,春燕妈原来是倒在稻田边的泥水里了。这哪是歇晌啊?穆秀英慌乱地喊起来:"老嫂子,春燕妈!你这是咋的啦?"

到跟前一摸,发现人在哆嗦,穆秀英更慌了,更加惊慌地喊了起来:"快来人啊!要出人命啦……"

分田到户以后,每家的田地都很分散。虽然地里的活还是那么多,但干活的时间已由个人说了算。这种情况下,田地里干活的人就比较分散,而且你来我走,不一定在同一时段,偶尔有个大事小情,就远不像之前那么好找人了。穆秀英喊了好半天,村主任刘福贵才带着村会计宋长有和几个村民满脸汗水地赶了过来。

大家把春燕妈抬到村卫生所进行抢救,可春燕妈一直昏迷不醒。

村医老葛水平有限,看了半天,也说不出个子丑寅卯,最后急得没辙了,就说:"这……这人命关天的,放卫生所不行,要不咱们抓紧往平安乡卫生院送吧,真得抓紧送哩!"

接下来,就有了下面的忙乱场景——

白鹤村的村路上,刘福贵带领一班村民开着一辆手扶拖拉机向平安乡一路轰鸣地疾奔着……

穆秀英抱着躺在腿上的春燕妈不停地抹着眼泪喊:"老嫂子,你醒醒啊……这才多会儿的工夫啊?早上还和你开玩笑呢……"

刘福贵不停地催促着开车的年轻人:"快点,快点!再快点……"

手扶拖拉机猛地冒出一大股黑烟来,巨大的突突声和一如既往的极限速度并不成正比。

路上迎面碰上了放羊的郑经济,刘福贵就伴着手扶拖拉机干燥的突突声喊着吩咐道:"老郑大哥呀,你马上去给在平安乡中学念书的江春燕捎个口信儿吧,她妈突然昏迷不醒了……"

郑经济叨咕着:"那不咋的,可这不是我的羊,这可是老金家的羊啊,给撂半道上可不中啊!那不咋的……"郑经济的口头禅是"那不咋的",有时候用得并不是地方。

"哎呀妈呀,你可快点吧,这人命关天的,还什么羊羊羊的?!"刘福贵急得冒火。

"那不咋的,我就得赶着羊去了。"郑经济可劲儿地甩起鞭子,吆喝着羊群朝平安乡中学方向走去……

而此时的平安乡中学高三一班教室里,班主任洪老师正在苦口婆心地做着高考前的动员:"再有六天大家就走上考场了,这可是你们人生中的重大转折点哪!同学们,十年寒窗苦,就要熬出头了,一定要把握住这最后的机会啊!经验告诉我们,越是临近高考越是不要松劲,这就像马拉松比赛,就差最后几百米了,大家都已经到了极限,咬紧牙,挺住,就看谁能坚持到最后了。俗话说,三拜九叩都过去了,就差这最后一哆嗦了。尤其是我们班来自白鹤村的这几个品学兼优的农村学生,刘二岗啊,江春燕啊,郑大民啊,尤其是班长江春燕,父亲身体不好常年卧在炕上……多不容易呀,考上了,鸡窝里就飞出了金凤凰,自己改变命运不说,连家人生活也会有所改变。否则,就得一辈子面朝黄土背朝天,顺着垄沟找豆包。是不是?当然了,当农民也不是不好,考上大学再回来当农民不是更好吗？是不是？"洪老师是教语文的，说话生动，说得同学们哄堂大笑。洪老师一般不笑，这回也笑了。

洪老师表情又严肃起来："对了，还有大才子李芒种。哎，李芒种呢？李芒种这小子又没来，一定是又跑到洮水县文化馆去了。这小子呀，语文确实不错，诗歌写得也好，可就是偏科啊！高考要的是综合成绩，独门冲哪能行呢？吕文龙倒是一直挺努力的，农民画也画得不错。前两年都没考好，今年咋也能冲一冲吧？还有月亮湾的几个同学，我就不一一点名了，也挺努力，但还得加把劲……"洪老师如数家珍地叨咕着他的学生们。

同学们的表情各异。刘二岗、郑大民、江春燕都信心十足的样子……复读生吕文龙坐在最后一排，多少还是显得有些底气不足。

洪老师接着说："临阵磨枪，不快也光；编筐编篓，全在收口。关键时刻，大家可不要松劲呀！正在爬最后的坡，谁也不能掉链子啊！"

郑经济不敢丢下羊群，就和羊群一起出现在了平安乡中学的大门前。他挥舞着羊鞭子赶着一群羊急三火四地向乡中学跑来，羊和人都连呼带喘的。跑到乡中学门口时，羊和人就拥挤着往里冲去。

守大门的老郭头反应过来时有些晚了，在后面追赶着："哎哎哎，放羊的！你咋还把羊放到学校里来了？不是人和羊都毛了吧？"

郑经济一边赶着羊，一边不管不顾地高喊了起来："江燕子——江燕子——"

两个老头在各自喊叫着，羊们也惊得咩咩直叫……一时间，人声和羊叫就混在了一起，平安乡中学校园彻底失去了宁静。

"亏得校长出去开会了，这要让校长看见还了得？"气急败坏的老郭头虽然没拦住羊群，但他总算拉住了人，"哎哎哎，咋回事？上课呢，你瞎喊啥呀？这里是平安乡中学，不是荒草地！这里也没有什么燕子，什么家雀、燕子的？看清楚了没有？这是学校！赶紧走，赶紧把羊赶走！这么大岁数了，咋还不懂个规矩呢?！"

手忙脚乱的郑经济边挣着赶羊边喊着："老哥呀，是这么个事……出事啦，江燕子家出大事啦！那不咋的。"

老郭头更急了，恨不得上前捂住羊倌的嘴巴："我的妈呀，这是学校啊！啥大事也比不上高考重要，别说是江燕子的事，就是大天鹅的事也得等下课了再说啊！"

羊群在操场上乱窜乱叫，郑经济和老郭头一边跑一边喊着各自关心的人……

"江燕子——江燕子——"

"放羊的！放羊的！"

郑经济焦急的呼喊声，老郭头愤怒的吆喝声，再加上一群羊咩咩的惊叫声，整个校园就像个农贸市场了，学生们纷纷好奇地往外看着。

刘二岗个子高看得远，小声嘀咕着："哎？那个人好像是老郑大叔。大民，是不是你爸找你来了？"

旁边的郑大民听后也挺直身子向窗外瞧了瞧，说："应该不是来找我的，喊江燕子，好像是来找江春燕的。"

刘二岗高举着手对老师说："洪老师，外面是我们村的老郑大叔，好像是有急事来找江春燕的。"

这时，郑经济扯着破锣嗓子转到了班级门口，仍焦急地喊着："江燕子——有人找——"这回大家彻底听清楚了。

"这嗓门，比换大米的还高八度。"正说到兴头上的洪老师虽不高兴，但还是忍住了不满。洪老师朝外面瞅了瞅，稀罕巴叉地冲着江春燕笑了一下："看来真是来找你的，快出去看看吧。"

来到教室外面，江春燕一脸询问的表情望着正在叫喊的郑经济："是郑叔呀，你怎么来了？你找我吗？别大声喊哪，我大号叫江春燕，不叫江燕子。这是学校啊，同学们都在上课呢。"

郑经济着急地说："什么大号不大号的，顾不了那么多了。这么大个院子，让我上哪儿找你去？就得喊，那不咋的。燕子，不好了，你们家出事了，是这么个事……"郑经济不停地喘着。

"啥事啊？郑叔你倒是说呀。"江春燕一脸焦急，"是不是我爸又有事了啊？他又咋的了？"

"不是你爸,是你妈,具体我也没来得及整明白呢,反正是你妈,那不咋的。"郑经济仍不停地喘,一边抓着羊一边说。

"真是我妈?我妈……"江春燕怀疑自己是因为着急听错了。

"那不咋的,说你妈正在稻田里除草呢,好模好样的,一下子就晕过去了,大家伙正给往平安乡卫生院送呢,我也是半道碰上的。你看,我正放着羊呢。"郑经济手忙脚乱地揪住要跑的头羊。

江春燕听清后更着急了,嘴上却仍下意识地重复着:"真的是我妈啊?"

郑经济说:"就是你妈,这么大的事,我能诳你吗?我闲得呀?你看,跑了我一裤兜子汗,大热的天,这事整的……"

"我妈现在是不是已经到平安乡卫生院了?"江春燕在郑经济绕着弯的话语里,听明白确实是母亲出事了,赶紧打断他多余的话。

"那不咋的,估摸现在准是住上院了,村主任急三火四地让我来找你,让你赶紧去乡医院,你可快点吧!"郑经济又着急起来。

江春燕回望了一下身后的教室,说:"我得跟洪老师请一下假呀,再拿上我的书包。"

郑经济一把拉住江春燕,说:"快走吧,管不了那么多了,人命关天的,还是抓紧去看看你妈吧,别万一去晚了再看不见。"

"郑叔……你说啥话呢?"江春燕抹了一把泪水,狠心一扭头,着急地甩开郑经济,飞快地往乡医院跑去。

郑经济哭丧着脸:"那不咋的,你看我这张臭嘴,呸呸呸!这苦命的丫头啊,比我这放羊的腿脚还溜道……"他边叨咕边在后面看着。

这边的教室里,洪老师还在意犹未尽地讲着:"同学们啊,就当老师求你们了,最后苦学一星期,临阵磨枪,不快也光,可千万别松劲啊……"

刘二岗不停地张望,早已听不进洪老师的话了。见江春燕跑出校门,他便站起来要追:"不好,好像是春燕她妈出事了,我得去看看。"

老实厚道的郑大民坐在最里面,也关心地向窗外张望着:"是吗?这下可糟了,本来春燕她爸身体就不好,这不是雪上加霜吗?"

刘二岗刚要出门,却被洪老师迅速地拦住了:"刘二岗,马上就高考了,你要干什么去?"

刘二岗说:"我得去乡卫生院看看。"说着就想继续往外跑,却被洪老师用力地拽住了。

洪老师生气了,声音很大地说:"又不是你家的事!这都什么时候了,什么事能有高考重要?!你给我回来!别人我就不管了,你和别人可不一样。"

平安乡的马路上,夏日的热浪让街边的房屋和树木都显得无精打采,懒洋洋的,像沉迷在午睡中。红着脸的江春燕匆匆跑过时,带起的一串尘土也没有惊醒它们。江春燕一直往乡卫生院的方向跑着,不停地用手抹着流到眼角的汗水,身后的郑经济和他的羊渐渐变成了远景……

尽力奔跑的江春燕脑海里全都是记忆中母亲在田野里辛苦劳作的身影……突然,江春燕踩到了一个破塑料袋,脚下一滑,她只感觉自己好像突然飞了起来,又马上在空中失去重心往下掉,便本能地伸出胳膊去支撑……只听咔吧一声,右手和胳膊触到了地面,接着身体重重地滑倒在坚硬的柏油路上……一阵刺痛从右臂涌了上来,她的额头顿时冒出了一层冷汗,整个身体好像都摔得由疼转麻了。可此时的江春燕根本顾不上哪儿疼哪儿麻,她艰难地爬起来,继续奔跑……

终于熬到了最后一节课下课,刘二岗急匆匆地收拾好自己的书包,又把江春燕的书包收拾好。

郑大民凑到刘二岗身边说:"二岗,春燕她妈不会有啥大事吧?"边说边帮着收拾。

刘二岗说:"不知道啊,我得去看看。"

郑大民说:"要不,我跟你一起去吧。"

"不用,你快复习吧,不知春燕啥时候能回来,我把书包给她带过去,有空她还能看看书。"刘二岗拿起书包急三火四地往外就跑。

郑大民表情复杂地目送着刘二岗远去的背影……

见郑大民发呆,有个小个子同学调侃郑大民说:"你去看什么啊,大民?人家是惦记着未来的媳妇,你也惦记人家的媳妇啊?"

郑大民抓住那个小个子同学,很认真地说:"瞎说什么呀!都是白鹤村的乡亲,又不是外人。再说了,我喜欢春燕,那是我的权利;春燕喜欢二岗,那是她的权利。我和二岗是好兄弟,我又没强求谁来喜欢我,我只是做我想做的。"

"你说的什么呀?都把我绕迷糊了。"小个子同学明知道郑大民的为人,仍在故意跟他开着玩笑。

刘二岗也是抹着汗水一路奔跑,还差点被骑车子的路人给撞到,路人气得直喊:"臭小子,你眼睛是喘气用的?"

刘二岗顾不得那么多了,终于跑到了平安乡卫生院,焦急地楼上楼下找着江春燕……

在二楼走廊尽头的长木凳子上,刘二岗发现江春燕正垂着头坐在那儿。直到刘二岗跑到近前时,江春燕才慢慢地抬起头来。

"春燕,我婶怎么样了?得的什么病啊?"刘二岗喘着粗气问。

"啊,二岗来了。我妈才醒过来,医生还没确诊,现在我妈还在重症观察室里呢。大夫说具体情况还得等一会儿才能有结果。"江春燕神情紧张。

刘二岗说:"哦,春燕,别着急,我婶不会有什么大事的。醒过来就好,醒过来就好。"

江春燕咬着嘴唇点点头。

刘二岗默默地坐在春燕旁边,小心地擦着头上的汗水,又突然想起什么似的,把书包递给了江春燕:"春燕,我帮你把书包带来了,有空、有空你就……"

刘二岗想说让春燕复习复习,可又瞧了瞧病房,就急忙改口说:"有空就休息一下。别着急,我婶会好起来的。"

刘二岗坐在江春燕旁边,情不自禁地叨咕起今天老师后来讲的一些重要问题……

江春燕的耳畔好像一直轰鸣着别的声音,根本听不到刘二岗说些什么,只是看见他的嘴一动一动的。江春燕摆弄着书包带,一直没把书包打开。其实,她根本就没看见眼前的书包,眼前的景象都是瘫在土炕上的父亲和躺在病床上的母亲。

刘二岗讲着讲着,突然从江春燕的表情上意识到了什么。他停了下来,看着江春燕恍惚的表情和干裂的嘴唇,问:"春燕,你还没吃饭吧?是不是也没喝水?"

江春燕这才缓过神来,说:"哦,还没有,我不饿,也不渴……"

刘二岗说:"一下午没吃没喝的,哪能不饿不渴呢?我肚子也咕咕叫了,我去买点吃的。"说着,刘二岗就要往外走。

这时,郑大民一手拿着用筷子穿着的四个馒头,一手端着一盆汤,小心翼翼地走来了。

刘二岗惊讶地说:"大民,怎么是你?真是我的好兄弟!"

江春燕也忙说:"大民费心了,谢谢你啊。"

郑大民脸有些红:"我猜你俩肯定还没吃上饭呢,就在学校食堂打了这些。"

"真是雪中送炭啊!我们亲爱的郑大民同学总是不声不响地做着好事。"刘二岗说着把汤接过来递给江春燕,"春燕,快趁热喝口汤吧。人是铁,饭是钢,你得打起精神啊。"

江春燕接汤时,下意识地轻轻喊一声:"哎呀,我的胳膊!"

刘二岗这才发现有些不对劲,一脸心疼地问江春燕:"你的右胳膊咋的了?我说你咋一直也没动弹一下呢,用不用让大夫给看看啊?"

"应该没大碍的,来时着急,在路上摔了一跤。现在就是一动弹就疼得……疼得有那么一点点钻心,估计过一阵就会好的。"江春燕强忍疼痛,轻描淡写地说。

刘二岗仔细地盯着江春燕的右胳膊,这才发现她的格子衬衫肘部都蹭破了,似乎还有斑驳的血迹。

"春燕,你这胳膊摔破了吧?好像出血了呀。不行,得赶紧上点药去。"

江春燕用左手轻轻摸了下右胳膊肘:"没事,我看了,就擦破点皮,没那么金贵的。"

刘二岗见江春燕说得轻松,不像很疼的样子,就劝江春燕赶紧吃东西。

郑大民在旁边忍不住一脸心疼的样子,对着江春燕的胳膊仔细地看了看,又瞅了刘二岗一眼,说:"春燕啊,要是胳膊真没事,那就听二岗的,先喝点汤吧,相信一切都会好起来的。"

"好的,我喝汤。"江春燕说着用左手端过汤喝了一小口又放下了。

刘二岗接过馒头,拿一个递给江春燕,又拿一个自己咬了一口,突然意识到什么,问道:"我说大民哪,你自己吃了没呢?"

"噢,吃……吃了,我吃完了。"郑大民回答得有些迟疑。

刘二岗又咬了一口馒头,转向江春燕:"胳膊还疼吗?"

"好像不那么疼了。"春燕说着,只用左手端起汤又喝了一口,然后拿着馒头发愣。

郑大民有些着急,碰碰刘二岗提醒道:"我先回去了,二岗。你再劝劝春燕,让她多喝点汤,哪怕吃一个馒头也行啊。"

刘二岗催促着江春燕多吃点。

郑大民在走廊转角处好像仍不太放心江春燕,停了下来,又偷偷看了一会儿。

这时他听到刘二岗说:"对了春燕,洪老师今天还问我们第一志愿都报哪个大学呢。我说我就报东北医科大学了,大民说他要报最想去的省畜牧大学。你呢?"

"我就是想考北方农业大学,而且是水稻专业。"江春燕毫不犹豫地说。

"不用问我都知道你的理想就是研究有机水稻,可我就是喜欢医学呀,遗憾的是我不能和你一起报北方农业大学了。不过还好,如果我们俩都能如愿考上想去的大学的话,虽然不能同在一个学校,但我们毕竟同在一个省城啊。"

江春燕说:"咱们俩学不同的专业也好,还能互补。再说了,人各有志嘛。"

郑大民太羡慕这两个学习好的人了,但更多的还是对江春燕的关心和关注。他一边往外走一边自语道:"春燕,你可挺住啊。"带着担心和不舍,还一直饿着肚子的郑大民落寞地向平安乡中学走去……

平安乡卫生院消毒水的气味太大了,这样的环境下根本不适合多说话。简单地吃完饭后,江春燕、刘二岗就默默地坐在医院的长条木凳子上了。

江春燕摆弄着书包带,好像在发呆。实际上,她是在担心着母亲的身体,母亲不会有事吧?她心里害怕极了,她想象不了没有母亲的日子。

也许与父亲体弱多病有关,江春燕虽然很敬重父亲,但她还是一直固执地认为,只有母亲在,家才在。最不可失去的是母亲,而不是倔强的父亲。江春燕童年的幸福,最多的还是来自母亲的笑脸,来自母亲在家中的辛勤劳作和顽强守望。

母亲的大号叫于淑贤,小时候家里穷,二十九岁才嫁给了外号叫"江要强"的父亲。实际上父亲的大号叫江志强,只是乡下人都不怎么叫。父亲也确实有志气又刚强,一辈子只种不上化肥的有机水稻,也就是他常挂在嘴边上的"良心稻子"。父亲还是个死要面子的人,干起活来要好不要命。由于父母各自的家里都穷,结婚时家里就只有两套最简单的铺盖卷。但是父母都是家里最肯出力的人,坚定地种着他们那产量不高的"良心稻子"。结婚时正赶上分田到户,经过两个人的奋力打拼,新组建的小家庭经济状况很快就有了好转,也很快有了江春燕和弟弟江春田,他们家也一度成了白鹤村人人羡慕的幸福之家。可天有不测风云,江春燕五岁、弟弟两岁那年,父亲由于长年劳累落下了怪病,很快就不能下地干活,接着就瘫痪在床了。从此,全家的重担都压在了母亲的身上,而母亲当年在怀她的时候因受凉落下了很严重的风湿症……

种有机水稻可是东北最苦最累的农活,得起大早。每天三点多钟,母亲就得起来,生火做饭,准备下地。江春燕至今还记得那时的母亲是如何操劳的。很多次她从睡梦中醒来,偷偷盯着母亲的一举一动,只恨自己太小帮不上母亲的忙啊。母亲总是体贴地先喂完躺在炕上的父亲,然后拉上睡眼蒙眬的江春燕,背起还在熟睡的春田,直奔自家的水稻田。早饭得到田埂上才能吃上,江春田的奶汁也多是在田埂上吸吮到小嘴里的。别的事大部分都淡忘了,只有每天盼着回家的情景让江春燕至今还记得清晰:问母亲啥时候回家吃饭啊,母亲说一会儿就回家;再问,母亲还是说一会儿就回家。母亲说的"一会儿就回家"是那样温暖而柔和,从没让江春燕感觉到那实际上比较漫长。

母亲是种有机水稻的一把好手,江春燕从五岁起就在母亲的身边看着她种有机水稻,后来随着年龄的增长,也能一点点地帮母亲打打下手了。母亲说啥时候育种,江春燕就跟着育种;母亲说啥时候耙地,江春燕就跟着耙地;母亲说啥时候插秧、灌水、放水、晒秧、收割,江春燕就跟着母亲,一丝不苟地照着她说的去做。

　　种有机水稻为什么这么累？这可不是想象的那样,春天把稻苗子往水里一栽就能等着秋收啊！这个过程中要做的细活可太多了……仅拿灌溉这一个单项来说吧,绝不是简单的注水和放水问题,这里的学问可大着呢。旱了怎么办？春旱、夏旱、秋旱对策是不同的。涝了怎么办？除了春涝、夏涝、秋涝,还有小涝、大涝、洪涝……处理的办法也各不相同。稻农们就是要时刻盯住田里的水位,种水稻和侍弄月科小孩儿差不多,需要耕种者全天候地精心照看。如果再说到不打农药,不施化肥,怎样利用好农家肥,怎样利用好自然的稻秸和稻壳去杀虫除害,那说道就更多了……

　　病情一直不见好转,这是一向刚强的江要强所不能接受的。为了不当家里的累赘,江要强偷着吃过安眠药,偷着往洗脸盆里浸过头,有一回甚至还试图喝农药……在春燕妈的苦苦哀求下,也是想看到两个孩子能有出息,江要强才撑着病体痛苦地煎熬着每一天……再长大一些的时候,江春燕能离开母亲到外面奔波了。每当她饿了或累了回到家的时候,第一件事就是找母亲,进门的第一句话就是喊母亲。

　　只有看到了母亲忙碌的身影,听到了母亲温和的应答,她的心才能安定下来,然后才开始找吃的、喝的。吃饱了,喝足了,再带着母亲的叮咛奔出家门。

　　直到上初中了,江春燕踏进家门的第一件事依然是找母亲。有时,都来不及放下肩上的书包,她就满屋地寻找起母亲来。

　　母亲看见了,笑着说她是傻孩子,背着个大书包,也不嫌累得慌。母亲肯定不知道,江春燕找她的时候,根本就不知道累。

　　推开家门,有时母亲不在家,父亲的目光迎上来,她和父亲唠嗑时眼睛却时时盯着门口看,盼望着母亲回来。直到母亲推门回来了,她的心才会踏实下来。

　　吃尽了苦的母亲就是这样,她那一脸的慈祥一直深深地镌刻在江春燕的心底。随着年龄的增长,江春燕竟越来越感觉到,纵使岁月改变了容貌,纵使沧海变作了桑田,始终不变的依然是她对母亲那深深的依恋之情。

　　好像有母亲在,江春燕就可以放心地去闯天下了,就可以心安理得地规划自己的理想了。可前方毕竟还有路,她又不可能一口气走到终点。累的时候,就会需要一个安全、温暖的地方休息。而那个安全、温暖的地方就是家,有母亲在的家。

在平安乡上高中这几年,母亲的身影也总是在她的行程之中,母亲的牵挂也常是她梦想着回家的终极理由。

江春燕最不可动摇的情感,就是对母亲的无限崇敬和对母亲的深深怜爱;江春燕最魂牵梦萦的牵挂,就是生她养她的那个穷家。

是啊,只有母亲在,家才在! 如果家中没有了母亲,她就不会再有欢笑和惦念了。江春燕可不想等到看一眼少一眼、子欲养而亲不待那天,才去用想象孝敬母亲啊……

胳膊又一阵发烧似的胀痛让江春燕的思绪回到了眼前的现实中,她突然想起了身边还坐着刘二岗,忙说:"二岗,你快回学校去吧,晚自习都开始了,正是较劲的时候,可别耽误了复习呀。"

刘二岗瞅瞅病房,又瞅瞅江春燕,说:"没事,我不着急。我把书包都带来了,在哪儿不都是复习吗?"

"二岗,这医院里人来人往的,也不安静。再说,我得等到明天呢,你在这儿也没什么用,还是快回去吧。"江春燕难为情地说。

"春燕,那你……今晚就一个人在这儿?"刘二岗瞅瞅病房,又瞅瞅江春燕坐着的长条木凳子。

江春燕说:"我没事的,你放心复习去吧。"

刘二岗还是没法放下心来:"春燕,还是我陪着你吧。真的,我在哪儿不一样看书啊? 咱俩正好在这儿看一宿书,咱俩还比其他同学多复习一个晚上呢。"

江春燕推刘二岗走,刘二岗坚决不走。最后俩人竟然在医院的长条木凳子上坐了一宿。

而事实上是:刘二岗看了一宿江春燕,江春燕回忆了一宿亲爱的母亲……

第二章

第二天早晨,刘二岗睡眼蒙眬地跑回学校时上课铃已经响过了。他刚走到教室门口,正巧被班主任洪老师堵住。

刘二岗支支吾吾地说:"我、我在乡卫生院陪江春燕和她妈了。"

"你说你,眼圈都黑了,这么紧要的关头,在外面待一宿?你不好好复习,这大学还考不考了?我们这些老师起早贪黑的,为了啥呀?学校还指着你出菜呢!你说你,哪头轻,哪头重啊?"

洪老师想使劲批评又有些不舍,突然转过神来问:"对了,江春燕呢?她妈咋样了?你说她妈这病得的可真不是时候啊!"

洪老师又往刘二岗背后张望了一下,说:"要不是特别严重,就该让江春燕回来上课呀,还是考大学要紧啊,你和江春燕都是学校指着要出的大菜呀!"

刘二岗表情复杂地说:"她妈还在监护室呢,说最快也得今天上午确诊,江春燕得在那儿等结果。"

洪老师推刘二岗进教室:"你赶紧听课去吧,可千万别卖一个搭一个。"

看着刘二岗的背影,洪老师小声地自言自语:"这三拜九叩的,可别差最后这一哆嗦了,我可就指望着你们几个呢!"

此时的平安乡卫生院内科主任室外,江春燕焦急地等待着。

一个下夜班的小护士走过来,看见江春燕依然静静地坐在原地,一脸同情地问道:"你就这么在外面干坐了一宿?"

江春燕小心地点点头。

"你可真行啊。"小护士又问,"陪你的那个小伙子呢?"

"刚走,回学校上课去了。"

"他是你哥吗?"

"不是我哥,是我同学。"

"原来是同学呀。"小护士表情有些诡异地笑了一笑。

听到小护士抬高拉长的声调,江春燕忙红着脸解释:"是从小学到高中的同班同学,又是同村的。"

小护士羡慕地一笑:"哈,越描越黑了,还是青梅竹马呢!对了,我们张主任刚赶过来,得看看各项检查指标,可能还得等一会儿吧,别着急。"说完,她友好地摆了摆手走了。

江春燕继续在卫生院张主任办公室外面等候。这时,村主任刘福贵和村会计宋长有急匆匆赶来。

看到一脸愁容的江春燕,刘福贵问:"春燕呀,怎么样了?你妈有结果没?我和宋会计一大早就往这儿赶,在村委会临时支了点钱,给你带来了。"

江春燕不好意思地说:"又给村里添麻烦了。谢谢刘主任,谢谢宋会计。"

"一家人净说两家话。谁愿意得病?还没出结果呢?"刘福贵坐在长凳上习惯性地掏出烟口袋。

"福贵主任,这是医院,不让抽烟。没看见那儿贴着禁烟标识吗?你以为在咱村委会呢?"宋会计说。

刘福贵只好又把烟口袋揣了回去,说:"可不是咋的,都忙活忘了。"

"听护士说张主任刚上班,可能还得等一会儿。"江春燕说。

三个人只好继续等着……

又过了一会儿,护士终于打开门来喊道:"于淑贤的家属在不在?"

江春燕一惊,赶紧往前凑,抢着说:"在在在,于淑贤就是我妈。"

紧接着,刘福贵和宋长有也都挤进了张主任办公室。

张主任说:"是这样,平安乡卫生院的条件有限,设备也没那么先进,就目前的检查结果看,没发现什么特别的急症。但是由于患者长期营养不良,又积劳成疾,现在虽然醒过来了,可人看着还是不对劲。要不这样,你们转到洮水县医院再检查检查吧,可别耽误了治疗。"

刘福贵有些着急,大声说:"这闹了半天,还没治好啊!这么多的挂号费、检查费、抢救费啥的那就白花啦?"

张主任不高兴了:"话可不能这么说啊,咱们乡医院检查的那些项目,起码排除了一些可能性啊。再说了,说句不好听的,这要是不抢救,说不定人早就没了呢!"

刘福贵也觉得话说得过火了,忙解释道:"是,可也是啊。唉,我不是那个意思,是这么个情况,她家挺困难的,这检查啊住院啊啥的,这些费用都是我们白鹤村村委会先垫上的呢,要去县医院再做检查,这哪来的钱啊,是不是?春燕啊,你看看,这事得你定。"刘福贵回头看着江春燕。

江春燕有些不知所措,一脸茫然:"这……"

清除误会的张主任也变得和气起来,耐心地解释着:"我这不也是好心吗?你们得快点定下来,要是不去县里,咱们这儿现在就这样了。你们愿意住,就多住几天再观察观察;要是想出院,我就给病人开点营养药,回家静养。不能再让患者累着,得加强营养,这是肯定的。要是再犯,那啥病都得越来越严重。"

看着拿不出主意的江春燕,宋长有善解人意地说:"春燕,要不你和你妈商量一下,看看咋整?"

江春燕"嗯"了一声。

刘福贵对张主任说:"那您先等等,我们再商量商量。"说着,三个人走出了主任办公室。

他们很快就来到了春燕妈的病床前。江春燕给母亲倒了一杯热水后,还是很为难,她开不了口说让母亲回家。

春燕妈拉住她的手,问:"燕儿,妈这是咋的了,大夫说没?这不是添乱吗?没事咱就赶紧出院吧。听说是村委会给垫的钱?"

江春燕使劲抿了抿嘴,说:"妈,大夫说没法确诊,最好到县医院去再检查检查,让咱们自己定一下。"

听了这话,春燕妈突然挣扎着要坐起来:"啥?还去县医院?我可不去!我自己的身子骨我知道,可没那么金贵。我想啊,就是累了,又吹了点风,没事的,歇歇就好了。燕儿啊,咱这就回家吧。"

江春燕忙扶住母亲:"妈,你别急呀,我和刘主任再商量商量。再说,就是出院也得办完手续呢。"

春燕妈拍了一下腿:"刘主任、宋会计也跟着受罪了,唉,我净添乱啊。我这,真是没用啦。"

江春燕握住母亲的手:"妈,别这么说,有妈在,我心里才踏实。"

春燕妈愣了一下,忙抽出手说:"对了,燕儿,耽误你复习了吧?你赶紧回学校去吧。你看,妈这都没事了,就再麻烦刘主任和宋会计帮我办出院,然后我们就一起回去了。"

"还是我来办吧,不差这一会儿了。"说着,江春燕就匆匆给母亲办出院手续去了。

几个小时后,一行人就出现在县医院外的马路上了。刘福贵、宋长有、江春燕和春燕妈坐着手扶拖拉机往回赶了,江春燕一直搂着她妈。

往城外走时,刘福贵对江春燕说:"我看你呀,就直接回学校得了,我们送你妈回去就行了。这左邻右舍一个村的,哪个不能搭手帮个忙啊?你这不耽误学习吗?这马上就高考了。我怕影响我们家二岗,这回来乡里,都没去看他,二岗在学校挺好的吧?"

江春燕说:"二岗挺好的,老师天天说等着他为学校出菜呢。"

刘福贵骄傲的神情溢满整张脸:"我家二岗嘛,那是啊,这考出去就是条龙,考不出去就只能当虫了……"

瞅瞅江春燕,刘福贵收敛起骄傲的神情,说:"春燕啊,把你妈送到路口,就赶紧回学校去啊,这哪头重哪头轻你可得拎清楚。"

说完刘福贵又小声嘀咕:"这要是考不出去,你啥时能出息?你不出息,你家那一堆的饥荒啥时候有还完的那一天?这考出去是条龙,考不出去待在农村就是个虫啊!"

江春燕沉默了一会儿,还是开口道:"刘主任,我还是把我妈送回家。再说了,我还想看看我爸呢。"

听了这话,春燕妈一下打起精神来,推着江春燕说:"燕儿,你赶紧回学校去啊。咋还不听话了呢,福贵主任的话也不听了?有这么些人呢,这没几天就高考了,还没个紧慢了,高考不结束,你不准回去,你回去我和你爸反倒会上火。"

刘福贵忙说:"就是啊,你家就指着你这盏灯亮堂一下呢。"

宋长有也跟着附和道:"那可不,福贵主任说得对,你可不能把灯给弄灭喽。"

江春燕坚持说:"妈,我把你送到家就回学校,多陪你一会儿,捎带着看上我爸一眼,他这两天由弟弟照看着,也得上挺大火。"

春燕妈说:"你爸有啥好看的,他要是看你回去了得说你没缓急,你爸最盼着的是你能考上大学,研究出产量高的良心稻子。"

刘福贵手一挥,做决定地说:"我看这么着吧,春燕啊,把你拉到学校门口你就下车。别让你妈着急了,可别再急晕过去,家里一大摊子事还指着她呢。"

路过平安乡中学门口时,春燕妈和刘福贵、宋长有等人总算把江春燕劝下了车。江春燕在学校门口满脸担心地冲着远去的手扶拖拉机挥着手,右胳膊一阵剧烈的疼痛让她的脸变得越来越白……她强忍着疼痛,久久不肯向校园里走。

就算谁也不说,江春燕也知道,家里的日子现在已经到了崩溃的边缘。父亲五十六岁了,瘫在炕上不能自理;母亲也是上五十岁的人了,还有严重的风湿症,已经很难下地干活了;弟弟江春田在读初三,正是较劲的时候,也正是最需要花钱的时候。一直以来,家里实际上只有母亲一个劳动力啊!苦命的母亲自从父亲三十八岁那年失去劳动能力以后,就完全担起了家庭生活的重担。这些年,自己虽然也力所能及地帮着母亲打打下手,但一个小女孩子身单力薄,毕竟起不到太大的作用。这些年,如果没有母亲家里家外、勤扒苦做地操劳,一家人还不知会落到一个什么样的田地呢。

江春燕边往班级走边痛苦地想:正是农忙时节,自己还得复习考大学,家里啥忙儿也帮不上啊……

高考前三天,学生们自由复习。班主任洪老师给大家发准考证,同学们陆陆续续地把自己的准考证取走了。

最后,洪老师手里就剩下三张准考证了,她一脸疑惑地叨咕着:"这三个人呢?咋还集体消失了呢?就指着你们仨出菜呢……"

洪老师正焦急地张望着,突然眼前一亮,只见刘二岗和郑大民神情紧张、顺脸淌汗地跑了进来。

洪老师气哼哼地问:"你们俩怎么才来呀?别人的都取走了,就剩你们三个人的了。对了,大班长江春燕呢?这都啥时候了,不取准考证,也不看考场啦?你们三个,可别关键时候掉链子啊,学校可指着你们拿成绩呢。"

刘二岗接过自己的准考证,说:"洪老师,春燕在乡卫生院呢,大夫说她的胳膊骨折很严重,打上夹板开了消炎药,让她回家静养。还说伤的正好是右手,恐怕是不能参加高考了。"

洪老师大惊,责怪道:"怎么回事?你们俩咋不早说呢?"

刘二岗说:"这不,我和大民也是才知道这么严重。开始时,她没太在意,以为就是摔了一跤,慢慢就好了。没想到她那条胳膊肿得越来越严重,疼得越来越厉害了。"

洪老师急得团团转,追问道:"大夫咋说的?大夫肯定说她不能参加高考啦?这都辛辛苦苦上了三年高中了,春燕成绩又这么好,关键时刻不能参加考试,这也太可惜了!"

刘二岗说:"春燕之前虽然胳膊疼,倒是说咋的也要坚持,不能差最后这一哆嗦。我和大民到时候帮她拿东西,我想应该问题不大。她只要能去参加考试,考上北方农业大学肯定没有问题。要不,我把准考证捎给她吧?"

洪老师一脸的不高兴,他摆了摆手说:"算了算了,你俩赶紧回去复习,这一趟趟地瞎折腾,别把你俩也耽误了。不是江春燕不能参加高考了,而是她必须参加高考!我这就去看看她,大夫说她不能参加高考就不能参加高考吗?我还是先把准考证发给她,这可是等着出锅的大菜,怎么能突然间变成小凉菜呢?"

洪老师急匆匆地刚走出校门,就见闷闷不乐的江春燕满脸通红地往学校快步走来。洪老师赶紧迎了过去:"春燕,胳膊咋样啊?这受伤了你还走那么快干啥呢,可别再摔着。"说着伸手去拉江春燕的胳膊。

"哎呀,春燕,你这手咋这么热呢?这脸也这么红,准是发烧了,我还以为是你走太快了呢。"

江春燕缩回手,勉强挤出一丝笑容,说:"洪老师,没事,大夫给开了消炎药了,我回宿舍喝点热水把药吃了就能好。"

洪老师一脸焦急,有些口不择言道:"没事?能好?好啥呀?!唉,能好,就是你得来得及好呀,你高考结束了,好了有啥用?"

江春燕倔强地咬了咬牙,用力地说:"洪老师,我拆掉这个、这个夹板能写字!"

洪老师心里只剩下着急,拽着江春燕的另一只胳膊说:"先别说写不写字,你这么发烧,脑子烧糊涂了,你写也是瞎写。走,赶紧去乡卫生院打点滴去。"

江春燕一听要去乡卫生院打点滴,立刻往外挣着胳膊说:"洪老师,我有药。"

洪老师却没撒开拽着江春燕的手,埋怨道:"啥药能比打点滴来得快,你们这些学生呀,就是整不清到底啥轻啥重,啥着急啥能慢慢来。"

被洪老师拽着往卫生院走的江春燕脸更红了,她为难地说:"洪老师,我,我没、没带打点滴的钱。"

洪老师又急又气地说:"唉,你要是能参加高考,别说打点滴,就是打、打钱……唉,我这儿有钱。"

卫生院里,陪着江春燕打点滴的洪老师看着瓶里越来越少的药液,犹豫了一下,还是开了口:"春燕,给你。"说着递过了准考证。

江春燕拿过准考证,爱惜地看了又看,迟疑了一会儿,说:"洪老师,我真希望我能正常地参加高考,正常地发挥,可我担心就算我考上了,以后也要面对太多的困难……我不能扔下家里独自去上学,我要照顾我爸、我妈和我弟,家里以后离不开我呀。"

洪老师满脸的不赞同,用不可动摇的口气劝说道:"春燕啊,你爸你妈的身体一定会慢慢好起来的,你努力了这么多年,可不能错过了这次改变命运的大好机会。你们这些孩子要想飞出农家,现如今可只有高考这一条路,你是班长,还是全年级唯一的一名预备党员,你得看远些啊。"

江春燕心中虽五味杂陈,但还是坚定地说:"洪老师,这些我都知道。可是我家里只有我一个正常劳力了,有时候我想,如果种好了有机水稻,或许也能改变命运的。再说,一家人能在一起,或许比什么都重要吧。"

洪老师爱怜地看着江春燕,想再说什么却没说出口。

尴尬的静默过后,江春燕下决心似的再度开口道:"洪老师,我这几天能坚持下来,还有另外一些考虑,不管怎么样,如果我能考上,我们班就会多一个考上大学的名额,就能让你多得一份奖金,也能为我们校以后招来更多的学生出份力……我如果考上了,能不能去上学是另一回事。但我得证明一下,证明我是能考上大学的,证明我有你这样一位称职的老师,证明我是你教出来的好学生啊!"

洪老师很用力地抿起嘴角,拉住了江春燕的手。

2005年6月7日,全国统一高考第一天。对于有些人来说,高考是人生的梯子;而对另外一些人来说,高考却是人生的噩梦。

洪老师随着三个人边走边说:"还真有个稳当劲,都来了就好,考试也要这么稳当啊,仔细看题,别紧张。考试过程中各种情况都有可能发生,不要分心,就是答好自己的卷子……"洪老师一直在讲。

走到考场门口了,洪老师最后鼓励道:"老师相信你们,祝你们好运!"

考场内,江春燕痛苦地坚持着……

考场外,洪老师一直揪心地徘徊着……

铃声响起,考生们从各自的教室里拥了出来。满心焦虑的洪老师和依次走出来的学生们打着招呼,终于看到刘二岗、郑大民和江春燕走过来了,他的表情才多少放松下来。他迎着他们三个走了过去。

来到近前时,洪老师突然发现江春燕和郑大民的表情一个比一个沮丧,急忙拉住他们俩说:"考完一科就忘掉一科,千万不要去对答案。等各科都考完了以后,标准答案出来了再说,绝对不能影响下一科的考试情绪啊。"

走在前面的郑大民忧伤地说:"洪老师,我的作文好像写跑题了。"

江春燕都要哭了:"我的胳膊越来越疼了,后来都麻了,根本就用不上力,作文还没写多少呢,就到交卷的时间了……"

洪老师一愣:"啊?!"之后表情又艰难地于瞬间由惊讶变回平静,说,"都别瞎想,赶紧去吃饭,准备好下一科。对了大民,今年这作文题,没有啥跑不跑题之说,怎么写都行,说出道理就行。"

还有别的学生也在叫洪老师,洪老师就匆匆地走了过去。下午考数学,洪老师和上午一样嘱咐着大家要提前进考场,带好必须带的东西……

郑大民还是情绪低落,刘二岗、江春燕不断地安慰着郑大民……

"要不……二岗、春燕,你俩先去吃饭吧,我去找找数学老师,有道题想去问一下,我等会儿再去。"郑大民说。

江春燕虽然自己心里痛着,还是没忘关心一下郑大民:"大民,洪老师不是说了吗?今年作文没有跑题之说,只要说出理来就行,你别老想着作文了,啊。"

郑大民说:"我没想作文,真的是去找数学老师问问题。"

刘二岗拉了江春燕一把:"那咱俩先去吧。"

吃完饭后,江春燕和刘二岗在校门附近继续看书。

江春燕看了看表,离进考场只有二十分钟了:"大民咋还没来?是不是?"

"咱们去吃饭时,我看他往小树林那儿走了,要不咱俩去看看吧。"刘二岗拉着江春燕就往校旁的小树林那儿跑。

郑大民果然在小树林里,脸上盖着一本书,正仰面朝天地躺着。

刘二岗和江春燕看到了郑大民,一起喊:"大民——大民——"

郑大民没动,刘二岗上前掀开书,只见郑大民一脸绝望,脸上泪痕未干。

江春燕说:"大民,你这是干啥呀?洪老师不是都说了,你咋还不信呢?再说,退一万步,就算写跑题了,不还有别的科呢吗?语文又不是你的最强项,你数学那么好,下午数学考好了,得追上多少人啊。"说着,江春燕和刘二岗一起拉住郑大民,"起来!快点,大民,就要进考场了。"

郑大民还是很绝望的样子:"算了,我还是明年再说吧。"

江春燕看看表,着急地说:"大民,你要不去我也不去了,语文考成这样,高考对我说,唉,可能实际上已经提前结束了吧,考不考下一科或许都没有什么实质的用处了,我之所以还坚持多拿一分是一分,因为多一分就多一点希望啊。现在你既然这样,那我就陪你在这儿坐着得了。"说着,江春燕一屁股坐了下来。

刘二岗着急地一跺脚:"算了,咱都不考算了。大民,你看你,春燕胳膊疼成那样都坚持到现在,你却这样,你起来行不行,我求求你了!只有十分钟了,咱进去稳稳心情行不行?"

小树林里出奇地闷热,连一丝风都没有。几只家雀飞来飞去,在聒噪地叫着。刘二岗盯着郑大民,江春燕瞅着刘二岗,郑大民则死死地凝望着那几只飞来飞去的家雀。

过了好久,郑大民的眼睛终于眨了一下,刘二岗赶紧左手拉起郑大民,右手拉起江春燕:"春燕、大民,快起来吧,快,咱们都快点。"说着三个人手拉着手快速跑向了考场……

正是农忙时节,江春燕一心牵挂着家里的农活。人也真是怪呢,一旦做出了决定,生活的重心马上就不由自主地从心里发生了倾斜。曾经一心一意苦学的江春燕,现在开始全身心地惦记着家里的农活了。她万万没想到她参加的高考会以这样的独特方式结束,自己曾经如此看重的高考竟变成一次无可奈何的走过场。两科都没答完卷子,肯定是考不上大学了。之所以还要走进考场,只不过是为了给自己和洪老师一个交代。尤其是考最后那科时,江春燕真的有种度日如年的感觉。最后,她是忍着剧痛,一边擦着汗一边尽力写字的。江春燕总算艰难地挺过了高考。考完最后一科后,江春燕没有参加学校的毕业活动,从平安乡步行十几里地回到了白鹤村。

时值雨季,天空阴沉沉的,下着小雨。走在村路上时,江春燕的鞋帮上已经沾满了泥浆。前面还有几处坑洼水塘,泥浆很深,江春燕得靠着边走才能勉强走过去。

江春燕强忍着胳膊的疼痛,艰难地向家的方向挪动着脚步。家再穷也是温暖的,那栋黑黢黢的破土房子还在那里不离不弃地等待着她的回归……

后来,雨就下大了,风也一阵紧似一阵,江春燕直打寒战。大夏天的,鸡皮疙瘩竟然都给冻出来了。江春燕知道,这是久旱的甘露,是难得的好雨。走过旱田就是水田了,她加快着脚步。万万没想到,自己慌乱的脚步声却惊扰了路边人家的大狗,三条大狗从破土房子里蹿了出来,一边向她狂叫着,一边飞奔过来,吓得江春燕赶紧停下了脚步。乡村的经验告诉她,不能让狗认为人要攻击它们,也不能惊慌地逃跑让它们产生更大的误会。家狗一般情况下是不会主动攻击或伤害人的。

"回来回来!别乱叫唤!"这时,从破房子里走出来一个高挑清瘦、面色黝黑的老头,有六十多岁了,眼神却很纯净,一看就是个老实人。

江春燕马上认出了狗的主人是老胡五爷,老胡五爷是白鹤村有名的贫困户。惊魂未定的江春燕只好笑着说:"老胡五爷好,它们没咬我,没事的。"

"哟,这不是老江家的大闺女吗?下学啦?"老胡五爷说着回到院子里拖出一条木头板凳,用破旧的衣袖子来回擦着上面的雨水,"一定是给老江大闺女吓了一跳吧,进屋歇歇吧,避避雨,喝口水热乎热乎再走。天头一直旱,下点雨好哇!"

突然,从屋内传来了呻吟声,就像有人在哭泣。江春燕循着声音往里面看了一眼,发现一个光着膀子的中年男子正坐在门前小声哭着,手里居然摆弄着一大幅农民画。江春燕想起来了,那还是老胡五爷家祖祖辈辈的传承呢。

"那是我儿子大生子,得这怪病好多年了,一会儿哭一会儿笑的。本来是庄稼地里的一把好手,从小和我学农民画,比我画得都好,到现在还灵着呢。都是因为这穷日子呀,这孩子当年偏偏看上了黑鱼淖村的一个俊俏闺女,咱也说不起呀。从那以后哇……"老胡五爷重重地打了一个唉声,不再说话。

江春燕早就听说过老胡五爷有这么一个多才多艺的病儿子,但她还不知道他儿子已经病得这么严重了。借着进屋喝水的机会,江春燕除了打量了一下大生子,还打量了一番老胡五爷这个简陋的家:院子里凌乱不堪,低矮的茅厕四面漏风。稻草捆子、玉米瓢子、高粱挠子、破箩烂筐等横七竖八地堆放在院子的各个角落。两间破旧的房屋就不只是家徒四壁了,而是连四壁都不完整。尤其是多年失修的屋顶上,已经烂断了好几根椽子。里屋住人,外屋做饭。土灶上并排坐着两口大黑锅,一口大黑锅中还有少量玉米粥,看上去像是中午剩的;另一口大黑锅中装着一大锅清汤,看不到任何油水。难怪那三条大狗个个都骨瘦如柴呢,在这样的家里它们确实吃不到什么。这个家的日子可怎么过呀,江春燕心里为之一酸,不由得发出一声感叹:"我可怜的父老乡亲们啊。"

雨很快就过去了,太阳又从云缝中钻了出来。东边天际上挂上了一道彩虹,江春燕从小就管它叫"大杠"。那"大杠"好看是好看,但什么用也没有。有时候它预示着云开雾散,雨过天晴;有时候它也不预示着什么,东边出"大杠",西边的雨照下不误。江春燕才不管它预不预示什么呢,反正她得继续赶路了。母亲是不是也被这大雨浇着了呀?她突然惦记起母亲来……

一路上,江春燕还看到白鹤村的空地上随意堆放着的大大小小的麦垛,这说明种麦子的人家已经把麦子收割完了,并且也已经碾打完了。江春燕当然知道,这就是全白鹤村所有的麦子了,每年就这些。是的,白鹤村只能打这么一点点麦子,都不够几个壮劳力塞牙缝的。谁都知道白面馒头好吃,可是谁又能去指望着种这低产的麦子过日子呢?这点麦子也只能是过年时用来改善改善生活了。平常的日子里,白鹤村的庄稼人主要还得靠秋收后的玉米和水稻过活。而眼下,岗地上的玉米正在灌浆,洼地里的水稻正在结穗,人们还在忍受着青黄不接的苦日子……

但不论怎么说,到了这个季节,庄稼人心里总算不那么担心饿肚子了。即便还没下来粮食,房前屋后的园子里的瓜菜蔬果有的已经可以用来充饥了。

春天时就有预感,今年是个干旱之年。进入夏天以后,白鹤村和它周围的田野就像一个人浑身长满了大秃疮,看起来依旧荒凉。只有河道上和临近河边的田野里还有那么一些深深浅浅的绿色。因为这些地方还蕴藏着一些水分,暂时还可以抵挡一下大太阳的炙热蒸烤。可怜的洮儿河,眼下已经瘦得如一根细细的纳底绳了,看上去好像随时都有可能断流的样子,有气无力地流过白鹤村,苟延残喘着一路向东爬行着……

江春燕只是远远地望了望家,她没有回家放行李,就肿胀着胳膊直接来到了自家的水稻田。因为她看见妈正在给稻子拔草呢……

妈才出院没多久,她的身体在风中还显得那样虚弱。江春燕一时忘了胳膊的疼痛,急急忙忙奔着妈跑了过去……

见江春燕回来了,春燕妈又惊又喜,忙问:"考得怎么样啊?"

"过去了,结束了,自由了。"江春燕含含糊糊地说。

春燕妈觉得有些不对劲,仔细地观察着她,发现江春燕的右胳膊是肿着的,就问:"你的胳膊咋肿了呢?"

"不小心摔了一跤,没事,快好了。"江春燕不想让母亲再上火,轻描淡写地应答着。

春燕妈不断地揩着脸上的汗水,很快她就像预感到了什么,隐隐地打了一个唉声:"唉,你先家去歇息吧,我薅完这片地就回去了……"

江春燕怎么能舍得把母亲一个人丢在田里呢?如果她没回来,看不到母亲干活也就罢了;但是她现在已经回来了,母亲就在她的身边干活呢。

江春燕把路上没舍得喝完的水拿给母亲喝。母亲喝水的时候,她就顺手拿起了母亲的工具艰难地用左手干起活来……

直到晚上回家时,江春燕才看到躺在炕上的父亲和正在学习的弟弟。

晚上,一家四口吃了一顿久违了的团圆饭。虽然父亲一脸的求证神情,弟弟也一脸的好奇疑惑,但他们还是没有开口问啥。看着江春燕重新打上夹板的胳膊,谁也没忍心提及高考的事……

第二天一早,江春燕和母亲又下地干活去了。

江春燕知道,这只是刚刚开始,干不完的农活还在后头呢。除了薅草,接下来还要追肥、喷药……还要给那些旱田铲二遍地,而今年的干旱又让庄稼人多了另一项重体力活——浇地。

拉水车的时候,带着一只伤胳膊的江春燕总是在车辕子上加拴一根套绳,套在自己的肩膀上。春燕妈在后面扶着水车,江春燕和老骡子在前面一起拉着。田地平坦时,她一般不用太出力,让老骡子拉着就行;一旦遇有上坡的时候,她就得使出浑身的力气,尽量来减轻老骡子的负担。江春燕家有一块玉米地正好就在一个大上坡上,浇那块地的时候,她就更得挣着命地拉车了。有时,她的两只手肘已经趴到干热的土地上了,她和老骡子都累得大汗淋漓……

每天,江春燕和母亲很早就得下田劳动。给父亲喂完饭,她和母亲的早饭就得边走边在路上吃了。午饭也得提前做好,给父亲留下一份,她和母亲的同样是背在身上。中午的田间小憩一度成了江春燕和母亲的幸福时光,虽然是最简单的农家饭菜,而且已经凉透了,但母女俩吃得格外香甜。

天可真热啊,整个大地就像一个烤箱。热浪滚滚,扑面而来。为了能多打一点粮食，江春燕和母亲只能顶着炎热，在田间挥汗如雨地劳作着……在白鹤村，绝大多数的农户还没能使用机械来替代手工劳作，人就像机器一样在田间拼命地劳动抢时间，这种高强度的辛勤劳动要贯穿整个季节。

中午是一天中温度最高的时段，农民们却很少午休。因为这是最炎热的时段，也是最宝贵的时段；是稻谷疯长的时段，也是蒿草疯长的时段，这时拔下的草容易被太阳迅速晒死。收割季节晒稻谷也是一样，因为只有最强的阳光才能把潮湿的稻谷晒得最干，储存起来才不会发霉。

总之，白鹤村的农民基本上整年都忙碌在田间，既要在高温下除草、施肥、注水、排水……又要在酷暑中收割、打场、晾晒、搬运、储存……来来回回、无休无止地奔走在田间、谷场……收获结束后，天才稍稍凉下来，可农民们又要忙着准备卖粮和明年的播种、插秧了……

第三章

　　一个月后的一天上午,邮递员老曹哼着小曲,喜气洋洋地来到白鹤村村委会。他主要是来送一张通知书,那是一张重点大学——东北医科大学的录取通知书。

　　老曹一边支自行车一边说:"福贵主任,福贵主任,恭喜,恭喜呀!今年白鹤村有人考上了全国重点大学,考上东北医科大学啦!这个人就是你们家的二岗啊!这可真是天大的喜事啊!"

　　刘福贵笑着迎了出来:"是曹大邮差来啦。"

　　"给,福贵主任,你家二岗的,快拆开来让我看看东北医科大学的通知书长啥样。"老曹笑着递过一封挂号信。

　　刘福贵接过来,先是仔细地看着信封上的学校名字及收信人的名字,乐呵呵地说:"这要是别人的,我可不能乱拆,是我儿子的通知书,就没啥说道了。"刘福贵马上拆开信把通知书从信封里拿出来,一边大声地念着一边大笑不止……

　　老曹拉着刘福贵的手说:"福贵主任,别光乐呀,办升学宴时,可别忘了通知我这第一个报喜信的人啊!"

　　刘福贵说:"对对对,是得好好弄个升学宴啊。你就放心吧,咋能落下平安乡的大邮差呢。"

　　老曹就要骑上自行车走了,刘福贵又探头看了看他的大绿口袋。老曹善解人意地说:"其他村也有考上的,但都是一般院校,我都看了,谁也没有福贵主任儿子考得好哇！"

刘福贵拿着刘二岗的录取通知书笑得一脸灿烂："那是那是，我家二岗哪次考试不是全乡第一啊？东北医科大学，正常发挥，这也就是个正常发挥。"

老曹最后瞅了一眼得意扬扬的刘福贵说："我得继续送录取通知去喽，福贵主任再见。"

半个月后，老曹又送来了郑大民考上北方农业大学的录取通知书……

白鹤村前前后后好生热闹了十几天，人们为考上大学的学子们奔走相告。江春燕平时的考试成绩和刘二岗差不太多，刘二岗考上了重点大学，可是她却连去普通大学的机会都没有。而平时考试成绩远不如江春燕的郑大民，却意外地考上了江春燕梦寐以求的北方农业大学……

江春燕并不嫉妒，但她的心还是一阵阵隐隐作痛……

常言说：远亲不如近邻，近邻不如对门。而白鹤村中心道尽东头的老韩家和老吕家一直门对门住着，却成了白鹤村对头冤家级的真实存在。

老韩家户主是韩树林，主事的却是他媳妇牛大翠，韩树林的大号没人叫，外号韩老闷。韩家养有一女叫韩杏花。牛大翠是白鹤村有名的女汉子，无论大事小情，她可从来不吃亏。村东头是进入白鹤村的必由之路，倚仗地理优势，牛大翠开了个小麻将馆。为了聚拢人气，牛大翠是来者不拒。小麻将馆里整天是大呼小叫、乌烟瘴气。时间长了，牛大翠人气旺盛的小麻将馆就成了白鹤村的新闻发布中心。还开什么全村大会呀？有啥事根本就不用上村委会去广播，来小麻将馆闲扯一会儿，不出一个时辰，全村人就都知道了。

对门老吕家主事的是户主吕老倔，他老伴是李桂芬，育有一双儿女吕文龙和吕文凤，李桂芬常被唤作文龙妈。在白鹤村这个赌博成风的东北乡下，一心想让儿女考大学的吕老倔除了种地和做点木匠活之外，还自费开办了一个乡村小书屋——吕家书屋。吕老倔有那么一点文化，他的这一行为就和白鹤村的常态合不上拍了。村人都在想着办法挣钱，他却免费为村里人提供书报，这自然而然也就成了白鹤村的另类。吕老倔因为这事没少被白鹤村人冷嘲热讽，但他愣是给坚持下来了，要不咋叫吕老倔呢？

这一文一武、一静一动的两家主事人互相看不上,两家也就一直矛盾重重。既然谁也看不上谁,那就少来往呗,可生活从来不像人们想象的那样避繁就简。说来也怪,两户人家上到老、下到小,总是死缠烂打地产生着各种交集。这也正应了东北民间的另外一句老话:不是冤家不聚头。

吕文龙今年已经是第三次参加高考了。据他自己说今年考得还行,当爸的吕老倔这段日子脸上也就多了些难得一见的笑容。可是,最近这几天,吕老倔好像有点抻不住劲了。人家刘二岗和郑大民都先后来信儿了,吕文龙咋一直没有动静呢?吕老倔难免心中嘀咕:这个不争气的败家玩意儿,难道又没考上吗?

正闹心地琢磨时,对门牛大翠的女儿杏花唱着二人转、比画着二人转传统的舞蹈动作飘进了吕家大院。

焦头烂额的吕老倔有一搭没一搭地在自家院子的角落里修理着一个破农具,听见歌声,他只是抬头瞅了一眼杏花,就很不待见地又低头继续忙着手里的活……

杏花发现吕老倔后,伸了一下舌头,来了个急刹车。她想把歌声和挥舞的手收回去,但已经来不及了。她本想悄悄溜进老吕家屋里去,又怕吕老倔不高兴,就像突然想起了什么似的对吕老倔没话找话地说:"对了,吕老……吕叔啊,刚才听在我家打麻将的人说,刘二岗的大学录取通知书来了,说是考上了省城的重点大学,还说郑大民也考上了农业大学。还说,还说吧……还说目前为止,白鹤村是全平安乡考得最好的村,说可能还得有考上的,通知书可能也在路上呢,吕叔。"杏花背后叫吕老倔叫惯了,差一点当面叫出来,好在急忙改口叫了吕叔。

吕老倔眼睛一亮,表情也多云转晴了一些,像在等着杏花继续说下去。

杏花当然发现了吕老倔这难得一见的和蔼表情,马上就阳光灿烂起来,又说:"吕、吕叔啊,一会儿让我文龙哥也去村委会看看吧,没准他的录取通知书也来了呢。我去叫他吧,我跟他一起去看看。"

吕老倔这才站起身来,喊道:"吕文龙!"

在屋里偷着看农民画的吕文龙听到门外有动静,赶紧把农民画换成了语文课本。

杏花推开门进屋,看了看吕文龙手里的语文课本说:"不用装了,是我。"

吕文龙如释重负地出了口长气说:"吓死我了。"

杏花过去拉吕文龙:"听说刘二岗和郑大民的录取通知书都已经来了,走,咱们也去村委会看看吧。"

忐忑不安的吕文龙迟疑地说:"我都考三年了,还不知道啊?重点大学的通知得先来,然后是普通大学的,接下来是热门大专的,再接下来才是一般大专的……我,我就算能考上也不可能是热门大专,顶多也就是个一般大专,不可能来这么快。"

杏花拉不动吕文龙,只好又叨咕着看了一会儿农民画,才有些不舍地走了出来。

吕老倔在院里一边听着动静,一边摇着头。望着杏花离去的背影,吕老倔犹豫了一会儿,还是忍不住把破农具放在一旁,自语道:"还是我去瞅瞅吧,万一呢。"

吕老倔犹犹豫豫地往村委会走着,像生怕被人发现心里藏着目的似的。

吕老倔在村委会外面绕来绕去,晃悠了好几趟。村会计宋长有早就发现了他,冲着窗外喊:"老倔哥呀,这是干啥呢?我看你在这儿走好几趟了,来村委会有事啊?还是想把村委会也改成吕家书屋呀?"

"没啥事,我是寻思今天到底去不去一趟平安乡呢。"吕老倔说完也不走,好像真在那儿犹豫去不去乡里呢。

宋长有起身走出村委会:"哎,老倔,我跟你说呀……"吕老倔见宋长有走出来了,以为人家主动跟他打招呼会有啥好事,就一脸的期待。

"都几点了,去乡里干啥呀?"宋长有来到门外又问。

吕老倔听到他问这句话,有些失望地说:"我寻思去不去乡里一趟呢,不去也行,又不是什么打紧的事。"

"这都啥时候了,还去乡里?"说着,宋长有又往回走去,"原来,他是没事闲的。就是没事闲溜达。"

吕老倔心里说,又像是自言自语:"看来是没有,要是有,宋长有能不告诉我吗?唉,吕文龙啊吕文龙,你真是不争气啊!"吕老倔失望地看着宋长有闪进村委会的身影。

宋长有回头看了一眼吕老倔,心说:"这个老倔哥呀,最近这几年高考后等通知书这段时间都在这儿转悠,今年好像又是白转喽。唉,真是可怜天下父母心啊!"

吕老倔失望地往家走去,碰到村人也不说话,就跟没看见一样。

有的村人想打招呼,见吕老倔头都不抬,也就没法张嘴了,心里猜着:这个吕老倔呀,准是又跟谁犯倔呢。

吕老倔失望地推开自家院门时,吕文龙正专心地画着农民画。吕老倔顿时血往上涌,眼冒金花。他停了一下,才扶门站稳。

吕老倔用手指着吕文龙吼道:"你说你,啊?你就这么画吧,这能画出大天来吗?你说你怎么办吧?你就在白鹤村待一辈子啊,你就当一辈子穷农民啊?抓紧把这些破纸破笔给我收起来,马上给我学习,明年继续参加高考!"

"爸,你不是也一边种地一边当木匠吗?"吕文龙不服地反驳着。

"那不是让穷日子给逼的吗?地里一年就打出那么一点粮食,不搞点副业咋整?不都是为了多挣几个,供你们俩上学吗,你跟我比啥?!"

"我可不能再考了,我就想一边种地一边画农民画。我画农民画不是也一样吗?农民画画好了也能卖钱。"

"你少跟我犟嘴,我说过,那不是正路!你老胡五爷是农民画世家,咋的啦?守着个疯儿子,一辈子受大穷!"

吕文龙想说人各有志,但没说出来,只好愁眉苦脸地看书去了……

如果单和吕文龙比,李芒种的处境就好得多。他早就没有父亲了,更别说有吕文龙这样的倔父亲。操劳的母亲,对他从来都是和和气气的样子,就算最不顺心时,顶多也就是多唠叨几句。李芒种早就知道自己哪儿也考不上,也就不去关心高考的结果了。和往常一样,心怀文学梦想的李芒种又走在了自己最熟悉的那条村路上。

白鹤村外,不远处的羊群"咩咩"地叫着。偶尔有农用车经过,会掀起久久不愿散去的烟尘。体格单薄的李芒种身着已经泛白的旧西装,腋下夹着一个牛皮纸口袋,满怀欣喜地走在通往平安乡那条尘土飞扬的乡间小路上。李芒种总是把新写的诗装在牛皮纸口袋里,他要把它们送到赵馆长那里去。

迎面走来了白鹤村治保主任金胖子的儿子金卫国,他家算得上白鹤村的首富了。金卫国的姐夫在乡里农行向阳支行当行长,据说和金卫国一样,也是一方强人。前几年姐夫帮小舅子贷了一笔款,金卫国才拥有了眼下这几十只大尾滩羊。金卫国平时都把这群羊交给郑经济,只有他高兴了要体验一下生活时才亲自放一放。但是金卫国并不总是细心地看护着羊群,他看上去更像是在张扬,手里象征性地拎着一个小鞭子,更多的时候,他不过就是在四处闲逛着。今天的金卫国也没例外,仍然是把羊随意地散开,也许是嫌羊身上的腥膻气味太重,再加上羊吃草的地方路也不太好走,他更是离羊群老远的,一边吹着口哨,一边悠闲地打量着村路上过往的人或车。

发现李芒种后,金卫国和往常一样调侃了起来:"这不是白鹤村的'者名'诗人李芒'种'吗?咋的?又要去平安乡文化站啊?"金卫国故意把"著名"说成"者名",把李芒种的"种"说成"种子"的"种"。

李芒种不想多说话,也不想解释自己这次不是去平安乡文化站,而是要去洮水县文化馆。当然,他并不喜欢金卫国,但也不想得罪他,只好不置可否地苦笑着点了点头。

"还是送稿子去呗?这回又瞎编个啥呀?没事时和文化站站长老余提提我,肯定好使。对了,你倒是带着你那漂亮的对象吕文凤去啊,关键时候让她上去帮你攻攻关呀。"金卫国甩了一下鞭子,坏笑着说。

李芒种下意识地看一看牛皮纸口袋,系好旧西装最下面的扣子,本不想说话的他终于说话了:"吕文凤现在还不是我对象呢,只是我的文友。另外,怎么能说我是瞎编呢?我那叫文学创作。"

风很大,金卫国眯缝着眼睛说:"你可真敢用词啊,就不怕风大闪了舌头。还文学创作,糊弄谁呢?人家真正的大作家那才叫文学创作,就你这小草民一个,说你瞎编都是抬举你了。要是让我说句不中听的,你那就是个狗戴嚼子——胡勒呢。"

"你认为瞎编就瞎编,你认为胡勒就胡勒,反正我认为是文学创作,咱们还是各走各的道、各做各的事吧。咱们是两条道上跑的车,咱们之间好像没有什么关系。"

金卫国轻蔑地笑了笑,仍不罢休:"这家伙的,还牛哄起来了,像要去朝圣似的。你也就糊弄糊弄那些热爱文学的小姑娘吧,那是因为吕文凤还小,还不懂事呢。对了,回来时别忘了给你老妈买块熟食,再给你对象买一块巧克力啥的。"

李芒种是个大孝子,父亲去世早,他每次从城里回来都会给操劳的母亲买点好吃的,也常给心里喜欢的吕文凤捎回一些小礼物。

李芒种并不太理会金卫国的调侃和嘲笑,突然想起了工钱的事,就怯懦地向金卫国索要起被拖欠已久的工钱:"去年帮你家盖羊圈的一千五百块工钱,你还一直拖欠着没给呢。"

金卫国又甩着鞭子说:"那点活让你干得稀松加稀弄,还好意思要工钱呢?"

李芒种说:"我风里来、雨里去地干了整整一个暑假呀,咋也不能白干吧?"

金卫国怪异地笑了一下,说:"我给你一只羊顶那工钱行不行?你可以挑一只最大个的。"

李芒种说:"一只羊才值多少钱啊,至少也得给三只吧。"李芒种说着,就盯住不远处的羊群仔细看起来。

"咋说话呢?我这可是从宁夏引进的优良品种,你看东边壕外那三只咋样?"金卫国指着跑到壕外远离羊群的三只羊说。

李芒种把牛皮纸口袋拿到手里犹豫着问:"你说的是真的还是假的呀?"

金卫国说:"那就看你能不能抓住了,有本事你就去抓吧。来,我给你拿着破口袋。"

李芒种就跑向了远处那三只羊,费了好半天劲,三只羊却跑进了羊群里。李芒种弄得满身泥土,又跑到羊群里笨拙地抓起羊来。李芒种跌跌撞撞、气喘吁吁地抓了好半天,终于抓住了其中的一只大母羊……

一直看热闹的金卫国都笑弯了腰,见李芒种真的得手了,才突然心疼起自己的大母羊,连忙喊道:"赶紧松开你的脏手,怀孕的大母羊都让你给吓着了。你看你那熊样吧,你还当真啦?今天没带狗来,不过是想让你帮我把那三只羊给圈回来。"

李芒种说："欠债就得还钱啊,我可是认真的。"

"你可真实诚啊,我是说着玩呢。就你这死榆木脑袋,还写诗搞什么文学创作呢?你可别逗我们乡下人乐了,赶紧撒手,快滚犊子吧……"金卫国说着就夺过李芒种手里的牛皮纸口袋扔在了地上。

突然间,村道上刮起了更大的风,李芒种忙拾起牛皮纸口袋,拍打着飞扬的尘土。

"别往地下扔啊,反正你不给羊就得给钱。今天我还有正事呢,那就回头再说吧。"李芒种顶着大风头也不回地向平安乡匆匆走去……

李芒种今天心里高兴着呢,他本来是不想纠缠这些闹心事的,今天不单单是去洮水县文化馆送稿子,赵馆长还说请大家喝酒呢。向往也好,朝圣也罢,心情不错的李芒种越走越快了……

没能考上大学又爱好文学的李芒种在白鹤村里确实是个另类。大家都关心家里的母猪生不生崽,母鸡下不下蛋,晚上的小麻将能不能多赢几块钱……可李芒种偏偏不在乎这些,他总是望着天空和远山。在一个村里住着,与众不同是招人厌恶的。在一群没啥文化的人中间有了点文化,那就更是显得格格不入了。

"熊样吧,你李芒种要是能当上诗人、作家,全白鹤村人就都能成大文豪!还想当诗人、作家呢?你就做大梦去吧!白瞎了吕文凤那个小模样了,她咋就和你对上眼了呢……不过,你也别太得意,我也找个好对象给你看看,保证比你对象还文静、还漂亮。肯定是加强版的吕文凤!你信不信?"金卫国在大风中一边甩着鞭子一边喊着,然后又不怀好意地大笑起来。

"就凭你呀?"李芒种想说,但他又不想费那力气让自己软弱的抗议穿越那号叫着的强劲大风。

腋下夹着牛皮纸口袋的李芒种没再回头,他的背影在白鹤村外的冒烟大风中渐行渐远了……

此时,牛大翠家的小麻将馆里激战正酣。打到高兴时,大家又习惯性地议论起白鹤村的家长里短。

外号陆小鬼的陆小广说:"你们看着吧,刘主任的二儿子刘二岗以后肯定能有大出息。那小子打小脑瓜子就好使唤,还会来事呢……"

穆秀英说:"老江家这回也能飞出个金凤凰。等着瞧吧,江春燕就算带伤没考好,也能考上一个好大专,今后也能有大出息。"

没有人应答,穆秀英得意扬扬地又说:"我早就看好了,刘二岗和江春燕这俩人可是天生的一对,两个人都有才有貌的,可真是太般配了。"

"谁说般配?我看可不咋般配。"陆小广露出鬼精的表情。

穆秀英被人扫了兴致,不快地说:"就你嘴损!你嫌人家老江家穷啊?那是现在,咱得往远处看,是不是?"

"最后这句,算你说对了。就是因为往远处看,他俩才不太般配呢。"陆小广一副不屑争辩的神情。

"你少整那出,就你总有高见。那你就说说,哪儿不般配?我还真不信你这个劲了呢。"穆秀英不服。

陆小广"嗯"了一下,摆出一副较真的样子:"那个江春燕因胳膊骨折没考好,这个很多人都知道,是吧?但是,她有两科考试题根本就没答完,都急哭了,这个你就不知道了吧?还有,我还听说江春燕不打算复读重考了。说家里太困难,就算考上也没法去读,这个你也不一定知道。"陆小广喝了一口水。

穆秀英趁机要插话,又被陆小广用手一拦:"且慢,更为重要的是,刘主任在村委会都唠叨好几回了,说本来白鹤村今年能考上三个大学生,硬是变成了两个,硬是白瞎了一个名额,弄得咱们村到底是没放成个大卫星。好好的一个白天鹅变回了丑小鸭……这个你也不知道吧?听出音来没有?最后这句话啥意思?"

陆小广的一席话真就让穆秀英一时无话可说了。

陆小广边说边捯着牌,突然大喊一声:"庄家站立夹宝!和了,每人六十四块,上货!"

正听得愣神的穆秀英这才有所反应:"净听你瞎说,都是啥呀?吓我一大跳。不算不算,我都没注意看你打的都是些啥牌。"

一根筋说:"哎哎哎？这也太大啦。这把分神了,这把可不能算。"

王蔫巴也磕磕巴巴地说:"你这、这成了突然袭击了,我还没准备好呢,就被你给搂、搂了……这不能算,一点心理准备都没有呢……"

"啥都带的,不带赖的。和牌不给钱可不行,不能坏了规矩。要面带微笑,主动付款,给钱,给钱。"陆小广不再预言,催着几个人要起钱来。

"这也太赖了。"一根筋叨咕着。

"不带这么玩的。"穆秀英说。

就算输钱的人不愿意给,还是得赌气冒烟地往外掏。牛大翠的麻将馆里总是这样,打牌的人总是这么叽嘎、叽嘎惯了。

牛大翠趁机给大家续上茶水说:"小广,今天又赢不少啊。管他们说啥呢,咱不耽误赢钱就行,哈?"

陆小广得意地边数着刚到手的钱边说:"这不主要是为了赢钱嘛,说其他的都是为了解闷。大翠,给我上个干豆腐卷大葱。"

"老闷,没听着啊?给小广上个干豆腐卷大葱!"牛大翠喊完老伴,似有所悟地走出屋去,到里屋找杏花,发现杏花竟然没在家。

牛大翠有点不悦地嘟囔:"这败家孩子,准是又跑到对面老吕家去了,一点心眼也不长,像她那个傻爸一样一样的。"旋即,她又不快地叫道,"我说老闷哪,赶紧去对门把杏花给我喊回来!"

"到底是先去找杏花,还是先上干豆腐卷大葱啊?"韩老闷想进厨房又想往外走。

牛大翠恨铁不成钢地说:"先喊一下杏花,肯定在对面老吕家呢,喊完了回来再卷呗。"

韩老闷推开门朝对面院喊了两声杏花,又连跑带颠地回了厨房。他刚把干豆腐大葱卷好,杏花就跑进厨房来了。见有现成的干豆腐卷大葱,杏花拿起来就吃,还边吃边说:"还是我爸好啊,就知道我啥时候饿。"

韩老闷小声叨咕:"这孩子,你妈让我给陆小鬼卷的。你说这,唉,我还得重卷一个,这孩子。"

牛大翠在里面喊:"我说老闷哪,咋干啥都这么慢呢?那干豆腐还得现压、大葱还得现栽呀？"

杏花掀门帘进来，嘴里咬着干豆腐卷大葱。

牛大翠明白了，眼皮一撩，说："怪不得呢！小妖精回来了，在外面疯够啦？"

杏花凑到牛大翠跟前一仰脖，说："我才没疯呢，看文龙哥画农民画去了。文龙哥画得越来越好看了，说不定以后真能成大画家呢。"

"啥，大画家？说大话的大话家吧，吹牛行，吕文龙画那破画土了吧唧的，还能当饭吃啊？这吕老倔，净随着孩子瞎胡闹，这大学都连考三年了，今年肯定还是个没戏。杏花呀，你看看人家刘二岗，考到省城名牌大学去了，那才叫有真本事，那才叫前途无量呢。以后你少和那没出息的吕文龙往一起凑。"牛大翠训斥着杏花。

"我就是爱看文龙哥画的农民画。"说完，杏花扭身哼着小曲《月亮走我也走》又出去了。

"走吧走吧，跟吕文龙走你就得走到穷壕沟里去。死丫头蛋子，啥也不懂，就一个傻心眼。"牛大翠对着杏花的背影小声嘀咕着。

陆小广点上一支烟说："就算刘二岗现在还和江春燕好着，你们看着吧，他们好不了多久。在咱们村这茬半大孩子里呀，我最看好的还是金保安的大小子金卫国。"

穆秀英不悦地催促着："你可别乱预测了，快出牌吧。"

牛大翠却若有所思地说："金卫国？那还说啥了，人家那可是未来白鹤村村主任的料……"

第四章

已经是八月中旬了,依照往年的经验,不会再有录取通知书寄到白鹤村来了,刘福贵为儿子办的升学宴如期在村委会举行。

白鹤村今年考上两个大学生,月亮湾也考上两个大学生。虽然看上去没啥太大区别,但白鹤村毕竟首次有人考上了全国重点大学。这是个纪录,还是值得好好庆贺一下的。刘福贵也想弄出点动静,就把平安乡的张助理和文化站的余站长都请来了。

刘福贵把村委会新买的大喇叭也支上了,兴奋地喊着:"白鹤村的父老乡亲们,今天是个大喜的日子。不仅是我们老刘家大喜的日子,也是我们整个白鹤村大喜的日子。今年,我们白鹤村在平安乡放了一颗卫星!刘二岗考上全国重点大学——东北医科大学,这在我们白鹤村乃至平安乡还是第一个!同时,郑大民考上省重点大学——北方农业大学,在我们白鹤村也是第一个,同样值得庆贺!下面,就请平安乡的张助理讲话。"

张助理讲完话,余站长也被拉到台上讲话。

张助理和余站长讲话之后,金卫国等几个村民走上前来递送红包。

接着,牛大翠、陆小广等村民也拿出了红包……

刘福贵说:"都是穷乡亲,这红包我可一个也不能收。我今天请大家来就是图个高兴、图个乐呵。张助理和余站长都在这儿呢,我还敢收礼呀?"

"这哪是给你刘主任送礼呀?这是给孩子上大学买书买本的意思。快拿着,二侄子,好好学习,以后做大事、当大官。"牛大翠说着,把红包塞进刘二岗的口袋里。

陆小广也如法炮制:"快拿着,二侄子,好好学习,天天向上,以后挣大钱、当大款。"说着,也将红包往刘二岗口袋里塞。

"行了行了,你们可别拉拉扯扯的了,还一套一套的呢,我们得敬酒去了。"刘福贵领着刘二岗挨桌给领导和村民们敬起酒来。

春燕妈拿出红包时,刘福贵坚决不要:"春燕妈,都知道你们家的情况,挺困难的,你的心思到了就行了,还是留着给春燕交学费吧。"

"一码是一码,这是我们家的一点心意,钱又不多。"春燕妈硬是把钱塞给了刘福贵。

刘福贵无奈地摇摇头,说:"那我就先存着,春燕妈,那就等明年,明年吃你们家的升学大宴!"

"我也想办啊,恐怕是办不上呢。"春燕妈苦笑了一下。

"咋,又是差钱啊?考上大学是好事,该办就得办啊。唉,我说老少爷们儿,咱们村能考上重点大学的可不止我家刘二岗一个,江春燕因为胳膊骨折没考好。要是考好了,也能考上重点大学。报考北方农业大学也是手拿把掐的。平时大家有个红白喜事的,春燕妈没少给大家剪字、剪花啥的,等江春燕上大学办升学宴时,咱大家也得想着啊,是不是?乡里乡亲的,都互相帮一把,将来江春燕出息了,也不会忘了大家的。"刘福贵体谅地提前替江家张罗着。

几个村民应和着刘福贵:"那是那是……"

春燕妈欲言又止,坐到座位上去了。

大家议论纷纷,都说老江家不容易,没少帮大家忙。

这时,郑经济领着儿子郑大民也扬眉吐气地走上前来。郑经济一边递上一个大红包,一边兴奋地说:"祝贺刘二岗,祝贺刘主任!也祝贺我家郑大民和我郑经济!那不咋的,北方农业大学可不是一般的大学呀,那可是省里的重点大学哪。我放羊的咋的,只要儿子有出息,咱就和刘主任平起平坐了,都是大学生他爸,是不是,刘主任?那不咋的。"

刘福贵拍了拍郑经济的肩膀,说:"老郑大哥,红包就免了,我也不送你家大民了,咱们就别来回送了。北方农业大学当然也是好大学啊!以后咱都平起平坐,平起平坐！咱们村将来要想种好水稻,还得靠你这宝贝儿子回来指导呢。"

郑经济不客气地说:"那不咋的,就得平起平坐,北方农业大学也是重点大学,是专门研究种地的,我们大民考的还就是水稻专业呢！那不咋的。"

郑大民拉了拉郑经济说:"爸,我那是省里重点,二岗是全国重点,能平起平坐吗?"

"依我看,农业可是根本,比医疗还重要呢。那不咋的,到时候你回来一指导,说不定咱白鹤村得富成啥样呢！十里八村的大姑娘都得嫁过来。实在用不了了,我没准都能说上个二房呢。"郑经济越说越兴奋,根本停不下来。

"爸,你瞎说啥呢？也不怕人家笑话。"

"爸今儿个不是高兴吗。说着玩呢,爸那是想给你说媳妇,有你妈了,爸还说啥了？儿子你别当真,爸就是快活快活老嘴。那不咋的。"

这时,一直没出声的吕老倔拿出了一副对联,走上前说:"刘主任不差钱,我就不送钱了。我正攒钱订书订报呢,再说我也拿不出几个钱来,干脆就写几个字吧。我看哪,送这几个字更有意义。来,二岗接着！"

刘福贵说:"这吕老倔还真有点个性,这就对了。喜事不假,但也不一定都得拿钱说话。这个好,这个好！"说着,刘福贵从儿子手里抢过对联,念着:"这上联是,刘家出才子;这下联是,鹤乡第一人。好啊,横批呢？"

吕老倔说:"横批？没想出来。又不是往门上贴,就这么着吧。"

刘福贵说:"没横批就没横批,这样也不错,把这墨宝好好收起来,儿子！"

大家伙一阵哄笑……

角落里,李芒种羡慕地望着刘二岗。这时,杏花从背后猛地推了他一把,"你也跑来贺喜啦？是不是借机看吕文凤来了？"

"吓我一大跳。"李芒种很斯文的样子。

"你考哪儿去啦？"杏花问。

"我也想考上,可惜哪儿也考不上,目前只好上'家里蹲'大学了。"李芒种开着玩笑说。

"好啊,还是外国大学呢。你小子打着文友的招牌,实际想处女朋友吧？"杏花笑了起来。

李芒种被杏花笑得有些尴尬,四下张望着……

很快,在忙忙碌碌中一个多月就过去了。一晃已是八月底,在白鹤村村口的老榆树下,江春燕一手拎着锄头,一手拎着一网兜香瓜和一卷红纸。听说刘二岗今天走,她专门站在这里,就是等着刘二岗路过的。

站累了,江春燕放下锄头,边擦汗边翘首远望……

终于,刘福贵迈着大步出现在村路上,身后的刘二岗则频频四处张望着。

刘福贵在秋日阳光里弄出一脸春风,边走边拍着刘二岗嘱咐道:"二岗啊,上学了就别老惦记着家里,好男儿志在四方,要有雄心壮志,走出去就给爸混出个样来,听着没? 咱是龙,是龙就得扑腾出个龙样来!"

刘二岗仍心神不宁地频频张望着,一副不舍的样子。突然,刘二岗面露喜色,他发现了站在大树下的江春燕。

江春燕忙迎了过来,她把手里拿着的那卷红纸递给了刘二岗,说:"二岗,这是我昨晚熬夜给你剪的,祝你龙翔九天,前程似锦!"接着又递上那兜香瓜,"再带上这六个香瓜,路上解解渴。"

刘二岗展开红纸卷,竟是写着"前程似锦"的一条飞舞在云端的大龙。刘二岗满怀深情地说:"真漂亮啊! 春燕,你的手可真巧! 我要把这个贴在床头,我到了学校就给你写信。"

刘福贵说:"明年就能在一个城里上大学了,还写啥信?"

刘二岗说:"爸,春燕明年不想复读了,她爸的病又重了,她妈身体也不好,她放心不下家里,不想再给家里添负担了。"

刘福贵一脸疑惑地问:"啊? 春燕啊,学费不是让你先去村委会借吗? 我已经跟宋会计打过招呼了。咋啦? 害怕日后还不上饥荒啊? 这早晚能飞出去的凤凰,还怕暂时在小树杈上落一会儿?"

江春燕解释道:"刘主任,我、我主要是舍不得我爸我妈,也放心不下家里。"

刘福贵脸色不好看起来,说:"有啥舍不得的,有啥不放心的? 咱这乡里乡亲的,我不都说了吗,大家都互相帮衬着点儿……"

江春燕说:"我还是不想给大家添麻烦,谁家都挺不容易的。"

刘福贵小声嘀咕:"唉,麻烦麻烦,就能看到眼前那么远。人能不能有出息,还得看这眼界。走出去你就是个金龙玉凤,走不出去你就是个小虫家雀!"

刘福贵还用更小的声音说:"这也就是个燕子,永远都成不了凤凰……"然后,他用力推了一下刘二岗,大声催促道,"快走吧,快走快走,别总是婆婆妈妈、拖泥带水的。"

走出几步后,刘福贵又在刘二岗耳边含沙射影地说:"你这不是考上重点大学了吗?以后真就得像那条腾云驾雾的大龙一样了,龙翔九天,飞得越高越好。要飞呀,咱就得好好飞,可不能束手束脚地飞。你看哪条龙脖子上拴坠子?从来没见过。拴着坠子飞,那可就飞不起来喽。"

江春燕虽然没听清刘福贵中间那两句,但也能明显感觉到刘福贵脸上的不悦,一直凝望着他们父子消失在远方。

江春燕心里五味杂陈,她猜测着:虽然没有人公开说她和二岗的事,但白鹤村又有几个人不知道呢?而刘福贵怎么会是这个态度呢?一定是因为我没考上大学……

这天的傍晚时分,郑大民出现在江春燕家门外。郑大民望着院子里的灯光,犹豫了好半天,终于推开了门。

屋里,春燕妈在剪纸。见郑大民来了,春燕妈招呼着:"大民啊,还没去大学报到啊?这也要离家远行了,东西都收拾好了吗?"

"婶,没啥好收拾的,也就是一个行李。"郑大民笑着说道。

春燕妈知道郑大民说得轻描淡写,是为了不刺激江春燕,就说:"我还剪了不少喜庆的图样呢,想让春燕给你送过去。可这孩子,说你不稀罕。唉,都是我这当妈的不好,耽误了这孩子。春燕这阵子也不再复习了,可她哪儿也不肯去,除了干活,就这么关在屋里闷着剪啊剪的。"

郑大民说:"婶,我明天就走了,我、我过来看看春燕。"

春燕妈抬手指向里间,说:"春燕在呢,你去里屋看看吧。你们这一走,她心里难受着呢。"

郑大民走到春燕屋门口又停住,在门外叫春燕。

江春燕打开房门，掀帘一看："是大民啊，还没走呢？"

"明天走，我过来看看你。"

江春燕犹豫了一下："嗯，进来坐会儿吧。"

江春燕屋里有很多剪纸。让进郑大民后，她就把正在剪的一幅收了收，说："大民，坐吧。我就是闲着没事时剪着玩的。"

两人枯坐了一会儿，好像突然间又没话可说了。

过了好半天，郑大民问："春燕，你真的不打算再考了？"

江春燕说："不再考了，我早就决定了。"

"春燕，我知道你在哪儿都能行，真的。就是，就是……唉，我要是早生几年，早考上大学，现在有工作就好了。那样，那样的话，我就能供你去读大学了。"郑大民惋惜地说。

江春燕一愣，说："大民，你……你怎么能这样说啊？咋还轮到你供我上学了？"

郑大民沉默了一会儿说："我也是瞎想瞎说，就是觉得你不去上大学太可惜了。"

"大民，我知道你和二岗都想帮我，我很感谢你们，可每个人都有每个人的命，都有每个人的路。"江春燕说完，咬紧了嘴唇。

郑大民下决心似的咽了一口气，说："其实我之前从来没有奢望去报考北方农业大学，我一直认为自己能考上省畜牧大学就不错了。可那天在医院里知道你第一志愿报考北方农大，我才决定更改我的第一志愿。当时我就是想，要是能和你上同一所大学该多好啊……没想到我还真考上了，却没想到学习这么好的你会考不上。春燕，我真替你不能去上北方农大难受啊！就像我高考那天认为自己作文跑题了一样难受。我当时不是担心自己考不上大学，而是担心自己哪科要是考不好，就考不上北方农大啦……"

江春燕眼里涌上泪水，声音不大，却很有力地说："大民，我不难受，你也别难受。事在人为，只要努力，没有什么改变不了的；只要肯学，也没有什么学不会的。你就放心地去读北方农大吧。我可能只是需要一个过程，真的，只是一个过程，我会慢慢好起来的。"

两个人又默默地坐了一会儿,江春燕说:"大民,那你回去吧,明天还得起早走吧?"

郑大民"嗯"了一声站了起来,环顾着春燕房间里的那些剪纸。

看了好半天,郑大民才说:"春燕啊,你能送给我一幅剪纸吗?"

江春燕说:"当然可以啊,你就随便拿吧,我一直以为男生都不咋喜欢呢。"

郑大民挑了半天,最后拿起一个小小的双飞燕剪纸。

"你咋就挑了这么一个小的啊?"江春燕说着又给他选了个写有"鹏程万里"字样的雄鹰剪纸,一起包起来递给了郑大民。

郑大民接过剪纸,说:"春燕,你没法去上北方农大,那就我替你读吧。你喜欢研究水稻,以后我就多给你邮寄一些关于水稻种植方面的资料……没啥事的话,我就先走了。"

江春燕知道郑大民喜欢自己,她也喜欢郑大民。但她对郑大民的喜欢与她对刘二岗的喜欢不一样,那是两种截然不同的喜欢。江春燕对刘二岗的喜欢是爱情,对郑大民的喜欢则是亲情。不知从什么时候起,这种感觉就被根深蒂固地定义于江春燕的内心深处了,绝不可能轻易更改。在江春燕这里很简单,她和刘二岗、郑大民是三个最要好的发小,如果说刘二岗是她青梅竹马的恋人,那么郑大民就是她心心相印的友人。

望着郑大民恋恋不舍离去的背影,江春燕刚才还有些坚毅的笑脸又挂满了失落和怅然。

该走的都走了,白鹤村又恢复了往日的平静。村外的水稻田里,李芒种一边心不在焉地拔着蒿草,一边叨咕着草啊花啊雨啊露啊什么的,后来又朗诵起了自己最近的诗作——也就是他的父亲系列诗之八《父亲和树》:

父亲,你离开得太久了
你可能已经长成了一棵树
在家乡寂寥的田间
一棵树伫立在风里

你看月升日落,听风声雨声

抚摸前世的悲凉

你皲裂的皮肤,褶皱中散落光阴的碎片

你的脚在泥土之下越陷越深

一棵树,只会在风中摇曳

你沉默,孤单,不开花也不歌唱

只有当我走近时才会感觉到不同

父亲!你就是一棵普通的树了

你以树的形式凝视着我的忧伤

空空荡荡的故乡,满目疮痍的故乡

早已没有了原来的模样……

儿子郑大民上学走了,连日来的热闹日子也消停了。郑经济虽然孤单了许多,但他心里还是激荡着说不出来的高兴。只是看到了希望,还没有富裕起来呢,郑经济就产生了错觉:总觉得赶着金卫国家的羊就像赶着自己家的羊一样,心底莫名其妙地滋生出一些底气来。当赶着一群羊经过李芒种家的田地时,郑经济停下了脚步,瞅着没个干活样的李芒种管起了闲事。郑经济喊道:"那不咋的,这天还挺热呢。那不是李芒种吗,又中邪啦?你这叨叨咕咕的,庄稼就能长起来呀?还能给你爸叨咕回来呀……"

李芒种像没听见似的,继续陶醉在自己的诗歌世界里。他又朗诵起另一首新作——父亲系列之九《父亲和田》:

在田中,父亲把水稻

种了一年又一年

从不背弃移迁

父亲的树

砍伐生火,煮饭取暖,扎根田边

父亲的羊

以草为食,以田为家,世代繁衍
父亲的蜂
流连花间,制造芳香,飞在田间

连同父亲自己
生于田,劳于田,食于田,老于田
最终与田融为一体……
只有父亲的孩子
想走出田
又想回归田……

郑经济摇头自语:"那不咋的,就像我没见过他爸似的,什么树呀田呀的,他爸就是一个种水稻的干巴瘦儿的小老头。那不咋的,唉,这茬孩子啊,真是没治了!有鼓捣农民画的,有鼓捣诗歌散文的,还有学跳舞唱歌的……可是哪样能当饭吃、能当房子住呢?好在我们家大民老实巴交的挺务实,从来不跟这些没正溜的孩子瞎掺和,那不咋的……"

郑经济突然又大声喊道:"我说李芒种啊,你可消停一会儿吧。可别再祸害你爸了,让他安安静静地在地底下躺一会儿吧。还是好好种你的水稻是正路子。那不咋的。"

李芒种仍然没有停下来的意思,又叨咕起日月星辰、春夏秋冬……

"哼,等我儿子出息了,回来非得都盖过你们,你信不信?李芒种,到啥时候咱庄稼人都是得动真格的,扯别的都没用啊!那不咋的。"

李芒种说不出什么,他也不能说信,也不能说不信,只是笑了笑继续叨咕他的诗。

此时,贫穷还依旧困扰着李芒种。他还不如郑经济,连富裕的错觉都没有产生呢。是啊,白鹤村的穷日子啥时候是个头呢?看到越来越多的人都到城里去打工,李芒种的心也跟着呼扇,好像心中总有一股什么火在燃烧似的。劳动之余,他经常凝望着脚下的土地若有所思,灵动的目光有时还会不由自主地关注那更加辽远的蓝天和白云……

好在李芒种心中还有一个飘忽不定的文学梦。尤其是在县里的《春雨新花》上发表了组诗《父亲》系列之后,李芒种的梦想似乎也更加坚定了一些,看来文学真有可能改变自己的命运呢。

李芒种一开始向往的平安乡已经不再那么有吸引力,现在,他不知不觉中把目光落到更好的洮水县了。连洮水县那不太规整的柏油马路也对李芒种构成着诱惑,歪歪斜斜的电线杆、有气无力的百货商店、微薄可怜的现金工资……这些细节好像都有着无穷的魅力。甚至带有一些城市特征、砖瓦结构的公共厕所也同样对李芒种有一种说不清、道不明的吸引。进平安乡哪行,得进洮水县才行呢。那才叫真正的进城呢!不仅要挣工资,还要住楼房。

洮水县虽然还是全国没摘帽的贫困县,白天经常停水,晚上经常停电。但在李芒种眼中,洮水县依旧是遥不可及的天堂……

李芒种时常奔走在平安乡和白鹤村之间的乡路上,他要走到平安乡搭乘去洮水县的汽车,他得第一时间把新写的几首诗送到洮水县文化馆去。反正家里就那么一点薄地,如果不上心去种,稻田里的活并不太多。再说了,乡下人走上十几里路又算得了什么呢?李芒种已经习惯了,有事没事都喜欢到洮水县文化馆去看上一看。

虽然李芒种深知自己所在的白鹤村远比洮水县更像文化人理想中的世外桃源,但李芒种觉得自己的情况和大诗人陶渊明的情况不太相同。陶渊明是过腻了上层生活才去"采菊东篱下",而自己则正好相反,天天都能"悠然见南山"。因此,对农民李芒种来说,成为洮水县的正式居民,才是他最大的人生理想。

在洮水县城强烈的吸引和诱惑下,李芒种的诗又有了长足进步。洮水县文化馆内部刊物《春雨新花》的目录上,李芒种的名字也不断地向前靠拢。后来,洮水县广播电台还播了好几首李芒种的新诗。再后来,在赵馆长的推荐下,省报的副刊上也偶尔能见到李芒种的诗了。勤奋的李芒种经常不知疲倦地往来于城乡之间,如同穿梭于梦想和现实之间的快乐的燕子。

第五章

庄稼人每天都是在田地里忙碌着,有时早饭和午饭也要在田地里吃。不知不觉中,江春燕和母亲赶着家里唯一的老骡子已把时间拖扯进了深秋。

一晃已是秋收时节,江春燕家的稻田和很多农户家的稻田一样,也已经随着季节变成了金黄色。田里的水稻虽然因干旱长得并不太高,但也能在微风中摇晃出成熟少妇的姿态,排列整齐,疏密有致,很有一些大丰收的样子呢。水稻是春燕妈春天时种下的,现在这些水稻已经被精心照料得颗粒饱满。

人从稻田边走过,手脚时不时地就能触碰到沉甸甸的稻穗了。一年里虽然有些干旱,但还没有出现大的灾害性天气。虽然远远谈不上风调雨顺,但相对来说还算天遂人愿。庄稼们长大了,庄稼们成熟了,庄稼们都没有中途夭折,庄稼们都长得好好的……这对一年中已苦忙了三个季节的农民们来说,该是多么大的精神慰藉呀。有嘴馋的孩子们在偷偷地烧着稻穗吃了,这证明秋收已经拉开了序幕。接下来,白鹤村就会上演一年中的大戏了:割水稻、掰玉米、打高粱、摘葵花……庄稼人的心情马上会和这个季节一样地美好起来,当然,也会和这个季节一样地忙碌起来。连江春燕自己也难以相信,从前所梦想过的那种田园生活,自己曾经一直担心考上大学就过不上了,而现在竟然真的又开始重新变成自己的现实生活了。

谁说当农民不好呢?大家来看看吧,这才下地干活两个多月,田野大地就有了收成,就能体验到收获的快乐。江春燕知道这收成还不够好,她时常望着并不茁壮的庄稼想:人们把地种成什么样子,庄稼就给人们带来什么成色!庄稼人在地里种着争气和不争气的庄稼,也正像他们抚育着自己争气和不争气的孩子。不论争气与不争气,到最后都还是自己的庄稼,也都还是自己的孩子……

还能让江春燕畅快的事情就是:白天在田地里忙乎完农活,晚上回家还能弄弄自己一直喜欢的剪纸。庄稼人也应该活得丰富多彩一些呀,谁愿意一年到头牛马般劳动而毫无生活乐趣呢?庄稼人在土地上付出了那么多汗水和艰辛,就应该收获更多的欢乐和幸福,而不是只收获忧虑和苦痛。

江春燕问:"我们用纸剪出来的稻穗为什么总是比真实的好看呢?"

春燕妈答:"因为那是我们梦想中的稻穗。"

江春燕又问:"我们用纸剪出来的稻穗为什么总是比真实的粗壮和饱满呢?"

春燕妈又答:"因为过去我们总是吃不饱饭,都希望着稻穗又肥又大呗。"

江春燕偶尔抬头瞄一眼母亲,她发现母亲的脸上也显出了过去很少看见的红润。两个多月前,当她第一眼看到在医院里的母亲的时候,母亲的脸色是那样苍白。江春燕曾多么担心母亲因此离她远去呀!好了,现在她放心了,母亲的身体正在好转。

虽说江春燕的家庭境况眼下还没有什么质的变化。父亲仍然半瘫在炕上;五十出头的母亲头发已经花白,但看上去不像有什么大病,照旧能像过去那样屋里屋外地操劳了;弟弟江春田开学就上高中了,十六岁了,好像突然间变成了一个小大人。他说话比过去少了,放学后除了主动找活干就是闷头学习、写作业。更让江春燕欣慰的是,江春田高中入学考试考了全乡第三名,就要到平安乡去上高中了。他也不能天天来回跑十几里路啊,接下来他就得住到学校了,江春燕真需要给弟弟拿出一笔钱呢。江春燕又是喜又是忧:弟弟从此就是个高中生了,以后弟弟一个星期才能回家一次。

虽然也算是个丰收年,但江春燕家的有机稻亩产量还是没有超过四百斤。四亩八分地只打下了不到两千斤有机水稻。土地一直在改良中,可白鹤村土地的盐碱程度还是很严重,打出的有机稻米香味不够足,口感也不够好。这样的有机稻怎么会卖上好价钱呢?就算市场上最好的有机稻,收购价才八毛钱一斤。白鹤村出产的水稻顶多也就能卖到六毛五分钱……加上岗地上种的那点粗粮,江春燕家满打满算也就能卖出一千五百块钱来。近年来粮食尤其不好卖,收粮的有时候还打白条子,什么时候能兑换成现金还不好说。再去了一家四口人一年的口粮,就更没啥了。弟弟就要到乡里读高中,就算省着花,一年的伙食费、交通费、学杂费、资料费加起来至少也要一千两百块,能说一件新衣服也不添吗?一双新鞋也不买吗?家里的三个人都好说,地里长啥吃啥。可就算什么也不买,总还得买点油盐酱醋啥的吧?另外,村里人家有个大事小情的,总还得随个小小的人情份子吧?

江春燕以前从来没算过这些细烂账。不算不知道,这一算,江春燕的脑袋立刻就大了好几圈。

江春燕算账后竟然把丰收的喜悦算成了无尽的忧愁。难得一见的笑容在江春燕的脸上仅仅浮现了半个多月,就于一个无眠的夜晚之后消失得干干净净了……

夜深了,伴着白鹤村四处回荡着的麻将声,江春燕辗转反侧,一直无法入睡。村人打麻将的吵闹声她已经习以为常了,让江春燕失眠的是她内心深处的忧愁,还有一向刚强的父亲那偶尔没忍住的呻吟声。自打母亲晕倒住院以后,父亲的病情明显加重了,可家里根本没有条件带他去医院好好看看。多年来,父亲从不同意去医院看病,好像早已经习惯于挺着了。对于这些,江春燕暂时还顾不过来想太多。现在,她思虑的还是家庭生计。

眼下,江春燕这个穷家就是缺钱。钱,对于这个穷家来说实在是太重要了!没有钱,他们将寸步难行。全家人吃什么、喝什么、穿什么、用什么?最要紧的是,弟弟江春田拿什么去交下学期的学费呢?江春燕的压力真是太大了。

常言道:不当家不知柴米贵,不养儿不知父母恩。现在的江春燕和过去比已经悄悄地发生了改变,不知不觉中,她的想法已经和从前有所不同了。虽然表面上还是由母亲支撑着门面,但事实上,江春燕已经当上大半个家了。

渐渐地,只要是合法所得,江春燕都肯出力去做。除了白天做农活,晚上还要和母亲一起剪纸。喜欢是一方面,但更主要的是,剪纸有时还能换来一点微薄的收入。从前,春燕家都是免费把剪纸送给有需要的乡亲们,但现在那些不太熟悉的人就得收点手工费了。一张剪纸,江春燕和母亲点灯熬油地剪半宿,收个三毛、五毛的并不多,但对于江春燕一家来说,这三毛、五毛也是非常重要的收入。

是啊,剪纸也能卖钱!过去都是送人的,卖钱是江春燕过去想都没想过的事。但是她现在想了,也这么做了。渐渐地,江春燕也不觉得有啥不好意思的了,这也是她在不知不觉中发生的改变。究其原因,还是她当上了家,她是这个穷家的一家之主了,这个贫穷的家改变了她的行为。

水田收毕,收旱田还要等上几天。趁着大规模的秋收还没有真正开始,江春燕难得清闲几日。很多村民都在这个时间赶集逛会,做点小生意。心灵手巧的江春燕,又抽空鼓捣起了她的剪纸,这是她目前唯一可能发展起来并能给家里带来一点收入的产业。

白鹤村的大媒人穆秀英是江春燕的重要推销者。她用得最多的是红双喜字,偶尔也能把丰收图、关东怪啥的推销出去几幅。

一来二去,穆秀英就成了江春燕的剪纸经纪人。为了多挣几个小钱,江春燕和母亲起早贪黑地忙活着,有时都忘记了吃饭,忘记了劳累。

几天之后,江春燕又一头扑在了玉米地里。她发现每根垄的地头都有那么一小段板结荒地,玉米长起来后,那些地方则无力地生长着稀疏的小草。年年如此,家家如此,江春燕就觉得是个浪费。间歇时,江春燕就试着在自家的地头松土,她太想多平整出一块地了,哪怕是锅台大小也好。就算长不成玉米,总可以长一些蔬菜吧?

这段日子,江春燕实在是太忙了,好像什么都没来得及想,时间就来到了九月下旬。

这天刚收完一块地上的玉米,她猛然想起来,刘二岗已经走了快一个月了。他走时说好到学校就写信,可是他一直没有来信,这让江春燕不能理解。

当江春燕一个人孤零零地在农田里歇息的时候,她头枕手掌仰面躺在土地上,长久地望着高远的蓝天和悠悠飘飞的白云,眼里便会莫名地盈满了泪水,田地里寂静无声,甚至能听见自己鬓发间的血管快速跳动的声音。每当这样的时候,江春燕就很容易回想到那段难忘的岁月——在平安乡上学的时光。那时候,尽管饥肠辘辘,日夜苦读,但现在想起来,那可能是她一生中度过的最美妙的时光呢。那些同学,眼下已经各走各的路了。看来,每个人都有每个人的命运。

每天傍晚,江春燕扛着锄头往回走时,总是怀着一种怅然的心情告别自家的田地,回到村中那个破房子,就又回到了严峻的现实之中。唯一让她欣喜的是母亲已经做好了饭菜,正在等着她回家吃饭呢……可是,一天的劳累让她浑身酸疼,每走一步都如同上刑一般,那个温馨的梦想或许只能永远挣扎在回家的路上了。

这天也和往常一样,走在白鹤村的村路上,表面平静的江春燕心中正荡漾着巨大的涟漪。

邮递员老曹骑着自行车迎面而来:"哟,这不是因胳膊受伤没考上大学的那个小丫头江春燕嘛。干啥去?准大学生。"老曹停下来跟江春燕打着招呼。

江春燕不好意思地低下了头。

"哎,小丫头,刚才有你一个包裹,好像是从省城寄来的,在村委会呢,你去看看吧。"

江春燕一时怀疑自己听错了,问道:"哦,我的?"

老曹说:"对,就是你的,写着'江春燕收'。对了,好像还有你一封信呢。"

"叔,那谢谢啊,我去看看。"江春燕迫不及待地一路小跑起来。

之前,刘二岗给江春燕的几封来信都躺在刘福贵的抽屉里呢。

气喘吁吁的江春燕来到村委会敲门时,刘福贵正在一堆来信中挑出刘二岗给江春燕的那封,快速锁进抽屉里,嘴里还叨咕着:"不刹下心来学习,总是儿女情长的,能有个啥出息……江春燕啊,你就别怪你大叔了,大叔不能让你拖我家二岗的后腿,谁家不是望子成龙啊,你要怨就怨你那病爸和弱妈吧。唉,这都是命啊!"

刘福贵一抬头,见外面是江春燕,不免有些慌张,迟疑地说:"进、进来吧。"

江春燕推门走了进来。

"哟,春燕啊,有事啊?"刘福贵问道。

"啊,刘主任,我刚才碰到邮递员曹叔了,他说有我的包裹。"

刘福贵看看桌上的一个方形牛皮纸的包裹说:"啊,还别说,真是你的。"

刘福贵又看看下面的寄包裹地址,叨咕着:"北方农业大学？春燕,是郑大民给你寄来的?"说着把包裹递给了江春燕。

江春燕知道那是郑大民寄给她的关于水稻种植的资料,郑大民可真是说到做到啊,她的心中充满了感激之情。可此刻,江春燕最关心的并不是郑大民的诚实守信,也不是她心中的神圣水稻,而是刘二岗那迟迟不来的信啊!

"春燕啊,我看你妈的精神头可比以前好多了,但身子骨还是有些弱呀!唉,咋说呢？你妈啊,你说你妈这么多年遭了多少罪呀!现在也好,你不去上大学呢,她也算解脱了一点,是不是？你爸的身体这也是多少年了……"刘福贵没话找话地说。

江春燕低头不语。

刘福贵继续说:"还是回去好好陪陪你妈吧。你说,要不是你家里这个情况,你不是也和我家二岗一起到省城上大学去了吗？"刘福贵说着,欲言又止地摇了摇头,他心里想起了抽屉里的那些信。

"唉,都是命啊,都是命不是？"刘福贵边说边冲江春燕摆了摆手,"抓紧回去吧,回去劝劝你妈,往前看,还是得往前看啊。"

江春燕接过包裹后还是没走。刘福贵盯着她又问:"咋,还有事？"

江春燕说:"邮递员曹叔说还有我的信呢。"

刘福贵一愣,又忙掩饰住说:"信？没有啊,不对,有,是有几封信,但没你的啊!"怕江春燕不信似的,刘福贵又拿着桌上的几封信念着村人的名字。

"哦,那我可能是听错了。"江春燕半信半疑地走了。

刘福贵见春燕出去了,又自己咕哝道:"我家二岗和他大哥一样,要留在城里,得在城里娶媳妇生儿子,光宗耀祖啊。"

江春燕回家后情绪一直低落。这些天没有二岗的信也没多想,可是听说有又没了,反倒更让人放不下了。

这晚江春燕破例没有和妈一起剪纸,她一直在灯下看着郑大民寄来的有关水稻种植技术方面的书。

春燕妈看看江春燕,欲言又止,几次三番,终于问:"燕儿啊,二岗一直没给你来信啊?"

江春燕害羞地说:"妈,没有,人家刚上大学,肯定是忙着呢,能跟咱这在家似的嘛。"

"都怪妈添乱,耽误了你的大好前程。"春燕妈边说边抹起眼泪。

"妈,你哭啥?我早都想好了,其实有信没信都是一样的。"江春燕安慰着母亲。

"那咋能一样呢?有信那是心里惦着你,没信……"

"妈,真的一样。其实,这些天我想了很多,我既然选择了留在家里,就是和他选择了不一样的道路。你想啊,不一样的道,咋往一起走呢?再说了,他的那条道前程似锦;我的这条道,到底会怎么样,其实我还没看清呢。不过,我跟妈在一起,我心里就很踏实。真的,妈,谁能说清前方的道路到底会是个什么样呢?不就得去走走看吗?"

春燕妈抹抹眼泪,看看江春燕正看着的书,若有所思地说:"这大民不吱声不言语的,其实心里还是挺有数的。人家从来不咋咋呼呼的,这不也考上省城的大学了嘛。"

江春燕说:"大民心细,爱琢磨,就是答题慢点。但这回高考发挥得不错,考得挺好,还考上了北方农业大学。"

春燕妈有些疑惑地问:"他不是一直对养羊养牛啥的感兴趣,我记得你以前说他要考省畜牧大学,咋去了北方农业大学呢?你说他大学毕业后还能回到咱这穷地方种水稻咋的?"

江春燕抬起了头:"那可说不准。妈,现在国家有许多新政策呢,以后你多听听广播,我常去吕叔家看报纸,咱农村以后发展好了,也许不比城里差呢。"

春燕妈使劲抿了一下嘴,说:"净瞎说,农村就算有一天再好了,哪能跟城里比呀?"

江春燕说:"农村有农村的好。"

春燕妈像突然领悟了似的问:"那你说,大民毕业后真有可能回咱白鹤村来?"

江春燕说:"那也说不准,大民这个人一向踏实做事。"

春燕妈瞅瞅江春燕,不相信地摇摇头,感叹道:"要是真能回来就好了,大民这孩子实实在在的,你们俩在一起挺好的。唉,都是妈耽误了你呀。"

"妈——你又来了!你说啥呢?大民就是我的普通同学加亲密发小,我可从来没往那方面想过。"江春燕靠在母亲的身上,继续看书……

江春燕除了晚上在家看郑大民邮寄来的资料,每天中午在田间地头休息的时候,她也要拿出来看一看。通过学习,她了解了关于水稻的很多知识——从水稻在全世界的分布,到水稻在泛亚洲的族群;从水稻在全中国的种植情况,到水稻在大东北的发展历程;再从洮水县的土质特点,具体到白鹤村的保水能力……

通过学习,江春燕认识到自己从前对水稻了解得真是太少了。母亲那么会种水稻,现在看也只是凭着多年的老经验,没文化的母亲哪里知道水稻生长的来龙去脉和品种升级及发展前景呢?

水稻虽然喜湿喜热,但是它的适应能力还是很强的。这种古老而又年轻的农作物,在世界各地都有着广泛种植。在中国,水稻在不同地区也均有种植,不同的地区有不同的自然环境,水土气候也各不相同,水稻的种植品种、熟制也就不一样。因此,各地水稻的亩产量就不会一样,不可一概而论。

从传统意义上讲,水稻本是适应中国南方的农作物。因天性喜欢湿热的气候环境,水稻不太适合在北方种植。所以,过去相当长的时间里,在东北广袤的黑土地上水稻的种植面积并不大。东北的黑土地历来以玉米、高粱、大豆和小麦等为主要农作物,正如《松花江上》所唱的:"我的家在东北松花江上……那里有满山遍野的大豆高粱……"

江春燕还从书中了解到,水稻在东北的种植确实经历了几个艰难的阶段。早在 1400 年前的渤海国时期,就有了东北"卢城之稻"的传奇记录;到了清代,东北的粳米一度成了皇家贡品;19 世纪中叶,自从鸦片战争敲开了国门,清政府逐渐放弃了对东北地区的封禁政策。解禁之后,朝鲜移民陆续进入图们江及鸭绿江对岸的中国东部边疆地区。他们克服了东北地区气候寒冷、无霜期短、缺乏水利设施等各种困难,试验着开发出了一片片水田,从而再次促进了东北水稻的发展。

东北的气候四季分明,夏季高温多雨,冬季严寒。也正因为如此,东北水稻从播种到收割必须在夏季完成。同时,东北也只能种植单季水稻,最迟在四月份插秧。只有这样,才能保证水稻生长期的充足热量和水分。东北夏季时间较短,水稻也只能是早熟品种。为了保证四月份水稻插秧,农民得在三月份左右进行大棚育苗,这正是科学技术在农业方面的具体应用。好在东北是雨热同季,这一点对种植水稻也至关重要。

另外,朝鲜移民善于耕种水田。来到东北后,他们凭借在半岛的水田农作经验,大胆地在一些稍具水利条件的地方,尤其是在一些汉族农民放弃的草甸地、苇塘地和涝洼地上开发出片片稻田。虽然产量非常低,但还是开了在东北种水稻的先河。

到了20世纪60年代,水稻种植技术还没有得到根本性的改进。水稻的亩产量依旧很低,为了解决人口大国的吃饭问题,改良水稻品种、增加水稻产量就成了我国亟待解决的重大问题。转机出现在20世纪七八十年代,从1976年开始,袁隆平先生研究的杂交水稻在全国大面积推广,一下子就让水稻平均亩产量增长了百分之二十左右……

江春燕早就知道这些了,水稻产量的不断提高取决于水稻品种的不断改良。这是她多年来的兴趣所在,也是她报考农大的主要原因。

江春燕也早就知道,水稻是有好多品种的。可以分为籼稻和粳稻,也可分为早稻、中稻和晚稻,糯稻和非糯稻。籼稻生长期比较短,一年可种植多次;粳稻生长期较长,一般来说一年只成熟一次。据说,当年给皇上进贡的粳米就是由粳稻优中选优加工而成的。早稻、中稻和晚稻的根本区别是对光照的反应不同,晚稻对光照最为敏感,对光照的要求也最高。至于糯稻和非糯稻,这两种水稻的主要区别是作用不同,糯稻主要用来酿酒,非糯稻主要就是食用了。

此外,还有旱稻和水稻之分。旱稻又被称为陆稻,种植于旱田;水稻则种植于水田。水稻的品种还有很多,比如说巨型稻、人工稻等。据说全球水稻的品种高达一万四千种,而且科学家们还在研究更新的水稻品种。

江春燕最关注的一直是一种最独特的水稻——海水稻。因为海水稻进化品种更适合在白鹤村的盐碱地上广泛种植。

最大的问题是海水稻产量低,口感差。如何改良它,或者如何去种植改良后的优质粳稻,一直是江春燕魂牵梦萦的问题……

书上说,最新开发出来的水稻品种叫超级杂交水稻,亩产量能大大增加。书上还说,不久的将来,第三期超级杂交水稻就能研发出来,亩产量最高能达到四百五十公斤!

而白鹤村目前的水稻亩产量最高的也不过二百五十公斤……江春燕面对的现实远没有心中的愿景那么丰满,眼下的景象依旧太骨感了。早已收割完了水稻,现在已是收玉米的深秋。江春燕一边掰着玉米,一边眺望着远方……

由于过量地使用化肥和除草剂,白鹤村的黑土地多数已沦为盐碱地了。无论村民们怎么种,一年也打不下多少粮食。赶上风调雨顺的好年景,村民们还能有点余头;要是旱点或者涝点,庄稼可就长不高了,顶多也就闹个年吃年用,老百姓称之为"将供嘴儿";要是赶上大旱或者大涝之年,村民们就彻底玩完了。白鹤村就是这个样子,年复一年,庄稼人起早贪黑地劳作,汗珠子落地摔八瓣,但日子总还是老样子。咋干都是一个样,时间长了,也就滋生出了一些游手好闲、偷奸耍滑的懒汉。

多年来,庄稼人还是一味地向土地要粮食,过度榨取土地。为了眼前利益,更多的人还在不断地加大化肥和除草剂的投放量,已经于不知不觉中走进了恶性循环的泥淖……

第六章

晚上回家一进门,春燕妈就说:"燕儿啊,今天福贵主任来了,说后村黑鱼淖有个老师要休三个月产假,需要招个临时代课老师。福贵主任想让你去当这个代课老师,说还能顺便教教孩子们剪纸啥的。一个月去八次,一次给二十块钱,一个月就是一百六十块钱。就是离家太远啊,妈寻思你也太辛苦了,来回要走上十几里地的荒甸子。尤其是晚上,弄不好还要贪黑回来。妈就没马上答应他,妈跟他说等你回来商量商量。"

确实难度很大,但江春燕一听说能挣钱,再大的困难她都能克服。她心想:三个月能挣四百八十块钱,这对家里来说可是一笔不小的收入啊,她怎么能拒绝这么好的事呢?她当然也知道最大的困难是啥。犹豫再三,江春燕还是咬了咬牙,决定把这个活接下来。

"妈,不用商量了,我去。我不怕远,也不怕苦,有了这些工资咱就能快点还上饥荒了(还上饥荒,方言,意为还清债务。)。"

"那么老远……你一个女孩子,能行吗?"春燕妈不放心,犹豫着。

"行,咱还能多见见世面呢。而且还能教孩子们剪纸,要是真教出几个孩子来,咱也算做了传承的好事,咱这手艺不能藏着掖着呀。"

春燕妈迟疑了一会儿说:"也好,多和外面的人联络联络,就不憋屈了。福贵主任可真是个好心人啊,处处想着咱们呢。"春燕妈感恩着刘福贵。

"是啊。"江春燕也暗自念着刘福贵的好。

母女俩哪里知道,这完全是因为刘二岗的信都被刘福贵截留了,出于心理愧疚,刘福贵才热心地介绍江春燕去后村当一段时间代课老师。

就算没有这事,江春燕也总是情不自禁地想起刘二岗。每次想完刘二岗,江春燕又会感到一种无望和迷茫。自从刘二岗考上大学走后,就再也没有他的音讯了。江春燕想:这也许就是一种方式吧?这种无言,分明就是在和她断绝关系呀!就像那天和妈说的那样,归根结底,她和刘二岗已经走上了两条不同的道路,而且是两条永远都不会交叉的道路。一个在省城读名牌大学,下一步可能是考研究生;一个在贫困乡村干着农活,没有什么下一步。这样的两个人怎么能走到一起去呢?还有什么必要再联系呢?看来二岗是用心良苦的。也是啊!都是成年人了,有些事情没必要明说就不必明说了,免得互相间造成更大的伤害。也对,既然是这样,两个人的关系随着空间的拉大也就会自然而然地结束了。对于江春燕来说,虽然心里一直是认真的,但此刻也得面对现实了。她亲爱的二岗是优秀的,就当他是自己人生中的一段美好记忆,永远珍藏于心底吧。

尽管江春燕心里有再多的不舍,但一切都已经结束了。江春燕疲于奔命地干活时还好些,一个人独处在田间地头时就闹心了。有一种强烈的思念不断地将她往上拉扯,而她自己又沉重地向下坠落着。这个穷家把江春燕牢牢地拴在了这块土地上,她只能踏实地在白鹤村生活一辈子了。但她又总是感觉远方有一个东西在向她召唤着,她没有力量奔跑过去看看那个东西是啥。人就这样被活活拉扯着,拉断了骨头还连着筋,断裂的皮肉在不停地流着鲜血。

江春燕并不知道,此时远在省城的刘二岗也时时刻刻在等着江春燕的回信呢。每当想起江春燕,刘二岗总是感到一种惆怅和苦涩。自从刘二岗进入大学校园之后,他已经一连寄出五封信了,最后一封也已经寄出去半个多月了,可一直没有收到江春燕的回信。江春燕是认为两个人没有什么必要再联系了吗?父亲是明显不同意他和江春燕继续来往的,但那毕竟是父亲的态度。刘二岗觉得江春燕做得有些过于理性了,也过于绝情了。就算两个人的关系结束了,也该说明一下吧,还可以做同学、做朋友呀。每当夜深人静时,强烈的失落感就不断从刘二岗的心底升腾起来,就像是生离死别,揪心地疼……好在这个时候,漂亮的城市女孩——同班同学林丽丽对他一见钟情,课余时间总是身前身后,无微不至地关心着他。

有一天代课回来的路上,天色已晚,江春燕好像听见一声怪叫,就想会不会是狼呢?正害怕时,迎面走来了一个人,江春燕多么希望这个人是刘二岗啊,但理性马上告诉她:那已经是不可能发生的事了。

直到那人来到近前时,江春燕才认出来,原来是自己的初中同学金卫国。

虽然江春燕以前并不太了解上学时不好好学习的金卫国,但他毕竟是个大男人。从金卫国一脸友好的笑容里,看不到任何恶意,江春燕心中的胆怯多多少少还是缓解了许多。

"哟,这不是老同学大美女江春燕吗?干啥去了,这么晚才回村啊?"

"刘主任介绍我去黑鱼淖代几个月课,这不,刚上完往回走呢。"

"可真巧啊,我家羊生病了,我想去平安乡找找兽医。天黑了,不去了,正好陪你回村。"听说江春燕每周要去黑鱼淖村代两次课,越来越有想法的金卫国怎么能错过这么好的表现机会呢?本来,金卫国就是故意来接江春燕的,但他硬说是巧遇。

"我刚才好像听到什么叫了一声,心里正在打鼓呢,就遇上了你。老同学,这可太谢谢你了。"江春燕说的是心里话。

"我也听着了,好像是猫头鹰叫唤。"金卫国说。

接下来,两个人就好像没啥好说的了,为了不尴尬,就一路唠起了共同熟悉的几个初中同学,主要也都是一些传闻,无非是谁和谁在一起了、谁和谁又打仗分手了。

两天后,江春燕再一次在回来的路上遇上金卫国,她就明白一切了,就委婉地告诉他不用接她,她习惯了,已经不害怕了。

江春燕当然知道金卫国这是在对自己示好,哪个敏感的女子会感觉不到走近自己的男人呢?怎么办?江春燕真想听听二岗的意见。可还是没有二岗的音讯。她真想马上给二岗写一封长信,告诉他自己此时的心情。可是,那又有什么必要呢?

江春燕在稻田里一边收割,一边还是忍不住想二岗。耳边时不时听到秋风把他们曾一起唱过的那些歌从远方捎来——让我们荡起双桨……我们的未来在希望的田野上……我从垄上走过,垄上一片秋色,田野稻穗飘香,农夫忙着收割……只是歌声沉重了,已不像从前那样轻扬。

是啊,虽然那时也走在田野里,但心中憧憬着未来;现在同样是走在田野里,但已心如止水。在秋老虎货真价实的无情烤晒下,江春燕原本又白又嫩的脸颊已经变得又红又黑。泪水和汗水轮流盈满她那双饱经忧患的眼睛。洮儿河,你还记得吗?曾几何时,她和二岗还一块儿坐在这河边上,说了那么多难忘的话。

现在江春燕终于明白了,那些话也是二岗对她的最后告白,只是她当时没有意识到而已。如今,生活已使他们天各一方,但不论怎样,她还深深地爱着二岗,他毕竟在她心中的净土上第一次留下了一抹绚丽多彩的阳光。是的,生活流逝了,记忆永存。由于过度的忙乱和劳累,她常常不能去细心想他,但这并不意味着自己已将二岗遗忘。

后来,金卫国还托穆秀英到家里说合了一次。穆秀英对春燕妈说:"春燕要是嫁给金卫国,老江家的穷日子可就到头了……"

在江春燕的印象中,金卫国好也罢、坏也罢,贫穷也罢、富裕也罢,他好像一直是另一个世界里的人。江春燕总是觉得金卫国从来就不是自己的同路人,而现在却硬是要和自己靠近走上一段。

两个人都在一个村里住着,又是初中同学,就算江春燕觉得不合适,也不好意思直接拒绝人家的诚意。

怎么办?江春燕想,现在各方面条件都不允许自己考虑这种事,只能慢慢再说。于是她和金卫国保持着不远不近的老同学距离。

有一天,江春燕和往常一样,正在地头全神贯注地看书时,金卫国又来了。

"看书呢?都决定不再复读考大学了,咋还这么用功呢?"金卫国平时很会说话,可遇上江春燕就不知道说啥好……

江春燕被金卫国吓了一跳,不知咋回答好,就说:"看书看习惯了,没事看着玩的。"

但两个老同学见面了,总得说点啥吧?金卫国就问:"春燕,你看的是什么书啊?"

"是关于水稻种植方面的书。"江春燕合了一下书,指了指书皮。

"就咱们白鹤村这老盐碱地,种啥都是白扯。长得太慢,咋种也是差劲。"金卫国对种地没啥兴趣。

"书上说,随着科技进步,盐碱含量高的土地上也能种出好水稻了。"江春燕眼神坚定地望向身边的这片土地。

"就算辛辛苦苦地种出来了,卖粮时也是贼拉的费劲。那帮粮贩子才鬼奸呢,总是做手脚,明明一百斤,愣是能称出八十多斤。"金卫国说。

"书上还说,海水稻的衍生品种非常适合盐碱地种植。"江春燕继续着刚才的话题。

金卫国根本就不知道还有什么海水稻、超级稻之说,一时接不上话。可不说话又觉得有些尴尬,他就说起了李芒种:"李芒种那小子才没正溜呢,不好好种地,整天写诗,还自以为是诗人呢。"

江春燕收回望向田地的目光,说:"人都有各自的爱好嘛。"

"我咋就纳闷呢?你说那个长得挺好看的吕文凤咋就喜欢上这么个货呢?长得单薄细两的,像个豆芽菜似的,这一天一天的,东一下、西一下的,还没个正事。"金卫国说。

江春燕说:"李芒种还是很内秀的,诗歌写得确实不错呢。"

"看不出他有啥内秀,人都一个样。说句不好听的话,表面上斯斯文文的,肚子里不都是大粪吗?"

金卫国最后这句话,让刚刚对他有了几分好感的江春燕不得不重新审视他。

连日来,江春燕一直被金卫国的眼睛紧盯着,可刚刚失去恋人的江春燕对满怀热情的金卫国一点感觉都没有。本来就因情而恼,金卫国又这样一厢情愿,就更增添了江春燕的烦恼。

不知不觉中，东北大地进入了隆冬季节。从清雪飘飞到滴水成冰，必将是一段漫长的煎熬。煎熬有煎熬的必要，皑皑的白雪就如同一床巨大的棉被把大地捂得严严实实，就像它们知道忙碌了春夏秋三季的大地需要休息了，得让大地安安静静地睡上一觉，得让大地疲惫的身体恢复元气，得让大地通过自我调整肌肤清除病害了。

白鹤村的男女老少们也一样，在这个季节是需要猫冬的。哪怕是在这些寒冷的冬日，江春燕更多的时候也不能悠闲地待在家里。听人说收粮能挣点小钱，江春燕就经常背着口袋走乡串户去收粮，有时，她还要到邻村去收。等到她和妈忙完该忙的，就没有多少时间了。只有在特别恶劣的大风大雪天气里或者难得空闲的晚上，江春燕才有机会和妈一起坐在炕头上摆弄一会儿心爱的剪纸。

这天晚上，春燕妈瞅着江春燕，满眼心疼地说："燕儿，都是因为妈啊！"

"妈！你又来了。我都说多少遍了，这就是命，咋能怨你呢？谁愿意生病啊？"江春燕安慰着母亲。

春燕妈抹了一把泪，说："燕儿，这不上学了，也别整天就是在家剪啊剪的。周末了，在平安乡上中学的杏花、文凤都回来了，你出去找找她们，都是有文化的人，能唠到一起去。"

江春燕看了一眼母亲说："她们都比我小，再说了，人家还都在上学呢，说的还不都得是学校里的事啊。我不想听，都过去了，咱不能哪儿疼扎哪儿啊，我那不是找病吗？"

"这孩子……对了，你不是说剪纸也不能老剪这么几样，得弄点新鲜的吗？你吕叔开的吕家书屋里有那么多书，还有报纸啥的，你不上学了，看看书看看报去吧，兴许有用呢，咱村能读到高中毕业的也没几个啊。"

江春燕若有所思："我倒是想去找点有关水稻如何增产的书，嗯，明天我就去看看。"

第二天一早，江春燕推开吕家书屋的房门时，里面有几个孩子正在看小人书。

文龙妈热情地迎了过来："春燕来了？稀客啊！这孩子，学习那么好又那么用功,没考上大学真是可惜了。胳膊好些了吧?关键时候偏偏受伤。"

吕老倔边喝水边抬起头来,叹气说:"唉,人家这孩子多好,那是能考上大学,只是出了意外。本可以明年重读接着考,可家里条件又不允许;咱家是正好相反,文龙要是能考上,咱们倒是能供起,可是咱文龙硬是给你考不上。"

"我也没考上,叔、婶,我是来看看书的。"江春燕不好意思地客气着。

文龙妈说:"以前用功学习没时间看这些闲书,这以后有时间了,你就常来吧,你吕叔见到爱看书的人心里就高兴。"

吕老倔瞪了一眼文龙妈,阻止道:"别老磨磨叽叽的,快让孩子好好看书吧。"

江春燕坐那儿翻看着书。文龙妈给江春燕倒了杯水递过去,就没再打扰。

到了傍晚时分,吕家书屋里只剩下了江春燕。文龙妈正在做饭,吕老倔也从书屋里走了出来。

文龙妈说:"咋了,这不用看着了?"

吕老倔说:"看着谁啊?就剩江春燕一个人了,文明人看书还用看着吗?"

文龙妈已经做好饭了,探头往书屋里扫了一眼,江春燕还在那儿看书呢。

吕老倔也来了好奇劲,说:"我也看看好学生究竟是怎么废寝忘食的。"说完就扒在门缝往里看。只见江春燕正在聚精会神地看一本大厚书,还拿着本子认真地记录着什么。

"老伴,要不叫春燕在咱家吃饭吧!这孩子没考上大学,咱这礼也没法随。这孩子爱学习,还懂事。这才回来几个月呀,人累瘦了,也晒黑了,看着怪让人心疼的。"文龙妈询问着老伴。

吕老倔说:"赶上吃饭了,这还用问?叫文凤和文龙多跟人家学学,看看人家,看书那股劲头,他俩要能赶上人家一半也行啊……唉!"

文龙妈怕惊扰到江春燕,小声叫着:"春燕,来,跟我们一起吃个晚饭吧。"

聚精会神的江春燕还是一惊,下意识地瞅瞅外面:"哎呀,这么快呀,天都快黑了。婶,我不吃啦,来之前都说好了,我还得回去帮我妈做晚饭呢。"说着,江春燕收拾好书和笔记本就往外走。

经过饭厅时,江春燕看到了吕文龙和吕文凤。

"春燕姐!"文静的吕文凤跟江春燕打着招呼。

一脸愁容的吕文龙也抬起头说:"春燕啥时候来的,咋没听到你的声音呢?"

吕老倔说:"你以为都像对门那杏花似的,整天扑扑棱棱的?"

吕文龙说:"春燕,你是要去书屋看书吧?"

吕老倔说:"人家这是要走啦。你说你要是能考上大学……唉,总画那没用的农民画,净耽误学习了。"

江春燕说:"吕叔,我们美术老师在学校表扬过文龙哥呢,说平安乡中学在美术方面要是有出息的人,那准是文龙哥。"

吕老倔说:"别人说的我不信,春燕说的我信。文龙啊,春燕文化课好,以后你不会的,就多问问春燕。"

江春燕谦虚地说:"我学得也不算好。"

吕老倔说:"你是能考上没考好,他是考好了也考不上,差得太远了。对了,春燕,你爱看那本大厚书?看不完就拿回家去看也行。"

江春燕说:"吕叔,墙上不是都写着'本屋图书,概不外借'吗?我可不能破例,还是得遵守规则。"

吕文凤的目光在吕老倔和江春燕的脸上来回扫了几次,说:"这可是我爸头一回这么宽容啊,春燕姐,你可是特例呀!"

江春燕说:"谢谢吕叔,不用拿回去。我还是有时间再来看吧,别耽误别人看。你们快吃饭吧,我得走啦。"

吕家饭桌上,吕老倔夸赞完江春燕的各种优点,接下来就是数落吕文龙的各种无能……

第七章

　　白鹤村的年轻人都在各自奔忙着。李芒种越来越看到自己光明的文学前景,现在他更加坚信:文学肯定能改变自己的命运。

　　赵馆长想邀请洮水县最具发展前途的业余作者到东来顺小酒馆小聚一次。张罗有一阵子了,直到最近,赵馆长总算弄到了几个润笔钱,小聚才得以落实。

　　东来顺小酒馆其实很简陋,是底层人经常小吃小喝的地方。赵馆长订了最里面的单间,为数不多的单间在东来顺小酒馆就算是高档的了。一张大方桌就比外面的小方桌款式好看多了。赵馆长已坐在正中,徐大眼镜(县实验小学语文老师,本名叫徐全)和程二虎分坐于赵馆长左右,朱多友、朱广友兄弟俩坐在对面,桌子的右堵头是马大力,左堵头的位置空着呢,那明显是给李芒种留着的。

　　赵馆长说:"我今天一共就邀请了六个人,加上我七个人。除了目前到位的,李芒种也在其中。我想了好久了,还给你们六个弄了个名号,以后你们六个就号'洮水六骏'吧。"

　　徐大眼镜说:"这名号好啊,太好了。别说,真有可能叫响呢。古人都有'竹林七贤''建安七子''初唐四杰'啥的呢……"

　　程二虎说:"人家可都是叫响了呀,还有'唐宋八大家'呢。"

　　赵馆长接着说:"你们六位中,目前李芒种写得最好,我看就让他来当六骏之首吧?"

　　徐大眼镜说:"行啊,按作品质量,我们这几个人里也真就数李芒种最好了,这个大家都得服气。"

"既然赵馆长定了,我看也行,咋也得有个牵头的。"程二虎说。

大家正说得热闹时,李芒种匆匆跑了进来,一进门就喘着粗气说:"实在对不起大伙,赵馆长,我在路上意外遇上点事。"

赵馆长说:"快坐快坐,就等你这六骏之首呢,要不早就开席了。"

什么之首?李芒种没太听清,反正能听出来是好事。李芒种没想到堪称洮水县文学泰斗的赵馆长如此看重自己,"东来顺"虽小,却让李芒种感到有一种庄严和雄伟渗入骨髓。大家都知道,文化馆并不是什么有钱的单位。别说这样的举动不多,就算多,这种档次的重要聚会也不是谁想来就能来上的呀,更别说自己还被叫什么之首了。李芒种小心翼翼地将牛皮纸口袋里的新作拿出来,恭恭敬敬地双手交给赵馆长,说:"这几天新写的十几首小诗。"

赵馆长接过稿子,半开玩笑地说:"你这六骏之首可真行啊!这才几天啊,就又写了这么多。刚才你没到时我跟大家开了个小会儿,宣布了洮水六骏,任命你当六骏之首。今天这是给你们喝庆祝酒,你写得再好,按规矩,来晚了也得罚酒。"

程二虎说:"对对对,罚酒罚酒,说别的都没用。就算你是六骏之首,迟到了也得自罚三杯!"

李芒种这回终于听清了"六骏之首",他觉得幸福来得太突然,面带难色,只喝了一杯,连说:"我咋还成了六骏之首了?徐哥和程哥都比我大呢。我可不行,我的酒量也不行,真得慢慢来。"

一向神神道道的徐大眼镜打圆场说:"赵馆长定的,听领导的。来,慢慢喝,慢慢喝。大家发现没?我们的六骏之首李芒种这个名字起得真不错呀!冷不丁从字面上看,好像有点土。但你细品这几个字,还真有一些大家风范呢。你们品品,是不是?"

李芒种有些不好意思地说:"我这名字真是太土了,让徐哥见笑了。"

徐大眼镜说:"这话说哪儿去了?我可是发自内心说真好。"

李芒种仍不好意思地说:"真的没啥好的。"心中暗想:不过是爸的姓和自己出生那天正赶上了芒种这个节气,那是再简单不过的组合了,怎么还能说好呢?

徐大眼镜说："你爸可真有才呀,这名字起得确实很大气,李芒种将来没准真就能出息成个当代文豪什么的,这可没场说去呀。到那时,洮水县没准也跟着出了大名。大家再细品一品,李芒种这个名字起得确实好。"

大家也跟着附和："确实好,苟富贵,勿相忘!"

相聚的酒桌上,越是底层的文学爱好者,不着边际的豪言壮语就会越多。

赵馆长说："芒种啊,你也不能太自谦啊!这名字真不错,经得住反复琢磨,朴素大方,不卑不亢。徐全的话虽然说得有些飘摇,但绝无嘲讽之意。"

徐大眼镜说："那可不,咱们这些底层文学爱好者本来就难成气候,谁都不具备单打独斗的能力,更谈不上什么分庭抗礼了,哪能互相拆台呢?咱们可不怕谁的动静大,谁先整出点儿动静都是好事啊!"

赵馆长说："这就对了,咱们洮水县的作者就得拧成一股绳啊。常言不是说嘛,团结就是力量啊!"

大家就齐声喊："为了团结共进,干杯!"

推杯换盏之间,李芒种感觉到幸福缥缈而至。

李芒种想起家里的老妈也许正在喂小鸡,想起马上也要上高三的吕文凤也许正在学习,还想起了五年前去世的老爸曾在田间辛苦劳作,一边擦汗一边望向远方……老爸好像还在说:"儿子呀,记住喽,做人到啥时候都要有个追求啊!"

李芒种以前没细琢磨过自己的名字,听大家这么一说,心里也在暗想:就算是老爸毫无创意的一时闪念,李芒种这名字起得还是足够独特。如果不像有些人总是恶意地读成"种子"的"种",好好读还是挺大气呀,好好写作吧,以后没准真就能写出点儿名堂来呢。这样想着,李芒种就愈加珍惜起自己的这个名字了。

又喝了一会儿,赵馆长像突然想起了什么,对李芒种说:"对了,芒种,还有一件好事呢。白城地区要举办一个骨干作者培训班,全洮水县就给一个名额,就得是你了。"

"这是好事啊!"大家就又为李芒种祝贺了一番。

李芒种回来第一时间就把好消息告诉了吕文凤,吕文凤也跟着高兴……

吕文凤说:"全洮水县就一个呀,这可真不容易啊!"

李芒种说:"是赵馆长推荐的,他一直都挺看重我的,刚刚把我的诗给推荐到省里发表了,我才有了这个机会。赵馆长还把我列为'洮水六骏'之首呢。"

"都是白城地区的文学骨干了,我真是太羡慕你啦。这么说,你得离开白鹤村一段时间了?"吕文凤的情绪突然有些低落,又觉得自己不应该,忙挤出笑脸说,"李芒种,这真是件大好事啊,我得正式向你表示祝贺……"

又是一个周末,江春燕来到吕家书屋看书。一进门,吕文凤就拿个本子迎过来,边摆弄江春燕的头发边说:"咋编的呀? 真好看,跟你的剪纸一样漂亮。"因为李芒种的好事吕文凤还兴奋着呢,但她知道,没有最后落地的事坚决不能往外说,她只能自己先偷着乐。

江春燕看到吕文凤拿着的本子,还一脸问询的表情,就说:"是我自己随便编的。你有事?"

吕文凤心想:要是春燕姐将来能成自己的嫂子该多好啊,就说:"春燕姐,我想问你一道题,可以吗?"

"有问题随时可以问呀,就怕我答不上来呢。文凤你咋这么客气啊?"江春燕说。

问完题,吕文凤发现江春燕这回看的并不是水稻方面的书,而是关于美术方面的书,就说:"春燕姐,我哥那儿还有一些关于美术方面的书,他还当宝贝似的藏着呢,你想不想看看?"

江春燕说:"文龙哥现在还天天画农民画吗?"

吕文凤说:"偷着画,我爸让他专心学习,不让他考美术学院了,让他考常规的大学。所以,那些美术方面的书,他现在也看不成了。你要是想看,我就给你拿出来。"

江春燕忙拉住要去拿书的吕文凤说:"可别拿人家的宝贝,我看这些书就行了。"

"没事的。哎,春燕姐,你想不想看看我哥画的那些农民画? 我觉得我哥的画真挺生动的,颜色也亮丽,反正我喜欢。走,你给鉴定鉴定。"说着,就拉着江春燕到吕文龙那屋去了。

吕文凤翻出吕文龙箱子里的农民画,展示给江春燕看:"春燕姐,你看,是不是挺好看的呀?"

"嗯,是挺好看的,跟别人画的风格不一样。真是挺生动的,也挺有咱白鹤村的地方特色。"江春燕仔细地一张张翻看着。

俩人正逐张欣赏评论时,吕文龙回来了。吕文凤吓了一跳,赶紧收拾画。

"哥,我春燕姐想看美术方面的书,我帮她找呢,顺便、顺便看看你的农民画。春燕姐说你画得真挺好的,很有地方特色呢。"吕文凤讨好地说。

吕文龙说:"特色有啥用,没人认,就画给自己看呗。春燕,你要看书啊?"

江春燕说:"哦,文凤说你这儿还有关于美术方面的书,方便的话就借我看看,不方便的话就算了。"

吕文龙说:"方便,你看吧,我给你拿去。给别人看,别人还不想看呢。"

江春燕翻看着吕文龙拿来的一摞书,准备挑几本回去看。吕文龙在一边推荐介绍着。

半天没插上嘴的吕文凤突然听到大门响了,立刻醒悟过来,打断二人的对话:"哥,好像是咱爸回来了,快把农民画和书收起来吧。"

三个人忙乱地把美术书和农民画收起来。

果然是吕老倔进门了。他在院里各处看了一圈后,先是走到了书屋门口,探头看见吕文凤像在请教江春燕什么问题,就没打扰二人,转身去了吕文龙那屋。发现吕文龙也在认真地看书呢,吕老倔紧绷的脸松弛下来,他小声嘟囔着:"知道看书学习还行,文龙你小子周末总回来,我就担心你回来鼓捣那些破农民画。呵呵,今天还行。"说完,一脸欣慰地出去了。

吕老倔里里外外检查了一圈,又面带笑容地走进书屋。

看到吕老倔少见的笑脸,江春燕问:"吕叔,今天有好事啊?"

吕老倔说:"能有啥好事。就是看文龙没弄那些没用的农民画,而是在专心学习高兴呗。我就怕他两头都靠不上,竹篮子打水一场空,啥也整不成啊。让我说呀,咱农村的孩子,能上大学的上大学,不能上大学的就在家好好种地。研究点儿科学种田,研究点儿增加产量什么的,这才是正事呢。"

江春燕瞅瞅吕老倔,笑了笑,没说话。

吕老倔坐下喝了口水,又说:"春燕啊,你待会儿有时间帮文龙辅导辅导,传授点学习经验啥的。你说话,文龙能听得进去。"

江春燕说:"我能辅导啥啊,吕叔,您可别这么说,文龙哥内秀着呢。"

吕老倔说:"你可是有实力、能考上重点大学的人,他哪行呢?"

江春燕不好意思地笑笑:"我也没考上啊,嗯,等一会儿我看看吧,看看有没有我能帮上他忙的。"

"那可不一样,你没考上,那是因为发生了特殊情况;文龙没考上,那几乎就是正常现象。"吕老倔叨咕着。

江春燕走进吕文龙的房间时,吕文龙慌乱地把手里看的美术类的书往下面挪。

江春燕见状忙说:"文龙哥,吕叔让我问问你,看有啥能帮上你的。"

吕文龙见是江春燕,才松了一口气,说:"唉,需要帮的地方太多了,说实话,我复习不进去,不拿画笔我手直痒痒。我周末大老远地跑回来,不就是想着能偷着鼓捣一会儿农民画嘛。"

江春燕说:"我也是,现在我除了研究水稻,看到什么都想通过我的剪纸表现出来。以前上学的时候偶尔剪剪当消遣,可现在剪着剪着就离不开了。一天要是不看看书,不剪剪纸,都不知怎么过了。对了文龙哥,看了你的农民画,我挺受启发的,你画的那些内容真好,有时我也有一些想法,也想用剪纸的方式表现出来呢。"

"是吗?等啥时候让我也去看看你的剪纸,互相借鉴一下有好处。我画农民画的时候,就是觉得咱白鹤村的一草一木一人一畜都是亲的,满脑子都是咱家乡的这些土生土长的东西,就是想把咱家乡的风土人情表现出来。"一提到这类事,吕文龙顿时来了兴致,"春燕,你说咱这东西怎么就不能打出去呢?我觉得这渗透着我们真情实感的,这么生动的东西怎么会没有生命力呢?真的,我不甘心,我也放不下。"

江春燕说:"文龙哥,你的想法真挺好的,很有个性。你说这剪纸吧,是我妈传给我的,但总是那些传统剪法,没有什么创新发展。前段时间来我家买剪纸的人说,她城里的亲戚都挺喜欢咱这乡土剪纸的,说要是能再有些新鲜的东西就更好了。而且,咱这通俗的乡土剪纸,在城里也能登上大雅之堂呢。"

吕文龙说:"是啊,过年过节的,贴上几个红剪纸是挺喜庆的,不仅显得日子过得红红火火,可能还有一种重温乡情的亲切感吧?"

江春燕说:"其实我觉得你的农民画在色彩上更有优势,不像剪纸基本就是一个色调。哎,文龙哥,你注意看近期的报纸没有?上海金山、陕西邑县、吉林东丰等乡镇都被命名为农民画乡了。也许你这种有特色的白鹤农民画也是一个发展方向呢。另外,我还觉得你的农民画和我的剪纸在道理上是相通的,我们有机会可以一起开发经营。"

吕文龙说:"听你这么一说,我的心里老敞亮了。"

吕文龙正激昂地说着,杏花溜了进来,见到江春燕也在,一脸的兴奋忽然变成醋意,语调不对味儿地说:"哟,文龙哥,多少天没听到你这么激动的声音了,我以为你中上状元了呢!"杏花不满地瞅瞅江春燕,又说,"你俩胆可真大呀!还公开唠上农民画了,也不怕我吕叔听见?"

江春燕这才想起了吕老倔让她过来的初衷,愣了一下,说:"文龙哥,你看看有没有啥我能帮上你的,吕叔让我问问呢。"

吕文龙扫兴地说:"唉,要学的太多了,问不过来呀。"

江春燕看看杏花,说:"正好杏花来了,那你们聊吧,我得回家干活去了。"说完就出去了。

江春燕没考上大学不仅打乱了金卫国的爱情格局,同时也让杏花产生了爱情危机感。面对同样漂亮的江春燕,杏花就没有优势可言了,她爱搭不理地说了一声"走啊",就扭头摆弄吕文龙的农民画去了。

江春燕走后,吕文龙不太高兴地说:"杏花呀,以后别乱说这种酸话。"

杏花不满地说:"我也没说啥呀。有的人哪,自己的对象不回来了,就去勾着别人的,也不闲一会儿,好的都得是她的呀?"

"你就乱说吧,你还没完没了啦?都是和你们家那些打麻将的人学的吧?净乱嚼舌根子。"吕文龙埋怨着。

杏花任性地说:"我才没乱说呢,我是听陆小广说的,江春燕和刘二岗没戏了。不是刘二岗不想回来,是刘福贵不让他回来。真的,这考出去的人谁还想回来啊？"

吕文龙琢磨了一会儿，小声嘟囔着："最后谁和谁，那都是缘分。"

突然，杏花又有所警觉地说："文龙哥，你说你要是考出去了，会不会也不回来啊？那样的话，到时候我是不是也见不到你啦？"

吕文龙脖子一挺，说："我呀，考不考出去都不会变的，我还就喜欢你这个天真朴实劲儿呢。我还喜欢画咱这黑土地，这田野，这流水，这乡亲……"

杏花表情轻松起来，小声道："主要是，主要是我怕我考不出去。"突然，杏花像又想起了什么，问道，"文龙哥，你最近怎么不画我啦？"

"唉，我哪有时间啊？这一天偷偷摸摸的，学校学校不能画，回到家里还跟做贼似的。而且，我画的那些看着是你，其实也不全是你。"吕文龙边说边思考起来。

杏花一跺脚，噘着嘴问："啊，不是我呀？"

吕文龙愣了一下，说："不对，是你，也不是你，唉，说不清！就是你代表的那些，那些生动的、鲜活的、纯真的乡村姑娘。嗯，就是那些有代表性的形象吧。"

杏花撒起娇来，喊着："就是我，就是我嘛……"

吕老倔总觉得吕文龙的自觉性值得怀疑。第二天一大早，吕老倔悄悄走到吕文龙那屋，扒门缝一看，发现吕文龙用书挡着画农民画，气得上去就抓，两人激烈地抢夺起来。

吕老倔喊道："画画画，还画啥呀？你这怪里怪样的，美术学院考不上，这文化课还给耽误了，买颜料花那钱都够我再订份报纸了！你都考三年了，我再给你最后一次机会，你剎下心来学文化课，考个正经大学去，别让刘福贵总笑话我白看书看报了。"

文文静静的吕文凤听到动静，跑进来拉着吕老倔劝说道："爸，你就让我哥画吧，我们美术老师还说我哥画得挺有自己的一套呢，就是人家暂时还不认，没准哪天就认了呢。"

吕老倔瞪了吕文凤一眼，说："认认认，我看报纸上哪个画跟他画的那些都不搭界，就他，还能独创一派啊？你，吕文凤，赶紧看书去，离他远点儿！别跟着弄乱了心,爸还指望你呢,咱没龙,考出个凤凰也行啊!"

窗外,杏花见吕老倔出去了,赶紧跑进来,边帮吕文龙收拾画稿边说:"文龙哥,以后你画完都放我那儿,这些撕坏的我拿回去给你粘好……文龙哥,你说给我画的那个在水稻田里拎着镰刀跳舞的那张呢?"

吕文龙在桌下抽出一张画。杏花喜滋滋地边看边说:"哈哈,真好看!亏得放在下边了,要不被撕了多可惜啊!"

杏花又偷偷跑去拿给吕文凤看,显摆地说:"看看,快看看啊。"杏花边说边做了个挥舞镰刀的造型。

吕文凤把书举在唇边,说:"嘘,小点儿声,小心我爸!"

杏花突然发现吕文凤手中的书有异样,拉长声调说:"咦,小说包了个语文书皮。交代,又在哪儿弄来的?"

吕文凤躲闪着说:"李芒种借给我的。"

杏花眼珠子转了一圈,说:"李芒种?噢,就是那个整天神神道道,老是转文,做梦都想当诗人那小子啊?"

吕文凤脸红了,抢过书,推了杏花一把,严肃地说:"瞎说什么啊,人家真能写出好诗来的。你不整天做梦都想站在大戏台上唱二人转吗?许你做梦,就不许人家做梦啊?"

"哎,你这么帮着他说话,你们是不是已经有啥事了呀?"杏花觉得自己发现了一个秘密。

吕文凤脸更红了,阻止道:"你可别瞎说啦,我就是欣赏李芒种的才华,你可别让我爸听着!都怪我哥没考上大学,要是考上了,我看啥书我爸都不会管。可现在,他天天就让我干一件事,学习学习再学习。"

杏花纳闷地问:"那你还偷着看小说?"

吕文凤叹了口气,解释道:"我想上中文系,可我爸,让我哥弄怕了,就怕我写作耽误学习……唉,学校分文理科时我选的是文科,我爸还不知道呢。"

"是吗?你爸咋啥闲事都管呢?"杏花撇了下嘴。

吕文凤略带不满地反驳道:"像你妈啥都不管你就好啊?我爸管得有错吗?他也没错呀!"

第八章

　　白鹤村晚秋的凌晨还是惬意的,美中不足的是牛大翠的麻将馆里不时传出刺耳的麻将声和喊叫声。

　　吕文龙手拎画板蹑手蹑脚地打开家门走出来,一边趔趄摸着地方支画板一边没忘往屋里又瞄了一眼,接着叹气道:"唉,三次高考都落榜了,老爸骂我是条虫。但是人各有志,我吕文龙除了种水稻以外,就是对农民画情有独钟。唉,画一会儿是一会儿,天天虫虫虫的,我爸就是不知道虫子也有变成扑棱蛾子的那一天!"

　　吕文龙专心画着,不觉天色大亮。突然,牛大翠家麻将馆里响起更大的喊声:"庄家飘宝儿!三家没好儿!主动上款,不要翻脸……"

　　吕文龙吓了一跳,摇头叹息道:"唉,真是通宵达旦啊!"他把画架搬到墙根儿又重新支起来,心中自语着:难道他们这一辈子就这么过了?我替自己犯愁,更替他们犯愁啊!

　　吕文龙又转回头来看自己的画:"嗯,这回嘛,眼睛画在这个位置虽然有些夸张,但显得更加生动了,这才是农民画呢!"说着,他又兴奋地坐下来接着画……

　　这时,吕老倔手捧一沓高考复习资料从屋内走出来,发现墙根儿处吕文龙正专心致志地偷画农民画,气得喊起来:"吕文龙呀吕文龙,你心可真够大的呀!这一大早被窝里没见着,还以为你总算出息知道用功学习了呢。我省吃俭用给你新买回这些高考复习资料,你咋就不看呢?知不知道呀,考不上大学,你就永远是条虫子!"

吕文龙又被老爸吓了一跳,无奈地小声说:"连考三年都没戏,不想再考了。"

吕老倔眼睛瞪得更大了,问道:"啥,你说啥?你再大点儿声!不考了?我做木匠挣点儿钱不是供你画画的,是要为老吕家整出条龙来!"

"爸,我要是能把农民画画好,也能有出息。"吕文龙坚持着。

吕老倔指着画板,讽刺道:"俩眼睛都画到一面去了,还能画好呢,纯粹是扯犊子!就你画这熊色儿,别说画柜面子,画棺材头都没人敢用你!"说着,一脚把画架踢翻了。

"我的画架!"吕文龙心疼地拾起画板并护住,说,"反正我是成不了你说的那种龙了,我就是要画农民画!"

"成不了龙你就不是老吕家儿子!"

"不是就不是!"吕文龙背起画架走出院外。

吕老倔愤怒地将复习材料摔在地上,恨恨地说:"有种你就永远别回来!"

吕文龙一边往外跑一边回应着:"不回来就不回来!"

吕老倔气得不知所措,举着一只鞋去追吕文龙。没追上,就朝着吕文龙走的方向挥着鞋喊:"你这不争气的败家玩意儿,你给我滚回来!"

吕文龙当然不会回来,吕老倔真是怒了,吼道:"我让你犟,不听我的话,你就是个飞不出去的虫子!我跟你丢不起这个人,我还弄个啥书屋啊?这三年,三年你都没考出个啥!"说着,吕老倔转身强撑着跑进书屋又摔起书来。

文龙妈拉着吕老倔流下眼泪劝道:"你这是咋啦?这可都是你的宝贝疙瘩啊!"

吕老倔老泪纵横地哽咽着说:"宝贝疙瘩,还宝贝个啥啊?我啥也没有,我就是生了个不争气的虫子啊!"

大输家一根筋从麻将馆里赌气冒烟地走出来,陆小广、王蔫巴等人也跟了出来。

一根筋边走边说:"这吵吵巴火儿的,也太闹得慌了!这是啥环境啊?也没法玩了!"

陆小广半睁着眼睛说:"这事整的,还没玩够呢。唉,只好回家喝闷酒去了。"

王蔫巴磕磕巴巴地说:"手、手气才上来,刚、刚要起牌!"

牛大翠急火火地从麻将馆内走出来,拉住陆小广说:"小广,别走啊,穆秀英说她马上就到。"

陆小广马上来了精神头,睁大了眼睛说:"是吗?正兴着呢,这说不玩就不玩了。"接着他拉住一根筋说,"你不玩行,但别忘了还我钱,总共欠我一千八!"

一根筋说:"不是都打欠条了吗?等收了秋儿,我头拱地也能把你这窟窿堵上,你就放心吧。"

陆小广抻抻细长的脖子,有点埋怨搅局的吕老倔,凑上前说:"我说老吕大哥呀,孩子考不上就算了,何必硬赶鸭子上架呢?"

没走出多远的王蔫巴也回过头来看热闹,声音还比平时大了不少地说:"就、就是啊,当、当农民有啥不、不好?"

陆小广附和道:"那可不,小酒一溜,小冬一猫,小牌一打,没治了!"

牛大翠走向吕老倔,讽刺道:"哎哟哟,好好做你的木匠活得了,总和你那没出息的儿子较啥劲儿啊?吵吵巴火的,存心是在搅和我的麻将局!"

吕老倔火了:"对,搅得你这辈子都没有局儿!我搅局儿?你那麻将馆成天呼号的,啥声盖不住啊!"

牛大翠声一扬,说:"嗬,小耗子抽烟——你还来神了呢!一大早的是不是还没人找你做木匠活呀?没事闲得慌,哈?"突然她发现地上的书,冷笑着说,"哟,平时不是把书当命根子吗,这咋还造了一地啊?"

吕老倔一边捡书一边说:"你管不着!我这可不像你成天到晚呼号的,严重影响左邻右舍的正常生活!"

牛大翠喊道:"管天管地,你管不着我做啥生意,少跟我们装大尾巴狼!我倒是要论论,刚才到底是谁家呼号的?"

吕老倔说:"你少给我以一当百!你整天聚众赌博,吵得全村都不安宁!把这片风水都弄串味儿了!"

牛大翠说:"我聚众赌博?这是休闲娱乐!吕老倔,看着我挣钱,你是不是有点羡慕嫉妒恨哪?"

吕老倔说:"整天钻在钱眼里,败坏村风缺大德。我吕老倔宁肯穷死也走正道,决不发伤天害理的黑心财!"

牛大翠使劲眨了几下眼睛,说:"哎,你整戏哪!哼,我告诉你,我这儿呀不光是男来女往的不寂寞,家长里短的信息还多呢。就凭你吕老倔这死脑筋,你那儿子注定就不会有多大出息!"

说到吕老倔痛处,他更恼火了,口无遮拦道:"就你们家杏花能有出息?整天蹦跶、哼哼呀呀的!"

"我们家杏花咋也比你们家的吕文龙强!"

"强个六!强还整天缠着我们吕文龙不放呢!"

牛大翠一手叉在腰上,一手指着吕老倔,脸上呈现出少有的严肃表情,说:"吕老倔!你今天在这儿给我听清楚了,我闺女就算剁巴剁巴喂驴,也不会嫁给你们老吕家!我们最低标准也得是金卫国那样的。"

吕老倔不屑地说:"老牛婆子,你也给我接着!只要我还活着,你家杏花就是白给,老吕家也不要。什么金卫国、李卫国的,爱嫁谁嫁谁去!"

陆小广过来拉仗,劝道:"你们俩可别打了!刚才三缺一,这回一缺三了。"

这时,穆秀英急三火四地跑过来,夸张地叫着:"哎呀妈呀,急死我啦!常言道:救场如救火,救人如救我。咱穆桂英这外号可不是白叫的,这才叫阵阵落不下呢!咋的?这咋还打起来了呢?"

陆小广埋怨道:"都怪你,磨磨蹭蹭的,早点儿到就又成上局了,哪能出这事?"

穆秀英笑着说:"咱这可是专业保红媒的,也不能把姑娘小伙半道上给撂下呀。那不符合咱的职业道德!大翠你发现没有?这白鹤村要是少了我穆秀英还真不行,哈?"

牛大翠一语双关地说:"别在这儿装大尾巴狼了,没工夫在这儿闲磨牙,还是抓紧进屋成局吧!"

穆秀英边往屋里走边说:"对了,我还差点儿给忘喽,刚才我在来的道上看见你家杏花了,急得屁猴似的,问了半天才说,吕文龙被他爸打跑了,她正在到处找吕文龙呢。"

吕老倔跳了起来，吼道："大伙儿听清楚没有？到底是谁够着谁？"

牛大翠一听火冒三丈，顿悟似的说："唉，我说她这咋转眼间就没影了呢，这个不争气的死丫头！你们进屋打牌吧，我得把杏花叫回来。杏花——你给我回来！"牛大翠一边喊着一边气急败坏地跑向村外……

往屋里走时，穆秀英说："杏花这丫头也是，人家金卫国哪点不比吕文龙强？要长相有长相，要个头儿有个头儿，能挣大钱不说，心眼也活泛哪！"

陆小广说："吕文龙也好，金卫国也罢，杏花嫁给谁，他陆叔都照样儿跟着喝喜酒。我看哪，谁也别咸吃萝卜淡操心了，都没用！主要还得看两个人能不能对上眼。咱眼下呀，最关心的还是这麻将能不能成局。"

穆秀英拉过一根筋说："你咋那么多事呢？输点钱就跑可不行，得扛住，往回捞啊！只有坚持，才能胜利。还不抓紧上场。"说着，把一根筋往屋里拽。

陆小广喊王蔫巴："回来呀，接着整啦！"

"又、又行了？"王蔫巴乐颠颠地跑着回来了。

吕老倔突然出现在牛大翠家门口，气呼呼地说："一千八都输了，还玩？看我这就到平安乡派出所告你们赌博去。"说完，就急匆匆地走了。

"啊？这个吕老倔！"众人被弄得面面相觑。

穆秀英说："听说平安乡派出所新来个民警，秉公执法，那可是一点儿情面也不讲啊。"

一根筋说："这下完了，一会儿民警肯定得来。快撤吧，今天这麻将局还是要泡汤。"

陆小广一副不慌不忙的样子，淡定地说："我看没事，金保安认识那个民警，一旦有事大翠找找金卫国肯定好使。"

"金、金卫国管咱们这破、破事？人家闲、闲得呀？"王蔫巴说。

"你笨想（笨想，方言，想的意思。）啊，这不是有杏花吗？这可是杏花她妈——牛大翠开的场子，你可真是一根筋。"穆秀英说。

"对喽——还是我秀英姐聪明啊！来，咱们接着玩，到时候咱统一口径，就说打一毛钱的。不是刚出的规定吗？打五毛钱以上的才叫赌博。谁也没说不让老百姓打麻将吧？娱乐是可以的，只是说不让赌博。"陆小广来了精神。

"咱、咱这都两块钱打、打底了，还不算赌、赌博呀？"王蔫巴问。

"说啥呢，不是告诉你要统一口径吗？就你这脑袋……"陆小广不耐烦的样子。

"那吕老倔不得举报呀？他可知道咱们玩多大的呀。"一根筋也不放心地说。

"他空口无凭。只要咱四个咬死说就打一毛钱的，神仙来了也没辙。"陆小广说着码起牌来，"来吧，接着整吧！"

十月，早已不是白鹤村草木最茂盛的季节，眼前是一望无际的黄褐色田野。为了防盗，许多田地旁边还支着去年夏天用的窝棚。杏花站在一棵树下的一块大石头上四下张望了一会儿，又心急如焚地走在野外深秋的村路上。

吕文龙被倔爸赶出家门，能去哪儿呢？这个苦命的人此时多么需要我的安慰啊。杏花边走边想着。

这时，金卫国骑着自行车追了上来，喊道："杏花！"

杏花回头看了看金卫国，疑惑地问："你咋上这儿来了？"

金卫国说："杏花呀，你妈都快急疯了，让我找你回去呢。"金卫国自从改变了追求目标以后，心里对杏花就不像从前那么重视了。但表面上也不能让杏花看得太明显，毕竟在过去的那些日子里他一直跑前跑后地献着殷勤，一直为了这个漂亮的姑娘而牵肠挂肚着……

"你少跟着我，我才不回去呢。"杏花仍习惯性地发着小脾气，继续往前走着。

这要是换作从前，牛大翠交给的任务金卫国怎么会完成不了呢？如果早有这样的机会，他恨不得把杏花抱回去也得完成任务。可现在不同了，金卫国心里已经装进了一个更出色的漂亮女子江春燕。他只是例行公事地又问了一句："真不回去呀？"没等杏花回答，他就掉转车头往回骑了。

骑着骑着，金卫国自己也发了一阵感慨：你说人这玩意儿可真是怪呀，这才那么几天工夫啊，自己对杏花的热度怎么消散得这么快呀？不行，还是不能表现得过于明显。咋也不能让牛大翠、陆小广和穆秀英他们看出来呀,那样的话,他们非说咱见异思迁呢。说咱朝三暮四、用心不专倒也认了,要是有一天他们都不支持咱当主任可就坏了……这样想着,金卫国就又把自行车头掉转过来,假模假样地又喊了两声:"杏花,杏花呀!"

前脚打跑了吕文龙,吕老倔后脚又到平安乡一中找洪老师了解吕文龙的复习情况。得知吕文龙已经一个星期没来学校了,连补习费也要了回去,吕老倔气得差点儿没倒在洪老师面前。

在学校大门口缓了好半天,吕老倔才满脸怒气地往家走。路过自家稻田时,吕老倔老远就看见地头的窝棚边有个鲜艳的东西一晃而过,他擦了把汗,揉了揉眼睛,纳闷地嘀咕着:"好像是杏花那个疯丫头呢!她上这儿干啥来了?"

突然吕老倔一拍脑门,顿悟似的自语着:"莫不是吕文龙这小子也在那儿?这个瘪犊子,原来是躲在这儿呢!"

吕老倔心里怒气冲冲,脚步虽急却轻地奔着窝棚走来。到了近前,他猫在一棵老榆树后面偷偷地观察着。

窝棚里的吕文龙正在和杏花说话。

"刚才我来的路上还见着金卫国了呢,例行公事地招呼我两声就回去了。他还以为我不知道,拿我当傻子呢。"杏花说完哼了一声。

"以为你不知道啥呀?"吕文龙边吃着什么边问。

"本来我妈极力要把我嫁给金卫国,金卫国最近却喜欢上了江春燕。这样也好,我还巴不得他少来烦我呢。"杏花回答。

吕文龙被噎了一下,缓了口气说:"啥?净扯,江春燕能看上金卫国吗?"

杏花嘴一撇,说:"别看江春燕现在还端着架呢,不过早晚也得是金卫国筐里的菜。"

"这……不太可能吧?"吕文龙又咽下一口吃的。

杏花显出经验丰富的样子,说:"哎呀,我还不如你了解女人哪?女人有几个能架得住男人穷追不舍的?人家金卫国一米八的大个儿,一表人才,他家又是村里的养殖大户,在咱白鹤村,他金卫国追谁,谁能不动心哪?"

吕文龙仍觉得这事不太可能,故作高深地说:"爱情这东西可不是那么简单,再说了,这还得有个缘分问题呢!"

杏花突然不好意思地说:"文龙哥,说实话,本来我也挺喜欢金卫国的,但我还是最喜欢你,谁让他没有你好呢?"

吕文龙略有所思,没顺着杏花说下去,转换了话题:"杏花,我和你说个正事呗。"

杏花不再说金卫国,忙问:"啥正事呀?"

"对了,你不是喜欢唱二人转吗?将来你成立个二人转小艺术团,没准就能把那些打麻将的村民吸引过来一些呢!"

杏花兴奋地笑着说:"好啊,那我还有伴了,也省得他们一天到晚除了赌博,就是扯闲话了。"

吕文龙坚定地说:"不管咋的,从今往后我是要坚决画我的农民画啦。"

"文龙哥,你真的不再复习考大学啦?那我也不想上学了,我天天来陪你画农民画。"

"别呀,杏花,你考你的,我是说我自己呢。我认真想过了,就算再考,也是没戏,因为我的心思根本就没在那儿啊!"

杏花有些担心地说:"可你那老倔的爸要是知道了,不得打死你呀!"

吕老倔听着二人的对话气得火直往上蹿,心说:"小兔崽子,咋说话呢?"他忍不住走过去扒在窝棚边上往里张望。

"是啊,所以我也不能等着死啊。"吕文龙掏出吕老倔给交的补习费,"这钱太沉了,我可担不起呀。"

"文龙哥,那咋办?咱就在这窝棚里窝着吗?这也太凉了!"杏花两手抱着肩膀。

"这不是长久之计,还是得出去闯!"吕文龙的神情越发坚定起来。

"闯?那我跟你一起去!"

突然,窝棚边响起了吕老倔的叫骂声:"我看你半天了,你个小犊子!"他爬进来抢过吕文龙未吃完的馒头扔到外面,又抓起画架子扔了出去,正在画的一张农民画也被他撕了个粉碎。

吕文龙和杏花连抢带护,却无济于事。

吕老倔接着又朝吕文龙扑过来,抬起脚就踹,嘴里还不停地骂着:"我踩死你这个没出息的虫子,我踩死你也不让你给我丢人现眼……"

杏花急得上来拉扯吕老倔,吕老倔更是气不打一处来,话怎么难听怎么说:"挺大个丫头蛋子,还钻上窝棚了,告诉老牛婆子,把你剁吧剁吧喂驴去吧,我家可娶不起!"

吕文龙趁着吕老倔转身奚落杏花,闪身抓起画架和书包就跑了。

杏花气得直跺脚,哭喊着追了出去:"文龙哥——"

吕老倔骂道:"跑,你个小犊子,就会跑,下次我先打折你的腿,看你还往哪儿跑!"

吕老倔捂着胸口,一脸愁容地走到家门口,正赶上吕文龙背着画架子,拎着一个大包袱走出来。文龙妈紧跟在他身后,一手还拽着他的大包袱。

吕老倔强挺着,脱了鞋就朝吕文龙扔过去,边扔边骂:"小犊子,我先打折你的腿,你又要跑哪儿去?"

吕文龙边躲边气喘吁吁地说:"爸,我不给你打折腿的机会了,我也不在家天天找骂了。你不是天天骂我虫子吗?我还不信了,我吕文龙有手有脚的,我混不成个龙我就不回来了!"

文龙妈紧紧拉住吕文龙不放,吕文龙小心地挣扎着。

吕老倔心里不想让儿子走,嘴上却还是喊道:"让他走,让他走!连点血性都没有,还是个男人吗?!"

吕文龙一脸坚定地说:"我就这么大个志向,我就想种一辈子地,画一辈子画!"他挣脱了妈的手,头也不回地跑了。

"有种的话,你就永远别回来!"吕老倔还在违心地喊。

事后,吕老倔还死要面子,逢人就说:"小犊子太犟,我是留不住了,跑到城里挣大钱去了。"

而出走的吕文龙也并没有忘了家,半年后的农忙时节,他还是偷着回来把家里的地种了。

有一次,他带着几个小哥们儿干了一个通宵,就把家里的稻田种完了。吕老倔和文龙妈第二天来到稻田时,竟然被田里排列整齐的秧苗给惊呆了。他们好半天才猜想到昨晚发生了什么,吕老倔默默地抽着烟,文龙妈无声地抹着眼泪……

又过了好半天,文龙妈才责怪起吕老倔:"你说你把孩子逼的,有家都不能回,只能在心里惦着。"

吕老倔仍然倔强地坚持着自己的观点,硬邦邦地说:"光种个地能有个什么出息?我倒希望他能闯出一片天地来,走得越远越好!"

文龙妈边哭边说:"你自己走不出去就硬逼孩子,现在他都不敢光明正大地回到这块土地上了。唉,我自己的孩子,却只能偷着回来在这块土地上遭罪受苦,汗呀泪呀洒在哪儿了,我这个当妈的都不知道啊……"

吕老倔心情烦躁地说:"行啦,考不上大学,就是想跑还能跑多远,能有多大出息呢?唉,你这又心疼上了,我看呀,你就是头发长见识短!"

第九章

　　东北的春天远不如南方那么温暖，要不咋说在东北种水稻是最辛苦的农活呢？实行土地承包责任制以后，白鹤村家家户户地块都不太大，别说没有农机，就算有，也无法采用大规模机械化作业。为了最大限度地保证苗齐并且均匀，绝大多数庄稼人还是用老种法种着老品种。为了提高水稻产量，一些庄稼人在不断加大化肥的使用量；为了节省除虫除草的体力，一些庄稼人尝试着使用各种农药和除草剂，最常见的有敌敌畏、百草枯……用春燕爸的话说，那哪里还是供人吃的水稻啊？说白了，那就是毒药啊！

　　如何能种出质量高、产量也高的"良心稻子"，一直是江春燕多年来魂牵梦萦的头等大事……既然看了那么多的书，学到那么多新知识，何不运用到实际生产中呢？

　　江春燕做梦都想提高有机水稻的产量，今年得尝试一下了。她早在年初就已经和郑大民联系好了，通过大民的推介，江春燕到洮水县良种批发部就能买到一种高产的新型稻苗……

　　劳动节刚过，江春燕起个大早动身去了洮水县……

　　费了一些周折，她终于把新稻苗买到手了。

　　夜已经很深了，可江春燕怎么也合不上眼。这回不是因为远处隐隐约约的麻将声，也不是因为对远方那个人的思念，而是因为明天一早，新稻苗就要插秧了，年轻的庄稼人既兴奋又紧张。

　　在这静悄悄的夜晚，江春燕的思绪如雨季的洮儿河水一般。过去的，现在的、未来的，无数流逝的经历和漫无边际的想象在江春燕的脑子里杂乱地搅在一起，皎洁如雪的月光洒在窗户上，把她和母亲春节时剪的窗花都清晰地映照了出来：一捆丰收的水稻、两头耕地的老牛……

第二天一早，江春燕就把一盘盘早就预定好的宝贝稻苗小心翼翼地装好，运到自家的稻田边上。接下来，她就要和母亲一起把小稻苗细心地插进冰凉的泥水里了……让它们接受阳光的照耀，看着它们变得越来越绿，变得越来越有生机……

东北的阳历五月，气温还是很低的。稻田里的泥水还凉得扎骨，但农谚说"水稻不插六月秧"，农民就得拼着命地赶农时。春燕妈双腿由于常年都是浸泡在冰冷的泥水里，早已经患上了严重的关节炎。

为了不误工，江春燕和母亲基本上凌晨三点钟就起来做饭，准备下地了。俩人白天一整天都要弯着腰插秧，累得腰酸背痛。等饥肠辘辘地忙到晚上，有时连炕都上不去。

插秧过后，稻苗再一次回黄转绿，就是漫长的守候了。庄稼人对稻子的看护几乎是全天候的，不管雨天晴天，不管有事没事，都要常年候在地头上。每次有人去田里，都能看到江春燕和她妈的身影。她们每天都要查看一遍，根据阳光、气温以及稻苗的反应，定期做出调整。

到了六月，泡田就开始了。如果水与禾苗都没有问题，江春燕和母亲会把田埂修得更加整齐，并把田埂上的草也一并除净，免得秋后田埂上的草籽飘落田间，造成第二年的田荒。

江春燕的六月最重要的事是泡田，吕文凤的六月则是决定命运的高考。

一晃，又是两个月过去了。高考后的吕文凤在屋里写着什么，吕老倔掀帘进来说："文凤啊，还写哪？这刚从考场出来，你就一直写啊写的，也不歇歇。对了，你的散文在那个什么《春雨新花》上发表了，你把那个《春雨新花》给爸。你看，你得把发表的作品放在书屋啊，你放在书屋，那来看书的人不就都知道了吗？"

吕文凤说："我可不想显摆。赵馆长推荐李芒种的一组诗都在省里的正式刊物上发表了,我这才哪儿到哪儿啊？摆那儿不得让人家笑话咱呀？"

吕老倔说:"谁敢笑话？《春雨新花》是县级刊物,除了李芒种,白鹤村也没有别人写的东西能变成铅字印在上面呀。得让他们看看,你这是给你爸争气,爸这个书屋真没白办吧？"

吕文凤抬头嗔怪地瞅瞅吕老倔:"爸,就这,就满足啦？"

吕老倔舒了一口气,说:"嗯,别说,自从你哥走后,就你这事让我心里敞亮了一回！"

"爸,你说,我万一,万一真考上大学了,那你不得疯了啊？"吕文凤一脸的憧憬。

吕老倔忙连着呸了两声,说:"啥万一万一的,文凤,差不离吧。爸真想疯一回呢！"

吕文凤收回一脸的幸福状,忧虑地说:"爸呀,我、我也说不好啊。"

"估计能差不离,咱家,这回算双喜临门吧。爸这辈子就没做过亏心事,这老天咋能亏待我呢？我不信。"吕老倔不愿往坏处想,觉得不吉利。

吕文凤瞅瞅一脸期望的吕老倔,又说:"爸,你别抱太大希望,真不好说。"

吕老倔心里突然有些发毛,他着急起来,催促道:"文凤,要不你别写了,你到学校看看去,说不定有啥信了呢。"

吕文凤犹豫着说:"万一我去了,还是没考上,多招人笑话啊。"

"差不离,肯定差不离。"吕老倔费力地沉住气。

"爸,你别老提老提,一天一天的就是这事,我都写不进去了。万一,万一考不上,那你,那你能不能掐死我？"

"这孩子,瞎说啥呢,老万一万一的,呸呸,唉,写吧写吧,要是咱家双喜临门就好了。"吕老倔说完,仍是带着一脸希望地走了出去。

吕文凤看到吕老倔出去后,心里越发不安起来:这,这万一,万一考不上,我爸这还不……唉,不行,李芒种总往县文化馆跑,我得让他帮我多去学校打听打听。嗯,还有,顺便让他再帮我看看这篇散文能不能行。

写不下去的吕文凤把本子收好,跑去告诉吕老倔:"爸,我出去一会儿。"

吕老倔跟文龙妈小声说:"准是有希望考上,要不不会乐颠地出去。"

文龙妈警告他说:"哎,他倔爸,我可跟你说,文凤考上当然好,万一考不上,你可不能像对咱文龙那样。你要是把文凤也逼走了,我,我也走!"

吕老倔斜了文龙妈一眼,抬高声调说:"你也万一上了?这老了还来能耐了,还你也走,我文凤能考上,我老吕家飞出凤凰了,你走吧。"

文龙妈说:"唉,你就这几天有笑模样了,我还不知道啊,你就指着咱文凤给你争这口气呢。我不是怕万一嘛。"

吕老倔急了,站起身连着几个"呸呸呸",怒道:"哼,又万一,你这乌鸦嘴!"

整整一个暑期,吕老倔总是满怀着希望地去村委会转上一转。和去年不同的是,今年太有希望了。吕老倔感觉还是准确的,他一直觉得今年的文凤远比去年的文龙靠谱多了。

一天,宋长有主动跟村委会外的吕老倔招手,吕老倔突然有种心花怒放的感觉,强装镇定地走进村委会,等着宋长有宣布好消息。可是,宋长有递给他的只是一大包书。

"你这书屋得扩建了吧?以后,你也学学城里人,弄个图书馆啥的。"宋长有笑嘻嘻地开着玩笑。

吕老倔略感失望地说:"那可差远着呢,远着呢。"

宋长有瞅着吕老倔,有点好奇地猜测道:"我说老倔哥呀,这几天你咋来得这么勤啊?是不是文龙没啥信儿你着急了呀?"

吕老倔脸色一沉,说:"文龙?文龙可好着呢。"

"你看,我这人说话就是实诚,这哪壶不开提哪壶了不是?"宋长有自我解嘲着。

吕老倔摆摆手,没吱声走了。

吕老倔满心失望地刚推开院门,就听到家里传出了文凤的哭声。

吕老倔有种不祥的预感:难道真是福无双至,祸不单行?

想完又"呸"了一声:"我怎么也是乌鸦嘴了。"

吕老倔快步走到吕文凤的屋边,见文龙妈正在劝吕文凤:"文凤啊,别哭啦,这不就差三分吗?跟考上了也没啥大区别,那多三分的能比咱强哪儿去你说?"

吕文凤边哭边说:"那可强多了去了,多三分就是大学生!"

文龙妈继续劝道:"唉,文凤啊,别哭,别哭啦,哭也哭不回来三分啊,你这哭坏了身体多少分也换不来啊。"

吕文凤推开她说:"妈,你出去吧,我就想痛痛快快地哭一会儿。"

文龙妈无奈地抬起头,看到门口站着的吕老倔,忙叫道:"老伴,你回来啦?唉,你快来劝劝文凤吧,你说这就差三分没录取。"

吕老倔紧走两步,追问道:"啥?差三分?差一分也不行啊!这一天天万一万一的,还真让你个乌鸦嘴说中了。唉,真是福无双至,祸不单行啊。"

吕文凤哭得更厉害了。

文龙妈说:"唉,你看你,想让文凤上多大火啊。照我看,这就不错了,大学那么好考还不都考上了?咱文龙考三年都考不上呢……"

吕老倔埋怨道:"你,你就提那窝心的事。文龙那是没把心用到正地方,脑子不差。"

文龙妈说:"那咱文凤一天稳稳当当的,可没少用心。"

吕老倔皱了皱眉,突然又特别遗憾地说:"那、那她不是发表了一篇散文吗?不用工夫能写出来吗?那得写多少篇才能挑出一篇发表啊,那不也是耽误一些时间啊?唉,要是不耽误点儿时间,就不会差这三分。"

吕老倔坐在凳子上点上一根旱烟,寻思了一会儿,听着文凤的哭声渐渐小了,脑子里闪过文龙离家前的情景……

"都说心急吃不了热豆腐,好饭不怕晚啊,差三分,不就差三分吗?还有机会!"吕老倔忽地一下从凳子上站起来,进屋劝文凤道,"行了,文凤,别哭了,你看咱就差三分,差得不多啊!爸不着急,爸真的不着急,你说你离这大学都多近了呀?你也别着急,也别上火,哭一会儿就得了,咱们明年接着考呗。"

文龙妈也跟着劝道:"可不是咋的,文凤,明年咱接着考,咱家也不等着你干活,你就再考一年呗。"

吕老倔又提醒道:"文凤,有句话,咱可得今天就说好,什么诗啊散文的,暂时就不要写啦,等你考完了,不是一样能写吗?你要是大学生了,那,那什么《春雨新花》没准还得抢着给你发表呢。"

吕文凤说:"大学生不一定搞创作,大学生也没有几个写诗写散文的。"

吕老倔说:"反正,反正你呢,就先别整那些了,也别总跟那个李芒种来往了,你得稳下心来才行。唉,我就不信,我就不信啊!"吕老倔环顾一下屋子,接着说,"就咱家这环境,就咱家这气氛,我就不信了,出不了龙,还出不了凤?"

吕文凤正在屋里冥思苦想,嘴里叨咕着:"把思念嚼成,嚼成蓝色,随风而去……不对,把思念嚼成忧伤,穿过丰收的稻浪……"

门外的响声吓了她一跳,她赶紧把本合上,把底下的书拿到了上面。

"藏啥呢?"李芒种闪了进来。

吕文凤把手挡在嘴边"嘘"了一下,小声说:"我爸没看见你进来呀?"

李芒种说:"没看着你爸啊。咋,我还成坏分子啦,没事就不能来你家了?"

吕文凤的脸因为紧张和着急有点发红。

李芒种问:"咋还脸红了? 不是,不是你爸想让你和我……"

"哎呀,你这一天想啥呢。不是……我爸不是让我复读嘛,怕我分心,就不让我再写诗写散文什么的了,说等考完大学再写。还说,让我暂时、暂时别总跟你联系。"吕文凤解释着。

"那你……"李芒种欲言又止。

吕文凤见他不说话了,安慰道:"你怎么了? 咋不说话了? 我不说了吗,是暂时。"

李芒种这才又问:"文凤,和你哥似的,你也要复读啊?"

"嗯,你又不是不知道我爸,我哥走了,不就剩下我了吗? 可是我也不争气,今年感觉都超常发挥了,还是差了三分。明年,明年还不知道怎么样呢。明年压力就更大了,我都不敢想再考不上咋办了。咋在这个家待下去呀? 我怕看我爸那张失望的脸。唉,不知道明年这时候我会在哪儿,还会不会活着了……"吕文凤声音很小,越说越绝望似的。

李芒种忙劝:"文凤,你可别这么想啊。我觉得条条大路通罗马。我今天来找你,本来是有件好事要告诉你的。可现在,不知这还能不能算好事了。"

吕文凤重新打起精神来,问道:"什么好事? 快说吧,我现在最需要的就是好事。真的,我现在都快疯了,写首诗还得偷偷摸摸的,就像在犯罪一样。唉,你说人啊,怎么干点自己喜欢的事就这么难呢?对了,李芒种,你倒是说呀。"

"文凤,我、我要到省城参加青年作家进修班去了。这是第一次举办呢,都是从全省各地推荐的,全洮水县就一个,整个白城地区才六个呀!"

"还是这个好事啊?你都说过了,是个大好事!"吕文凤有些失望。

"其实,文凤,我、我不想一个人去……"

"啥?这么好的事你不想去?你这条道,不是见亮了吗?"吕文凤不解地问。

"亮不亮的还早着呢,其实,文凤,我想……"李芒种欲言又止。

"李芒种,你想说什么就说吧。"

"文凤,我、我是说,其实,其实我费了挺大的劲,真是费了挺大的劲才……"

"哎呀,李芒种,我希望你前程似锦,能成大作家才好呢……"

李芒种有点着急了,这才使了个大劲说:"唉,我是说,我又去了好几趟洮水县文化馆,费了挺大劲又求赵馆长帮忙,让他再给争取了一个旁听名额,你年轻,还在《春雨新花》上发表过散文。"

"啥,你让赵馆长给我也要了一个名额?"吕文凤听完激动起来,意识到自己声音太大了,又赶紧捂住嘴,冲李芒种晃着下巴示意李芒种继续说下去。

李芒种又担心地说:"可你不是说你爸让你复读吗?那,那你爸能让你去吗?这个名额,可真是费了老大劲啦!"

吕老倔听到吕文凤这屋有人说话,推门走了进来。

李芒种忙上前打招呼:"吕叔好。"

吕文凤也忙叫:"爸。"

吕老倔愣了一下,说:"芒种来啦,我咋没看见你进院门呢?听文凤说你在省里的正式杂志上都发表组诗了,好事啊。"

"吕叔,那、那都不算啥,不算啥。"

"不错啦,你用心写,以后再多多发表,都拿叔这书屋里来展示展示,让咱村的老少爷们儿都见识见识、学习学习。"

"吕叔,我努力,继续努力。"

吕文凤忙插话说:"爸,李芒种被文化馆的赵馆长推荐去省城参加青年作家进修班啦！全县就一个呀！"

吕老倔不解地问："青年作家？进修班？那、那算不算是大学生呢？"

李芒种忙说："大学生可不算，但据说也给发毕业证书。"

吕老倔又问："那、那给不给分配工作呀？"

李芒种答："不给分配工作，但说能帮着给联系工作。主要是能和更多的老师和作者们沟通交流，不，是作家们，也不是，就是一些发表过作品的人在一起沟通交流吧。对了，老师们都是作家，再加上有从北京、上海等地请来的大作家给上课，就能提高啥的。说在那个氛围里，特别有利于搞创作……我还没去呢，这些我都是听赵馆长说的。"

"不给分配工作呀。"吕老倔明显有些失望。

吕文凤说："爸，李芒种说他费了挺大劲，求赵馆长给我争取了一个名额呢。我、我也能去上。"

吕老倔以为自己听错了，问道："啥？你也能去？青年作家进修班，你也能去？"

吕文凤说："嗯，对，就是我不也发表了一篇散文嘛！"

"发表一篇散文就能去上？"吕老倔摇了摇头，"这也不算大学生，也不给分配工作，就发表一篇散文就能去上，我看这含金量也不高啊！"

李芒种忙解释："吕叔，是这样，文凤这个名额是我硬给争取来的，当然，也不是谁争取都可以，是赵馆长给了面子，也是文凤运气好。"

吕老倔说："面子？运气？文凤啊，我看这个不行，你得成为那种正经八百的大学生。"

吕文凤急着说："爸，这也是正经八百的，全白城地区才六七个人能去上啊。"

吕老倔脸沉了下来，冷冷地说："我说芒种啊，吕叔不是那个意思。那个、那个你就先忙你的去吧。文凤呢，她得稳下心来复习考大学。你看，她今年就差三分，大学就近在眼前，就差那么一小步，那个什么班就不去了。总之吧，芒种啊，你就先忙你的。我们家文凤呢，我得让她一心地学习，再考一年。"吕老倔说着就送李芒种出门了，"一年后，一年后再来吧。"

李芒种有些尴尬地边走边回头张望着,嘴里不停地说:"文凤,那个……文凤……"

吕文凤也不知咋整好了,只是重复着说:"李芒种,你……那个……"

吕老倔拿着从村委会取回的报纸和一封信回来,径直来到文凤屋里,见文凤正在看书,吕老倔自语道:"我们文凤这么用功,明年肯定能考上大学,不就差三分吗?"

吕文凤抬起头问:"爸,有事?"

吕老倔递给文凤一封信,说:"有你一封信,是从洮水县文化馆寄来的,还是挂号呢,咋没写寄件人的具体名字呢?"吕老倔看着文凤,心想:这要是个大学录取通知书该多好。

吕文凤边拆信边叨咕:"洮水县文化馆?是不是我投的那几首诗给选上了?"

吕老倔一听,埋怨道:"不是让你一年内先别鼓捣那些玩意儿吗?文凤,你可不能像你哥似的,到头来弄个两头空啊!"

吕文凤看着信没再说话。

吕老倔问:"信上写的什么啊?"

吕文凤迟疑了一下,说:"就是告诉我那几首诗能发表……不是,是有可能发表。"

吕老倔看看几页信纸,不解地问:"告诉几首诗可能发表,就写这么多页?"

吕文凤解释着:"啊,就是说可能推荐发表,往省里的刊物推荐发表,主要说的是具体怎么修改,怎么提升啥的。"

吕老倔半信半疑地又嘱咐道:"文凤啊,以后先别整这些了,还是得一个心眼地复习呀。"

"爸,我知道了,这是以前写的,又不是现在写的,我现在这不认真复习呢吗?"吕文凤说着把信装了回去。

"嗯,这就对了,那你就好好复习吧。"吕老倔放心地走了。

门关上后,吕文凤重新拿出信仔细看了起来。其实,信是李芒种寄来的——

文凤你好：

拆开这封信你一定会很吃惊吧？因为这是我们从小到大认识这么多年以来，我给你写的第一封信，因为我们离得这样近，却又那么远。

从那天知道省里办作家培训班，到费力地为你争取到作家培训班的名额，再到兴奋地跑去你家告诉你，我的心里是越来越激动。我觉得这么多年有着共同爱好的我们，终于越走越近，踏上了同一条能实现我们理想的阳关大道。

可是，也许我把人生想得太简单了。

那天吕叔说让我一年后再来找你时，我那颗滚烫的心像被浇上了一盆冷水，感冒了，忽冷忽热，发烧时让我浑身发热，我想不管不顾，带上你远走高飞，尽情地过我们喜欢的生活，实现我们向往的文学梦。不管经历什么，只要我们相伴在一起，就都是财富，就是幸福的。可忽而冷得发抖时，我又觉得我不能那么自私，不能害得你远离亲人的呵护，在未知的梦想的道路上跋涉……

时间是一剂良药，它轰轰烈烈地从心头碾过之后，我感冒的心慢慢痊愈了，渐渐平静下来了。

你是个娇嫩花朵一样的女子，是爸妈羽翼呵护下的宝贝。考上大学，也许会让你的人生踏上一条捷径，也许会让你的爸妈脸上长久洋溢着骄傲的笑容，也许会让你遇上心中完美的白马王子。而我，只是一匹注定要穿越冰与火的黑马，注定要跋山涉水、摸爬滚打地走过一生。你不能像我这个粗糙的男人一样，你没必要去体味这样的苦，经受这样的难。我是男人，让你遭受一点委屈，或许都将成为我生命中不能承受之重……

文凤，说完这些，你明白我为什么说我们离得这样近，却又那么远了吧？

那么，剩下的就唯有祝福了。文凤，努力吧，希望明年这时的你，笑容像盛夏的花朵一样灿烂！

李芒种

吕文凤读完信后,陷入了沉思之中。她一晚上辗转反侧,第二天早上还在纠结失神。

吕老倔叫吕文凤吃饭。吕文凤眼神无光,心不在焉地拨弄着饭粒,半天吃不下一小口。

文龙妈急了,担心地问:"文凤呀,这几天是不是复习累呀?咋总是吃不下几口饭呢?要不就出去找同学玩玩吧!这也不能总做这一件事啊!"

"嗯,文凤最近是稳下心来了,白天晚上地复习,都累瘦了。文凤啊,要不就按你妈说的,出去找同学玩玩吧!放松一下,然后咱再接着努力,就差三分,再冲一年,那得高出分数线多少去?要是能像刘二岗似的本硕连读,那可就更好了……"吕老倔破天荒地也同意她出去放松一下。

三人一阵沉默过后,吕老倔抬头看了看文凤,觉得定的标准太高,不太合适,便改口说:"不,咱不跟老刘家人比,他家那俩小子脑子特殊,好像天生就……唉,也不能那么说,咱文凤也不错!文凤,咱像郑大民就行,考上正经大学就行,那样咱老吕家就能抬起头了,爸那吕家书屋也就立马亮堂了。"

吕文凤依然不吃几口饭,时而瞅瞅妈,时而瞅瞅爸。

吕老倔忍不住又说:"文凤,你要是考上了大学,爸的腰杆就真的挺直了。爸这些年这书屋也算没白办,也算积了德了。"

吕文凤像是跟爸和妈说,又像是自言自语:"人生,难道就只有考大学一条路吗?"

文龙妈捅了捅吕老倔,小声叨咕:"你可别说了,文凤都累成这样了。"

吕老倔瞅瞅文凤,还是强调道:"考大学这条路是最直的路。文凤,你得稳下心,坚持住啊。"

吕文凤轻轻撂下饭碗,往自己的屋里走去。

文龙妈越发担心,说:"文凤啊,不吃啦?天天这样,可不行啊,吃这么点咋能有劲儿啊?"

吕老倔有些发愣地盯着吕文凤的背影看了又看。

文龙妈埋怨吕老倔:"你说你这一天天的,大学不离嘴,要不还是交补习费让文凤去学校复习吧,你这可别把咱文凤……"

"我说你这回能不能从开始就不说丧气的话？今天本来好好的……唉，考大学的确是条最直的道啊。你说，咱村哪个……唉，把文凤放学校里我还真不放心，还是让她在家里复习踏实。唉，等着瞧吧……"吕老倔打断文龙妈的话，撂下饭碗，走了出去。

文龙妈打了一个唉声……

吕文凤又是辗转反侧，半夜里起来给爸和妈写了一封信。

爸、妈：

请原谅女儿的不辞而别！你们看到这封信的时候，该是叫我吃早饭的时候，而这时我应该已经在洮水县城了。我不是去找同学玩，是去文化馆报名，和李芒种一起去参加省里的青年作家进修班。

爸，看到这里，您一定会暴跳如雷，您或许还会追到县里来，可您真会拎着什么追到县里打折我的腿吗？或者把我抓回去关在家里不让我出门？可开学之后呢？哪里能关住我的心呢？所以请您在暴跳如雷之后，平静下来之后，听我说几句心里话，行吗？

爸，先说今年的高考。您总是叨咕就差三分就差三分，可这已经是我超常发挥了，您可以去学校了解我平时的考试排名，尤其是我的数学成绩。高考数学基本是一年简单一年难，简单的这年让我赶上了。明年呢？我不敢去想！

再说说我的爱好。爸，您可能不相信，其实是您把我领上文学这条道上的。从小，咱家就有别人家没有的书；从小，我就比别人多认识了不少字。也许是出于一种炫耀的心理，咱家有的，从别人那儿能借到的，小人书、小说、诗集……我都不止读上一遍，然后陶醉于给别人讲述时的那种快乐里，然后我也想试着抒发自己的感受，试着去描述我感受到的那些引发心灵荡漾的东西……我的心思现在已经收不回来了，因为沉浸于文学我才能感受到生命的意义。所以，我理解我哥为什么放不下他的那些画，为什么会舍得离开家执着地去追求梦想。

爸，还有就是您期望的目光了。我一点都不想让您失望，我非常想让您挺直腰板。但是,如果我继续复读,继续考不上,那您可能就更失望,更没有自豪的机会了。爸,您对我考上大学的期望目光,像两盘重磨压在我的心上;我哥的三年高考失利,更像是一座高山,让我无法攀越。爸,我怕,我真的很害怕,我怕一年后看到您眼里的忧伤和失望,更不敢想象一年后的一年后……

爸,您说考上大学是一条最直的路,可考上大学真的不是唯一的路啊。所以,我走了,我去省城参加作家培训班去了。我相信,有一天,我会让您挺直腰板的。而现在,我和我哥都走在让您能够腰板挺得更直的路上!因为,我们不是去做无聊的事,是走在追求理想的路上。

爸,相信您不会来找我,因为我始终认为,坚持订报,坚持办书屋的您,是个文化人,虽然您当年把上学的机会让给了我大爷。

爸、妈,多保重!看到那些来书屋看书的孩子,就当是看到我和哥哥了吧。我会再给你们写信的,当然前提是,我确信你们不会逼我回去。

文凤

吕老倔一大早就发现了信,他拿着文凤的信默默地流下了眼泪。

文龙妈在屋外喊:"这咋叫文凤吃饭还把人叫没了呢?快点啊!"

随着声音由远及近,文龙妈走进文凤的屋里,惊奇地看着吕老倔拿着一张纸,以及脸上没来得及擦去的泪水。

吕老倔擦了把泪,对文龙妈说:"你,你真是个乌鸦嘴,文凤还真让你给说没了。"

文龙妈不解地环顾四周:"文凤呢?"发现吕文凤平时放着的一些东西不见了,书桌上收拾得整整齐齐,她感觉出情况不妙,着急地又大声问了一遍,"他爸,文凤呢?"

吕老倔指着信说:"走了,和李芒种走了……"

文龙妈问:"啥?和李芒种走了,就是前些天说的那个什么班?他爸,你怎么不着急啊?你怎么不去把文凤给找回来啊?"

吕老倔摇了摇头……

第十章

一晃，日子来到了七月，稻子开始扬花了。

有时，江春燕还要将田间的水全部放出来，让水稻无水可喝。谁都知道水稻是不能离开水的，但如果过了这一关，它们会拥有更加庞大的根系，会变得更加强壮。一周后，再让焦渴的稻子喝饱、喝透。接下来就会看到稻子新一轮的疯长、分蘖、抽穗、扬花……江春燕经常盯着那些水稻看，一看就是小半天儿，她盼望着田野变成芬芳大地。种水稻不但要会看水，而且还要会看肥、看虫、看草、看病。农忙的时候，早上四点多钟她就来到田间，先观察每一个池子中的水情，这样走一圈下来就得两个小时。

又一晃，就到了八月，稻子进入了灌浆期。那时，水稻的根系、稻秆、穗颈，乳汁般一点一滴地注入子房，子房将日渐肥大，凝结坚硬……水稻变成大米，除了育苗、耙地、注水、插秧、放水、施肥、除草、收割之外，还要经过晾晒、打场、选粒等好几道工序，最后再运到米厂进行加工打磨，才能变成可食用的大米。看看庄稼人是怎样生产水稻的，就知道他们是多么辛苦。还有人认为，说起种水稻，如果只说"灌溉"，那就太简单化了。注水和放水，可是种水稻的大学问。种水稻最重要的是"看"水，这里读平声。要想有好的收成，那得需要农民把全部的心思都交给田地啊……

吃再大的苦，遭再大的罪，江春燕都不害怕。她最害怕的是有机水稻产量总也上不去，辛辛苦苦干一年，换不回来几个钱。

从插秧之前的耙地开始，江春燕和母亲就每天都长在稻田里了。其实，早在小稻苗还没落地,她和母亲就已经无数次地向稻田俯下身了。先是细心耙田,把水放进深翻过的池子里,让那些坚硬的土块在水中软化,让池中的泥土尽量变得细腻、柔软、平整,给即将扎根的稻苗创造条件。自从学会种水稻以来,江春燕和母亲还用脚来操作,把自己的全部温度都给了冰冷的泥土,直到那些细腻柔软的泥浆如糨糊一样在池中化成一面黏稠而模糊的镜子……

清晨的露水,不仅打湿了所有的水稻,也打湿了江春燕和母亲的衣服。但她们并不觉得不舒服,她们早已习惯了。

从早春到仲秋,江春燕和母亲的身影不断在稻田间闪现,风吹雨打,晨晖夕映,她们一直在稻田里忙碌着……

江春燕辛苦了大半年,试种新型高产有机水稻最终竟然失败了。

由于去年暖冬,虫卵没有完全被冻死。到了夏季,病虫害越来越严重,江春燕坚持不肯喷洒农药,眼看着抽穗儿的稻子被虫子啃食掉了,不得不面对绝收的后果。

为了挽回一点经济损失,只好毁地改种了一茬荞麦。

在江春燕种植新型有机水稻遭遇挫折之时,金卫国家为了扩大他家的羊群养殖,正在大量用现金低价从村民手上转包着田地,一根筋、王蔫巴等村民为了还赌债,都把自家的土地转包给了金卫国家。

用一根筋的话说:"虽然贱吧喽嗖的,但每亩地一年毕竟能坐收五百块现钱,四亩半地那就是两千多块。这一年就不用操心种那点地了,天天都能打麻将,我看也将就了……"

是的,金卫国的这些现钱能让一根筋在麻将桌上支撑一些时日。金卫国则用他包下来的这些地蓄羊草,放养更多的牛羊。

见江春燕新因稻绝收正在上火,金卫国就又来和江春燕商量:"我说春燕大美女呀,干脆,就把你家那点地也包给我得了。我出最高的价给你,给别人五百块钱一亩,给你六百块钱一亩还不行吗?"

"你的好意我领了,但我觉得种水稻是一个农民的本分……失败是暂时的,我相信等我有了经验后一定会种好有机水稻的。"江春燕当然不会轻易放弃有机水稻种植,她回绝了金卫国。

金卫国不甘心地说:"就算你那有机水稻能种好,也没有人认可呀,又能卖几个钱呢?"

江春燕语气坚定地说:"人各有志,请你还是尊重一下我的选择吧。"

金卫国只好讪笑着走开了。

种植新型高产有机水稻失败,说到底,还是技术上出现了一些问题。没粮可收的深秋,江春燕从报纸上看到了一则招生广告,说洮水县科技馆正在举办首届有机水稻种植培训班,还专门有一个新品水稻开发培训班。为了学习更多的技术,江春燕决定花点学费,去洮水县科技馆报名参加这个培训班。

江春燕是在洮水县科技馆的走廊里遇到彭永刚的。

清新纯净的乡村姑娘江春燕让彭永刚眼前一亮,彭永刚主动走上前去,询问在走廊里像在找人的江春燕:"美女你好,请问你找谁?"

正在东找西看的江春燕一愣,随即反应过来对方是在和自己说话,便答道:"哦,我……我是来报名参加新品水稻开发培训班的。"

彭永刚大方地说:"哦,我叫彭永刚,是科技馆项目部的,培训班报名在社会部,就在前边,我送你过去吧。"说话间,彭永刚就引领着江春燕往社会部那边走去。

"这位老师,不好意思,太麻烦您了。"江春燕礼貌地说。

彭永刚说:"别客气。"又问,"你是从哪个地方来的?"

江春燕回答:"我家是平安乡白鹤村的。"

"白鹤村?我、我舅姥爷就是那个村的,咱们还真有缘分啊!"

江春燕不知说啥好,迟疑了一下才说:"是吗?真是麻烦您了。"

"不麻烦,虽然不是一个部门,但这都是我们科技馆的事嘛。"彭永刚热情地说。

说话间,两个人就来到社会部门口了。彭永刚指着一位工作人员对江春燕说:"这位是小张,专门负责报名的。"

小张见彭永刚领着个大美女,就问:"永刚哥,谁啊?这么漂亮,是你女朋友啊?"

彭永刚忙解释:"别开玩笑啊,这是、是我舅姥爷那个村的大美女,来报名参加新品水稻培训班的。小张,你帮个忙,报名费就给优惠点吧。"

小张笑着说:"没问题,报名费按内部价。回头永刚哥得请我吃饭啊!"又冲彭永刚挤着眼睛小声说,"哎呀,永刚哥真是好眼力,可千万别让肥水流到外人田去啊。"

彭永刚突然脸有些红,拍了小张一下,说:"少废话,你就快给办吧。"

小张回头拿登记表时,江春燕感激地对彭永刚说:"老师,这怎么好意思?麻烦您了,您快忙去吧。"

彭永刚说:"哦,那我先走啦,记住,我在项目部,我叫彭永刚,有事随时来找我啊。"

江春燕红着脸,不好意思地连连点头。

培训班最后一天中午休息的时候,江春燕没地方可去,就在楼里溜达。去三楼上洗手间时,江春燕发现楼梯口贴着一张美术培训班的海报。待她走近细看,才知道洮水县文化馆也在同一幢楼里,正在举办一个美术培训班,其中竟然还有剪纸班。这个意外发现让江春燕很高兴,心想能不能也去听听课呢?就匆匆来到了报名处。

工作人员是个二十多岁的女孩,她让江春燕填登记表。江春燕填完表后,工作人员让她看看培训时间,再把信息确认一下,然后交培训费。江春燕对照了一下时间表,有的和新品水稻培训班的时间重合,她犹豫了一下,打算再考虑考虑。工作人员说:"既然时间有冲突,你就以后再参加吧,省得不能来听课浪费培训费。"有些遗憾的江春燕随意地在报名单上浏览了一下,突然间,吕文龙的名字竟然跳了出来,江春燕不禁随口说道:"吕文龙!"

工作人员抬起头问:"你认识吕文龙?"

江春燕说:"啊,认识,他是我的高中同学。"

工作人员说:"哎,对了,你们白鹤村还有个叫李芒种的,写些诗啊散文啊什么的,也总来我们文化馆,前段时间还让我们赵馆长给推荐到省城参加青年作家进修班去了呢。你们村挺出人才啊!"

江春燕也觉得脸上有光,说:"哦,在学校时李芒种就经常发表诗歌了,那个吕文龙的农民画也不错。他俩都是我们村的,也都是我的同班同学。"

工作人员说:"原来吕文龙也是你们村的人呀。我还以为他家就在县城里呢,咋一直没听他提过白鹤村呢?"

江春燕犹豫了一下,说:"啊,他没在村里住,出来是为了一心画好农民画。"

工作人员还说吕文龙是学员里最勤奋的一个,没事就来文化馆找这些老师给指导,提高挺快的:"对了,我们主任说了,省里要搞个美术展览,还想把吕文龙的一组农民画给报上去呢。"

工作人员的话让江春燕都有些激动了,说:"是吗?那可真是太好了!"

工作人员也看出来了,说:"哟,看来你也挺为他高兴啊。你们可真朴实啊!"

江春燕解释说:"吕文龙出来画画挺不容易的,他家里并不太支持他,一直想让他考大学呢。"

工作人员说:"他这农民画啊,我们看挺好,但正规院校还真不一定认可呢。"

这时,又有来报名的人,工作人员忙着去接待了,还抽空回头对江春燕说:"如果你想旁听一会儿,到时直接进教室听课去就行了。"

"谢谢老师,那您忙着,我先走啦。"江春燕感恩地道着谢。

工作人员挥了挥手说:"那咱就上课时再见吧。"

洮水县文化馆的美术培训班上,从省里请来的美术老师正在讲课。吕文龙坐在第一排认真地听着。

下课时,吕文龙急忙冲到老师那儿和老师探讨着什么。江春燕低头走出来后,在门口站着没有走。

等吕文龙和省里的老师结束探讨出来时,江春燕叫住了他:"文龙哥!"

吕文龙这才发现江春燕,问道:"春燕?你……你怎么也来了?"

"我是来县科技局学习新型水稻开发的,意外发现这里有个文化馆的美术班,就进来旁听了一会儿。"江春燕说。

吕文龙挠了挠头发,问:"我……我家里还好吗?"

江春燕说:"我吕叔气早就消了,每次去书屋看书,叔和婶都念叨你呢。这么长时间了,你咋不给家里捎个信儿呢?文凤高考离录取线就差三分。"

吕文龙摇了摇头,叹息道:"文凤啊文凤……唉,也好,好在家里现在还有吕文凤呢。唉,也不知我爸是不是得让文凤重读,这下我是更不敢回家了。我……我受不了我爸那个唠叨啊,再说了,我没混出个样子来,也没脸回家呀!"

江春燕说:"文龙哥,文凤没有重读。"

吕文龙不相信,又问:"啥?我爸没让她重读吗?"

江春燕忙解释道:"不是,我吕叔让文凤在家里复习,说去学校他看不着,不放心。"

吕文龙边点头边说:"哦,那样也好,真要是学,其实在哪儿复习都是一样的。"

江春燕苦笑了一下说:"那倒也是。"

吕文龙不解地问:"怎么?你说不一样吗?"

江春燕犹豫了一下,说:"可能一样吧,只是,文凤前不久也离开家了。"

"她离开家了?她一个小姑娘,能去哪儿啊?我爸把她也逼走了?"吕文龙又焦急起来。

"不是我吕叔逼她走的,她好像是和李芒种一起走的,一起去省城参加什么青年作家进修班了。"

吕文龙一听,心里着了火似的,忍不住喊道:"李芒种?他自己写诗也就罢了,竟敢忽悠文凤和他一起出去胡闹!"

江春燕边斟酌边说:"李芒种不是忽悠,也不是胡闹……唉,我也说不好。文龙哥,你还是回家吧,你回家不也可以来县里学习啥的吗?叔和婶这段时间可老了不少呢,挺惦记你的。"

吕文龙太担心文凤的事了,说:"我前段儿还听县文化馆的人提到过李芒种呢。写几首诗,不够他嘚瑟的了,我得托人去找他,我让他把文凤赶紧给我送回家去。"

江春燕追问:"那你呢?"

"我?我现在肯定是不能回去,我现在回去,啥都改变不了,和我爸也只能是吵架,只能让两位老人更上火。"吕文龙重重地打了个唉声,就头也不回地快步离开了。

几天后,两个培训班都结束了。在返乡前一天的晚上,江春燕找到了吕文龙,还是劝他学完就回家,省得爸妈惦记。

"考三年都没考上,我决定不再考了。考也没有什么把握,上大学那条路不通咱就拐个弯吧。我就想做个本分农民,业余时间发挥发挥自己的特长,你说不是挺好的吗?"在县文化馆的走廊里,吕文龙和江春燕说着内心的想法。

江春燕说:"谁说不是呢?三百六十行,行行出状元。其实你的农民画真的很好,有着浓郁的乡村韵味和独特的地方特色。"

"春燕,你说咱家乡的这些东西,一草一木一人一畜,我咋看着都亲,我相信坚持画它们,画下去肯定能行。"

"嗯,我也觉得应该能行,我就从没想过放弃剪纸。你看,剪刀总是带在身边,累了休息时,在田间地头也能剪上一会儿。"江春燕拍拍包中的剪刀。

"春燕,我看过你的剪纸,非常好看,散发着朴素的生命力和强大的感染力!"

两个人对彼此的作品都很欣赏,有种遇上知音的喜悦。

江春燕感慨道:"我常想,做自己擅长的事、喜欢的事,人生才有意义。"

吕文龙突然兴奋地说:"对了,我想有一天把我们家的书屋改造成农家艺术社,把那些喜欢画农民画的人召集到一起,形成规模,做成产业,你看行不行?"

"太行了,文龙哥,你可真有创意!听你这么一说,我也想加入了。"江春燕也兴奋起来。

"我还设想过,将来有一天我家和杏花家最好能够合二为一,办成一个农家文化中心……"

"办农家文化中心?好想法啊!"江春燕赞叹着。

"我为啥喜欢杏花?我觉得杏花很纯真,虽然爱吃醋,但身上总是有一股喜庆劲儿,看见她我就高兴。"

"你和杏花一动一静,性格互补,真挺合适的。"江春燕分析着。

"杏花唱的二人转也很有特色,她还会手绢绝活呢!"

江春燕觉得吕文龙漂在外面不是长久之计,也可怜两个盼他回家的老人,一心想让他回到爸妈身边去,就说:"是啊,最好让杏花也参加进来,她完全可以组织一个二人转队伍呀。咱们说干就得干啊,那就马上回去行动吧!"

"关键是怎么能让我爸同意我画农民画呢?这是我现在最心急的一件事。"吕文龙脸色又阴沉下来。

"也是啊,这是个先决条件。当务之急是做通吕叔的工作,得想办法说服他啊。"

"我爸对你印象最好,你去说真有可能行呢。"

"好,咱先心里策划着,我等你的信儿。对了,家里有没有啥事让我捎办的?"

"暂时没有,你就等我的信儿吧。"

江春燕觉得吕文龙的想法真的很好,临走时又劝道:"文龙哥,我觉得你……你还是回家创业好,我一定帮你做通吕叔的工作。"

"那得慢慢来,就全靠你了!"吕文龙心里的光亮又多了一缕。

在洮水县文化馆的走廊里,江春燕正一脸期待地望着吕文龙远去的背影时,彭永刚走了过来。

发现江春燕,彭永刚兴奋地说:"春燕,我刚下去调研回来,眼看着培训班结束了,可一直没时间找你呀。"

"啊,彭老师,谢谢您帮了我的忙,您找我有什么事吗?"江春燕问道。

彭永刚说:"那个,我听小张说你对新型有机水稻种植认识非常深,跟那些普通的农民不太一样,我也想见识一下呢。"

"哦,也没什么,我就想改良一下水稻品种,提高一下水稻产量,最好也提高一下水稻品质。之前看的书还是挺有限的,不够系统,来参加培训班就是想进一步学习。老师讲得挺好的,感觉自己以前思路有局限,通过老师专业性的讲解,我感觉不仅思路开阔了,还掌握了很多关键细节呢。我真是来对了,这个培训班办得可真好啊!"江春燕心怀感恩地说。

"这么说,这种培训班以后我们得经常办啊。你反馈回来的这个信息挺有用的,我得跟我们领导反映反映啊。哈哈,足不出户,我这也算是能申请立项了啊。"彭永刚开着玩笑说。

"彭老师,那您可真得反映一下啊,这种学习机会对农民来说真是挺宝贵的。对了,彭老师,我得往家赶路了,您忙吧。"

"春燕,刚才那个人,是……"

"哦,是我们一个村的,特别喜欢画农民画,但没考上美术学院,跟家里闹别扭,挺长时间没回去了,他爸妈挺着急的,我正好在文化馆的美术培训班里看见了,就劝劝他。彭老师,您还有事?"

"啊,也没啥事,那个,我正好想去看看我舅姥爷,就顺便捎你回家吧。"

江春燕有些为难,又不好说不行,就说:"彭老师,您忙您的,我还是自己走吧。"

"别总'您您您'的呀,你太客气了。我这就是顺道的事,咱这就走。"彭永刚说着,就引着江春燕来到了楼外的停车场。

江春燕还要往前走,彭永刚轻轻拉住了江春燕,指了指旁边的摩托车:"来,坐上吧。"

江春燕瞅瞅摩托车,这玩意儿她以前从没坐过,便站着没动。

"咋的?没坐过,害怕啊?"说着彭永刚从摩托车后的工具箱里拿出一个头盔,递给了江春燕,"来,戴上。"

江春燕只好犹豫着接过头盔,彭永刚帮她戴上后,自己也戴上头盔,跨上摩托,又比画着让江春燕也跨上来。

"为了安全,还得请你抱住我的腰呢。"彭永刚说。

江春燕有点紧张,不好意思地把手轻轻地、象征性地放在彭永刚的腰上。

江春燕以前来过几次洮水县,往返乘坐的都是大客车,她还是头一次坐着摩托车回白鹤村呢。

经过洮儿河时,她不仅不能好好细瞧河水了,还感到一阵眩晕和心悸。眼前是一片土黄色的稻田,在秋风吹拂下,稻浪就像无数个拥挤在一起奔跑的野兽吼叫着从远方涌来,一直涌到她的胸前。两河岸后面,又是漫无边际的黄土山。这时候,西边的落日又红又大,正把土黄色的稻田河涂上一片橘红。远处翻滚的稻浪间,突然一隐一现出现了一个跳跃的黑点,并隐隐约约地听见了一声惨叫。江春燕后来渐渐看清了,那是一只雀鹰捉住了一只受伤的燕子。后来雀鹰就飞箭一般向稻田上空飞去,眨眼工夫就飞到远处的大树林子里去了。

彭永刚的摩托车也在飞速行进中,江春燕立刻掉转身,没再看见那只雀鹰。这时候,江春燕看见一条上行的货船正在洮儿河上慢慢逆流而上,沙哑的发动机发出令人痛苦的呻吟声……江春燕想:那条上行的船是不是也在眷恋一片平静的水面呢?

雀鹰、伤燕和货船都随萧瑟的秋风渐渐远去了……

不知为什么,江春燕还是因为自己轻率地坐了陌生男人的顺风车而感到有些忧伤。但人家毕竟是一片好心啊,江春燕下车和彭永刚说完感谢话,又客套地说了"您慢走"后,心情才慢慢平复了一些。

好几天没见到父母了,江春燕要好好给他们做一顿晚饭呢。

吃完饭后,江春燕才说起了在县城意外地碰上了吕文龙,说起了第一次坐摩托车的事,还说起了热情过分的彭永刚……

第十一章

省作协办公楼内一片热闹场景。

"好了,咱们青年作家进修班的课程现在就全部结束了。同学们,你们回去后,要进一步消化理解所学的知识,并落实到自己的创作中去。省作协希望每一位同学都不空着手回去,期待着大家带回更好的创作经验,创作出更多、更优秀的文学作品!"

"全省首届青年作家进修班结业典礼"的红色条幅下,进修班的老师和学员们做着最后的告别。

众学员鼓掌庆贺这学期课程圆满结束。

李芒种、吕文凤挥手和同学们依依惜别之后,就匆匆来到吕文凤打工的小餐馆收拾行李。

李芒种拎着包和吕文凤快步走到门口时,吕文凤突然停下说:"李芒种,要不还是你先回去吧,我暂时还不想回家。"

李芒种把行李放下:"文凤,我不放心你一个人留在这里,咱俩还是一起回去吧。"

吕文凤还是有些为难,说:"李芒种,我还是先不回去了,不只是想多挣几个钱。虽然给我爸写了几封信,但我爸毕竟一直没给我回过信。我……我不知家里到底是个啥态度……"

李芒种咬了咬嘴唇:"那我也尽快回来,我回去尽快想办法打探一下吕叔是个啥态度。"

吕文凤不放心地嘱咐道："李芒种，在你没弄准我爸的态度之前，千万别让我爸发现你，千万别让我爸生气呀！"

李芒种点点头："嗯，放心吧，文凤，我肯定不让吕叔生气。我跟赵馆长汇报完学习情况，就去打听吕叔是怎么想的，要是吕叔接受了这个事，盼着你回家看看，我就立刻通知你。我知道你特别惦记家里，要是吕叔接受了，你和家里的关系缓和了，你也就不用总是偷偷地哭了。"

听到这话，吕文凤又哭了："没事，谁在外面能不惦记着自己家里啊？我忘不了我爸当时看着我发表的那篇散文的样子，特别高兴呢。等我那几篇新作品发表出来，我爸看到也会高兴的。没事，只要努力创作出更多的作品，我以后一定能让我爸挺直腰杆的。"

"别哭啊，外面这风挺大的。"李芒种心疼地劝着吕文凤。

吕文凤抹了一把眼泪："餐馆客人上来了，我得端盘子去了，就不送你去汽车站了。"

"不用你送，快回屋里去吧。"李芒种把吕文凤推进去，转身拿起行李走了。

吕文凤透过门玻璃目送着李芒种的背影远去，仿佛看到爸正拿着她的作品认真地读着，眼里不禁涌出了更多的泪水……

李芒种从省城到县里的专线客车上下来时，正是中午时分。阳光很好，心情也很好的李芒种脚步格外轻快，他不停地在通往洮水县文化馆的那条柏油马路上跳跃着，一切都是那么亲切。

远远地，李芒种就望见了洮水县文化馆那幢破旧的小灰楼。他又瞅了瞅县税务局那座威风凛凛的大白楼，嘴里遗憾地叨咕着："文化馆多好个地方，办公场所真不该如此寒酸，文化馆要是有税务局那样一座大白楼就好了。"

临近文化馆时，赵馆长和一个小伙子推着一车沙子从远处奔了过来。

李芒种忙迎上去，抢过赵馆长的手推车："赵馆长，我放假回来啦，一下车就奔这儿来了，正要到文化馆向您汇报呢。这大中午的，你们推一车沙子干啥？"

"文化馆的车棚子有点往外倾斜，得加个垛子。中午没啥事，就当和儿子锻炼身体了。"赵馆长擦着汗水说。

李芒种忙说:"快把这活交给我吧,您哪是干这种活的人呢?"

赵馆长又擦了一把汗:"唉,找工人不是还得花钱嘛,咱文化馆穷你又不是不知道。你这个骨干作者来了,我也不客气,咱们就一起干吧。"

李芒种眼里闪着激动的光:"赵馆长,我真希望有一天能成为文化馆的人呢。"

"芒种啊,那你就多创作一些优秀作品,作品写好了也不是不可能的事儿。对了,文化馆下个月准备往省里推荐一批优秀作品呢,你上作家进修班这半年,有什么新成果没有?"赵馆长询问着。

李芒种推车的手拿不开,着急地用下巴往背包里点了点:"赵馆长,我一直都在写,进修班的老师也一直帮我指点修改,有两个短篇小说已经发在省刊上了,样刊在包里呢。另外,我还有几篇作品,正在修改中。"

赵馆长兴奋地摘下了眼镜:"是吗?芒种啊,你都开始在省刊发表小说啦?你这进修班可真是没白上啊!一会儿把小说样刊给我,我明天上午就去文化局汇报汇报。"

瞅着赵馆长高兴的样子,李芒种想让赵馆长把文凤的作品也往省里推荐一下,就说:"吕文凤也发表了几个作品,虽然是小诗和小散文,但也挺好的。而且,她最近听完进修班一个搞戏剧创作的老师的课,还试着写了一个剧本,正拿给老师修改呢。老师说她可塑性强,提升很快。"

赵馆长说:"我知道吕文凤也不错,这次去进修的名额本来就是我靠着老关系申请下来的,我的理由是再给女作者一个名额,女作者中吕文凤最好。"

李芒种笑着说:"所以说咱们不能白申请啊,学成归来了,要对咱们县有用啊。我保证,用不了多久,文凤还能有几篇作品发表出来。咱们县里没有几个能在公开出版物上发表作品的,文化馆得往上推这样的人才呀。"

赵馆长笑了:"我还能嫌人才多吗?关键是这由不得我,我只能试试向局里推荐一下,最后能不能报上去还得局里定。"

卸完沙子,赵馆长说给李芒种接风,请他去东来顺小酒馆喝小酒。

赵馆长的儿子简单地吃口饭就先走了,赵馆长和李芒种两个人却在东来顺小酒馆里一直唠不够。但仔细听,两个人反反复复说的差不多总是那几句话:

"咱洮水县写得最好的有你、徐全、程二虎……"赵馆长掰着手指头说。

"咱洮水县写得最好的有我、徐大眼镜、程二虎……女的里就得数吕文凤了。"李芒种也一边夹菜一边说。

两个人从中午一直到喝到下午三点才收住,都有了一些醉意,撕撕巴巴地争着买单。

李芒种说:"咱今天这酒可不是一般的酒,咱们是为了文学而喝,喝出了文学味了吧?喝出了文学味就必须得用稿费来买单。"

赵馆长说:"谁张罗的谁买单,说好了给你接风的。再说你还没上班呢,半年就得那么点儿稿费,以后用钱的地方多着呢,还是留着吧。"

李芒种还是把赵馆长挡在了身后:"咱这是专款专用,必须的,有文学味的酒必须用稿费结算。以后,我李芒种肯定会源源不断地收到更多稿费的……"

李芒种成功结账后,一路欢快地哼着二人转小调走向郊线汽车站。他并没有忘记吕文凤托付的事,只是觉得天色有些晚了,就先往家里奔吧。

醉眼蒙眬的李芒种没忘把吕文凤给他买的纱布口罩戴上,他压低帽檐躲闪着村里人。走近白鹤村时已是黄昏,路过自家的苞米地时,他看到几只羊正在啃着苞米。

李芒种揉了揉醉眼叨咕着:"哎呀我说,我老妈辛辛苦苦种的苞米你们就给啃了?你们有草不吃,还惦记上苞米了,咋不喝着酒、吃点儿肉呢!"

李芒种趔趔趄趄地冲进苞米地里赶羊,边赶边气愤地小声喊着:"看我不把你们卖了换酒喝,看我不把你们杀了炒肉吃……"

几只羊就像故意跟李芒种作对似的,四散开来和他打起了游击战,李芒种赶走了这只,那只又回来了,气得他抓起地上的土块边骂边打。他的喊声仍然不敢太大,只能用嗓子眼儿喊:"杀了你们……去换酒喝……"

酒喝多了,又怕别人发现自己,李芒种最终也没能将几只羊赶出去多远。

按照吕文凤的要求,在没摸清吕老倔的真实态度之前不能露面。李芒种只好一直躲在家里,吕老倔家的情况就得靠妈来帮着打探了。

听赵馆长说李芒种从作家进修班结业回来了,朱家兄弟也张罗着给他接风。李芒种知道自己没这么大的面子,朱家兄弟主要是想找借口请一请赵馆长。几天之后,"洮水六骏"的文友们就又一次相聚在东来顺小酒馆。

酒至半酣,赵馆长说:"县文化馆正缺文学创作辅导人员,想破例招聘一位文学骨干到文化馆抓文学创作辅导工作。"

徐大眼镜说:"这是好事呀!但是谁能有这么大的福气和造化呢?"

赵馆长说:"国家现在特别重视基层文化建设,文化馆也正急需热爱文学创作并取得一定创作成绩的年轻人,我看李芒种行。"

李芒种以为自己听错了,显得毫无心理准备,但还是从嗓子眼儿里轻轻地"啊"出了一声,第一时间里,好像谁也没再发出别的声音。

大家一时间好像都没啥心理准备,有那么一段时间竟然静场了。

最后还是赵馆长打破了沉寂,说:"虽说文化馆是洮水县首屈一指的穷酸文化事业单位,但由于洮水县的文化气氛一向浓厚,在这样一个特定的环境下,文化馆在人们心目中还是有点地位的。"

徐大眼镜反应最快,接口道:"那还说了,文化馆可是人人做梦都不敢想能去上的好地方啊!这能是真的吗?如果那样的话,以后,铁杆农民李芒种可就是洮水县文化馆的工作人员啦!正经八百的国家干部啦!"

赵馆长把酒杯斟满:"那得一步一步来,暂时只能是合同制。"接着,又半开玩笑地问李芒种,"你这刚上任的'六骏'之首咋没动静啊?你倒是表个态呀,到底想不想来县文化馆工作呀?"

可能事情来得过于突然,李芒种还是有些没反应过来,坐在那儿涨红着脸左顾右盼,半天才实实在在地说了一串问句:"不是说福无双至吗?今天咋还一齐来了呢?还能有这么好的事吗?谁敢想啊?"

赵馆长说:"就当我今天提前透个风吧,文化馆的用人报告都打上去了。来,我和'六骏'之首李芒种单喝一个。"说着就一饮而尽了。

李芒种有些发蒙,愣愣地坐在座位上没动。

反应最快的徐大眼镜急得眼镜都滑到鼻梁上了:"干啥呢?干啥呢李芒种哪?咋还不快点站起来回敬赵馆长啊?"徐大眼镜边扶眼镜腿边在桌子底下用脚踢了一下李芒种。

李芒种这才有点醒过神来,慌乱地站起身,十分机械地一饮而尽。但李芒种仍不知说啥好,站在那里有些语无伦次:"这是做大梦呢吧?赵馆长这玩笑开、开大了吧……"站了好半天,他才慌乱地坐下来。

在县大修厂当车工的程二虎是写散文的,不知是羡慕还是酒喝多了,眼睛都红了:"我、我说赵馆长呀,这事是真的假的呀?这事能是真的吗?说梦话呢吧?那以后我也好好写,再把我也调到县文化馆上班呗?那往出一走,要多体面有多体面!"

建筑工程队写小小说的马大力也反应过来了:"哎哟喂,李芒种,你还想啥呢?赶快再站起来呀!立马给赵馆长连敬三杯酒才对呢!你这不是遇上大恩人了吗?你这可是一步登天啦!哎哟喂,李芒种!"马大力羡慕得不行了,是真心替李芒种高兴。说话间,自己掏钱又上了两瓶老白干,还一边启瓶倒酒,一边嚷嚷着:"今儿个喝透,都往透里喝!没想到我李芒种兄弟突然间又有了这么大的一件好事……"

兽医站的朱多友和他的双胞胎弟弟朱广友也都高喊着:"我们羡慕、忌妒,但绝对不恨!"哥俩接连跑过来与李芒种搂肩搭背,频繁举杯……

大家又兴奋无比地喝出了无数个小高潮,不知又加了多少回酒,也不知又添了多少回菜……几个人都在争着提酒,反复发表着同样的豪言壮语……

腹中已有七八两白酒的李芒种心里溢满了激动。接下来给赵馆长倒酒时,他得竭力控制着双手,可不争气的双手还是不停地颤抖。

为了让自己平静下来,李芒种还特意去了一趟洗手间。回来后,他又稳定了好半天情绪,可还是无法减缓双手的颤动。李芒种一遍遍暗暗告诫自己:要显得深沉一些,要显得有城府一些,自己可是"洮水六骏"之首啊,好歹也算半个文化人啦,不能这样……可是,李芒种就是无法阻止自己双手颤抖。

到了结账的时候,李芒种想,赵馆长这么快就为自己办了这么大的事,这顿饭无论如何都应该由自己来请,就悄悄地找到女服务员要买单:"服务员,请你给算一下,我们这桌儿一共是多少钱?"

服务员说:"去了个人买的酒水,一共是一百六十五元。"

一听价钱,李芒种下意识地摸了摸衣袋:"我兜里就带一百元钱,先给你一百,那六十五元赊一下账,行不?"

服务员板着脸说:"对不起先生,本店小本经营,从来不赊账的。"

"这……"李芒种面露难色,拿着服务员抛回的一百块钱有些紧张,不知如何是好。

赵馆长发现了李芒种的异常举动,他当然了解底层文化人的穷酸处境,忙走过来,一边推开李芒种一边说:"早都说好了,今天由朱家兄弟做东来给你接风。"

朱家兄弟也赶了过来:"芒种,你就听赵馆长的,下次你再安排。"

李芒种说:"那好吧,那就下次,下次一定得是我请大家。"他觉得自己欠的人情真是太多太多了。

赵馆长说:"你就好好写作品吧,下次也轮不到你请客……"

酒局散后已是晚上七点多了,李芒种摇晃着身子往家走时,心里依然兴奋着。他今天特意绕到县城西头的熟食店买了一个上好的酱肘子。这绝不是东来顺的酒意未尽,李芒种确实是给母亲买的。李芒种以前就曾许过愿,答应过母亲,以后再得了稿费给她买肘子肉吃。可李芒种的稿费总是太少,很多情况下都是没来得及在兜里揣热乎,就和文友们买了烟抽,换了酒喝,基本上都是在第一时间就和大家分享了。李芒种今天虽然没得到什么稿费,但觉得比得到一大笔稿费还高兴,今天实在是一个值得隆重庆祝的日子。

李芒种回到家时,母亲已经睡觉了。李芒种家里有一铺大炕,与一般农村家庭不同的是,他家里除了有炕和高低柜之类的正常摆设之外,竟然有一方书桌,旁边的墙上还钉着一个书架。

"妈,你别睡觉啊,我给你带好吃的回来了!"

叫醒母亲后,李芒种到厨房把酱肘子切了。很快,他又做好了蒜酱,把母亲拉到桌前,满眼幸福地看着妈吃着酱肘子。

李芒种并不想马上说赵馆长要调他去文化馆的事。他沏上一壶浓浓的红茶,往软乎乎的小被垛上一靠,一边滋溜滋溜喝茶,一边打着中午延续下来的酒嗝。

芒种妈香喷喷地吃了几块肉才问:"又得稿费了?"

李芒种说:"今天和赵馆长他们喝了一场难忘的透酒,今天就是高兴,赵馆长说想把我调到县文化馆去上班。"

"哪有那么容易的事?人家说着玩呢吧?"芒种妈点上旱烟,抽了一口。

李芒种觉得把好心情说给母亲太难了。再说,这事根本就不是一句话两句话能说清楚的事。李芒种也不想一下子就把事情说清楚,这么好的事,得多说几遍才能说到位;这么好的事,必须慢慢去说呀。李芒种头一次切身体验到:不把好话一下子说完,也是一种享受。

"儿子,妈不反对你舞文弄墨,可咱比不了城里那些开工资的公家人,到啥时候也别忘了咱可是农民。你笨想,人家说的能是真的吗?眼瞅着上秋了,咱家那点玉米也得收了吧?明年的稻苗子也得提前订实吧?去年那种稻苗可不行。"芒种妈边收拾碗筷边叨咕着。

李芒种只是笑,不时地用酒声询问:"妈,我要是能去县文化馆上班,是不是好事?妈……"

"做你的大梦去吧。"芒种妈说。

李芒种默默地想,此时如果文凤在的话,一定能听懂他的幸福……

第十二章

　　一直念着赵馆长的大恩,李芒种心里总是放不下。这天天刚放亮,李芒种就醒了。没啥事,他就把家里唯一的芦花公鸡放出来喂。李芒种从前没大注意观察自家这只芦花公鸡,此时才发现,这只公鸡还是挺像样的,很是高大威武,很是气宇轩昂。李芒种就趁公鸡不备,一把将其抓住,拎在手里用力掂量起来……

　　可惜只有这一只,实在是拿不出手。哪有送礼只送一只公鸡的呢?李芒种无奈地一松手,放了可怜的公鸡。李芒种失望地摇着头蹀出大门,向有着磁石般吸引力的远方走去。

　　阳光很好,心情好到极致而又无所事事的李芒种就是想四处走走而已。不知道文化馆的车棚子修没修好呢?李芒种躺不住了,晨曦中戴上口罩、压低帽檐走出村子,在平安乡又上了通往洮水县的公共汽车……

　　洮水县的柏油马路更加亲切了,他又一次远远地就望见了文化馆那幢灰色小楼,心想,文化馆是个多么好的地方,办公场所真不该如此寒酸。不过也无所谓,早晚会好起来的。李芒种俨然一副很负责的文化馆新主人的感觉。

　　李芒种来到文化馆近前时看清了,车棚子的后山墙果然有点往外倾斜,是得加上个垛子才安全。

　　李芒种会干瓦匠活,加上赵馆长又叫来了打下手的朱家兄弟,不到两个小时,文化馆车棚子倾斜的后山墙外就添上了两个结实的垛子。

　　干完活回来洗手,见大家都很高兴,赵馆长就张罗请客:"谁也别走了,中午我就请大伙到东来顺小酒馆喝点生啤酒吧。"

李芒种说:"正好我来请客。"

赵馆长拿出刚从邮局取出来的八十块钱稿费说:"李芒种,你负责打电话就行,把'洮水六骏'都找来,一个也不能少,咱们今天就照这八十块钱来喝。"

李芒种说:"那不够的我来添。"说着就分别给大家拨打电话……

席间,赵馆长谈到了正在调李芒种来文化馆的事。

赵馆长说:"你的用人报告已经打到文化局去了,就等着局里下批文呢,估计不会有什么大问题的。吕文凤的个人创作材料也报到省里去了,正等着省里回信呢。"

李芒种惊喜万分:"真的呀?咋这么快呀!连同吕文凤的事也给办啦……"

赵馆长说:"文化局非常重视调你这件事。李芒种啊,你这段时间就潜心创作,多出好作品吧。"

李芒种激动不已:"我一定好好写,一定好好写,赵馆长,您就放心吧。"

赵馆长最后还体贴地说:"如果家里环境不好,你就先到文化馆来上班也行,反正批下来是早一天晚一天的事了。"

李芒种感激得要哭似的,酒又喝了不少。回家的路上,喝多了酒的李芒种就反复和徐大眼镜说:"到底该如何感谢恩人赵馆长呢?没想到赵馆长说办这么快就给办了,更没想到要人的报告都打到文化局去啦!这是多么货真价实的实质性进展啊!"

徐大眼镜拍着李芒种的肩膀说:"老弟呀,要听哥的,你真得好好感谢感谢赵馆长啊,人家真是太够意思啦!能到县文化馆上班,不仅你自己的命运改变了,连你全家人的命运都改变了呀!要是换了我,哪怕是砸锅卖铁,我也得去赵馆长家串个门去……"

回到白鹤村时,李芒种又看见了羊。这回是一大两小三只羊正在啃李芒种家房后的苞米。李芒种知道那是金卫国家的羊,李芒种醉咕隆咚地吆喝了两声,最后又扔了几次土块子,三只羊才慢条斯理地往东边走了。

李芒种自言自语着:"难道说,这三只羊真的是送上门来给我顶那一千五百块工钱来了？不行,还是少了点。要是三只都是大的嘛,还可以考虑考虑……"

李芒种心疼地把自家的苞米扶了扶,再用醉酒后的笨脚踢上一些土,尽量踩实,心里骂着:"好好的苞米都给啃了,羊们还走出了大摇大摆的样子,真他妈气人啊！狗仗人势,羊也仗人势啊？要不是马上就去文化馆上班了,我绝不会轻饶它们的。"

李芒种啤酒喝多了就犯困,躺在自家的火炕上很快就睡着了。

睡醒了,起来解手时,他发现那三只羊又来啃苞米,又气又恨的李芒种就是在这个时候突然又想起了该给赵馆长送点啥。想着想着,李芒种的胆子就出奇地大了起来。他嘴里叨咕着:"金卫国总巧使唤人,至今还欠着包括我在内好几个农民兄弟的工钱呢,亏就亏点吧,就当顶自己那一千五百块工钱了……"

李芒种一伸手就牵住了走在前边的那只大羊,另外那两只小羊惊慌地跑开了,又惊慌地跑了回来。阴差阳错也好,顺手牵羊也罢,李芒种没费多大劲,就非常成功地把三只羊弄到了自家的仓房里。待牢牢地锁住仓房木门之后,李芒种的心脏开始无法控制地狂跳起来。但他还是心脏狂跳着做好了下一步打算:明天起大早！对,起大早！抓紧把这三只羊赶到大集市上卖了。一定要快,给钱就卖。用卖羊的钱给赵馆长买两条好烟,一定是两条上好的烟！要是还能剩钱的话,就请赵馆长和圈里这几个文友到东来顺喝上一顿小酒……

到了晚上,李芒种有些酒醒了,正后悔的时候,事情就败露了。

七点多钟,金卫国牵着一条大狼狗把三只羊从李芒种家的仓房里拖出来。金卫国非常生气,扬言一定要严惩小偷,并很夸张地报了案,把平安乡派出所的警察给找来了。

前来办案的两个民警有一个叫纪晓东,业务能力强,长得也挺精神。

纪晓东问:"这三只羊是谁家的？"

金卫国答:"我们家的,李芒种偷了我们家的羊！"

李芒种说:"他家欠我一千五百块垒羊圈的工钱呢,他曾说过可以用羊顶账的。"

金卫国说:"开什么玩笑！羊圈墙都垒歪了,差点砸死好几只羊。一只怀孕的大母羊都流产了,没让你赔就不错了！"

李芒种说:"他家的羊还啃了我家好多苞米呢!"

金卫国说:"啃死一棵我赔一棵!啃死多少棵?"

李芒种说:"现在没法数。"

纪晓东虽说考公务员入警不到两年,但一问就明白是咋回事了。

纪晓东这才又说话:"一码是一码,你这种行为涉嫌盗窃。好了,你跟我们走一趟吧。"

接下来,李芒种就以盗窃嫌疑人的身份前往平安乡派出所。

望着满天凉飕飕的星星,李芒种预感到后果比较严重,他想起了"洮水六骏",想起了洮水县文化馆,想起了赵馆长……

李芒种就又为自己争辩说:"金卫国真的欠我一千五百块工钱呢!"

纪晓东说:"你说过了。"

李芒种说:"羊啃坏那些苞米也值不少钱呢!"

纪晓东说:"你也说过了。"

李芒种说:"我只是想以羊抵账,细算我还不合适呢。"

纪晓东说:"说别的都没有用,我只想听你说说偷羊的动机和经过。"

李芒种说:"我只是想以羊抵账,我没有动机。"李芒种觉得实在无法和纪晓东说清楚了,就一路小狗一样央求纪晓东,"纪警官,就算我做得不对,也请您高抬贵手,放过我这一回吧!纪警官,我会一辈子都感谢您的……"

李芒种说尽了好话,纪晓东还是一副无动于衷的样子。李芒种曾一度想把多么感激赵馆长、多么想进文化馆的迫切心情说给纪晓东听,可又觉得不太好表达清楚。竟然和当初无法一下把好心情说给妈一样,此时的准确表达也同样太有难度,甚至要更加有难度。急得李芒种一再怀疑自己以后还能不能当作家了,还能不能搞创作了……望着纪晓东威严的面孔,李芒种就更没有了把真话讲出来的勇气,只好一遍一遍央求着同样的内容。

李芒种也知道这样做太表面、太浅薄,但还是不停地说:"行行好,求求你,你就饶过我这一次吧。"

李芒种的表现不但没获得同情,在纪晓东眼里反倒更像一个小偷了。这些简陋的求饶的话对疾恶如仇的纪晓东来说,真就不如不说。李芒种平日里很赏识义正词严的警察,而此时,真希望来抓他的人是那种人们印象中不太讲原则的人。那样的话,李芒种可以答应给他些好处,他就有可能高抬贵手……

纪晓东打开派出所的大门,把身材单薄的李芒种推了进去。李芒种就不知第几十遍地又说:"纪警官,你就行行好,饶了我这回吧。我从没干过坏事,这真是头一回。"

纪晓东回过身来拉住李芒种:"你们这种人我见多了,在这之前都是好人,都是无辜的。"

"我家穷,我真的是急需一点钱花呀!"李芒种一脚门里一脚门外时不知所措地说。

"灾区比你更急需钱!去偷?去抢?"纪晓东说完,就把李芒种推进了留置室。

"纪警官,求求您了,我、我……您就饶我这一回,日后怎么的都行。纪警官,我真的求求您了。"纪晓东关上门那一刻,李芒种又想起要到县文化馆上班的事,就情不自禁地改用"您"了。

纪晓东看了李芒种一眼,说:"最后一招了吧?"

李芒种很想说他已经是"洮水六骏"之首了,就要调到县文化馆了,就要由一个农民变为一名国家干部了,以后的日子马上就会好起来了,他的家庭马上就会有翻天覆地的质的变化了,日子会越来越好了,他的命运、母亲的命运和女朋友的命运也都要因此而发生改变了……可是他真的不能说呀。李芒种努力了好半天,干咂巴嘴,也没能把这些话说出来半句。李芒种的嘴就那样半张半合着好半天,乞求的目光一直无奈地紧盯着纪晓东。

"你最好别跟我来这套!少给我装可怜,老老实实地交代这是第几回!"纪晓东的声音极其威严。

"我这是头一回,真的是头一回呀!"李芒种说。

"还不想说,是不是?"纪晓东平静的语气中透着无形的威慑力。

"怎么能说我偷羊了呢?"李芒种突然问。

纪晓东哭笑不得:"你别问我,你先问问自己吧。"

李芒种脑中隐约记得喝完酒往家走,好像还赶了羊,就说:"我喝完酒,回家,赶羊……"

"接下来呢?"

李芒种挠着脑袋:"羊怎么被赶到我家仓房里的,我真记不清了。我只记得我是赶羊了,我不赶它们的话,它们就把我妈种的庄稼啃没了啊。"

纪晓东说:"一句记不清就行啦?现在可是严打,你这是顶风作案。看你那不老实的样吧,喝点酒就啥事都能干出来。"

为了证明自己老实,李芒种只好说:"我就是想以羊抵债,要回工钱。我刚在省里上完青年作家进修班,不可能偷那几只羊,那不是自毁前程吗?"

纪晓东说:"作家进修班?哎,对了,你是不是还拐走个叫吕文凤的女高中生?"

李芒种有点没想到,就没有马上回答。

一起去办案的那个姓高的警察问纪晓东:"纪哥,你认识那个高中生啊?"

"是我表妹的同学。"纪晓东说。

姓高的警察来了兴致,就问李芒种:"你倒是说呀,你是不是拐走个女学生啊?"

李芒种说:"那可不是拐,我们是一起去学习。"

"你可别扯了,人家本来要考大学,愣是背着家里人和你走了。挺清纯个小姑娘,被你骗走了。我表妹学校里都知道这事了,影响那是要多坏有多坏。听说小姑娘她爸都气病了,你说你是不是缺了大德?不光缺德,还犯上罪了,还偷上羊了。"不说这个还好,一说起这个,纪晓东更来气了。

李芒种忙说:"我缺啥德啊,犯啥罪啊?我在省里进修期间发表了好几篇小说呢。"

姓高的警察问:"那你的小说呢?拿出来看看,别光吹,我们可不是那个小姑娘。"

李芒种想起来样书留给了赵馆长,可这事不能说,弄不好会毁了自己的前程,就说:"真有,可没在手上。"

纪晓东好像早就看穿了李芒种:"行了行了,你就别再演戏了。"

姓高的警察说:"还是不想说是不是?那你今天就没有机会再说了。"

李芒种一副跳进黄河洗不清的样子。

纪晓东晚上回到县城的家里就打电话把李芒种的事告诉表妹春慧了,让表妹可要把人看准,不要像她同学似的认不清好人坏人。

春慧难以相信,问:"哥,你说的是真事啊?"

纪晓东说:"哥啥时候骗过你。我见过你那个同学,你说看着好好个小姑娘,这在外面能过啥好日子呀,哪像你在家那么享福?"

春慧说:"哥,吕文凤不敢回家,她在外面是边打工边上学,挺难的。看在吕文凤的面上,你就帮帮那小子吧。"

纪晓东说:"帮什么帮,法律面前人人平等,哪那么容易帮,另说吧!不过,我就不明白了,一个小姑娘再怎么的,也不能随便就跟着一个男人跑啊。你可要离你那同学远点儿。看,现在多惨,有家不能回,找个男朋友又靠不住。"

春慧大声叫道:"纪晓东!"

纪晓东一惊:"啥,哥都不叫了?"

春慧"哼"了一声:"就不叫,你还警察呢,一点儿正义感都没有,犯错的又不是我同学吕文凤。"

第二天早上,纪晓东刚上班,正想着如何处理李芒种时,派出所外面突然吵嚷起来,原来是金卫国来了。

金卫国进门看到纪晓东就说:"我又听村里人说了,前几天李芒种还打了我的另外一些羊,我说有的羊咋受伤了呢,腿都不好使了。同时羊还受到了惊吓,不吃草了。得让他多赔!得多判!还得赔我精神损失费!"

纪晓东说:"我昨晚看到那三只羊可都好好的呢。"

金卫国说:"我家里还有好几只种羊惊吓过度,到现在还没缓过来呢,反正得给我一个满意的说法。"

纪晓东说:"我跟你说实话,这人我要是送上去,并没造成什么直接经济损失,也就判个拘留。他一个穷小子,肯定一分钱也拿不出来,人家只能认栽了。你就说实话吧,到底是想要经济赔偿,还是想让他拘留处罚?"

金卫国晃着脑袋权衡了半天,说:"那还是要经济赔偿吧。"

纪晓东说:"我们得进一步了解情况,调查清楚后才能处理,你回去等通知吧。"

金卫国说:"三天,三天之内我要是拿不到八千块钱赔偿款,我就领全村人去洮水县公安局。我就不信了,这正是严打的时候,不判他才怪呢!"

纪晓东说:"我看他能拿出三千块钱都难。"

"至少五千,少一个子儿我都不干。"

打发走了金卫国,纪晓东回头告诉李芒种:"你要想有缓,就赶紧联系家人,赶紧筹五千块钱来,趁着羊主还没变卦。"

李芒种知道通知家里人也是白扯,就妈一个人,家里穷得叮当响,别说是五千块钱,就是五百块钱,家里也拿不出来。

李芒种想求赵馆长,可又怕这事弄出去工作的事就泡汤了。他眼前突然晃过城里焦急等待他的吕文凤,想来想去,也只能找吕文凤想办法了。"能借我电话用用吗?我得给在省城的女朋友打个电话。"

纪晓东问:"省城的女朋友?吕文凤啊?"

李芒种不情愿地说:"没办法,我就得找她了。"

纪晓东不屑地望了李芒种一眼:"你说说,这小姑娘跟你在一起能落着啥好?大老远的,她还得来捞你,我表妹这个同学呀……唉,我见过,真是一朵鲜花插在了牛粪上……"

远在省城的小餐馆里,打扫卫生的吕文凤一直魂不守舍的样子,一听到餐馆的电话响,就盼着是找自己的。这不,刚才听到电话响了,又停下手里的活,见不是找她的才闷闷不乐地擦起地来。

餐馆老板娘撂下电话,看了一会儿干活的吕文凤说:"文凤啊,我看你这是人在心不在呀?要不你就回家去看看吧,可别想家想出病来。"

吕文凤不好意思地说:"大姐,我,我不是想家了……"

一连好几天,吕文凤一直在焦急地等待着李芒种的电话。这天,找她的电话终于来了,可没想到等来的却是李芒种乐极生悲的坏消息。

接完电话,吕文凤着急地走来走去,却没想出什么好办法。唉,也只能问问老板娘能不能先预支点工资了。吕文凤就向老板娘说了自己的难处。

正在柜台前忙活的老板娘说："文凤啊，大姐这也是小门小店，其实雇不雇人都行。你打工挣的这两个钱，扣除生活费，攒一年两年你都还不上，大姐咋相信你？再说，大姐现在这都是照顾你呢。你回去想办法吧，这份工我给你留着，大姐也是农村出来的，就当大姐帮你了。"

吕文凤只好匆匆赶往火车站，下了火车就直接来到了洮水县派出所。她一路心急火燎，不到半天的工夫，嘴里就起满了水泡。

吕文凤得知办案的纪警官是同学春慧的表哥，紧张的心情才得到了一丝缓解，就叫着纪哥，把两个人一起参加省青年作家进修班的事说了一遍。

纪晓东听了吕文凤的解释，半信半疑地说："原来是这么回事啊，我以为李芒种骗你呢，真的是去上学啊？"

纪晓东来回瞅瞅，对比着两个人，还是觉得一朵鲜花插在了牛粪上。"我这已经是网开一面了。如果只是偷了三只羊又是初犯的话，正常也就是拘留加罚款，顶多也就是拘留半个月。"纪晓东心平气和地说。

吕文凤茫然地望了望李芒种，又请求道："纪哥，那可不行啊！不行啊，纪哥！你就高抬贵手，饶过他这一回吧？他不会再犯这种错误了！还是少罚一点，就饶了他吧？"

"不是我饶不饶的事，是他已经犯了。"纪晓东试图要把道理给吕文凤讲明白。

"纪哥，可千万不能判他行政拘留啊！我真的求求你了，你就帮帮我们吧！"吕文凤也一度想把如何感激赵馆长的事说出来，可又觉得说不得，这事要是传到文化馆去可就什么都凉快了……

一向公事公办的纪晓东表面严肃，脑子里其实一直琢磨着这个案子，同时他的心里也对表妹的这个同学有些怜惜。

"这么的吧，让他留个字据，然后回去抓紧给羊主筹钱。三天之内，或见钱，或见人。这已经是最大限度了。"

李芒种写好了字据，又按上了手印。当他走下派出所最后一个台阶时，纪晓东挥舞着那张字据对他说："三天之内呀，你给我听清楚喽。"

第十三章

一场虚惊？好像又不是这么简单。李芒种想：自己能这么快就给放出来，纪晓东是不是看上文凤了呢……

而眼下最闹心的是，上哪儿整五千块钱去呢？李芒种突然想起了这个亟待解决的问题。他把不想回家的吕文凤安置在一家小旅馆后，就匆匆走上了通往白鹤村那条熟悉的沙石路。这回，他不再戴口罩了，金卫国知道他回来了，村里人该知道的也就都知道了吧。

一路上，李芒种一个一个想着白鹤村的亲戚、朋友和邻居……翻过来调过去，能借钱的也没有几个人，都是穷人，谁家也没有钱啊。能拿出个三百两百的，就好大的面子了，凑足五千块钱，那可实在太难了！这不免让李芒种感到一阵阵绝望。

李芒种顾不上腰酸腿疼，饭都没吃，整整走了一个晚上，把可能借钱的亲友家都走到了，好说歹说，总算借到了五百块钱。其中，有两百块钱还得过两天去取。李芒种像被寒霜打透的茄子，但还是到食杂店打电话告诉吕文凤。

"不行咱就认了吧，这钱真是没处借了。"李芒种有气无力地说。

"那你去不了县文化馆不说，弄不好还得拘留呀！"吕文凤带着哭腔说。

"可也是啊！"李芒种浑身不禁一抖。

"那你就是犯过罪的人了！"吕文凤的哭腔更重了。

"唉，我咋这么蠢呀！"李芒种一拳砸在头上，闷在那里不出声。

"别着急，咱再想想办法。我又不能告诉家里人，不行你明天再到平安乡文化站找找余站长,或者再到洮水县找找别人?"吕文凤在电话那头说。

"余站长家境不好,肯定也拿不出几个钱来。洮水县那几个熟人里,除了赵馆长,再就是徐大眼镜、程二虎等几个文友了。他们挣得也不多,都不会有啥余钱。"李芒种说着又打了一个唉声。

"实在不行,你就去找找赵馆长吧,看看能不能帮着想想办法。"吕文凤无可奈何地说。

"这种事咋能去找赵馆长呢?咋跟人家说呀?再说了,赵馆长一个文化人也没啥钱。"李芒种有些绝望地说。

"也许赵馆长认识有钱的人呢。"吕文凤坚持着。

"三百五百的,编个理由也许能借来。还差四千五百块呢,跟人家借这么多钱,咋也得有个名目啊!借这么多钱干啥呀?咱怎么也得说清楚吧?"李芒种仍没啥信心的样子。

"实在不行,就说……就说你爸得、得了癌症,急着用钱。"吕文凤说着就哭出声来了,"事情都到这步了,咱可不能半道停下来呀,纪哥那儿好不容易高抬贵手啦……"

"可是,我爸都死五年多了。"李芒种小声说。

"反正他们又不了解这些情况,咱不就是为了找个借口嘛。"

李芒种第二天一早就去了平安乡。还好,他很快就从平安乡余站长那借到了一百块钱。接着他就去了洮水县,又从徐大眼镜和程二虎那里分别借到了两百块钱。这样,总数就是一千块了,看到了一点希望的李芒种又匆匆来到了县文化馆。

在县文化馆门口,李芒种正好碰上了赵馆长。

"哎,这不是李芒种吗?我正想找你呢。"赵馆长一见面儿就说。

"您找我有事啊,赵馆长?"李芒种尽力装出平时的样子。

"哎?眼睛都红了,是不是又开夜车搞创作了?"赵馆长走到李芒种跟前时关切地问。

李芒种"嗯"了一声,很不自然地挠着脑袋。

"是这么个事,昨天下班前,文化局来电话了,说省里要出版一本全省农民作家作品选。要得挺急的,洮水县就你一个人入选了,我看就把你目前为止发表的那些东西整理整理邮去吧。你发表的那些作品,我抽屉里基本上都有,不行你下午就在我这儿弄出来吧。这可是好事,下一步你还要进文化馆呢。"赵馆长说话一向很实在。

"这,这个……"虽然李芒种知道赵馆长说的是件好事,应该激动一次,但他一心想找人借钱,怎么也提不起神来。

"一个县才一个名额,洮水县下辖十几个乡镇,业余作者里就属你了。这事你也不必客气,也是实至名归的事。这样吧,你这就在我办公桌上弄吧。"赵馆长又吩咐道。

"嗯,好、好吧。"本来是件好事,李芒种却一点也高兴不起来,他心不在焉地在文化馆坐了大半个下午。他把自己发表的那些作品从报纸或杂志上剪下来,再贴在一本稿纸上。实际上很简单的事,却被心神不宁的李芒种搞得相当复杂。作品贴得缺头少尾,颠三倒四,多亏赵馆长最后很认真地又看了一遍。赵馆长一边帮他重新整理着稿件,一边半开玩笑地说:"李芒种啊,你有这么笨吗?以前没觉得你这么笨哪……"

望着一丝不苟的赵馆长,李芒种没好意思提借钱的事。他想:赵馆长这么好个人,咋能欺骗人家呢?几次话到嘴边,最终又都给咽了回去。

又枯坐了一会儿,李芒种就脚底无根地从文化馆的小灰楼里出来了,没精打采地向洮水县汽车站走去。

吕文凤担心李芒种借不到钱,在小旅馆里急得团团转。不能干等啊,能不能侧面做做金卫国的工作,让他少要点精神损失费呢?想来想去,她就想起了江春燕。对呀,金卫国不是想追求春燕姐嘛,春燕姐这时说句话肯定会好使吧?吕文凤就把电话打到村里找江春燕,如实地把李芒种前前后后发生的事和她说了一遍……

江春燕听后非常震惊,也非常着急:"咋还出了这种事?李芒种那么有才华,平时也不像能做出这种事的人啊?肯定是酒喝多了,一心想着要报恩。能去文化馆工作是多难得的机会呀,可不能错失啊……"

"春燕姐,我在洮水县呢,连家人都没敢告诉啊,就得求求你了。"吕文凤焦急地说。

"这……"江春燕心里犹豫着,金卫国咋要那么多钱呢?这个时候去求金卫国?本来还避之不及呢,怎么能主动送上门去呢?

"我也知道这事太难为春燕姐了,实在不行,那就算了……"

"我去找找他!"江春燕真的不想有求于金卫国,可是为了李芒种的大好前程,江春燕还是决定去找金卫国。

金卫国见江春燕来找他,喜出望外:"稀客呀,是哪阵清风把大美女给吹来了?请上座!"

"卫国老同学,我来找你,是因为李芒种的事。"江春燕怕金卫国误会,只好开门见山直奔主题。

金卫国说:"最近确实发生了这么一件事,李芒种偷了我家羊,国有国法,家有家规,我当然要报警了。他去省城参加个什么进修班,回来后不够他张狂的了。"

"我真不信,李芒种会偷你家的羊?他不能那么干吧?"

"你不信,我也没想到啊。你说这个李芒种,还想当诗人、当作家呢,那小样吧,诗人、作家能去偷几只羊?"

"我看他不像那样的人啊!"

"你看看,人这玩意儿就是怪呢,表面看着老实巴交的一个好人,可知人知面不知心哪。"

"啥时候的事啊?"

"就是几天前的事,他说要私了,我已经给他面子了,正等着他赔偿我五千块钱损失费呢。"

"李芒种不就是想抓你三只羊抵债嘛,你要人家五千块钱?"

"他这是偷窃行为,我看他一天舞舞扎扎的就来气,主要是想治治他的坏毛病,其次才是我的损失。他把大种羊都给打瘸了,气死我了。"

"喝点酒,一念之差的事。都是同乡,又是同学的,我看你还是网开一面,就别管人家要那么多钱啦。"

明白江春燕的真实来意后,金卫国未免有些失望,心里叨咕着:"原来江春燕是为了李芒种的事才来找我呀?竟然和谈恋爱没有一丝一毫的关系。"但金卫国还是马上就答应了江春燕:"那就看在大美女的面上,饶了李芒种这小子。我倒不是非要求他赔偿不可,主要是他已经构成了盗窃罪。这可就不是一件小事了,估计就算我不要,人家派出所也得惩罚他。不过请大美女放心,我会尽力而为的,我一会儿就去派出所,和相关人员沟通解决这件事。"

"你就好好给李芒种说说情吧,李芒种下一步还要去洮水县文化馆上班呢。"江春燕说。

"是吗?这没正事的小子还被这么大的馅饼给砸中了?早说呀!哎呀,大美女都亲自来了,我头拱地也得把事给圆下来呀。好吧,这么说我马上就得去派出所找纪警官了。"

金卫国热情地开着新买的小四轮子把江春燕送回家后,才驶向平安乡派出所……

又跑了大半天,李芒种能借的人都借了,也没再借到钱,手上仍然还是那一千块钱。他依旧是寒霜打透的茄子样,什么心思都没有了,那就和吕文凤打个照面再回白鹤村吧。

来到吕文凤暂住的小旅馆,正好碰上从吕文凤的房间刚走出来的纪晓东,李芒种的心就咯噔一下子。

"您……你来干啥?"李芒种硬生生地把"您"换成了"你",本来还想着事后登门去感谢纪晓东呢,可此时在这里不期而遇了。这让身为男人的李芒种心里很不是滋味,他用很讨厌的目光盯着纪晓东。

"出来了是不是?又像个好人了是不是?"纪晓东感觉自己遭受到了巨大的侮辱。一个小偷竟敢这样无礼地和一个人民警察对话?他瞪了李芒种一眼就大步流星地走了。

"你不是说三天之内吗?还没到呢。"李芒种说。

"小样吧,是人家金卫国要得紧,还要加码呢。人家今天下午就找上门要钱来了,闹得我都把钱替你垫上了!"纪晓东看着李芒种那出,头也不回地愤愤而去。

"纪哥是来告诉咱别为钱的事太着急,咱们碰上好人了!"听到充满火气的对话声,吕文凤急忙走出来和李芒种解释。

李芒种没再说啥。

"没想到金卫国连春燕姐的面子都不给,还想变卦,说钱要少了,还要加码,要不就要求严惩。是纪哥又说服了金卫国,怕夜长梦多,情急之下,他还替咱把钱给垫上了。"吕文凤说。

"啊?你和江春燕说了?"李芒种问。

"我也是实在想不出别的办法了,我以为……"吕文凤就简单地把请江春燕说情的事说了一遍。

"唉——"李芒种长长地叹了一口气,没再说话就走了。在回家的路上,他一遍遍地下着决心:明天死活得跟赵馆长说借钱的事了……

第二天,李芒种很早就起来了,心事重重地前往洮水县文化馆。

路上,李芒种还碰上了金卫国。金卫国走过来嘲讽地说:"你小子行啊,当了回小偷这么快就没事啦?"

李芒种心里生气,表面还是讨好地说:"你欠我那一千五百块工钱,我……我就不要了。"

金卫国斜眼瞥着李芒种:"想啥呢?我这都便宜透你了,你个没啥正事的烂小偷,听说还要进县文化馆呢。"说完还给了李芒种一脚。

李芒种仍赔着笑脸:"那天酒喝多了,也是一念之差,我寻思那就顶账了呢。"他忍气吞声地躲避着金卫国再次抬起的脚。

"你就偷着乐去吧,以后别再提那破账的事,也别再提你赔我那点钱的事,听见没?这样对你有好处。"金卫国扬着下巴,一撅一撅地说。

李芒种没想到金卫国还挺讲究,并没把事张扬出去,就慌乱地点着头走了。

李芒种很早就来到了文化馆。等了好久,文化馆的人才陆陆续续地上来。大家对他都很客气,他不想造成人没来就借钱的穷酸印象,就迟迟开不了口。最后,他是在走廊里拉住赵馆长的。

"赵馆长,我、我有个急事得求求您。"李芒种声音有些发颤。

"有啥急事,尽管说,咋变得这么客气了呢?"

"我、我爸……"李芒种结结巴巴地说,"我爸得了癌症,急需点儿钱用,您看看……能不能……"

"是吗？我说你这两天气色不对嘛。是这事啊,需要多少钱啊?"赵馆长也很着急。

"嗯,咋也得四千……得四千块吧。"李芒种吞吞吐吐地说。

"现在咱文化馆的账上一分钱也没有,水电费都还欠着呢,这得看其他部门个人手上有没有钱了。"赵馆长说着,就要进别的屋去问问大家。

李芒种忙拉住赵馆长说:"没有就算了,我还没来呢,和其他部门的同志们还不太熟悉,不好和人家借这么多钱的。"

赵馆长想了想说:"倒也是,文化馆乃至整个文化局也没有几个富裕人,问谁都够呛,问也是白问。"赵馆长挠了一会儿脑袋又说,"那治病要紧哪,实在不行,让大伙帮着凑凑吧?"

李芒种面带难色:"我看还是别了,我还没正式上班呢,就让大家凑钱？实在、实在是不好意思啊。"

"要不,要不干脆这样吧。我手上还真有五千块钱,是准备给我儿子办婚礼用的,他们的婚礼得国庆节办呢,要不你就先拿去治病吧。"赵馆长咬了咬牙说。

"这、这好吗?"李芒种脸都红透了。

"治病救人最要紧。"赵馆长语气变得坚定起来。

"那、那我就先拿四千?"李芒种都不敢抬头正视赵馆长了。

"你都拿去也行,反正办事得国庆节呢。"赵馆长的语气越来越坚定。

"四千足够了,您帮了我大忙了,赵馆长,我、我得咋谢您呢……"李芒种都要哭了。

"谁家还没有个急米下锅的时候,没啥大不了的。"赵馆长拍着李芒种的肩膀说,"可是,芒种啊,存折在我媳妇那儿收着呢,明着跟她说肯定不行,那钱像她的命根子似的,她放存折那个小箱子的钥匙她天天带在身上,我得趁她晚上睡着时,拿钥匙取出存折。"

李芒种心中既感激赵馆长,又为自己骗了一个好人而内疚,禁不住泪流满面。

"男儿有泪不轻弹,你这是真着急了。要不看你是个人才,还是个大孝子,我说啥也不能动这钱哪。"

"赵馆长,我……"

"我什么我,以后咱们一起工作的日子长着呢……"

李芒种心情复杂地走出文化馆,几次忍不住回头张望。

又是一夜的煎熬,李芒种终于等到天放亮了。洗了几把脸,他就空着肚子往县里赶。

李芒种在县文化馆门里门外转悠了大半天,快到中午了,赵馆长才匆匆来到单位,李芒种急忙迎了上去。

赵馆长小跑了几步:"哎呀,急坏了吧?今天一早,我岳父那边捎信儿说他病了,我媳妇非让我跟她回去看看。"

李芒种忙问:"老爷子病得严重吗?"

"没啥大事,岁数大了,受了点风寒,肯定是借着这个理由想看看闺女,这越老越像个小孩子了。"

"那就好,那就好。"

"我跟媳妇说单位有急事,这才匆匆赶回来了。给你,这是我刚到银行取出的四千块钱。我还得找机会把存折放回去呢。"

"好的,我一定尽快还。"李芒种颤抖着手把钱接过来。

赵馆长说:"那啥,我媳妇也是挺善良个人,要是发现了我再解释,再想办法吧。"

李芒种哽咽着说:"赵馆长,我,我以后一定……"

"说啥呢?芒种啊,你这脸色也不好,肯定着急上火的没吃好饭、没睡好觉,我看你就到附近吃点羊汤馅饼再往回赶,那么远的路呢!"说着,赵馆长用手一指不远处的东来顺小酒馆,"咱俩简单吃一口,我下午还有个会。"

几天没心思正经吃饭的李芒种终于缓了口气,本应该请赵馆长喝两杯。可是李芒种心里有事,加上赵馆长也说下午局里有个会,李芒种就简单地要了两份羊汤馅饼,匆匆吃完就和赵馆长告辞了。

李芒种很快就回到了白鹤村,把之前说好那两百块钱拿到手。然后又马不停蹄地赶到了平安乡,直奔派出所。

纪晓东正和姓高的警察站在门口说着什么,远远地见了李芒种就知道他干啥来了。担心那个同事产生什么误解,纪晓东就主动迎过来,并把李芒种引进一个胡同。

纪晓东觉得,李芒种这个小偷可真差劲啊,这又不是同事朋友之间的借债还钱,这可是警察和小偷之间的事啊,摆不到台面上来的,怎么能明晃晃地操办呢?最后,纪晓东在一个公共厕所里收回了为李芒种垫付的现金。

李芒种在白鹤村里借的那五百块钱多数是十元面值的,还有五元面值的,而且旧得起毛,折得发厚,比百元面值的那四千五百块钱体积还要大出几倍。李芒种在厕所里像个逃票的盲流,里里外外地掏着,掏了半天,才把那些小碎钱全部掏了出来。

乱七八糟一大堆,纪晓东拿到手里很难驾驭,他心想:这要是让过路的人看见,不得怎么骂警察在接受小偷贿赂呢。纪晓东气得训斥李芒种:"这点事让你给办的,拘留你半个月就对了。"纪晓东把钱往衣兜、裤兜分着揣了几次仍不满意,最后对李芒种说:"还呆呵地站在这儿干啥?赶快走吧!"

李芒种讪讪地从公共厕所里走出来,他又不能恨纪晓东,人家那是帮了大忙了。

虽然心情没有轻松多少,但李芒种毕竟了却了一桩心事。现在,他得赶紧把还了纪晓东钱的事告诉吕文凤。

几天的折腾,小旅馆里的吕文凤明显憔悴不少,原本水灵灵的脸变干变小了。她不仅嘴里起了一堆火泡,鼻子、耳朵、眼睛也把能冒的火都冒出来了。

李芒种推门进来时,吕文凤已经收拾好了东西。如果李芒种能顺利地借到赵馆长的钱还给纪晓东,那她就立刻退房赶回省城,她不想多付一天房钱,多耽误一天打工的时间。

一直焦头烂额的李芒种直到这时才认认真真地打量起吕文凤。

"文凤,你……"李芒种突然哽咽了。他觉得什么东西堵在胸口,连带着压着他的心。心疼到底是什么滋味,他这才真正地体会到。

"李芒种,赵馆长的钱借到了吗?纪晓东的钱还上了吗?"吕文凤只想快点知道这件事的结果。

"借到了,还上了。"李芒种有种劫后余生的感觉,他只想紧紧地抱住吕文凤。

吕文凤却坚决地推开了他,说:"李芒种,那我就赶紧退房了,我今天就得回城里。"

"现在就回城里?文凤,你一直那么想家,要不还是先回家吧。虽然我还没弄清吕叔到底是个啥态度,可毕竟出门万事难,你一个人在城里我实在放心不下。"

"我已经从春燕姐那儿知道家里的情况了,也让春燕姐告诉家里我学习已经结束,现在边打工边写作。"

"那你家里人都好吧?吕叔不生气了?让你回家没?"李芒种关心地询问着。

"唉,父母就是盼着子女能有出息呗,他们让我回去来着,是我自己做得不好,我没啥脸面回去。行了,不说这些了,我回城里继续打工赚钱,能省一点是一点,如果能多发表作品多挣点稿费,也都寄给你,能早一天帮你还上借的钱就早一天。"

吕文凤的话让李芒种清醒地认识到,他之前的短暂轻松只是完成了借钱还钱的事,接下来就得赶紧挣钱还钱了。吕文凤去退房的短暂空隙里,李芒种脑中紧张地思索着。

迈出小旅馆的门后,李芒种拽住往汽车站方向走的吕文凤。

"文凤,如果按照你的想法,白天打工赚钱,晚上用心创作,那你在县里是不是也可以?如果你在县里的话,家里有事你能及时照应,咱们也能互相帮助,对创作肯定有利。"

"这……"吕文凤之前没想过这条路,现在不禁犹豫起来。

"文凤,我到文化馆上班后,业余时间都用来搞创作,我一定想办法尽快还上钱。"李芒种下着决心。

跟省城离白鹤村的距离相比,吕文凤觉得现在家对她来说真的是近在咫尺。近乡情更怯,近乡情也更深,李芒种的建议也是可行的。

两人奔波了一下午,吕文凤终于在县郊租下很便宜的小插间安顿下来。

第二天,李芒种就像赵馆长说的那样先到文化馆上班来了。虽然心里总是没底似的,但他还是坐下来了,绞尽脑汁想多写点作品。

李芒种能到洮水县文化馆上班,还得感谢金卫国没把他偷羊的事张扬出去。

金卫国没马上向全村公布李芒种偷羊事件,并不是为了给李芒种一个面子,而是为了给江春燕一个面子,更是为了给自己一个面子。再说了,一个富裕的人狮子大开口索要了一个穷苦人的巨额赔偿,传出去也不太好听。虽然金卫国那天当面答应过江春燕不再难为李芒种,但他还是背地里要到了五千块钱。他现在最怕的就是江春燕知道这件事,那样,江春燕会认为他言而无信的。所以,金卫国决定还是偷着乐为好。

更值得金卫国偷着乐的是,他已经愉快地把李芒种赔偿的五千块钱花掉了。他从一个急等钱用的宁夏牧民手里花半价买回来十多只太行山羊,又占了一个巨大的便宜。如果哪天他要是再赢得了江春燕大美女的芳心,那就更没谁了。连日来,金卫国虽然经常有些忐忑不安,但更多的时候,他内心里还是乐得叮当作响……

第十四章

没几天,白鹤村的人就都知道李芒种去省里学习回来了,又到县文化馆上班了。可李芒种偷羊的事仍然没有传到老吕家人耳朵里。只是去县文化馆送农民画的吕文龙偶然间听说李芒种回来的事,但他并不知道这些天具体发生了什么。

美术部的小曲对他说:"你们村的李芒种挺能耐呀,我去赵馆长那儿请假,看见他正拿着几本刊物,说又发表了小说。"

吕文龙问:"李芒种?他回来了?他提没提到我妹妹吕文凤?说没说和谁一起回来的?"

小曲说:"这我还真不知道,只是听赵馆长说要聘用他,说这人没白培养。"

吕文龙说:"培养他?那个,他现在还在那儿吗?"

"应该没有吧?我出来的时候,赵馆长好像派他去干什么事了。哎,你去看看,要是他没在那儿,你就在我这儿等呗。"

吕文龙赶紧在文化馆里找了一圈,没发现李芒种的影子,他就赶紧给一个村里人打电话问李芒种回没回白鹤村?吕文凤回没回村?村人说只看见李芒种回来了,没看见吕文凤。

吕文龙就在县文化馆里等,可直到下班时间,李芒种也没回来,他只好等明天再说。

"这个该死的李芒种。"吕文龙心里叨咕着。刚迈出文化馆的门,一个人就急匆匆地走进文化馆,还不小心从身后撞了他一下。

吕文龙回身细看,发现那人正是李芒种,就跑上前去一把揪住了他。

李芒种刚想反击,见是吕文龙,赶紧收回了拳头:"吕文龙?不,哥……"

吕文龙揪住李芒种的衣服:"兔崽子,文凤呢?"

李芒种挣扎着说:"哥,我找赵馆长有点急事,你等我一会儿。"

吕文龙说:"等个屁,快说,我家文凤呢?"

李芒种说:"她在、在县里呢。"

吕文龙对着李芒种的脸就是一拳:"啊?你他妈混蛋!"

李芒种捂着脸,抱着头:"哥,你听我说,不是你想的那样,我咋也没咋的文凤,我们只是一起去上学。是她一个人在县郊租住,我、我没在那儿住。"

吕文龙拽住李芒种:"少废话,文凤住在哪儿?"说着,就让李芒种带他去找吕文凤。

收发室的大爷在一旁都看愣了:"咱这也不是剧团啊,这咋跟看大戏似的呢?"

路上,李芒种又向吕文龙解释了一番,说他和文凤只是处朋友阶段,远远没到谈婚论嫁的时候。他还发誓说:"你们不要嫌我穷,我李芒种今生今世不混出个人样来,决不罢休!哥,你就放心吧,我李芒种绝不会穷飕飕地过一辈子的!"

吕文龙一直拉着李芒种没撒手,直到吕文凤的租住处。

刚回到租住处的吕文凤见吕文龙拽着李芒种进来了,惊问:"哥,你咋来了?你们这是干啥呀?"

吕文龙答非所问:"文凤,你傻呀?怎么能跟着他离家出走呢?"

吕文凤上前拉开吕文龙拽着李芒种的手:"哥,不是你想的那样,我不是跟谁走,我是自己要上作家进修班的。"

"你是女孩子,和我不一样。你疯啦?你也不怕咱爸咱妈急死?"

吕文凤拉住吕文龙:"哥,你听我跟你说明白。"

趁着吕文凤拉着吕文龙的时候,李芒种急着找赵馆长,就转身跑了出去。

吕文凤跟吕文龙简略说了事情原委,吕文龙才多少放下心来:"文凤,赶紧收拾收拾,跟哥走吧。"

"哥,去哪儿啊?"

吕文龙说:"你别嫌脏破,先去我在郊区租的画室对付几天再说吧,总比跟这些乱糟糟的不知干啥的人合租强。要不你就先回家,我暂时还不想回去。回去了也是让爸觉得丢人,他还得和我吵,我不想让村里人看笑话。"

"唉,爸那脾气,可也是啊。"吕文凤叹着气。

"爸是死要面子活受罪,肯定还得逼我考大学。我既然已经出来了,不混出个样子来我不会回去的。"吕文龙说。

吕文凤暂时也不想回家,就跟着吕文龙走了。

半个月后,李芒种新得到一笔两百元的稿费,本想攒下来还债,但还是拿出来郑重其事地请了一回客,主题是答谢恩人赵馆长。阵容还是徐大眼镜、程二虎、马大力和朱家兄弟等人,也就是当初赵馆长请的"洮水六骏"。酒仍然喝得高潮迭起,话仍然说得豪气冲天……

李芒种是在文化馆上了一个月的班、拿到六百块钱工资之后才更加沉重起来的。再有三个月就是国庆节了,这样下去,他咋能如期还上赵馆长那四千块钱呢?

李芒种开始留意挣快钱的事,文化馆的报纸都被李芒种翻遍了,他尤其要精读广告信息版的全部内容。很多人都被李芒种孜孜不倦的阅读精神所感染,他们对李芒种肃然起敬,有的还在背后指点着说,新来的那个乡下人可真用功啊。

又过了几天,李芒种实在觉得还钱压力太大了,听说省城正在大规模开展暖房子工程,好多施工队都在大量招工呢。还说一个普通力工去了吃住一个月下来能剩下两千块钱呢。一心想还上饥荒的李芒种就非常想去省城挣钱,到文化馆就拐弯抹角地跟赵馆长提这事。

而这时,李芒种进文化馆的报告已经批下来了,文化局耿局长的意思是马上到位,抓紧开展起全县业余文学辅导工作。赵馆长就为难了,让李芒种去吧,耿局长就会不满意;可是不让李芒种去,儿子结婚那钱他又还不上。赵馆长就这么一个儿子,再没钱,儿子结婚也得说得过去呀?如果李芒种到时候真就还不上,赵馆长可真就不好办了。

赵馆长无可奈何地说:"我说芒种啊,实在不行,那你就出去干三个月吧。你出去这段时间,业余一定要坚持创作,基本工资呢,我给你照开!我就给你做主了,你的那份工作呢,我先替你分担着点,大不了我替你顶三个月!就全当文化馆对你患病的家属表示一点心意了,你看这样行吧?"

李芒种的头都要低到裤裆里去了,他实在没有勇气再抬起头来看好心的赵馆长了。

这样,李芒种正式到洮水县文化馆上班的第三十八天,又不得不含着眼泪告别这个心仪已久的文化馆。赵馆长还帮李芒种对上面撒了个大谎,说李芒种到下面调查研究、搜集创作素材去了。请耿局长放心,用不了多久,李芒种就会有新的作品问世,并能带出一大批基层业余作者来,洮水县的文学创作和辅导工作很快就会步入新的天地……

李芒种走了没到三个星期,耿局长就把赵馆长叫去了。耿局长拍着桌子喊:"老赵啊老赵,你用人失察呀!怎么把什么人都整到文化馆来啦?这个人有才无德怎么能行呢?我都说过多少遍了,咱们用人的原则是德才兼备,以德为先……"

赵馆长回来就像得了一场大病,心说:"我咋没看出来呀,我,五十多岁的人了,怎么好人坏人还分不清呢?我真是白活呀!做人,光有才没有德咋行呢?李芒种咋会是这么一个人呢?真是知人知面难知心啊!"

当天下午,文化局就李芒种事件专门开了一个全体大会,耿局长在大会上非常严厉地批评了赵馆长,并让赵馆长写出书面检查。说赵馆长工作太不认真了,竟然把有才无德的小偷都弄进文化馆来上班了,说这怎么行呢,老赵以后真得好好讲点政治了!

赵馆长被突如其来的事件弄得满嘴都是大泡。他还没敢跟耿局长说呢,儿子结婚用的四千块钱也被李芒种这个混蛋给骗走了呀!

赵馆长连憋气带窝火,不久就住进了县医院。病床上的赵馆长,无奈得只剩下了一个最简单的想法——等李芒种从省城回来还了钱,就让他赶紧滚蛋,以后再也不要见到他。

原来,在白鹤村一个婚礼的酒桌上,伴着嘈杂的人声,金卫国喝多了,一脸嘲笑地把李芒种偷羊受罚的事讲给了来参加婚礼的人。巧的是,参加婚礼的人中有一个在洮水县文化局工作,他就是文化科的吴科长。

吴科长就认真了,他把金卫国叫到旁边:"怎么能乱说呢,到底怎么个事?"

金卫国说:"吴大科长呀,李芒种偷了我三只羊你们不知道啊?"

吴科长说:"净瞎扯,李芒种那小子正经有点内秀呢,都让我们破格给弄到县文化馆去上班了。"

金卫国带着醉腔说:"县文化局主管的县文化馆,连小偷都能进去呀?"

吴科长生气了:"你小子怎么说话呢？你以为有俩钱你就牛啦?"

"吴大科长,我哪敢瞎说呀,这可是真事啊!"金卫国一脸委屈的样子。

吴科长竖着眼睛问:"当真?"

金卫国用嗓子眼儿说:"说谎我是孙子。"

吴科长第二天一上班就把这件大事如实向耿局长汇报了。

吴科长后来有一天还笑着跟赵馆长说:"听说李芒种他爸五年前就没了……"

李芒种事件对赵馆长打击太大了,他就此落下了病根子。以后的日子里,赵馆长逢人便说自己一辈子都没看错过人,怎么就看错了这个李芒种？谁能想到老实巴交的李芒种会是这样一个人呢？有知识有文化的人不能这样做事情。赵馆长不再提他一度挂在嘴边上的"洮水六骏"。

李芒种去省城打工听上去好听,实际上无非就是把自己悬挂在城市的高楼大厦上做最简单、最原始的粗活,就是把一块块方方正正现成的泡沫板子粘贴在楼体的表面。不论是刮风,还是下雨,李芒种都得在高空坚守着。包括一日三餐,正常饮水,哪怕是大小便,有时也得在高空解决。说到底,李芒种干的都是又脏又累的苦活,除了需要吃苦,再就需要耐劳,基本上没有多少技术含量。好在李芒种早就习惯于吃苦耐劳了。李芒种经常悬挂在高处吃着的午餐,基本上就是最廉价的面包和香肠。为了减少上厕所的麻烦,李芒种很少喝水……

暖房子施工队是一季度一结算,这是李芒种之前没想到的。当初来时,李芒种身上带的钱不多,去了车票就更没啥了。正犯愁呢,工程队破例放了三天假。原因是突然发生了一个重大工程事故:和李芒种同居一室的工友大民子没系好安全带,高空作业时不慎掉下来摔成了重伤。喜欢讲笑话的大民子说残废就残废了,无法再给可怜的老父老母、媳妇和儿子挣钱花了……李芒种难掩悲痛并心有余悸,这可真是前车之鉴啊!自己为了抢工时,也经常不认真系安全带,今后一定得小心了啊!帮着大民子住进医院后,李芒种又把兜里仅有的一百块钱掏给了大民子家属。没啥事做,他在板房里独自又空耗了小半天,最后决定还是利用这个机会回家看看吧,顺便再凑点生活费……

下午四点半,李芒种就从洮水县火车站下车了。正要去找吕文凤时,他突然想起自己已经是个有单位的人了。李芒种决定先顺路去文化馆看一看,但李芒种走到文化馆时,赵馆长和同志们都已经下班回家了。李芒种只能隔着文化馆的玻璃窗往里面看了看,他首先看见自己曾坐过的那把椅子,接着是那张桌子,桌子上面的茶杯还在,稿纸和笔也在,桌子上好像还多了几封信……李芒种趴在窗户上又看了一会儿,才恋恋不舍地离去。这可是自己梦寐以求的好单位啊!

由于吕文凤的同学春慧忙着复习考试,两个人就一直没咋见着面。刚好这个周末有点时间,春慧就要来看看吕文凤。她让纪晓东送她去,纪晓东想起来当时让李芒种留的字据忘了给他,就说正好拿给吕文凤,让吕文凤转交给李芒种,这样他就不用再见那个"小偷"了。小县城也没啥地方可去,几个人凑在一起,那就做饭吃吧。于是,吕家兄妹就和纪家兄妹包起了饺子……

吃完饺子,春慧跟吕文凤还想说会儿悄悄话。纪晓东晚上还要值班,就自己先走了。

纪晓东在门外碰上李芒种时,他明显没有啥思想准备的样子,怎么又是这么巧呢?纪晓东一下子愣住了,就像自己变成了小偷,而李芒种好像变成了警察。

"钱都给你了,你咋还来呢?"李芒种有些气愤。

"啊,是这么回事……"一向威严的纪晓东变得温和起来。

李芒种并没有马上转化回昔日那个软弱的小偷,而是语气硬硬地说:"五千块钱都给你了,我们已经彻底了断了,我不欢迎你常来找吕文凤。"

警察怎么能向一个小偷屈服呢？"你以为你那五千块钱是给我的呀？我咋跟你说呢？你这脑袋还能不能开点事？"说着，纪晓东突然想起那张字据刚才没给吕文凤，就从衣兜里掏出了那张带有李芒种手印的字据，"这个你还认识吧？这白纸黑字的可是你写的。"

纪晓东把那字据晃了一下，就昂首挺胸地走了。

李芒种后悔当初送钱时没把那张字据要回来。他呆呆地站了好久，好像突然想起了什么……

李芒种连跑带颠，很快就追上了纪晓东，索要那张带手印的字据。

天渐渐暗下来，郊外一片空寂。纪晓东想：一个堂堂正正的警察，怎么就帮助一个小偷和失主私了呢？这怎么会是自己做出的事呢？这样想着，他就更加痛恨起跟在身后的这个小偷。如果没有这个败家的小偷，他就不会同情小偷的女朋友，他怎么也不会像现在这样被一个小偷横眉怒目地问这问那。

后来，纪晓东就觉得身后跟个小偷也挺解闷的，起码要比他一个人枯走好得多。更主要的是，他还能因此而解气。心想，等过了前边的铁道口，就把那张破字据还给他。

这还是纪晓东头一次这么轻易地放过一个小偷。他实在想不通为什么一个小偷就这么轻松地在自己的眼皮底下逃过了应有的惩罚，他回头望了李芒种一眼，拿出一支烟点上。

接下来，纪晓东还和李芒种开起了玩笑。他回过头来问李芒种："你说，这小偷到底是怕警察呢，还是不怕警察呢？"问完了也不要求回答，又转过头去不紧不慢地往前走去。

"纪警官，你把那张字据还给我吧，我们从此就两清了。你走你的阳关道，我走我的独木桥，以后咱们井水不犯河水。"李芒种跟在后面说。

纪晓东仍不急着回话，走了一会儿又说："你还写诗、写小说呢？看上去咋不太像呢？诗人、作家首先得是个好人、善良的人，要都像你这样的，我看这社会可就要完蛋了。"

"你还是把那张字据还给我吧，现在我们两清了。"李芒种觉得说不清楚，也不想辩解，心里想起了"秀才遇上兵"。

"你一定是在心里说秀才遇上兵了,你可以骂兵,但你可千万别给秀才抹黑。"纪晓东像看透了李芒种的心思。

要过铁道口时,纪晓东停住了,转过身来:"到什么时候也别忘了,你就是个不折不扣的小偷,只是你这次侥幸逃脱了。"说着,纪晓东就想把手中的字据扔给李芒种。

"人的忍耐力是有极限的,我劝你还是把那张字据还给我吧。"李芒种此时有些忍不住了。

"如果我一天不把它归还给你,你一天就是小偷;如果我一直不归还给你,这就永远是你当过小偷的证据。"纪晓东觉得小偷的语气不该这么强硬,最后威严地看了李芒种一眼。他想再走几步就把字据丢给这个不知好歹的小偷,心说:"等你再犯到我手上的,绝对不再轻饶!"纪晓东不想再回头看他一眼。

望着暮色中纪晓东快速行进的背影,李芒种突然有些绝望,脚下一滑,坐到了路基上,屁股下面的一块小石头硌得他生疼。连小石头都在欺负我?怨气中,那块小石头就被李芒种抛出了一条诡异的弧线。李芒种并没用多少力气,那块小石头就"嗖"地一下飞了出去,并迅雷不及掩耳般地落在了纪晓东的后脑勺上……

李芒种没想到他会打得这样精准,他怎么敢打警察呢?抛一块小石头连吓唬人都办不到,只能表达自己内心的愤怒而已。那天赶羊时抛出了那么多大土块都没有打中一只,这回只一下就抛得如此成功。李芒种虽解了怨气,但心里多了后悔,这回弄不好可真的要挨揍了。

纪晓东保持着前进的姿势,然后直挺挺地向前扑倒后就一动不动了。李芒种以为纪晓东是装的,就这么一块小石头,就能把高大威武的纪晓东打倒?肯定是装的!警察都练过摔功。李芒种害怕纪晓东突然站起来抓住自己,就不远不近地站住不敢动了。

好半天,纪晓东还是一动不动。李芒种就怯生生地一边向他靠近一边小声说:"你就别装了,我又不是故意的。你快起来吧,还是把那张字据还给我吧。"

纪晓东仍然一动不动,李芒种这时才有些害怕了。他不再害怕纪晓东突然站起来打自己,而是害怕纪晓东真的不再站起来了。哆哆嗦嗦的李芒种就大着胆子走上前去,试图把纪晓东从地上拉扯起来。

见纪晓东还是没有反应,李芒种终于感到了事情的不妙,小声叨咕:"我……我求求你快起来吧……你要是不起来了,我……我不就完蛋了吗?我的爱情和事业不也都完蛋了吗……"

任凭李芒种怎么摇晃,怎么呼喊,纪晓东就是一动不动。这回,李芒种真的害怕了:"你倒是训我呀?你倒是损我呀?"

后来,李芒种就急哭了:"你不是疾恶如仇吗?你倒是起来骂我呀?有种你就起来打我吧!"

纪晓东还是没有反应。

李芒种一下陷入极度的惊慌之中。李芒种多么希望奇迹发生,多么希望纪晓东英雄一样地站起来,威武地扑向自己……

可是,没有人站起来,李芒种彻底绝望了,恐慌地想:完了,一切全完了!

李芒种把那张印有自己手印的字据从纪晓东的手里抠了出来,好像完成了一项非常重要的使命,借着暗淡的星光,把那些文字仔细念了一遍,然后撕成碎片,撒在县郊微凉的晚风中。

李芒种知道自己的时间不多了,有生以来头一次认识到时间的宝贵。以前他从来没把时间当回事,而今天他突然觉得,即使是县城郊外这个普普通通、平平常常的晚上,竟然也是如此美好。那就再享受一会儿吧,再静静地坐一会儿吧,也许这一生只能静静地坐这一回了。

李芒种是在这时突然又想起赵馆长的。准确地说,是想起了借赵馆长和亲友们的钱还没还上。对呀,借赵馆长和亲友们的钱咋办呢?就不还啦?那可太不讲良心了吧?是赵馆长和亲友们的钱让李芒种重新开始慌乱起来的,他决定死前一定要把欠账还上。

自觉时间不多的李芒种突然间非常想家,也特别想妈。李芒种最后看了一眼躺在路基旁边的纪晓东,就飞快地跑向白鹤村。

跑着跑着,李芒种的脚步才不由自主地沉重起来了,脚像灌了铅,越来越慢下来。尤其是距离家最后那一百米,李芒种几乎是一步一步挪着的。

李芒种总算跟跟跄跄地挪到了自家小院,李芒种又在家门口站了一会儿,等心情平稳了一些才叫了门。

李芒种一进门,就看到了母亲惊喜的眼睛:"是儿子回来了?吃饭了吗?"

"是我,回来了,吃过饭了。"李芒种说。

"还得走吗?"芒种妈问。

"还得走,再干两个月就彻底没事了。"李芒种说。

"还得走啊?你可快点回来吧。"芒种妈说着就要上炕睡觉了。

在母亲要睡觉前,李芒种有意多摸了一下她那粗糙的老手:"妈,您的手形和我的手形可真像呢。"

"傻孩子,那还用说?你不是妈亲生的吗?不早了,睡觉吧。"芒种妈说着开始铺被了。

李芒种本想再多看母亲几眼,可又担心掩饰不住内心的秘密,就以最快的速度关灯了,但他还在黑暗中摸了摸自己那心爱的书桌和书架……

李芒种本想离母亲近一点睡,可又担心母亲发现自己不正常的心跳,只好不远不近地又去拉住母亲的老手。

"我再过两个月就可以回到文化馆上班了……"

"好啊。"芒种妈笑出一脸的期待。

"然后,咱们就好好地娶文凤当媳妇,生孩子,再供孩子上小学、上中学、上高中、考大学……"

"对啊。"芒种妈笑出了一脸的幸福。

"您老就放心吧,咱老李家的日子会越来越好的。"

"是啊,咱们的好日子就要来了,这不是已经越来越见亮了吗……"

第十五章

其实,纪晓东只是昏迷了半个多小时。他从昏迷中醒来后就给表妹打了电话。春慧、吕文凤和吕文龙来到那条偏僻的路口时,发现了坐在地上的纪晓东。

吕文龙跑上前去:"咋的了,纪哥,你不是要去值班吗?"

"李芒种这小子抽上风了,好像拿石头子打了我一下,我眼前一黑……后来就感觉膝盖着地了。现在膝盖还在钻心地疼,腿动弹不了,头也晕得很。这小子也不知跑哪儿去了,小偷就是小偷,可不能相信啊。"纪晓东表情痛苦。

吕文凤说:"纪哥,李芒种回来了?真的是他吗?他不是小偷,他也没有那么坏。"

"他也不是什么好东西,赶紧的,咱们上医院。"说着,吕文龙背起纪晓东就走。

"现在不是去不去医院的事了,我得赶紧抓小偷。"纪晓东说着从吕文龙身上挣扎下来,却突然头晕腿软差点摔倒在地上。

吕文龙扶住纪晓东:"纪哥,你别着急,那个李芒种没多大能耐,跑不多远的。估计他怎么着也得去见文凤一面,让文凤回去等着他,只要见到他就什么都好说了。"说着,吕文龙吩咐吕文凤,"你赶紧回去,见到李芒种,不管用什么办法,一定要留住人。"

吕文凤有些不放心:"哥,你一个人行吗?"

"行不行都得行,你赶紧回去等李芒种吧。"吕文龙背着纪晓东艰难地往县医院走去。

吕文凤连跑带颠地赶回了租住处……

第二天一早,李芒种果然来见吕文凤最后一面。他一直在外面躲着,本想等吕文凤出来,却突然发现吕文凤一个人从远处走回来了,且后面没跟什么人。他又等了一会儿,认为吕文龙应该没在里面,才轻轻地敲开了房门。

快速挤进门后,李芒种无限伤感地说:"文凤啊,我这回彻底完了,我只是扔了一块小石子,就把纪晓东给打死了!可我不想自首,反正都是死,我不能坑了赵馆长,我要想办法还完赵馆长的钱,然后浪迹天涯,等啥时候被抓到再说吧……"

吕文凤忙说:"纪晓东只是深度昏迷了,醒来后头有点晕,再就是腿疼,问题不大。我哥正在医院护理着呢,我刚刚去送了早饭回来。"

李芒种不信:"纪晓东没死?我拽啊拉啊扯啊,他都没声。你可别骗我了,文凤,我不会去自首的。偷个羊都那么严重,这失手打死了人,想都不用想,必死无疑。"

吕文凤说:"真的只是昏迷,人家纪晓东都说了,知道你不是故意的。人家要好人做到底,让你别把事情闹到不可收拾。赶紧去投案吧,趁着还没有人知道这件事的细节。"

李芒种还是不完全相信的样子:"我不去,就算纪晓东真的没死,他也绝不会饶过我的。"

"要不,咱俩这就去医院看看他,先多说几句道歉的话?"吕文凤劝道。

"他真没事啦?"

"真的没事了。"

"那我也不敢去。"

"纪晓东说了,他还要感谢你手下留情呢,就当是做了好事积德换回一条命了。"

李芒种还是半信半疑。

吕文凤无奈地说:"我要是说假话,警察早就出现了,这个世界上,你还相信谁啊?"

李芒种好像终于相信了吕文凤的话,说:"文凤,纪晓东要是真的没事就太好了,那你就替我给纪晓东道个歉吧。我得马上回省城打工去,我得挣够钱如期还给赵馆长。"说着,李芒种就头也不回地跑了……

"李芒种,你不能跑啊,这可是你最后的机会呀!"吕文凤急得直跺脚。

纪晓东之所以多日躺在县医院的病床上,主要不是因为头,而是因为腿。

晓东妈边收拾东西边责怪着:"我就不明白了,晓东,你为什么不把那个害你受伤的浑小子抓进去?他害别人受伤,还不用负责?"

纪晓东说:"妈,之前我醒过来只有一个念头,就是立刻把他抓起来,要不是腿受伤了,我可能要翻遍咱这县城。可也正是我腿受伤了,我反倒冷静下来,有了思考的时间。我细细回想了那件事的前前后后,抛却成见重新分析他的言行,也分析了吕文凤对他的评价,觉得他虽然疑神疑鬼的,但应该确实是被金卫国讹诈了,又没有办法摆脱,他心里觉得冤,而我因为打心眼儿里烦他处事不像个男人样,老说话刺激他,他才……再说他真不是故意的。"

"不管因为啥,他打伤你了是真的,那就得负责任啊!"

"妈,就当我经历了一道生死劫吧,你说当时我万一真的就没了呢?"

"晓东,别吓妈,妈不敢想!这要是再准点,我就没了儿子啊!"

"所以,就当老天爷给我一个教训吧。"

"那你就白遭这罪啊?"

"妈,能差一点,就说明我不该走,还要做更有用的事。再说了,你就是让他赔,他那个熊样的能赔个啥?给送进去,再安个偷羊后的袭警罪名,他可能就一辈子都完了。"

"完不完,那也是他自己找的!"

纪晓东眼前回放着吕文凤焦急的样子,不忍心地说:"你说这小子进去了,可就真完了,吕文凤可咋办?一朵鲜花啊!"

晓东妈说:"那是一朵鲜花不假,但说到底跟你有啥关系?"

吕文凤和吕文龙每天都去医院看纪晓东,等着他脑部复查的结果。

县医院病房里,晓东妈正帮纪晓东收拾东西准备出院,纪晓东膝盖部打着石膏拄着单拐站在窗边。

看到吕文凤出现在病房门口,晓东妈脸色不太好,她没有跟吕文凤打招呼,又转身收拾起来。

吕文凤把手中拎着的水果放到病床边的小桌上:"阿姨,纪哥。"

纪晓东听到声音转过身来:"文凤,咋又来了?昨天不是说好了吗,不用来了。"

吕文凤小声说:"纪哥,我想等你的检查结果出来,看有没有啥事。"

纪晓东说:"能有啥事?我昨天就说了,肯定没啥事。这不,一早结果就出来了,真的没啥事。"

吕文凤说:"真的吗?那太好了!"

晓东妈把装好东西的包拉上拉锁,说:"啥太好了?高兴得太早了吧!"

纪晓东笑着阻止道:"妈,咋说话呢?盼着你儿子不好啊!"

吕文凤不解地问:"阿姨,还是有啥事吧?"

晓东妈叹了一口气:"唉,没啥事,那为啥总头晕?咱这小医院,咋说呢?"

吕文凤说:"纪哥,要不去省医院检查一下吧?"

纪晓东故意伸伸胳膊,展示着肌肉:"就我这体格,能有啥事?"

晓东妈又说:"那这膝盖的骨头粉碎性骨折,你不开刀,光打了石膏,估计接得也不怎么好……唉,这留下后遗症咋整?愁人啊,媳妇还没找呢。"

纪晓东说:"妈,你别唠叨了,收拾好了咱就出院回家啰。"

吕文凤说:"纪哥,这就出院,我担心……"

纪晓东说:"没事,这都耽误三天了,所里人少,明天就得上班了。"

晓东妈叹了口气:"最好是没啥事,这受伤了也不好好歇歇,瞒着掖着的。唉,看以后落下病根儿上哪儿找媳妇去?"

吕文凤担心地说:"纪哥,要不,还是去省城检查检查吧。"

纪晓东说:"花那钱干啥?真的没啥大事。哪块伤了不得恢复恢复?伤筋动骨一百天,慢慢就好了。文凤,你赶紧回去吧,打工别太累了,主要是搞创作,好好写吧。"

吕文凤突然流下了眼泪:"纪哥,我……我想接下来照顾你。"

纪晓东坚决不同意:"你说你……那个什么一回,弄得满村风雨的,考学耽误了,再不写出点名堂来,以后可咋整,还得回农村种地去?"

吕文凤抹着眼泪说:"种地就种地,反正不能做忘恩负义的人。"

纪晓东见说不动吕文凤,又怕耽误她,拉下脸说:"你再不走的话,我就告发李芒种去。我跟你说,要不是怕他的事耽误了你,我还真不管他。他好了你不就好了吗?你要不好了,我还管他好不好的?"

吕文凤哭得更厉害了,最后撂下一句:"你身体万一有啥后遗症的话,你就找我……"说完,她背起包哭着走出了洮水县医院的大门。

三个月后,李芒种拿到了六千元工钱的同时,也得知自己被文化馆除名了。但他还是第一时间把钱寄给了赵馆长、徐大眼镜和程二虎。

国庆节前夕,赵馆长收到一张从省城寄来的四千五百元的汇款单。汇款人的地址是省城某街,不是很详细,但附言中工工整整地写着"谢谢恩人"。赵馆长在省城没有亲戚,也没有会寄来这么多钱的朋友。想来想去,赵馆长就想到了李芒种,是那四千块钱多还了五百!赵馆长想,这一定是李芒种汇的。

与此同时,赵馆长听说徐大眼镜和程二虎也先后收到了来自省城某街的金额为三百元的汇款单,附言中同样工工整整地写着"谢谢恩人"。这回是每人多还了一百元,这更加佐证了赵馆长的判断。

当初一直想追回钱款的赵馆长在收到这四千五百元钱汇款之后,心情反倒比想追账时更难受了。赵馆长觉得人一下子老了很多岁,日子过得恍恍惚惚的,眼前总能闪现出昔日那个看上去很憨厚、很朴实的农民作者李芒种。

天气越来越冷了,暖房工程的活也只好告一段落。可是李芒种还欠着其他几位亲友的钱没还上呢,一直住在工棚的他就想利用写作上的一点优势拉拉广告,写写报告文学什么的。可一连跑了两个多月,也没挣到想象中的提成。

寒风中,李芒种骑着一辆破自行车跑遍城市的大街小巷,不停地穿梭在各报刊社、各大小企业中,费尽周折,还是一次次被拒绝……

第十六章

　　初冬时节，趁着收粮前的难得空闲，江春燕学习归来第二天就去了吕家书屋。刚要走进书屋时，江春燕发现坐在屋里的吕老倔正在发呆。望着可怜的老人，江春燕心想：告不告诉他吕文龙在县文化馆学习的事呢？思量再三，她还是决定先不告诉他了。

　　可江春燕看完了书要回家时，见吕老倔还在那儿发呆，便有点于心不忍了，她决定还是把吕文龙和吕文凤的事部分地告诉吕老倔吧。

　　"吕叔啊，你是不是在担心我文龙哥呢？我这次去县文化馆参加美术培训班时碰到文龙哥了，他也参加了这个班。"

　　"吕文龙在县里？"吕老倔差点跳了起来。

　　"嗯。我劝文龙哥回来，说您早都不生他的气了。可他说现在还没混出个样来呢，回来您会更上火。而且我还听文化馆美影部的老师说，这次馆里报一个什么大奖赛，还把文龙哥画的一组农民画报上去了呢。"

　　吕老倔有些不相信地问："啥？就他那画也能参赛去？"

　　"当然能啊，美影部的老师说他总去跟着学习、辅导啥的，进步还挺快的。"

　　"唉，这样也行。都说好男儿志在四方，他说得对，他回来闷在那儿我看着更上火。还是在外面闯闯好，总不能窝在白鹤村一辈子吧？"吕老倔叹了一口气。

　　江春燕犹豫了一会儿又说："吕叔，还有……还有文凤。"

　　吕老倔一惊："文凤也在县城呢？"

"是,不是……"江春燕犹豫着不知咋说好。

"春燕啊,你咋吞吞吐吐的,这文凤到底在还是没在啊?"吕老倔急了。

吕家书屋门外,不知何时赶来的杏花和文龙妈也在仔细地听着。

"就是,就是文龙哥听文化馆的人提到李芒种和文凤去省城进修的事,他还要去找文凤呢。"江春燕依然耐心地叙说着。

"我说也是呢,李芒种这个小兔崽子,就是他把文凤给骗跑了。我们文凤正好好学习呢,他回来了,我们文凤却没影了,我真得找文凤去。"说着吕老倔就要往外走。

杏花和文龙妈赶紧进来拉住吕老倔。

"他爸,文凤不是给你留信了吗?你要这么去了,就是逼着文凤走得更远,逼得她什么信也不给你留。"文龙妈劝道。

"吕叔,文龙哥都说了要找李芒种呢,他要把文凤劝回来。您上哪儿去找啊?就让文龙哥去找吧。"江春燕也忙着安抚吕老倔。

"我就是把省城都翻遍,也要把文凤找回来。"吕老倔还是无法压住心中的怒气。

"你可别犯倔了,你也不想想,你就是找着了,她能跟你回来吗?"文龙妈说。

江春燕继续劝说:"吕叔,您就消消气吧,您看,我说这些,本来是想让您心里能放宽些,这不反倒让您更着急了吗?"

"行啦行啦,你可别一天净鼓捣事了,完了还装老好人了。文龙哥就是你撺掇走的,也不知你一天安的啥心,剪啊剪的,心也跟着剪花了吗?"杏花口无遮拦地说。

文龙妈制止道:"杏花呀,你不能瞎说,这跟春燕有啥关系呀?"

"我才没瞎说呢,听我妈说,前几天有个骑摩托的男的,长得还挺帅呢,一看就不是咱农村人,那个男的带着春燕回的村,两个人可亲热了呢!"

"杏花,那些打麻将的人啊,天天东家长西家短的,你不能什么都信。春燕这一说文龙在县城里挺好的,我这心就放下了,得谢谢春燕呢。"文龙妈说。

"唉,这俩玩意儿啊,你说我这是造了什么孽了啊。"吕老倔叹息着。

江春燕并没在意杏花说了什么,继续劝着吕老倔:"吕叔,李芒种也是个人才,他写的诗都发表到省报上去了。您看,文龙哥的农民画参赛,李芒种的诗歌发表,文凤也发表了作品,这些不都是好事吗?他们都想干出点样子来,都不甘心过无所事事的日子,真的是好事啊。吕叔,您看您不也是吗?弄这个书屋,积攒了这么多书,订了这么多报,不就是想让咱村里的人能多了解一些东西,多开阔一点眼界吗?"

吕老倔觉得江春燕说得有理,心中的火消了一些,还表示赞同地点了点头:"那是啊,还是春燕理解我。"

一旁的杏花着急了:"我不管你们眼界开阔不开阔,我可得看好我这一块地。我才不管你们什么好事坏事呢,你们不找文龙哥,我找文龙哥去!"说完,跑了出去。

吕老倔一语双关地说:"找?找什么找!吕文龙还是走得更远点好!"

文龙妈说:"净说气话。"

"唉,有时想想,或许他俩的选择是对的,可是,再一想想,怎么也不能比上大学光荣啊!"吕老倔说。

江春燕听到吕老倔提起上大学光荣,还是忍不住内心的酸痛。

文龙妈捅了吕老倔一下:"你吕叔是被他们气糊涂了。其实,哪有一就是一、二就是二的事啊?春燕,婶真得谢谢你,那么明事理,那么懂人情。"

江春燕说:"叔、婶,那我就先回去了。"

吕老倔瞥了一眼文龙妈:"捅什么捅,春燕和咱家那俩玩意儿不一样,春燕在我眼里就是个大学生!"

江春燕苦笑着,边走边自语道:"不一样是肯定不一样,但也只是不一样而已……"

吕老倔和文龙妈若有所思地看着江春燕默默离去。

对现阶段的江春燕一家来说,种有机水稻就是生活的全部,是一家人安身立命的根本,甚至可以说就是一家人的生命源泉。

今年冬天和往年又有不同,自家水稻绝收,就更要多出去收一些粮食了。本来就满身重荷的江春燕,身上的担子无形中就更加沉重了。

大家都在种地的时候,江春燕得拼着命地去种地;大家都在"猫冬"的时候,她却要继续顶着风雪走乡串户去四处收粮。冬日里,白鹤村人经常能看到江春燕孤独地奔走在风雪中。有时是夹着一捆丝袋子,有时则是背着半袋子稻谷。

东北风卷起的雪粒子和碱末子,就像无数条小鞭子同时抽打在江春燕的身上和脸上。她那顶着大风的身体被迫向前倾斜着,要想向前行走,整个身体包括前胸只好无奈地接受着风雪和粉尘的野蛮侵袭。这还不算,无礼的风雪和粉尘还要在江春燕那张原本洁净而美丽的脸上冲刷出两道污浊不堪的泥印子……

江春燕的目的只有一个,就是来年开春时能倒卖出去,挣一点可怜的差价补贴贫困的生活……有时,她还要冒着行情不好、水稻突然掉价烂在手里的风险。忙了半年,不仅挣不到钱,弄不好还要倒贴。但是没有办法,这个辛苦钱还是要挣,毕竟还是赚钱的时候居多。不然,连弟弟的学费都眼瞅着交不上啊。

弟弟春田的学习成绩一直不错,为了上快班,这学期还要交三千块钱的学费。这三千块钱对别人来说也许不多,但对于刚刚经历绝收的江春燕来说,无异于天文数字,这几乎就是江家正常年景的全部收入。

江春燕早在春天就开始为弟弟谋划这件事了,想尽办法要让有机水稻增产。可她无论如何也没想到新型有机水稻不仅没有增产,反倒闹了个颗粒无收。江春燕实在是被弟弟的学费给难住了,连续好几天睡不着觉。可是弟弟上不上快班这件事,将直接关系到他的前途和命运,怎么难也不能放弃啊。

江春燕只好把用来收粮的钱先拿出来为弟弟交上了学费。之后,她为了解燃眉之急,竟然借了最不想借的金卫国的钱。因为她得用借来的钱抓紧去收粮,再把粮卖掉见点回头钱,好尽快还清债务。

别看江春燕是仰着一张笑脸为弟弟交上学费的,但她的心里实际上一直在哭泣。

从平安乡中学回来的路上,四处没有人了,江春燕才忍不住放声大哭起来。在白鹤村外干冷的冬风里,江春燕任由眼泪成串地流淌在漂亮的脸颊上……

刚放寒假,郑大民就回来了。郑大民没有回自己的家,而是先看望了江春燕。

郑大民从江春燕家出来时,与路过的杏花碰了个正着。

杏花一直吃着江春燕的醋,很容易就和郑大民搭上了底火,她没好调地说:"哟,这是大学生回来啦?"

郑大民抬头看到杏花,腼腆地点头笑了一下。

"上了大学还真不一样啊。这浑身上下瞅着就跟农村人哪儿不一样呢。哪儿呢?对,是气质不一样了。"杏花没好眼神地打量着郑大民,说话依然阴阳怪气。

郑大民被杏花看得发毛,却依然憨厚地说:"有啥不一样的,到啥时候也去不了咱乡村人的根本。"

"这大学生,说话也不一样呢。怪不得江春燕哪个也不舍得放手呢,原来是各有各的好啊。"

郑大民说:"大学生也没啥大不了的,你明年不也要考大学了吗?"

"我自己啥样我自己清楚着呢,我可不是那块料。"杏花翻了翻眼皮。

"对了,杏花,你刚才说江春燕啥?舍不得放什么手?"郑大民问。

杏花嘴一撇:"你、刘二岗、金卫国、吕文龙,还有一个县里小伙……江春燕哪个也不想放手。听我妈说,刘主任怕刘二岗跟江春燕有联系,假期都不让他回来。这不都一年半了,也没见刘二岗回来,有事都是刘福贵往城里跑呢。"

郑大民说:"二岗是要勤工俭学挣学费呢。再说,城里他哥大岗那儿不是有住的地方嘛,又不用花住宿费。我也想打工呢,可去掉吃住就划不来了。唉,等以后再说吧。"

"二岗去挣学费?得了吧。这也就你信。"

"杏花,以后你可不要乱说了,我和春燕、二岗是同班同学,回来不得看看她吗?再说了,二岗也让我看看春燕现在咋样呢,说写了那么多封信春燕就没给回过。"

"这么说,还成了刘二岗够着她了?江春燕现在可好着呢。我妈说穆秀英给她联络活计,她和她妈剪纸也挣了一些钱呢。还有,你们惦着江春燕,江春燕可未必惦着你们。你知道她现在在哪儿吗?"杏花神秘地说。

郑大民问:"她在哪儿啊?刚才春燕妈说春燕给老胡家送剪纸去了。"

"可能送拐弯了吧?"

"杏花,你啥意思呀?对了,你刚才说吕文龙咋的了?"

"吕文龙没咋的,是江春燕咋的了。江春燕现在啊,整天跟长在吕文龙家了似的。"

"哦,春燕妈刚才也说了,春燕送完剪纸可能去吕叔家看会儿书。"郑大民突然想起来了。

"看书?谁知道她是真看书还是假看书啊?这一天撺掇的,还践词说什么她的剪纸和我文龙哥的农民画有异曲同工之妙。哼,反正我文龙哥的心啊,都被她勾得不知去哪儿了。"

郑大民不想再和杏花说下去了:"杏花,你可别乱说了,那我就去吕叔家看看。"郑大民停了一下又说,"我正好去看看老同学吕文龙。"

"看江春燕能看到,看吕文龙啊,看不着了。"

郑大民不解地问:"为啥?"

"我文龙哥被春燕撺掇跑了,现在还不知道在哪儿呢。"杏花略带恨意地说完,扭身走了。

看着杏花远去,郑大民摇摇头自言自语:"这……说的都是哪儿跟哪儿呀,挨不着边啊。杏花咋越来越像牛大翠了呢?满嘴净是小道消息。"

郑大民悄悄地来到吕老倔的书屋门口,往里探头看。屋里,吕老倔边摸索着书边叹着气。

正在书架上翻书的江春燕停了下来,瞅了瞅吕老倔,善解人意地说:"吕叔,你是不是一直没有文龙哥的信啊?"

"他有啥脸来信?不来信更好,我就当没他这个虫子。"

江春燕理解吕老倔的嘴硬,就开导吕老倔道:"吕叔,其实你细想想,文龙哥没来信不是坏事,现在没回来也不是坏事。你说,他要是在外面过不下去,他不得回来呀?他要是在外面出了事,不得有人找到家里来呀?"

吕老倔若有所思地琢磨着。

"他爸,你说,春燕说的是这个理啊。"文龙妈说着,眼里又禁不住涌出泪花,"都是你这倔脾气,逼得孩子回不了家……"

"哭,哭啥哭?一滴眼泪也不许掉。"吕老倔心里难受,又假装强硬地说,"他不没死吗?没死就他妈活出个样来给我瞧瞧,没死他就长出个龙爪再腾云驾雾地给我回来!"

江春燕看明白吕老倔望子成龙又表面强硬的样子,继续安慰着吕老倔:"吕叔,文龙哥的农民画真挺好的,他出去开阔开阔眼界,再长长见识,学习一些新的东西,肯定能踩出一条属于自己的路来。"

"唉,他能赶上你那剪纸?你的脑子多够用啊,又爱看书学习,爱琢磨,这十里八村的人哪个不夸你啊。你妈有你这么个好闺女,心里也敞亮啊。哪像我家那条虫子,唉,就是不让我吐出这口气啊!"

"吕叔,你不用愁,文龙哥的农民画肯定能行,不会比我这剪纸差的。其实我也想出去学习,出去闯闯啊,可以前是我爸离不开人照料,现在我妈身体也不好,我……"

门边的郑大民不小心弄出了声响,江春燕和吕老倔、文龙妈抬头往门边瞅,三个人异口同声地叫出"郑大民"三个字。

郑大民从书包里拿出几本书递给吕老倔:"吕叔,这几本书是我特意带来放你书屋里的。"

吕老倔高兴地接过书,稀罕地看着:"大民啊,大学生啦,有出息啊,吕叔谢谢你啦!"

"吕叔,干啥那么客气呀?我没少到你这儿看书,带几本书回来是应该的。"

吕老倔忙推着文龙妈说:"老伴,快点给孩子拿点瓜子吃。"

郑大民忙摆摆手,又指指江春燕说:"叔、婶,你们快别忙了,我找春燕有点事。"

江春燕把书放回书架,说:"叔、婶,那我们就先走了。"

吕老倔和文龙妈瞅着江春燕和郑大民一起走出大门。

"人家这都是多好的孩子,你说说。唉,咱这不省心的文龙、文凤啊……"吕老倔小声跟老伴叨咕着。

很快,郑大民和江春燕就来到了村路上。

郑大民问江春燕:"怎么样,过得还好吧?"

江春燕迟疑了一下:"嗯,还好吧。每天干完活,还能看看书,剪剪纸……"

"刚才去你家,看到叔还是躺在那儿,婶耐心地跟他说着好日子会来的……"

"唉,我妈这么多年习惯了,一直以来,她和我爸做梦都想着我们一家人不再受穷,都过上好日子。不过,我爸身体越来越差了,我真怕我爸……唉,不说这些了。对了,大民,你怎么找到文龙家来了?"

"哦,从你家出来后,刚好碰到了杏花,她说你在吕文龙家的书屋呢。嗯,她还说了一大堆莫名其妙的话。"

江春燕问:"莫名其妙的话,什么莫名其妙的话?"

郑大民瞅瞅江春燕,犹犹豫豫地说:"也没什么莫名其妙的,就是说说什么吕文龙、金卫国,还有二岗、我……"

"大民你有话就说呀,干吗吞吞吐吐的啊?"

"其实也没啥,杏花就是开玩笑呢。"大民决定不复述杏花那些让人添堵的话了。

两人沉默着走了一会儿,江春燕还是忍不住问道:"二岗学校也放假了吧?"

"放了,放了。他没回来,说他爸让他勤工俭学,在他大哥那儿住呢。其实,其实他也想回来,还让我问你好呢。"

"问我好啊?你就说我好着呢呀,干活,剪纸,收粮,看书,嗯,好着呢。"江春燕纵然无数次说服自己放下这段感情,可是刘二岗上大学后片言只语都没给她,她心中还是有着难以化解的烦闷。

"咱农村出去的大学生在外面真挺不容易的,现在城里消费可高了,供个大学生真不容易啊。二岗也不容易,一心想给家里减轻负担呢。他大哥大岗还张罗着要结婚,在城里,没钱咋结婚哪?负担也真是太重了。"同是农家考出去的大学生,郑大民理解刘二岗的不易。

江春燕若有所思地"嗯"了一声。

郑大民接着说："本来,我也要打工的。可是我不像二岗,我没住的地方啊。我得找到包吃包住的活才能干,但那样的活并不好找。幸运的是,我临回来前还真找到了。挣点钱是点钱吧,能给家里减轻点负担就减轻点吧。只是,我、我还是想回来看看……"郑大民本想说太想回来看看江春燕了,但话到嘴边硬咽了回去,"我,我想看看我爸和我妈……在家住三天我就得回去了。"

江春燕并没听清大民后来的话,她被"大学生"三个字刺痛了,尽力地用表面的自尊掩饰着内心的难过。

"大民,你说话怎么变得吞吞吐吐的了?就是说二岗在城里挺好的呗,你们呀,都能挺好的,都是大学生,前途无量啊。"

郑大民感觉到江春燕语气中的微妙变化,实诚地说："啥前途无量啊,都不知道毕业后会是啥样呢?现在的大学生有的是,也不像以前由国家包分配了,都得自己联系工作。"

江春燕不想继续这个话题了,突然想起了郑大民之前说了半截的话,就问："对了,杏花说什么莫名其妙的话来着?"

"噢,没什么,我、我就是感觉她怪里怪气的。"

江春燕轻轻一笑,话锋一转："你不说我也知道,心直口快的杏花一定是又吃我的醋了。吕文龙喜欢农民画,我喜欢剪纸。在这方面,我们俩确实挺有共同语言的,也挺谈得来的。"

"喜欢?"郑大民像突然间想起了什么,"对了,春燕,虽然二岗都有对象了,但二岗还是让我问你呢,他走后给你写了那么多封信,你为什么就不给他回一封呢……"

江春燕吃惊地问："什么?二岗走后写了很多信?"她脑中闪过刘福贵那异样的表情……

沉默了一会儿,江春燕掩饰着内心的波澜,语气尽力平缓地说："大民,我得回家看看我爸我妈去了,谢谢你寄给我那么多书,以后别再破费了,你上大学花费多,不容易。你告诉二岗,我很好的。你也别担心,我真的过得挺好的。再见吧。"说完,江春燕转身离去了。她知道郑大民肯定会在她的身后一直注视着,可她的脸上全是抑制不住的泪水,她没法回头再挥一挥手。

春燕真的喜欢上吕文龙了?郑大民不由得一阵心酸,不舍地目送着江春燕独自远去,直到她的背影越来越小,最后消失在白鹤村清冷的寒风中……

第十七章

这天实在没地方去联系广告了,李芒种忽然想起了一个人——孙姐。记得在省里参加青年作家进修班时,班上的孙姐就挺能张罗事。她在省群众艺术馆当文学创作辅导部的主任,能不能有点挣钱的路子呢?

李芒种就顶着大风来到了省群众艺术馆。进门时,孙姐正忙着起草一份征文大赛的通知,抬头看了看,还是她那不见外的风格:"是芒种啊,你先坐下自己倒杯热水喝。我撒不开手,等我把手头这个通知弄完。"

"不急,你先忙你的。"李芒种只好坐在一把椅子上。

孙姐弄完通知走过来,一边沏茶一边笑问道:"芒种啊,最近又写什么作品呢?好长时间没给我们写稿子了,是不是都投给更高级别的报刊啦?"

李芒种有点尴尬,又不能说出实情,就说:"孙姐,我最近没怎么写东西,给几家报社联系广告呢。一来能体验生活,二来还能挣点提成。"

孙姐很惊讶:"没看出来,你可真行啊!你还能联系广告呢?"

李芒种忙说:"主要是想锻炼锻炼自己,还没联系成一个呢。"

"哦,也好,就当体验生活了呗,你可真行啊。"孙姐瞅瞅李芒种,又看了看眼前刚写完的征文大赛通知,眼前一亮,"哎,我说芒种啊,我们部正准备在全省范围内搞个作文大赛呢。为了促进孩子们写作的积极性,想找一家企业赞助,以企业名冠名为某某杯。这样呢,能尽量减少学生的报名费,还可设一些物质奖励,奖励获奖学生和优秀辅导教师。"

李芒种一听来了精神:"孙姐,那这个赞助企业找到了吗?"

孙姐直爽地说："找到了还跟你说啥啊？我们这是纯文学杂志，又没有联系广告的专职人员。这不也只是个临时动意嘛，谁能撞上算谁的了。你刚才不是说想挣提成吗？这联系冠名赞助可比单纯拉广告好听吧？一会儿把文案打出来，你也拿一份出去联系联系呗，就当搂草打兔子了。芒种，我们也知道这种赞助不好联系，给的提成还多呢，如果你能联系到三万，最高可提成百分之三十。"

"行啊，这可太好了！"李芒种心里庆幸这趟真没白跑。

李芒种拿到征文大赛的文案后，就骑着自行车跑起这事来。可他一口气跑了省里的很多企业，费尽了口舌，也没有一家企业肯出这笔赞助费。一个大男人一次次被拒绝，真的无地自容啊。可为了还债，为了改变生活现状，李芒种也顾不上面子不面子的了，很多次他都是在咬牙挺着。

有一天，有些绝望的李芒种听人说郊区啤酒厂姓王的女老板是个有名的爽快人，近来没少赞助公益活动，他就重新打起了精神，怀着最后一试的心态来到这家远在城郊的啤酒厂。进门一问，秘书说王总不在。死冷的天，大老远地来一趟容易吗？李芒种决定等到底，就坐在接待室里不肯走。

总算把王总给等回来了，却听到她在和手下发着火。

秘书忙跑出去："王总，您回来了，中午饭还没吃吧？"

王总没好气地说："开了一上午的家长会，都要气死我了，哪有心思吃饭？"

秘书问："王总，之前给您打的饭菜都凉了，我拿去给您热一热吧？"

王总说："不用热了，吃不进去，你说这家长会开的，愣是给我气饱了。"

秘书说："您家孩子又聪明又听话的，还能惹您生气？"

王总的余气未消："听话倒是听话，就是写作文时不会写人话。"

"王总，小孩子嘛，得老师慢慢教，急不得。"秘书小心地劝说着。

"行了，不提这小子了。上午厂里有啥事没有？"

"嗯，没啥大事。啊对了，有个男的，说是报社记者，想让咱们冠名参加个活动，我让他把资料留下，他不干，还非要跟您当面谈谈。怎么劝也不走，还在接待室等着呢。"

王总打了个唉声："这种事太多了，我都烦死了。"

秘书说："就是啊，咱厂没少参加这些活动啊，要是总参加还不得把咱厂整黄了啊？可那个人就是不走，咱也不好硬赶人家呀。"

"那……这样吧，你让他过来，我打发他走。"

正听得心惊肉跳的李芒种就被叫到了王总的办公室。

王总拿起李芒种递过来的作文大赛冠名方案，一脸苦笑："我刚参加完儿子的家长会，正上着大火呢。我这在单位人见人敬的，在那么多家长面前却被损成茄子皮色。语文老师说了，我儿子这一学期，一篇完整的作文也没写出来，写出的都是半拉咔叽的，还经常是驴唇不对马嘴！好嘛，你现在又来让我赞助作文大赛，这不是让我光腚拉磨——转圈丢人吗？"说完，王总就苦笑着把冠名方案扔给了李芒种，同时还做出送客的手势。

李芒种只好尴尬地站了起来，往外走了两步却又停下来。

女老板见李芒种不走，再次坚定地做了个送客的手势。

这时，李芒种突然很坚决地转过身来："王总，如果我负责辅导您儿子作文，并保证让他的作文得奖呢？"

"你……你难道想让我花钱给我儿子买个奖？"

李芒种忙解释说："不，我刚才没说明白，我的意思是，我能让您儿子的作文水平真正得到提高。我参加过省里的青年作家进修班，一直有这方面的专长。"说着，李芒种从包里掏出自己刚发表在省报副刊上的散文递给女老板，"王总，请您看看，这就是我刚刚发表的作品。"

王总疑惑地拿过来翻看着，又瞅瞅李芒种："真是你写的？没看出来呀，你还真有两下子。"

李芒种见有希望，马上又说："我从小就喜欢写作，这不，我想利用自己这点优势，给您的孩子辅导辅导。很多小孩不会写作文，主要还是没有摸着写作文的门道。"

王总的眼睛有些亮了，半信半疑地说："那、那作文大赛不是两个月以后吗？这样吧，两个月之内，我儿子跟着你学，要是真能有所提高，写出一篇像样的作文来，别的不用，只要得到他们班语文老师的表扬，我肯定给你拿这笔冠名费！"

李芒种总算看到了一点胜利的曙光，忙说："王总，就算您不赞助这个作文大赛也没有关系，我仍会尽最大努力让您儿子把作文写好的，让他今后在语文考试上拿到更高的分数。"

王总则直率地说:"我不会玩虚的,就会干实事。我卖啤酒行,写文章真不行。既然话都说到这儿了,那就看看你的辅导效果吧。死马当活马医,你要是真医活了,我肯定会兑现承诺的……"

"我一定尽力!今天晚上我就来给您儿子辅导作文。"

此后的日子里,李芒种白天四处拉广告,晚上就来王总家当家教……

两个月后,李芒种被请到王总办公室。王总拿着儿子的高分作文,一脸喜色:"小李啊,我总算跟着我儿子光荣了一把。真没想到啊,别说,你还真有两下子!"

李芒种说:"您儿子聪明着呢,一摸着门道就都通了。"

王总很实在地说:"还是你会教,这一对一辅导真是不一样啊!"

李芒种说:"写作文,走心和不走心哪能一样呢?这回语文老师对您儿子也另眼相看了吧?"

"那可不,这个语文老师啊,以前给她拿啤酒她都不要,这回终于对我喜笑颜开了。那几个她经常表扬的好学生,这回都没我儿子作文分数高……"王总仍有些激动。

这步没有办法的险棋终于走成了,李芒种也开起了玩笑:"王总,这回您给儿子啥奖励啊?"

王总说:"只要我高兴,他要啥给啥。对了,小李啊,你那个作文大赛,我冠名赞助!另外,我还得给你个人拿一点作文辅导费。"

"王总,给冠名赞助就行了,作文辅导费就免了吧。"

"我说话是算数的,听我的!"王总不容分说。

李芒种如约拿到提成和辅导费共计九千五百块,一次提成就拿到九千块钱啊!比照之前风里来雨里去将自己吊在城市的半空劳累三个月挣到的那六千块钱,李芒种觉得这九千五百块钱真是来得太容易了。他马不停蹄地来到了邮局,一一还清了欠款。回来的路上,他还给孙姐买了一个礼物。

李芒种又极其用心地帮王总的儿子辅导了参赛作文,结果没走后门就得了个二等奖,王总高兴得不得了。

有了这次意外的成功,李芒种更加增强了留在省城的信心。他决定以后不再做那种粗体力活了,他要通过脑力劳动来挣大钱。同时李芒种还做出了另一个决定:暂时不再穷酸地写作了,不再当穷文人了,一定等手上有了足够的钱再回来写作……

极其偶然的一次成功,却让李芒种拥有了一种必然的错觉。

就在李芒种骑着自行车,穿梭于城市的风雪中,奔走于大小报社和企业时,吕文凤则在县郊的出租房里认真地看着她的书,反复细致地修改着她的剧本。

这天打工回来,吕文凤就坐下来继续修改剧本。从省城回来看望她的李芒种,一进门就兴奋地说:"文凤,我联系的赞助提成到手了,九千块呀!还外加五百块钱的作文辅导费呢!"

吕文凤很惊讶:"一次提成这么多?还有作文辅导费?"

李芒种说:"对啊,是按百分之三十提的,作文辅导费另算。看见了吧,我这一次挣的钱比在文化馆干一年的工资都多呀!"

吕文凤说:"那,那你这回终于能还上欠别人的钱了。"

李芒种说:"早就还清了!"

吕文凤说:"对了,还有纪哥住院检查治疗的费用,虽然他没说要,可是咱们……"

李芒种神情有些复杂:"我心里记着呢,下次再挣到钱就还给他,清了这笔烦人账。"

吕文凤说:"李芒种,你不能这么说,纪哥都没和你计较。不管是赵馆长还是人家纪哥,就算钱还清了也还有恩情在呢。"

李芒种不想多提,打断说:"清了就是清了,一码是一码!先不说这些了,走,咱俩出去好好吃顿饭去吧。"

吕文凤看看手边的剧本,说:"我这个剧本还差个有力的结尾呢,你帮我想想,钱还是省着点花吧,我们就不去外面吃饭了。"

李芒种现在根本没有心思看,就说:"别再穷写了,人必须得富起来才能站得直。走吧,我头一次挣这么多钱,坐不下来了,你就跟我出去庆祝一下吧。"

吕文凤听着不咋舒服,但还是忍着:"李芒种,这钱你挣得也不容易,跑了多少次才联系成一家呀,你还是省着点花吧。"

"这钱不能省,这只是一个成功的开始,以后,我就找到挣钱的门路了。你就等着瞧吧,我说过的,我李芒种不发上大财,绝不娶你。"

"说啥呢? 都是哪儿跟哪儿呀?"吕文凤小声说。

两个人还是来到了洮水县最好的一家酒店,李芒种点了最好的菜,但吕文凤吃得并不香。

李芒种回去后继续在城市的大街小巷里穿梭着,还是穿梭在各个报社和大小企业间,只是破旧的自行车换成了二手摩托车。

为了撑门面,李芒种还在省城的繁华地带租了一间写字楼,给自己印制了头衔众多的名片,名片上显示,李芒种不仅仅是几家小报的特约记者、栏目编辑,还是一个文化传媒有限公司的总经理。当然名片上虚的居多,李芒种的主要业务依旧是拉赞助、跑广告,写所谓的报告文学,目标还是挣到高额提成。

吕文凤则仍然认真地看着一本本书,经常打电话向省城的老师求教着,修改着她的剧本。

两个月后,李芒种又来到吕文凤这里。

讲完自己挣到几笔小提成的经历后,他对吕文凤说:"走,文凤! 出去给你买几件衣服,你也学学城里女孩,咱也弄他个风情万种! 这回,你就跟我一起去省城吧!"

吕文凤眼前闪现着城里女孩的"风情万种",却没有挪动脚步。

李芒种拉起呆愣着的吕文凤说:"走啊,快点。这些天我光忙着四处应酬挣钱了,现在总算缓过来一口气。"

吕文凤终于缓过神来,看了看李芒种,下决心似的说:"李芒种,这些天我也想了很多,好像想明白了一些,我并不想做时髦的城市人,也不想像你那样漂泊在城市里……不管以后做什么,我都不会放弃写咱这儿的山,咱这儿的水,咱这儿的人,咱这儿的事。"

"文凤,你没跟我一起出去联系赞助,你不知道,人还是多见点世面好。我跟你说,当初赵馆长说不要我了,我还上了挺大的火。现在就算他来请我,我都不去了。往好了说,像赵馆长那样活着,半辈子省吃俭用的,才攒了我联系一次赞助提成的一半,有意思吗?有意义吗?"

吕文凤说:"那是两回事,人还是过安稳日子好。"

李芒种说:"是,这半年来,我跑来跑去的,遭了不少罪,但也真是挣着钱了呀!总之,安稳也好,不安稳也罢,我就是不想再受大穷了,还是等有了足够多的钱,我再去写作……文凤,你还是跟我去城里吧。"

"李芒种,我一点儿也不想去城里。你变了,你和从前的想法太不一样了。"

"人活着,就得与时俱进嘛。"

"人各有志,志不同,道肯定就不和了。"

两个人又是不欢而散。

几天后,有些醉意的李芒种给吕文凤打来电话:"文凤,我重新租了一套大房子,家具什么的都有,你不用出去打工了,你就来城里的大房子写作吧,我还是能养得起你的。"

吕文凤心里一下生出莫名的反感:"李芒种,你是不是没明白我的意思?"

李芒种疑惑地问:"难道说你不相信我的能力?"

吕文凤平静下来:"相信。但我们并不是那种关系,我从来没属于过你。当初和你去省城学习,并不是像人们说的跟你去私奔。我明白我想要的是什么,我也知道自己都能干些什么。我只想过平平淡淡、从从容容最真实的生活,能安安心心、踏踏实实地做自己喜欢的事我就满足了。咱们的想法不一样,咱们真的不太合适。"

"咱们青梅竹马,有什么不合适?文凤,你就是不相信我。自从那次回去出了所谓的偷羊事件之后,你就变了,对我就冷淡了。文凤,你是不是觉得我真的偷了那几只羊?还是你真的喜欢上纪晓东啦?"

"李芒种,你这么想真的让我无话可说,也更说明我们想不到一起去,在一起确实不合适。"

"借口!都他妈的是借口!"吕文凤无奈却平静地听着李芒种在电话里

发疯。

停了一会儿,李芒种好像突然冷静了下来,吞吞吐吐地又说:"文凤,我真是穷怕了,好男儿志在四方,我不想回去。那……那我就在省城等着你吧。"李芒种越说声音越小。

"李芒种,我也赞同这句话,好男儿志在四方。你愿意在城里闯一闯,那也是一条出路。只是别忘了,有空的时候一定再拿起笔,别让你的才华埋没了,别忘了咱们的初衷,别忘了心灵深处最热爱的东西。"

"我还是觉得我在城市里的发展空间更大一些。再说了,我这也是在体验生活,对从事写作的人来说,生活阅历也是财富。另外,以后我说不定真能进杂志社当编辑呢。这不,现在为了拉广告方便,我都有杂志社的工作证了,就是暂时不能进编而已。唉,说到底,也许你需要的那种安稳我暂时给不了,现在我还买不起房子,更买不起安稳……"

"李芒种,你?"

"文凤,你等着看,等我买了房,立住了脚,我再直起腰杆去找你。我不想当穷人,我穷怕了,穷就得哈着腰,穷就没人看得起你!我不想跟别人哈腰,不想跟那些什么社长啊老总的哈腰,我早晚要直起腰来,不再哈下……"李芒种伤感地哭了。

吕文凤也不禁流下泪来:"李芒种,我不是怕吃苦的人,我只是觉得我们现在真的不合适了。"

"文凤,有句话,我一直想说,却又一直骗我自己。其实,我知道,从那天纪晓东躺在地上,我以为他死了以后,从前的李芒种就从这个世界上消失了。之后的李芒种,他只是用着李芒种的名字!"

"李芒种——"

"文凤,你在我身边,我就感觉从前的那个李芒种他还没走远。你走了,那个李芒种就真的走了!"

"李芒种——"

"文凤,我不再找你了,现在的李芒种确实配不上你!"李芒种挂断了电话。

江春燕还是经常到吕家书屋看书。有一天,她实在同情两位经常叹息的老人,就忍不住来到县城找吕文凤,劝她还是回家看看父母吧。

吕文凤也觉得在县城租房住不是长久之计,犹豫着是否回家看看。只是总觉得还没有什么像样的成果,更没有能拿出来让父母看着高兴的东西,就苦笑着说:"没取得啥成果,也没脸回家呀。"

江春燕说:"听说你已经发表了好几首诗和好几篇散文了,还在写剧本,这不就是成果吗?"

吕文凤说:"剧本一直在修改,还没有人决定排呢。"

在江春燕的几次劝说下,吕文凤终于决定回家了。

在去汽车站之前,吕文凤决定先去洮水县文化馆看看赵馆长。她还是想把真实的李芒种讲给他听一听,顺便也汇报一下自己的创作情况。

吕文凤跟赵馆长详细讲述了李芒种出事的来龙去脉……

赵馆长听着听着就哭了,说:"和我想象的一样啊,我就说我没看错这个人嘛……"赵馆长绝不是因为自己那失而复得的四千块钱,而是因为李芒种的诚信,还有就是吕文凤那一沓发表了作品的杂志。

后来,赵馆长就擦干了泪水,边翻看杂志边说:"文凤啊,真没想到你这段时间发表了这么多作品。这之前啊,光盯着李芒种了,没想到你也行……"

吕文凤说:"赵馆长过奖了,李芒种比我有才华,我不如他。"

赵馆长的心情又沉重起来:"唉,李芒种还托人给我打电话呢,让我把你安排进文化馆。可是,文化馆进个人哪那么容易啊?!我去文化局找了好几回耿局长了,再说,只是你先前还没有李芒种那些顶硬的作品啊……唉,不管怎样,之前的青年作家进修班你们就算赶上了,这么多年也就办了那么一届。我呀,把你们进修的这个事写个总结,再给局里汇报一下。"

吕文凤说:"让赵馆长费心了,那没啥事我就先回白鹤村了。"

赵馆长说:"文凤啊,以后多往这儿走走,县里再有个培训班啥的,你来给讲讲经验。省里那些有联系的杂志,你也帮咱们县的文学爱好者推荐推荐。还有啊,回去以后还要多多创作,再发表作品就到我这儿备个案,这也是咱文化馆的业绩啊。"

吕文凤说:"赵馆长,您就放心吧,我随叫随到,是文化馆给了我学习的机会,我一定尽我所能。"

赵馆长说:"嗯,没想到你们都是有情有义的人呢。你发表的这些作品我留份复印件,这样对局里也是个交代……"

吕文凤打开了自家的院门,久久地站在门口看着。

院子里正喂鸡的文龙妈听到响动,抬头看到吕文凤,惊喜地说:"文凤,真是文凤啊,你可算是回来了。"

"妈——"吕文凤和母亲抱在一起,都流出了眼泪。

吕老倔听到声音,也走了出来,眼里也有惊喜。可是当吕文凤叫他爸时,他却倔强地转过头,向书屋走去。

吕文凤尴尬地抹着眼泪。

文龙妈说:"你爸心里其实可惦着你呢。他啊,就是个纸老虎,一会儿就好了。"

吕文凤擦干眼泪,从包里拿出那沓发表作品的杂志,走到书屋,递给吕老倔:"爸,这是我发表的一些作品,给你看看。"吕文凤说着把杂志塞到父亲手里。

文龙妈推着吕老倔:"快看看,你闺女这可不是发一个啦,一沓子呢,你见没见过?"

吕老倔默不作声地一本本看着,随着手的翻动,绷着的嘴角渐渐放松下来。

吕老倔终于缓过来了:"不管咋的,变成铅字的这么多呢。文凤,你等着,爸都给你镶上挂起来。"说着,就要出去弄框子。

文龙妈拦住吕老倔:"这你着啥急啊,又不是一天不挂就能飞了。"

"爸,别着急挂,我还得接着写呢。你说,你要是这么个挂法,到时候不得没地方挂啊?"知道父亲这是高兴了,吕文凤悬着的心也放了下来。

"不怕没地方,就怕没东西挂,爸就是不要睡觉的地,也得给它们找到地方。"

文龙妈说:"挂,挂!我看啊,你就是爱显摆。"

吕老倔说:"显摆?这可不是显摆,这是打个样儿,让想培养出龙啊凤啊的人学习学习。那些来书屋的孩子见了,羡慕吧?觉得好吧?那就得向文凤学啊,就得先好好学习吧。文凤可是到省里作家进修班学习过的。对了,文凤,有作家进修班的证书吧?"

"有啊,爸,你要检查呀?"吕文凤问。

吕老倔说:"那个,也得镶到框里,那个就相当于上了大学。"

"爸,那就是个进修班,和大学还是不一样。"吕文凤解释着。

"那差也差不太多,总比不学习、不进修、整没用的强吧?再说了,变成铅字就最有说服力了,咱村还有谁能弄出这么多的铅字呢!"吕老倔坚持着。

吕文凤说:"爸,李芒种发表的作品比我多,写得比我好呀。"

一提到李芒种,吕老倔的脸又沉了下来,半天没说话。

吃晚饭时,文龙妈还是没忍住,试探地问:"文凤,李芒种没和你一起回来?你们不是一起?"

吕老倔阻止道:"别问那没用的。"

文龙妈说:"我就是问问,现在又没外人。"

吕文凤说:"妈,本来李芒种参加完培训班是可以去县文化馆当文学辅导干部的,可他决定在省城发展。他现在给省城的报刊社跑外联,挣了一些钱,比文化馆赵馆长的工资都多。他接下来想挣更多的钱,说生活安稳了再继续搞创作。他还想让我也留在城里。"

文龙妈说:"文凤,那你这是在家待几天还得走啊?"

吕文凤说:"我不走。"

文龙妈着急了:"那你回来了,他不回来,你俩的事可咋整啊?"

提到李芒种,吕老倔心里的怒火就越升越高,他冲老伴嚷道:"我说你这个人脑子是不是塞进木屑了?咋总把俩人往一起拧巴呢?!人还能非得在一棵树上吊死啊?"

"这不是着急嘛!文凤,你接着说。"文龙妈等待着。

吕文凤说:"我不想留在城里,那里不适合我,而且,我和李芒种也不合适。"

"不合适就对了。这李芒种,我就没看上!男人,得有担当,他这做事就是顾头不顾腚!挣钱?安稳?哼,钱还有挣够的时候?你等他安稳吧!"吕老倔心中对李芒种有着太多的不满。

吕文凤说:"爸,人各有志。李芒种是个好人,很有才华,但我当时离开家,真不是因为想和他怎么样,我没想什么感情上的事,我只是不想错过那个学习机会。"

吕老倔闷头吃了几口饭,吕文凤说没跟李芒种在一起,他还是很意外的。

"在培训班的时间,我也没有虚度,跟老师们确实学到不少东西,受益匪浅。今天去赵馆长那儿汇报,他说让我以后多去馆里参加辅导,有新发表的作品就告诉他。"吕文凤尽量说着让父母心情好点的事。

吕老倔最爱听"学到不少东西"这类话,马上说:"文凤,你看这出去学习就是提高快,你说你这要是上了大学,再学个几年呢?"

这回轮到吕文凤沉默不语了。

文龙妈捅了吕老倔一下说:"孩子刚回来,别的事都歇歇再说吧。"

"文凤啊,爸不逼你,再好好想想……"吕老倔满怀期待地瞅着吕文凤。

看着父亲满眼的期待,吕文凤只好说:"爸,我一定再好好想想……"

文凤妈摆摆手:"文凤,吃完就歇歇去吧。"

吕文凤回自己那屋去了。

文龙妈和吕老倔小声嘀咕着:"这文凤不上作家进修班,可能写不出这么多铅字。可要不跟李芒种上作家进修班呢,也有可能考上大学什么的……这毕竟跟李芒种还是有些关系的……"

吕老倔说:"你瞎嘀咕啥啊,别跟那些没文化的姑婆似的,文凤要是光扯那些没用的,能写出这么多好作品?"

"唉,有些事……这,文凤毕竟大了,不考大学的人都结婚了。现在,你让她再去考大学?"文龙妈接连叹了几口气。

吕老倔没再发火,若有所思地望着黑咕隆咚的窗外发呆……

第十八章

洮水县城的马路上,杏花骑着自行车疲累地四下瞅着。

刚好前面过来一个领着小孩的妇女,杏花立马下车迎上去。

领小孩的妇女吓了一跳:"干啥呀?吓我一跳,奔着我就来了。"

杏花不好意思地笑了:"太着急了,大姐,没吓着孩子吧?"

领小孩的妇女很爽快:"着急干啥?说吧。"

"啊,姐,我想问问,洮水县文化馆是在这儿附近不?这一路问过来的,到这儿咋转向了呢?"

"文化馆啊,问对人了,我刚给孩子在那儿找了个教唱歌的老师。你从这条道一转过去就是了。"

妇女说着看看表:"我刚出来就说快午休了呢,这不到点了嘛。你这么着急,就快去吧。"

"谢谢大姐啊。"杏花说着,飞快地跳上车。

没几分钟就到了,她把自行车一停就往楼里跑。

门卫大爷出来拽住她:"哎,哎,往里跑啥?找谁啊?得登个记啊!"

杏花说:"大爷,我找吕文龙。"

"吕文龙?没听说有这么个人。"门卫大爷琢磨着。

"就是在这儿学画画的,白鹤村的。"杏花提醒。

"学画画的啊,怪不得没听说呢。这平时来办事,来找老师,来参加培训班的,人多着呢。又不是在这儿上班的,谁能记住?"

杏花一听"培训班",马上说:"对,大爷,你刚才说什么培训班,就是参加培训班来着。"

门卫大爷挠头仔细想着:"培训班?吕文龙?白鹤村?"

"对对对,大爷,你就让我进去找吧。"杏花说着,还是想往里进。

门卫大爷赶紧又拽住她:"培训班今天也不开班,周日才有省里的老师来讲课,人家都是利用业余时间来上课的。"

杏花只好停下脚步:"那你是说,我得周日来才能找着人?"

"那可不?"门卫大爷瞅一眼墙上的挂钟,"这都午休时间了,没几个人在。我看你挺着急的,要不就帮你问问吧。"

杏花一脸失望:"那我还是周日再来吧。谢谢你了,大爷。"

门卫大爷目送着杏花,自语道:"吕文龙?白鹤村?"

这时彭永刚刚好出门,看到自语的门卫大爷,问:"大爷,这说什么呢?"

门卫大爷手一指:"噢,就那个姑娘,说找个画画的,叫吕文龙。"

彭永刚笑着说:"啊,白鹤村的。"

"你认识?"门卫大爷问。

"哦,我女朋友和他是一个村的。"

"那你跟那姑娘说一声,我看那姑娘挺着急的呢。"门卫大爷好心地说。

"行。"说着,彭永刚追了出去。

杏花推着自行车,正要骑上去,彭永刚叫住她:"哎,你是找白鹤村的吕文龙吗?"

杏花惊喜地转过身:"你知道他?"

彭永刚有点尴尬地说:"我……也不算知道。"

杏花脸色一变:"那你啥意思?"

"我呀,认识你们村的春燕。"彭永刚说着走向自己的摩托。

"江春燕?她说吕文龙什么了?"杏花打量着彭永刚。

"说吕文龙跟家里闹别扭了,家里不知道他在外面过得咋样,挺挂念的。"彭永刚边说边骑上摩托。

杏花嘟囔道：“还不是江春燕撺掇的。”

彭永刚见杏花不高兴地低语着，就说：“周日培训班开课的时候，吕文龙和春燕都来，你要找，就周日来吧。”说完一踩油门，骑着摩托走了。

杏花瞅着彭永刚的背影说：“神气个啥？不就骑个破摩托吗？春燕春燕叫得那么亲切，准是我妈说的县城里那小子，婶还说我家打麻将的人爱议论东家长西家短的，没有这风他们就能捕着那影？不过，这也是好事，有这小子在，江春燕起码能离我文龙哥远点了。”

看着摩托很快就没影了，杏花有点羡慕：“哎，别说，还真是快啊。这回我知道了，文龙哥在县城，那我可得经常来了。”

杏花瞅瞅自己的自行车，心想以后也弄辆摩托，那就方便常来看文龙哥了。

骑行中，杏花看到马路边摆着一箱箱方便面和火腿肠什么的，嘴里就有些馋：“哎哟，对了，这都忘了，还没吃饭呢。”

杏花停下车子，掏钱递给卖货的人：“来根火腿肠，再来袋方便面，能给开水泡吧？”

卖货人瞅着杏花，像看怪物似的：“拿开水泡？看清楚啊，这是批发部，不零卖，至少一箱。”

杏花问：“批发部？”

卖货人牛皮哄哄地说：“对，批发，不零卖。”

杏花又问：“那多少钱一根啊？”

卖货人说：“别问一根，问一箱，不拿货别捣乱啊。”

杏花大脑中闪过家中打麻将的那些人，尤其是陆小广那句"来个干豆腐卷大葱"，就说：“谁捣乱啊，一箱就一箱。”随即又自语，“那帮吃货，我不信整不出去。”

卖货人问：“真要啊？是一箱火腿啊，还是一箱方便面啊？”

杏花脆声说：“一样一箱。”

卖货人高兴了：“好，爽快，价都没报呢。虽然你第一次来，咱也给你最低价，咱就要个信誉。”

杏花说：“哎呀，我还真给忘了，你最低价啊，不最低我回来退给你。”

卖货人说:"放心,你打听打听,咱家价格全县最低了,下边那些食杂店、小超市都在我这儿拿货。"

杏花自语:"小超市?嗯,回去我也开个小超市。"

卖货人见杏花有些迟疑,就说:"你不相信我咋的?"

"等着吧,我会常来的。"杏花骑上自行车风一样地走了。

傍晚时分了,还不见杏花的身影,牛大翠频频在院门那儿张望着。

屋里的陆小广喊道:"哎,大翠,水,上水啊。伺候局的咋还不见影了呢?"

牛大翠边往回走边喊:"这杏花咋一大天都没着家呢?"

进屋倒完水后,牛大翠又走到厨房跟做饭的韩老闷说:"杏花一天没着家了,赶紧撂下,去老吕家看看,不会是那个吕文龙回来了吧?"

韩老闷说:"没听着动静啊。要是回来了,吕老倔能整天憋在屋里都不出来溜达溜达?"

牛大翠说:"就你那……唉,咋说你呢?啥事要能让你知道,全村人也就都知道了。我告诉你吧,穆秀英说那天上江春燕家,听春燕妈说吕文龙就在县城呢,还整天琢磨着画农民画呢。最主要的是,肯定没琢磨出个啥来呢。"

韩老闷问:"春燕妈说的?"

牛大翠说:"吕文龙在县城是她说的,后面是我估摸出来的。你想,他要是真画出个样来了,他肯定得回来,吕老倔肯定得让大家知道不是?"

韩老闷想了想,赞同道:"可也是。"

牛大翠说:"可也是啥?还有一种可能,那就是他没画出个样来,还是回来了。"

韩老闷说:"那我去看看,你看着火。"

牛大翠紧眨巴两下眼睛,又说:"还有另一种可能,他就在外面混,还总混不出个样来,那可就没时候了。"

"不管咋的,杏花也不能老待在外面,这年轻人,容易……"韩老闷说着走出门去。

他刚推开院门,杏花就满头大汗地推车进来了:"爸,你可真好,我正琢磨着这门要是自己会开就好了呢,你就把它打开了。"

韩老闷看到杏花车上带着的两箱东西,忙问:"这推的是啥啊?看你累的。"

"爸,我买的方便面和火腿肠。"

"你馋了就买一根,这咋还整一箱呢?看你妈不说你的。"

"爸,我是想买一根来着,可人家不卖。"

"那你就买两根呗。你说你……"

"得了,爸,我不跟你说了,这事我得跟我妈说去。"

牛大翠听到院里的动静,推门往外走,就听陆小广喊:"大翠,卷大葱啊。"牛大翠赶紧回屋说:"你们等一会儿,我那个小祖宗回来了,我看一眼就来啊。"

陆小广说:"这大翠,今天反常啊,总是心神不宁的呢。"

穆秀英说:"女大不中留呗。杏花大了,找婆家之前,大翠可有的心操了。"

牛大翠推门看到杏花和韩老闷在从自行车上往下搬方便面和火腿肠,就说:"这是啥呀?还整两箱。我的小姑奶奶,你这是要干啥呀?"

"你就老土吧,我这是批发,批发懂不懂?"杏花说着往屋里一仰脖,"卖给他们,别一天总是茶水和干豆腐卷大葱的。"

牛大翠说:"人家那都是吃惯了的。"

杏花说:"啥吃惯了?那是没有别的选择。你看看,这比干豆腐大葱弄得一屋味好不好,方不方便?再说了,这也好存放啊,不像你那干豆腐,一会儿弄少了,不够吃了;一会儿又弄多了,怕剩下变馊了。"

牛大翠想了想:"那倒也是。快打开箱拿一个,问陆小广要不要,他刚才还要干豆腐卷大葱呢。"

杏花撕开箱拿出一根火腿肠:"批发价六毛啊,你可看着加啊,千万别比其他地方贵呀。"

"知道,这我还不知道?人家卖一块,我卖九毛九也是便宜不是?"牛大翠边说边跑屋里去了。

杏花跟韩老闷说:"爸,我可不只是光弄这点小货,我是想开个小超市。你看咱家来来往往的人可不少,就让他们买个方便呗。"

韩老闷说:"小超市可不是随便开的,那得审批……得有政府批准的手续。"

杏花说:"那就批呗。县里批发部那个人说,咱下面好多小超市都在他那儿拿货呢。咱不开,早晚也有人开。关键是,你得帮我跟我妈说话呀,我得先买一辆摩托,天天上货要是骑这个破自行车,不得把我累死啊?"

韩老闷问:"你一个姑娘家,骑什么摩托啊?"

"姑娘怎么啦?"杏花反问道。

"很少有谁骑摩托呗。再说,你这还没咋样呢,就要上摩托了,你妈也不可能让你买啊。反正你妈要同意,我就同意。"韩老闷可不想惹杏花不高兴。

"爸,我知道你说了不算,我跟我妈说去。"杏花一扭身走了。

麻将桌上的陆小广大嚼着火腿肠,突然一堆牌:"哎,又和了。这火腿肠就是火啊,连和三把了。"

穆秀英说:"大翠,你给我也来一根,闻着香味就光想着馋了。"

陆小广说:"打麻将是脑力劳动,这营养得跟上,营养不跟上,光喝茶水能和牌吗?"

穆秀英说:"你就得便宜卖乖吧。"

陆小广说:"那是本事,咱是啥都不耽误。你打牌老想着吃,老想着跑媒拉纤,那能和吗?啥好事要都让你一家占了,那你得挣多少钱啊?"

牛大翠递给穆秀英一根火腿肠,穆秀英给她递钱,牛大翠一推:"秀英,这是杏花送给你的。"

陆小广说:"哟,我这根咋不算杏花送给我的呢?"

牛大翠说:"你跟着瞎掺和啥?这不,杏花也大了,大学没考上,让她复读她又坚决不去,反正这孩子啊,我也不逼她了,不是那块料,就不打那个大衣柜了。我是想让秀英给她张罗个合适的。"

穆秀英把钱给牛大翠塞过去。

牛大翠说:"你看你!"

穆秀英说:"大翠,可不是我不给杏花张罗,杏花以前爱往老吕家跑谁都知道,虽说吕文龙这么长时间没回来了,可我听说吕文龙在县城呢。杏花要是惦着他,还不说找就找着了?人家两人要是还挺好的,那我这边给杏花介绍对象成啥事了?"

牛大翠说："哎呀，秀英，你还不知道我吗？我能让杏花找吕老倔家的儿子？我顶烦吕老倔那出了。你放心吧，杏花她那是年幼无知，要是跟文龙真好，吕文龙去哪儿能不告诉她？这么长时间了能连个信儿都没有？这是江春燕在县城看到吕文龙了，要不谁知道他跑哪儿去了？"

穆秀英说："那你要说准了，我就给张罗张罗。要不，我可不能干那招人恨的事。"

陆小广说："哎呀，你不就干这个的吗？还拿上架子了。"

穆秀英说："这不得讲究个成功率吗？你介绍成了，日子过得好了，人家见了你都乐呵的，说你干了好事，积了德了；你介绍成了，天天干仗，鸡飞狗跳的，人家见了你就不待见了，好像我把人家推火坑里了似的。"

陆小广说："哎，我说，干一行爱一行嘛！别得了便宜还卖乖，你给谁白张罗过？"

穆秀英说："就你精明，精明得媳妇都跑娘家去了吧？"

陆小广说："哎，不带这样的，不能哪壶不开提哪壶！"

穆秀英说："我都不敢去你媳妇那月亮湾村了，你说当年……这眼力真不行，所以我现在从不硬给人家撮合，给自己添麻烦不说，还影响信誉呢。哎，和了。"

陆小广借坡下驴："趁人走神，真不讲究。"

穆秀英说："给钱给钱，少说废话。想媳妇就去接回来，多说好话，也算帮我积份德。"

陆小广边掏钱边自我解嘲道："闹心，太闹心！大翠啊，来杯茶水，我得净净嘴……"

几天后的夜晚，牛大翠家麻将声依旧。牛大翠捅了一下坐在一旁打瞌睡的韩老闷。

韩老闷一惊，问道："咋的？要卷大葱啊？"

牛大翠一递眼色，小声说："卷什么卷？现在不都改方便面、火腿肠了吗？"

韩老闷揉了揉眼睛，问："那啥，那拿火腿肠啊？"

牛大翠责怪道:"我说老闷你长没长心啊?我让你看看杏花去,看看给她泡的那碗方便面吃没,还有扒开的那个火腿肠吃没。"

韩老闷说:"我再去看看,估摸着够呛。"

牛大翠看着韩老闷的背影,怨恨地说:"死闷那劲,就是个不开窍的玩意儿。"

杏花正在屋里偷着吃干豆腐卷大葱,听到门外有动静,赶紧把自己蒙到被子里。

韩老闷推门进屋,见杏花还在那儿躺着,桌子上的火腿肠和方便面都没吃,就心疼地喊:"杏花呀杏花,这都两天了,你再不吃就得饿出病来了!"

杏花装着有气无力的样子说:"不给我买摩托,我宁可饿死。"

韩老闷劝道:"杏花,你先吃点饭,然后再跟你妈商量呗。"

"说不吃就不吃,你告诉我妈吧,我宁可饿死。"杏花坚决地说。

见韩老闷低着头回来了,牛大翠一脸失望地迎过来:"肯定是没吃。"

韩老闷说:"你自己的姑娘你还不知道?"

牛大翠说:"不是你的啊?要是我自己的,光像我还好了呢。"

韩老闷说:"我看是好不了,杏花都没劲说话了,你再拧着她,弄出病来可咋整?咱可就这一个闺女。"

牛大翠说:"我不着急啊?我不着急让你看啥?行了行了,你也不会劝,还得我亲自出马。"

韩老闷说:"我看,实在不行,你就依了她吧。"

"你就别管了。"牛大翠转身往外走,却又不放心地回过身说,"别老在那儿迷迷糊糊的,倒点水去,问问要点啥不,非等人家叫你啊?"

牛大翠来到了杏花这屋,杏花躺着装睡。

牛大翠走到杏花旁边,摸摸杏花的脑袋,又披了披被子,瞅瞅杏花的脸:"杏花呀,妈知道你没睡。你说开小超市进货啥的,这倒是行,你们这般大的,也没几个待在这里的,都跑城里去了,妈就你这么一个闺女,肯定是舍不得你出去打工啥的,再说人家不读高中的,早都找对象嫁人了,哪有能在这家里待得住的?你在家有个营生,也是条路子。可妈也知道,你这两年了,不复读不找对象的,肯定是惦着吕文龙。以前啊,我虽然烦那个吕老倔,当然,他也看不上我,唉,其实也不是我,是咱家弄的这个麻将馆,但我可没拦着你去他家。我寻思,那吕文龙要是能考上个大学啥的,或者是能把农民画整好了也行啊,咱找他就算不亏。可现在,他大学没考上,又没画出个啥名堂,而且这一走就没个信儿,要是他心里真有你,你说……唉,你就跟你爸似的,傻了吧唧的……"

杏花翻了个身。

牛大翠接着说:"杏花呀,你是不是听说吕文龙在县里,所以要买个摩托,想来回见个面方便哪?"

杏花忍不住了,心想:我妈可真厉害,竟能摸这么透!不行,我得让她白摸!于是嘴上反驳道:"啥方便不方便的?方便面啊?我找吕文龙,人家要不要我啊?再说了,我想找吕文龙,还非得骑摩托呀?"

"那倒也是。"牛大翠紧眨着眼睛寻思着。

杏花起身搂住牛大翠:"妈,跟你说吧,我就是不服江春燕。你看,她剪纸都能挣钱啦,还去县里的培训班学习,还有人骑着摩托接送她。"

"你就是为了跟江春燕比呀?不是为了去找吕文龙?"

"不是都说了嘛,找他还非得骑摩托?我自己得做出个样子来,要是自己啥都不行,你想想,咱就是攀上哪个高枝,最后不都得掉下来呀?"

"我闺女终于懂事了,说的还真是这么个理。行,妈就出钱给你买辆摩托。"

"我就说嘛,谁都没有我妈好!"

"这会儿你妈又好啦?之前还想把自己饿死把你妈扔下呢,赶紧吃饭去。"

杏花不好意思地说:"妈,其实我没饿着。"说着从被窝里拿出干豆腐卷大葱。

牛大翠笑了:"我说呢,怎么一股大葱味呢。"

杏花说:"妈,我不光要开小超市,我还要去县文化馆学二人转呢。"

牛大翠说:"还去学二人转啊?"

杏花说:"对啊,反正我不能比江春燕差。以后,我就在咱家的大院里唱啊跳啊,把全村人都吸引过来。"

牛大翠说:"干啥?唱大戏啊?"

杏花说:"来看戏饿了不得买东西吃吗?咱家还有小超市啊,到时候啊,那得老火老火了。"

牛大翠说:"嗯,火好,不把我的房子点着就行,你这个小妖精!"

一大早,杏花骑着摩托要去上货。韩老闷帮着杏花推着摩托。杏花刚打着油门,牛大翠就跑了出来:"杏花,你说你非得今天去上货呀?"

杏花说:"缺货你不得上啊?"转过身又对韩老闷说,"爸,你可帮我看好小超市啊。"

韩老闷笑呵呵地瞅着杏花:"行,行!你慢点骑啊,注意安全。"

牛大翠又盼咐说:"杏花啊,我跟你说,你可答应了啊,十一点前一定得回来。你秀英婶都跟人家说好了,中午见面。"

杏花说:"哎呀,妈,别磨叽了,我知道了。十一点前我准回来,拉我秀英婶去。唉,真是,多大点事啊。"

牛大翠叨咕着:"还多大点事,啥是大事啊?这可是终身大事!"

十二点刚过,杏花就一个人骑着摩托回来了。

听到摩托进了院,牛大翠急忙从屋里出来了:"哎呀,杏花,咋这么快就回来了呢?不是说在那儿吃饭的吗?你秀英婶呢?"

杏花说:"问这么多,我先回答哪个?"

牛大翠无奈又着急地说:"一个一个回答呗。"

杏花支好摩托,说:"回来这么快是因为没相成,没相成当然就没在那儿吃饭,没在那儿吃饭就没和我秀英婶一起回来呗。"

牛大翠追着道:"你倒是说详细点啊。"

"还咋详细呀?都结束了还说前面那些有用吗?还是看看我的小超市吧,这一天净惦记着它了。"杏花哼着二人转走进小超市里去了。

牛大翠着急地推开院门往远处望了望,屋里有人喊:"大翠,来根火腿肠啊!"

牛大翠又往屋里跑,边跑边说:"唉,这孩子,不知又惹什么祸了……"

正在这时,穆秀英"哐"地把门推开了。

牛大翠忙跑上前："哟，秀英回来了。我刚才还在院门口那儿看呢，说这咋回事啊，杏花咋自己回来了呢？"

穆秀英没好气地说："咋回事？我说大翠啊，你们家这老老少少的，都耍着我玩哪？"

牛大翠赔着小心说："秀英，你看，你这是咋说话呢？我都不知道咋回事呢！"

手气一直不好的陆小广不满地说："这个吵吵啊，吵吵啥呀？还让不让人玩啦？"

牛大翠赶紧拉过穆秀英："秀英呀，要不咱上院里说去？"

穆秀英眼睛一翻，瞅瞅打麻将的那伙人，更不高兴了："你这是啥都不耽误，我这一天可全耽误了。就在这儿说吧，大家也给评个理。"

牛大翠劝着穆秀英："唉，你消消气，消消气，杏花要是惹你了，我给你赔不是。"

穆秀英仍旧余怒未消："可不带你们家这样的，那天你说让我给杏花介绍个合适的，我丑话说前头了吧？我说你要和老吕家那个没断，我可不当那拆桥的人。可是你咋说的？你说俩人肯定没关系了，对吧？那天大家可都听见了。"

牛大翠说："是啊，是没联系啊，要有联系，杏花咋能去相亲呢？"

陆小广一推麻将："得了，今天不玩麻将了，咱们看戏吧。"

穆秀英说："行，今天大家就看戏吧，她们娘儿俩可真会演戏啊。"

牛大翠说："秀英，你看你，咱们这些年了，你还不知道我吗？"

穆秀英说："我知道，我太知道了，你啥时候吃过亏呀？"

牛大翠说："你看，你得把话说明白呀！"

穆秀英问："你说俩人没关系了，可杏花到相亲那家就说自己已经有对象了，说自己对象那画画得老好了，说靠的是自己，不是靠家里。说完就骑着摩托跑了，把我扔在那儿。"

牛大翠气得直喘："我这就问杏花去！"

不大一会儿，牛大翠就拉拉扯扯地把杏花拽进来："你跟你秀英婶说明白，到底是咋回事？"

杏花说:"这可真怨不得我,那小子,一见面可牛了,那个吹呀,显摆他家有俩钱,好像我得上赶着求他似的。我就故意那么说的,灭灭他的嚣张气焰。他牛什么啊?不就仗着他家里吗?自己啥也不是。"

穆秀英说:"你看,你看,我没说谎吧?我可是给你挑的条件最好的。"

牛大翠瞅瞅杏花的表情,觉得杏花还是哪儿不对劲:"杏花,你给我说实话,你是不是故意找的碴?是不是你还在跟吕文龙联系呢?"

"我可没那闲工夫,我得看我的小超市去了。"杏花见被识破,欲转身出去。

陆小广开玩笑地说:"人家俩人肯定没断呢,秀英,你这回看走眼了吧?"

牛大翠看着一屋子看笑话的人,有些下不来台,气得一扭身往外走去:"我找吕老倔去,让他管管自己的儿子,跑出去还不闲着,这不是坑人吗?"

牛大翠气势汹汹地来到吕老倔家,后面跟着一帮打麻将的人来看热闹。

牛大翠推开吕老倔家的门时,吕老倔正在院里干活。

牛大翠大声喝道:"吕老倔,别瞎忙活了,和你说点正事!"

吕老倔抬起头,看着牛大翠和她身后那伙打麻将的人说:"咋的,你家屋里装不下啦,打麻将地方不够,还得让我给你腾地方啊?"

书屋里看书的几个人听到吵闹声,也跑出来看热闹。

牛大翠扫了扫从书屋里跑出来的人,冲吕老倔嚷道:"你以为你弄个破书屋,你就算有文化了?你就比我那打麻将高出一截了?你这是打着好看的幌子干坏事!"

吕老倔火了:"你、你把话给我说明白,我、我干啥坏事了?"说着就冲到了牛大翠身边。

文龙妈忙出来拉住了吕老倔。

牛大翠说:"你要注意你的家风!"

吕老倔说:"我的家风?我啥家风碍着你事了?"

牛大翠说:"还横,你还高谁一等啊?哼,那我可就你哪儿疼我揭你哪儿!"

吕老倔说:"我就不信那个邪了!你揭,你揭!我吕老倔大半辈子清清白白,我怕谁揭?"

牛大翠说:"你清白不清白我还真不清楚,可你儿子、你闺女都不太清白!"

吕老倔气得直喘,吼道:"你、你说什么?"

牛大翠说:"你家文凤考大学落榜之后上哪儿去了?是不是跟那没正事的李芒种跑了个够才回来的?你家文龙呢,不也是说走就走了?这走了也就罢了,混出名堂也行,啥也不是,还惦记上我家杏花了,也想给拐走了啊?"

吕老倔说:"拐走?哼,吕文龙没在家,就算吕文龙在家,你把杏花送过来,我也得给她轰出去。一天到晚上蹿下跳的,我家院小,可搁不下你家那大凤凰。"

牛大翠喊:"咋的?还轮到你相不中我家杏花了?对了,是不是那个江春燕总来总来的,这看着江春燕长得漂亮爱看书,又能剪纸挣钱,你相中啦?"

吕老倔说:"你、你少给别人泼脏水。"

牛大翠说:"哼,别脏水不脏水的,我告诉你,你看上也是白看,她那心压根就没在咱村这块小地方,人家早晚得飞出去,现在可是县里有人骑摩托接送呢。你以为都像我们家杏花那么傻呢?那是随她傻爸!"

吕老倔说:"随谁都比随你好,像个泼妇似的。"

牛大翠说:"你说谁像泼妇?你说谁?我告诉你,吕老倔,让你儿子离我家杏花能有多远就有多远,少影响她!"

牛大翠转身又对看热闹的人说:"你们说说,这要不是吕文龙影响,我们杏花能不复读吗?说不定也能考上大学呢。"

吕老倔一脸嘲笑:"就你家那环境,还我家吕文龙影响的。杏花倒是常来我家,不过,不是来看书,她从来就没进过书屋。你那孩子不爱学习你还赖别人,那我还说你家杏花影响了我家文龙呢,带来一身麻将气。"

牛大翠说:"就你家环境好呗,你家环境既然那么好,带的又都是书生气,你家咋没飞出龙,也没飞出凤呢?"

吕老倔气得捂着胸口缓了缓,说:"飞不飞出龙,飞不飞出凤,现在可说不定,不管咋的,文龙、文凤那都是奔着画出名堂、写出名堂去的,将来没准真就能成龙成凤呢。我告诉你,来我吕家书屋的不一定都是飞出去的龙和凤,可咱村飞出去的龙和凤哪个都来过我吕家书屋!"

"你就往自己脸上贴金吧!我也告诉你,吕文龙要是再勾搭我们杏花,我就打断他的腿!"牛大翠说完朝院外走去。

吕老倔冲她喊道:"管好你们家杏花吧,再进我这院,我就用扫帚扫!"

看热闹的人随牛大翠的离开而散去。

吕文龙参加县文化馆的农民画培训,杏花在文化馆外骑着摩托接他,俩人一起来到吕文龙的租住处。

吕文龙告诉杏花:"把你带到我的秘密基地了,你嘴巴可得紧了,别给我泄露了啊。"

杏花回道:"我才没那么傻呢!去你家看你爸那杀猪刀似的眼神呀?"

吕文龙插话:"啥杀猪刀杀猪刀的?注意用词啊,那可是我亲爸!"

杏花不服:"文龙哥,你除了这个爸还有别的爸啊?杀猪刀咋的?就是杀猪刀一样的眼神嘛,我脸皮再厚也禁不住你爸那么削啊削的,早秃噜皮了,等把我削死,我就看不着你了。"

"别看我,看画!今天老师说的那种感觉,我得实践实践。"吕文龙说着坐到画板前,拿起画笔又开始琢磨了。

"这都没落脚的地方,我还是先给你收拾收拾见点亮吧。"杏花边说边开始麻利地收拾屋子……

画了一会儿,吕文龙停下画笔,问:"杏花,你看看,我有进步没?"

杏花没吭声。

吕文龙抬起头,发现屋子简直是大变样了:"哟,这狗窝变皇宫啦!"说完吕文龙还抽了抽鼻子。

杏花端着一碗面走了进来,见吕文龙吸着鼻子,就说:"早闻着香味了吧?先吃饭。"

吕文龙盯着画板说:"先等会儿。"

杏花抢过吕文龙的画笔,说:"等什么等?趁热吃,不知道你这么长时间吃过几回热饭,你天天这么过可不行,农民画画好了,人不行了可咋整?"

"啥人不行了?担心我光画画干不了农活啊?哼,咱这体格,干啥啥行,吃啥啥……哈哈,不剩。"吕文龙说着端起红黄绿搭配的面条,狼吞虎咽地吃了起来,"你这面条,弄得简直跟我的画似的,看着喜兴,吃着也高兴,哈哈……"

杏花爱怜地看着吕文龙:"文龙哥,你慢点儿吃,别烫着!你说你总这样在外面也不是个事啊,以后怎么打算的啊?"

吕文龙说:"这是暂时的,等我再攒点钱,就去省里的艺术学院边打工边旁听。"

杏花不解地问:"边打工边旁听?"

吕文龙解释道:"据县文化馆从省里邀请来的培训老师说,到了省艺术学院,熏也能熏出艺术气息来,那长进才快呢。"

杏花心疼地说:"文龙哥,如果真像你说的那样,你就安心去学习吧,别再出去找活了,以后我给你拿生活费。"

吕文龙说:"啥?我一个堂堂的大老爷们儿还能用你的钱,让你供我?"

杏花说:"啥供不供的,我投资行不行?你怕我赖上你啊?"

吕文龙说:"我可不会干那丧良心的事,你这一趟趟折腾挣那点钱容不容易我还不知道?有条件就现在去,没条件就等有条件再去,画画这事我得活到老学到老呢。"

杏花说:"只要对你画画有好处,你活到老我就投资到老。"

吕文龙说:"哈哈,我这人这么值得投资啊?杏花,我现在只能维持目前的生活,给你买不了啥,你就好好的,别委屈自己就行。"

杏花开心地笑了……

第十九章

在江春燕的多次劝说下,吕文龙也决定回家创业了。

吕文龙进村后,远远就看到牛大翠家和自家附近的村路上聚集着不少人,像在搞什么庆典。走到近处,才发现自家的木匠铺和书屋依然开着,并没啥变化,是牛大翠家的小麻将馆变成了棋牌室。牛大翠家门楣上挂起了一块新牌匾,上书"牛氏棋牌室"五个大字,窗户上也贴着"开业大吉"四个红纸剪的字。吕文龙想,还是先站在大树后面看个究竟再说吧。

听说牛氏棋牌室开业,院子里聚了不少人。随着韩老闷敲锣声的戛然而止,牛大翠边摆手边喊着:"安静,安静——"

打扮得花里胡哨的穆秀英手持小喇叭上前吆喝道:"喂,喂,喂……各位父老乡亲,咱们白鹤村又有好事啦,又有好事啦!哎——年少的、年老的,挥锹的、抡镐的,打鱼的、掏雀儿的,放羊的、割草的,串门的、赶脚的,你们停一停、站一站。今天哪,牛大翠的麻将馆子升级为牛氏棋牌室了,是开业大吉的好日子!以后啊,大家想玩个什么跳棋、象棋、军棋、围棋、五子棋,打个扑克、斗个地主、搓个麻将、推个牌九啥的,就来这儿,通通都行!"随着一串密集的鼓声,看热闹的村人稀稀拉拉地拍了拍手。

穆秀英接着又吆喝:"喂,我说大家伙啊,咱按乡俗呢,各位都得随个小礼啥的,多了不挑,少了不拣,没带钱的也没关系,你们能来捧个场壮个脸也行了。我就代表牛氏棋牌室那个、那个牛大翠室长,谢谢大家伙啦!大家伙看,这个牌匾,这些桌子,都是人家金卫国随、随的礼。"

牛大翠觉得不太好听,急忙帮着改词:"不是随礼,是赞助,是赞助的!"

穆秀英说:"对,都是金卫国赞助的。下面大家配合着这喜庆的锣鼓声随、随起来,哎哟,不对,那个闹、闹起来啊!乡亲们,来,热闹起来呀!"

热闹得差不多了,穆秀英又对村民们喊着:"为了感谢大家的支持,接下来让我们以热烈的掌声欢迎牛氏棋牌室室长与大家见面!"

牛大翠夸张地走上前来,"嗯嗯"了两声,清了清嗓子说:"我们家呀,为了给咱村的父老乡亲做好事积大德,那可是费了不少的心思,花了不少的钱,这不,新整了个麻、麻,不对,棋、棋牌室,今天呢,想请大家来吃个喜。现在,我宣布……"

这时,金卫国来了,一进院就喊道:"婶啊,小麻将馆升级为牛氏棋牌室了,恭喜恭喜呀!"

牛大翠忙过去拉住金卫国说:"这白鹤村头号能人——金大能人不仅赞助,还亲自捧场来啦?婶也太有面子了!"

金卫国说:"婶过奖了,那是必须的!不过婶啊,今后你可别叫我什么金大能人了,别人听着不好。"

牛大翠猛然想起来什么,说:"哎呀,可不是咋的,卫国已经是村委会备选委员了!快请上座!老闷,赶紧给卫国弄个好座。"

穆秀英急三火四地拉住牛大翠:"这回人来齐了,你得宣布棋牌室开业了。"

牛大翠有点紧张,脸上汗淋淋的,重新走上前说:"那啥……今天呢,我们家麻将馆子升级了……"

穆秀英急忙提醒说:"是小超市升级了,牛氏棋牌室成立了。"

陆小广起哄道:"哈哈,大翠呀,我看你就不用整没用的了,你就说中午上哪疙瘩吃饭吧。"

牛大翠借坡下驴:"那我就不多讲了,反正是牛氏棋牌室正式营业了,中午请大伙吃大餐!"

一根筋问:"去哪儿吃大餐呀?"

牛大翠一挥手:"老齐家小吃部。"

陆小广又起哄道:"那馆子也太小啦,吃不着大餐!"

这时,江春燕提着一篮子鲜菜来了。

牛大翠"哎哟"一声:"这大才女也来了!我这也太有面子了。"边说边接过篮子夸张地扒拉着里面的菜,"你们大家伙看看,这可是春燕自己扣的大棚里产的,是那个什么绿色的,还无公害的蔬菜,看,多新鲜!"

江春燕拉过牛大翠小声说:"婶啊,现在乡里不让开麻将馆了,我以为你闲下来了,要把家里的小超市扩建成大超市呢,这才现摘的菜来祝贺你。可看你挂的是个棋牌室的匾额,这不会是你原来小麻将馆的延续吧?那样可不行呀!"

牛大翠说:"啥?春燕你说啥?家里的地都让卫国流转了,婶也不能天天干闲着呀,咋的也得干点啥吧,是不是呀,卫国?"正好金卫国走了过来。

金卫国说:"是呀。春燕啊,咱婶是个天生干事的人,不是闲不住吗?再说了,这回不是开麻将馆了,改成棋牌室了,主要是从事文化娱乐活动。"

牛大翠说:"对,卫国说得对。就凭我这脑瓜子,除了卫国,将来我牛大翠就是白鹤村第二经济大户,牛氏棋牌室不仅是白鹤村的新闻发布中心,还得是白鹤村的经济文化中心。"

江春燕说:"可是婶,叫啥不重要,玩什么棋牌不重要,重要的是千万不能动钱,如果是动钱的,就是不正之风啊!"

牛大翠脸变色了:"你这孩子平时瞅着怪好的,今天这是咋的了?咋跟对门那吕老倔一个调子了呢?走吧,大伙都走吧,这饭不吃了!"

江春燕说:"婶,你……"

金卫国见场面有些尴尬,忙打圆场:"牛婶这回主要是开展娱乐活动,顶多象征性地收点儿费用。这么的,大伙别走,接下来还是由我赞助,请大家下馆子去!"

牛大翠转怒为笑:"我是和春燕大侄女闹着玩呢,下面呢……我重新宣布一下子,牛氏棋牌室正式开……"

江春燕无可奈何地苦笑时,耳朵上夹着一根红蓝铅笔的吕老倔挤了过来。他起早出去订木料刚回来,见牛大翠家门口聚了这么多人,寻思着肯定是牛大翠又起了什么幺蛾子,却突然听到最反感的"牌"字,便大喊道:"等一等,这吵吵巴火的,又是要干啥呢?"

穆秀英提醒吕老倔:"人家正在开业大吉呢……你让人家等什么呀等?"

牛大翠走上前,讥讽道:"老吕大哥,急三火四的,你这是要给我随礼呀?"

吕老倔说:"随什么礼,随礼?我就是想问问,这牛氏棋牌室到底是干啥用的?怎么感觉有点不对味呢?"

牛大翠笑着说:"啊,你闻着啥味了?我就是让大伙闲着没事的时候娱乐娱乐,现在上面不是号召创建乡村文化大院嘛!文化娱乐懂不?"

吕老倔说:"啥?你这也叫文化娱乐?我咋闻着一股钱味呢?"

牛大翠说:"闻着钱味就对了,没有钱咋办事?上面不是说要搞好群众的文化娱乐生活吗?我看文化离不开娱乐,没有娱乐还咋生活呀?这又娱乐又挣钱,我看这可真是怪好的。"

陆小广说:"大翠说得对头,打麻将就是一种娱乐方式,还是中华民族传统的文化娱乐活动呢……"

吕老倔说:"打麻将是传统的娱乐活动不假,是白玩呀,还是带钱的呀?"

陆小广说:"打麻将哪有白玩的,说啥呢?这老吕大哥呀!"

"开这么大个场子,那个……咋的也得象征性地收点费用吧?"说着,牛大翠又要第三次宣布开业,"我宣布……"

吕老倔说:"哎,别急呀,先不能宣布,你说,你这不是聚众赌博吧?"

牛大翠压不住心里的火了:"吕老倔,看在咱们邻居住着我管你叫一声老吕大哥,你可别给脸不要脸!"

吕老倔也和她对上火了:"牛大翠,我可告诉你,聚众赌博违反国法,是破坏咱们村的精神文明。你那是只有娱乐,没有文化!"

牛大翠说:"精神文明?我看你是精神有病!一个二五眼木匠,你跟我装啥有文化?就你们家有文化,你那一龙一凤都飞出去啦?不还得一个一个飞回来吗?"

吕老倔心里不是滋味,嘴上却还是硬撑着:"哎,这可算你说对了一回!我闺女去了省城的作家进修班,是学成回来了;我儿子到外面画画挣大钱去了,干得好着呢。这大伙都知道吧?"

牛大翠讥刺道:"你儿子以后能当总统,你姑娘以后能当女皇,但跟你有一毛钱关系吗？你不还得在这白鹤村里老老实实地眯着吗？"

"眯着？跟你说实话吧,我儿子前些天来电话说了,过一阵子就回来接我去城里享清福！"吕老倔只好发挥自己的想象力。

这时,吕文龙拖拽着拉杆箱子走进人群："爸,你们可别吵吵了。"

牛大翠哈哈大笑起来："你看看,你看看呀,正说着呢,你的宝贝儿子就回来了！"

吕老倔就像不认识自己儿子了,愣了一下说："文龙,你、你不是说过一阵子回来接我吗？你就忙你的得了！"

吕文龙有些不解地说："我没说过呀,我也没那么忙啊……"

吕老倔制止道："你可别瞎说了,你这一天日理万机的。那什么,你明天赶紧回去,等我这份活干完了我自己就过去了,不用你回来接我。"说着吕老倔就硬拽着吕文龙往家走。

进了家门,吕文龙说："爸,我是回家务农来了,然后再开发开发农民画。"

"啊？别叫我爸,你、你是我爸！这嘴巴子叫你给我扇的,'啪啪'地响啊,你说你早不回来晚不回来,这个时候回来干啥,啊？"

"爸,我是回来创业的。"

"撞（方言中读 huàng）墙吧！"

"爸,记得老胡五爷说过,咱这白鹤农民画有传承,还有好多说道呢,弄好了真能成气候……"

"你可得了吧,那都是土得掉渣儿的破玩意儿,能成什么气候？"

"爸,据县文化馆的专家说,咱们白鹤村的农民画已经有五百多年的历史了。"

"八百年也白扯！你老胡五爷整一辈子了,到现在不还是穷得底儿掉吗？我说不行就不行！"

吕文龙说："爸呀,时代变了,咱观念也得变啊！农民画真的有潜力、有底蕴哪！这就是民间文化呀！"

吕老倔说："农民画算个啥？你要真想画,这回我支持你,你复习吧,争取考上美术学院,你考到那儿去,以后画出好的国画、油画,那才是正路子。我是想让你飞出个龙样来,你咋好意思扑腾出这个熊样呢?"

吕文龙说:"爸呀!文化传承需要仔细研究认真对待,怕的是真金掩土不见天日。白鹤村的农民画一代一代传承到现在不容易,如今国家对文化建设越来越重视了,这正是个好时机呀。"

吕老倔感觉脑袋涨大了一圈,啥也听不进去了:"我说不行就不行,你就别扯淡了!"

吕文龙急得来回踱步……

牛大翠家的棋牌室正式挂牌还不到一个月,王蔫巴媳妇就大吵大嚷地把王蔫巴从棋牌室里拽了出来,牛大翠、穆秀英、金卫国等人也跟着出来了。

一出大门,王蔫巴的老婆就坐在地上号起来:"这日子没法过了,摊上这么个败家爷们儿,我算倒了八辈子血霉了!我、我可真是没法活啦……"接着,她又站起来疯狂地打起了王蔫巴,"我告诉你王蔫巴!去年收的稻子钱和今年买稻种的钱你都输光了,你要是不把输的那些钱给我整回来,我跟你没完!"

王蔫巴边挡着脸边磕磕巴巴地说:"媳妇,你、你见过打出去的子弹有往、往回飞吗?哪有输出去钱还带往回要、要的呢?那就太没牌德啦,牌品看人品。媳妇,我、我跟你说……"

金卫国上来打圆场:"哎呀,都别吵吵了,走,别玩了,还是我请你们下馆子去吧。"

吕老倔从自家院里走出来,指着牛大翠说:"姓牛的,你这么整早晚得出事,我跟你说,我这就去派出所举报你!"

牛大翠吓了一跳,缓过神来才冲着吕老倔的背影喊道:"你个吕老倔呀,真是缺了八辈子德了!"

其他人见势不妙,赶紧散了。

一直在田地里忙碌的江春燕总算有了点空闲时间,这天如约来到吕老倔家。

吕老倔见是江春燕,脸上才有了一点笑的模样:"啊,是春燕来了?"

"吕叔,文龙在家吧?"

"你找文龙啊?他在,快进屋吧。"吕老倔一边让春燕进屋,一边喊,"文龙呀,春燕找你来了。"

吕文龙走出来和江春燕相视一笑。

江春燕说:"吕叔啊,我是来和文龙哥商量成立农家艺术社的事。"

吕老倔乍一听,没敢相信,怕自己没听清,忙问:"啥,成立什么?"

江春燕就又认真地说了一遍:"成立农家艺术社。"

吕老倔这回听准了,说:"我们文龙还得考大学呢,弄别的可不成。春燕啊,你学习好是不假,你可以帮文龙学习,但你可不能鼓励他整那些没用的。"

吕文龙说:"爸,咋能说没用呢?有用!我今天就要对你交个实底了。"

吕老倔问:"交什么实底?"

吕文龙说:"爸,你当木匠的还不懂吗?是啥料就适合做啥玩意儿。我不是那块料,你就别逼我了,我坚决不再参加高考了。"

吕老倔说:"啥?你说啥?不再参加高考了?!"

吕文龙说:"对,不再参加高考了!"

吕老倔急了,骂道:"混账东西!你想气死老子不成!春燕侄女,你也在这儿呢,你听见了吧?我节衣缩食供他上学,他一连考三回全都落榜,把我这老脸都丢光了。结果呢,他不管不顾地又跑出去折腾,这折腾够了,回来还是成天鼓捣那个农民画!"

江春燕耐心地劝道:"吕叔,你别急呀,文龙哥除了种地,完全可以当个优秀的农民画家呀!"

吕老倔说:"当农民画家?他连起码的常识都不懂呢!我跟你说,他那画呀,鼻子和眼睛都没在正地方,连他亲爸我都磨不开看,还狂言什么找销路、打市场,他简直就是在光腚子撵狼啊!"

江春燕说:"吕叔啊,文龙哥农民画风格独特,县文化馆老师们多次赞扬说有浓郁乡情,还极富感染力,艺术表现有大气象,还说他前途无量呢!"

"前途无量?"吕老倔重复着这四个字,这个词他倒是很愿意听,但跟他家有缘吗?"那是人家随便说的客套话儿,咱还能当真吗?"

江春燕见他态度有所缓和,又说:"近年来,国家非常重视非物质文化遗产的传承和保护,乡村办文化产业已经蔚然成风。在南方的一些乡村,农民画、剪纸已经形成一定规模了,有的都发展成文化产业了,农民画之乡、书法之乡、剪纸之乡都在不断涌现呢。"

吕文龙也趁机说:"东北很多地方也都兴起了农民自办文化热。我们完全可以先办个农家艺术社,慢慢再发展成文化产业。"

吕老倔心里将信将疑,表面还是不肯松口:"就你吕文龙,还能开发出啥文化产业?做大梦去吧!"

吕文龙说:"现在起码已经有农民画和剪纸两项了!"

江春燕附和着:"就是啊,吕叔。"

吕老倔说:"春燕那剪纸备不住能卖出去点,你那破画白送都没人要,谁还肯出钱买呢?"

江春燕说:"吕叔,文龙哥的画是真好,只要他好好画下去,比我的剪纸可有前景多了!"

吕老倔说:"春燕啊,吕叔可一直相信你说的话呀,你说的可是真的?难道文龙的画真有前景,是我看走眼了?"

江春燕说:"吕叔,你是看走眼了。在县文化馆参加培训班时,我亲耳听见的,文化馆的老师们也说文龙哥画得好呢。离家在外的那些日子,他又开了眼界,收获不小啊。"

吕老倔说:"可我这些年供他上学,就是一心为了让他考出去啊!"

江春燕说:"吕叔,你让我文龙哥上大学没错,最终不还是希望他能过上好日子吗?如果他不想再考了,一心想干他最愿意干的事,又能快乐又能致富,不也算过上好日子了吗?"

吕老倔犹豫着:"嗯……要是别人这么说,我可不信。春燕你在我心目中可一直是个最实诚、最有正事的孩子呀……"

吕文龙见父亲终于有了松口的迹象,忙说:"我爸虽然倔点,但我爸毕竟也是个明白事理的人,总算别过这个劲了。是吧,爸?"

"你少给我戴高帽子!这个劲我可轻易别不过去。"吕老倔还是有些不甘心。

江春燕恰到好处地说:"我吕叔就是有文化,还开明。我还有点事,得先走了。"

江春燕走后,吕老倔突然神秘兮兮地叫住吕文龙:"我说文龙啊,你过来坐爸身边来,爸跟你商量个大事!"

吕文龙以为爸要变卦,忙走到跟前担心地问:"爸,啥大事呀?"

吕老倔小声说:"我看哪,春燕确实是个有正事的人。"

吕文龙松了口气:"爸,那还用说嘛,谁说春燕没有正事了呢?"

吕老倔沉默了一会儿,突然又大声说:"文龙啊,你说不再考大学了,一边种水稻一边画农民画,爸就依你了!"

吕文龙惊喜地说:"爸,你这回可总算是开窍了,你必须得说话算数呀!"

吕老倔马上又小声说:"不过呢,在找对象这件人生大事上,你必须得听爸的!"

吕文龙不解地问:"爸,你啥意思呀?"

吕老倔把声音压得更低:"文龙,你说那个蹦蹦跶跶的杏花哪儿好?我看春燕这孩子才真叫好呢!你要是能娶上春燕这样的媳妇,那就算给咱家弄块好料了。有了好料,将来我孙子肯定能考上大学。"

吕文龙忙说:"爸呀,你这是乱点啥鸳鸯谱啊?!人家春燕和二岗早已经是一对了。再说……"

吕老倔忙打断他:"你是说春燕和二岗啊,早就没戏了!刘福贵说了,不会让二岗回白鹤村的,也不会让他娶春燕的。"

吕文龙说:"这是人生大事,二岗他爸能做主吗?"

吕老倔说:"他爸不做主谁做主?还反了天了。再说了,一家女百家求,没到最后,谁和谁是一家人,都是说不准的事呢。"

吕文龙说:"我说爸呀,我和春燕可都没那个意思,我们只是想一起做点事,可不是想搞对象呀!"

吕老倔说:"那就把这俩事捏一起做,两全其美。文龙啊,今天你爸就把话给你撂这儿了,你要是能把春燕给爸娶回来当儿媳妇,爸就同意你画农民画,就算把木匠铺改成农家艺术社也行！要是不能的话，咱一切都免谈！"

吕文龙无奈，只好将计就计地说："爸，你说的是真的？如果你真同意我画农民画，我跟春燕的事倒是可以努力试一试的。"

吕老倔眼睛亮了，兴奋地说："儿子，这事要是能成，那咱家可就烧高香了！"

吕文龙不失时机地说："爸呀，那咱就先把牌子换上呗？"说着，他就把木匠铺的牌子摘了下来。

吕老倔阻止道："你先别摘呀，那个事还没影呢。"

吕文龙一语双关地说："还是把牌子换了吧，早晚的事。"

别看金卫国这几天表面平静，心里却是乱得七上八下的。吕文龙这次回村后咋和江春燕打得这么火热呢？他们建起了农家艺术社，说要带领更多的人合作挣钱，那不是扯淡吗？他们到底想干啥呢？

金卫国心中暗想：我目前可是白鹤村的男一号啊，考了好几年都考不上大学的吕文龙难道还想在这一亩三分地上掀起浪花？我不跟他争杏花就已经很给他面子了，在我和江春燕有希望成佳话的时候，他想回来插一杠子？我绝不能容他！

金卫国一直对吕文龙和江春燕的一举一动密切关注着……

这天，在江春燕家的稻田育苗大棚外，她望着远处却不见人影，摇了摇头又走回了大棚。过了一会儿，突然有人喊："江——春——燕——"听声音好像是吕文龙。

江春燕一边答着"哎——"，一边再次从大棚里走出来。

偷偷跟梢儿的金卫国闻声，急忙躲到大棚后面藏了起来。这时，他果然看到吕文龙背着画架子走了过来。

江春燕迎了上去："文龙哥，累坏了吧？"

吕文龙高兴地说："春燕，这临时创作点设在你这儿，真是让你麻烦又操心哪。"

江春燕说："这不是为了我们共同的事业嘛。"

吕文龙说："可也是啊。春燕，这就是你试种的有机水稻吧？好啊，全程无农药无化肥的,这比一般水稻售价高多了吧?"

江春燕说:"售价是高,但产量低呀,而且得多费心,多出力。"

吕文龙说:"对了春燕,听说金卫国这段时间总来找你……"

江春燕说:"他虽然对我有意,可我总觉得和他不是同路人。"

吕文龙说:"春燕,可能有些话我不该说,我也觉得你们好像不太合适……"

金卫国听不下去了,从大棚后面走过来,怒道:"姓吕的,你个无业游民,光天化日之下,你竟敢耍流氓!"

吕文龙被吓了一跳,争辩道:"金卫国,你怎么能信口开河呢?"

金卫国说:"你和杏花搞对象,还妄想一脚踏两只船啊?你这个老牌蹲级包子!"

江春燕责怪道:"金卫国,你胡说些什么呀?"

金卫国说:"怕我胡说,他别胡为呀!"

吕文龙说:"野蛮无知,不可理喻!"

"我就野蛮,我就无知,可我不无耻!"说着,金卫国就照吕文龙面部打了一拳,血从吕文龙的嘴角流了出来……

江春燕忙上前拉开他们:"别打人啊!咋还动上手了呢?"

从远处急急跑来的杏花终于也到了跟前,见吕文龙擦着嘴角的血,夸张地叫着:"哎呀妈呀,出血了!"

江春燕说:"文龙哥,用不用上卫生所呀?"

吕文龙说:"不用,没事的。"

金卫国突然觉得自己在江春燕面前有些失态,马上语气缓和地说:"文龙兄,对不起,是我误会了,也太鲁莽了。"

吕文龙没再说什么,只觉得如箭穿胸,"无业游民"和"老牌蹲级包子"这俩词刺得他心痛肝也痛……

第二十章

整个夏天,江春燕家的水稻田旁边都立着一个大牌子:迎接农博会,走出白鹤村。

吕文龙和江春燕很快就把十里八村会画农民画的人都组织起来了,培训他们,老胡五爷也来了精神,连他那疯儿子都带着一起来了。

农民画是老胡五爷的家传,这回他可真是来了精神头儿,话虽土些,但说得非常在行,他反复告诉大家:"咱们这农民画呀,别看它土了吧唧的,但它表现的都是民间这些玩意儿,根须都扎在泥土里呢,离开这方水土,它就活不了了……"

吕文龙也进一步强调说:"咱们农民画要反映民俗、民生,反映农民的生活,反映农民的希望和追求。不离黑土地,把握好农民画的原创性。不能仅仅满足自娱自乐,更要走向社会、走向市场。这次咱们参展的作品都很有特色……在经费非常紧张的情况下,我和春燕带着咱们这次农民画骨干们创作的一百多幅精品去参加这个农民画展览,就是要探明市场的需求,看清咱们的走势,再想办法把市场需求和咱们的走势结合起来,闯出咱们县农民画自己的发展新路……"

接着,江春燕在小黑板前讲解起来:"咱们以往的农民画和剪纸,有关东民俗系列、草原风情系列、闯关东系列、渔猎文化系列、东北民谣系列等。可这次参加农博会,最需要展示的是'画'里的新农村,大家要着重把握这个'新'的方方面面,不要一股脑地都选一个题材。退一步说呢,就算是选一个方面的题材,这个题材也要有各种新,有它的多样性,大家要开拓思维,得敢想,敢表现出来……"

众骨干们不断地鼓掌,接下来就热火朝天地支起了画架子。

吕文龙在旁边进行着个别指导。

"你这个色彩要大胆地用……"

"这个部位可以再夸张一些……"

"这个表情要更生动活泼……"

在一边盯着的杏花把吕文龙拉到一边,小声说:"你别天天净辅导啊,差不多就行了吧。文龙哥,你有那时间,自己多画点多好啊?别人卖画,那钱又不给你。"

吕文龙说:"杏花,又小心眼了吧?我问你,你喜欢春天不?"

杏花说:"我当然喜欢啊,春暖花开的,跟那死冷寒天比,多好啊!"

吕文龙说:"那我问你,就咱家花盆里有一朵花开那是不是春天?"

杏花说:"你家花开不开跟春天有啥关系呀?"

吕文龙说:"对喽,一朵花开不是春,满园春色才是春天来了,懂不?"

杏花说:"不懂不懂!我就知道满园春色关不住,一枝红杏出墙来!"

吕文龙说:"懂这个也行,你这枝红杏跑我家墙这边来了,春天也跟着来了。"

杏花说:"春天春天的,我看你改名叫吕春天得了!"

吕文龙说:"哎,这个名真挺好,吕春天!杏花,你憧憬一下,能不能有一天,咱们村到处都是农民画,像个大画廊似的,人们能在画中穿行,然后再整点咱这儿的农家小菜,坐在碧波荡漾的水稻田边……让城里人来旅游,来买大米呢?"

杏花说:"做梦吧你!"

吕文龙说:"这梦还真必须得做,还得和你一起做呢!"

接下来,吕文龙就要画一幅巨型农民画了。杏花一会儿帮着调颜料,一会儿帮着拽画纸……

杏花问:"文龙哥,你说你画这么大个画,那要是卖出去了,得顶不少小画的钱吧?"

吕文龙说："要卖出去了那当然能顶不少小的,但是这个我可不能卖。"

杏花又问："不卖？你画它干啥？"

吕文龙说："这幅啊,等展览会结束之后,我要捐给洮水县文化馆,放在一楼的展厅继续展示。"

杏花说："啊,白捐啊？这花了这么长时间,费了这么多颜料,你图个啥呀？白送人,我可不帮你整了！"

吕文龙说："杏花,你这眼光啊,得放长远点,别跟你妈似的,总算计钱钱钱的。"

杏花说："算计钱有啥错啊？你这颜料这纸,来回折腾这些费用,不都得用钱嘛。我妈多挣的钱,早晚也是我的。"

吕文龙说："你妈靠啥多挣的啊？你妈明里暗里靠给别人赌博提供方便从中抽红,就她那块阵地呀,早晚得被政府彻底取缔。"

杏花说："她整那事迟早我也知道！我妈整天嘴里不离东西南北风的,那帮人赢的笑、输的闹,丑态百出的,其实我也烦着呢！我也经常劝我妈,最好别再挣那黑心钱了。"

吕文龙说："其实说到底,还是个'穷'字闹的,以后等咱农民画做出规模,做成产业了,就不只是吸引更多的人来画画了,还能做许多相关的产品呢。比如做些跟旅游相关的工艺品呀,做些跟农民画相关的其他产品呀,那要做的事多着呢,到时候哪个人还有闲心靠打麻将发财啊？"

杏花说："我这个妈可咋整？我现在只能眼不见心不烦,这不躲出来了？要是真有一天像你说的那样,可就好了。"

吕文龙说："那必须成真,早晚的事！从小处看,有你支持,这是家庭的支持；往大处看,有乡文化站的支持,县文化馆的支持,省里的支持,国家的支持！农民画要做出规模,早晚会让大家富裕起来的！到时候啊,你妈那阵地都不用去占领,她自己就会往咱们这正事上靠了。"

杏花叹了口气,说："那还早着呢,眼前你这么大一幅画都不赚钱啊！"

吕文龙劝道："杏花,你能不能别光看眼前,别光盯着钱！我的画能参赛得奖,我今天能在这儿安心画画,没有那么些无私奉献的人,那么多来自方方面面的支持,我能吗?"

杏花说:"可你这没日没夜地画,胳膊都快累断了,我不是心疼吗?这个画又这么大!"

吕文龙说:"哎,我再跟你说,我这画挂在县文化馆收藏,那价值可比卖出去大多了。去县文化馆的人可多着呢,我这画挂在那儿,那是免费宣传了白鹤村的农民画,加深了人们对白鹤村农民画的了解。"

杏花说:"行啦,别给我上政治课啦,你快画画吧……"

在去农博会的路上,吕文龙和江春燕没舍得买卧铺,半夜坐着硬座的江春燕和吕文龙小心翼翼地盯着那几卷农民画和剪纸,眼睛明亮。

江春燕小声说:"文龙哥,咱俩别都这么盯着,现在就这么跟打了鸡血似的,我估计到后半夜要够呛,到时候咱俩要一起来困劲,熬不住睡过去,这画可就不保准了。"

吕文龙说:"咱轮班眯一会儿呗?我现在贼精神,眯不着,你先歇着吧。"

江春燕说:"我现在眼睛也很明亮,你先眯会儿。"

"你……算了,我先眯一会儿。"吕文龙说着把外套脱了。

江春燕说:"你咋还脱了,别感冒了。"

吕文龙说:"这万一睡着了,一冷还能醒,还能精神。"

农博会上,白鹤农民画大受欢迎,看展览的市民们兴致勃勃。江春燕和吕文龙看着这喜人的情景,都非常兴奋,不停地向观看农民画的人们推介着:"我们东北啊不仅出产玉米和高粱,还出产水稻呢。东北融渔猎文化、游牧文化和农耕文化为一体,形成拓荒文化、创业文化。东北人又不畏严寒,不怕艰苦,粗犷豪放,勇于拼搏,东北民间艺术为农民画提供了充足养料,所以我们的这些作品质朴率真,夸张浪漫,充满东北风情……"

这时,展位旁来了几个外国人,对着农民画指指点点看了半天。又来到江春燕和吕文龙这边,叽里呱啦地说了一串,可他俩都没听懂他们在说什么。

吕文龙问江春燕:"你不是能考上大学的人吗?你能听懂他们说的是啥吧?"

江春燕皱着眉摇了摇头:"咱们上学时老师教的是哑巴英语,光会写不会说,真是听不太懂,偶尔能听懂的几句,好像是夸咱们的画的意思。唉,我看着书上写的还能看懂,这一说起来,我还真是成了哑巴了。"

这时又有两名男子走了过来,对江春燕和吕文龙说:"这俩老外啊,是我们的朋友,我们是广告传媒公司的,这老外啊,对你们的画非常感兴趣,想通过我们联系你们买画。"

江春燕说:"是吗?好啊。"

吕文龙说:"可人家都来了,我们通过你们扒一层皮干吗?我们直接卖给他们多好啊。"

高个男子说:"你们一是听不懂,再一个是人家外国人是讲规矩的,你不能随便卖,人家也不能随便买。"

江春燕问:"那怎么卖怎么买呢?"

矮个男子说:"通过我们公司做中介呗。"

吕文龙说:"那、那……春燕呀,我看也行。"

第二天,两个男子领着老外和江春燕、吕文龙去他们公司签订购画合同。

来到一家名为鹏程的广告公司,高个男子把几人领了进去。

进了一间大办公室,矮个男子递上名片,上面写着"鹏程广告公司总经理高飞"以及一系列电话号码。

矮个男子拿出一份英文写的合同,给老外看过后,让吕文龙和老外分别签字。

老外拿过合同,仔细看了一会儿,签上了字。

吕文龙也拿着合同看了半天,看得直挠头皮,无奈地问:"这个合同能不能整个中文的,这看不懂咋签啊?"

矮个男子说:"你能看懂,老外就看不懂了,看不懂了人家能签吗?"

江春燕说:"那倒也是。"

矮个男子说:"赶紧签吧,我还有别的事呢,错不了,人家老外得当场付款呢。你们要是信不着我们公司你就自己和他们谈吧,反正他们明天就要走了,签不上这事也就黄了。"

签完合同后,老外付款,矮个男子说展览会结束后,就把画给老外寄送过去。

送走老外后,两名男子留下一半费用,把其余的钱给了江春燕和吕文龙。

江春燕问:"咋是一半啊?"

高个男子答:"人家给的是这批画的钱,但是人家还要一批画呢,一个月后,你们得按合同要求再发到我这儿一批画,画到了,人家老外就付款。我这留的一半算是保证金,就是怕你们违约,不能按时交画。你们到时候把画整好了,这事就结了,钱就都是你们的了,明白不?"

江春燕有些迟疑地问:"文龙哥,你看这样行不?"

吕文龙说:"合同没看明白,但这事算是听明白了。"

"明白人好办事,我俩还得出去谈别的事情呢!"矮个男子说着就收拾东西准备走。

吕文龙和江春燕也赶紧走了出来。

高个男子说:"这两天把画看好了,展览会结束我们就去拉画,弄坏的可得扣款啊!"

江春燕说:"指定看好,放心放心。"

展览会结束之后,两名男子开车把画拉走了。江春燕看着画拉走时,还认真地叨咕了一遍车号……

展览取得了成功,吕文龙忍不住激动地在展览馆给老胡五爷打电话报喜:"五爷呀,咱们的农民画和剪纸有三幅获奖了,您的《关东四大怪》和春燕的《七月稻花香》都得了一等奖呢,我的《杀年猪》也获得了二等奖。这可真是太好了,开门红啊!我们俩参展后直接卖画,一张没剩,您得奖的那幅卖了一千块,其他的几百、几十的不等,一共卖了七千多块呢。"

老胡五爷高兴地说:"好啊好啊,开张大吉啊。我们接着画!文龙啊,等回来给你们庆功!"

吕文龙说:"好,给大家庆功。五爷,这回呀,我们开了眼界,看到的、听到的、学到的,太多了!我俩今晚就往回赶,你就带着大家好好画吧,等回去再跟大家细说。"

老胡五爷说:"这几天你们俩折腾得够呛,这回得胜归来了,就坐卧铺吧。"

吕文龙说:"我俩这体格还能挺得住,要卧回去再卧,省点是点。我知道咱村啥情况,还是省着钱多给大家买点纸和颜料吧。"

回来的火车上,吕文龙和江春燕连硬座都没买到,因为急着回来,也为了节省费用,两个人只好坐在了两节车厢衔接处。

江春燕把一个纸箱子推给吕文龙:"文龙哥,你往门口靠靠,这回咱没画了,你就安心睡觉吧。"

吕文龙小声说:"咱没画了,但有钱啊,更得精心看着。"

江春燕说:"是啊,这钱能鼓劲,是对咱们这些创作者的鼓舞。"

吕文龙说:"来时,我是紧张得睡不着;这回去呢,我是兴奋得睡不着。"

江春燕说:"还是怕后半夜,还是老规矩,还得轮班睡啊。"

吕文龙说:"先别睡,咱俩再兴奋一会儿,再唠唠……"

一个月后,吕文龙和江春燕组织农民画和剪纸作者没日没夜创作的两百幅农民画和三百幅剪纸又如数完成了。

吕文龙高兴地说:"卖完这批作品,我和春燕还计划参加省里举办的'金秋'农民艺术节,争取一炮打响,提高知名度!大家有没有信心?"

众人回答:"太有信心了!"

吕文龙说:"对了,春燕,我让你找老胡五爷要画,你找了吧?"

江春燕说:"老胡五爷把压箱底的东西都拿出来了。"

吕文龙说:"令人振奋,太令人振奋了!"

江春燕说:"光是'关东民俗系列'代表作品就有十二件,并且件件气势恢宏啊!"

吕文龙说:"好啊,有这样好的民间艺术品当压舱石,我们就不愁没有销路了。"

接下来,吕文龙和江春燕又带领大家愉快地把这些作品打包好了。

江春燕说:"文龙哥,我建议咱们租个车把画送去吧,我担心这路上咱这画碰上下雨或者别的啥事,不能完好地送到买家手里。而且,我们把画送去后,也不用再等人家汇款,可以直接把钱带回来。你说呢?"

没等吕文龙回答,杏花抢着说:"租车,那得多少钱啊? 租车,那咱得几个人去啊? 不能就你和文龙去吧?"

吕文龙说:"春燕,租车去省城得不少钱呢,大家画这些画真是用尽最后一点力气了,都等着换回钱,改善一下家里的状况呢。租车送过去,几个人的费用也得一些呢。"

杏花说:"算了,去啥去啊,这能省事的你还非得费事,我听文龙哥说人家那公司贼气派,咱们还有啥不放心的? 这凡事也不能净往坏处想,邮局是干啥吃的,还能把画给吃了?"

江春燕说:"小心驶得万年船,我就是建议一下,最后怎么办还是听大家的。"

有人说:"寄吧寄吧,省俩是俩呗。这完工了,我们也可以歇几天缓缓了,再说也真歇不着,地里的水稻等着呢,老的吵小的闹的。"

吕文龙说:"那就还是寄吧。咱保个价,这样有闪失咱也不怕。"

众人说:"行,这事你们就定下来吧。"

作品寄出好几天了,一直没有回信。

"春燕,你说这么多天了,画该寄到了吧?"吕文龙有点心神不定,撂下画笔。

"按说该寄到了。文龙哥,你把邮寄的那个票据给我,我去邮局查一查,看到底签收没。要是签收了,咱就再催催画款。"江春燕的心也一直悬着。

吕文龙说:"行,咱俩一起去查。"

杏花一听急忙说:"哎,文龙哥,别你俩一起去了,你画你的呗,我和春燕去,这事我还不能办吗?"

"你俩去也行,那就赶紧去吧。前几天我老打电话问,那边都不耐烦了,说到了就会告诉咱们。可我心里越来越不落底了,当初还真不如租车送去。"吕文龙后悔着。

杏花说:"得了得了,我俩去查查不就知道了,货要是到了,咱催款就是了。"

邮局人很多,江春燕和杏花焦急地等在柜台外。

排到她俩时,邮局的业务员查询后说:"对方五天前就已经签收了这批邮件。"

杏花怀疑地说："五天了？我记得三天前文龙哥还打电话问了呢，说没收到，这咋收到五天了还没个信儿呢？"

江春燕也觉得有点奇怪："咱俩先回去，让文龙哥再打电话问问，看到底是怎么回事。"

"这咋还不给咱打钱呢？"杏花这回着急了，骑上小摩托和江春燕飞速地往回赶。

一进门，杏花就喘着粗气说："文龙哥啊，赶紧问问吧，钱咋还不给咱汇过来呢？"

吕文龙站了起来："慢慢说，到底咋回事？"

江春燕说："文龙哥，邮局那儿查了，说这批邮件五天前就签收了。"

吕文龙赶紧往外跑："我马上打电话去。"

江春燕和杏花也追了出去……

"我一直打，可那边一直说是空号。我，我有种不祥的预感，咱的画可能……"吕文龙的表情像刚咽下了黄连。

杏花说："可能咋的了？你，你别说了，我，我也有种不祥的感觉！"

江春燕说："文龙哥，要不，咱们按地址去找找看？或者报警！"

杏花瞪大眼睛："报警？那就是说咱们的画和钱要两空了？"

"杏花，这都不好说呢。文龙哥，你看怎么办？"江春燕问。

吕文龙咬咬牙，说："还是先去省城吧，咋也得去看看，然后再决定下一步吧。"

"那就别再耽误时间了，我们现在就走！"

吕文龙说："走！"

杏花说："我也去。"

吕文龙烦躁地说："杏花呀，你还是省省吧！"

好事不出门，坏事传千里。

傍晚，牛氏棋牌室早早就锁上了大门，里面则拉着厚厚的窗帘，金卫国、穆秀英、陆小广、王蔫巴正偷偷地打着麻将。金卫国这段时间心情不好,少见地出现在麻将桌上。

牛大翠讨好着金卫国:"光说不行,咱白鹤村到啥时候都得是卫国,有钱,有貌,能力强,会办事。吕文龙他们往哪儿摆呀?"

金卫国酸酸地说:"还是人家吕文龙厉害,又是参加农博会,又是参加'金秋'农民艺术节。"

穆秀英说:"卫国是高富帅,一看就是将来当村主任的料。"

陆小广说:"吕文龙是一般行,但卫国你那是相当行。只是呀,你真得抓紧了,别让快到手的鸭子飞了。"

牛大翠听懂了陆小广话里的音,紧眨着眼睛说:"我说卫国呀,你咋又盯上江春燕了呢,我家杏花长得也不差呀?"

穆秀英说:"还好意思说呢?你家杏花不是看上吕文龙了吗?卫国不能总是一头热吧?"

牛大翠说:"我家杏花就像傻子似的,要是跟卫国好,那不就提前奔上小康了吗?"

王蔫巴说:"那、那是呗,小康多好啊!卫国不是常说嘛,小康就是不愁吃,不愁喝,住洋房,开小车!"

这时,韩老闷打开锁,推门进来了。

王蔫巴说:"吓我一跳,我寻思我媳妇又来抓我回家呢……"

牛大翠回头说:"你进来干啥?不在外面看着点。"

韩老闷说:"刚听说个突发新闻,我说呢还是不说呢?"

牛大翠说:"爱说不说。"

金卫国说:"该说就说呗,说完你就赶紧到外面看着去,我在这儿玩让人看着不好。"

韩老闷说:"听说吕文龙和江春燕组织的那些农民画和剪纸啥的都被骗走了!"

金卫国表面不动声色,心中却幸灾乐祸。

陆小广问了一句:"啥?那破玩意儿也有人要?"

牛大翠说:"行了,老闷,新闻播报完了,你赶紧出去站岗吧。"

作品真的全部被骗走了。如此大的逆转让吕文龙和江春燕都始料不及,有种五雷轰顶的感觉……

接下来,就是要面对众多讨要画款的乡亲们了,吕文龙愁得直打唉声。

江春燕心里难受,恨自己没能识破那俩骗子,但还得劝吕文龙往开了想。

"文龙哥,你别上火。虽然这次的事咱们没整明白,但是你往好处想,能有人来骗,就说明咱这作品有人要。另外,咱们不是报警了吗?我相信抓住骗子是早晚的事。再说了,不是有人说要代理咱们的作品吗?这次我们吃亏,主要还是亏在不专业上,咱们是画画的,不能靠自己推销,得把心思放在琢磨画上,让专门倒腾这玩意儿的人去谈去订,以后就不会吃这方面的亏了。现在全国各地诗歌之乡、书法之乡、二人转之乡、松花砚之乡啥的跟那个雨后的小草似的噌噌往外蹿,以后咱们的农民画和剪纸一定会有广阔前景的,要有信心呀。"

吕文龙听了江春燕的话,心里的火消减了一些……

第二天,村民们还是不出预料地上门要账来了,有的人还怀疑是吕文龙和江春燕从中做了手脚,嘴上不干不净的……

吕文龙和江春燕只好忍辱负重地和大家解释。好在老胡五爷一直劝大家,让大家相信吕文龙和江春燕,等待警方破案。

可是,有的人能等,有的人等不了。等不了的那些人也不是不通情理,确实是家里各有各的难处。

江春燕和吕文龙拿出了全部积蓄先赔付了那些等不及破案的人,老胡五爷把之前卖画刚到手的钱也都拿了出来。

一时间,吕文龙和江春燕可谓焦头烂额……

第二十一章

江春燕和吕文龙组织上来的作品虽然被骗走了,但是之前也获奖了。获奖的事在白鹤村没咋流传开,却得到了平安乡余站长的高度重视。

就在老余即将退休之际,平安乡领导让他物色个合适的接班人。老余一向是个爱才的热心人,在吕文龙和江春燕之间权衡再三,也没分出伯仲来,所幸就把两个人都推荐上去了。乡领导说只能要一个人,也就是说,他们两个人中只能有一个人去做这个文化专干。

江春燕心里是多么渴望得到这个难得的机会啊!可她眼看着吕文龙这些年有多不容易,一直在执着地画着农民画,他父亲又望子成龙心切,而且吕文龙的农民画并不比自己的剪纸差……江春燕犹豫再三,还是主动把这个难得的机会让给了吕文龙。

吕文龙也谦让着说:"还是江春燕更出色一些,江春燕更合适……"

为了能最终让给吕文龙,江春燕故意找借口说:"我家里的事情太多了,老人身体又不好,离不开人。"还说,"我可以辅助吕文龙做点力所能及的事……"

两个人的言行让杏花的眼睛瞪得大大的,十分不解:这么好的事,两个人竟能如此推让,是不是有事啊?

文化站虽急着用人,也被两个人互相谦让的行为打动,在充分尊重了两个人的意见后,最终决定让吕文龙来当这个文化专干,江春燕为特约辅导老师。

这件事进展得很快,在吕文龙和江春燕从省城回来没几天就定下来了。文化站那边让吕文龙马上到位,说先低调上岗,对内叫文化专干,对外叫临时负责人,也就是未来的文化站站长。因为是不拘一格的特殊人才引进,岗位编制、人事关系等办起来还很复杂,那就得慢慢再说了。

疑心归疑心,上火归上火,吕文龙最终当上文化专干的事,还是让杏花重新高兴起来。吕文龙到任这天,杏花第一个把大好事透露给了吕老倔。

杏花哼着二人转推开吕家大门时,在院里做木匠活的吕老倔头都没抬就说:"别哼呀哈的,屋里有看书的。"

杏花心情好着呢,根本不在意吕老倔的态度:"吕叔啊,有件好事,你要让我闭嘴,我咋说呀?"

吕老倔从来不在意杏花嘴里的好事,往院外比画了一下手,示意杏花赶紧走。

杏花故意边走边说:"我文龙哥可当上了平安乡的文化专干了!"

吕老倔一下站了起来:"啥?当上什么干啦?你再说一遍。"

杏花说:"平安乡文化专干!乡里刚给他倒出一间旧会议室,让他开展工作用。因为暂时拿不出啥钱,就让他自己先简单收拾收拾。这不,今天文龙哥和那帮画友正在刮大白呢。"

吕老倔来了精神:"那你咋不早说呢?绕了这么半天,我得帮着弄点柜子、画板啥的呀!"

杏花说:"吕叔,我看文龙哥是不敢劳您大驾啊,因为农民画的事,他都落下病根了,总是偷着整。"

吕老倔没接杏花的话,转身就把一块压箱底的好木料抽了出来,又是大锯又是凿子地忙乎了起来。

当吕老倔一路小跑来到平安乡文化站时,吕文龙正和几个农民画骨干在旧会议室里粉刷墙壁。

听到门口有声音,弄了一脸白颜料的吕文龙回头发现是他爸来了:"爸,你咋来这儿了呢?这儿都没个干净地方让你坐。"

吕老倔说:"我咋不能来呢,我是不是你爸?你整天不着家,我来看看你都整啥呢?"

吕文龙说:"爸,这是乡里提供的办公场所,是公家的地儿,你可别瞎掺和啊。"

吕老倔说："这杏花总算是说对了一回，你还真落下病根了。"

吕文龙不解地问："她说啥了，我落下啥病根了？"

吕老倔说："行了行了，别不收拾你，你还嘚瑟上了。"

众人围着吕老倔手里拿着的木匾看，发现上面有字，念道：平安乡文化站。有人就问："吕叔啊，你这是给我们做的牌匾吧？我们正好想换下那块旧的呢。"说着就抢了过来。

吕文龙说："爸，你知道啦？是春燕让给我的，咱做人得低调。那个，那个，谢谢你呗！"

吕老倔说："春燕从小就是个好孩子。对了，以后有啥活你就直说，别整那没用的，还谢谢你爸？"

吕文龙立马不客气地说："爸，那你再给我们把这门修修，还有，再帮我们弄几个画案子。"

众人说："吕叔啊，你终于支持我们画农民画啦，真是太好了！"

吕老倔说："我啥时反对了？上学那阵儿不得先学好文化课吗？我不信一点文化没有，一点儿心不用，瞎画能有大出息？画画不得有想法啊，想法都是哪儿来的？你得多看书、多看报吧？还得多听广播、多看展览、多去学习才行吧？"

吕文龙打着圆场说："我爸说得对，咱大家伙要想提高，就得多看多学多练。"

文化专干，那可是平安乡未来的文化站站长啊！吕老倔的心气就更高了。

杏花呢，兴奋劲儿一过，也就只剩下不安了。想起自己和吕文龙的未来，她总是有种危机四伏的感觉。在自己的婚姻大事上，咋四面八方都是敌人呢？自己家里有老妈拦着，吕文龙家有吕老倔不待见，这两家之外又闯出个江春燕……看来，不想点儿办法真是不行了。

杏花心里就经常盘算着：夜长梦多……生米熟饭……木已成舟……现在最大的阻力是她那精明的老妈和吕文龙那死犟的爸。好在他们都是"宁伤心脏，不伤老脸"的主啊！为了最终的胜利，看来只能豁出自己这漂亮的小脸蛋了。

第二天,杏花就躺在床上起不来了。早晨就没吃饭,眼瞅着都过中午了,还不起来,牛大翠就端来饭让她吃,还摸着她的脑袋,疑惑地说:"这也没发烧啊?"

杏花一直把头蒙在被子里:"妈,我就是有点恶心。"

牛大翠问:"好好的恶心啥?"

杏花撩开被角红着小脸儿说:"我、我那个咋一直没来呢?"

牛大翠突然一拍脑门子:"莫不是? 我的小祖宗,你那个,没来?"

杏花说:"应该就是这几天啊,咋还没来呢? 是不是那啥了呀?"

牛大翠说:"赶紧说实话,是不是和吕文龙咋的了? 你呀,算是把你妈的一世英名给毁了!"

杏花不屑地说:"还一世英名呢? 你有啥英名啊,不就整一帮人天天打麻将嘛。我可不管那么多,我这辈子就是要跟自己喜欢的人在一起! 我可不能像你,天天抱怨嫁了我爸,天天说自己后悔的……"

牛大翠说:"我那是高标准严要求,你爸咋的? 起码我能把心放在肚子里。你呀,这回喜不喜欢都得在一起了。这该死的吕文龙,得给我负责! 这该死的吕老倔,占了我家大便宜了!"

陆小广在棋牌室喊:"大翠,弄水啊,这咋出去这么半天呢? 得爱岗敬业呀!"

牛大翠喊:"老闷——老闷! 你咋老待在屋里呢? 这辈子找你我算是栽坑里去了,赶紧啊,弄水去!"

杏花说:"看看吧,又抱怨上了。"

牛大翠恨铁不成钢地瞅了杏花一眼:"你算把你妈给彻彻底底地毁了!"说完牛大翠急急忙忙地要出门。

"妈,你干啥去啊?"杏花问。

牛大翠不是好气地说:"救火去!"

"救啥火啊?"见牛大翠急急忙忙往院外走,杏花脸上露出诡秘的笑容。

韩老闷透过窗户看到牛大翠往外走,连忙追出来问:"你这是要干啥去?"

牛大翠说:"干啥? 火上房了,我得浇水去!"

韩老闷说:"哪儿呢? 火在哪儿呢?"

牛大翠说:"快给屋里弄水去,伺候好! 唉,愁死我了,你们哪!"

见韩老闷疑惑地站着没动,牛大翠不放心地说:"老闷,就说我有点事,出去一趟。"

韩老闷问:"你到底去哪儿啊?"

"不该问的你就先别问。"牛大翠摆手让韩老闷赶紧进屋去。

来到吕老倔家门前,牛大翠左右撒目,确信没人看见,调整好表情,快速溜进院子。

牛大翠在吕老倔家的院子里犹豫再三,手伸向房门又缩了回来,弄了几个来回。

"这个死丫头啊,这是要把你妈逼死啊! 你妈这辈子净笑话别人了,这回……唉,得舍出这张老脸了,给你擦屁股……"

文龙妈在牛大翠犹豫时推开了门:"她牛婶,在屋里看你站外面半天了,这是有事?"

"嘘,小点儿声! 有事,有大事!"牛大翠脸一撂,下决心似的,快速闪进屋去。

文龙妈疑惑地问:"大事? 啥大事?"

牛大翠指了指书屋那边,问:"有外人没?"

文龙妈说:"有几个小孩。这个点儿很少有大人来看书,都忙着呢! 这不,文龙他爸趁人少在那屋里整理报纸呢。"

牛大翠先是端着脸,觉得气氛紧张,又挤出一丝难看的笑。

文龙妈心里嘀咕:这肯定是无事不登三宝殿啊! 就有点紧张地问:"大翠,是有啥事呢?"

牛大翠看了看文龙妈小心翼翼的样子,有点瞧不起又有点无奈地说:"唉,按理说这事本该咱姐俩唠,可是你家,你又做不了主……唉,把老倔叫来吧,我豁出这张老脸了,直接亮着牌打吧!"

文龙妈重复着:"亮着牌打? 我、我是做不了主! 我叫文龙他爸去。"文龙妈起身要出去。

牛大翠不放心,警觉地嘱咐:"让看书的小孩们把书拿回去看吧。还有,让老倔别一惊一乍的,把院门闩上,咱得细细商量。"

文龙妈疑虑重重地走出门,又满怀忧虑地进屋拉吕老倔。

吕老倔抬起头瞅了瞅文龙妈,问道:"啥事啊?这咋脸色都变了呢?"

文龙妈小声地说:"牛大翠,牛大翠来了!"

吕老倔提高嗓门:"啥,她来了,干啥?找碴啊?"

文龙妈急着捂住吕老倔的嘴:"你咋呼啥啊,小点儿声行不?书屋里还有孩子们看书呢。"

吕老倔瞅瞅看书的孩子们,小声地说:"对了,咋没听到她那咋咋呼呼的叫声呢?"

吕老倔边说边随着文龙妈出来,左看右看,在墙边拿起一把锹。

文龙妈连忙拽住他说:"你这是干啥呀?人家是悄悄来的,说有事要唠唠,说这个家你做主,就找你唠。可我估摸着,一定没啥好事,因为她说,豁出老脸了,亮着牌打,是不是还是跟咱文龙有关系呢?文龙又招惹她家杏花啦?"

吕老倔说:"咱文龙画画忙得都不着家,上哪儿招惹杏花?"

文龙妈说:"这杏花可是想着法往文龙身边靠呢。"

吕老倔说:"唉,行啦,别瞎猜了,是祸躲不过,啥事我也不怕她。"

吕老倔和文龙妈就来见牛大翠。文龙妈先跑到院里要关大门,又问用不用让看书的小孩子们先回家。

吕老倔制止道:"不用,大白天的关大门干啥?像偷鸡摸狗似的。"

文龙妈说:"关上点呗,谁知道啥事啊。"

吕老倔不再犟,小声说:"她来准是没好事。"

吕老倔进屋前先咳嗽了一声,然后一脸敌意地进了屋,瞅了牛大翠一眼说:"咋了,上我家沾文化气息来啦?"

牛大翠脸色一变,想顶上去,又一想到杏花,忍了下来:"别气息不气息的,等我把事说完,咱都别倒下,把气喘匀了就行。"

吕老倔脸色一沉:"别神神道道的,打开天窗说亮话吧!啥事?"

牛大翠欲言又止,恨恨地抽了一下自己的脸:"直说吧,俩孩子的事!你儿子吕文龙,我闺女韩杏花。"

吕老倔说:"没门!"

牛大翠捂脸:"做噩梦了!"

文龙妈不解地问:"大翠,唉,别生气,到底是啥事啊?"

牛大翠摸摸胸口,叹了口气,说:"咋一下子就气昏了头了呢?!吕老倔呀,咱俩谁也别装横了,咱们可以老死不相往来,咱们可以不蒸馒头争口气……"

吕老倔说:"别转啦,一共会几个词啊?到哪儿都不忘显摆,有话直说得了,转啥啊?"

牛大翠喊道:"行,我不转!你给我听好了,韩杏花,怀——孕——了!吕文龙干的好事!"

吕老倔一下子愣住了,霍地站了起来,又头一晕,打个趔趄。

文龙妈赶紧扶着他坐下来。

牛大翠又喊道:"平时装横,有事了就整这出,苦肉记啊?没用,面对吧!"

吕老倔扇了自己一个大嘴巴,骂道:"吕文龙,你个畜生!"

牛大翠担心地瞅了瞅窗外:"得了,别那么大声,又不是金榜题名了!"

吕老倔叹了口气,又硬邦邦地说:"要真是这个畜生做的事,他就得负责。如果是你情我愿,他就娶了杏花;如果不是,就让他坐牢!"

牛大翠松了口气,说:"这还算是人话!我这是悄悄地来找你商量,我啥心思你啥心思咱们都明白,俩孩子估摸着要不是不好也不能那样,咱们俩家呢,虽说不是一个道上的人,但咱们这些年有一点还是相同的,咱们都活个脸面,你丢不起人,我也丢不起人,那咱们就息事宁人!"

文龙妈瞅瞅吕老倔,小心地说:"大翠,文龙这小子不争气,那你就拿主意吧!"

牛大翠说:"唉,孩子长在我闺女肚子里,还能有啥办法?"

文龙妈说:"那……"

牛大翠说:"现在就是一个字呗!"

文龙妈说:"什么字?"

牛大翠说:"快呗!一个月内结婚,到时候生了,咱就说早产啥的蒙混过去,这样咱两家脸上都好看。"

文龙妈有些犯难:"这突然就结婚?我看咋也得跟俩孩子商量一下吧?"

牛大翠说:"他俩还有啥资格商量?不管咋的,先把婚事办了,别的事我暂时还没工夫计较。"

文龙妈瞅着吕老倔。

吕老倔叹了口气,扇了一下自己的老脸,说:"瞅啥?让吕文龙这个兔崽子回来,赶紧呗!"

牛大翠不满地说:"老叹啥气啊?捡大便宜的是你家!这以最快的速度添了俩人,亏的是我家啊,不争气的死丫头啊!唉,我就不算那么细了,你赶紧找穆秀英吧,快定日子,咱们统一个说法,都把面子留好了。"

几天后,吕老倔、文龙妈请穆秀英吃饭。

吕老倔敬了穆秀英一杯酒。

文龙妈说:"秀英啊,你也知道,杏花以前总往我家跑,和文龙可能有那个意思。文龙不考大学就不考了吧,我和他爸也认了。现在呢,他画画简直画疯了,在外面老不着家,没人疼没人爱的,再把身体弄坏了,不是更糟心吗?我就想着,干脆找个人把他拴住得了,好好过日子呗。秀英,你给撮合撮合。"

穆秀英说:"老嫂子,这俩孩子是我看着长大的,往一起撮合肯定是好事。"

文龙妈说:"那就拜托你跟大翠过个话吧。"

"可现在跟以前不一样啊。大翠这儿一直让我给杏花介绍别人呢,就算杏花愿意,她妈大翠那关难过啊。尤其是你们前一阵那一闹,大翠这面子能给吗?"穆秀英觉得这事不太可能。

文龙妈说:"秀英,这给不给的,不就得看你的面子啦?你给说合说合吧。"

穆秀英说:"老嫂子,我说合说合倒行,就算大翠骂我一顿,我也得给你家把话递到。但成不成的,可就得看造化了。不过,不管咋的,这饭我不会白吃,酒也不会白喝的,我手里差不多的姑娘多着呢,有般配的我头一个想着你家文龙。"

"秀英,你一出马,哪有办不成的事啊!"文龙妈说着又给穆秀英倒满酒。

穆秀英小脸喝得红扑扑的。

牛大翠这边也马不停蹄地给自己铺着台阶,边倒茶边跟牌友们吹嘘着:"听说吕文龙的农民画在外面得奖了,还进了乡文化站工作,而且最近好像还要去省里进修呢……"

"哟,咋眼界提升得这么快呢?!你以前对吕文龙的评价可不是这个调子啊?"陆小广总能捕捉到话外的东西。

牛大翠没接陆小广的话,过了一会儿,才说:"咱就一根独苗,就奔着近边的得了。要是整远处去,不就成了给别人家养活的了吗?我可舍不得。再说了,别看我家杏花没考上大学,其实还真是好事。你说刘福贵俩儿子都考上了,号称白鹤村出了两条大龙,可是能咋的呀?他们跟去啦?不还是剩俩老家伙干守着吗?!我呢,这守着我家的'小摇钱树',吃香的、喝辣的,起码闹个团圆,用不着整天惦记,也不必总站在村口望呀盼呀。"

陆小广一脸疑惑地扫了牛大翠两眼,啧啧了两声。

穆秀英说:"甭管因为啥,我这些年保媒拉纤的,也算见得多了。说实在的,但凡两个孩子有情有义,家里硬给别开的,最后没有几个是幸福的,大多都是互相惦记着一辈子。那句时髦的话咋说的来着?"

陆小广说:"强扭的瓜不甜呗!"

穆秀英说:"这是老话,那句时髦的话是?"

陆小广说:"得不到的总是最好的。"

穆秀英说:"对,对,这陆小鬼,还会抢答了呢!"说着,穆秀英打出了一张牌。

陆小广说:"和了——给钱给钱!"

穆秀英说:"这陆小鬼!大翠,你这咋净分散我的注意力呢?陆小鬼,今天又没少搂,饿了饿了,请我吃干豆腐卷大葱。"

牛大翠有种蒙混过关的喜悦,忙说:"我来请,我来请。干豆腐卷大葱,再夹几片火腿肠。老闷,听见没?你快点!"

结婚那天晚上,杏花得意地笑着和吕文龙说:"我立大功了吧?我要是不这么耍个心眼儿,能出得了我家的门?能走进你们老吕家的门?"

吕文龙说:"我们的目的是达到了,可你妈和我爸那儿怎么办?别看我爸一脸不情愿,心里可是着急抱孙子呢。还有你妈,你是活着走出家门了,我不得被拖你们家去受死啊!接下来咋办?"

杏花说:"凉拌呗,等过了这阵,生米已经做成了熟饭,咱们就得跟他们实话实说了。我可跟你说啊,我可是清清白白进的你们家,你也是堂堂正正娶的我,我们以后还得抬起头来做人呢……"

第二十二章

金卫国家的牛群和羊群在不断地扩大,随着国家对生态环境的日益重视,有关部门已明文规定洮儿河两岸的湿地禁止放牧。金卫国总不能让羊倌把羊赶进村民们的庄稼地里去吧?白鹤村周边的盐碱大地本来就草木稀少,合法放牧越来越成了一个大问题。更多的时候,金卫国只能利用国家监管漏洞和熟人面子睁一只眼、闭一只眼地把羊赶进偏僻一点的河套湿地里去吃草。被人发现时,再托熟人请客、吃饭、送礼来摆平。所以,金卫国时刻都在寻求低价转包村民们的土地,他不是为了耕种稻谷和玉米,而是为了蓄草和放羊。

金卫国那边为羊群的前景操心上火,这边又因对江春燕的求而不得而焦头烂额。好在村主任刘福贵对自己还不错,在白鹤村还有一点仕途上的希望。但眼下,还是不行,两件心里的大事总是无法让他真正高兴起来,表面风光的金卫国内心正处在极度痛苦之中。但他总能设法在人前调整好自己的糟糕情绪。

这天,金卫国又一脸笑容地来帮江春燕干活了。江春燕本来并不喜欢他的两面人性格,但总要给这个曾经帮过她的大男人一些面子。

农民画和剪纸被骗赔了大本,江春燕拿出了所有的积蓄,觉得还是对不住吕文龙,好在最后她把文化专干让给他当了……

更让江春燕没想到的是,父亲最近身体上的起色会是一个病入膏肓者的回光返照。一直等着她出息的父亲病情突然恶化,也是在这年年底离她而去了。

由于春燕妈和村里人都处得不错,江志强走的这天全村人基本上都来送行了。虽然是丧事,但人来人往的,还是让江家人很有面子。直到中午吃饭时,江春燕才突然犯起难来。天正下着小雪,按规矩也不能让来送葬的人们空着肚子回家呀!

正犯愁时,江春燕得知金卫国杀了两只羊,已经在家里准备好了十几桌饭菜……金卫国的这个意外之举,可真是化解了老江家面临的巨大尴尬啊!

父亲的突然去世让江春燕沉浸在悲痛之中,多日来头脑里一直很乱。直到这时,她才有些清醒过来。她回想起来了,前几天金卫国一直跑前跑后、忙里忙外地帮着处理后事,就像个自家人一样默不作声地做了那么多具体的事呢,悲伤的江春燕突然由衷地感动起来。

在白鹤村,平日里没有什么大事。像红白事就是大事了,尤其是白事,那就是村里最大的事了。

事后,江春燕向金卫国表达了心中的感激之情,还头一次叫了"卫国哥"。她说:"卫国哥,我们家太谢谢你了!你是在我们家最困难的时候帮了我们,我们家里现在暂时没有钱,你的这份人情我们一定会还的。"

金卫国说:"不用还。"停了一下,又说,"没有别的意思,就是心里喜欢一个人,见不得她受苦。"

"我、我谢谢你……"江春燕有些哽咽。

一天,江春燕回到家时,看到母亲正看着父亲的遗像掉泪,穆秀英在旁边劝说着:"节哀啊,老嫂子,你说这些年,我江大哥他自己也遭罪……唉,我江大哥这是心疼你了。"

春燕妈抹了抹眼泪:"他这是不愿意陪我们了,把我们扔下了啊……他不是我的负担,是我的主心骨啊,他在,一家人就齐齐整整的,这个家就是满满的,我的心也是满满的……现在,现在家里空荡荡的,我的心也空荡荡的了。"

穆秀英说:"老嫂子,你这是习惯了,挨累挨习惯了,这不是还有春燕吗?春燕不是在家陪你吗?你说这孩子多懂事多孝顺,这说句不好听的,老江大哥走了,春燕的条件不是也高了一截了,等春燕以后招个女婿回来,这个家不就热闹了吗?这事,包在我身上了,等过了这段,我帮春燕张罗张罗。"

几天后,江春燕从吕家书屋看书回来,又看见穆秀英在和妈嘀咕什么。

江春燕上前打招呼："秀英婶,你来啦?"

穆秀英赶紧打住话头："呦,春燕回来啦。刚才你妈还说呢,这看书去了,一看就着迷,不知啥时候能回来呢。这孩子,稳稳当当、水灵水灵的,你说,这谁看了能不喜欢?"

江春燕不好意思地说："刚好吕叔家又来了一批新书。"

穆秀英说："这孩子,你说,我怎么看着怎么稀罕,又有才又有貌的,要不咋那么多人惦记呢。"

江春燕低头不语。

春燕妈叹口气："她秀英婶,这孩子都是让我给耽误了。"

"妈,我都说了多少次了?我就想跟妈在一起。"江春燕回身拿出一沓剪纸给穆秀英,"秀英婶,这是你上回让我剪的。"

穆秀英边展开看边说："哎呀,这么快就剪好了,这手,可真巧!你说,这谁找咱们春燕谁有福啊!春燕,我刚才和你妈说呢,咱这乡里啊,好几家都惦记着你呢。尤其是金卫国他们家,条件多好啊,嫁过去可就享清福喽!这要是以前啊,我也不能跟你说,秀英婶知道你和刘二岗有那个意思。可是现在不一样了。"

"秀英呀,我家条件虽不好,可燕儿读的书多,心也高,就得麻烦你给张罗张罗了。"春燕妈好像并不为金家的好条件所动,岔开了话头。

穆秀英说："我不都说了嘛,惦记的人家多着呢,就是我知道咱春燕可不比那一般的姑娘,所以我想问问春燕,到底想挑个啥样的呢?"

春燕妈说："唉,反正啊,我不能委屈了这孩子。"

穆秀英说："委屈?我穆秀英保媒拉纤这么些年,凭的是好眼力,可不是瞎撮合。不是差不多的,我也不给张罗。所以我就问问咱春燕有啥特殊要求没有,咱也好在合适的里面选最合适的不是?"

春燕妈看向江春燕："燕儿啊,你说呢?主意你自己拿吧。"

江春燕抬起头,有些不好意思地说："反正我上哪儿都得带着我妈,别人待我妈得像亲妈一样好。"

穆秀英说："这,哪有还带着妈出嫁的?"

春燕妈说:"燕儿,净瞎说,嫁出去了,常回来看看妈不就得了。"

穆秀英说:"这要搁以前啊,凭咱春燕这长相、这手艺,也说不准。嗯,等我问问,等我问问啊。行啦,老嫂子,我还有事,我先走啦。"

春燕妈拿起那沓剪纸:"秀英啊,给你,差点儿忘了呢,这一天天的,净让你帮忙了。这回,燕儿的事啊,又得给你添麻烦了……"

穆秀英接过剪纸边往外走边说:"客气啥呀,我都说过了,也不白忙活。咱这也是凭本事吃饭,对不?"

穆秀英走后,望着最近更加消瘦的妈,在下一步如何对待金卫国这件事上,江春燕头一次犹豫了起来……

自从农民画和剪纸被骗走以后,吕文龙一直在寻求着破案。这天正在文化站加班的吕文龙总算接到了平安乡派出所民警打来的电话。

"啊?当地警方说那件事有信儿了?"吕文龙的声音略显激动。

身边的杏花一听忙给吕文龙按下了免提键。

民警说:"当地警方说那俩骗子被抓住了!"

吕文龙欣喜地说:"这可太好了,我正愁得没缝呢。人家老外联系到了省里,说画没收到,钱却打了,催我们快点给画呢。"

民警的语调依旧平稳:"但我得告诉你实情,情况并不乐观。"

吕文龙那刚刚放下的心又揪了起来:"那我们的画能整回来了吧?还有那另一半画款呢?"

"是这样,两个骗子虽然抓住了,骗画的事也都承认了,但他们把画卖了,卖画的钱都花没了。"民警降低了音量的话语充满了遗憾。

吕文龙急了:"啥?那我们那画,那钱就……"

民警说:"那两个骗子确实没钱,宁可坐牢。"

吕文龙沮丧地说:"闹了半天我们还是得白画一批呀!"

"我们只是负责告诉你目前这个结果,案件仍在进一步审理中。"说完民警就挂断了电话。

这时,一直听着的杏花回过味儿来了:"啥?他说啥,画、钱都没了?这还叫破案哪,为啥出了事都得咱们赔呀?咱们就是杨白劳啊?"

"杏花,别这么说,虽然我们带着大家干不是为了自己多得好处,但是出了事也是因为咱们责任心没尽到。咱们经验不够,才被骗子钻了空子。画确实是从咱们手上被骗走的,咱们就得承担责任。"吕文龙很快冷静下来。

"哼,吕大专干,这么说,江春燕也应该承担一半责任!"

吕文龙脸上的表情坚毅起来:"江春燕家里那么困难,能拿的都拿出来了,你还想让人家咋的?这个时候,我吕文龙要是不担着,就枉为一个大男人!"

杏花眼睛快速地眨着,想着能阻止吕文龙的办法:"咱们拿啥赔呀?你爸要是知道了,肯定不会同意的!"

吕文龙紧抿了一下嘴,自信地说:"我爸要是知道我是为了啥,指定不会硬拦着。我说杏花,难道你希望我是个见事怕事脚底抹油的人吗?"

杏花一时不知说啥好:"我当然不希望了,可我舍不得啊,咱们的日子才刚刚见了点儿亮。"

吕文龙拍了拍杏花,说:"你说得对啊,日子见亮了咱们还怕个啥呢?"

这时,外面风雨大作,雷声阵阵轰鸣。

杏花一语双关地说:"日子是见亮了,但是怕刮风呀,怕下雨呀,更怕打雷呀。"

吕文龙瞅瞅窗外,说:"我就不信还有刮不完的风、下不停的雨、打不尽的雷?早晚都得风和日丽、雨过天晴。咱俩得拧成一股绳,还得回去共同说服我爸呀。"

杏花叹了一口气:"谁不希望太阳出来晒一晒啊?唉,认倒霉了,嫁鸡随鸡,嫁狗随狗,那就和你一起熬吧!"

天渐渐黑了,外面的风雨还没有停下来的意思。吕文龙和杏花没带伞,只好顶着雨,到家时都被浇得落汤鸡一样了。

饭桌上,吕文龙闷闷不乐,一直没说话。

文龙妈觉得儿子有些反常,就一直偷着瞅吕文龙。

吕老倔也觉察出来了,就给文龙妈递个眼色,意思是让她问问吕文龙。

文龙妈就拐弯抹角地问了起来:"文龙啊,你们那画画得还好吧?今天咋不太高兴呢？"

吕文龙就把接到民警电话的事说了一遍。

吕老倔一下站了起来："咋回事，一分钱也要不回来？"

吕文龙把筷子撂下，说："这回定下来了，我得来承担这个责任，画和钱这两项合起来的损失都得我担着。"

吕老倔用手指着吕文龙，无奈地晃了晃脑袋，说："文龙啊文龙，我真就纳闷了，这好事到你这儿咋总能变成坏事呢？"

吕文龙苦笑着说："唉，我就这命了，都怪我心思全用在画画上了，做买卖方面的经验不足，有人买画就光顾着兴奋了。"

文龙妈着急地问："那么多钱，都得咱们赔呀？"

吕文龙说："除了春燕拿一些，剩下的都得咱们拿。爸，妈，我本想吃完饭再跟你们商量这件事呢。"

没想到吕老倔却坐下说："不用商量，这有啥可商量的，是你的责任你就得担着！文龙啊，你说你还真让杏花她妈给说着了，创业没创好，净撞墙了。但是你带领村人走上画画致富的路，是正路子，虽然一时受阻，但这是正事，爸就是卖房卖地也得支持你。我这书屋是占领文化阵地，你这画画也是占领一方文化阵地。这样的正事多了，那些整歪门邪道的人就少了。这件事你做得对，爸支持你！"

吕文龙简直不敢相信自己的耳朵了："爸？爸！"

吕老倔说："咱当初既然答应了，就不能打退堂鼓。虽然咱家底薄不够赔，但咱们可以去借，因为这种事借钱不寒碜。"

文龙妈悬着心落下来一半："我就怕你难为孩子呀。"

吕老倔说："走正路的事，你们看我啥时候小气过？"

杏花也情不自禁地说了一句："没想到爸也有大方的时候。"

第二十三章

金卫国是白鹤村的首富，还是最年轻的村支委，用杏花的话说，金卫国追哪个姑娘，哪个姑娘都得动心。的确，一般情况下，大多数女人是架不住软磨硬泡的。再加上穆秀英在中间紧着撮合，说嫁给金卫国，要啥有啥，就不再过穷日子了……

可江春燕对金卫国真的一点儿也没动心，总觉得他身上缺点儿什么东西。尤其是在李芒种"偷羊事件"之后。

在白鹤村，对李芒种有正确认识的除了他妈和吕文凤，另一个人就是江春燕了。虽然李芒种只不过是她的一个普通高中同学，但眼看着很有才华的老同学因为酒后一念之差偷了人家的羊，接下来为了救赎反而一步一步走远，还是让江春燕无比痛心。关键时刻，我们村的人为什么总是错误地选择，不会止损，只会一错再错呢？归根结底，还是整个乡村的文化底蕴问题。虽然伤人事件的发生，主要原因是李芒种误会了纪晓东，但江春燕认为金卫国才是整个事件的始作俑者。

唯一让江春燕纠结的是，金卫国曾经解过她的燃眉之急，并在她父亲去世那天真心相助过。这些都让江春燕觉得亏欠人家，但江春燕知道这种情感绝不是爱情。

一个每天和土地打交道的农民，不一定非得掌握多少书本知识，但总得有一定的精神底蕴，这也许就是金卫国身上缺少的一种最重要的东西。这绝不是乡村知识分子的过分矫情，好好过日子得了，挣钱打粮才是硬道理，怎么要和一个农民强调什么精神底蕴呢？未免太不现实了吧？可江春燕觉得这就是最大的现实。眼下的乡村早已不是过去的乡村，乡村发展到今天，人们不仅想过上富裕的物质生活，也需要过上有点文化含量的精神生活。这就是江春燕所说的诗意生活。江春燕所说的有诗意，不是说你这个人得是诗人。你可以不写诗，也可以不读诗，但你要活得有诗意。如果你整天就是盯住各种利益，就是不顾及他人感受为挣钱而挣钱，一味地追求有吃有喝有房有车，那和满地乱跑的鸡鸭鹅狗猪们又有什么本质区别呢？对，金卫国身上也缺少这种诗意。至于他对自己喜欢的人千好万好，对自己不喜欢的人挖苦打击，这些都不过是出于本能。江春燕更看重的是一个人的基本行为准则和整体道德判断。

江春燕一直以来的不冷不热令金卫国极度烦恼。

有一天，金卫国喝多了酒，实在忍不住了，终于来问江春燕："春燕啊，你就说说呗，我金卫国哪里不好？我对你多好啊，我就差把整个心掏出来给你看了。"

江春燕笑着说："我没说你对我不好啊。我是觉得，你对别人也应该好一点，要善待所有人。"

"别人和我有啥关系？我真不知道我哪里做得不对呢？李芒种他家不种的地，我一亩给他妈六百块呢，都相当于替李芒种养她老了，我还咋的我……"金卫国说。

江春燕就把李芒种刚经历完"偷羊事件"之后写的一首诗《善良》非常认真地给金卫国朗诵了一遍——

善　良

善良犹如春雨

会给干枯的大地以滋润

让我们做一个善良的人吧

懂得感同身受

懂得理解和尊重

懂得关爱和宽容

哪怕一个微不足道的善举

也能照亮低谷里的苦难者

哪怕只是点滴的温情

也会给这个世界带来无限春色

善良很贵

不是每个人都有

善良很真

不是伪装出来的

说到底

善良就是一个人的真正靠山

金卫国听得眉开眼笑："春燕，你朗诵得真好啊！你说，谁不善良？一个善良就让李芒种写得这么邪乎，我说他净瞎编没说错吧？"

江春燕说："李芒种写的这是诗。"

金卫国说："写啥也不能瞎编哪。"

江春燕没再解释什么，借故先走了。

在婚姻大事上，江春燕认为这个底线还是要把握的——不论对方家里怎么富裕，不论媒人怎么花说柳说，她最看重的还是一个人的内在品质。这一点她和母亲是一样的。母亲也经常劝她说："不喜欢就不答应，但也不要得罪人家。人家喜欢你不是错，重要的是你得喜欢人家。金卫国对你好，那是人家金卫国的选择；你如何对待人家金卫国，那就是你自己的选择了。"

所以，江春燕对金卫国的态度就是那种带着温和的委婉拒绝。而这种善意的温和却又常常让金卫国误以为自己还有希望。人世间的事有时就是这么怪，说简单也简单，说复杂也复杂。

几天后，金卫国说要和江春燕探讨一下转包土地的事，其实就是找借口和她约会。江春燕思前想后，还是答应了。江春燕正好前几天还重新读了李芒种的《父亲》系列诗，就把其中的两首工工整整地抄写在一张纸上，她想拿给金卫国，让他也看一看李芒种的才华，这两首诗可是李芒种上高中时就发表的作品啊。就算一个人天生不喜欢读诗,最起码也能感受到诗中的真挚情感吧?对江春燕来说,最后这次赴约,与其说是赴约,不如说是最后一次审核。

金卫国见江春燕给他一张写着字的纸,还以为是情书呢,拿到手里还有些紧张:"这个是……"

"这是李芒种写的诗,我想让你好好看看,看看他到底写得咋样?"江春燕开门见山,她不想让金卫国产生多余的误会。

金卫国就不好意思地笑了笑,竟然很认真地读了起来:

父亲和铁

父亲和铁一样黝黑,寂寞,喑哑,沉默
吞下生活全部的昏暗和苦难
父亲和铁一样来自泥土
有着卑微的命运和一生
父亲和铁一样粗粝,惯于持镰秉锄的双手
不断地搓碎生活的沙砾
父亲和铁一样坚硬,碰到石头铮铮作响
哪怕瘦得只剩下骨头
父亲和铁一样,锋利之处发出白光
父亲和铁一样,经受锤炼和淬火
漠然于纷乱之世……
而今,铁躺在草丛中生锈
父亲活在我的心里……

父亲和雪

在冬天,我不忍说出父亲
我们在雪中失散
大雪纷飞,似颓废的生命落下
雪将道路覆盖,也将父亲覆盖

父亲在雪中安家

多少年来,我不敢碰触一片雪

怕触痛白雪之下的父亲

他的身上披满冰凌

他倔强的心脏

携带了一世的炎凉和寒冷

至今,我仍没有一只通红的火炉

能够融化一片雪,或者一个冬天

我甚至不曾拥有一片鸟鸣

可以替代田野里呼啸的风

去唱给雪中的父亲听……

金卫国读完李芒种的诗后赔小心说:"春燕啊,说实话,我可不喜欢他这样不着边际地瞎说。这两首比你那天念的那首什么《善良》更玄乎,这不是在乱形容吗?李芒种他爸谁不知道,哪有那么神啊,也没那么招人稀罕哪,他也太能吹了吧?再说了,他天天写这些玩意儿顶饭吃呀?"

金卫国对李芒种的评价,一点都没出乎江春燕的预料。金卫国发自内心地说实话有错吗?他没有错,错误在于他自己都不知道他所拥有的是错误判断。

看来这注定是最后的约会了,江春燕觉得两个人真的无法走到一起去,也许这就是命中注定。

早春四月,江春燕家大部分稻田都已经注上水,平整完了,现在只有一些零碎土地需要侍弄。

这天吃过午饭,江春燕母女俩给稻田放完水后又来到家里唯一的一块岗地上种起了苞米。因为马上就要立夏了,正是播种苞米的时候。

家家户户也都是这么个节奏,都在忙乎着这两大类庄稼的耕种。

春燕妈在前面挖土坑,江春燕在后面点种子。两个人都赤着脚板,一前一后,来来回回,也顾不得说话。

春燕妈挖的小坑就像她纳的鞋底,行行道道,疏密有致,远看如同工艺美术家精心设计的图案。江春燕尽量把种子不偏不倚地点在土坑中间,再补一个不轻不重的脚印。

终于把苞米种完了,江春燕才鼓起勇气,和母亲谈起了她要去洮水县城再学习一段时间的打算。

春燕妈问:"现在就要去吗?你怎突然又想起要出门呢?"

江春燕一时难以跟母亲说清楚自己的打算,就说:"我还是对接下来种植新品有机水稻不放心啊。"

春燕妈低下头,手指头抠着脚指头,说:"妈能想到,你不喜欢金卫国,他又对咱家有恩情,你心里难过,是想躲开他一段时间。没办法啊!世事就是这个样。妈看你一天天愁的,心里也难过呀……不过,你也不要总是想着妈,有什么主意,还是自己拿。要不……好歹他还算个能帮着你的人……"

"妈,这你不要操心,我都是二十多岁的人了,自己能管得了自己。我到外面走走不只是为了躲避金卫国,我想静静心,另外我还是不甘心学不成种新稻的技术啊。我出去学习一段时间,很快就会回来的。妈,你放心吧,我随时都能回来……"

临行前一天晚上,江春燕在桌旁专心地剪纸。当剪完一款新的作品之后,江春燕很满意地欣赏着,仿佛听到刘二岗在说:"春燕,你的手真巧!你剪得真漂亮!"

江春燕脸上的笑容更灿烂了。忽然,江春燕意识到了什么,起身环顾了一下,发现只是自己的幻觉,又失落地坐在桌前,若有所思地摆弄着剪纸。

春燕妈走过来,下意识地摆弄着剪纸出神的江春燕竟然没有察觉到。

看了一会儿出神的江春燕,春燕妈才小声叫道:"燕儿——"

江春燕一愣,转过身来。

春燕妈说:"吓着没?看到你发呆呢。"

江春燕说:"妈,没事,我瞎琢磨呢。"

春燕妈摆弄着江春燕的剪纸,几次欲言又止。

两个人沉默了一会儿。江春燕问:"妈,你是不是有什么事呀?"

春燕妈仍是欲言又止。

江春燕说:"妈,有什么话你就说吧。"

春燕妈下了决心似的说:"燕儿,就是今天穆秀英来咱家取剪纸时,说这个假期刘二岗要回来了。"

江春燕说:"是吗?都三年半了,他也该回来啦,怪不得刚才好像听到他说话呢。"

春燕妈伸手在春燕眼前晃了晃,担心地说:"燕儿,咋还说上胡话了呢?"

"妈,别担心,我没说胡话,就是刚才想起了以前的事,可能是一种心灵感应吧。"

"燕儿,妈知道你心里一直都有刘二岗,可是,这男未婚女未嫁的,刘二岗一走就再没给过你信啊。"

"妈,啥婚啊嫁啊的,就是同学,我们之间没有别的,也没人说过有别的呀?"

春燕妈皱了下眉,问:"燕儿,你真是这么想的?"

江春燕说:"嗯,这三年多二岗都没个影,感觉以前同学的时候像是在梦里似的,一点都不真实。快三年半了,真快,但感觉又像一生呢。"

春燕妈说:"今天你净说胡话,快,咋还像一生呢?"

江春燕说:"嗯,是快,快得像是一生都过去了。对了,妈,你就是要说这事啊?"

春燕妈"嗯"了一声。

"妈,我知道了。你早点睡吧,我收拾收拾也睡了。"江春燕低头摆弄剪纸。

春燕妈又说:"嗯,还有……"

江春燕问:"还有?还有什么?"

春燕妈说:"穆秀英说她听刘福贵叨咕刘二岗这次回来,要带着城里的女朋友,说刘福贵这几天正忙着准备接待呢。"

江春燕愣了一下,但马上又恢复了正常,轻描淡写地说:"是吗?那刘福贵这回得摆个大宴吧?"

"这又不是订婚结婚的,摆什么大宴?"春燕妈摸摸江春燕的脑门,"不烧,春燕,你今天可真是净说胡话呢!"

"妈,我明天还要去县科技馆的培训班听课,累了,我想睡了。"

"先别睡,妈还有事要问你呢。"

"妈,那你就问。"

"妈想问问,那个科技馆的彭老师每次都送你回家,你们是不是……"

"妈,我不是都说了嘛,他是来看他舅姥爷的。"

"他舅姥爷是谁呀?他说过吗?"

"不是他没说过,是我没问过。"

"可我听穆秀英说,村里人就没见过那个彭老师去过谁家,每次送完你都是直接转回县城了。穆秀英还说,她这段没给你张罗男朋友,不是她没把我托付她的事放在心上,是因为你好像有了合适的人。"

"那么说彭老师没去他舅姥爷家?"

"燕儿,穆秀英说那个彭老师人看着不错,你俩挺般配的。你看,是不是什么时候领到家里让妈看看?你也不小了。再说,人家刘二岗都要领女朋友回来串门了。"

江春燕机械地重复着妈的话:"刘二岗都要领女朋友回来串门了……妈,我知道了,你去睡吧,我真的很累很累,嗯,我得睡觉了。"

春燕妈叹息着走了出去。

江春燕继续摆弄着她的剪纸,直至深夜……

第二十四章

一直没再去看看纪晓东,让吕文凤觉得有些过意不去。经常到文化馆送作品的吕文凤有一次路过乡派出所门口时,不由自主地停下了脚步。吕文凤往里面张望着,犹豫了一会儿,她还是推开门走了进去。

派出所值班的高警官抬头瞅了瞅,揉揉眼睛,认出吕文凤来:"哎,这不是当年偷羊那小子的女朋友吗?"似乎觉得不妥,高警官忙改口,"这不是纪哥表妹的同学吗?纪哥后来还提过你好几次呢,说就当你也是他的表妹啦。"

吕文凤有些不好意思:"是,那个……"

高警官问:"你有啥事?说吧,纪哥的表妹就相当于我的表妹。"

"我,我想看看纪哥,他今天没来呀?"吕文凤问。

"怎么,你不知道啊?自从他一年前不小心伤了膝盖髌骨,恢复的效果一直不太好。之后上面就给他调到离家近的县里的派出所管户籍去了。他也想开了,这啥事啊有坏处就有好处。坏处是往上走的机会小了,好处是不用像我这样再值完白班值夜班了。"

吕文凤有些惊讶:"噢,是这样啊。我当时只关心他头部的伤了,没想到他的腿伤会这么严重。"

高警官说:"是这样,怎么说呢,纪哥那条腿吧,平时走路,他慢着点的话看不出大毛病;但要是跑,比如追个小偷啥的,啊不是,追个那啥啥的,肯定就不行了。他那条伤腿打弯儿费劲,你看到他就知道了。你去他家找他吧,他一般周末也不咋出门。"

吕文凤说:"我,我不知道他家住哪儿。"

高警官笑了:"你不知道?哎哟,这还人家表妹呢,连家门朝哪儿开都不知道啊?"

吕文凤有点儿尴尬地站在那儿。

高警官撕了一张纸,写下地址,又画了路线图,递给吕文凤:"照着我画的找吧,纪哥见到你兴许会高兴的。"

吕文凤拿着高警官画的路线图站在门口,又确认了一下,听到里面传来劈木头的响声,她轻轻地把大门推开一道细缝。

院子里,纪晓东正劈着木绊子。劈好一堆,就拿到院墙边摆好。

看着高大的纪晓东明显不像之前那样英武,一条腿走路明显发硬,吕文凤站在那儿默不作声,眼里却涌出了泪水。

这时,晓东妈端着碗茶水出来了:"晓东,别总跟这绊子较劲啊,劈点够烧就得了,谁家整这么多啊?!有那时间忙活点正事啊。"

纪晓东问:"啥正事?"

晓东妈说:"哎,这么大岁数不结婚,不生子啊?昨天不是跟你说了吗?今天下午去相亲!"

纪晓东说:"不相,没一个好饼。"

晓东妈说:"啥,啥饼?"

纪晓东说:"坏饼!势利眼!"

晓东妈说:"这也没啥奇怪的,谁找对象不挑三拣四的?你那腿好好的时候,风风光光地不也挑三拣四吗?这啥事啊,整吧整吧就倒着了,现在轮到人家挑你了吧?"

纪晓东说:"爱咋咋的,上赶着就不是买卖。"

晓东妈说:"晓东,少来那牛脾气!去年啊,就该让那姑娘负那个责,凭啥她就悄悄没影了。"

"妈,跟人家一丁点儿关系都没有啊,别赖人家,都是那个我咋看咋不顺眼的小偷不是东西。"

"行啦,你那点心眼儿还瞒我?要不是为了那个姑娘,你……唉,我这当妈的就不揭你那疤了。这年头,有情有义的人少啊!"

"妈,没啥瞒你的,人啊,这都是该着。"纪晓东说完叹了口气。

听到儿子的叹气声,晓东妈心疼了:"晓东,走到哪儿说哪儿的话,赶紧地,去浴池洗个澡,再理个发,这没准啊,下午这个就看对眼儿了呢。"

纪晓东又使劲劈下一块木绊子,崩得远了点,恰巧离大门很近,纪晓东走过来捡,不经意地一抬头,职业的敏感让他发现了门缝外的眼睛。

纪晓东疑惑地走过去,边走边问:"谁啊?咋不进来?"

推开大门,他看到流着一脸泪水的吕文凤。

"文凤,你咋的了?是不是那个什么李芒种又整啥事难为你了?"纪晓东担心地问。

吕文凤忙擦干眼泪:"没有,啥事都没有。纪哥,你的腿……"

纪晓东一拍脑袋:"哎哟,我这一天净瞎忙活了,都一年了吧?"

吕文凤说:"嗯,一年多了。除了打工,我还琢磨着鼓捣点自己的东西,就一直没倒出空过来看看。"

纪晓东说:"文凤,咋的,是不是县文化馆不要李芒种了,这小子就起幺蛾子整啥事了?"

吕文凤说:"不是不是。他去不上了,但一直在想办法希望文化馆能接收我。只是这事他说了不算。而且他去省城了,也不回来了。"

纪晓东不屑地说:"他去省城了?就他那熊样还能在省城整明白?"

吕文凤说:"他现在干得还行,也挣了点钱,还想有更大的发展呢。"

纪晓东说:"那你咋不跟着去呢?你俩不是挺好的吗?"

吕文凤说:"我俩只是同学关系。"

纪晓东说:"那你是说,你回白鹤村啦?"

吕文凤说:"嗯,我从来也没想着留外面。"

晓东妈在一旁一直听着,心想:这姑娘倒是不错,可要是个没工作的纯农村姑娘,我可不能同意!嘴上却说:"哎呀,你可算把我家晓东坑苦了,好好一个人干不上去就不说了,找对象的标准也降档次了。可是啊,我们家也不能找农村的。你说你这上完学也没找个工作,这书不白读了吗?"

纪晓东说:"妈,你可别乱说啦,吕文凤去上作家进修班学到了真东西就行,没马上找到工作那是暂时的,学习这事哪能有白学的?"

晓东妈说:"这来不来的就说上你妈了,这才哪儿到哪儿呀?"

吕文凤尴尬地站在那儿,赶紧解释道:"婶,你别生气,我只是来看看纪哥,纪哥在我最需要的时候帮过我,我没有别的意思。"

纪晓东说:"文凤,别介意啊,我妈是整天想儿媳妇想的,这不下午还让我去相亲呢。"

吕文凤瞅瞅纪晓东,说:"纪哥,那你就好好收拾收拾,早点找到好嫂子。"

纪晓东说:"有啥好不好的,就是高不成低不就的。文凤,进屋坐一会儿吧,我洗把手就给你冲点茶去。"

吕文凤忙说:"纪哥,不用了,你快忙吧,我还要去看看我同学呢。"

"那我不留你啦,你快去看你同学吧。"晓东妈边说边推着纪晓东,"晓东,赶紧地,收拾收拾啊。"

纪晓东边走边扭头瞅着吕文凤说了句:"文凤,有空再来啊。"

离开纪晓东家,吕文凤心里五味杂陈,脑海中不时现出纪晓东那走路颇不自然的长腿,耳边响起晓东妈的话:我们家也不能找农村的……

吕文凤迎着路上的落叶走向文化馆,走着走着,她突然担心起一向周末都来馆里看书的赵馆长今天家里会不会有事。不知为什么,吕文凤今天就想见赵馆长,就像过了这个村,就不再有这个店了。

还好,赵馆长果然在馆里。

吕文凤从包里掏出新改完的剧本递给赵馆长:"上次的剧本有几处情节我又改动调整了一下,您再看看还有什么建议。改的那几处我都用铅笔画上了。"

赵馆长翻看着,神情由严肃转为喜悦:"文凤,这几处重要冲突都调整得很好,整体上这个本子有了很大提升,看来你是真用心了呀!"

吕文凤说:"好的本子都是一遍遍改出来的,您提的建议回去我就一直认真琢磨来着。"

赵馆长露出欣赏的表情:"文凤啊,看你这认真劲儿,再加上你的才华,嗯,差不了。好,我把这个本子再拿到局里汇报一下,一旦剧团定下来咱就申请经费,然后就开排。到时候啊,你就得跟着现场再打磨本子啦。"

吕文凤说:"赵馆长,我一定随叫随到,尽我所能。"

赵馆长说:"文凤啊,这回剧本要是真能排上,你来文化馆的事就会希望大增。这段时间,我看你是真把心思用在写作上了,吃了不少苦,踏踏实实的,我是看好你的。"

吕文凤说:"赵馆长,没啥苦不苦的,只要一直有机会写下去,我就觉得很满足了。"

李芒种的事发生以后,赵馆长一直没敢再和耿局长提进人的事。见吕文凤已经把剧本改得这么成熟了,赵馆长才又硬着头皮来找耿局长。这次,赵馆长事先想好了,就以汇报作者进修情况为名,再次启动文化馆进人事宜。

没出意外,耿局长果然又提起了旧账,声音很高地说:"我说老赵啊,你看你之前那事办的。你说缺文学辅导干部,说缺文学创作人才,我就帮你申请要人。结果怎么样?给你争取了半天,那个李芒种又出事了。你都这个岁数了,办事应该牢靠了。"

赵馆长说:"唉,人有旦夕祸福嘛。但这个吕文凤这一年还真鼓捣出不少东西来。你看看,这都是她最近发表的作品。"

耿局长接过来边翻边问:"她和那个李芒种比咋样?"

赵馆长犹豫了一下:"说实话,那还是有一点差距的。但这个吕文凤吧,她后劲儿挺足的,我都没想到她能发表这么多作品。不管怎么说,我这儿也算是有个交代了。培没培养出人才,得用作品说话,作品是硬指标。我也打听了,别的县去参加进修的,真没有她发表的这么多,有的甚至一首小诗都没发表过。"

耿局长显然没太把那些小诗小散文当回事,翻看到吕文凤作品中的几个小剧本时,态度才发生了转变:"哎?这个吕文凤还发表了好几个小剧本呢,这还真算没白培养!咱们县剧团这几年排的戏总比不过两个邻县,张团长总上我这儿嚷嚷说没有像样的本子。先把吕文凤写的这几个剧本给他们拿去看看能不能用上,要是真行,咱们就可以往这方面努力努力。"

赵馆长眼前闪现着吕文凤的样子,想着吕文凤说的随叫随到,尽我所能……赵馆长灵机一动,随杠就弯地说:"耿局长,我们馆里申请个文学辅导干部的指标也不容易,那她要是行,就让她顶李芒种的指标得了,这样既好管理,又能调动她的积极性,然后让她主要往剧本创作上使使劲,我们补了文学辅导干部的缺儿,剧团补了编剧的缺儿,两家用一个人,一举两得,咱们进个人也值了。"

耿局长说:"我说你个老赵,老了老了,脑子还转得快了。唉,咱县确实缺个写剧本的,尤其是咱这吉剧。说到底,写几个小说,发几首诗能咋的,有个啥动静?咱这叫歪打正着了,因祸得福。就照你这个方向努力吧。但别马上把人调进来,先观察观察再说。这回千万得把人看准喽,绝不可再出事了!"

赵馆长说:"我也怕万一,那我就再好好了解了解吕文凤。"

耿局长说:"老赵,不管咋的,稳妥起见吧,再考察一段时间,让她先临时帮着写写剧本,等确实写得行了,咱们又看准了这个人,再办不迟。老赵啊,可别再弄出什么闪失啦!"

三个月后,吕文凤骑着自行车在村路上飞奔着往家赶,一直努力创作的她终于等到了好消息。

来到了家门口,吕文凤把自行车扔在院外,就掏出包里的调入通知往屋里跑,边跑边急急地喊着:"爸——妈——"

听到外面的喊声,吕老倔和文龙妈一脸吃惊和担心地迎了出来,吕文凤差点撞到二老身上,忍不住抱着他们流下了眼泪。

文龙妈说:"咋的了,孩子?有啥事咱都不怕,有啥事天也塌不下来,有爸和妈在哪!"

"一早出门时还好好的,咋回来还哭上了呢?是不是跟李芒种这小子有关?"吕老倔猜测着。

吕文凤边抹着脸上的泪水边说:"爸,妈,这回是好事,是好事!"

文龙妈松了口气,嗔怪道:"这孩子,那你还吓唬妈干啥呢?!不用好事,这一天天的没坏事就好!"

吕老倔脸色也放松下来:"这话说得,还没坏事就好?就你画的这个杠啊,咱孩子还能有点出息不？文凤啊,啥好事？快说啊,是又有啥作品发表了,还是写的剧本通过了,能排演了？"

吕文凤自豪地说："爸,妈,你们看！"说着把文化馆调入的通知书递给他们。

吕老倔拿着通知书一遍遍看着,却不吱声,眼泪汪汪的。

文龙妈说："这老头子,你念念啊,是个啥好事？"

吕老倔说："咱家文凤啊,成为洮水县文化馆的正式职工了！"

文龙妈不敢相信似的问："文凤,这是真的？"

吕老倔又仔仔细细地看了一遍通知书。

突然,吕老倔的神情又紧张起来："文凤,这白纸黑字的应该盖个红章啊？这个咋还是黑的呢！别你妈乌鸦嘴给说成假的！"

吕文凤解释道："爸,这是我专门去复印的,原件在县文化馆呢。"

"真的就好,真的就好！"吕老倔如释重负。

文龙妈感慨道："我家文凤没日没夜地写,还真没白写啊。"

吕老倔说："这不跟种水稻似的,你没日没夜地侍弄,还愁水稻苗子不长,汗流够了,水稻能长不好？来,文凤,爸把这个通知书镶上,挂到书屋里去。"

吕文凤说："爸,这个就别挂了。"

吕老倔坚持道："得挂,得挂,现在就得挂上。"

文龙妈说："文凤啊,让你爸挂吧,让他好好显摆显摆。"

正式上班第二天,吕文凤就趁单位中午休息匆匆赶去派出所看纪晓东,想告诉他自己到县文化馆工作的事。吕文凤在派出所门口碰上了高警官。

高警官一见面就热情地说："哎,这不是文凤嘛！"

吕文凤笑着打招呼："你好,高警官,这么巧,在这儿碰到你了。"

高警官说："我来县里办事,正好看看纪哥。文凤,看你这一脸喜色,是不是要结婚了,来通知纪哥？"

"不是。"吕文凤有些不好意思。

高警官问："那有对象了吧？"

吕文凤答："也没有。"

高警官说:"哦,那我说句话,对不对你别见怪啊。"

吕文凤说:"高警官,你有啥话就说吧。"

高警官说:"文凤,别看纪哥表面把你当表妹那出,其实啊,我直说了吧,这自打你上次去他家找他后,他更是啥人也看不上眼了,你说他心里装着谁?纪哥这个人实诚,以后肯定能对你好。"

这时,纪晓东从派出所里慢慢走了出来,喊道:"小高,瞎说啥呢?"

高警官说:"瞧,是文凤来了,心里不是天天想着人家吗?"

纪晓东说:"文凤,别听他瞎说,一天天地在这儿乱点鸳鸯谱呢。"

高警官笑着说:"纪哥,过了这村可不总有这店啊,我呢就别在这儿当灯泡了,这和中午的大太阳一起照也太亮了。你俩聊,我先办事去了。再见啊,文凤。"

目送着高警官远去,尴尬的纪晓东和吕文凤互相看着。

纪晓东问:"文凤,有事?"

吕文凤说:"纪哥,我是来告诉你,我到县文化馆上班了。"

纪晓东说:"真的啊,那可太好了!我就琢磨着这学不能白上嘛。"

吕文凤说:"我一直给剧团写剧本,后来这个剧本申请到了经费,县剧团排演了,还得了奖。赵馆长前前后后向局里打了好几次用人申请,我工作的事才最终落实了,赵馆长可真是个好心人。"

纪晓东说:"文凤,你这是苦尽甘来啊,老天爷真是有眼,你这么好的姑娘咋能没有好报呢!"

"纪哥,老天爷要是有眼,你的腿就不能……你就能干得更好,也能找到好媳妇。"吕文凤说着,难过得流下泪来。

"文凤,你看,你就是爱哭,我还就看不得你哭,尤其是这还因为我哭上了,这可不行。"

"纪哥,我,对不起你。"

"文凤,这跟你没关系。说到底啊,这都是命,也许我上辈子欠了李芒种的呢,而且还没欠多少,所以就没要命,只一点小伤就还清了。你说,是不是命还不错?大难不死,必有后福呢!文凤,你就笑呵呵地看吧,等着我给你找个好嫂子啊。"

"纪哥,以前我没工作,怕自己在农村会拖累你,所以,我不能说想和你在一起。现在我,我……"

"文凤,说的啥话啊,我一直怕我的腿会拖累你,现在我更不能……"

吕文凤说:"纪哥,你是好心人,我看的是心。"

纪晓东说:"文凤,我不忍心委屈你……"

这天吃过晚饭,吕文凤帮母亲洗好碗,又帮父亲沏上茶水,三个人一起坐在饭桌边。

文龙妈说:"文凤,你说今天要跟我和你爸说个事,还得吃完饭再说,现在这饭也吃了,茶也泡了,整得我这心里还不落底,慌里慌张着呢,说吧,文凤,是啥事啊?是不是有对象了啊?"

正卷着旱烟的吕老倔一听,立刻抬起头问:"是县里的?"

吕文凤点点头。

文龙妈问:"家是哪儿的?"

吕老倔一副嫌弃文龙妈说废话的样子:"人是县里的,你说家还能是哪儿的?"

文龙妈解释道:"我是想问问家里都有啥人。"

吕老倔立马接上说:"那我还想问问是干啥的呢。"

吕文凤认真地说:"爸,妈,你们先别这么零零碎碎地问,我想把这个事整个的来龙去脉啊,都跟你们一点一点说清楚,希望你们别打断我。"

老两口互相瞅瞅,都不出声了,听吕文凤述说。

吕文凤就把怎么认识纪晓东的经过讲了一遍……

老两口一会儿喜,一会儿忧。

吕文凤说:"爸,妈,我说完了,你们要是同意,我哪天就把他领回来拜见你们。"

沉默了一会儿,文龙妈瞅瞅吕老倔,又瞅瞅吕文凤,嘴动了动,却没说出话来。

吕老倔狠吸了一口烟,说:"文凤啊,爸原以为你那么爱写作,得在县里找个也爱读书的人呢。没想到……不过呢,咱家不是那不讲情义的人家,你说的那个人,听着也确实是个好人,可是啊,这腿,你说他这腿不光影响他那份工作,平时那也……唉,咋说呢?这人世间啊,报恩的方式啥样的都有,你非得这样?"

吕文凤说:"爸,我不是报恩,我是确实觉得这个人好。"

文龙妈问:"文凤啊,你说这腿到底啥样啊?这能行吗?"

吕文凤说:"妈,人家之前的腿是好好的。"

吕老倔默默地吸着烟,文龙妈默默地抹着眼泪。

吕文凤拉着妈的手说:"妈,这咋还掉眼泪了呢?这又没结婚啥的,不是得再相处吗?我告诉你们,是想领回来让你们看看,你们先看看,以后的事以后再说呗。"

吕老倔抬起头,瞅着文龙妈说:"文凤说得对,你说你掉啥眼泪,天又没塌呢!文凤,那就先领家来看看吧。"

几天后的周末,纪晓东拎着一捆书来到白鹤村。路上碰到陆小广和穆秀英,他们正往牛大翠家的棋牌室走。

陆小广故意大声说:"我说秀英啊,你说你给吕文凤也没少张罗吧,可她为啥都相不中呢?"

穆秀英说:"人家去城里上过学,还写了那么多文章,见过世面,眼眶子高了呗。"

"秀英啊,那为啥这个,就这个,腿打弯儿都费劲儿的,她咋就相中了呢?"陆小广又故意大声问。

"人家是警察,有正式工作,人也英俊威武,腿是受伤了,可又不是先天的,能影响个啥?"穆秀英说。

陆小广又说:"唉,那李芒种还在省城呢,吕文凤和人家跑了,这回来不是落单了吗?"

穆秀英说:"谁说谈对象就一定得成啊?那不合适的还不能换换了?"

陆小广说:"换,那当然行了!可有往低了换的吗?"

穆秀英不拿好眼瞅着陆小广,手一捅,说:"你磨磨叽叽的啥意思啊?人家咋就往低换了？我发现你啊，是看不得别人好。"

陆小广说："别人好不好跟我没关系，我就是能把事看透。跟你说点实话吧，这吕文凤啊，保准是让李芒种耍够了，人家不要她了，她呀，这是不好整了，才肯低就了。"

穆秀英说："你看，我说你看不得人家好吧！叫我说，那李芒种还真不如这个人瞅着敞亮呢。你看人家第一趟来，就给老吕家出力，找姑爷啊，还真就得找这样的！我跟你说，这种事我可比你看得准多了，我是干啥的？真是的。"

陆小广"呵呵"两声说："吕老倔这回不知道倔没倔？你没听着啥动静吗？"

穆秀英说："没听着，这一路就听你瞎巴巴了。"

陆小广说："哎，你这人，你等着，看我一会儿牌桌上可不客气啊，使劲搂你。"

穆秀英说："熊样吧，你这人只要是玩钱的，啥时候客气过啊？"

又一个周末，纪晓东再次来到吕家。他默默地把书一本本往书架上摆放，然后又擦拭着书架。

文龙妈端来一杯水说："晓东啊，歇会儿吧，这大老远来了，进屋就干活。"

纪晓东说："有的是劲儿，不累，这劲儿啊留着也攒不下，不用就白瞎了。"

文龙妈说："这实诚得！来，先喝点儿水，喝口水不耽误干活。"

一直不说话的吕老倔终于说话了："先喝点儿水，一会儿咱爷俩再喝口酒。"

文龙妈喜笑颜开地冲纪晓东说："快点，你和你叔先喝水，我去弄菜去。"

纪晓东也松了口气，叫道："叔——"

吕老倔手一指："坐那儿，咱爷俩唠唠。"

吕文凤扒门缝听着看着，脸上露出了笑容。

就这样，吕文凤闪电一样有了新工作，闪电一样有了新男友，闪电一样结婚了……

第二十五章

最让村人不可思议的是，吕文凤竟然到洮水县文化馆上班了。别说是村人，就连吕文凤自己也没想到啊。总之，志向高远的李芒种并没能如愿留在文化馆，不显山不露水的吕文凤却成了文化馆的辅导干部。

在文化馆的教室里，吕文凤经常和业余作者们一起探讨文学创作。经常来县科技馆学习的江春燕就曾经见过让她眼热的一幕——

县文化馆三楼的教室里，吕文凤手拿《春雨新花》对在座的业余作者们说："随着咱们《春雨新花》上发表的作品质量越来越好，近期选到省馆及省里其他文学刊物上发表的作品也越来越多。为了鼓励大家的创作热情，进一步提升咱们县的文学创作水平，我跟馆里申请了一笔辅导费，联系我在省里参加作家培训班时的老师及省内知名作家、编辑来我们这里给大家举办讲座，对大家的创作给予进一步的指导！"热烈的掌声过后，业余作者们围在吕文凤身边询问都请哪些老师来辅导大家。

江春燕有些羡慕地想：文凤可真行啊，没白努力，这说出息就出息了，一转身也是县城人了……

彭永刚又一次送江春燕回家，骑着摩托车路过刘福贵家时，正好赶上回家的刘二岗和林丽丽出门。刘二岗家的大黄狗追着林丽丽汪汪叫着。

"啊！二岗，二岗，快来救我——"林丽丽夸张地喊着扑到刘二岗身上。

刘二岗正抱着林丽丽时，看到了江春燕和彭永刚，就有点尴尬地喊了一声：

"春燕——"

一直看着他们的江春燕仿佛从梦中惊醒:"二岗,你回来啦!"

彭永刚停下摩托车,刘二岗把林丽丽从怀中推开一点。

"嗯,回来了,今天刚回来。"刘二岗说着,瞅了瞅骑在摩托车上的彭永刚,"这位,是你男朋友吧?我听我爸说……"

江春燕犹豫了一下说:"嗯,二岗,你的女朋友真漂亮啊!"

刘二岗还想说什么,林丽丽掐了他一下,问:"她是谁啊?"

"啊,是江春燕,我的高中同学。"刘二岗回答完林丽丽,又更加不自然地对春燕说,"这是我的大学同学,也是我女朋友,林丽丽。"

江春燕冲林丽丽一笑,说:"你好!"

彭永刚也冲刘二岗点了点头,打着招呼。

接下来,几个人似乎都无话可说。

见场面有些尴尬,彭永刚忙说:"春燕,咱们快点儿吧,婶还等着咱们吃饭呢!"

江春燕冲刘二岗和林丽丽摆了摆手,说:"再见。"

彭永刚开动摩托车,江春燕双手揽住他的腰。

刘二岗看着江春燕和彭永刚的背影愈走愈远……

林丽丽把手在刘二岗眼前晃了晃,盯着刘二岗说:"哎,走神了啊,有问题啊,赶紧交代!"

刘二岗这才回过神来,忙说:"啥问题啊,还交代,同学呗,没看见人家有正牌男友啊?"

"那你还瞅什么瞅?暗恋过呀?"林丽丽继续追问。

刘二岗这回神色自然了,反驳道:"瞎说什么啊,还暗恋,这不在明恋着你吗?"

林丽丽撒娇说:"我告诉你啊,以后少瞅别人那么长时间,瞅一眼就行了,瞅多了我不高兴!"

刘二岗附和着:"行,就瞅你!"

"走,你不是说领我去西瓜地吗?"林丽丽挎住刘二岗的胳膊,两人说着笑着走远了。

周末,县文化馆的培训班下课后,彭永刚骑在摩托车上盯着走出大门的人。

这时,江春燕和吕文龙说着话走了出来。彭永刚按了一下摩托车喇叭,见江春燕往他那儿瞅,又拍了拍摩托车后座,示意江春燕上来一起走。

吕文龙有点尴尬地说:"春燕,那我先走啦。"

江春燕冲吕文龙挥了挥手,犹豫了一下,朝彭永刚走了过去:"彭老师,你、你……"

彭永刚像往常一样,极其自然地说:"啊,我去看我舅姥爷,顺路,还是捎你回白鹤村吧。"

江春燕迟疑了一下,说:"彭老师,可是……有人说你并没去过我们村别人家,你舅姥爷是谁啊?"

彭永刚挠了挠头,下决心似的说:"春燕,其实我没有舅姥爷在你们村,我就是想送送你。"

"彭老师,你……"

彭永刚打断江春燕的话:"春燕,别叫我彭老师,就叫我永刚好吗?我、我们……"

"彭、彭永刚老师,我、我是不会离开我妈,也不会离开我们白鹤村的。"江春燕的心有些慌乱,不自觉地强调着自己心中最看重的事情。

彭永刚忙说:"春燕,我知道,我都知道。我已经跟你们村的人了解到了一些情况,我知道你因为家里负担重需要照顾,连大学都不再考了,也知道你和你妈的感情,我会像对待自己亲妈一样对待你妈的……"

江春燕脑中一遍遍划过那个揪心的场景——刘二岗领着城里的漂亮女朋友林丽丽……

彭永刚见江春燕不语,帮江春燕戴上头盔,又拉着江春燕坐上了他的摩托车。

坐在这个仍然有些陌生感的男人的摩托车上,江春燕没有像从前那样看着一路风景,而是望着远方模糊的林带发呆。突然间,江春燕又无法控制地伤感起来:都已经是真事了,怎么好像仍然有些不真实似的呢?自己和二岗就像被一只无形的大手怪异地操纵着,就这么简单而粗暴地渐行渐远了……后来,江春燕强迫自己用两只手真实地抱住男人的腰身。尽管紧张得十个指头颤抖而又麻木,似乎不是接触着人的身体,而是镶嵌进泥土里了,但她还是第一次主动离他的身体这么近。江春燕感到胸腔里火烧火燎的,心中泛起一股难以抑制的委屈,似乎那奔涌不息的洮儿河水化成了又咸又凉的泪水流进了她的心里……

就这样,江春燕在见到刘二岗的女朋友半个月后,又一次坐着彭永刚的摩托车回到了白鹤村。

江春燕下了摩托车,正要和彭永刚告别时,彭永刚说:"春燕,等一下。"

江春燕回过头,用问询的眼光看着彭永刚。

彭永刚指了指春燕家的房子:"我想进去看看我婶。"

江春燕犹豫着说:"这太突然了吧?过一段时间吧。"

彭永刚说:"春燕,要不把婶接到县城里去住一段吧。你不是说我婶在这儿总是想我叔吗?还有,我想,你也应该换个生活环境,有些过去的事,过去了就过去了,再也回不去了,我们都得往前走,往前看。等以后,我每天骑摩托车接送你,这样来回都方便。"

江春燕眼前又闪过刘二岗搂着女朋友的画面,心里一阵刺痛。

江春燕心中自语:"二岗,我知道我不能怪你,因为毕竟是我先拐上了另一条路。而这另一条路或许与你选择的道路是平行的,但我们在每段路上的速度肯定不一样,可能我们永远也比不了肩……我明白,在我拐上另一条路的那一天,我们就算是道别了,可是,我的心依然疼痛。或许,是因为这个地方留有我们太多的回忆吧……快三年半了,再一次见到你之后,我发现我的心竟然薄得像纸一样,禁不住任何的重量了,而更新的关于你的消息,有你的场景,都成了刺破它的一根刺,或许会成为压垮骆驼的最后一根稻草。我害怕再听到关于你的任何消息了,我害怕自己不够坚强,害怕自己道不出祝福的话语……二岗,就让我再做一次告别吧,从此,不再回忆,只有对你的祝福……"

彭永刚看着神情恍惚的江春燕,再次叫了一声:"春燕——"

江春燕这才回过神来,冲彭永刚挤出一个勉强的笑脸,确认道:"你真的要见我妈啊?"

彭永刚坚定地说:"春燕,自从见到你后,我觉得生活变得可美好了,你的剪纸那么漂亮,你偶尔的一笑那么富有魅力,你对家里的付出那么无私,你的一切一切,我都觉得赏心悦目。春燕,我是真心的!"

江春燕有点不好意思地说:"我哪有那么好啊?我就是个种水稻的农民。"

"我觉得一切都好,都那么完美。春燕,你相信我,我会待我婶像待亲妈一样好,也会一辈子把你当成我的宝贝!"彭永刚表白着。

江春燕沉默了一会儿后,问彭永刚:"我永远都不会放弃种我的有机水稻,你也能接受吗?"

彭永刚毫不犹豫地说:"必须接受!"

江春燕有点害羞地上前帮彭永刚推摩托车,边推边说:"那好吧,我妈也说想看看你呢……"

又到了周末,在县文化馆楼外,彭永刚骑在摩托车上。他在等待江春燕。

过了一会儿,江春燕出来了,坐到彭永刚的摩托车上后,彭永刚没马上启动。

江春燕有点疑惑地问:"怎么不走啊?"

彭永刚扭过头说:"春燕,今天你能到我家吃完饭再回去吗?"

江春燕疑惑地问:"去你家?吃饭?"

彭永刚忙解释:"春燕,是这样,我跟我妈说了咱俩的事,我妈虽然不同意我找乡村姑娘当媳妇,但我说了你的各种好,我妈就想见见你了。这不,我这一直也没往家领过谁,年龄也不小了,我妈就一直关心这事,今天催明天催的,这回,把你领回去,她也就安心了。"

江春燕有点为难:"这……我也没有心理准备啊,再说,我也没带点啥。"

"啥也不用带,就是你送我的那些剪纸,我挑了几幅送给我妈了,说是你给她剪的,她说你的手是挺巧的,就是……唉,不管那些了,我妈见了你也一定会喜欢的。"彭永刚犹豫了一下又说,"我妈说你啥时候能到县里就好了。不过,我妈也没别的意思,就是说那样咱们见面啊、以后上班啊什么的都方便了。没事,你早晚能过来。再说了,丑媳妇,不不不,你这么漂亮的媳妇不也早晚都得见公婆吗?放心,我妈肯定会喜欢你。今天,我让我妈包了你最爱吃的饺子,你就去吧。咱们吃完饭我就马上送你回去,再给我婶带点饺子。"

江春燕仍觉得这是个难事:"我也没准备啥礼物就直接去你家吃饭,不好吧?"

"没事的,我妈知道你来学习,没时间。我都说明白了,你就放心吧。"彭永刚提前做好了铺垫,一副心中有数的样子。

江春燕有些不好意思:"嗯,丑媳妇总得见……那就听你的。"

彭永刚打着火,兴奋地启动了摩托车。

彭永刚和江春燕进门时,薛桂兰正和一个年轻的时髦女子一起包饺子呢。

彭永刚瞅着年轻女子,惊讶地说:"小妍,啊,小妍老师,你怎么来啦?"

"咋还改口叫小妍老师了?这么客气干啥?小妍不常来吗?今天她来了,我就没让她走,帮我包饺子呢。"说着,薛桂兰起身迎过来,"这个姑娘就是……"

彭永刚笑着说:"妈,这就是春燕。"

薛桂兰打量了一会儿江春燕,说:"长得真是挺好看的,怪不得永刚被迷住了。这要是像城里姑娘似的再打扮打扮,还能好看不少。"

小妍也迎过来说:"天生丽质,不用打扮也好看,要是打扮起来,还有我们丑女人的事儿吗?永刚,快让你女朋友坐下呀。"

江春燕脸红了,不好意思地说:"薛阿姨,我上课来得晚了,我先去洗手,再和你们一起包饺子吧。"

彭永刚在一旁解释说:"春燕,你就坐下先歇一会儿吧。我都跟我妈说了,你得下课才能来。"

薛桂兰说:"你呀,别伸手了,这饺子马上就包完了。永刚说了,你吃完就得走呢,让我多包点儿,说要带回去给你妈吃。你看,我们永刚多孝顺,这来不来的就送上饭了,你妈可真有福啊!"

江春燕忙说:"薛阿姨,不用给我妈带,真的不用。那我去剥蒜吧。"说着,放下包,回头问彭永刚:"永刚,蒜在哪儿?"

小妍忙对江春燕说:"你快坐吧,我去剥蒜。"

薛桂兰说:"小妍啊,你歇一会儿吧,让你帮着包饺子都够一说了,咋还能让你再剥蒜呢?"

彭永刚说:"我剥我剥,你俩都坐着吧。对了,我都忘给你介绍了,小妍是县文化馆的钢琴老师。"

江春燕笑着叫了一声"小妍老师"。

薛桂兰端着饺子去煮,边走边小声抱怨着:"就你妈不用歇一会儿,傻小子就是有了媳妇忘了妈啊。"

彭永刚亲热地和江春燕一起剥蒜,小妍看着有些不自在,起身说:"我去帮薛阿姨煮饺子吧。"

她刚走进厨房,就被薛桂兰推了出来:"我都说了,你是客人,再说你那弹钢琴的手还是少弄这些,让那个乡下姑娘干这活就行了。"

小妍说:"薛阿姨,我也帮不上什么忙了,那我先回去了。"

薛桂兰说:"那怎么行啊?你看你,光干活,还不吃饭,不行,这马上就好啦。那就快帮我看看锅去,煮着饺子呢。"

小妍说:"我早饭吃得晚,还一点儿不饿呢,有事得走了。"

彭永刚和江春燕站了起来。彭永刚说:"小妍老师,没什么急事,就吃完饭再走吧。"

薛桂兰拉住小妍:"唉,小妍啊,那阿姨就不留你了,阿姨送送你吧。"说完又让彭永刚和江春燕去看锅里的饺子。

门外,薛桂兰拉着小妍说:"其实阿姨知道你心里不太好受,阿姨也知道你喜欢我家永刚。你说你这工作好,教学生弹琴还有个业余收入,可都说'女大一,不是妻',唉,关键不是我,是永刚没有那个意思呀……"

小妍说:"薛阿姨,我知道,永刚他嫌我以前有过一个男朋友,还有过……薛阿姨,我走了。"

薛桂兰疑惑地望着走远的小妍,自语着:"以前有过男朋友,还有过啥?"薛桂兰一捂嘴,"不是……不是那个啥了吧?这可不行,我儿子可不傻!"

薛桂兰小跑着回屋,边跑边叨咕:"农村的就农村的吧,起码还是个完整人吧!"

自从去了彭永刚家之后,江春燕的终身大事也就基本定下来了。

无奈的江春燕觉得还欠着金卫国很多人情呢,以后到县城了,是不是把家里的地包给他呢?在回家的路上,她这样想着……

想来想去,江春燕还是舍不得把心爱的稻田包出去。最后,她决定只把那些旱田包给金卫国,就当还那一直没法还上的人情了。

接下来,弟弟江春田考上东北科技大学的消息还是令人振奋的。弟弟终于实现了全家人的心愿。爸要是活着,那得多高兴啊!爸走后,家里的状况有了一些好转,但由于农民画和剪纸被骗事件,江春燕的生活又窘迫了起来……

江春燕嫁到洮水县城前,收到了弟弟江春田的信:"亲爱的姐姐,你好!我知道你这些年过得有多么难,你几乎放弃了一切,拼命干活养着全家人,你还节衣缩食,想尽办法挣钱,凭一己之力把我供上了大学……我知道前段时间你是怎样给我凑上学费的,我还假装不知道,做出没太在意的表情……现在想想,我真的感到汗颜。我当时太无能为力了,我需要你给我拿钱……可我也是个男子汉啊!姐,我没有办法……我知道你现在更难,好在我已经来到大学校园了,我会努力学习,做个好学生。以后,我会边学习边打工,你就不要给我再拿生活费了。姐,我一定能照顾好自己的,你就放心吧……"

看完弟弟春田的信,江春燕泪流满面。她猛然感觉到,弟弟在不知不觉中长大了,已经是大学生了,她不能再像过去那样时时以大姐自居了……本来她应该为此而高兴,此刻心里却有一丝说不出的伤感。弟弟呀,你还没参加工作,没有稳定的收入,打工那么容易吗?姐怎么能不管你呢?

走到家门口时,江春燕心里又突生另外一阵伤感:这人都在往外走,可远走高飞就是好事吗?家里人要是都走了,这家也就不是个家了。白鹤村也一样,要是有能力、有文化的村民都走了,那白鹤村就更没个村子的样了。

进了家门,江春燕发现妈好像在收拾着东西,正拣出一个小物件,爱惜地摆弄着。

江春燕看着出神的母亲,叫道:"妈,你又想我爸了?"

春燕妈半天才缓过神来,叹了口气说:"恍惚地觉得你爸还在那儿呢。"春燕妈瞅着春燕爸原来躺过的地方又说,"我得给你爸铺好喽,他瘦啊,可不能让他硌着……"说完就走过去铺上了被褥。

江春燕惊讶地盯着妈。

"你说你爸咋就像年轻那会儿,睡醒了,要跟我说话呢?"春燕妈说着眼泪又流了下来。

江春燕心疼地帮母亲抹去眼泪:"妈,你别老想着我爸,再想出病来!妈,你在,我就觉得家在;你在,我就觉得有主心骨。"江春燕搂住母亲,给她戴上老花镜,"妈,快点和我一起剪纸吧。"说着还把自己新剪的一个给母亲看,"妈,看我剪的这个。"

春燕妈拿过剪纸仔细瞧了一会儿,说:"真是怪好看的呢,比妈剪得好。妈老了,剪不出啥新花样了。"

江春燕说:"我这是发扬光大呗。"看着母亲手里不撒手的小物件,江春燕又说,"妈,等以后咱条件好点儿了,也搬到县里去吧。换换环境,你的身子说不定就好起来了呢。"

春燕妈马上说:"不行,我死也不离开这儿。我走了,这过年过节的,你爸要是回来,他就找不到我了,那他不得着急吗?不得孤单吗?我得等着他,他得有个家可回啊……"

江春燕心疼地给母亲擦着眼泪,嗔怪道:"又掉泪!这眼睛还要不要了?妈,你这动不动就流泪动不动就流泪的,这视力下降多少啊,你就不怕到时看不见我啊?"

春燕妈自己也擦着眼泪说:"唉,我不流泪我不流泪,我以后还得哄我大外孙子呢,我得把这剪纸的手艺传下去呢。"

"这不就对了?妈,你不能离开我,妈在,我才有个家,我舍不得妈啊。"江春燕说着抱住母亲,偷偷地流下了眼泪。

晚上,江春燕和衣躺在土炕上,一直半睡半醒。也许不久的将来她就要走向一个前途未卜的世界,她感到了那片令人心悸的渺茫,不由自主地手心冒汗……睡梦中,她感觉有人轻轻地摩挲她的头发,她知道这是母亲的手。江春燕一直等汹涌的泪水通过鼻孔管流进肚子里,才睁开眼睛。

大四寒假,也是郑大民的最后一个寒假,他又一次回到了白鹤村,拿着几本书直奔江春燕家。

快到江春燕家门口时,正赶上彭永刚骑着摩托车送江春燕回家。

摩托车在春燕家门口停下,江春燕回头瞅清是郑大民,就下了摩托车叫道:"大民,你回来了?"

郑大民抬头见是江春燕,惊喜地说:"春燕,是你啊,我还寻思咱村这是谁骑上摩托车了呢!"

江春燕介绍道:"大民,这是在县科技馆工作的彭永刚,我的男朋友。"

郑大民走上前,握了下彭永刚的手说:"你好,我是郑大民,春燕的高中同学。"

彭永刚一听,使劲握住大民伸过来的手说:"你就是大民啊,春燕总提起你们高中时候的事。你不是在北方农大上学吗?春燕说你给她捎回挺多好书呢,对她帮助挺大的,多谢了啊。"

"谢什么啊,都是老同学的,她要是真能用上就再好不过了。刚回来就听我爸说,春燕有对象了,有才有貌的,我还说不知这回能不能见到呢。这可真巧,我刚来给春燕送书就碰上了。"郑大民笑着说。

彭永刚善解人意地说:"春燕,你们老同学好久不见了,进屋里聊一会儿吧,我有事,就先回去了。"

郑大民说:"哪能这么快就走呢?到屋里坐一会儿吧。"

彭永刚抬头看看天,说:"今天就不进屋了,天阴阴的,怕下雪,路不好走,我晚上还有个重要饭局呢,你们进屋聊吧。"

郑大民说:"那下次来有时间到我家坐坐啊。春燕这些年挺不容易的,这回有了这么好的人照顾她,我这个老同学都为她高兴啊。"

彭永刚又一次握住郑大民的手说:"你们都没少帮春燕,我得多谢你们。大民,有空去县科技馆找我吧,我先走了。"

郑大民说:"好,好的!"

江春燕上前轻拍了一下彭永刚的胳膊,说:"永刚,你快走吧,一会儿可能真要下雪了,路上慢点儿骑,注意安全啊!"

郑大民说:"永刚再见,路上小心!"

"好,再见!"彭永刚边说边摆着手跨上了摩托车。

回到屋里,江春燕翻看着郑大民给她带的书,郑大民翻看着桌上春燕的剪纸……

春燕妈端着热水送进来。

郑大民站了起来,说:"谢谢婶。"

春燕妈端详着大民说:"这上大学的人多好,眼看着大民一年比一年像样了。"

郑大民脸红了,说:"像啥样啊?到啥时候我都是白鹤村人。"

春燕妈说:"春燕要能像你一样去上学该多好!"

江春燕说:"妈,你又来了!"

春燕妈说:"你们唠吧,妈不说了。"

江春燕翻看了一下书的价格,从抽屉里拿钱要给郑大民。

郑大民没接:"春燕,你这是干啥呀?不就几本书吗?"

江春燕说:"你在外面上学,花销大,郑叔供你也不容易。我现在剪纸有了一些收入,比以前强多了。"

郑大民解释道:"春燕,我在学校一直都做家教,也能挣些钱。这次假期我也是住几天就走,我爸舍不得路费去城里看我,我心里又放不下他,还有你……"

江春燕不解地问:"放不下……我?"

郑大民忙说:"哦,我是说,我让我爸有啥事的话多找你商量。"

江春燕笑了:"这还用你说吗?你就是不说,郑叔有事需要我的话,我也会尽全力。你在外面怎么说也不比在家里,这钱你拿着吧。你能想着帮我买到这些书,我就挺感激你的了。"

郑大民只好接过钱:"春燕,别说什么谢啊感激啊这种话。咱们从小到大,这么多年,你有多不容易我都知道,我就希望你能幸福,希望看到你笑呵呵的。"

江春燕冲郑大民笑了一下:"大民,我现在真的挺好的。和我最在意的母亲在一起,做着我自己喜欢的事,还能收到你帮我挑的书……"

郑大民摆弄着春燕的剪纸，若有所思。

江春燕看到大民愣神，问道："对了，大民，有女朋友了吧？"

郑大民好像没缓过神来："女朋友？"

江春燕说："我问你，在城里是不是有女朋友了？"

郑大民这才听明白："啊，没、没有呢。"

江春燕说："咋还不处一个？二岗都领女朋友回来了。"

郑大民说："啊，我知道。可我、我没有。"

江春燕说："大民，你……你别那么傻，有合适的就找吧。"

郑大民说："春燕，我有个同学长得挺像你的。"

江春燕说："像我？你喜欢她？"

郑大民说："没有。就是看着像你，觉得挺亲切的。"

江春燕说："对你好吗？城里女孩吧？"

郑大民说："嗯，家是城里的。对我，也没什么好的，就是总来问这问那的……"

江春燕说："那就是人家喜欢你呗，大民，你得主动点儿，遇到好女孩就得把握住。"

郑大民没再说什么，继续翻看着江春燕的剪纸。

两个人沉默了一小会儿后，郑大民说："春燕，你看这几年你剪得越来越好了，这么好的东西应该有更多的人喜欢。等我开学了，再去城里的书店帮你找找这类书，既然你有这个特长，咱就想办法把它拓宽点儿、走远点儿……当然了，最重要的还是想办法种好有机水稻。"

江春燕说："大民，真让你说对了，剪纸只是业余爱好，我心里最关心的，永远是种有机水稻的事。"

第二十六章

吕老倔乐呵呵地挎着一个大筐进屋时，文龙妈迎上来："这乐得，自从有了大孙子，这嘴就没合上过。"

"这么多年了，心里才敞亮，我还不兴乐和乐和吗？"吕老倔说着把筐递给文龙妈，"在集上买的猪蹄子，赶紧熬点汤下奶。"

文龙妈说："那正经得多熬些时间呢，晚上再吃吧。我这鸡蛋和小米粥刚煮好，正准备给杏花端进去呢。"

吕老倔又从文龙妈手里拿过筐："来，还是我放吧，你赶紧给杏花端饭去，别没奶再饿着咱的大孙子。"

文龙妈剥好鸡蛋递给杏花，让她多吃点儿。

杏花用手推着说："妈，够了，我嘴里实在没味儿，能不能给我卷个干豆腐大葱啊？"

文龙妈又把鸡蛋递过去："坐月子可不能吃那个。来，多吃鸡蛋，壮力、养身子，还下奶。"

杏花接过鸡蛋，边吃边拽下头上围着的毛巾，抱怨道："妈，这炕也太热了，别烧了。"

文龙妈赶紧制止道："哎，不能摘下来，别受凉，落下病根可不行，那以后想治可难呢！"

杏花不耐烦地嚷着："这也不行，那也不行，除了吃，就是喂，文龙还不回来陪我聊天解闷儿，真是要把人憋死了。"

文龙妈往窗外瞅瞅:"唉,这个文龙,也不知道早点儿回来。杏花呀,你可别上火,这要是把奶憋回去了,我这大孙子吃啥啊?"说着稀罕巴叉地拍着大孙子。

二人正说着话,外面传来小鸡扑棱的声音。

"他妈,好像是刘主任老伴段秀芝来了。"吕老倔进来招呼文龙妈。

"我来给杏花下个奶。"说话间,段秀芝就进来了。

文龙妈赶紧出屋迎了上去:"哎呀,嫂子,拿啥东西,看看就行啦。"

段秀芝说:"空手来,那哪行呢?"

吕老倔捅了一下文龙妈:"老伴,别光说话,快领嫂子进里屋暖和暖和。"

进屋后,段秀芝稀罕巴叉地看着孩子。

杏花一脸自豪地显摆着:"刘婶,你看我这大儿子精神不?"

段秀芝说:"精神,这孩子这么小瞅着就机灵,将来啊,准有大出息。"

杏花一听人家说儿子准有出息,立时又心花怒放了:"那是,肯定是咱白鹤村的小能人,不,长大了,就是大能人,哈哈,赶超你家大岗和二岗。"

文龙妈听杏花当着段秀芝的面这么吹,有点不好意思,忙说:"这杏花啊,美得哟,要是真能赶上你刘婶家的大岗和二岗,那咱老吕家可就烧高香了。"

段秀芝还是盯着孩子看,眼馋得不得了。

文龙妈善解人意地说:"杏花,让你婶抱抱孩子,咱沾点儿大岗和二岗的书香气。"

杏花一听,忙说:"刘婶,你快抱抱我大儿子,你这一抱,保准我大儿子能成大学生。"

段秀芝正要抱时,牛大翠进来了。

看段秀芝要抱外孙子,牛大翠大惊小怪地阻止着:"哎呀,不行不行,你这刚进屋,身上有凉气,不能抱。"

段秀芝张开的手尴尬地停在半空。

文龙妈忙解围:"进屋有一会儿了,没事。"

牛大翠却依然不管不顾地说:"啥没事?有事就晚了,我就是看着有人进这院了,怕你们不小心点儿。我这大外孙子,长得俊啊。"边说边得意地逗弄着。

杏花瞅着牛大翠舞舞扎扎的样子,又见刘婶不自然地笑着,也觉得不妥,就说:"妈,你也才进来,你那手不凉啊?"

牛大翠一翻眼皮:"我一直搓着呢,你看,热乎的。"

文龙妈无奈,忙把段秀芝拉出屋:"嫂子,来,咱上书屋坐一会儿,我给你拿点儿瓜子,你这难得出来一回。"

吕老倔问:"嫂子,这几天咋没见着刘主任呢?"

段秀芝说:"去城里了。"

吕老倔问:"二岗放假了吧?还是没时间回来?"

段秀芝说:"放假了,还是回不来。咱农村的孩子立世早,这不,二岗总想着少给我们添负担,基本都靠自己打工赚生活费呢。"

文龙妈说:"咱村少一辈的孩子里,我们最喜欢的就是你家的大岗和二岗了,都那么争气,那么有出息。"

段秀芝叹了口气:"啥出息不出息的,二岗读了五年才本科毕业,还要再读三年研究生,也不知啥时候是个头儿呢。"

吕老倔说:"就使劲儿读呗,要是我,砸锅卖铁也愿意供啊,这可是咱村第一个研究生。"

段秀芝说:"唉,有啥用?看你们家多好,这大孙子真让人眼馋啊。"

吕老倔说:"俺家文龙没那能耐,要不,读到博士才好呢。"

段秀芝说:"哎呀,可别读那么老长了,那得啥时候才能抱上大孙子啊?老倔啊,你就偷着乐吧。"

吕老倔说:"偷着乐啥呀?儿子没啥指望了,就得指望着孙子能像你家大岗、二岗啦。"

段秀芝说:"唉,说句实话吧,俺家老刘这次去城里啊,就是催二岗结婚的。看你们家这大孙子一抱,他着急啦,再也坐不住啦。这大岗生的是闺女,俺家啊,不就得指着二岗了吗?"

省城林丽丽家门外,林丽丽正拉拽着刘二岗:"这都到了,别打退堂鼓啊,想和我好的时候咋那么勇往直前呢?这会儿要见我妈就尿了?"

刘二岗假装镇定地说:"谁尿了?我这是大战前的蓄势。"

林丽丽一副看穿他的神态，说："你还大战？蓄势？哼，没怕？看我妈能不能吃了你！"

一进门，丽丽妈果然一副盛气凌人的样子，拿着本书看着，头都不抬。刘二岗坐在一旁的沙发上尴尬不已。

林丽丽着急地向刘二岗递着眼色，让他赶紧跟她妈说话。

两人的态度让丽丽妈不耐烦起来："不是说有事要说吗？说吧，我没多少时间等你们，一会儿还有事要办呢。"

刘二岗鼓足勇气说："阿姨，是这样，我和丽丽这不毕业了嘛，我们想、想结婚。"

丽丽妈审问似的说："结婚？在哪儿结？拿什么结？"

刘二岗说："我和丽丽打算先租房，慢慢再攒钱，先交首付，再按揭购房。"

丽丽妈不屑地瞥了他一眼："租房？你可真能想得出来！我跟你说，刘二岗，你俩好，我管得了丽丽的腿，管不了丽丽的心，所以我认了。可你要是没有房子就想把丽丽娶走，我绝不认。你一个男人，不能光凭嘴皮子哄丽丽！我家丽丽从小成长的环境简单，经的事还少，不懂那些弯弯绕绕，比不了你们这种农村家庭出来的，你成熟早可以，但你不能骗她小……"

林丽丽忙打断她妈的话："妈，你说什么呢？二岗他骗我什么啦？我们这不是在跟你商量吗？"

丽丽妈抻了抻脖子，平了平气，说："那好，现在就商量这事。刘二岗，你回去跟你们家商量，农村也有规矩吧，你们农村人结婚不用房子吗？娶媳妇就租房子娶？你爸不好歹也是个村主任吗？这个道理应该懂吧？想娶媳妇就拿钱买房子啊，买房子，懂不懂？没有属于你们自己的房子，我绝不能让丽丽嫁给你！"

林丽丽说："有钱谁不想买啊？他家这些年供了两个大学生，容易吗？人家家里也不是没房啊，有房子，还有一个大炕呢，可热乎了，能住一大排人。妈，你要是非得有房子才同意，那我就和二岗一起回白鹤村呗！"

丽丽妈瞪了她一眼："丽丽，你少跟我贫嘴，这是你的终身大事，不能凭着一时冲动！我跟你说，谈恋爱是谈恋爱，结婚是结婚。我已经退了一万步了，丽丽,没房子,妈绝不同意你俩结婚。刘二岗,话说到这儿,我就不客气了。我们家这么多年养大女儿,供着上完大学,可不是就养着给你家当媳妇的。你们总说爱爱爱的,可你农村人也不能光靠爱爱爱的就领回个城里媳妇!就一个条件,丽丽怎么也得有个住的地方,有个自己的家。没房子,啥都免谈。一个男人,上无片瓦遮身,下无立锥之地,我这个家不欢迎你!"

第二十七章

近些年来,东北有机水稻名扬四海,各种优质粳米相继出现,尤其是黑龙江产的五常大米,已经成为品牌。吉林省产的万昌大米,也算小有名气。

江春燕常想,他们是怎么做到的呢?爸在的时候总念叨"良心稻子",会不会有一天,白鹤村的"良心稻子"也能吸引更多的老百姓争相购买呢?

郑大民毕业后来到了洮水县农业局工作,他和省城的同学帮江春燕联系了农科所下属的一个种子试验公司,江春燕才如愿得到了去省城学习新型水稻种植技术的机会。

一晃两个月过去了,江春燕终于要从省城回来了。彭永刚心花怒放,准备回家吃完午饭就去火车站接心爱的人。

彭永刚拎着排骨走进厨房时薛桂兰正在炒菜,彭永刚说:"妈,今天你给加个红烧排骨吧。"

薛桂兰抬头看了看说:"咋买了这么多?今天这菜够咱俩吃了,明天再做吧。"

彭永刚说:"妈,今天做吧,做完放些到保温饭盒里,我要给春燕带去。"

"这段时间也没见你跟她来往啊。我还以为你听我话,跟她断了呢。"薛桂兰一听说给江春燕带去,脸拉了下来。

"妈,春燕这段时间去省城学习新型有机水稻种植技术去了。"

"学种水稻技术?总离不开农村那点儿事。哎,不是去城里找那个叫刘二岗的大学生了吧?"

彭永刚怨道:"妈,你别乱说啊。你别随便听人说啥就信,春燕是啥样人,我还是了解的。"

薛桂兰说:"什么乱说?这女人爱上谁就跟中了邪似的,她能轻易就忘了?傻儿子,你可别让狐狸精迷了双眼,这县里姑娘多得是,咱干吗非要找个农村的啊?丑妻近地家中宝,咱不找丑的,但也得找个近的、条件相当的。"

彭永刚说:"找啥样也得找看对眼的。县城里姑娘是有,但我瞅着都没啥感觉,第一次见着春燕,我就觉得那就是我媳妇。"

薛桂兰说:"你就是傻!我再告诉你一遍,我不想要个没有工作的农村姑娘当儿媳妇。"

彭永刚说:"妈,我也再告诉你一遍啊,我就是要找春燕!你要是不让我找她,我就五年后再谈找对象的事。"

薛桂兰一惊:"五年后?那咱家得啥时候有后啊?你爸这是走了,要不啊,急也得急死。你是看你妈还没急死,是不是?"

彭永刚见有机会,忙说:"所以啊,这次春燕回来,我就打算跟她商量结婚的事。"

薛桂兰权衡了一会儿,说:"唉,你想让我同意也行,但我有三个条件,你答应了,我就同意你们结婚。"

彭永刚说:"妈,边做排骨边说呗。"

薛桂兰说:"我可告诉你啊,咱得约法三章:第一,结婚第一年就得生孩子;第二,不能分出去过;第三,你们挣的钱得上交,由我统一管理。"

彭永刚说:"哎呀妈呀,你这是要当太上皇啊。"

薛桂兰说:"甭什么太不太上皇的,你要是不答应这三个条件,我死都不让你和她结成婚。"

彭永刚说:"答应啊,这有啥不答应的?"

薛桂兰说:"唉,那就结吧,记住,那就早结,我好早抱孙子。"

彭永刚说:"妈,那来点儿实际的,说吧,我结婚你能出多少钱?"

薛桂兰说:"咱家有多少钱你心里还没数吗?你爸留下的钱我都存着吃利息呢,还有咱娘俩这些年的工资、奖金,还有啥?天上也不掉钱,别人家咋办我咋办呗!"

排骨还没炖烂呢,可接江春燕的时间就要到了。彭永刚饭都没吃好,就骑着摩托车奔向了洮水县火车站。

在出站口,彭永刚抻长脖子张望着,打量着每一个出来的人。

看到了背着行李的江春燕,他便欣喜地挤到她身边,把行李接过来放在摩托车上:"春燕,累了吧?赶紧上车。"

江春燕说:"不累,净坐着了。咱俩还是先走一会儿,我活动活动腿吧。"

彭永刚推着摩托车,江春燕在旁边走着。

"春燕,先到我家坐一会儿,知道你今天回来,我让我妈给你做了红烧排骨,你吃点饭再回去吧。"

江春燕不好意思地说:"别,不了。永刚,你下午忙不忙?"

彭永刚说:"不忙,我请假了。我都想你了,得好好陪着你啊。"

江春燕说:"哦,那咱们先去大民那儿打个招呼吧。这次学习是大民找城里的同学帮我联系的,我现在回来了,怎么也得先告诉他一声啊。"

彭永刚说:"噢,我昨天碰到大民了,他知道你今天回来。他还说,等下班了再去你家看看你妈呢。"

江春燕说:"是啊,这家里家外的,真是净让大民跟着操心了。"

彭永刚说:"可不咋的,大民这段时间啊,没少往你家跑,婶那儿有个啥事他都知道。"

江春燕怕彭永刚误会,解释了一句:"我们打小一起长大的这几个人,谁家有个啥事啊,都会去帮忙,都落不下的。"

彭永刚说:"我知道。春燕,要不这样吧,我看你着急回家看婶,那我回家把排骨拿着,你带回去晚上和婶一起吃。"

江春燕说:"别拿了,我这急急忙忙往回赶,也没给薛姨买点儿啥,再去拿排骨,这可太不好看啦。"

彭永刚说:"没事,我妈不挑这个。对了,她刚才已经同意咱们俩结婚了。"

江春燕有些意外:"结婚?"

彭永刚说:"对啊,咱们快点结婚吧,结了婚把婶接到县城来住,也不用总在家里睹物思人了,我看婶总这样想着叔可不行。"

江春燕说:"那也不能这么着急啊。永刚,我想先在家里的稻田里试种一块新型有机水稻,等试种成功了,下一步我就可以申请有机水稻认证书了。"

彭永刚说:"还有一个好事呢。我们单位正想招一个临时工,负责收发和打扫日常卫生,一点儿都不累,我都和领导说好了,领导班子也开会研究了,同意你去做这个临时工。这回,你就有工作了!"

江春燕并没有像彭永刚想象的那样激动起来,而是非常平静地说:"永刚,你在县科技馆工作,我去做临时工不好吧?再说,我说过永远不会放弃种水稻的,我还是想靠自己的能力做点喜欢做的事。我都想好了,等攒够钱了,就先在县里租个小地方,开办一个白鹤稻米经销店。白鹤村很多人都面临着卖粮难的问题,我正常从村民手中收购水稻,在中间挣个差价,也能挣到一些钱的。我觉得开这样一个小店,远比我做一个收发室的临时工有意义。我可以一边经营白鹤稻米,一边去推广白鹤有机水稻。这样,我妈在乡下也能跟着我忙活起来,对她的身体也会有好处的。另外,有时间的话,我还可以继续经营我的剪纸呢。"

彭永刚觉得江春燕的想法更好,自己正当着科技馆办公室的副主任,免得事后有人说闲话,就说:"那也行啊!春燕,只要你认真想好了,你想做什么,我都同意!那咱们就马上着手办这件事,我妈那儿攒着给我结婚的钱呢,可以先用这笔钱。"

江春燕没想到彭永刚这么快就理解了自己的想法:"啊?那薛阿姨能同意吗?"

彭永刚笑着说:"哈,她肯定不会同意,但只要你同意和我结婚,其他的事就交给我办好了,你就等着当白鹤稻米经销店的经理吧。"

接下来的一个多月里,彭永刚和江春燕忙里忙外,注册,办证,选址……

他们租了个临街的小房子。房子位置挺好,但实在是太破了,他们只好再简单装修一番,为开店做着准备……

白鹤稻米经销店开业那天,店外围了一群看热闹的人。

薛桂兰恰巧路过,往热闹的地方看去,见是新开了一家白鹤稻米经销店,眼睛再往旁边一扫,看到了准备放鞭炮的彭永刚及门口站着的江春燕。"哎?这是咋回事呢,难道这是江春燕的店,她有钱开店?不能啊!准是彭永刚偷拿了我的钱办的。这媳妇还没娶进家门呢,咋就先把钱泼出去了?我、我这,你说……"薛桂兰急得不知说啥好,忙扒拉着人群往里走。

薛桂兰怒气冲冲地出现在江春燕和彭永刚身边。

彭永刚发现了,忙拉了一下江春燕的手,江春燕一愣,反应过来后马上说:"薛阿姨,感谢您的支持。"

彭永刚说:"春燕,不是感谢薛阿姨,是感谢妈。"

江春燕不好意思地改口道:"嗯,妈,谢谢您支持我们。"

薛桂兰有点反不过味儿来,一下子不知说啥好。

彭永刚从旁边的包里拿出结婚证往薛桂兰眼前一晃:"我俩一早先登的记,这鞭炮是喜炮,这妈也不是乱叫。"

薛桂兰拿过结婚证仔细看着,突然脖子一仰,问道:"彭永刚,别想拿结婚证调虎离山,我问你,你这开店的钱是哪来的啊?"

彭永刚花这笔钱的时候就想好了说辞,就等着他妈啥时候问呢。"妈,是你给的啊,你说给我们办婚礼用的,我们想,不能把妈的和妈帮我攒的工资奖金花在买吃买喝买衣服买物品上,得做有用的事,新事要新办。于是,我们就决定这么办婚礼了,也是想给妈一个大大的惊喜。"

薛桂兰眨巴几下眼睛就算计明白了:"那要这么说,这店挣钱了可得算咱家的。"

彭永刚忙表态道:"那还用说?挣了钱肯定是咱家的。"

薛桂兰见事已至此,也只好借坡下驴:"唉,费劲巴力说好的临时工不干,这不是没事找事吗?我是不和你们操这份闲心了。"说完就打道回府了。

江春燕的白鹤稻米经销店总算开业了,但生意并没有想象中那么顺利。为了挣到那点儿可怜的差价,江春燕一趟趟地往来于白鹤村和洮水县之间……

工作之余,彭永刚也经常骑上摩托车陪江春燕一起到白鹤村去收有机稻米。但几次之后,江春燕就不让他跟着去了,说这是自己的工作,不能变成家人的负担。

把白鹤村的有机稻米收回来只是第一步,关键是第二步:把收来的有机稻米卖出去。洮水县城的人吃惯了五常大米和万昌大米,对新出现的白鹤有机大米并不认可。所以,江春燕的经销店里总是冷冷清清。

前三个月下来,江春燕算了一下账,去了房租和水电费,江春燕的经销店竟然是亏本的。

彭永刚倒是没说啥,但婆婆的脸色越来越不好看,脸形也越拉越长了。薛桂兰经常在饭桌上跟江春燕抱怨:"还真不如当初去县科技局当临时工呢,月月有工资,起码不赔钱……"

江春燕从婆婆的表情里察觉到,留给自己办店的时间不多了。为了让小店能在短时间内扭亏为盈,江春燕只好骑着破自行车走街串巷地吆喝着:"白鹤有机大米啦,白鹤有机大米啦……"

沿街叫卖的效果果然比在小店里苦苦等待强多了。一开始,有的人可能就是图个省事,可买可不买的也都买了一点儿。虽然买得不多,但总算为江春燕打开了有限的销路。有的人阴阳怪气,有的人挑三拣四……江春燕不怪也不挑,只要你买大米就成。有时遇上懒汉或者年迈的老人,江春燕还经常帮着人家把大米背到楼上去呢。

有一天,一个回头客说江春燕的大米好吃,一次性购买了二百斤白鹤有机大米。虽然这二百斤有机大米去了成本挣不到多少钱,但是这件事让江春燕看到了一点儿希望。拿着那五百元钱,独自走在大街上的江春燕泪流满面。

通过超出常人的付出,第五个月的时候,江春燕的经销店总体算起来终于有了微薄的盈利,婆婆的脸也不再拉得那么长了。

由于江春燕选米认真,讲究诚信,普通大米卖普通大米的价钱,有机大米卖有机大米的价钱,越来越多的觉得大米好吃的人成了经销店难得的回头客。随着时间的延续,江春燕的白鹤稻米经销店就在洮水县城有了一点儿知名度。每天都有新老顾客上门求购,尤其是白鹤有机大米,好像越来越受到人们的欢迎。

江春燕依旧热情诚信,依旧有求必应,依旧送货上门。

洮水县农业局的办公楼里,郑大民在办公室看着有关养殖的书。

郑经济赶着几只羊跑到农业局院里。他把羊拴在门口的柱子上,想要进去。

门卫一看有人进来，阻止道："哎，老乡，停停停，今天周日，不办公。另外，啥时候也不能随便进啊。"

郑经济说："我，不办公，我找我儿子，那不咋的。"

门卫听到外面羊叫，探出头来看："不是，这羊你拴这儿的？"

郑经济理直气壮地说："对啊，我知道这羊不能赶屋里去，那不咋的。"

门卫说："那你整这儿咩咩叫也不像话啊，再说你找儿子你上这儿找啥，不认字吗？这是农业局。"

郑经济说："别的字不认识几个，农业局这几个字我知道，我儿子给写过，写得清清楚楚的呢，那不咋的。"

门卫说："你儿子谁啊？"

"郑大民。"迟疑了一下，郑经济又说，"郑大民，大学生郑大民！那不咋的。"

门卫寻思了一下："郑大民？噢，小郑啊，他今天还真是来了，你就在这儿等着，千万别往里进啊，我给你叫一下。"

郑经济不耐烦地点了下头，然后在门口东张西望起来。

不一会儿，郑大民急匆匆地跑出来。

郑经济一见儿子，立即上前道："大民，你赶紧跟我回家，说好的周日给你相对象，咋干等你没人影呢？"

郑大民说："爸，我不说了吗？不看。"

郑经济说："不看不行啊，咱不跟那些不上学的比，人家早都有家有口的了；咱跟上学的比比，最起码得有个对象吧？你看看谁像你，啥都没影呢！"

郑大民说："爸，我说了，先立业，后成家。眼下啥都没个起色，我没那个心思。"

郑经济说："男大当婚，女大当嫁，我这放羊的都懂，你都这么大的人了，凭啥就没那个心思呢？你就不想说个媳妇？"

郑大民瞅了瞅正盯着他们爷俩的门卫，尴尬地说："爸，你别在这儿那么大声啊！"

门卫说:"小郑啊,要我说,你就先跟你爸回去吧,这羊拴咱这门口也不是个事啊!"

郑经济说:"大民,赶紧的啊,先回去看看,万一相中了呢?那不咋的。"

郑大民无奈地说:"爸,赶紧解羊吧,我跟你回去。"

第二十八章

吕文凤新写的剧本被省剧团相中了,省剧团要给她立戏,并邀请她去修改剧本。纪晓东也为媳妇高兴,乐颠颠地把媳妇送到了火车站。

回来的路上,纪晓东路过一个银行门口时,里面跑出一个年轻男子,手上拎着一个沉重的提包,跨上摩托车就要快速启动。

紧接着,两个穿着银行制服的保安人员追了出来,边跑边喊:"抓住强盗,别让他跑掉,快抓住他!"

纪晓东毫不犹豫地冲了上去,但由于腿的原因,还是慢了半步,只是抓住了摩托车后座的钢梁。

年轻男子不断地加油,想摆脱掉身后的纪晓东,可纪晓东高大的身躯还是减慢着摩托车的速度。

眼看着两个保安就要追上来了,年轻男子从怀里掏出一把尖刀,使劲往后乱挥,狂吼着:"松手,快点松手!"

纪晓东左右闪躲着,就是不肯松手。

其中一个保安人员就要追上了,年轻男子穷凶极恶地吼道:"马上松开!"说着,一刀扎在了纪晓东的胳膊上,纪晓东忍痛坚持着,年轻男子又对准纪晓东前胸扎了第二刀,纪晓东拼尽最后的力气拽翻了摩托车……

两个保安和另一些人拥了上来,抓住了强盗。

虽然人们第一时间就把纪晓东送往医院紧急抢救,但纪晓东还是因为流血过多而失去了生命。

吕文凤闻听噩耗，悲痛地从省城赶了回来。她不再有心思修改剧本，好多天都像生活在梦境里……

直到一个月后，吕文凤才渐渐从噩梦中走出来一点。但有时候还是恍恍惚惚，省里要的剧本还要修改，一向认真的吕文凤却总是走神。

一天晚上，趴在桌上修改剧本的吕文凤突然听到身后好像纪晓东在叫她："文凤，歇一会儿吧。"

吕文凤回过头去，却发现熟悉的沙发上并没有纪晓东，恍然间想起他已经远去了。

吕文凤失神地回想着纪晓东在她临去省城前一晚说的话："文凤，我就是想啊，你这嗖嗖地往上长，越干越好了，可我一个平凡的户籍警，没啥立功的机会，也不会有啥大出息了，以后咱俩可就要差上十万八千里了……"

吕文凤知道，纪晓东在为她高兴的同时，也希望他自己能更加优秀一些，他是在自我解嘲呢。

吕文凤没想到，还真有人在说这类闲话。

有人说："这个纪晓东也真是的，那么多人追劫匪，他干吗死活不松手啊？难道钱比生命还重要？"

还有人说："听说啊，他以前是个刑警，后来腿受伤了才当户籍警的。眼看着升迁无望，这次啊，他是想逮着好机会立大功，以后好提升……"

吕文凤只能在心里为丈夫鸣着不平："你们拍拍良心说话行不行？谁会冒着生命危险去立功？这次要是抓不住带刀逃跑的强盗，不知以后还得有多少人要遭殃呢！"吕文凤擦着眼角的泪水，"晓东，我知道你心里委屈，如果你那条腿没受伤，你一定会抓更多的坏人，立更多的功。你做的是个真正的人民警察应该做的事！我永远不会让你离我十万八千里，你还是翻个跟头回来吧……"吕文凤又把桌上纪晓东的照片抱在怀里，痛哭了起来。

过了许久，吕文凤好像还能听到纪晓东在说："文凤，等放假了，我陪你一起去逛省城，一定逛个够！"

早上，晓东妈见吕文凤早饭还是只喝了一口粥就撂下了，吃不进去，就问："文凤啊，胃还是疼啊？"

吕文凤答:"嗯,总是泛酸水,不想吃饭。"

晓东妈说:"你也不吃点药,天天这么硬挺着哪行?妈今天陪你去医院检查检查!"

吕文凤为了不让可怜的老人再上火,只好同意去医院。

在县医院门口,吕文凤拿着化验单,紧咬着嘴唇。

晓东妈焦急地看着吕文凤,犹豫着:"文凤啊,妈有句话,不知该不该问?"

"妈,咱们娘俩有什么该不该问的,有话你就直说吧。"

"妈就想问问你,这孩子,你还打算生吗?"

"妈,我为什么不生呢?"

"有人说,你是为了报恩才嫁给晓东的,可是晓东他、他走了……"

"妈,我选择跟晓东在一起,不是有些人想的那样,因为晓东是为我帮了李芒种,并且自己受了伤。我觉得只是我求了晓东,让晓东更认真地体味到了李芒种的不易,弄明白了李芒种不是小偷,他才帮了我们,他宁可自己受伤被耽误,他始终是个正义的警察。我则是在发生的这些事上,看清了晓东是怎么样的一个人,明白了我自己喜欢的是什么样的人。我一直都喜欢和晓东在一起踏踏实实的感觉,从来没有变过。"

"文凤,既然是这样,妈也想求你留下来。虽然晓东不能为孩子做什么了,但妈保证绝不给你添负担,这孩子妈来养,也算给晓东留下个根,给我留个希望。"

"妈,应该是我求你,求你陪我一起把晓东的孩子养大。"

县医院门口的秋风里,吕文凤抱住婆婆泪流满面……

远在省城,李芒种正在追求省歌舞剧团的独唱演员小雯。

一场有重要领导观看的演出开始前,李芒种开着文化公司的车来接小雯。

等了好半天,小雯才妖娆地走下楼来,风情万种地上了李芒种的车。

李芒种递上早就泡好的清润嗓子的茶:"小雯,喝点,我新买的专门清润嗓子的好茶。"

小雯没接,从包里拿出一块纸包的东西放进嘴里,嗔怪道:"真是土老帽,不知道演出前不能多喝水呀。"

演出开始了,台上的小雯独唱时,李芒种在台下使劲地鼓着掌。

下了舞台的小雯在卸装间卸装的时候,收到一张名片,某家地产公司老板的。

演出结束,等在剧场外的李芒种拿着一束花接小雯。

小雯像从来不曾交往过一样,奔着另一个更大的花束、更豪华的车去了。

李芒种震惊又失落。

这时,李芒种文化公司财务给他打来电话:"李总,咱这账上的钱不够发工资了!"

李芒种说:"这咋可能呢?"

财务说:"李总,这半年你光给小雯那边宣传策划各种活动就支出了三十万,还有你还提了现金买了新房。"

李芒种感觉脑袋涨大了一圈,急吼吼地说:"那些业务员呢?让他们抓紧联系业务,还有那些欠的款抓紧追一追呀。"

李芒种又给小雯打电话,打了不知多少遍,电话终于接通了,他柔声问道:"小雯,明天有时间吗?"

小雯不耐烦地说:"李芒种,我再说一遍,我没时间,我再明确地说一遍,对你,我永远没时间!"

李芒种急了:"小雯,你这是卸磨杀驴啊!没有我这半年挖空心思的各种策划宣传,又让你登报纸,又让你上电视的,你哪有今天啊?翅膀硬了就甩我呀?"

小雯冷酷地说:"李芒种,你别说得那么难听行不行,净整那种土里土气的词!磨啊驴的,我听够了。我跟你说,我求过你吗?是我让你那样做了吗?"

李芒种愣了一下,想了想说:"你是没明确地求过我,可你明明是希望我那么做的,是你暗示我那么做的啊!"

小雯说:"是你理解错了,我可从来没让你为我做过什么。"

李芒种说:"可我为你做的,你全部都接受了!鲜花、美食、宣传、服务,还有房子。"

小雯说:"李芒种,我说你是农民,你就是个农民。就你那小房子,麻雀窝那么大,还好意思提?"

李芒种说:"麻雀窝?你当初可不是这么说的,这还是你去挑的呢,装修也是按你的要求装的。"

小雯鄙夷道:"李芒种,就这你还好意思提,就你这么一棵小树就想拴住我?"

李芒种终于想明白了:"小雯,你是不是和那个、那个……"

小雯不耐烦地说:"行了,李芒种,别这个那个的了,我没时间陪你磨叽。还是说句敞亮话吧,我要往更高处走,也无法停留在你这里。像我这么鲜艳的花朵在你这儿会枯萎的,我需要持续不断的水分,需要更高级的养料,你供不起!而我还要开得更艳,开得更久呢。我想走得更远,也一定会走得更远的!"

李芒种如梦方醒:"小雯,你是说,我只是你成名路上的一块垫脚石?"

小雯冷冷地说:"李芒种,你干吗要说得那么难听呢?我说得够清楚了吧,人往高处走,如果不走了,那也就不是人了。"

李芒种觉得一股热热的东西往嗓子眼儿涌:"你——你!"

小雯换上柔美的声音说:"李芒种啊,如果你真喜欢我的话,就去听我的歌吧,它会永远陪伴着你的……"

李芒种落了个人财两空,失落不已地坐在公司的办公椅上发呆时,电话铃响了,他以为又来了一单业务,打起精神接电话。

原来电话是作家班的同学孙姐打来的。

"唉,上次文凤不是来省里修改剧本吗?我张罗请客,结果她家里有事提前回去了,我也没请上。这一晃都好几个月了,咱那帮人非让我把这客请上,我正好今天有空,就张罗一下。"

"上次?文凤来了?那你也没叫我啊,这次咋想起我来啦?"

"哎哟,这还挑上礼来了。我上次咋没找你呢,打你手机无法接通,就把电话打到你公司去了,接电话的人说你忙着为一个女演员捧什么场去了。"

"哎,对了,你刚说吕文凤家有事提前回了,她有啥事啦?"

"哟,你一直都挺关心文凤的,人家里出啥事你都不知道?"

"快说,出啥事啦?我真不知道。"李芒种有点惦记。

"啊？这么大个事你都不知道？文凤的老公没了。"孙姐没想到。

"没了？咋没的？不是瞎扯吧？"李芒种觉得太意外了，无法一下相信。

"谁能拿这种事瞎扯？真没了，是在抓一个劫匪时牺牲的，听说要不是腿有点毛病，还不至于这样。唉，文凤也真是命苦啊。"孙姐叹息着。

李芒种好像一下子从失恋的痛苦中走出来了："好好的一个人真没了？真没想到啊！"

孙姐劝道："行了行了，都过去了，不说这事了，你晚上能来不？"

李芒种觉得心特别沉，直往下坠："不能了，我马上就得出差。"

"你又是要去哪儿啊？这么巧。"孙姐埋怨道。

"我去洮水县。"

"洮水县？啊，你是要去看文凤……"

"对。"

李芒种第二天上午就来到了洮水县文化馆。

他敲门时，正在办公桌前写着什么的吕文凤停下笔说："请进。"

李芒种轻轻推开门走了进来。

吕文凤揉了揉眼睛，站起身来："李芒种？你怎么突然来我这儿？"

李芒种上下打量着吕文凤："我昨天才从孙姐那儿知道了纪晓东的事。文凤，你还好吧？这么大的事，怎么没早点告诉我？"

吕文凤一下不知该如何回答李芒种的问话，迟疑了一下说："坐吧。"便去拿桌上的茶杯给李芒种倒水，却突然又是一阵恶心，她急忙捂住嘴。

李芒种盯着吕文凤，有些着急地问："文凤，你这是……？"

吕文凤把水递给李芒种，坐回自己的椅子上说："我怀孕了。"

李芒种脱口而出："你、你还想要这个孩子？"

吕文凤轻笑了一下："我怎么可能不要这个孩子呢？"

李芒种这才意识到自己刚才没过脑子的问话的确唐突："哦，我刚才说错了，这也是你的孩子……"

吕文凤还是忍不住掉下泪来："晓东是在送我回来的路上遇到劫匪的，他做了身为人民警察必须做的事……"

李芒种站起身，走到吕文凤桌前："文凤，咱们到外面找个安静的地方吧，我想请你吃点饭，说说话。"

办公室外有其他人走动的声音，吕文凤指了指文件柜旁的简易沙发说："李芒种，我不想出去了，就在这里坐一会儿吧，这里就是最好的说话的地方。"

李芒种走过去坐下，指了指门外："为什么？是怕别人的闲言碎语？"

吕文凤使劲抿了一下嘴："也不全是。"

李芒种说："文凤，虽然当年纪晓东有恩于我，但他用他的恩情夺走了你，夺走了我爱的人……"李芒种停顿了一下，"其实，我心里终归是恨他的！他当年损我的那些话经常在我耳边回响。我甚至想过，纪晓东是故意激怒我，施了个苦肉计，让我犯了大错，结果把你弄丢了！而我的人生，从此也错位了……"

吕文凤轻轻摇了摇头："不，李芒种，你错怪他了！他当年对你被诬陷偷羊以及之后误伤他的事情的处理方式，其实和这次选择奋不顾身地去抓劫匪本质上一样，做的都是一个警察凭良心要做的事，就是不放过一个坏人，也不错怪一个好人。我就是在当年他处理那件事的过程中，看到了他身上我喜欢的品质，才喜欢上他这个人的！"

李芒种迟疑着问道："文凤，你是真的喜欢上他这个人了吗？还是为了我，为了我能不误前程？"

吕文凤说："我说过了，是在他帮我们的过程中，我一点点看清了自己心中渴望的那份踏实。"

李芒种的心中十分酸痛："文凤，那时候我啥都没有，让你跟着一起遭罪了，担惊受怕了。真是对不起！现在想来，纪晓东说的那些损我的话，可能也没错，或许是他看透了我，说得一针见血，而我则是真正的恼羞成怒了。"

吕文凤说："没啥对不起对得起的，人都是通过遇到的一件件事慢慢成长起来的，很多事都难以只简单地用对与错来衡量。每个人有每个人的追求，这几年，正是和晓东在一起踏踏实实的生活，才让我安下心来做我愿意做的事。我就喜欢有一方寸之地，能安安静静地写作。"

李芒种感叹道："唉，过去的都过去了！文凤，你这以后一个人带着孩子，没那么容易的。现在也算是老天爷重新给了我一个机会，让我能弥补……文凤，跟我离开这儿吧，我现在能给你安心的生活，让你安心地写作了！"

吕文凤坚定地说："李芒种，谢谢你。可我不想离开这山这水这地这人，也不会离开这山这水这地这人。"

李芒种问："为什么？现在你已经是单身一人了。"

吕文凤说："李芒种，要说爱情，这辈子我只爱过一个人，就是晓东，我没有说谎，我当年确实不是为了恩情才跟他在一起的。他走了和他在，实质上是一样的，什么都不会变。况且我现在也不是一个人，我还有和他共同的孩子。"

李芒种酸楚地问："文凤，纪晓东真的值得你爱，值得你付出这么多吗？"

吕文凤认真地说："值得，他在我心里是个顶天立地的男人，配得上人民警察这个身份。"

李芒种喃喃自语："纪晓东找了个好媳妇。我现在终于明白了，你为什么爱的是他。"

吕文凤说："李芒种，这么多年，有句话很想说给你，但我一直没说。"

李芒种问："是什么？"

吕文凤说："谢谢你，谢谢你当年拼尽全力带我去上了作家进修班，让我这辈子有了圆梦的机会。"

李芒种感慨道："唉，谢啥，要是不让你吃那么多苦就好了。文凤，其实我很羡慕你，不管脚下的路有水还是有泥，你始终都朝着一个方向，坚持并实践着自己的梦想。可我，置办了宽大的书房，摆上豪华的书桌、高档的台灯，却坐不下来、静不下心来写作了。我都不知道我以前对写作的爱是不是真的，还是只把通过写作来发表作品当成了垫脚石，当成了梯子。"

沉默了一会儿，李芒种又说："文凤，你不走也好，每次回来，看到你就仿佛回到了从前……"

此后，吕文凤时常收到李芒种从省城汇来的钱款，附言：为了成长。

吕文凤打电话对李芒种说："以后不要再寄钱了！"

李芒种说："文凤，就让我寄吧，每次寄钱，我就有一种短暂的踏实感觉。"

吕文凤也就没把汇款退回去，但她也没有动用，而是默默地存了起来。

第二十九章

白鹤村的另一家也有人在犯愁。刘福贵无精打采地吃着饭,老伴段秀芝说:"这从城里回来你咋就没个精神头儿呢?"

刘福贵说:"有啥精神的?咱二岗这连个媳妇都没说明白呢,吕老倔都抱上孙子了,老江家的春燕也嫁到洮水县里了。"

"唉,咱家二岗没赶上好时候啊,你说大岗还赶上了单位分房,虽说是两家合住,归他的才九平方米,但那也是自己的家呀。咱那儿媳妇也不挑不拣的,俩人干啥都顺顺溜溜的。"

刘福贵说:"啥事还不是过了这个村就没这个店呀?这二岗啊,找个城里对象有发展是有发展,可那闺女的妈呀,可不是个善茬。不过呢,人家说的也在理上,你说好好一个闺女,跟咱儿子结婚,连块地都没有,搁谁谁心里也不能得劲儿。"

"不是咱不给孩子买,是咱没那么多钱啊。"段秀芝说。

"等咱攒够钱,那得等到啥时候啊?我这孙子还能指望谁去?"刘福贵很发愁。

"愁有啥用?也怪你,当初要不是藏下二岗给江春燕那些信,俩孩子处着也挺好的。江春燕那孩子能吃苦,咱二岗回县里俩人不也能过得挺好的?"

刘福贵瞪起了眼睛:"这咋还越说越往下道了呢?能不能别光看眼前那么点儿?好不容易考出去了,还能回县里?怪就怪江春燕没考上大学,还有她那没福的妈,偏偏孩子要考试的时候生大病!能怪我吗?我那时候都恨不得砸锅卖铁帮老江家供她重读呢！可她死要强，不肯用我的呀！"

"怪谁也没用了，都是命啊，这俩孩子还是没那缘分。这不谁也没等谁吗？"段秀芝边叨咕边干活去了。

思来想去，刘福贵还是决定再进城走一趟。他给儿子二岗打电话让接站。

省城火车站出站口，刘二岗在站外焦急地等待，不时地看看表。在广播说出某次车到站的消息后，刘二岗使劲往出口处挤，并抻长脖子。结果出站口的人都走没了也没见到要接的人。接站的人都散去了，刘二岗失望地走上前去询问检票员，这才看到出站口里的台阶上站着的老爸："爸——"

刘福贵捧着个包，笑呵呵地朝刘二岗走过来，把包递给刘二岗。

检票员问："票——"

刘福贵连忙掏出票递上去。

刘二岗说："爸，咋才出来啊？急死我了，还以为你出啥事了呢！"

刘福贵拍了拍刘二岗手里的包说："儿子，拿好喽，我这一路啊都没撒手，那啥都在里面呢！"

刘二岗问："啥？爸你是说你把钱都放在这个包里了？"

刘福贵说："嗯，不放包里放哪儿，缝裤衩里也缝不下啊，凑的钱啥样的都有。"

刘二岗说："爸，不是让你邮来吗？你这样拿着，你说万一丢了可怎么办？"

刘福贵说："邮？那不是还得花邮费吗？都够咱俩吃一顿的了。"

刘二岗无奈地叹了口气："爸，都是我让你遭罪了。"

刘福贵说："遭啥罪，不就是多上点心吗？儿子，你给爸争光了，你看，和你哥一样，到底娶了城里媳妇，都是大学生，你还是咱村头一个硕士生呢。"

刘二岗说："爸，以后我攒了钱买了大房子一定把你们都接城里来。"

刘福贵说："嗯，我估摸着以后肯定能，肯定能。"

两人往站外走时，刘二岗挥手要叫出租车。

刘福贵拦住他："二岗，咱别叫，咱要么走着去，要么就坐那个公共汽车，这钱差得太多了。"

刘二岗说:"爸,我平时也不会打车的,但咱坐公共汽车,万一钱丢了的话不合算啊。"

刘福贵说:"咱俩大老爷们儿呢!我一个人都没看丢,加上你还能看丢了?那咱还能干啥了?"

刘二岗无奈地瞅瞅,公共汽车站人潮涌动:"爸,咱们还是走着回去吧。"

在省城的马路上,刘福贵有点疑惑地问刘二岗:"你说你那个是贷款买房,你说这合适吗?这单位能不能像你大哥似的,哪怕只分个一间呢?"

刘二岗说:"爸,现在不是那个形势了,再期望着单位分福利房,就不太现实了。我哥算是命好,赶上了分福利房的尾巴。我在信里不是跟你说那个故事了吗?就是美国老太太和中国老太太的故事。人家美国老太太贷款买房,到死前把贷款还完了,可人家一辈子住的都是自己的房子,而中国老太太,攒了一辈子,到死前才买上自己的房子。你看,都是一辈子!"

刘福贵琢磨了一会儿说:"是都是一辈子,可咱是中国老太太啊,唉,也不是老太太,就是这心里头的滋味不一样啊,咱没债的时候,那不是一身轻嘛。你这有个债压着,就跟背着个大盘磨似的,活的滋味不可能一样啊!"

刘二岗看着五十多岁就满脸皱纹的老爸,看着路上行色匆匆的城里人,心里也很不是滋味,可是想到女朋友林丽丽为难的样子,林丽丽妈常挂在嘴边的"上无片瓦遮身,下无立锥之地",只好无奈地说:"爸呀,其实我也不想买,可你和我妈都着急抱孙子,总催我,我不也是实在没办法吗?丽丽妈一见到我就说'上无片瓦遮身,下无立锥之地'的,别的东西人家也不管咱多要了,就要个住的地方。这反正也没说多大,我这不就尽可能买个最小的嘛。"

刘福贵看着为难的儿子,下决心地说:"二岗啊,爸就是想再细问问,不是不让你买。这不,按你说的那个钱数,爸又多凑了点。是这样啊,你看你哥那儿刚生了个女孩,这要是在农村,那第一胎是女孩,还可以再生一个,可你哥留城里了,所以爸就指着你了,你赶紧结,赶紧给爸生个大胖孙子。这房子,咱别买一间,咱凑两间,得给我大孙子留一间。你就拣那两间的买一个。"

刘二岗说:"爸,这着啥急啊?婚都没结,我还没想这事呢。再说,买两间的话,那每月还的房贷也多啊。"

刘福贵说:"不想长远点可不行,你看,趁着爸还不算老,还能多帮着你几年。"

刘二岗说:"我不能光为了我自己,让你和我妈遭罪。"

刘福贵说:"遭啥罪了?你净给爸脸上贴金了,爸就等你给爸抱回大胖孙子了!二岗,听爸的,就买个两室的吧。"

刘二岗说:"行,那我就听爸的,等年底房子下来给钥匙了,我就使劲努力……"

这天,郑大民突然来到了白鹤稻米经销店。正忙活着的江春燕抬头意外地看到了他:"大民,你咋来啦?"

郑大民说:"春燕,我今天要回白鹤村去,顺道来看看你有没有啥事要办。"

江春燕说:"噢,我这两天忙着外出卖粮,给我妈买的两袋大枣还没拿回去,你帮我捎给我妈吧。"

郑大民说:"好,我正好要去看看江婶呢。"

江春燕转身到桌下拿出两袋大枣递给大民:"对了,大民,你再帮我问问,看看谁家还有少量的有机大米想卖,城里有人想要点。唉,又麻烦你了。"

郑大民接过大枣:"这有啥,顺道的事。"

江春燕说:"我原以为开了这个店,又结了婚,就能把我妈接过来呢。没想到我妈之前答应得好好的,说我结婚她就来,可现在我妈却说什么也不来了。我才知道她是怕给我添麻烦,怕影响我的正常生活。"

郑大民说:"江婶想得多,也是盼着你过得好呗。"

江春燕摸着手边的稻米说:"一天天忙忙活活的,除了收稻米,就是卖稻米,再就是琢磨剪纸的新花样,经济上确实缓解了一些,弟弟春田上学的压力也小了不少。可我还是感觉不够踏实,总是觉得农民的根还是应该在土地上,总是惦念回到白鹤村大面积播种新型有机水稻,一边种地一边剪纸,还能天天陪着我妈。"

郑大民说:"春燕,以后啊,我可以天天都去江婶那儿看看,也能帮你看着点有机水稻试验田,你就放心忙你的事业吧。"

江春燕疑惑地问:"咋了,你还能天天从县里往家跑啊?那不一天除了上班时间都得花在路上吗?"

郑大民说:"我向单位申请了三年自主创业,工资待遇保持不变,暂时不用到单位上班去了。"

江春燕问:"啊?不是停薪留职呀?还有这种好事?"

郑大民答:"对!国家有政策。"

江春燕担心地问:"是县农业局的工作不顺心吗?大民,你……"

郑大民说:"春燕,别担心,我从来就没啥不顺心的事。我打小就闲不住,总喜欢干点自己喜欢干的事,又正好赶上国家出台了好政策,鼓励自主创业。我虽然不像你那样对开发新型有机水稻那么感兴趣,但还是对发展养殖业痴心不改。"

江春燕说:"国家鼓励?真好啊,我也支持你去自主创业。"

郑大民说:"十八大报告中提出了'两个百年奋斗目标',其中的一个就是确保2020年全面建成小康社会。现在,国家尤其鼓励大家去乡村创业,下一步就是乡村振兴。"

江春燕说:"是啊,这个我也知道。我经常从报纸和电视上听到这些令人振奋的好消息和好政策,乡村有着广阔的发展前景呢。"

郑大民说:"一晃在县城工作两年了,我越来越感觉到自己并不适合天天坐在办公室里和数字、报表打交道,总想在咱们从小一起长大的那片土地上做出点什么,靠自己的脑力和体力摆脱压在自己身上的穷气。"

江春燕说:"大民,我能理解你,但我建议你要跟家里人好好商量商量。"

郑大民说:"怎么可能跟家里商量呢?我爸你也不是不知道,就是个小农经济头脑。他一时半会儿不可能理解我,估计死都不会同意的。我只能先斩后奏了,等生米成了熟饭,他不同意也没办法了。"

江春燕说:"大民,我也有你这种想法,总是梦想通过自己所学去创业,改变自己和家乡的穷面貌。但现实生活又总是困难重重。我通过开这个稻米经销店,才真正明白干啥都不容易啊……"

郑大民说:"我是个大男人,现在多吃点苦不怕。只是春燕,你从小就要强,可别太累了啊。咱们都要慢慢来，等以后闯出路子来，有了本钱和能力就好了。"

江春燕说："大民，我知道你一直想着帮我，也一直都在帮着我。现在我有了自己的小家了，一切都在好转，你不用担心，我不怕苦，也不怕累。人啊，只要有盼头比什么都强。"

郑大民说："嗯，我已经办好手续了，不想再犹豫了。我在省城上学那四年，每个假期都四处打短工，那些日日夜夜，苦啊累啊其实没什么，我也从没怕过。可是每次提到我来自白鹤村这个穷得出名的地方，在那些带刺的眼光中感受到'穷'得抬不起头的时候，真的会心急如焚、无奈、无助、压抑……大学毕业又工作两年了，也算有知识、有文化的人了，但我又没有什么实实在在的能力去改变什么。"

江春燕说："大民，你努力到现在，一直都是同学中有出息的人，多少人都羡慕你呢，咋还说自己没能力呢？"

郑大民说："在村里人眼里就算是条龙了，但在外面这些年，我感觉我一直还是一只虫子。大学毕业生只不过是短暂的光环而已，只能算是登山的第一级台阶吧。我如果能用所学的知识改变咱家乡的面貌，让咱家乡不再是虫子级别的了，咱家乡的人也就能个个都是龙了。"

江春燕沉思了一会儿，说："是啊，都是因为穷！穷，确实是个巨大的绊脚石！大民，你既然决定了，那就去尝试、去努力做吧，反正天上啥时候也不会掉下馅饼的，想吃咱就得自己磨面、自己剁馅、自己擀饼，一步一步来，我永远支持你！"

郑大民说："春燕，谢谢你支持我。"

江春燕说："都是口头的，这算啥？我还要谢谢你呢。对了大民，回去还是要跟你爸好好解释解释，别让老人上火。"

郑大民说："嗯，你放心吧。"

郑大民回到白鹤村，用尽心思一遍遍地跟郑经济夸赞自主创业的好处，说工作不耽误，工资不少给，还闲出个人来去再找挣钱的道。郑大民从小到大一直没让郑经济操太多的心,一时间郑经济觉得大民说的自主创业这本账还真有得算,就接受了他这个做法。

郑大民回白鹤村没多久就买回六头可爱的梅花鹿。

可是这六头梅花鹿并没让他乐呵几天。这不,在自家院子的围栏里,其中两只母梅花鹿卧地不起,一副病歪歪的样子。郑大民穿上工作服,跪在地上和找来的兽医给梅花鹿喂着药。

兽医说:"大民,我可说真话啦,我估计你这鹿啊,来的时候就带着病,现在这个药吃下去也不一定能有什么起色。"

郑大民说:"不能吧?这两只鹿刚来的那两天还挺精神的呢!"

兽医说:"那准是卖家糊弄你的,肯定是喂了什么药了!这就跟人打了鸡血似的,短时间回光返照强打精神。"

郑大民说:"啊?这我得找那个奸商去。"

兽医说:"一手交了钱一手交了货,找了人家也不能承认,你啊,吃个哑巴亏了。"

郑大民说:"哥们儿,那这鹿真的是没救了吗?"

"我看够呛,看命吧。"兽医说着就要往外走。

郑大民送兽医出门时,正好碰上穆秀英领着个年轻女子进院。

穆秀英看着郑大民那身脏兮兮的打扮,一脸吃惊:"哎呀大民,你爸没告诉你今天相亲啊?你说这大学生,咋还跟刚在猪圈出来似的。"

跟在穆秀英身边的年轻女子看看郑大民,皱着眉头,捂着鼻子。

郑大民说:"秀英婶,我的鹿生病了,这不刚给鹿打针喂药呢。"

穆秀英马上换上笑脸:"我说呢,平时那么精神个大学生,还是国家干部,咋跟咱这儿刚干完活的农民似的了呢。"

郑大民跟旁边冷眼旁观的兽医道别:"哥们儿,费心了啊,慢走。"

兽医说:"咱哥们儿客气个啥,祝你好运吧!"

这时,郑经济赶着羊回来了。老远看着家门口的人影,不禁一路小跑,赶得几头羊四散开来。

郑经济说:"这些玩意儿,我越着急,你们还越撒上欢了,那不咋的。"

羊们像人来疯的小孩子似的,郑经济急得一头汗。

总算走进家门了,郑经济看清是穆秀英,急忙喊:"秀英啊,你等着啊,你看看,你咋还早来了呢！我这紧赶慢赶地,羊没吃饱我就跑回来了,那不咋的。"

穆秀英有点埋怨地说:"哎呀,你说你毛毛楞楞的,这事赶早不赶晚啊,我这一天好几桩呢,你这天天急得屁猴似的人咋还关键时刻不着急了呢？"

郑经济说:"那不咋的,羊是咱家的命根子,不喂哪成啊？这不,咱回来得正好,快领丫头进屋去吧。"

郑经济停下脚步抬头细看大民,又气又急地说:"大民,你非得这工夫整你那鹿吗？赶紧进屋换身衣服去。"说着推郑大民先走。

郑经济转身对穆秀英:"这不什么自主、什么创业的,新整回来了几头鹿,你说还不赶我这羊呢,没几天躺那儿不起来了,你说这整的你说。"

穆秀英瞪起眼睛,疑惑地问:"你说啥？你再说说。"

年轻女子说:"秀英婶,你不是说,他在县农业局工作吗？这咋还创业了呢？这可跟你说的不一样啊,这事俺不能同意。"

穆秀英有点着急:"你说啥创业？啥意思？"

年轻女子说:"就是工作不干了呗。这要是工作不干了,那不就是个纯农村人了吗？俺还想去县城里住呢,婶,你这信息也太不准了,俺回去了。"说着转身就走。

穆秀英瞅着愣神的郑经济:"哎,我说,死羊倌,你这信息咋说变就变呢？你得及时向我更新哪,这不害我白跑腿吗？你这是毁了我的名声啊！"

郑经济说:"俺大民说想回去就能回去啊,这算啥事？养鹿没准还能挣大钱呢,俺大民是大学生啊,要是不合适也不能整这个啊！那不咋的。"

穆秀英嘲笑道:"哎呀妈呀,你大不大学生的不说,我就问你,现在钱在哪个地方趴着呢？我看呀,就鹿在那儿趴着！你家大民是不是傻啊？放着好好的工作不干,出去了还回来,脑袋真是让驴踢了。"

穆秀英说着就去追年轻女子:"哎,那小谁,你等等,我这儿还有别的合适的人呢。"

郑经济望着跑去的两个人着急地叫着:"哎——"

突然想起刚才穆秀英说"鹿在那儿趴着",郑经济边赶着几只跑散了的羊,边往栅栏里看,发现有只鹿已经躺倒了。

郑经济着急地喊:"大民,大民,你快来看看这鹿啊,是不是死啦?"

郑大民穿着西服走了出来。

郑经济说:"那不咋的。哎呀,大民,穆秀英说你脑袋让驴踢了,我看你是不是让鹿踢了啊?你快看看,这鹿咋不动弹呢?!"

郑大民扑到鹿旁边,着急地扒拉着鹿脑袋,看着鹿嘴边吐出的白沫,痛心地咬着牙。

郑经济急得直跺脚:"大民呀,你那可是西服啊,就那么造?鹿到底死没死啊?死了咱的钱可就真打水漂了。"

郑大民闭着眼睛,咬着嘴唇,紧紧地皱着双眉。

郑经济看看郑大民,看看自己的羊,喃喃自语:"完了,完了,我这羊得搭上了,我这羊得搭上了,那不咋的。"

在白鹤稻米经销店门口,江春燕出来送一个老顾客时,突然发现郑大民正在外面来回走着:"大民,你来了怎么不进屋啊?"

郑大民有些沮丧,边往江春燕这儿走边说:"噢,我就不进屋了。"

江春燕瞅瞅背着大包的郑大民,疑惑地问:"你这是要去哪儿啊?还背着这么一个大包。"

郑大民说:"春燕,我过来就是想跟你说一声,我那几只梅花鹿都养死了,这书本上的东西啊,不真正地挪到实在的地方,还是不管用。"

江春燕一惊:"梅花鹿都死了?那你这是打算……"

郑大民说:"我又联系了一个绿色麻鸭养殖场,想去打工积累经验,都整明白了再回来继续创业。"

江春燕说:"大民,你既然联系好了就放心去吧,家里这边有啥事的话就让郑叔来找我吧。"

郑大民说:"嗯,春燕,你也别太累了,多注意保护好身体。"

江春燕说:"你也多注意,在外面打工考察别太辛苦,慢慢来,一切都会好起来的。"

郑大民淡笑着挥挥手,走了。

江春燕站在店外瞅了好久,直到郑大民的背影消失在远方。

傍晚,下了班的薛桂兰开门后没听到家里有做饭的动静,也没看到江春燕,脸上有些不悦,放包的声音不禁大了些。在卧室里看书的彭永刚听到声音走了出来。

"永刚,你媳妇又没回来啊?这冷锅冷灶的,天天就指着我呀?"薛桂兰脸色不悦。

彭永刚忙说:"妈,这个季节卖水稻的人多,春燕店里的活也就多了,再说,她都怀孕了。"

薛桂兰一听儿子又帮媳妇说话,更加不满了:"一会儿在乡下收水稻,一会儿去文化站辅导剪纸,一会儿又回村看她妈,一趟趟地穷折腾,就没见着几个钱。忙、忙、忙,谁来帮我的忙啊?"

彭永刚说:"妈,周末春燕不是还得回白鹤村陪陪她妈吗?"

薛桂兰不满地撇着嘴:"除了忙就是陪,挣不回几个钱来,还得像个姑奶奶一样伺候着!"

彭永刚解释道:"其实说是陪她妈,她不也没闲着,不过就是和她妈一起种种有机水稻试验田,一起收收粮、说说话。妈,春燕这是因为忙才回不来,她哪次回来了,不是进屋就干活?"

薛桂兰不认同地抢白道:"干活干活,说得好像咱家的活都是她干的似的。"

彭永刚拉住薛桂兰的胳膊说:"哎呀,妈,春燕都给我买好菜了,我也就是洗了切了,就等着你扒拉呢,谁让你做得好吃呢!"

薛桂兰语气缓和下来:"我做的菜好吃就得挨累天天做啊?"

彭永刚撒开手说:"那你不嫌弃我做得不好吃我就做。"

薛桂兰忙说:"得了吧,一个大男人,可不能天天围着厨房转。"

彭永刚说:"你看吧,这就不怨我了。妈,还是你做的菜好吃!"

薛桂兰手一挥说:"得了吧,你就是舍不得你媳妇!"

第三十章

半年后，江春燕的预产期快到了，她知道妈惦记自己，自己也总惦记妈，就和彭永刚商量，能不能把妈接到县里住一段。彭永刚就骑着摩托车来白鹤村接春燕妈。

彭永刚边往摩托车上放包边说："妈，这两个月春燕身子不方便，回来得少了些，她说你总是睡不好觉，总是惦记着她，这回你到县城家里去了，也就能安下心了。"

春燕妈帮着彭永刚扶着包："永刚啊，我这去县里又给你们添麻烦了。我知道有你妈在那儿，用不上我，再说县里房子也不大，我去了住着不太方便。可春燕的预产期就要到了，生孩子的事不比别的，我不看着春燕平安地把孩子生下来，我这心还真是放不下。"

彭永刚一手把着摩托车，一手扶春燕妈："妈，你咋还把我当外人呢，啥添麻烦不添麻烦的？你这去了是帮我们呢！你不去，春燕一是心里老惦记你，二是生孩子之前你没在她身边，她还不得更紧张啊?！"

春燕妈扶住彭永刚："唉，我也是怕她惦着我这儿啊，这惦记来惦记去的，也顾不得亲家家里方不方便了。"

彭永刚启动摩托车，大声地说："方便，没啥不方便的，我早就跟我妈打过招呼了，她啊，就盼着大孙子，啊，不对，她就盼着你们去呢。家里平时太冷清了，这回就热闹了。"

白天，大家客客气气、有说有笑的还好，可到了晚上要睡觉了，就有些小问题了。

夜晚，江春燕的卧房内，挺着孕肚的她和妈在铺着床。

春燕妈阻止道："燕儿，你别动了，妈自己弄就行，你别再闪着。"

江春燕说："妈，没事，我知道小心。"

春燕妈不太习惯，小心翼翼地上了床。江春燕亲热地搂住妈，俩人盖上被躺着。

"妈，你往里点躺啊，是不是突然换地方睡不惯？又得失眠了吧？"江春燕拽了拽怕挤到她的妈。

春燕妈微笑着说："燕儿啊，一看到你，妈就没那么些毛病了，没啥睡不惯的。"

江春燕也笑了："妈，看来我是治病的特效药啊！"

春燕妈说："嗯，还真是，这挨着你妈心里就踏实了。你看，这么多天，我夜里眼睛都通亮的，老惦记你，这今天刚躺下就犯困了。"

"我还是往外点，别再碰着你。"春燕妈说着又往外挪了挪身子。

江春燕着急地说："哎呀，妈，没事，你就放心睡吧，你这是真累了。我上周回去不是说让你在家等信儿吗？等孩子生下来就让永刚找人通知你，你还非捎信儿说要来，这前前后后地折腾，你身体能行吗？"

春燕妈说："不放心啊！你说你上周回去给我带啥不好，偏带点梨，你这一走，我就开始犯寻思了。"

"净瞎想，这不是看那梨水灵灵的，怕你最近上火，想着压压火才买的吗？这检查都好好的，你就是太担心了，太想看我了。"江春燕嗔怪道。

春燕妈说："唉，就是惦记。生孩子的时候，哪个女人不是在生死劫上过一回啊？添丁进口是个喜兴的事，但对女人来说确实是遭罪的事啊，要不咋说儿的生日，妈的苦日呢。这时候，妈不陪在你身边，就是放不下心啊。"

江春燕说："妈，其实我也挺希望你在我身边的，你在我心里踏实……唉，一是担心你受累，二是怕我婆婆多心。"

"妈知道，平时有啥事咱可着你婆婆来，可这事上，妈管不了那么多了，妈得看着你平平安安的才能回去。"

"妈,我婆婆对我挺好的,你不用担心。"江春燕安慰着妈。

春燕妈忧虑地问:"那妈今天拿来那些给孩子做的绣花小肚兜、小花被,你婆婆咋一脸不乐意呢?"

江春燕解释道:"可能不喜欢看到上面有花啊草的吧。反正从知道我怀孕了,她就不让我在家剪纸,说弄这个太没有阳刚之气,家里得有那种男人的气势。总之,就是说这个家缺男人味儿。"

春燕妈说:"怪不得呢,她准备的小衣服小玩具看着都是男孩子用的。"

江春燕说:"妈,没事,我在你身边了,这回安心地睡一宿吧。"

春燕妈惦记春燕,多少日子没睡好觉了,拉着她的手,不一会儿就睡着了……

屋外的客厅里,彭永刚躺在沙发上。

薛桂兰推开自己卧室的门走出来,看了看躺在客厅里的彭永刚,不高兴地说:"这挺冷的天,你还得睡在厅里遭罪,她这是帮倒忙来了。"

彭永刚双手合十求道:"妈,你小点儿声,让人听见多不好。也不总来,这不是惦记春燕吗?"

薛桂兰瞪了一眼儿子:"有啥不放心的,咱家这些人还不够啊?"

彭永刚反问道:"妈,那我姐要生孩子那会儿你没去吗?"

薛桂兰辩解着:"去是去了,可我也没去帮倒忙啊?"

"妈,行了,人家也没有!你进去,进去。"彭永刚边说边摆手。

薛桂兰过来给彭永刚拽拽被子,说:"别冻感冒了!我说让她跟我在那屋睡,可春燕非让她妈和她睡,你说整现在这么一出!我跟你说,要不是看我大孙子面上,我指定不同意。"

彭永刚见缝插针地求道:"妈,那你看你大孙子的面上,也对他姥姥客气点行不行?"

薛桂兰反问道:"咋不客气了,这不好吃好喝地招待着,当座上宾吗?都害得我儿子睡沙发了。"

"哎呀,妈,快睡吧,能住几天啊?就要生了,多个人看着不更好吗?再说,我姐生孩子时你不也寸步不离地盯着吗?拿人心比自心,成不?快去睡吧,妈。"彭永刚摆手让他妈进去。

洮水县医院产房外,彭永刚、春燕妈、薛桂兰在外面等待着。

彭永刚随着里面临产的江春燕的喊叫声,脸上的表情不断地扭曲着:"哎呀,早知道这样就不要孩子了,这不把人折腾死了。"

薛桂兰说:"哟,这心疼的啊!又不是就你媳妇一个人疼,哪个女人不得过这关啊?你妈要是没折腾这一遭,上哪儿有你去?告诉你啊,永刚,这回知道咋回事了吧,以后好好孝敬你妈,可别娶了媳妇就忘了妈!"

彭永刚说:"忘不了。不过,那也不能不要媳妇光要妈吧?再说了,妈,你不是比我还着急让我结婚生孩子吗?你也是女人,得有同情心啊!"

薛桂兰放低声音说:"永刚,别没良心啊,我这不也在这儿陪着等着呢吗?"

一直没吭声一直担心的春燕妈忍不住说:"咋这么长时间呢?"

薛桂兰一副少见多怪的样子:"这生孩子时间哪有准!我这孙子稳当啊,可能是等待吉时呢,这没折腾够啊,他不来见我!"

彭永刚紧张又心疼地说:"生孩子真遭罪,春燕,你可坚持住啊!"

产房里突然传来婴儿的啼哭声,产妇的叫喊声也停下了。

薛桂兰欣喜地说:"哈哈,我大孙子可算来了。"说着看了一眼手表:8点18分,"真是吉时啊。"

彭永刚心忧地说:"春燕咋没有声音了?不会有啥事吧?"

薛桂兰一撇嘴:"孩子都生出来了,也就不疼了,不疼了,还喊啥?"

"噢,我又没生过,我哪知道!春燕没事就好。"彭永刚神情放松下来。

春燕妈紧张地望着产房的门没说话。

不一会儿,一个小护士推开产房的门报信儿:"谁是江春燕家属?"

彭永刚忙上前说:"我,我是。"

小护士说:"侧切!母女平安!"

彭永刚欣喜地说:"太好了,平安就好!这下放心了,谢谢啊!"

"永刚,妈没听错吧?那个小护士刚才说的啥?母女?"薛桂兰不相信似的。

彭永刚眨巴两下眼睛,想了想说:"是,我听着是说母女平安。"

薛桂兰疑惑地说:"母女？这看着她肚子的人都说怀的是男孩啊,咋这一会儿就变成母女了?"薛桂兰起身冲小护士喊,"哎,有没有搞错啊？怎么可能是丫头呢?"

小护士一听,不太愿意,说:"这有啥搞错的？就一个人在里面生!"

薛桂兰听罢起身走了,边走边说:"我得上班去了,这折腾一宿,白折腾了。"还边走边嘀咕,"这折腾了大半年,生了个丫头……"

彭永刚愣了一下,问道:"妈,你去上班？不都请假了吗?"说罢又着急地转过头问护士,"那我什么时候能见到我老婆?"

小护士回答道:"产妇得再观察观察,两个多小时后没问题就出来了。住个三四天院,拆线了就出院了。"

彭永刚又紧张地问:"还得再观察？不是有啥事吧?"

小护士一副老练的样子说:"应该没啥事,这做的侧切,打了麻药,都是这个程序,有事没事为了保险都得观察。"说完小护士向走廊扫了一眼,脸色突然一变,"哎,那个老人咋的了?"

随着小护士的视线,彭永刚看了过去,发现春燕妈捂着心口慢慢地躺在椅子上。

彭永刚连忙跑过去,喊着:"妈,你咋的了?"

春燕妈无力地说:"啊,可能有点累,一直紧张,这听说母女平安,心一放下,感觉脑子倒有点迷糊了呢,身子有点挺不住了。没事,我躺一会儿缓缓就好了。"

小护士见没啥事,忍不住揶揄道:"这咋的了,一听说是女孩子都受重创啦？这走的走,躺下的躺下,至于吗？都是女的。唉!"说完,摇摇头关门进去了。

彭永刚坐在春燕妈旁边,春燕妈缓了一会儿又坐了起来。

彭永刚关切地说:"妈,你再躺一会儿吧。"

春燕妈脸色并不好,却强挺着说:"没事,好多了。对了,刚才实在是太迷糊了,没注意,你妈呢？是不是回去给燕儿做饭去了?"

彭永刚一愣,马上反应过来:"嗯,是啊,我妈回去弄饭了!妈,你是不是也饿了啊？我先领你去外面的早餐铺喝点粥吧!刚才,护士说,春燕还得在里面躺两个多小时才能出来呢。"

春燕妈问："噢,对了,我听着是说侧切,那得住几天院呀?"

"刚才护士说得住个三四天吧。"彭永刚答道。

春燕妈说："永刚啊,咱这儿总得留个人啊,要不你去外面先吃点儿,回来给我带点儿东西就行。"

彭永刚劝道："妈,还是跟我一起出去好好吃点儿吧,这天冷,拿回来都凉了,你这身子弱,受不了的。这医院门口就有早餐铺,咱快去快回呗。"

春燕妈声音很弱："妈不去了,妈这身体不太舒服,我怕万一……再说,不看到燕儿,我不放心。你快去快回吧。"

彭永刚不放心地起了身,犹豫了一下,还是无奈地走了。

两个小时后,护士把江春燕从产房平安推出来了,春燕妈和彭永刚迎了上去。

护士说："一会儿给病人准备点粥,可以吃点清淡的了。"

春燕妈拉住江春燕的手心疼地说："遭罪了,燕儿!"

彭永刚也心疼地说："春燕,我听到你的喊声,心里跟让人挠了似的难受,咱可再不遭这罪,不生了。"

江春燕虚弱地笑了一下："还再生? 想生也不能再生啊,忘了一对夫妻只能生一个孩子啦?"

"我是心疼啊。国家政策是就让生一个,可我的意思是,早知道这么疼,咱一个都不生。"彭永刚边说边把春燕扶到床上躺下。

春燕妈问："燕儿,饿了吧? 一会儿你婆婆估计就来了,回去给你做饭去了。"

"是有点饿了。"江春燕捂着肚子。

彭永刚着急地说："护士刚说的吃粥,咋不早说呢?"

春燕妈说："你妈不是回去做饭了吗?"

"啊,我不知道她做的啥,这不刚听说吃粥,我怕她不知道。"彭永刚解释着。

春燕妈说："你妈这都过来人了,肯定知道。"

"那我出去看看,迎迎她。"彭永刚着急地跑了出去。

没多久,彭永刚就把在医院外面饭店里买来的粥和鸡汤拿到病房。

"春燕,来,快吃点儿吧。"彭永刚扶着江春燕坐起来。

春燕妈瞅瞅病房门口,没人,又起身来到病房门口,向外面张望了一下:"永刚啊,你妈呢? 咋没见着呢?"

彭永刚犹豫了一下,马上说:"啊,这不正好我下去了吗,我妈单位那边找她有事,我就让她先去单位了。"

"哎呀,这有单位的人就是忙啊。永刚,那燕儿坐月子这饭你妈能忙过来不?"春燕妈理解中带着忧虑。

"能,我妈早说了,等孩子生下来她就请假,多照顾几天。今天我妈也请假了,这不单位临时有点儿急事才去办的,要不她早急吼吼地来了。"彭永刚又多解释了几句。

春燕妈说:"哦,那就好。这坐月子得在婆家。等孩子满月了,你就把燕儿和孩子送回村里去,让你妈也好好歇歇。"

彭永刚说:"行,妈,你就放心吧。"

春燕妈说:"放心放心,看到春燕和孩子都平平安安的,我这心真是放下了。"

江春燕吃了几口粥,放下碗问:"妈,你这又跟我折腾一宿,难受没?"

彭永刚说:"妈刚才在走廊里都迷糊了,躺了一会儿才缓过来。"

江春燕担心地说:"妈,你是不是饿的? 吃饭没?"

春燕妈忙说:"吃了吃了,永刚在饭店现买的呢。"

江春燕说:"妈,你都看到了,我这儿都好好的,就让永刚送你回村里吧,回去好好歇歇。"

春燕妈说:"不用永刚送,你这儿不能离开人,我自己回去。等满月了,你就回来啊。"

江春燕说:"妈,你自己走我哪放心啊! 让永刚送你!"

彭永刚起身道:"妈,我送你,一会儿我妈可能就来了。"

春燕妈说:"燕儿,那我就先回村了,要不你还惦着我,也休息不好。"

江春燕说:"行,妈,你快回去歇歇吧,路上小心着点儿。"

春燕妈拿起自己的布包,一步三回头地走出江春燕的病房。

江春燕冲母亲摆着手:"妈,放心吧,千万别惦记了!"

孩子终于满月,江春燕在屋里收拾东西准备回娘家。

彭永刚回来了,看着躺在床上睡着的女儿说:"哟,这回出息了,知道要上姥姥家,没哭啊。"

"小点儿声,孩子刚睡着。"江春燕轻声说。

彭永刚放低声音:"都收拾好啦?"

江春燕说:"差不多了。"

看看表,彭永刚有点着急地说:"我妈咋还没回来呢?等跟我妈打个招呼,咱们就走。"

江春燕无奈地看着彭永刚:"妈啥时候回来时间也不定,咱们早都说了今天要回村里,妈要是想……"

彭永刚见江春燕不高兴,马上替母亲解释着:"我妈呀,肯定又是有啥事耽误了,咱就再等十分钟,就十分钟,她要不回来咱们就走。"

江春燕说:"行。"

十分钟后,江春燕看了眼表,又看了看心神不宁的彭永刚,像下了决心似的抿了抿嘴唇说:"永刚,有些话我这些天一直想说,但一直忍着,为了孩子有口奶,我也一直开导着自己别上火。今天,终于熬过这一个月了,熬过这无比漫长的一个月了,就要回我自己的家了,有些话,我想留在这个房子里。"

彭永刚说:"春燕,我知道我做得不够好,让你受委屈了,你打我骂我都行,千万别上火。"

江春燕声音虽小但语气却很坚定地说:"永刚,虽然我生的是女孩子,可是,在我眼里,女孩子并不比男孩子低一等,我不想让我的孩子在这个家里感受到这样的不公。"

彭永刚说:"春燕,对不起,我没能做好我妈的思想工作,我会再努力说服她的。"

江春燕咬了一下嘴唇:"你妈只有你一个儿子,我能理解你妈的心理。要不我们分开住一段时间吧？"

孩子好像感觉到不公，又哭了起来。江春燕心疼地抱起哭着的女儿。

彭永刚着急地抱住抱着女儿的江春燕："春燕，我啥心思你还不知道吗？我妈是我妈，我是我。你不能因为她就不要我啊，我们这一家三口才刚刚开始啊！"

江春燕说："我也不愿意这样。但每天听着别人摔盆摔碗，不见个好脸色的日子，实在压抑难熬。我有手有脚，更有脸有心有尊严，不想过寄人篱下的日子。永刚，实在不行，你能不能答应我一件事，我们搬出去住。"

彭永刚觉得意外，问道："搬出去住？搬哪儿啊？咱们也没有地方可搬啊？"

"租房，哪怕是只能放下我们三口人一张床那么大的地方也行，只要是属于我们自己的一块天地，再苦再累我都不怕！"江春燕说得很干脆。

彭永刚忙劝道："春燕，咱家里条件多好，出去得多遭罪啊？我妈就那样，你别当回事儿就好，我再跟她商量商量。再说，你看看我妈，最近不是也有转变吗？这也看孩子抱孩子了，岁数大了，得慢慢转变。"

江春燕忧虑地说："我是怕孩子大了，感受到这种歧视。还有，你说这妈总说是因为我一天天剪纸剪花的，弄得没有生男孩子的环境，硬把她孙子给熏陶没了。我不能停下剪纸，以后我再剪，还不成刺激她了？"

彭永刚说："不能，等孩子大了，会哄人，我妈就更喜欢了，她就会忘掉之前的那些不快的。"

江春燕无奈地说："我先回村里，以后，慢慢看情况再说吧。"

第三十一章

　　省城医药局门外,刘二岗焦急地等待着下班的林丽丽。好久,林丽丽才和一个女同事从门里走出。

　　女同事看到了门口自行车上的刘二岗,对林丽丽说:"丽丽,你的骑士,哈哈,风雨不误啊!"

　　林丽丽说:"嗨,我还就看上这骑士风雨不误的劲儿了,踏实!"

　　女同事略一琢磨,说:"也是啊,这鞋大鞋小,合不合脚,自己知道,自己得劲儿比什么都强!"

　　"以后不知道,现在是觉得不大不小,正正好好。"回完女同事的话,林丽丽欢快地走到刘二岗身边。

　　刘二岗一拍车后座,说:"公主殿下,请上车。"

　　林丽丽盯着刘二岗的脸看了看,说:"哎,我看你今天神色诡异啊,说,有啥事瞒着我?"

　　"没啥事啊!"刘二岗一副掩饰不住喜悦的样子。

　　林丽丽不信,说:"转过来,看着我的眼睛。"

　　刘二岗忍不住扑哧一声笑了:"有事,就是刚才我在街边的地摊那儿看到一个项链挺好看的,就给你买了一个。"

　　林丽丽一脸不屑,说:"你跑地摊买的就想糊弄我啊?不带这样的啊,今天我生日你就这么对付我。虽然我这人脱离了低级趣味,不那么看重物质财富,但是……"

刘二岗说:"但是啥?你先看看样式你喜不喜欢,我先给你描述一下啊,它是铁的,长六厘米左右……"

林丽丽脸色一变,说:"铁片子?雕花铁片子?二岗,你!"

刘二岗晃了晃头:"这么说,你肯定不要呗?那我可就……"

说着刘二岗掏出了一根红绳拴着的钥匙,在林丽丽眼前晃。

林丽丽的眼睛随着钥匙来回动着,突然醒悟过来:"二岗,你买房子了!"

刘二岗骑着自行车驮着林丽丽,二人一路洋溢着幸福来到新的小区新的家……

两个月后,林丽丽家的饭桌上,林丽丽使劲地吃着盘里的肉。

丽丽妈又给林丽丽夹了一块,说:"你这一天天的,也不做个饭,就跟着那个二岗在学校食堂吃,你说这哪像个过日子的?让你别那么早结婚,别挖到筐里就是菜的,你偏不听,现在好,吃不像吃、穿不像穿的,这去了还贷款还剩什么了?"

林丽丽忙为刘二岗说话:"二岗不是也在外面兼职呢吗,学医的本身就累,哪有时间做饭?再说,吃食堂多方便啊,还不用弄得家里油啊烟的,这有利于我保持娇美的容颜。"

丽丽妈不满地瞥了林丽丽一眼:"还姣美的容颜呢,连好的化妆品都买不了。"

林丽丽自信地说:"我现在这么年轻,年轻就是最好的化妆品。哼,谁比得了?!哎,妈,你说还多亏你把我弄得天生丽质呀。"

丽丽妈无奈地叹了口气说:"我就生了你这么个傻子。反正你自己选的人,自己遭罪去吧。我这还有你弟弟,也不能多帮你什么。"

林丽丽撂下筷子:"哎,吃饱了。妈,我回去啦。"说着便起身穿衣服,拿着划拉的一堆东西要走。

丽丽妈忙叫道:"等一等。"说着进屋给林丽丽拿了一盒巧克力,"你张姨出门给带回来的。"

林丽丽用拎着东西的手勉强抱了她妈一下,说:"还是我妈最心疼我。"

丽丽妈推开她说:"行啦,快走吧,我最心疼你你咋不跟我过?我告诉你啊,丽丽,就现在这么个条件,你可千万不能要孩子,听见没?"

"知道啦,都说几回啦,不要,我不要。"林丽丽不耐烦地说着。

晚上,刘二岗的小家。临睡前,刘二岗偷偷拿上避孕套跑到洗手间扎漏。

一个月后,林丽丽怀孕了。

林丽丽问刘二岗:"你,不,咱每回那个不是都戴了吗?"

刘二岗心虚地眨了几下眼睛,说:"怎么啦?"

"我的那个怎么还没来啊?我这几天早上都觉得有点恶心,刚才又恶心了。"

刘二岗脸上现出惊喜:"啊,中了!"意识到不当,马上又由喜转悲,"中了可怎么办?"

林丽丽还是无法相信似的叨咕着:"不可能啊,不是每次都戴——难道,二岗,你是不是买的那个质量太差啊?"

刘二岗说:"不会那么……"

林丽丽情绪有些低落地说:"要是呢?"

刘二岗话说得很干脆:"是就要呗,那能怎么办!"

林丽丽一个劲儿叹气:"唉,怎么办怎么办?"

刘二岗神情突然紧张起来:"丽丽,你不会不要吧?"

林丽丽提高音调:"当然不要。"接着又把音调降了下来,"可是,可是那个,我怕,我怕疼啊。"

"丽丽,亲爱的媳妇,我可舍不得……"说着刘二岗抱住林丽丽,摸着她的肚子。

林丽丽心烦地问:"舍不得什么啊?是我,还是肚子里的?"

"都舍不得啊。我舍不得让你疼,也舍不得让你肚子里的他疼。丽丽,咱得要,那也是一个小生命。"说着,刘二岗从抽屉里拿出一本书来,"丽丽你看,从现在开始,他就能够感受到来自父母的爱了……"

林丽丽拿过书,怀疑地看了看,又怀疑地盯着刘二岗:"二岗,不会是你在捣鬼吧?"

刘二岗马上转移话题:"哎,你现在开始,可不能乱想乱看,你现在不是一个人啦,你得注意,不要让咱们的孩子感受到不良情绪。"

林丽丽突然顿悟:"刘二岗!你个狡猾的农村人。"说着拿垫子砸刘二岗。

刘二岗抱住林丽丽求饶道:"亲爱的媳妇啊,这可是咱们俩的爱情结晶啊,咱们不能谋杀他,他来到这个世界就是投奔咱俩来啦,咱俩要是都不要他,你想想,他得多可怜啊……"刘二岗絮絮叨叨地说着,林丽丽表情也逐渐温柔起来。

大孙子出生后,刘福贵进城送笨鸡和笨鸡蛋。

来到刘二岗家的楼前,他从上衣口袋里掏出写有刘二岗家地址的纸条核对着。"没错,就是这儿了。"说着,拎起里面装着笨鸡的麻袋,鸡在麻袋里不停扑腾。"扑腾啥呀,给我大孙子多换点奶吃,你们啊,就算立了大功喽,就算寿终正寝了,就算鸡生有幸啦!"

在刘二岗所住居民楼的楼道里,刘福贵跋跋拉拉地终于上到了七楼,他回望楼梯感叹着:"唉,这人真是老啦,往高处走费劲呀,把主任让给年轻人当就对喽……"

刘福贵边说边把装笨鸡的袋子放下,擦了几把汗,刚要敲门,没想到袋子被笨鸡扑腾开了,一只笨鸡钻了出来,咯咯咯地叫着,愣头愣脑地往楼梯上跑。刘福贵赶紧去抓,这一抓不要紧,从袋子里又钻出来两只土鸡,一时间弄得鸡飞蛋打,走廊里乱成了一团……

正在屋里帮着照看小孩的丽丽妈听到外面的吵闹声,跟林丽丽小声抱怨着:"你这儿是什么居住环境啊,怎么还鸡飞人叫,闹闹哄哄的?可别把孩子吓着。"

说着轻手轻脚地走到门边把门打开一条缝查看。

这一查看不要紧,一只笨鸡大摇大摆地往屋里跑过来,吓得她一下关上门,却没想到正好夹住了那只笨鸡。

刘福贵忙叫着:"夹得好,夹得好,这鸡夹得好!"说着,他趁机抓住笨鸡塞进麻袋,用脚踩住袋口,"哎,我说老姐姐,能不能帮忙扎上袋口,我倒出手再抓另两只笨鸡去。"

丽丽妈一脸嫌弃地瞪着刘福贵说:"谁是你老姐姐?你是干什么的?赶紧把鸡弄走,这地方谁允许你养鸡的?"

刘福贵呵呵两声,说:"大妹子,我这可不是养鸡,我是来给儿媳妇下奶的,你……"

刘福贵一细瞅,脑中闪出刘二岗拿回家的照片中丽丽妈的形象,认出是亲家,马上说:"哎哟,亲家啊,你这是贵人多忘事啊,来,快帮个手吧!"

刘福贵说着把麻袋往丽丽妈手里一塞,就要下楼抓另两只笨鸡。

丽丽妈手里拿着袋子,放也不是拿也不是,一脸惊慌的狼狈相。

刘福贵跑下一层楼梯,恰好碰到下班回来的刘二岗,他的手里还拎着两只不停挣扎的笨鸡。

看到刘福贵,刘二岗一脸惊喜地叫道:"爸,真是你啊!看到这两只笨鸡我就有种预感,还闻到白鹤村的气息了!"

刘福贵乐得合不上嘴:"嗬,抓着了就好,二岗,你可啥事都能让爸省心啊!"

刘二岗和父亲亲热地往楼上走。

丽丽妈虽已看出了来人是亲家,却依然满脸鄙夷的神情。

刘二岗早习惯了她的行事风格,没理会地说:"妈,我爸看孙子来了。看,这是我们家乡的笨鸡,炖了给丽丽吃吧,肯定下奶,小宝这下可有福了。"

丽丽妈脸色丝毫没有好转,冷冷地对刘二岗说:"这在走廊里弄得鸡飞蛋打的,像个什么样子啊!"

刘二岗这才看到走廊里打碎的几个鸡蛋,欣喜地说:"哎呀,爸,你把笨鸡蛋也带了,我们正需要啊。"

丽丽妈不屑地说:"看着一大堆东西,实际上值不了几个钱,早市又不是没有卖的。二岗,你这走廊得赶紧收拾收拾啊,别一会儿有人下楼再滑倒了。"

刘二岗满脸堆笑,讨好地说:"好好好,妈,我马上就收拾。"

刘福贵脸上有些尴尬,刘二岗连忙把父亲往屋里拽:"爸,你大孙子可带劲儿了。"

刘福贵进屋欲看孙子,丽丽妈左拦右挡了一番,急得刘福贵一头汗:

"哎,哎——"

丽丽妈丝毫不让:"你这一身凉气的,不能离孩子太近!"

刘福贵不服地用手抹着头上的汗:"哪儿还有凉气啊?看,全是热气。"

丽丽妈嫌弃地瞅着刘福贵擦汗的手:"你这手又抓鸡又抓蛋的!"又瞅瞅刘福贵的一身衣服,"坐了一路车,又没换衣服没洗手的,容易带来病菌。"

刘二岗为难地瞅着丽丽妈,想说什么又忍住了,赶紧拽着父亲去洗手间洗手。

刘福贵憋着一肚子气,随着刘二岗来到洗手间,脸色也变得难看起来。

刘二岗关上洗手间的门,小声跟刘福贵说:"爸,别跟她一般见识!等会儿她就走了,你可劲儿看你大孙子,看个够!"

刘福贵长叹一口气:"你啊!行,爸明白,我才不会跟她一般见识呢。"

刘二岗安慰道:"爸,不管她咋的,这是咱家的种没错,谁养还不是养呢?"

刘福贵仔细地洗着手,随着哗哗的水声,他的眼前晃过吕老倔那骄傲的模样,还是不由自主地羡慕起吕老倔来。可是又想了想:他们家的孙子毕竟生在白鹤村,咱这孙子可是一出生就在省城啊!心里就有了一些安慰……

第三十二章

江春燕在稻米经销店里忙,又得很晚才能回来。彭永刚到幼儿园接回了悦悦,又跑到厨房择起菜来。

不一会儿,薛桂兰回来了,见彭永刚在厨房择菜,一脸的不高兴:"我说永刚啊,我都说多少回了,你能不能别总长在厨房里?"

彭永刚说:"妈,今天悦悦好像不太舒服,有点闹。春燕这段太忙,不知什么时候回来,我寻思先择菜,等你们回来不是省点时间吗?"

"悦悦怎么了?"薛桂兰说着推开彭永刚那屋的门看了看,发现悦悦趴在玩具上睡着了,"是闹觉吧?玩累了,睡着了。"

彭永刚说:"妈,悦悦头有点热,可能是感冒了。春燕没回来,我也喂不进去药。"

薛桂兰进屋摸了摸悦悦的头:"永刚,悦悦发烧了,得赶紧吃点退烧药。"说着薛桂兰扒拉悦悦起来,"悦悦,悦悦,起来,起来吃药。"

悦悦无力地睁开眼睛,见是奶奶,还说着吃药,一下子又哭了起来:"我要妈妈,我不吃药……"

薛桂兰说:"悦悦,我看你叫哭哭得了。不吃药,你可别烧傻了!"

彭永刚急忙走过来抱起悦悦:"悦悦,不哭啊,一会儿妈妈就回来了。"

薛桂兰不满地抱怨道:"永刚,你说你这一天天的,又哄孩子又择菜的,还像不像个男人?我听说你们单位办公室主任老王要退了,得提拔新主任,可你这个副主任,也不上心啊,晚去早走的。"

彭永刚说:"这不是得天天接送悦悦吗?再说我也没晚去早走,是按上下班点,没迟到也没早退。工作我也干得好好的,不过没整那些形式而已,领导要想提拔我,会看见我干的那些实实在在的工作的。"

听悦悦一直小声哼哼,彭永刚有些着急:"妈,悦悦肯定是饿了,你抱一下,我给她冲点芝麻糊吧。"

彭永刚把悦悦往薛桂兰身上递,悦悦挣扎着不去,哭得更厉害了。

见孩子不待见自己,薛桂兰不满地说:"不让抱,我还不想抱你呢!从小跟我就不亲,像不是老彭家的人似的。"

彭永刚说:"妈,你这是干吗呀?你可就这么一个孙女。"

薛桂兰毫不遮拦地说:"是孙女又不是孙子,我要的是孙子。"

彭永刚说:"妈,我求你了,你能别当着悦悦的面这么说吗?你这么说她能跟你亲吗?"

彭永刚说着抱着悦悦冲芝麻糊去了。

冲完芝麻糊,彭永刚把悦悦哄下来坐在沙发上,吹着芝麻糊喂她。

薛桂兰因为刚才的话有些不自在,讨好地说:"来,悦悦,奶奶喂你吧,看你爸喂得哪儿哪儿都是。"

彭永刚也想缓和气氛,顺着说道:"好,悦悦,让奶奶喂啊,奶奶可喜欢悦悦了。"

悦悦表情有点胆怯。奶奶喂着喂着,突然,悦悦一口芝麻糊咽下去后,又一下子吐了起来,弄了薛桂兰一身,悦悦也吓得哭了起来。

薛桂兰嫌弃地说:"这小冤家,弄得我这一身,这是报复我来了啊,你说你这小孩子。"

彭永刚忙跑了过来,边擦边安慰悦悦:"不哭啊,悦悦,是不是胃不舒服啊?"

薛桂兰一脸不悦地拿纸擦着衣服并收拾地下。

彭永刚说:"妈,悦悦又不是故意的,你别这么说孩子。我想起来了,我接她的时候给她吃了雪糕,这会儿又吃了芝麻糊,还喂得急,这一冷一热的,再加上孩子本来就不舒服,所以才吐的。这都怨我,不怨悦悦。"

彭永刚又哄悦悦:"来,爸爸抱一会儿。"

门响了,江春燕开门走了进来,见屋里孩子哭地上乱的,忙问:"怎么了?"

薛桂兰一肚子不满这时找到了发泄口:"怎么了,你说怎么了?这孩子不接饭不做的,做的什么媳妇?当自己是大户人家的小姐啊?还怎么了,能怎么的?母鸡打鸣了这个家,大的不顾家,小的吐我一身。"

薛桂兰说着撂下手上正收拾的东西,起身往自己屋走去,接着摔上房门。

悦悦依然不住地哭泣。江春燕忙接过悦悦,把脸贴在她的脸上,说:"悦悦,妈妈回来了,悦悦不哭啦!"

突然,江春燕摸了摸自己的头,又摸了摸悦悦的头,喊道:"永刚,悦悦发烧啦!"

彭永刚说:"是发烧了,刚才喂药她不吃,我这不怕她饿,就先冲了芝麻糊喂她,这喂着喂着她就吐了。"

江春燕说:"孩子烧得厉害,得去打针!永刚,赶紧去医院吧,别把孩子烧坏了。"

彭永刚说:"那快去吧,别说坏了傻了的。"

江春燕说:"我啥时候说傻了?"

彭永刚说:"啊,我也烧糊涂了,是妈说的。"

江春燕问:"妈说的,说谁傻了?"

彭永刚忙掩饰道:"快走吧,是我瞎说的。快走……"

江春燕和彭永刚抱着孩子从医院出来,走在回家的路上,悦悦已经睡着了。

江春燕握着悦悦的手,对彭永刚说:"饿了吧?这给悦悦买的包子,她没吃你就先吃呗。"

彭永刚说:"我可不能吃,悦悦挺爱吃这个味儿的,说不定一会儿睡醒了还要吃呢。"

江春燕说:"光寻思给悦悦吃够了,也没多买几个,还真跟你出门前说的似的,傻了。"

彭永刚一愣,说:"什么傻了,都是忙活的、急的。唉,你也饿坏了吧?"

江春燕说:"不饿。"

彭永刚说:"这都啥时候,还能不饿?快走吧,估摸着妈早做好饭了。"

二人加快了脚步……

彭永刚和江春燕抱着悦悦刚进屋,彭永刚就喊道:"妈,我们回来啦。"

薛桂兰推门出来问:"怎么样?悦悦退烧了吗?"

彭永刚说:"退了。医生说了,也就是小孩,这要是大人烧到这个程度,早烧焦了。"

江春燕说:"永刚,别夸张了,吓唬妈干啥?"

彭永刚说:"妈是谁啊,这还能不知道?"

薛桂兰说:"这悦悦睡着了,等会儿醒了,给孩子弄点儿面条吃吧,软和的,省得胃里难受。"

彭永刚说:"妈,等我们等得着急了吧?唉,都快饿死了,咱快点吃饭吧。"

薛桂兰说:"哦,你们也下点儿面条吧。我刚才自己下了点儿面条吃,谁知道你们啥时候回来啊,我没多下。"

彭永刚说:"妈,你没做饭啊?我菜都择好了啊。"

"不都说了吗?谁知道你们啥时候回来啊。再说了,你们在没在外面吃,谁知道啊?"说完薛桂兰关上了自己的屋门。

彭永刚有点儿尴尬地站在那儿。

江春燕放下悦悦,从屋里走出来:"是啊,永刚,咱俩也下点儿面条吧,热乎热乎,吃别的这胃里也不一定受得了。来,你去看着点儿悦悦,我做面条去。"

彭永刚不自然地笑了笑:"哦,好,那个,春燕啊,你面条里多放俩鸡蛋啊,真是饿了。"

几天后,下班的薛桂兰回到家,又见彭永刚在那儿择菜。

"怎么,春燕又没回来?"薛桂兰拉着脸问。

彭永刚说:"回来了,我俩一起接的悦悦。这不,悦悦身体没恢复过来,还是有点儿蔫,春燕抱她一会儿,她又睡着了。春燕一边看着她一边剪纸呢。"

薛桂兰说:"睡着了还看着干啥?我说永刚啊,别什么事都可着媳妇来。你那媳妇又没生出个接户口本的,中看不中用。当初,唉,都怪我,还真不如让你找小妍了。"

彭永刚有点担心地"嘘"了一声:"妈,你能不能小点儿声?春燕这又没闲着,开经销店和剪纸不都是为了多挣几个钱吗?"

薛桂兰说:"我干吗要小点儿声啊?这是在我自己的家,我明人不做暗事,没啥藏着掖着的。"

彭永刚说:"不做暗事,也不能这样说话呀!什么接不接户口本的,这都独生子女时代了,谁家能永远都生男孩子啊?再说,你提小妍干啥?她就是我一个普通朋友,还有,她脑门上也没写着就一定能生男孩子。"

薛桂兰一甩手:"行了行了,别一天就知道护着媳妇,我这还不都是为了你们老彭家吗?"

彭永刚说:"反正,春燕生啥,我就喜欢啥。你看咱悦悦多可爱啊。"

薛桂兰说:"我没说悦悦不可爱,那也是我孙女。不过,她就是和我不那么亲。"

彭永刚说:"妈,悦悦还小呢,谁和她在一起时间长,她就和谁亲。你一天天挺忙的,她和你没有那么多时间相处嘛!"

薛桂兰叹气道:"行了,亲不亲的倒是也姓彭,总比什么也没有强。"

彭永刚皱眉道:"妈,你这是咋说话呢?"

"就是说实话,怎么了,都不愿意听实话了,我还得跟我儿子虚头巴脑的?真是的!"薛桂兰沉着脸,"对了,永刚,趁着悦悦这几天有点儿蔫,像有病的样子,领她去做个鉴定。"

"鉴定?什么鉴定啊?"彭永刚问。

薛桂兰说:"我前些天不是挖门子盗洞地想弄个二胎指标吗?人家这刚给我回话了,让我这边弄个证明咱悦悦智力有问题的鉴定,那边就能给批了。这回啊,就看彭家有没有那个造化,修没修来那个福分了!"

"妈,你说啥?证明咱悦悦智力有问题?"彭永刚觉得有点儿蒙。

薛桂兰觉得儿子真是咋点都不醒:"唉,你脑子转转,是假的!咱们啊,趁悦悦有病,让她问啥都摇头,问啥都别说话就行了。"

彭永刚严肃地说:"妈,这可不行,孩子这么小你就让她做这种事哪行?再说了,悦悦还病着呢,这身体病了,别把脑子和心也弄病了。"

薛桂兰嗔怪道:"你别不识好歹啊,这二胎指标可不是谁都能弄下来的。你别忘了你爸去世前说的话,得把你们老彭家的根给留住。"

彭永刚犯难了,半天没说话。

薛桂兰恨铁不成钢地说:"去,跟你媳妇汇报去吧,啥事也做不了主,唉!"说完转身欲走。

彭永刚挥着手里的菜说:"妈,要不你做菜,我去跟春燕商量一下。"

薛桂兰说:"又不是我求着你们!"

彭永刚小声地说:"不是那个意思,妈,我想吃你做的菜,你做得比春燕做得好吃。"

薛桂兰挥挥手,让彭永刚进屋去,准备自己动手。

彭永刚进屋后看着正在剪纸的江春燕,欲言又止。

江春燕见他转来转去的,抬起头看了看彭永刚,猜测着:"永刚,是不是妈回来了?"

彭永刚说:"是,刚回来。"

江春燕像明白了彭永刚为什么显得为难:"哦,那我去炒菜吧。"

彭永刚却把她按下:"不用,今天妈说她来炒菜,让你多歇一会儿。"

春燕有点狐疑地瞅了彭永刚一眼:"没事,我不累,我去炒吧,让妈歇着,上一天班挺累的。"

彭永刚坚持按着她不让起来,说:"真不用你炒。妈现在也是难得炒一回菜,我想换换口味吃妈炒的。"

江春燕嗔怪地说:"你吃够我炒的啦?"

彭永刚忙说:"不是,你看你,就是想让你歇会儿嘛!"

江春燕还是觉得不对劲:"永刚,你是不是有什么事要说啊?"

彭永刚一副下了决心的样子:"是,是有一点儿事。"

江春燕问:"什么事?"

彭永刚又犹豫了:"其实,也没什么事!"

江春燕说:"唉,你吞吞吐吐的,这是干吗呀?咱俩之间,不管有什么事,你都得说出来呀!"

彭永刚说:"那、那我就说啦!是这么个事,就是妈不是一直挺喜欢悦悦的吗?可是妈觉得一个孩子太孤单了。妈说,像你家和我家这样一男一女的,凑成的是个'好'字,那才是真好。所以,妈托人申请了个二胎指标,想让咱们再生一个,跟悦悦是个伴儿。"

江春燕一下子就明白了:"永刚,我懂妈的意思,她就是喜欢男孩。"

彭永刚说:"妈是有点儿那样,可她也挺喜欢悦悦的。她就是转弯转得慢,总以为我爸临走前说的留住彭家的根是要世代生男孩!其实啊,我爸是感谢她生了我,觉得要走了,我妈得吃苦了,就么说了一句。不过,多子多福,咱妈既然能费劲地弄来二胎指标,也算是好事,咱们就多生一个呗,你看悦悦长得像我,男孩像妈,女孩像爸嘛,我挺希望你再生个长得像你的,一个小春燕,那多好!"

江春燕说:"一个小永刚吧!真是的,总口是心非的!唉,我考虑考虑再说吧。"

彭永刚趁热打铁地说:"春燕,妈说趁着这两天悦悦身体不舒服,正好去做个鉴定,让悦悦问啥都摇头,就说智力有问题,这样才好弄到指标。"

江春燕说:"啊?让悦悦去扮弱智、装傻子?这么做会伤害孩子的!悦悦其实都懂的,她心里什么都懂,她害怕奶奶。我不想让悦悦以后也害怕爸爸妈妈。永刚,我不想让悦悦心里留下阴影。"

彭永刚说:"春燕,你看你看,都是我没说清楚。"

江春燕说:"你说清楚了,我也听清楚了。"

彭永刚说:"春燕,你听我说,妈真的挺喜欢悦悦的,还说以后争取下班时早点儿走,由她去接悦悦呢。到时候,她天天给孙子孙女做好吃的。"

江春燕脑中又闪现出了刚生悦悦时候的情景,一幕一幕让春燕的心中像有凉风刮过似的,她的神情不禁有些恍惚。

彭永刚见江春燕走神了,担心地问:"春燕,你怎么了?"

江春燕一愣:"哦,没怎么,就是怎么突然有种特别冷的感觉。"

彭永刚又问:"怎么就冷了呢?"

江春燕犹豫了一下说:"永刚,你想没想过,如果我再生个女儿呢?"

彭永刚说:"女儿好啊,两个小棉袄。"

江春燕卧室的房门被突然推开了,薛桂兰怒气冲冲地嚷道:"什么再生个女儿、女儿好的?还有没有个出息啊?春燕,我跟你明白地说,这回你必须得给我生个孙子,我们老彭家不能断了后!"

彭永刚着急地喊道:"妈,你这是干啥呀?谁脑门子写着能给你生孙子,你找谁去吧。"

"永刚,你越来越不识好歹了,说别的没用,明天赶紧去做鉴定,我跟你们说,我这个房子你们借着我孙子的光还可以住,要是……"薛桂兰摔门而去。

悦悦被吵醒了,又哭了起来。

江春燕赶紧过去搂住悦悦哄着:"没事啊,悦悦,妈妈在呢。起来吧,一会儿咱就吃饭啦。"

彭永刚也跟了过来,说:"悦悦饿了吧,一会儿咱就吃饭。春燕,你别生气,也别着急啊,妈就是刀子嘴豆腐心,我去看看妈做好菜没?"

彭永刚到厨房一看,菜还是他原来择的那些。原来,薛桂兰一直在他们卧室门外偷听。

彭永刚叹了一口气,回到屋里,有点儿为难地说:"春燕,还是你去炒菜吧,这个菜你拿手。"

江春燕想把悦悦放到彭永刚怀里,可悦悦不撒手:"我要妈妈抱,我要妈妈抱。"

江春燕说:"行,那悦悦趴在妈妈背上吧,妈妈背着悦悦炒菜去。"

彭永刚跟着江春燕来到了厨房。

夜晚,江春燕辗转难眠,起身看了悦悦几次。

凌晨,彭永刚打开灯,发现江春燕正看着他,他揉揉眼睛说:"春燕,你一直没睡?"

江春燕勉强挤出一丝笑意:"嗯,想点儿事。永刚,我想了一夜,还是决定不生二胎了。"

彭永刚说:"就为这事啊!是不是怕生不了男孩?我不是说了吗,生啥都行,给悦悦做个伴呗。"

江春燕说:"我也希望悦悦有个伴,但如果因为这个伴,让悦悦体验到一种不被重视的感觉、低人一等的感觉,那还是没有的好。我不想让悦悦承受一种不正常的期待所带来的一切。"

彭永刚说:"春燕,你想多了,难道说那些多孩家庭中的孩子都要承受这些?"

江春燕说:"永刚,你不能总是回避事实啊!而且,你是国家干部,我们也得尊重国家的政策啊。"

彭永刚说:"唉,你就是想得太多了。那暂时先这样,以后再说。"

江春燕说:"永刚,我们还是和妈分开过吧。"

彭永刚问:"为什么呀?"

江春燕说:"你看,我也不能让妈如愿,以后,妈还能容我待下去吗?"

彭永刚说:"唉,我妈就是那样,什么事过一阵就好了,你别跟她一般见识。你看,她对悦悦不也一点点地亲起来了吗?"

江春燕说:"现在不一样了,因为我说了我不想生二胎。不,是绝对不生。妈都说了,你能想象我不生会怎么样吧?"

彭永刚说:"春燕,你瞎说什么啊,你这一宿就想这个啊?我妈说什么不代表我啊。"

江春燕说:"永刚,我是认真的,我前前后后都想了好多遍了,我们还是搬出去住好。"

彭永刚说:"可是往哪儿搬啊?在县里我们又没有别的房子。再说了,我妈这儿条件多好啊。"

江春燕说:"我们先出去租房子住吧。我不在乎条件好不好,永刚,只要是属于我们一家三口的小天地,房子再小,条件再差,我都不怕。"

彭永刚说:"春燕,是,你不怕,可悦悦呢?咱不能让悦悦也跟着遭罪啊。"

江春燕说:"不,悦悦现在才遭罪。她这么小,就知道看着奶奶的脸色,不敢跑、不敢跳、不敢大声说话。我也一直都很压抑。永刚,我不是怕多干些活什么的,但是我怕听到摔盆摔碗摔门的声音,我怕看到别人甩脸子。我希望有个好想法怕忘了剪下来时,不用提心吊胆地看人脸色;我希望有事晚回来一点儿时,不用提心吊胆地看人脸色;我希望提起我的女儿悦悦时,能理直气壮不用提心吊胆地看人脸色……"

彭永刚说:"春燕,你别担心,我跟妈再好好谈谈,妈一时的气话你别放在心上啊,她有时候有口无心的,她……"

江春燕说:"永刚,也别让妈压抑了,长期这样下去,真的对谁都不好。咱们活着,咱们做各种选择,付出各种努力,不都是为了让生活变得更美好吗?永刚,我理解你,你想孝敬妈,你也爱我和孩子,想两全其美。可是,生活和想的不是一回事,想怎么做和真正做到也不是一回事。我只是希望大家都好好活着,不是想,而是做到。这件事我想了很久,也决定了,还是和妈分开过吧,我们一家三口先租房子住。"

彭永刚低下头,最终叹了口气,握住春燕的手:"好,我们搬出去住!"

江春燕也紧紧握住彭永刚的手:"永刚,谢谢你能理解我。我也会理解你的,我们只是搬出去住,该照顾妈、该为妈做的事我都不会含糊的。"

彭永刚说:"妈就是没转过弯儿来。没事,以后等妈想通了、想开了,咱们有自己的房子了再住一起。"

数天后,薛桂兰自己坐在桌前吃饭,自言自语道:"哟,真搬出去了,还挺有志气。好,宽敞,不光宽敞,还清净呢!这么多年,真还从来没这么清静过。"一个人的时候她的嘴虽然还是硬硬的,但心情却是落寞的,她几次失神地望着墙上老伴的照片。

彭永刚回来拿东西,进门就说:"妈,不是我说你,你就是重男轻女,要不人家都说你呢!真的妈,你……唉,以前……行了,我就不说你了。"

薛桂兰说:"我在乎那些?我要是有孙子,啥都不在乎!"

彭永刚说:"妈,你眼里只有孙子,根本就没我们,我也是一气之下离开这个家的。"

薛桂兰说:"有你吃有你喝的,啥叫眼里没你们?为了你们,我吃了多少苦,掉了多少泪?行啦行啦,你们就暂时搬出去吧,就当是刺激刺激她,让她听话。"

彭永刚说:"妈,我跟你说,我们可不是不孝顺,你这些年咋对春燕和悦悦的,你可是清清楚楚。"

薛桂兰:"唉,我就是想要个大孙子,有了大孙子,我什么都可以不计较。"

彭永刚:"说到底,你还是重男轻女。"

薛桂兰说:"对,我就重男轻女了,行了吧?别忘了,每周三领我大孙女来,我也想孩子……"

周三,彭永刚下班后接悦悦,悦悦闷闷不乐。

彭永刚摸摸悦悦的小脸蛋:"悦悦,怎么又要变成个小哭哭啦?"

悦悦嘟着小嘴说:"因为今天是周三,要去奶奶家,所以悦悦今天又看不到妈妈了。"

彭永刚疑窦顿开:"哟,悦悦记得今天周三啊。悦悦,笑一笑,今天悦悦可以到奶奶家解馋啦,奶奶肯定给悦悦做了好吃的,肯定还买了虾条。"

悦悦脸上的笑意只闪了一下,又消失了:"妈妈明天也能带回来好吃的。妈妈的妈妈会给她做好吃的,还会给我带回来。"

彭永刚听了"妈妈的妈妈"这个词,脑中灵光似乎一闪:"嗯,悦悦想妈妈,悦悦的妈妈也想妈妈,悦悦的爸爸呢也想妈妈,所以,今天悦悦的爸爸和妈妈都要回家去看他们自己的妈妈,然后,悦悦的爸爸和妈妈再陪悦悦。"

悦悦认真思考着,嘴里也在一遍遍地重复着。突然,悦悦停下叨咕,跟爸爸说:"那把妈妈的妈妈接来,爸爸看爸爸的妈妈的时候,妈妈就能陪着悦悦了。"

彭永刚一愣:"哟,悦悦这么半天就在算这个哪!可是,爸爸的妈妈也想看看悦悦啊。"

悦悦有点胆怯地说:"奶奶不想看我。奶奶说,悦悦要是带个弟弟来,那才叫好孩子。奶奶还说,悦悦得跟妈妈要弟弟。"

彭永刚说:"悦悦,可别跟你妈说啊。奶奶喜欢你,要不怎么能给悦悦买虾条呢?"

悦悦想了想:"可是,奶奶说只有跟妈妈说才能要来弟弟啊,要来了弟弟,奶奶就天天给悦悦买虾条。"

彭永刚无奈地摇了摇头。

晚上,在租住处,江春燕和彭永刚躺在床上,悦悦睡在旁边。

江春燕手里拿着关于水稻的书,却半天没翻,走神地望着墙上的影子。

彭永刚问:"春燕,是不是又惦记着妈了?"

江春燕说:"嗯,等有一天攒够了钱,就能买属于自己的房子了。到那时,我一定把我妈接来……"

第三十三章

　　这天,薛桂兰在下班回家的路上遇上了小妍。

　　薛桂兰上下打量着她:"小妍,真有气质,我打老远就看着有这么个人怪显眼的,心里寻思着,我见过的人里,顶属小妍有气质了!正寻思你呢,走近一看,正是你,你说多巧!咱娘俩是不是有缘。"

　　小妍想起了往事不免心酸:"薛阿姨,我有气质有啥用,该看不上我的人,还是看不上我。"

　　薛桂兰说:"小妍,听永刚说你嫁得挺好的!我还跟永刚说呢,小妍有才有貌的,当然得嫁个像样的人。咋样?小妍,嫁的人肯定比我们永刚强吧?"

　　小妍迟疑了一下,说:"薛阿姨,我已经离婚了。"

　　薛桂兰惊讶地问:"离了?这没两年就离了,咋回事啊?"

　　小妍苦笑了一下:"结婚的时候就有点勉强,之后呢,也还是合不来,就不想凑合了。"

　　薛桂兰很是同情:"唉,这缘分不够啊。小妍,你看阿姨这是哪壶不开提哪壶,真不好意思。"

　　小妍遗憾地说:"薛阿姨,要是当年我和你们家缘分够的话该多好。"

　　"这当年我是特别特别喜欢你的,可永刚不是让那个,唉,那个江春燕迷上了吗?这事啊,我哪做得了主啊!"薛桂兰一副啥事都不怨她的样子。

　　小妍自我解嘲地一笑:"哈哈,薛阿姨,说笑罢了,他们看上去过得也挺好的,永刚工作也挺有起色。"

薛桂兰说:"能好哪儿去啊？我们老彭家算是断根了,我这一想想,都觉得对不起永刚他爸。自从他爸走了以后,你说我把心全用在永刚身上了,可永刚呢,就听他媳妇的。"

小妍说:"小两口好,你不也省心了？起码永刚不用你操心了。"

薛桂兰说:"能好哪儿去？你说他这个媳妇啊,生个丫头就生个丫头吧,我也没说什么啊？就想着以后有机会了再想办法。然后呢,这几年我就想尽一切办法,又整了个生二胎的指标,你倒是再努力一下子,那也算对得起我们老彭家。可人家能耐大了,从我这儿搬出去另起炉灶了,就是不给你再努力一下。"

小妍露出崇拜的神情:"薛阿姨可真能耐,竟然还能整到二胎指标！多好啊,试试多好。"

薛桂兰好像终于找到了同盟军:"就是啊,可人家就是不知好歹。哪像咱们娘俩,能聊一起去,这跟你说说话呀,我这心里敞亮了不少。哎,对了,小妍,你有孩子没？"

小妍被揭了伤疤,脸色阴郁下来:"没有,感情不稳定,就一直没要。"

薛桂兰马上安慰道:"没要好,你说要不你这离婚还得带个孩子！现在,这轻手利脚的多好。再找再找,我碰着合适的一定第一时间想着给你介绍。"

小妍说:"那我先谢谢薛阿姨。"

薛桂兰拉住小妍的手说:"跟阿姨还客气啥？等真介绍成了再谢。对了,你一个人,我现在也一个人了,你以后要是有空,还像以前一样,多来陪陪阿姨,咱娘俩多唠唠。"

小妍说:"好,薛阿姨不怕麻烦,我就常去看你。"

周五晚上,彭永刚领着悦悦急促地敲着薛桂兰的房门。

"谁啊？敲得人心脏都蹦出来了。"薛桂兰抱怨着。

"妈,是我,永刚！"

薛桂兰开了门:"咋了,永刚？哎呀,悦悦也来了！"

彭永刚说:"妈,悦悦她姥姥病了,村里来电话说发高烧,晕倒了,到底咋回事也整不明白,大伙正帮着往县医院送呢,我和春燕得马上迎迎去。这悦悦,今晚就得在你这儿了。"

薛桂兰说："哎呀,我说呢,没事来我这儿可难了。这一来准没好事!"

彭永刚说："妈,你这说得好像你不是悦悦的奶奶似的,孩子放你这儿我都不放心了!"

薛桂兰说："不放心就别放,谁愿意看似的!"

彭永刚:"你?"

在屋里嗑着瓜子的小妍走了出来："永刚,这是你女儿啊,好漂亮啊!"

彭永刚有点意外地说："小妍,你咋在这儿?"

薛桂兰说："小妍咋不能在这儿?来看看我这孤老婆子不行啊?"

彭永刚说："妈,我……唉,我着急,妈,看好悦悦啊,我走了。那个小妍,再见啊。"

小妍说："永刚,你放心吧,我在这儿帮阿姨看着悦悦。"

悦悦站在门边,乖巧地说："爸爸,你和妈妈早点来接我。"

彭永刚说："好,悦悦要听奶奶的话啊!"

洮水县医院,春燕妈在打着点滴,强打精神说："燕儿啊,你俩回家去吧,妈在这儿打上针了就行了。你看这烧也退了些,你和永刚在这儿也是干陪着,再说悦悦还不得找你们啊?"

彭永刚把手里的水杯递给春燕妈："妈,你先喝点水。我俩在这儿没事,悦悦那边有她奶奶呢。"

春燕妈体贴地说："她奶奶也不常哄,小孩子晚上都爱找爸爸妈妈,别闹得她奶奶睡不好觉,悦悦也得上火的。再说,悦悦还得上幼儿园呢,那不像在家里,一折腾别再闹毛病。"

江春燕说："妈,你这都烧出肺炎了,就别操心了。我让永刚回去,我在这儿陪你吧。"

春燕妈说："燕儿,你听妈的,大夫说了,这病也不是一天两天就能出院的,怎么也得一星期。这儿又没有闲着的床,你们跟着一起熬,妈心里不得劲儿,也睡不着,你就别让妈着急上火了,等你明天有空再来。"

大夫过来检查,说:"家属不要总在病房,不要影响别的病人休息。"

春燕妈摆着手,让江春燕快走。

江春燕无奈地说:"妈,你感觉不舒服就吱声,千万别硬挺着呀,不行就叫大夫。"

春燕妈点头说:"嗯,放心吧,回去吧。"

江春燕和彭永刚这才走出了病房。

在回家路上,彭永刚对江春燕说:"你也不要上火,人吃五谷杂粮,有个病啥的也是正常的,有病咱就治呗。"

江春燕说:"唉,主要是我妈身体太弱了,这就相当于又伤了一次。永刚,这次我妈病好了,我真不能再由着她了,坚决不能再让她一个人在村里住了。"

彭永刚说:"行,只要妈答应,我没有问题。"

江春燕说:"可我担心你妈不答应。"

彭永刚说:"我妈那儿先不说,啥时候她知道了再说。"

"也只能这样了。"江春燕看看表,"永刚,悦悦这个点应该还没睡呢,咱俩把她接回来吧。"

彭永刚说:"春燕,要不今晚就让悦悦在我妈那儿睡呗?你也好好歇歇,明天你还得去医院呢。"

江春燕说:"我怕悦悦看不着我着急,别在那边有啥话不敢说出来,再上火生病啥的。"

彭永刚说:"你就是放不了手,我妈再咋说也是她亲奶奶吧?"

江春燕还是不放心,坚持道:"咱俩还是去看看吧,妈那儿要是熄了灯,说明她们都休息了,睡觉了,咱俩就不进去接悦悦;要是还点着灯,有声音,咱就敲门接悦悦。"

彭永刚说:"唉,行吧,我看你不去看看是放不下心,也睡不好觉。"

江春燕和彭永刚在外面看到灯还亮着,而且听到有"哆来咪""一闪一闪亮晶晶"的唱歌声,就敲了门。

薛桂兰问:"谁啊?"

彭永刚答:"妈,是我,来接悦悦了。"

薛桂兰打开门说:"悦悦今天不走了,看,跟小妍老师学弹琴呢,还挺带劲的呢。"

彭永刚推门进来,又拉江春燕。

江春燕说:"妈,让你受累了。"

悦悦见妈妈来了,高兴地跑过来:"妈,我会弹琴了,小妍阿姨教我的。"

小妍起身拿起包说:"我陪阿姨在这儿哄会儿悦悦。你们回来了,我就先回去了。"

薛桂兰说:"哎,小妍,这都几点了?说好了在这儿陪悦悦睡的,你这个点走了我哪儿放心啊?"说着热情地拉过小妍,"坐下坐下,吃点水果。"

"春燕,你妈这三天两头地就头疼脑热,挺吓人的。今儿个你俩都来了,看来这次是没啥事吧?"薛桂兰问道。

江春燕说:"我妈身子弱,这次发烧烧成了肺炎。"

薛桂兰说:"肺炎?那这一天两天也出不了院啊?"

江春燕说:"妈,悦悦在这儿闹了一晚上,我们把她接回去睡了,你和小妍老师也早点休息吧。"

薛桂兰说:"等等,肺炎这病可挺烦人,它不传染也膈应人,你们从病房那边过来别带回病菌啥的。得了,悦悦这周就都在我这儿吧,正好小妍还能多教教我们悦悦呢,是不是,小妍?"

小妍说:"我除了周六周日白天教课,平时下班了晚上也没啥事,悦悦爱学,我也爱教。"

悦悦说:"妈,我想让你来陪着我学。"

薛桂兰说:"奶奶陪你,你妈得陪你姥姥,咱可得离那医院的病菌远点。"

彭永刚喊:"妈——"

薛桂兰不耐烦地说:"妈啥妈?你们俩赶紧回家吧。"

江春燕无奈地嘱咐着:"悦悦,那你就在奶奶这儿住,听奶奶话啊。"

彭永刚说:"悦悦,等姥姥的病好点了,爸爸妈妈就来接你啊。"

悦悦懂事地说:"我希望姥姥的病快点好。"

彭永刚说:"嗯,姥姥的病很快就会好的。"

第三十四章

晚上,白鹤村又刮起了冒烟大风。

刘福贵坐在椅子上沉着脸拿出茶叶,打开暖壶泡茶。老伴段秀芝打开门进来看见了,急忙上前把茶杯推到一边:"这都几点了?再喝茶还能睡着觉吗?"

刘福贵苦笑着说:"不喝也一样睡不着!"说着又把段秀芝推到一边的茶杯拿了过来。

"你呀!"段秀芝坐在对面无奈地摇了摇头。

两个人坐了一会儿,几次抬头却相对无言。

终于,段秀芝抿了抿嘴唇,下决心似的说道:"我明天就给儿子打电话,你还是得去省里的大医院检查一下。"

刘福贵说:"大岗二岗都那么忙,你麻烦他们干啥?人啊,早晚还不都得有那一天,你就别多事了!"

"要你那么说,身体不舒服都别去检查,有病也别治,那要医院干啥?咱二岗学那个医学专业干啥?"段秀芝反驳道。

刘福贵说:"又不是我让二岗学医的!说到这事啊,我这些天就琢磨呢,你说我原来天天抽烟啥毛病没有,干活有的是劲。后来咱要添下一辈了,我怕整这一身烟味招人烦,再熏着孩子,就把烟给硬戒了。你说我是不是这烟戒猛了啊?戒烟后,我开始长肉了,眼睛也不那么好使了,一检查还糖尿病了,又慢慢瘦下来了,干活也没那么有劲了。"

老伴说:"你这有点毛病咋还归罪到戒烟上了?我还真没听说糖尿病跟戒

烟有关,二岗早都说了这是医学难题,病因到底是啥还没整明白呢,这要是这么简单的事还用你总结!"

"唉,我也是晚上睡不着瞎寻思。你说这得一个病就得了,还来什么并发症,整得眼睛又糖化又啥的,然后就是瞎给检查,说什么胰子,不对,是胰腺,也不对劲了。谁让他们给检查那些的啊?"刘福贵说。

老伴生气了,说:"我发现你现在咋这么爱磨叽了,啥事还优柔寡断的,你是不是怕死啊?"

刘福贵把茶水一饮而尽:"我怕死?我才不怕死!我有儿子又有了大孙子,我怕什么死?我就是觉得有点舍不得啊!"

"知道你舍不得,咱就有病治病。治好了也能多帮儿子攒点钱供孙子上学!"段秀芝说。

刘福贵这才勉强同意给大儿子刘大岗打电话说看病的事。

刘大岗给刘二岗打电话一直没打通,就只好给弟妹林丽丽打电话:"丽丽啊,我是你大哥。"

林丽丽说:"哦,大哥,有事?"

刘大岗说:"嗯,是家里有事,我刚才没联系上二岗,就直接找你了。"

"噢,大哥,你说吧,啥事?"林丽丽一向爽快。

刘大岗说:"我爸明天中午过来检查一下身体,之前不是有糖尿病嘛,最近眼睛又受了影响,在县医院检查了一下,说肝和胰腺那儿好像有点毛病,确诊不了,让来省医院再查查。那个中午我去接,然后下午领他去医院。你先让二岗跟省医院那边的同学打个电话,安排好,最好找主任,直接给看看。另外,主要是那个晚上,晚上我那儿一室一厅不好住,你那儿不是两室吗?还有,我爸着急看大孙子,所以,那个晚上让他住你那儿。你跟二岗说一下啊,我这边忙着了,明天见啊。"

第二天下午,刘福贵在省医院检查完毕,就剩下等结果了。

刘福贵和两个儿子一边从医院大门往外走一边问:"我说大岗二岗啊,这一通忙活,你俩又一下午没上班。现在我这也检查完了,结果我就回家等着得了,你们给我订明晚的票吧,我看看俩孩子就尽早回去,别耽误你们的事。"

刘大岗说:"爸,你别着急,怎么也得等检查结果出来再说。没病最好,我们周末领你出去玩玩,万一有点毛病,咱就在这儿抓紧治。"

刘二岗也说:"爸,你别着急,既来之则安之嘛,等出结果再说。不要有啥心理负担,别紧张,咱这几天就放松放松。"

刘福贵说:"唉,能有啥事?就你妈瞎紧张,非让我来。那要不,我就等等?"

刘大岗说:"必须得等呀。爸,知道你着急看孙子,二岗那儿又是两居室,你晚上就在二岗那儿住。"

刘福贵说:"行,我在哪儿住都行。"

刘大岗说:"爸,晚饭我就不跟你们一起吃了,园园放学,我得去接,还得回去做饭,我媳妇单位最近有点忙,她还弄了份兼职,这不也想买个两居室吗?"

刘福贵说:"你忙你的去吧。我也想园园,你妈也想,让放假了就带回去呢。哎,我那个包呢?"

刘二岗把包递过来,刘福贵拉开包,拿出两个小袋子说:"这是你妈让我给园园带的,她不是爱吃松子和瓜子吗,你妈都一个个给剥出来了。"

刘大岗说:"这回园园可高兴了。爸,给天聪留了没?"

刘福贵说:"他还小呢,还是别乱给这些,再呛着呢!你都拿着吧,也没啥好东西给园园的。"

刘大岗说:"爸,那我先走了啊,这到点了,要不园园该着急了。"

刘二岗说:"哥,你快走吧,这两天爸就在我那儿了。你就放心吧,等结果出来了再说。"

刘二岗和刘福贵走进小区时,一群小孩子正在小区的健身设备处玩闹。

刘福贵边走边看,脸上流露着羡慕:"这城里的孩子就是好啊,这玩的东西也先进。"

刘二岗说:"就是些转盘啊什么的,哪有我们小时候好,自由自在的。"

刘福贵说:"你们小时候好?不都是泥里草里滚,一天天跟猴似的,玩得没个人样。要不是天天按着你们俩学习,你俩能出息到城里?"

刘二岗说:"按着也比城里现在的小孩们强。我看啊,现在的城里孩子都跟背着个小磨盘似的,这咱天聪刚上幼儿园,就学这学那的开始比了。丽丽还想给孩子买钢琴呢,跟天聪她姥磨叽了几回,她姥说买琴她出不了钱,但要是我们攒够钱买了琴,学费每月她给出一半。"

刘福贵说:"钢琴?咱们全县估计总共也没有几台。你说天聪这么小就要弹那么大个玩意儿了?"

刘二岗说:"现在城里就这趋势,都学乐器、学画画、学奥数,唉,反正放了学,小孩们也别闲着。你看那在外面玩的都是多大的,那是小的极小、老的够老。"

刘福贵说:"要说整吹拉弹唱的,咱村吕老倔倒是每个礼拜天都骑车带他孙子去县里学小提琴,那个玩意儿小,听说他买的没有多少钱。"

刘二岗说:"爸,小提琴学的过程中从小到大得换好几把呢,多少钱的都有,刚开始入门级的当然便宜,要说贵的,那价格估计你都不敢想。"

父子二人说着话就到楼门口了。

刘二岗说:"爸,咱这七楼呢,你上不动到中间就歇歇。"

刘福贵若有所思,答非所问:"二岗啊,咱天聪这才相当于一楼啊,那最后不得上到七楼去?所以咱打小儿就不能比别人差啊,是得学个高级点的,学钢琴,丽丽说得对。"

刘二岗说:"其实要说吧,也不一定非得学钢琴,学个便宜点的,熏陶一下得了,咱也不是那种家庭出身,有没有音乐细胞还不一定呢。"

刘福贵问:"啥音乐细胞?"

刘二岗说:"就是有没有那方面的兴趣,有没有那方面的才能呗。"

刘福贵说:"兴趣,才能,那都是培养的,你们小时候我要是不抓着按着,哪个能天生爱趴在那儿学习啊?这按住了不就有兴趣了,不就上道了?那上道了,也就好说了,他自己就想着朝前走了。"

刘二岗说:"嗯,也是,那是你的成功经验呗。"

刘福贵说:"你说,吕老倔那孙子能有啥音乐细胞吗?可现在他家传出的吱吱嘎嘎那调子,确实是比刚开始听着的时候顺耳多了。"

"爸,那说明琴拉得越来越好了。"刘二岗说着话还要往前走,可已经到楼梯尽头了,"呀,这今天光说话了,没觉着累就到了。爸,你看,七楼其实也没啥,最顶上,咱把别人都踩在脚下了。"

刘福贵说:"高点好,站得高,看得就远。"

刘二岗掏钥匙开门。

刘福贵有点疑惑地问:"丽丽没在家啊?"

刘二岗边开门边说:"丽丽啊,应该在,估计这个点在做饭呢,我怕她倒不开手。"

刘福贵说:"二岗,爸这一来,给你们添麻烦了。"

刘二岗说:"爸,来自己儿子家你还说添麻烦?那你不白养我了?到啥时候,我的家就是你的家!"

刘二岗打开门,给刘福贵拿了双拖鞋,说:"爸,你穿这个。"

刘二岗往里面探了探头,听到厨房里有做菜的声音。"爸,丽丽在里面炒菜呢,没听着开门声,我叫她去。"说着推开厨房的门,"丽丽,我爸来啦!"

"哦,二岗,锅里的菜你先扒拉着,我看看爸。"林丽丽把铲子和围裙递给二岗,推门出来了。

林丽丽看着站在门口的刘福贵叫道:"爸,您来啦,您别在那儿站着,进来坐啊,坐沙发那儿。"

刘福贵满脸堆笑:"丽丽,忙活呢!你看,我这一来净给你添麻烦。"

林丽丽热情地说:"麻烦啥,也没什么好东西,我就会做那几个简单的家常菜。我都想咱乡下的那些菜那些肉了,那味多正啊。"

刘福贵四下打量,嘴里说着"啥时候想吃你们就啥时候回去",却一脸期待地往里间扭头看。

林丽丽诧异地问:"爸,你找啥?我给你倒杯水吧。"

刘福贵说:"我大孙子呢?天聪咋没出来呢?"

刘二岗端着炒好的菜从厨房往厅里的餐桌上放,听刘福贵问,刘二岗也纳闷地说:"对啊,咱天聪呢?咋进屋半天没听到这小子叫唤呢?"

林丽丽一听,不乐意地说:"啥叫唤叫唤的,又不是小动物。讨厌!"

刘福贵说:"是不是他妈让他学啥呢?二岗,你刚才不是说这现在的小孩子跟背个小磨盘似的。"

刘二岗冲里屋喊道："大儿子——天聪——爷爷来啦！"

林丽丽有点尴尬地阻止道："哎，二岗，别叫啦，儿子没回来！"

刘二岗着急地问："没回来？咋啦？"

林丽丽说："没怎么，我妈今天接的天聪。"

刘二岗有点嗔怪地说："昨天不是说我爸今天来看大孙子吗？"

林丽丽解释道："今天我妈刚好往我单位打电话，说出差回来带了一堆好吃的，让去取。我说今天不能去，爸从乡下来这儿看病，我晚上得回来做饭。我妈就说，那家里来人正好地方小，就让天聪去她那儿。"

刘二岗遗憾地说："唉，这整的。你也是，这好吃的哪天再取呗，能那么快就坏了？我爸着急见天聪呢！爸，明天咱俩一起去幼儿园接天聪，这结果得两天后也就是周五才能出来呢。周六周日，我带你和天聪去公园玩玩。"

林丽丽说："二岗，我妈说这几天她都去接天聪，就让天聪住她那儿，而且周六恰好是天聪的生日，妈说她领着天聪照相啥的。"

刘二岗问："那我爸啥时候见天聪啊？"

林丽丽说："要不这次就先不见了，我妈说天聪毕竟还太小，抵抗力没那么强，爸这回不是来看病吗？"

刘二岗急了："丽丽，你这是什么意思啊？我爸是来看病，可也不是看什么传染病啊！"

林丽丽声儿也大了起来："谁说是传染病了，我妈说了，就是不是什么传染病，在医院出出进进的也会带病菌，这孩子不是小嘛！"

刘二岗说："丽丽，亏你也是学医的，你有没有点常识，我天天在医院上班，你咋天天让我跟孩子见面？我告诉你，你别跟你妈老接触，别学得那么势利眼，这些年我爸省吃俭用的，能给的可都给咱们了，不比你妈少，别欺负人啊，赶紧把天聪接回来。"

林丽丽说："二岗，我这些年跟着你，你还不知道我是啥样人吗？我势利眼我找你干吗？我势利眼我这一下班就忙活着做菜干吗？我还不能跟我妈接触了，你才欺负人呢！"

刘福贵几次想插嘴都没赶上，急得上前把刘二岗的嘴捂住。

刘福贵说:"二岗,别我这一来你还嘚瑟上了,把你能的,这些年丽丽跟你少遭罪啦?这一把屎一把尿地在城里伺候个孩子多不容易,我和你妈又来不了,送回去你们又想得受不了。这天聪长这么好,不都亏了丽丽呀!这孩子要是有个毛病啥的,她不得更遭罪上火吗?"

林丽丽委屈地掉下泪来:"爸,我没那个意思,明天,我就把天聪接回来住。"

刘福贵心想:要是当年让二岗娶了江春燕就不会出现今天这种情况。可他嘴上却说:"别的,等爸这病查完了治好了,我再来看,再来看啊……"

第三十五章

周五,省医院,刘福贵和刘大岗在窗口排着队等着拿检查结果时,刘大岗碰上了一个朋友,被拉到一边说话去了。

刘福贵排到窗口,拿到了自己的检验报告,低头看了几眼,脸上显出疑惑。

他瞅了一眼刘大岗,见他还和朋友聊着,就拿着单子问旁边询问台的导诊员:"小同志,你看看,我这个是疑似个啥,这写的是外文哪?"

导诊员瞅瞅刘福贵指着的字母说:"Ca,就是癌。"

突然导诊员惊觉地问:"哎,你这是给谁问的啊?"

刘福贵愣怔着叨咕:"癌?"

导诊员又仔细看看:"疑似啊,是说怀疑的意思,你这给谁问的,你得找医生给看啊!"

刘福贵说:"是我,我。"

导诊员说:"去找医生吧,咋也没个家属陪着?是疑似啊,可没说是!"

刘福贵拿着单子,身子晃了两晃,导诊员忙喊:"哎,有没有家属啊,这有没有家属陪着啊?赶紧来扶一把啊。"

刘大岗听到喊声,回头看到刘福贵在那儿站立不稳的样子,赶紧跑过来。这时,刚才去看同学的刘二岗也赶过来了,看到大哥扶着父亲,忙问:"爸,咋啦?"

刘福贵打起精神说:"没事,刚才脚下滑了一下。"

刘大岗发现了刘福贵手里的单子,说:"爸,我看看。"

刘二岗抢过去说:"你能看懂啊?给我吧!"

刘二岗看到"疑似 Ca"这几个字也愣了一下,瞅瞅父亲,自语道:"不像啊,不能吧?"

刘大岗问:"咋的了,没事吧?"

刘二岗说:"没啥大事,好像是有点炎症。哥,你先领爸在那儿坐一会儿,我再去问问闫大夫,看用不用先办个住院消消炎啥的。"

等了一小会儿,刘大岗坐不住了,脑中闪过二岗刚才急匆匆跑走时的神色,意识到了什么。

刘大岗说:"爸,你没事了吧?"

刘福贵说:"没事,啥事没有。"

刘大岗说:"爸,那你先一个人在这儿等会儿,我去找找二岗,看看咋回事。"

刘福贵说:"你去吧,我没事。"

在肝胆科医生办公室,闫大夫把片子拿到显示灯下夹好,指着片子上的一个部位对二岗说:"你看,就在胰头这个位置,这个,看到了吧?就这个东西不太好,主要是位置长得不好,连着肝、胆、胃,要是动手术的话,这是外科最大的手术了,危险性比较大,病人的体质如果不是很好,年龄也大的话,有可能下不来手术台,而且病人有糖尿病,虽然是比较轻的,但也得先控制好血糖才能手术。"

刘二岗问:"闫大夫,你看我爸这个瘤是良性的还是恶性的?"

闫大夫说:"这话不该你问啊,二岗,咱都是同行,东西不最后拿出来,谁也不能肯定地说,只能说可能性。"

刘二岗说:"对,我就是说,依你的经验看,你就实话实说吧,我全明白。"

闫大夫说:"对别人我不好说,对你我就直说啦。"

刘二岗说:"你就直说,我最后自己选择怎么办,你就建议。我虽然也是医生,我也决定不了,得回家和我哥、我爸他们一起商量着定。"

闫大夫说:"二岗,虽然这个手术我就可以做,甚至可以说做这样的手术对我来说也很难得,做成功了那能往脸上贴金,做不成功也正常。但是,我不建议你爸做。这个瘤子,以我的经验判断,是黏液型的,怕碰。别说做手术时碰漏了,就是做穿刺检查判断到底是良性还是恶性的也容易碰漏,而不管哪种,碰漏了,病人就没救了。"

刘二岗问:"那你的意思就是不做手术,也不管它是良性还是恶性的?"

闫大夫想了想说:"它要是良性的,你也不知道它长多少年才长这么大,要是很多年才长这些,或者早就有,不长了,那是最好的,你就治你现在的糖尿病就行了;它要是恶性的呢,这个黏液型的也不是恶中之恶,病人挺个三五年的也没啥问题;再退一步说,它要是恶性的呢,你就是现在手术成功了,病人也不一定能活上三五年,到时候,那就是人财两空了。"

刘二岗又问:"那就是不治,看命?"

闫大夫说:"我的建议是这样。关键还有另一个问题,病人的心理问题,你也知道,绝大多数癌症病人应该说是被吓死的。所以,如果病人不知道自己有这么个东西,那是最好的。当然,也有人知道了也不怕,癌这个东西,欺软怕硬啊。"

刘二岗说:"闫大夫,我爸应该就是硬的,我爸这辈子我就没见他软过。他常说,命就是路,都是走出来的。我跟我哥商量商量吧。闫大夫,谢谢你的坦诚。"

闫大夫说:"记着,要是不手术的话,半年后再来做个 CT 查一下,要是那个东西大小没啥变化,那就啥事都没有了。"

刘二岗说:"谢谢你的吉言,但愿我爸啥事都没有。"

刘二岗往门外走,看到了站在门口的刘大岗:"哥,你都听到了?"

刘大岗"嗯"了一声。

刘二岗问:"哥,你说咋办?"

刘大岗说:"我没想到,我真没想到,我看,爸看上去不像啊,在门诊那儿那天医生问他后背疼不,他说不疼,还有医生说他脸也不黄,这咋可能呢?你说爸就是从那年我要园园前后,你嫂子说了句'孩子以后可不能熏着',他就戒了烟,就有点胖了,难道是体重变化导致的?"

刘二岗说:"这都说不准啊,先不说别的,就说糖尿病到底咋导致的,现在医学也没弄明白呢。"

刘大岗说:"你是当医生的,二岗,你定吧,要是治,我就把房子卖了。"

刘二岗说:"哥,刚才闫大夫的话你也听到了,我也是当医生的,虽然这是咱爸,但我们也得理智地想一想,要是咱爸的病做手术就能治好,我也把房子卖了给他治病,可现在是手术不如等着。"

刘大岗说:"那你说咱就等着?"

刘二岗说:"哥,这回就听我的吧,我是医生,理智和情感都让我这么决定,而且即便是最坏的结果,我想爸也不会怪我们的,爸也会赞同我们的选择的。"

刘大岗说:"那哥就听你这个当医生的,咱就让爸以后乐呵呵地过,过一天咱赚一天。"

刘二岗说:"嗯。对了,哥,爸呢?"

刘大岗说:"爸在楼下坐着等着呢。"

刘二岗说:"走,看看爸去。"

二人急匆匆地去找刘福贵。

刘福贵坐在医院的凳子上,神思恍惚了一会儿后,自言自语道:"癌?疑似?就是真是又能把老子怎么样?不就是个死吗?我知足,我供出两个大学生,不,一个大学生,一个研究生,我还有个大孙子。那打一出生没几天就死的,那被人打死的,那饿死的人多了去了,我活这么大岁数,我有子有孙的,我赚了,我就是想再多看看我大孙子大孙女,看到他们考上大学那天……"说着眼里涌出了泪水,他抹了两把脸,自嘲道,"这么大岁数,还流上眼泪了,这不让孩子们笑话吗?我这是风吹的,风吹的呢!我就想我大孙子啊,我看我大孙子去。"他说着往医院外走去。

刘大岗和刘二岗在医院里到处都找不到父亲。刘大岗想到父亲拿着单子问导诊员的情景:"二岗,是不是爸知道了自己的病,你说爸不会想不开吧?"

刘二岗说:"不会,就是爸知道自己得的是最不好的那一种,爸也不会的。而且我相信,咱爸命硬,那东西怕他!哥,我们回家等,爸会回家的。"

省城的大街上,刘福贵一路走一路打听天聪就读的幼儿园的所在地。在他急匆匆赶路之时,撞到了一个沿街卖望远镜的。

卖望远镜的说:"哎哎哎,走路没长眼睛啊,撞坏了你赔得起吗?"

刘福贵差点没摔倒,站住后,有点生气地说:"这谁撞谁还不一定呢?你年纪轻轻的咋不好好说话呢？"

卖望远镜的说："哎,你还赖上我了,咋的,岁数大就想倚老卖老耍赖啊？"边说边瞅着自己背着的几架望远镜检查起来。

刘福贵看到望远镜,眼前一亮："小伙子,你这玩意儿是望远镜吧,望得远吗？"

卖望远镜的问："啥意思？望远镜不望得远还望得近啊？"

刘福贵说："那这望得远,你咋还撞我身上了？"

卖望远镜的说："跟这有关系吗？你头都不抬,净瞅着地面,望多远有用吗？再说我也没用它望,我不东撒目西撒目,看谁有兴趣买吗？"

刘福贵说："这既然撞上了,就是有缘,你实惠地说吧,多少钱一个？"

卖望远镜的说："哟,这撞得巧呀,真买啊？"

刘福贵说："快说吧,我急着走。价格要是实惠,我就买个给孙子玩；不实惠呢,我就继续往前撞,不,往前走。"

卖望远镜的说："行,实惠就实惠,卖个巧呗,就五十。"

"五十？就这么个塑料玩意儿卖五十？"刘福贵边说边拿着望远镜往远处看。

卖望远镜的边帮着调边说："五十,值,你看看,你这看得多清楚,多远。"

刘福贵觉得确实看得挺清楚也挺远,但嘴上却说："二十,这就值二十,我不还价了,二十我就拿一个,给小孙子玩。"

卖望远镜的说："给小孙子玩这种的,浪费了,我这是好玩意儿。"

刘福贵作势欲走："好玩意儿你就自己留着玩。"

卖望远镜的一看,赶紧拉住刘福贵说："二十就二十,就当我撞的你,拿走吧。"

刘福贵来到天聪所在的幼儿园外,在栏杆外拿着望远镜看着里面玩耍的孩子,他不断地调整着望远镜的镜头和方向,终于在镜头里找到了天聪,天聪和小朋友们开心地玩着滑梯,嬉戏着。

一个小朋友拽了天聪的胳膊,手里的一个小玩具划了天聪的手一下,弄疼了天聪。

天聪哭了,刘福贵着急地叫道:"天聪,疼了吧,别哭啊。"

幼儿园老师过来拉过天聪的手说:"来,老师看看,天聪的手划破了,哎哟,出了一点血。天聪,没事啊,老师给贴个创可贴。"

老师贴完后对天聪说:"小男子汉,要坚强啊,不哭了,小朋友不是故意的,老师让他以后小心点,再给天聪道个歉,好不好?"

天聪说:"好,可是我妈妈说,要保护好我的手,我的手以后要弹钢琴的。"

老师说:"嗯,天聪以后要弹钢琴,你看,没事,就是一个小小的伤口,是不是?很快就会好的,坚强点!"

天聪说:"嗯,我是小男子汉。"

"对!一会儿老师让小朋友们给你鼓鼓掌,加加油。"老师说完组织小朋友站队,"来,活动时间结束了,大家站队,回教室老师给大家讲故事了。"

老师组织完小朋友站队,又叫来门卫,指指栏杆外的刘福贵,说了些什么。

小朋友们在老师的带领下走进了教室。

拿着望远镜的刘福贵被走来的门卫推了一下:"哎,老同志,在这儿看什么呢?"

刘福贵一愣,缓过神后说:"啊,看孙子,看孙子。"

门卫怀疑地说:"看孙子?看孙子还用得着这么看吗?回家看去吧。"

刘福贵一脸无奈地说:"回家看不着啊。"

门卫不相信地说:"看不着?这老同志,是不是精神有毛病啊?赶紧走吧,我跟你说吧,看谁也不能在这儿拿着望远镜看。你要再看的话,我可报警啦,你这把小孩子们吓着了呢!"

刘福贵舍不得走:"唉,再看看,再看看!"

门卫说:"赶紧走,赶紧走啊,再不走我可真报警啦!再说,你也看不着啦,都进屋了,走吧,走吧!"

刘福贵的望远镜里再也看不到天聪了,无奈又失落地说:"我走,我走。"

刘福贵走了两步,又停下来。一直盯着他的门卫问:"咋了,还不想走?"

刘福贵说:"走,走。我想问一下,这儿哪有卖钢琴的地方?"

门卫再一次上下打量着刘福贵,用怀疑的口吻说:"卖钢琴的地方?"

刘福贵说:"对,卖钢琴的地方。"

刘福贵用拿着望远镜的手往幼儿园里比画了一下说:"我孙子得学钢琴!"

门卫嘲讽道:"你不会是想用望远镜看吧?你孙子也用望远镜学?"

刘福贵看看手中的望远镜,意识到了什么,把望远镜小心放进包里说:"那哪能呢?"

门卫眼中闪出狡黠的光:"算你问对人了,咱这儿是文化圈,你以咱这幼儿园为中心,离开一道街之后就转吧,这四周有两三家琴行呢。"

刘福贵叨咕了一遍,说:"明白了!谢谢!"跟门卫摆了摆手,走了。

门卫摇了摇头,看着刘福贵走出一段距离后,放心了,如释重负地说:"看孙子你用望远镜,这又看上钢琴了,真是病得不轻啊!这谁家的老人,也不看着点!唉,管你呢,这钢琴你光看,看不坏,它没人味,也不会害怕,你爱上哪儿看就上哪儿看去吧,只要别在我这一亩三分地晃悠就成。"

接下来,刘福贵兜兜转转地来到一家琴行的门口。

疲累焦急的刘福贵脸上终于露出笑容,推门欲进又退回脚步:"这我也不懂行啊,还是先观察观察再说。"

刘福贵在琴行外边人行道的树旁蹲下,看着偶尔进出琴行的人。

等了一会儿,刘福贵有些着急了,又探着身子从琴行的玻璃窗向里望,望着望着,把琴行的服务员给望了出来。

服务员警觉地问:"大爷,你找人啊?"

刘福贵说:"啊,不!"

服务员问:"那你买琴?"

"嗯。啊?不,我看看,看看。"刘福贵边说边又蹲回树下。

服务员小声嘀咕道:"看看?过瘾啊?这么大岁数,估计你也干不了啥太大的坏事,你爱看就看吧。"

刘福贵蹲在树下,无聊地拿着望远镜看着往琴行方向走的人。突然,两个女人领着一个跟天聪差不多大小的男孩闯入他的"望远镜"中。

刘福贵心想:要是能领着天聪一起来就好了,让天聪挑个喜欢的。

刘福贵的望远镜随着这三个人移动,直到三人的说话声传入耳中。

其中一个貌似小男孩妈妈的女人说:"陈老师,你看你这么忙,还陪着程程来挑琴,一会儿我请你吃晚饭啊。"

被叫作陈老师的女人回道:"不用不用,你别客气,程程这么有天分,一点就透的,我教着也开心。"

小男孩的妈妈说:"陈老师,都是你教得好,有耐心,程程才进步这么快,要不我就用电子琴对付着了。"

陈老师说:"要不是程程有这个天分,我也不劝你买。有不少人,孩子没什么兴趣,硬逼着孩子学,结果把琴先买了,弹了没几天,孩子学不下去了,钢琴成了摆设。所以,来跟我学琴的孩子,我都不主张先买琴。"

小男孩的妈妈说:"我同事就是,花挺多钱买的琴,结果孩子不爱学,她又心疼买琴的钱,逼着孩子弹,有一天,中间的几个琴键按不下去了,找琴行的人检查,才发现里面不知怎么塞进去了两根筷子。"

陈老师说:"这肯定是把孩子逼急了,孩子弄的。"

小男孩的妈妈:"对呗,结果我同事把孩子好一顿揍。"

陈老师说:"这不更没兴趣了,看到钢琴还不跟仇人似的。"

小男孩的妈妈说:"是啊,她孩子说了,再让他学,就拿刀把琴砍了。结果弄得我同事也没办法,最后还是放弃了。"

三人说着推开琴行的门进去了。

刘福贵收起望远镜,也紧跟着进去了,心想:这看来是教钢琴的老师啊,是懂行的人!好啊,这是老天爷派来给我领道的啊。

服务员看上去跟陈老师很熟,热情地迎上来。

服务员说:"陈老师,昨天你打电话说今天来,我们经理特意过来了。我看都这个点了,还以为你太忙,不来了呢!"

陈老师说:"忙了一天,下班前才倒出空来。"

服务员说:"那你们先挑,我叫我们经理去。"

服务员这一说"你们",才突然发现刘福贵,她以为这是陈老师带来挑琴的孩子的爷爷,就说:"我说在那儿看呀看呀,还真没看出来,真是个买琴的。"

陈老师和小男孩的妈妈在那儿看琴,刘福贵摸摸小男孩的头说:"这孩子,将来肯定有出息。"小男孩的妈妈很受用。

陈老师跟小男孩的妈妈说："我昨天跟你说了这个牌子的,就是这个尺寸,这两个颜色,你挑一种吧。"

小男孩的妈妈小心地摸着钢琴,觉得不错,可看看价格签,两万六千多,又很犹豫。

刘福贵也伸手摸了摸价格签,看到价格,吃了一惊,摸摸包,忍不住说："真是个好价啊!"

小男孩的妈妈正犹豫价格的事,又不太好意思张嘴,刘福贵这么一说,她倒好说话了："是啊,琴好,价也好。你说,这价是不是定得太高了啊?"

刘福贵一指自己的鼻子："你问我?"

小男孩的妈妈说："对啊!"

刘福贵尴尬地笑了："我哪懂啊!"

小男孩的妈妈说："那你不懂为啥说好价啊?"

刘福贵说："我不懂,想让这位老师也帮着看看。但这个价的,我买不起!"

陈老师说："你也要买钢琴?"

刘福贵说："对,我给我孙子买。"

陈老师说："你孙子爱学?正学着?"

刘福贵说："爱学,嗯,肯定爱学!但是,还没学呢,琴没买呀。"

陈老师说："我刚才还说呢,这孩子要不爱学,没兴趣没天分,可先别买琴。"

刘福贵说："有天分有天分,就是差钱。"

小男孩的妈妈小声说："陈老师,要是我俩都买,这价格是不是能更便宜啊?"

陈老师说："我来就是为了能在价格上让经理多优惠,你们俩都买,那当然更好了。"

小男孩的妈妈说："陈老师,不瞒你说,我只能买两万元之内的,家里就凑了这些钱。"

陈老师说："以前我推荐的琴基本都是两万,有点给我们老师的回扣,我也跟你说过,我从来不要,都退给你们,所以,肯定两万之内。"

小男孩的妈妈问:"大爷,你呢? 能买起这个价的吗?"

刘福贵说:"两万以内行,我也不瞒你们,我这是来城里看病的,准备了两万块钱,结果呢,一检查,啥病没有。这好呀,给孙子省出个钢琴来。"

小男孩的妈妈说:"大爷,你这怀疑是啥病啊,跑城里来看?"

"疑似,癌!"刘福贵虽然不愿提这几个字,但还是说了。

小男孩的妈妈吓了一跳:"哎哟,还好不是,这多好! 你说,这你孙子确实是捡了个钢琴啊!"

刘福贵说:"不是,多好!"

陈老师说:"大爷,你咋没让你孙子还有他爸妈一起来挑琴啊,就这么自己来了?"

刘福贵心里一酸,抹了下眼睛说:"孙子没放学呢,他爸妈工作也忙,再说,他们舍不得让我花钱。可你说,我这钱,这不是相当于捡来的吗? 这多幸运,这不比看病,人财两空好啊!"

小男孩的妈妈说:"幸运,幸运,一家人的幸运啊。"

一个气质高雅的中年女人和服务员不知啥时站在了他们旁边,听着他们几个人的对话。

见他们的话停下了,中年女人才上前和陈老师打招呼:"陈老师,亲自来啦!"

陈老师说:"是啊,刘经理。你看这孩子挺有天分的,还能坐住,不学琴可惜了。只是家里条件一般,这不,想让您给多优惠一些。还有,这个大爷,也赶巧跟我们一起买,是看病的钱呢!"

刘经理说:"你们刚才说的话我都听到了,都是本分人,都是实在人,都是为了孩子。我小时候家里条件也不好,但是我特别喜欢音乐,是我父母省吃俭用让我弹上了钢琴,我特别理解你们。这样吧,相信你们肯定也都是货比三家了,知道这款琴的价格,而且陈老师也亲自来了,我也知道她从来都不要回扣,都还给家长,所以呢,就一万六,再加送琴凳,当我跑个量,给你们捎过来的。"

小男孩的妈妈喜出望外地说:"真是谢谢你啊,刘经理,还有陈老师,对了,还有这位大爷,这款琴真是从来没听说谁这个价买过,都比这贵好几千呢!"

陈老师说:"我也得谢谢刘经理呢,这也是支持我啊。"

刘经理说:"知道你人品好,好人就应该得到好的回报嘛。"

小男孩的妈妈说:"我今天真是碰到的都是贵人啊,陈老师给我们减免了学费;刘经理给我们最优惠的价格;大爷呢,虚惊一场没有病,跟我组团一起买钢琴。"

刘福贵说:"我这是托你们大家的福啊,我替孙子谢谢你们。"

第二天早上,在沙发上歪躺着睡觉的刘二岗被敲门声惊醒。

"是我爸回来了?"刘二岗急忙起身去开门,门外站着的却是刘大岗。

看着一脸失望的弟弟,刘大岗说:"爸肯定是还没回来吧?"

刘二岗说:"爸这是上哪儿去了,咱要不要报警啊?"

刘大岗说:"报警得24小时之后,这才多长时间,再说,爸也有可能回家了。"

刘二岗说:"爸要是回去得先跟咱们说一声啊,你说这种事,爸以前可没干过。"

刘大岗说:"哎,二岗,爸这回来说没说带了多少钱啊?我都没问他,你说不能是身上揣着钱,让人抢了骗了啥的吧?"

刘二岗说:"我没问,但爸肯定带了准备看病的钱了,他啥时候拖累过咱们?不过,爸就是带着钱也没事,他能看住,给我买房那时候,他带那么些钱都不怕呢。"

刘大岗说:"我咋越来越觉得爸没在这个城市里呢?唉,昨晚有趟车,咱俩上车站去就好了。"

刘二岗说:"爸就是走也得留个信儿,干吗这么走啊?"

刘大岗说:"可能爸在医院也没闲着,自己瞎打听着什么了。唉,等会儿估摸着他要是坐那趟车能到家的时候,咱打个电话问问吧。"

刘二岗说:"要不先往村里打个电话,如果看到咱爸回去了,跟咱们说一声。"

刘大岗说:"别介,那样他们不知道咋回事,再瞎猜,让咱妈知道了,不更着急吗？再说,这还不定是咋回事呢！反正今天周末,我就在你这儿耗着等咱爸的消息吧。"

上午九点多,刘二岗家又响起敲门声,坐在沙发上发呆的哥俩同时起身冲向房门。

打开门,看到不是爸,两个人又失望了。

门外一个搬运工模样的男青年拿着单子问:"这是刘二岗家吧?"

刘二岗说:"是啊,什么事?"

"啊,昨天你在雅林琴行订了一台钢琴,给你运到楼下了,这不,上楼前先确认一下你家里有没有人,我们再卸车往上抬。你这楼层可真够高的!"男青年说着就要下楼。

刘二岗忙叫住他:"等等,你说我订了台钢琴？你弄错了吧,我不可能订钢琴啊。"

男青年核对了一下门牌号,问:"你是不是叫刘二岗啊?"

刘二岗边说"是"边拿过男青年的单子看:"对啊。"

男青年说:"对不就结了。"

刘二岗说:"我是说你这单子上写的地址是我家,名字也是我的,都没错,可我没说我订了琴。"

男青年说:"那就是别人替你订的呗。反正是交完钱了,不然经理也不能让我们给你送货,还说这个是加急的。对了,你这一说我才想起来,经理还让我交给你一封信,你这肯定是别人帮你订的,你看看信是不是写给你的?"

说着,男青年拿出一封信递给刘二岗。

刘二岗打开折着的纸,一看字迹,马上把纸递给大哥,说:"是咱爸写的。"

男青年一听,忙说:"是你爸那就没错啦,我抬琴去,你慢慢看吧。"

大岗二岗:

告诉你们一声,爸回家啦。放心!

在医院里,我问过咨询台的护士,知道了自己得的是啥病。不过,爸没怕,真的,爸没怕。爸只是舍不得,舍不得咱们这个家,舍不得你妈,舍不得你们哥俩,当然,最舍不得园园和天聪。

可是,爸很知足。在医院里看到那些各种各样的病人,各种年龄的病人,真的不得不感慨,黄泉路上无老少啊!而爸,能活到现在这岁数,现在这光景,知足,真的很知足!

爸这次看病前卖了头牛,加上咱家的全部存款,凑了两万块钱。可咱这病,是治不了的病,那咱就得算计一下,咱不能人财两空吧,咱这钱是地里刨食攒的凑的,得干点有用的事。现在,什么是最有用的事呢?那当然是培养孩子。所以,爸去幼儿园外看天聪了,爸去琴行订钢琴了。这不,留下个念想嘛。

爸这一路净碰上贵人,感觉特别好。爸好像都能听到天聪弹琴的声音了……

大岗啊,别怪爸,爸这次没给园园买什么大件。以后,爸要还能活得久一点,攒钱给园园补上。

大岗二岗,不用回来劝爸,爸的脾气你们知道。相信爸,只要爸活着一天,都会有个人样的!

你们的爸

这天晚上,在林丽丽和刘天聪摸着钢琴的喜悦中,刘二岗却流下了眼泪……

第三十六章

悦悦在写作业,江春燕陪在悦悦旁边,边看书边记着什么。这段时间,悦悦课后经常由彭永刚带着去学钢琴。

悦悦终于写完了作业,收拾好本子后抻了抻胳膊。江春燕却还在认真地记着什么。

悦悦恳求道:"妈妈,你陪我聊会儿天吧。你天天写写写看看看的,比我都用功,现在啊,每天都是爸爸陪我说话。"

江春燕抬起头说:"悦悦,作业写完了?妈妈刚有了一个挺好的剪纸构思,等妈妈记下来,再检查你的作业。"

"妈妈,你不能歇会儿吗?我刚写完作业,休息一下,一会儿爸爸又得领我出去练琴啦。"悦悦撒起娇来。

江春燕爱怜地摸了一下悦悦的肩膀说:"好,妈妈记一下思路,马上就陪你聊天。"

"妈妈,你发现了吗?你现在跟我和爸爸说的话越来越少了,我感觉咱家呀,除了我,电视和爸爸最亲。"悦悦嘟起了小嘴。

"你爸就爱看电视。"

悦悦接道:"我爸还爱听钢琴曲呢,现在我爸的欣赏能力有了很大的提高!"

"那好呀,咱付一个人的学费,你们两个人的能力都提高了,给妈妈省了一份钱,咱可赚大喽。"江春燕笑了。

悦悦眨了眨眼睛,像突然想起了什么,小脸严肃起来:"妈妈,这你可说错了。我早都不用交学费了,小妍老师说,我去学琴,是她一周最开心的时候,能带给她开心的人,她怎么能收钱呢?说要是收钱的话那份情就变味了。"

江春燕一愣,说:"这哪有去学琴不付费的呢?你爸爸也没跟我说啊!"

悦悦歪着脑袋瞅着江春燕:"我爸说,这人家不要钱,咱就得换一种形式给。"

江春燕问:"换哪种形式啊?这人情啊,是最难还的债!所以呢,还是清清楚楚的好。我得跟你爸说说这事,咋不跟我商量商量呢?"

悦悦说:"妈妈,不是爸爸不跟你商量,是爸爸想跟你说,但你没时间听。奶奶说你就关心你的水稻和你的剪纸。"

江春燕说:"妈妈这不一有空就陪你做作业,咋不关心你呀?妈妈跟你说,咱这攒的钱都用来买新房和装修了,等咱家再攒些钱,就把电子琴换成钢琴,你就可以在家练习了。然后呢,你还可以再学别的想学的,再然后呢,供你去城里上大学!"

"妈妈,你就知道让我学学学。你看你,都不买新衣服,也不做新发型。我同学那天看到我爸爸和小妍老师一起走,还以为她是我妈妈呢,说你妈妈真漂亮。"悦悦责怪着江春燕。

"以为有啥用?该谁是妈妈就谁是妈妈,子不嫌母丑,狗不嫌家贫。悦悦,你这孩子,还嫌弃上妈妈了?"江春燕嗔怪地瞅着悦悦。

"妈妈,我不是那个意思,我是想让爸爸也给你买像给小妍老师买的那些东西。"悦悦见江春燕不明白,着急地解释着。

"啥呀?对了,你刚才说啥,学费换一种形式给?你说说,咋给呀?"江春燕问道。

悦悦说:"给老师买东西呗。"

江春燕问:"那你爸爸都买了啥东西?"

悦悦说:"买过好看的围巾,买过化妆品,买过时髦的包包,还有……还有好吃的什么的,还有……唉,我也记不清了,反正爸爸说,这钱不能省。"

"咋费那些心思,非把简单的事往复杂了弄,真是闲得。"江春燕埋怨道。

"可是小妍老师就对我更好啊。她说,要是我是她的女儿就好了呢!"悦悦一脸天真地笑着。

江春燕一愣:"是她女儿就好了?"

江春燕正愣神的时候,家里的时钟敲响了整点的报时声。

彭永刚推门过来了,叫道:"悦悦,走,该出发去练琴啦!"

"来啦!"悦悦边说边跑出去,屋里只剩下望着门外的江春燕……

元旦这天下午,江春燕拎着一包东西从白鹤村回来,敲响薛桂兰家的房门时,屋里的薛桂兰、彭永刚、小妍、悦悦正玩着扑克。

听到敲门声,悦悦放下扑克:"准是我妈妈回来了。"说着乐颠颠地跑过去开门。

彭永刚也跟着站了起来,往门边走。

"妈妈,新年快乐!"悦悦打开门,见门外果真是妈妈,一下扑到妈妈怀里。

江春燕用拎着东西的手碰碰悦悦。

"春燕,咋拿这么沉的东西,都是啥呀?"彭永刚忙接过江春燕手里拎着的两包东西。

江春燕说:"我妈给拿的黏豆包,还有两只笨鸡。"

彭永刚拎着东西回头说:"妈,看春燕拿回来的黏豆包还有笨鸡,这小笨鸡好吃,今晚咱正好炖上。"

江春燕还没换好拖鞋就说:"妈,新年快乐!"却突然听到另一个人说:"春燕,新年快乐!"

江春燕抬头一看,意外地说:"小妍老师?噢,新年快乐!"

彭永刚对江春燕解释道:"妈说希望悦悦今年能参加钢琴大赛,非让小妍老师多给辅导辅导。"

"这都啥时候了,才回来,晚饭得啥时候能吃上啊?"薛桂兰一脸不悦。

"我不饿,奶奶,咱们接着玩啊!"悦悦跑回桌边。

江春燕说:"妈,我现在就做,先给你们热点豆包。"

"空肚子干吃那玩意儿还不得噎着。"薛桂兰依然阴着脸。

江春燕很尴尬,停了一下转身往厨房走去。

彭永刚忙起身说:"妈,你们仨接着玩吧,我跟春燕一起做晚饭去。"

"三个人玩有啥意思?这玩得好好的,真扫兴。"薛桂兰把扑克扔到桌上。

江春燕见彭永刚跟着进来了,忙推着彭永刚:"你去陪她们玩吧,我回来晚,也没干啥活,我多干点!"

彭永刚关上厨房的门,小声地说:"那哪行?你这回村里也闲不着,又赶着回来。"

江春燕说:"没事,不累,你快去陪他们玩吧。新年的第一天,大家都要开开心心的!"

彭永刚说:"春燕,妈说话你别往心里去啊,她的胃确实不好。"

"没事。"江春燕理解地说。

彭永刚讨好道:"我爱吃黏豆包,给我热几个吧。还有那个小笨鸡,我现在就收拾,你做就行了。"

江春燕阻止道:"别介,永刚,在咱自己家咱俩谁干多点、谁干少点没啥,在这儿,就都我来弄吧!新年第一天,我希望能有个好兆头,我多干点能让大家开心就好。"

"那你辛苦了!我就陪她们去?"彭永刚犹豫着问。

江春燕催促道:"快去吧。"

第三十七章

为了应付检查,牛氏棋牌室里表面上不准赌博了。只见几个赌鬼每人前面摆了一堆涂着各种颜色的细棍。原来他们明面上不直接拿钱定输赢,而是用小棍来算账。

陆小广说:"六饼!"

"点炮!"穆秀英兴奋地推开牌。

陆小广遗憾地叫着:"哎呀,咋给你点炮了呢?"

穆秀英说:"给我点咋的?就兴你自己搂啊!"

陆小广说:"不咋的,你说我这牌坛老将咋还走了一下神呢?喏,给你根棍子。"

牛大翠疑惑地问:"小广,你这麻将精不把浑身的劲都用上,还真是头一回啊。啥事分了你的神啊?说说,让大家来来神呗?"

"说说就说说,你们没发现郑经济家的大民回来了?"陆小广扫了众人一眼。

穆秀英不屑地说:"这还用发现,回来第一天我就知道。郑经济见儿子出去几年也没带回个媳妇儿,土地庙长草——慌了神了。大民回来当天晚上就让人捎信儿,求我有合适的赶紧再给介绍介绍。"

牛大翠也一副先知先觉的样子,说:"这大民呀,看着挺老实,可这种闷葫芦,往往是豁牙子啃西瓜——道道多!这大学毕业,好不容易整个正经工作,却不干了,要那个什么,对,整那个什么自主创业,说是那工作还给留着,你们说可能吗?呵呵,难道天上还随便掉馅饼了?"

"别说,还真随便掉了,听说他在外面挣了些钱。"陆小广不是滋味地说。

"小广,就因为人家挣钱你就走神了?人家就算是挣着钱了,那钱也不给你,跟你有啥关系呀?!"穆秀英嘲讽着。

陆小广说:"是不给我,可我听说大民一回来就跟村委会商量要承包洮儿河边上的荒草地,养什么绿色麻鸭。"

"这咋的了,羊倌家不养羊了,改养鸭子了?"牛大翠纳闷地问。

穆秀英说:"别提了,前几年,他还养死好几头鹿呢!我给介绍对象时正好赶上了,人家小丫头立马就转身走人。"

陆小广说:"现在可不是前几年了。"

牛大翠说:"不是前几年能咋样?耗子尾巴长疖子,你说它能有多大脓水?"

"哎呀,照这么说,这介绍对象的事我还真得缓缓。原以为他这出去挣了点儿钱,又有文化,还想给他介绍个好的呢。"穆秀英说得好像她上当了似的。

"秀英,我咋觉得你是拿着棒槌不当人参——不识货呢。"陆小广撒目了穆秀英几眼。

穆秀英不悦地回道:"就你识货!大民养个鹿都不行,养鸭子就行了?那要是赶上个鸭瘟啥的,还不得把挣那俩钱都赔进去呀?"

"据说人家要养的绿色麻鸭可不是四十几天就出笼的饲料鸭子,我听人说一斤绿色麻鸭肉能卖二三十块钱呢!人家毕竟是上过农大的人,那智商就算不赶我,总比你们们强吧?"陆小广明嘲暗讽地说。

牛大翠叫道:"哎,小广,你们管人家养啥呢!还玩不玩了?你这走神走得也太远了吧?"

"就是啊,玩不玩啦?我这和一把你就不让我接上溜了,又是使的啥鬼招儿啊?就你智商高,天天净琢磨算计我们了。"穆秀英像是恍然大悟。

陆小广忙收回话头:"哎哎哎,玩呀,来,秀英,我给你表演一下站立飘宝。"

穆秀英说:"得了吧,来,你还是接着给我点炮吧。"

此时的郑大民家却悄无声息。郑经济蒙着被子头朝里躺在炕上,大民妈愁眉苦脸地坐在旁边。

"他爸,你这吃不下去饭,咋也得喝点水吧。"大民妈轻轻推着郑经济。

郑经济有气无力地说:"喝什么水,喝西北风就够了,那不咋的。"

大民妈嗔怪道:"又不是王八,喝那干啥?咱大民打小儿就稳当,也没让你操啥心。虽然回来自主创业,那也不是闲待着呀?他回来是想多挣钱,就算不上班,城里的工资不也照开呢吗?"

郑经济说:"可他承包的可是洮儿河边上没用的荒草地啊,还要一次性交钱,还说已经贷了款。贷款啥意思?那就是还没等干呢,就拉上饥荒了!那不咋的。"

大民妈不解地问:"那一年年交,不也是那些钱,说到底不还是一回事?"

郑经济说:"一回事个六饼,河边那破地哪值那么些钱?还有,贷了款,啥叫贷你不知道,咱欠人家钱了,还得给利息,挺高的利息呢!再说了,整来整去,前几年整死六头鹿,这又整上绿色麻鸭了,说一斤肉还死贵的,你说谁能买啊?那养饲料鸭子的多了去了,长得又快价格又便宜。你说,咱大民是不是越来越傻了啊?"

大民妈说:"傻?傻能考上北方农大吗?"

郑经济说:"不傻能有好好的班不上?这以后还能当上官吗?"

"我看你傻,你不吃饭不喝水,他就能把钱挣回来?你再不起来,你那羊也得饿死了。"大民妈生起气来。

"唉,你别管我,你管羊去。"郑经济叹着气,有气无力地说。

"羊要紧还是人要紧?老伴,你说你这变着法地各种折腾,你是折腾给我看呢还是咋的?"大民妈不满地抱怨着。

郑经济说:"给你看有用啊?"

大民妈无奈地说:"肯定没用啊!你再这么折腾两天,把我也折腾完了。要不咱俩整点药,一起喝了得了,来个利索的。"

"我才不喝那玩意儿呢,我还有羊呢!要喝我也得等大民那傻子赔个老底朝天再喝,那不咋的。"郑经济脖子使劲抻了几下。

"呸呸呸,你可别咒咱家大民啦!"大民妈边说边拍着嘴。

外面不时传来羊叫。

郑经济着急地说:"哎呀,你能不能先管管咱家羊啊?!"

大民妈起身正要推门出去,却赶上郑大民推门进来。

郑大民问:"妈,你这是要干啥去?"

大民妈说:"你爸让我放羊去。"

郑大民看了看炕上躺着的郑经济,说:"爸,妈,我雇车拉回了一批绿色麻鸭崽儿,你俩得马上帮我鸭生蛋、蛋生鸭啦。"

"这么快就拉回来了?"郑经济扑棱一下坐起来,说完却因动作太快而一阵眩晕,又捂着脑袋躺了下去。

郑大民担心地走过去问:"爸,你咋的啦?"

大民妈说:"准是饿的呗。"

郑经济挣扎着说:"赶紧扶我起来,我得先吃点饭,要不哪有劲看鸭子啊?!"

大民妈赶紧过去扶:"先喝点水吧,这还没咋样呢,你先倒下算咋回事啊?"

郑大民说:"爸,没事吧?"

郑经济说:"吃了饭还能有啥事?吃了饭就剩下劲了,那不咋的。"

郑大民说:"那没事,你就慢慢攒劲吧,我先侍弄那些小麻鸭去了。"

郑经济忙说:"大民啊,先可着麻鸭,先可着麻鸭来,那不咋的。"

在白鹤村不远处的河边荒草地,郑大民一家人忙活着,很快就圈上了半米高的线网,建起了个简陋的养鸭场。

"大民,这网眼大小行不行啊?还有这网禁不禁磕啊?"郑经济扯着网眼检查着。

郑大民说:"爸,这网是暂时的,算是挡君子不挡小人。"

郑经济担心地问:"还君子小人的,你就说黄鼠狼能防不?"

郑大民说:"爸,我能防它,但这网防不了,黄鼠狼能盗洞,它得算是小人里的。"

"这网也就只能防着咱的麻鸭飞不出去,那不咋的。"郑经济边寻思边说。

"嗯,还能保证咱这鸭子闲溜达多运动,吃点虫子吃点杂食,起到自然散养的效果。"郑大民补充说。

"这哪像个养鸭场呢?"郑经济说。

郑大民说:"爸,咱资金有限,慢慢来,罗马不是一天建成的,咱这各种配套设施也得一点点完善。"

郑经济不解地问:"罗马是啥?"

郑大民觉得一时解释不明白,就尽量安慰道:"爸,我的意思就是说,你别着急,咱慢慢来,先把麻鸭养上,先让麻鸭长着!"

郑经济忧虑地说:"这我这放羊的变成放鸭子的了,越放越小了,人家不定咋笑话我呢,那不咋的。"

"爸,但鸭子会越来越多,销路打开后,得比羊多多了。看着吧,以后啊,那些笑话你的人就得变成羡慕你的人了。"郑大民自信地说。

郑经济说:"那我还能光荣一把呗?"

郑大民说:"爸,你光荣一把不算啥,我希望有一天,咱们村更多的人都能挣到钱,都能光荣地挣到钱,生活中多点乐和甜,少点酸和苦。"

郑经济说:"大民,你可真敢想啊!我寻思你别让咱家赔个老底朝天的就行,把欠的钱还上,再少挣点也就行了,那不咋的。"

郑大民说:"爸,你相信我,以后的日子肯定会越来越好的,不只咱家,而是全村……"

周末,郑大民正给江春燕家抹着房子的外墙,江春燕骑着车子回来了。

江春燕推开院门,郑大民听到声音回头张望着,脸上还沾着一抹泥水。

"大民?"江春燕惊讶地揉了一下眼睛。

"春燕,回来了!我还没来得及去看你呢。"郑大民沾着泥水的笑脸,掩饰不住心中的快乐。

江春燕边停车子边问:"大民,什么时候回来的,在外面咋样啊,回来还走吗?"

郑大民还没来得及回答江春燕这一连串的询问,春燕妈端着盆水出来了,看到了江春燕:"燕儿,回来啦。大民,快过来洗洗,歇一会儿吧,这一来就干活,都一上午了。"

郑大民说:"婶,还差一小块了,整完一起洗吧。"

江春燕劝道:"大民,歇会儿吧。"

郑大民没有停下手上活,说:"春燕,我回来有一个多月了,回来了就不走了。"

江春燕说:"回来这么长时间啦,不走了就是有新的打算了呗。"

郑大民说:"我跟村里承包了一片荒草地,又贷了一部分款,开始养绿色麻鸭了。"

江春燕问:"贷款了,那现在够吗?"

郑大民说:"暂时还可以,慢慢来,钱多就多养些,钱少就少养些,量力而行吧。"

江春燕说:"大民,你应该是调研好了才回来养绿色麻鸭的吧?"

"算是吧,通过控制养殖地的天然食料比例,包括水面的浮萍、岸边的草籽、河里的小鱼小虾等,自然散养绿色麻鸭,纯天然无公害,肉味鲜美可口,一斤能卖到二三十块,我把销路也摸清了,基本稳定。"郑大民边干活边回应道。

"我看那种用饲料催的肉食鸭没多少天就长大了,你这要养多少天?"江春燕又问。

郑大民抹完最后一下,起身收拾工具,一边洗脸一边说:"大约得一百六十天吧。"

江春燕说:"那这投入应该不少啊。我这两年多少攒了一点钱,本想把这房子翻盖一下,但我妈说就这么住着吧,翻盖了就不是原来的家了。"

郑大民说:"江婶还是心里念着我江叔呢。"

江春燕说:"嗯,总说怕我爸找不着原来的家了,所以我攒的那点钱也就没用上,如果你那儿需要用就拿去用吧。"

郑大民说:"现在才刚开始,等慢慢稳当下来,再找你入股。"

江春燕问:"怕有风险啊?"

郑大民说:"我自己的钱倒是不怕,但要是用了你的钱,我就怕了。"

春燕妈推门出来,边用围裙擦手边说:"春燕,快,让大民吃饭吧,我都弄好了。他还得顾着他的绿色麻鸭呢,抽空还跑这儿忙上了。"

江春燕说:"大民,吃饭吧,吃完饭,我和你一起去河边,去看看你养的那些绿色麻鸭。"

郑大民说:"现在还只是一群小麻鸭崽儿而已。"

江春燕说:"只要路走对了,不怕规模小,干啥不都是从小到大?"

江春燕和郑大民吃过饭,边走边聊往养鸭场走时,遇见了正赶往棋牌室的穆秀英。

"哟,这不是春燕和大民吗?"穆秀英老远就看到了江春燕和郑大民,却仍是一副惊讶的样子。

"秀英婶。"郑大民礼貌地打着招呼。

"哟哟,你说多般配的两个人,当年我咋看走眼了呢!"穆秀英上下打量着两个人。

"秀英婶,说啥呢?我要去看看大民新办的养鸭场。"江春燕忙说明去向。

"你婶啊,啥时候乱说过?我听说大民回来了,还不走了,要养鸭子呢!所以,我才说了这话。这上完大学还回到村里了,谁能想到啊?!"穆秀英自认为有一双慧眼。

郑大民说:"婶,在哪儿都能创业,哪儿适合就在哪儿扎根儿呗。"

"那是那是,你们快去吧。"话里有话地说着,穆秀英就尖着脚往前走了。

恰巧这时吕文凤也骑车回来了,看到江春燕和郑大民,吕文凤停了下来:"春燕姐,大民哥。"

"文凤。"江春燕打着招呼。

郑大民说:"文凤,回家啊?"

吕文凤说:"嗯,回家。大民哥,听我爸说你回来养绿色麻鸭了。"

郑大民说:"啊,刚开始,还小麻鸭崽儿呢。"

吕文凤又问:"春燕姐,你们这是干啥去呀?"

江春燕说:"我想去大民的养鸭场看看。"

吕文凤说:"那我也跟你一起去吧。听我爸说过之后,我也想看看呢。"

江春燕拉住文凤的胳膊说:"正好我们一起去。"

吕文凤边走边问:"大民哥,我爸说你承包了河边的荒草地,还贷了款,怎么样啊?"

郑大民说:"先小打小闹,好了再扩张。"

吕文凤说:"你这农大毕业生,是专家啊,接不接受我们投资啊?别以后大打大闹了,我们想投资也没机会了。"

江春燕说:"文凤,一定是又写了不少作品,攒了不少稿费吧?"

吕文凤说:"也没写出几篇,主要是挣点工资。"

江春燕说:"那也行啊。"

"大民哥,知道你是个稳当人,你记着有这事,扩大规模的时候可吱个声啊。"吕文凤强调着。

郑大民说:"行,我记着。不过啊,最早也得一年以后,你不说我是个稳当人嘛,得我这绿色麻鸭真能稳当地挣钱了才行。现在啥都没看着呢,你就要投资,也太……"

吕文凤接道:"太不稳当了,是不?"

江春燕说:"大民,你把我们都衬托成不稳当的人了。"

郑大民说:"人的一生就像流动的河水,有风就得起浪,不动的那是死水一潭,你们俩该不会把我这儿当成死水吧?"

"大民,你可真会形容,细想想还真有道理。不过,你看啥风啥浪也挡不住水往前流,所以,谁也别怕风别怕浪了,就勇敢地往前冲吧!"吕文凤大声说着。

"是啊,咱们仨先冲向河边荒草地吧。"江春燕说完,三个人都笑了起来……

走出不远的穆秀英频频回头张望,不小心被绊倒了,边往起爬边自语:"这阵子我咋频频眼花呢?唉,今天这是咋的了,兆头不好,打小麻将准得输。要不,我也去大民的养鸭场看看?"

"哎,等等我,我也想去看看。"穆秀英连跑带颠地在后面追着。

说话间,几个人就来到了郑大民的养鸭场——简单的鸭舍和围上细丝网的一片场地。一群小麻鸭欢蹦乱跳地跑来跑去,大民的爸妈在撒着天然饲料。

穆秀英问:"大民,这就是你的养鸭场?"

郑大民说:"对,暂时就是这个样子。"

"啧啧啧,大民,就这么养的鸭子一斤能卖二三十块?"穆秀英满腹狐疑。

"对!"郑大民一脸坚定。

穆秀英嘲讽道:"你那鸭子是用金子喂的啊?"

郑大民说:"不是,用金子那不得喂死了?!这天然的饲料搭配有说道儿,秀英婶,就跟你跑媒拉纤一样,不专业不行。"

"那是,跑媒拉纤我肯定专业。可你这可说不定。哎,大民,你说你现在这、这发展的情况,我还真拿不准给你介绍个啥、啥对象了。"穆秀英一脸得意之后,说话又吞吞吐吐起来。

郑大民说:"婶,别为我操心,我不用介绍了。"

穆秀英一本正经地说:"这事你一回来你爸可就求我了,还真不是我上赶子来的。"停了一下,她又突然提高声调说,"哎,对了,大民,你咋不把鸭子关窝里养呢?听说让鸭子整天趴着长得可快了,还胖呢,那不能多卖钱吗?"

吕文凤说:"秀英婶,这你就不懂了吧?这放养的鸭子就是为了让它们多运动的,现在胖的不美,像您这样常跑常颠的、身材好的,那才美。"

"啊?鸭子也得要身材好的才值钱啊?!"穆秀英吃了一惊。

江春燕说:"秀英婶,应该是这个理。你想想,肉鸡有咱自家养的笨鸡吃着香吗?"

穆秀英略一琢磨,说:"那倒还是咱自家的笨鸡香。"

郑大民笑着看了看江春燕和吕文凤,又对着穆秀英说:"秀英婶,春燕和文凤说得都对,这自然放养再加上科学搭配的天然饲料,养出来的绿色麻鸭肌肉紧实,营养均衡,味道独特,是那种肉鸭子不能相提并论的。"

"嗨,啥论不论的。你这要是一斤能卖二三十块钱,那长成了,这得一百多块钱一只吧,那这一大群加起来得卖多少钱啊?哎呀妈呀,这得是多少钱啊?"穆秀英边说边指指点点嘀嘀咕咕地算着。

郑大民说:"秀英婶,养的过程中发生啥情况还不好说呢,养成后也得看市场价格的浮动情况。"

穆秀英嘴里仍叨叨咕咕地算着,边扒拉手指边狐疑地说:"怪不得陆小广惦记绿色麻鸭这事呢!"

吕文凤没听清,问:"谁惦记?"

"啊,没、没谁惦记。我,是我惦记,不,是陆小广他们惦记着我咋没去打麻将呢！这，我得去啦！"穆秀英打着马虎眼地掩饰着。

穆秀英边算计着，没两步脚下又是一绊："哎呀妈呀，今天这是咋的啦呢？脚底下总是没准呢？"

江春燕说："秀英婶，没事吧？慢点儿走！"

"我哪会慢走啊？"穆秀英嘴里叨咕着，摆着手飘走了。

第三十八章

牛大翠一夜未睡好,一大早边打着哈欠边拿着抹布擦来擦去,还时不时地到大门口张望。

路过的郑经济看到牛大翠家大门开这么早,纳闷地嘀咕:"那不咋的,这太阳咋打东面出来了呢?棋牌室咋一早就开了门呢?他家不都是睡到日上三竿吗?偷偷摸摸整事儿像谁不知道似的,这啊,早晚不等的事。"

牛大翠瞅着郑经济嘀嘀咕咕的,正犯寻思,就主动打招呼道:"郑经济,这么早啊,羊呢?"

郑经济说:"羊已放完,下个活,放鸭子,那不咋的。"

牛大翠说:"对啊,你家大民那啥鸭子,洋鸭子,不对,是麻鸭子,喂得不错吧?没啥事吧?"

"鸭子除了长肉,还能有啥事?那不咋的。"郑经济着急喂鸭子,没停下脚步,边走边喊道。

"这养个破鸭子嘚瑟的,还除了长肉没别的事儿了,有能耐直接长钱呀!"牛大翠说完又抻长脖子东张西望。

她发现从另一边奔来个人,用手搭在眼前细看,见那人走路有点飘,不禁自语道:"我咋看着像穆秀英呢?"

牛大翠犹豫着是回去还是继续在大门这儿等着,就门里门外地跨了好几遍。

突然,脚下绊了一下,牛大翠使劲眨了几下眼睛:"我这腿咋有点发软呢?"

接着,她又揉了揉发胀的脑袋,安慰着自己,"唉,不能有啥事,能有啥事呢?要是有事还能让我这儿这么消停?得了,我还是别在这儿杵着了,回屋坐一会儿吧。"

牛大翠刚转身迈脚,越走越近的穆秀英喊了起来:"哎呀,大翠——这咋看着我还扭头走了呢?除了我也没谁真惦记着你了。"

牛大翠听到喊声,忙回过头来细看:"哎呀妈呀,真是你啊!我还寻思着这么早,就真是你也不能是奔着我家来的,准是又有哪家那谁看上哪家那谁了,出了大血本让你赶大早呢。"

穆秀英气喘吁吁地说:"大翠,你别嚷嚷了,快进院吧。"

牛大翠反问道:"我哪嚷嚷了,不是你先喊我的吗?"

"哎呀,我说,你中邪啦还是咋的?真是精明一世糊涂一时啊,你寻思寻思,我闲得啊,这么早上你这来。我跟你说,不——好——啦——"穆秀英着急地拽着牛大翠。

牛大翠故作镇静地说:"秀英,别总一惊一乍的,咱这岁数也不小了,不禁折腾。那个,啥事?多大的事?你先可最大的说。"

"小鬼,小鬼——"穆秀英一向口齿伶俐,这会儿却干嘎巴了几下嘴才说出话来。

牛大翠忍不住着急地问:"你,你看见鬼了?"

穆秀英说:"不,不是,是陆小鬼,唉,陆小广被抓走了!"

牛大翠一听是陆小广,心里松了一口气,不禁放大了声音,夸张地说:"陆小广被抓走了啊,那你上我这儿干啥呀?吓我一跳,我还以为谁要来抓我呢!"

穆秀英赶紧上前捂着牛大翠的嘴,小声阻止道:"大翠,别喊呀!你这一向是明白人啊,要是跟你这儿没关系,你说我这赶大早跑来干啥?"

牛大翠一听,心又悬了起来:"跟我这儿有关?因为啥?"

"还用问?犯赌了呗!"穆秀英瞪了牛大翠一眼,觉得她又揣着明白装糊涂。

牛大翠说:"咱这棋牌室里拿几个小彩棍打个小麻将玩玩,还犯法?"

穆秀英说:"大翠,现在没外人,你还打啥马虎眼啊,咱最后拿小棍算钱,那打的可不算小啊!我这急着来,就是想跟你商量一下,咱要不要等派出所来人的时候统一一下说法。"

"可是那陆小广都被抓进去了,还不得啥都说了,咱还瞎编啥呀?秀英,咱是不是得快跑啊?"牛大翠慌了神。

穆秀英提醒道:"大翠,跑了和尚还能跑了庙吗?我这么想啊,陆小广那么鬼,他肯定不能往大了说,咱们不是早就商量过吗?这用不着了,咱就得往咱们之前定的那个数说,往小了说。"

牛大翠说:"可是,陆小广已经被抓了,证明他肯定没说咱们定的那个最小的数,他要是说小了,他咋还被抓了呢?"

穆秀英说:"哎呀,他除了犯赌,还涉嫌调戏妇女呢!"

牛大翠恍然大悟,一拍大腿,说:"对了,到现在没人来抓我,肯定是他那个妇女的事大呗。秀英,你咋不先说大事呢?我不让你先说大事吗?你看,你把我吓得,都吓堆碎了。"

穆秀英见报信儿反倒挨了埋怨,脸拉下来,不乐意地说:"这事大事小的,不得看对谁说嘛!再说,就犯赌这个事来说,你提供的地方,你说,就咱俩来说,谁的事大?亏我这还不顾一切地先跑来告诉你,要不是我跑媒拉纤积了大德,人家天刚亮就来告诉我这信息,我又头没梳脸没洗地就奔这儿来了,你知道这事还不知得等到啥时候呢?"

"行啦,秀英,我谢谢你行不行啊?抓咱的人还不知来不来呢,咱俩先窝里斗上啦?咱姐俩多少年了,谁跟谁呀!"牛大翠忙表示领了这份情。

穆秀英说:"那是,要不我图啥呢你说?"

"秀英,你还是接着说陆小广那件大事吧,他好好的涉嫌谁家妇女啦?咋还那么欠,说起玩麻将的事了呢?"牛大翠镇定下来,继续打探着。

穆秀英一摆手说:"唉,你笨想,要是他那事跟你这儿没关系,我跑这儿来干啥?"

牛大翠着急地说:"秀英呀,你今天说话咋这么绕呢?你快说呀,到底咋回事啊?"

穆秀英说:"唉,涉嫌的是王蔫巴媳妇。"

牛大翠不解地琢磨着:"王蔫巴媳妇?王蔫巴媳妇细看确实是比小广媳妇

好看。"

穆秀英说:"哎呀,好看不好看管啥用?你听我说呀,王蔫巴不是欠陆小广一万多块赌债吗?"

牛大翠说:"对呀,一万大多呢!"

穆秀英突然开始竹筒倒豆子了,说:"王蔫巴媳妇向陆小广求情免债,陆小广要求她拿人回报。"

牛大翠问:"咋回报啊?"

穆秀英说:"让她以身抵债呗。"

牛大翠说:"亏他想得出来!"

穆秀英说:"要是别人,陆小广也不能舍得这钱,关键不是陆小广当年惦记过王蔫巴媳妇吗?"

"嗯,你这一说,我想起来了,是有那么回事,王蔫巴媳妇没嫁给王蔫巴那会儿是挺水灵的,这些年跟着王蔫巴算是造完了。"牛大翠一拍脑袋。

穆秀英继续说道:"他们家里穷得底朝天,孩子又生了病。王蔫巴媳妇哭着求陆小广,可陆小广不依,却要拉王蔫巴媳妇走。"

牛大翠骂道:"能干出这事来,陆小广可真不是个人物!"

穆秀英说:"也该他倒霉,俩人正说着呢,就让王蔫巴给听着了。"

牛大翠恨恨地说:"活该!"

穆秀英说:"听说王蔫巴来了狠劲,把陆小广打了个鼻口蹿血,还向派出所报了案。结果,陆小广被塞进了警车,老狼狈了!"

想象着陆小广那狼狈的样子,牛大翠不禁笑了两声,可笑到一半,突然想起这事跟赌债有关,又收回去了。

牛大翠抻了抻脖子,顺了下气,说:"秀英,你这一说,我可真有点担心了,虽然这小广没得手,但起因还是赌债呀,你说这派出所能不能来抓我呀?"牛大翠哆嗦起来。

穆秀英说:"这个……现在看还不一定。要我说呀,要打要罚都挺着吧。我这一路啊,我也想明白了,以后咱都搂着点吧,别再玩带钱的了,这回陆小广家和王蔫巴家都得搅和个底朝上,这可真是有点缺德啊!"

"秀英,你这是骂我哪?"牛大翠听出话里话外的味来。

"大翠,咱多年的姐妹了,这回我是心里真翻了好几个个儿呢,我劝你,也是劝自己,咱岁数都大了,得多积点德了。我怕我撮合那么多对的福都不够拆散一家人折损的,你说呢?"穆秀英放慢语速劝道。

牛大翠没听进劝,耷拉着眼皮说:"唉,你这嘴总是说得比唱得好听,你除了把地包出去的钱,还能跑媒拉纤额外挣点钱,我不整这个靠啥呢?"

穆秀英见她油盐不进,脸色也难看起来:"大翠,指不定派出所的人一会儿就来呢,你先好好想想辙吧。反正,这老话说了,听人劝吃饱饭,你琢磨着吧,我先走了啊。"

牛大翠说:"秀英,你看你,我也没说还整下去呀?你多坐会儿呀!"

穆秀英说:"大翠,我说实话,我现在呀,心还是跳得突突的,我得回去躺一会儿,我起得早受不了,你自己再琢磨琢磨吧。"

牛大翠忙说:"秀英,我知道,我得谢谢你想着来告诉我呢,就你惦记着我。你这儿要是有啥消息,你别怕累,你再来啊,我供你饭吃。"

"我算看出来了,这个人啊,是不见棺材不掉泪那伙的!"穆秀英边往外飘边嘀咕。

牛大翠被罚了,杏花和吕文龙在窗口替牛大翠交罚金,杏花慢慢地查着一沓钱。

吕文龙说:"杏花,心疼啦?平时查钱不是唰唰的吗?"

杏花无奈地瞪了吕文龙一眼,说:"这么多钱干啥不好,一分分攒的,心疼咋啦?"

吕文龙劝道:"你别当拿的是你挣的钱,你得当这是你妈抽红挣来的钱,本来就是不该得的,哪儿来哪儿去。"

杏花说:"那也是攒的!这不还有罚款嘛!"

吕文龙说:"杏花,你这还是认识不深刻啊!你要是真下决心看好你妈,她也不能有今天这下场。当然,也怪我,心思都在画画上了,也盯得不紧。"

杏花叹了口气:"别说了,我都忘了查多少了。"

吕文龙说:"行,你快点查吧。"

杏花又重新查了起来,速度加快了一些。

吕文龙、杏花、牛大翠三人出了派出所。

一向伶牙俐齿的牛大翠打了蔫,一声不吭地流着眼泪。

"妈,咋的,你咋的了,这出来了没事了应该高兴啊?"杏花着急地揉了揉牛大翠的胳膊。

吕文龙也安慰道:"是啊,这以后可别再偷摸地整那抽红提供场地的事就得了。"

牛大翠还是木呆呆地不说话。

杏花推推吕文龙,担心地说:"哎,我妈这是咋的了,是不是在里面吓着了?是在里面谁欺负她了吧?"

吕文龙想了想,说:"不能吧?文凤都找高所长了,人家说了罚款一分不能少,但保证人在里面给单独关着不遭罪。"

杏花又着急地揉着牛大翠的胳膊说:"你这是整的哪出啊?你这平时说话叭叭的,嘴可溜了,今天这咋还不吱声了呢?你这突然安静了,把我都整毛了,你再叭叭几句呗,啊?妈!"

吕文龙拽住杏花的胳膊,阻止道:"杏花,别揉了,你能不能好好说话了,换个词行不行,总叭叭的,整点九行不行?"

杏花一甩手,说:"还十呢!我这不是刺激刺激我妈吗?我想让她说个话呢。"

吕文龙说:"妈,你有啥事你说,你觉得憋屈了还是咋的了,你说个话。这有事咱就解决事,再说这事现在也解决完了,罚款也交了,剩下的就没啥了,咱回家该干啥就干啥呗,家里我爸整得老干净了,你不在家这两天啊,他除了闷头干活,一句话都没说啊。"

"妈,你这不说话,可真是要急死我了。"杏花跺着脚。

恍然大悟的吕文龙忙对杏花说:"这么的吧,咱俩为这事垫的钱,就别让妈还了,就当咱们孝敬妈了。"

杏花说:"看我妈这样我也可心疼了,行,那钱就当我妈把我卖给你家换得了。"

吕文龙说:"咋说话呢这是?"

杏花忙笑道:"哈哈,说好听的,十万分感谢,替我妈谢谢你呗,只是你那点灯熬油画画换的钱都相当于顺水漂走了啊。"

吕文龙说:"没事,人没事比啥都强,我不还能再画嘛,再画更好的。"

一直不说话的牛大翠这会儿听着杏花和吕文龙的对话,突然泪如雨下,终于哭出声来了。

杏花一惊,说:"哎呀妈呀,你这终于出声了,看来我们猜对了,你是让钱给伤着了。得了,别哭了,我们俩这不都用钱给你疗伤了吗?"

吕文龙说:"杏花,别贫了,快给妈拿个手巾擦擦。"

杏花这一擦泪,牛大翠哭得更大声了。

杏花说:"妈呀,哭两声得了,怪吓人的。这离咱白鹤村越来越近了,别让外人笑话咱了。"

"我钱都没了,来钱道也没了,我哭两声怎么了我?"牛大翠终于说话了。

杏花反问道:"哟,妈,那我俩的钱还没了呢,我俩也没哭啊?"

牛大翠说:"你俩的就不是咱家的啦?!我不也得替你们俩哭几声啊?!"

吕文龙说:"妈,你使劲哭两声吧!但是,可没有下次了,千万不能再打麻将动钱了。"

杏花警告道:"妈,我丑话说到前头啊,再有下次,没人救你。而且,我要是发现了,不用别人,我第一个举报你。"

牛大翠说:"唉,我在那里面我都吓完了我都,我有记性,这事我指定不能再整了,我得再想别的道。"

吕文龙有点紧张地问:"妈,你还要想啥道啊?"

杏花忙说:"妈,要不以后那个小超市赚的钱都算你的吧,你别给我了,还是我再想别的道吧!"

吕文龙忧心忡忡地说:"杏花,你们一说想啥道,我咋就有种发瘆的感觉,觉得不是好道呢?你和妈,不管谁,要想挣钱,一定得走正道啊,听着没?"

杏花埋怨道:"这还没找着道呢,你就连我一起怀疑上了,你……"

吕文龙说:"不是怀疑,我是提醒,不能总想着整那种歪的俏的。"

牛大翠突然问:"对了,那个,你爸知道我今天能回来吧?"

杏花说:"妈,我爸知道我们来救你,不对,来接你了。"

牛大翠担心地问:"你爸也吓完了吧?"

杏花说:"净忙着救你了,我爸反正这些天啥也没说,就是满嘴都是火泡!"

牛大翠坐在桌边,眼睛无神地盯着窗外。韩老闷担心地瞅着牛大翠,见窗外啥也没有,就忍不住走上前把手在牛大翠眼前晃了晃,问:"瞅啥呢?"

牛大翠回过神,瞪了韩老闷一眼,说:"这一天没啥事了,把你可闲够呛呗?你管我瞅啥呢?瞅啥能瞅来钱啊?"

韩老闷说:"我去给你端饭,你在这儿吃呀?"

牛大翠转过身,又换个桌子坐下来,说:"在哪儿也不吃,吃不下去,气饱了。"

韩老闷心疼地说:"你这见天生气哪行啊,要不咱把地收回来自己种吧?"

牛大翠说:"地里那活我干不动。再说,这还卖不卖东西了?"

韩老闷解释道:"我没让你干,你在家,我去地里干活去。"

"得了吧,你去干还不如把地包出去省心呢。"牛大翠根本瞧不起他。

牛大翠正生着闷气,消失了一段时间的陆小广闪了进来,说:"我有正经事想跟你商量商量呢!"

牛大翠没精打采地问:"你还有正经事?"

陆小广说:"我可没时间跟你斗嘴皮子,我琢磨郑大民养绿色麻鸭的事呢。"

牛大翠知道陆小广无利不起早,问道:"咋的,你看郑大民养鸭子这事能行?"

陆小广肯定地说:"能行,你别看现在呢是人养鸭子,等到了时候,那可就是鸭子养人了。"

牛大翠问:"鸭子养人?"

陆小广说:"嗯,我看准了,到时候肯定是鸭子养人,人家郑大民这大、大、大学不能白上。"

牛大翠说:"小广,你这故意大、大、大的,是在笑话我们家杏花和文龙都没上大学呗?"

陆小广说:"那哪能呢,我刚才多说了两个'大'字,我是想说,这学呀不能白上。你看啊,这一呢,杏花和文龙整天忙忙活活的,也干得挺好的,尤其文龙那农民画,也闯出头了,可咱这手搂宝行,画画不行啊,掺和不上;这二呢,文龙、杏花,对了,还有文凤,要是不上学,和郑大民也不能是同学,不是同学也不可能走得这么近,走得近关系就好,这咱这不就能借上孩子的光了吗?"

牛大翠心里算计得贼快,立马觉得被陆小广占了便宜:"呵呵,借光?你家孩子和他们可不是同学,你这是跑我这儿借光来了,那我能借上你啥光呢?"

陆小广早就见惯了彼此算计的交换步骤,故作神秘地说:"唉,你这头发长见识短了不是?你先去让文龙和杏花跟郑大民说,把咱们也跟着养绿色麻鸭这事定下来,等养的时候你就能借着我的光了。"

牛大翠半信半疑:"我真能借着你光?"

陆小广显得很大度地说:"就眼前这信息费,我要了吗?这算不算借光?"

牛大翠眼一翻:"这算啥光?人家郑大民养绿色麻鸭那事在那儿摆着呢。"

陆小广说:"那你咋没养呢?"

牛大翠说:"我不没倒出这工夫吗?"

陆小广说:"那现在我看你闲得五脊六兽的了,你快把这事办明白呗。"

牛大翠说:"值得一试?"

陆小广说:"太值了,你在遛鸭,啧,说秃噜嘴了,你在养鸭之前先遛遛腿吧……"

这天,吕文龙来到郑大民的鸭场。

吕文龙说:"大民,你这绿色麻鸭养得不错,散养的跟那关在里面不让动的肉食鸭,精神状态是不一样。"

郑大民说:"不光精神状态不一样,长的肉也不一样啊。"

吕文龙说:"是啊,你看你,这也是天天遛,越长越精神;再看我,天天坐的时间多,越长肥肉越多。"

郑大民说:"文龙哥,你那是物质、精神两方面都致富。"

吕文龙说:"大民,说到致富,你想不想也带动带动咱白鹤村更多的人?"

郑大民说:"文龙哥,我知道你那么忙,没事不可能来我这儿跟我闲扯,有话你就直说吧,咱们都是同学,都了解彼此是啥样的人。"

吕文龙说:"大民,那我直说啊,我今天来是想跟你商量点事,你先看有没有可能。"

郑大民说:"你说吧,跟我还客气啥。"

吕文龙说:"唉,杏花她妈自从设赌被拘被罚后,暂时消停一阵子了。可是啊,她这个人呢,实在是闲不住,杏花怕她再闷出病来,我也怕时间长了,她再管不住自己,偷偷重新聚赌,影响咱们白鹤村的风气,害了别人也害了自己。我们是想多监督她,但也不能时时刻刻看着,还有那些好赌的,要是没啥正事干,也只能是暂时消停。我们文化站的农民画呢,又吸引不了他们,只能带动那些有些艺术细胞的人,利用农闲时画。所以呢……"

郑大民说:"文龙哥,你是想让他们参与到养麻鸭这事上来?"

吕文龙说:"嗯,大民,你看看,有没有可能带着大家一起致富?"

郑大民说:"文龙哥,之前我刚开始尝试的时候,春燕和文凤就说过投资入股支持我扩大规模的事,我也一直在努力经营探索中。现在,我养的这些麻鸭销售比较稳定了,我正想扩大规模,而且也想把主要精力放在扩大销路和对外经营上。只是还没太想好用什么形式更合适。因为涉及大家参与,要投入物力和人力,所以我必须得慎重,我再综合考察一下市场,制订出可行的方案之后,一定优先考虑让大翠婶和她的赌友们,不对,是麻将爱好者们加入,想办法改变咱白鹤村的风气,让大家把心思放到走正道上。"

郑大民晚上回家就把这事和郑经济说了。

郑经济大声嚷着:"啥?牛大翠、陆小广?我说大民啊,你这刚见点儿亮的事,咋就开始嘚瑟了?那不咋的。"

郑大民说:"爸,我啥时候嘚瑟过?一是文龙来跟我商量,我得给个面子帮个忙;二是我也早就有大家一起致富的想法,反正早晚也得扩大规模。"

郑经济说:"你这会儿刚卖了一批鸭子,见了点儿回头的钱,你想扩大规模,我不拦你,我和你妈不怕吃苦,只要有亮,再苦再累也能熬得下去。"

郑大民说:"爸,我不想让你们吃苦受累了,我会再雇几个工人的。"

郑经济说:"你别见着亮就不听话了。你听着,爸这些年那羊不白养,有经验呢。你看吧,我琢磨着应该是一个道理,你看这羊从一个到俩,从俩到仨……得像吃饭似的,一口一口地吃。可你看你,这一扩就要扩那么大,还找了那些不靠谱的耍钱鬼,就绝对不行了,那不咋的。"

郑大民说:"扩大规模的事我心里有数,是根据外面市场的需要调整,再说我也在找更多的销路呢。"

郑经济说:"唉,养多少你能控制,养啥样你能控制?我信不过你找的那些人。不是我瞎说,这些年他们是啥人我早就看透了,他们能吃得了这种苦?"郑经济苦口婆心地劝着儿子。

郑大民说:"爸,也不能总拿老眼光看人,吃多少苦挣多少钱呗。再说了,文龙都下决心了,说只要发现牛大翠有弄鬼的苗头,他第一个举报,宁可受牵连被罚得倾家荡产,也一定要把村里这股邪气压下去。"

郑经济说:"反正我就是不相信他们能吃得下这个苦,那不咋的。"

"这个苦不是和钱连着吗?没有更好的来钱道,他们又都想挣钱,咱给他们个机会,他们能不好好抓住吗?"郑大民耐心地说服着父亲。

"耍钱鬼就是耍钱鬼,反正我就是不待见,反正要防着点儿!大民哪,别说爸没提醒你啊,你大学生也不一定能看准人,那不咋的。"这么多年一个村住着,郑经济觉得狗肯定改不了吃屎。

郑大民说:"爸,我知道,我会和他们签好合同的。"

第三十九章

江春燕忙了一白天,晚上还得赶回白鹤村的家里。因为这几天母亲感冒一直不好,吃了感冒药后,还是蔫蔫的,打不起精神。

江春燕摸摸母亲的头,说:"稍稍有点热。妈,这次感冒怎么总也不好呢,要不咱上医院看看吧?"

春燕妈说:"不用,这也就发点低烧,一吃药就下去了。只是这回也不知怎么了,就是浑身没有劲,也吃不下饭。"

江春燕不放心地拿出体温计,说:"妈,再量量。"

春燕妈感慨道:"这人啊,到了岁数就成累赘了,啥也帮不上,还添乱。唉,你说你爸,那些年他行动不便,可眼睛啊,总是离不开我,他就是着急呢!"

江春燕出神地瞅着妈,没说话。一愣神,她又想起体温计。

江春燕拿出体温计看着:"妈,还是有点低烧。这么多天不好,不行,还是有问题,这回咱必须得好好检查检查。"说完就收拾东西,准备带母亲去县医院检查。

春燕妈在县医院住了几天院,还是打上消炎药就退烧,停了又低烧,反反复复。

江春燕决定带母亲去省医院检查治疗。

在省医院,被护士叫到医生办公室时,江春燕一脸焦急地问:"王大夫,是检查结果出来了吗?"

王大夫说:"啊,是这样,这次这些主要部位的检查,显示病人都未见异常啊,尤其是肺部,肯定没问题,虽然病人的症状像感冒,但肯定不是呼吸系统的事。你看,病人这些天验血的结果,是打上消炎药症状就减轻点,但停下,血液指标的问题还是来了。在咱们科,真是无法确诊,所以,建议你转到血液科。"

"怎么这么多检查都白做了?这么多天抽了多少血啊!我妈本来身体就弱。"江春燕的情绪有些激动。

王大夫说:"怎么能说都白做了呢?不检查你怎么能知道是哪块的毛病呢?这不是把检查过的部位都排除了吗?再说,你到哪个医院都是这么个过程,都得一样样排除。"

江春燕尽量平复着自己的情绪,解释道:"我不是那个意思,就是看我妈遭罪挺着急的。王大夫,那您看……"

王大夫说:"转吧,时间拖得越久对病人越没有好处,早点确诊也好对症治疗。转科的事这边帮你协调。"

江春燕说:"那谢谢王大夫。"

血液科病房护士晚上来提醒病人注意事项:"2号床明天早上做腰部穿刺检查,不要喝水,不要吃饭啊。"

春燕妈听到"穿刺"二字,浑身一抖。

江春燕发现母亲抖了一下,忙问:"妈,怎么了?"

春燕妈有点不好意思,犹豫了一下,说:"燕儿,我有点怕疼。唉,疼怕了。"

江春燕心疼母亲却又很无奈:"妈,再忍忍吧,查出病因,咱好治啊!当年,咱有病了,可是没有钱来省城检查……"

江春燕想起当年的情景,像下了狠心似的说:"这回咱一定得查清楚,看看到底是怎么回事。"

几天后,医生查房时,江春燕咬着嘴唇焦急地听着。

医生说:"患者这些天病情没有明显改善,消炎药停了就发烧,打消炎针体内的白细胞又降得太多,情况比较特别,还得再增加几项检查……"

春燕妈虚弱无力地躺在病床上,江春燕端着新买来的小米粥和鸡蛋赶回来。

江春燕劝道："妈,张嘴,再吃一口啊,这一口饭可比打一瓶营养针都管用呢。多吃饭,咱就有劲啊!多吃饭,咱就好得快啦!"

春燕妈想张嘴,可最后还是摆摆手。

过了一会儿,春燕妈声音微弱地问:"燕儿,妈到底得的啥病啊?妈不想在这儿了,妈想回家。"

"妈,咱再等等,查出来咱治好了就回家。"江春燕扶着妈躺了下来。

春燕妈昏昏沉沉地睡去了。

"穿刺检查的结果应该出来了。"江春燕边说边抬手看了一下腕上的表。

这时,一早查房的医生和护士进来了。查到2号床时,主治医生拿过值班医生递过来的报告单。

主治医生说:"2号床这个穿刺检查结果还是没有查到异常的细胞,初步怀疑是非特异性血液异常。我们上午再会诊一下,可能还要再做一次胸部穿刺,这个部位细胞比较活跃……"

直到下午,春燕妈才从昏睡中醒来,她伸手摸到江春燕。

江春燕赶紧握住她的手,贴到自己脸上,问:"妈,感觉好点儿没?"

春燕妈无力地想抬起身子,江春燕忙把枕头垫高一点。

"脑袋还是迷糊。燕儿,医生说妈这到底是啥病没?妈这是咋了呢?在医院打了这么多天点滴了,咋还不见好呀?"春燕妈声音很小却很焦急。

江春燕说:"妈,刚才医生来过了,咱得再做一次穿刺检查,因为还是没能确诊。"

春燕妈说:"燕儿,妈不想查了,妈现在总感觉像要飘起来似的……妈舍不得你啊!可是,妈也想你爸了,妈觉得累了呢!"

"妈,你这是说啥呢?咱现在都没确诊是啥病呢!再说,就是真有啥病,咱现在也有钱治了。妈,你看,咱们的生活都越来越好了,你咋还不愿意享福了呢?唉,之前一直忙一直忙,都没能好好地……妈,等这回你好了,我领你出去旅游去,咱中国那么多好地方,你都没去过呢。你看你,都没怎么出过门,更别说旅游了。对了,你看,咱们都没坐过飞机呢!妈,等你好了,咱们坐飞机旅游去。"江春燕安慰着母亲。

春燕妈又昏睡过去了。

江春燕急忙来到病房外的走廊里，满脸忧虑地给彭永刚打电话。

"喂，春燕啊，妈咋样了？确诊没？"彭永刚关切地问着。

江春燕说："妈的状态不太好，总是迷迷糊糊地睡，现在打的药效果也不明显。而且检查了那么多项，还是不能确诊。医生说还要再做一次穿刺检查，妈嫌疼，都不想做了。可是，不做就不能确诊啊，不能确诊就不能对症下药啊。"

彭永刚说："是这样啊，那还得劝妈做啊。"

江春燕说："是要做的。永刚，我带的钱这些天已经花得差不多了，你再给我汇些钱吧。"

彭永刚说："好。春燕，用不用我也过去，直接带着钱？你一个人行吗？"

江春燕说："永刚，你还是汇过来吧。我再让医院给妈检查检查，如果没有啥大毛病，估计过几天就回去了。我能行，你照顾好悦悦吧，让她好好吃饭。"

彭永刚说："悦悦天天盼着你回来呢。春燕，家里的事你就放心吧。我妈有时也过来看看，我妈还说，要不让我和悦悦先搬过去住，等你回来我们再搬回来。"

江春燕说："还是别搬了，来回换，悦悦住着会不适应的。"

彭永刚说："行，春燕，那我们就在家等你回来。"

一天后，江春燕被叫到医生办公室。

"王大夫，是我妈胸部穿刺检查的结果出来了吗？"江春燕问道。

"对，结果刚出来。"王大夫拿着彩色的报告单给江春燕看，指着一个稍大点的细胞说，"你看，这就是那个异常的细胞。还好，这个胸部穿刺没白做。之前只能说是疑难血液病，也就是未明原因的血液病，这原因不明就不好治疗。现在，这个可以确诊了，应该是淋巴癌。"

"王大夫，怎么可能？绝不可能！我妈只是得了个感冒啊，只是这段时间持续低烧而已！她之前身子是弱，可一直也没什么大病啊，怎么可能突然就得了癌症？怎么可能这么快呢？"江春燕特别震惊，脑子里乱了套，心也跳得乱了套。

王大夫早已见惯病人家属的反应，耐心地解释着："现在好些病人都是这样,平时看着没啥大毛病,也没什么明显的症状,可一发现,一检查出来,就是癌症晚期。"

江春燕站着半天无语。

王大夫缓了缓又说:"现在呢,情况是这样,我们正常治疗的话,下一步就是化疗。不过,你母亲这个情况,嗯,就是血液中白细胞指数太低了,得再打升白细胞的药,升上来才能做。哦,对了,这个是否化疗,得你们家属自己定一下。如果治,我这边就下药;如果不治……这个病人还没到六十岁,虽然这个治疗费用挺高,不过,谁能不尽个孝心呢?我们是不能看着病人有危险不救的,你在医院一天,我们就得救一天。"

见没有回应,医生瞅瞅神情恍惚的江春燕,又说:"我就说这么多吧,你们家属再商量商量,尽快做决定,定下来通知我。"

王大夫的话一停下,屋里就变得格外安静,反倒让心乱如麻的江春燕缓过神来。江春燕拉住起身欲走的王大夫,问:"王大夫,我妈的病,能治好吗?"

王大夫说:"治好?我只能说尽量延长病人的生命,只能是尽量延长。"

江春燕的眼泪再也忍不住了……

在医院血液科病房里,虚弱的春燕妈已十分无力了,声音极小地对坐在身边的江春燕说:"燕儿,妈要上厕所。"

江春燕起身慢慢扶着身子沉重的母亲。娘俩的力气都有限,春燕妈从床上坐起来就显得很艰难。

护士进来了,看见春燕妈还要去卫生间,忙说:"不要让大妈起来了,让大妈在床上解决吧,她现在这个身体情况,下床很危险。"

江春燕拿过床下的便盆,劝道:"妈,咱不下来了,你下来这一走动,把劲都用光了,这病不就更欺负你了吗?"

春燕妈坚决地摇着头,扶住春燕和打点滴的架子往上起,但真没什么力气,直往江春燕身上靠。

护士见江春燕一个人扶不住,赶紧过来帮忙。

春燕妈上厕所回来满头是汗,坐不住,躺下了。小护士和江春燕也满头是汗。

小护士帮着把吊针检查好,看着瘦弱疲惫的江春燕,同情地说:"姐,大妈真是不能再起来了,再说你一个人也真不行啊。"

江春燕从床下的一个包裹里拿出一沓剪纸,感激地说:"多亏你了,把你也累坏了吧?喏,给你看看,都是我剪的,有你喜欢的没?"

"呀,真漂亮,跟工艺品似的。"小护士惊喜地拿过来看。

看到小护士爱不释手,江春燕说:"你要喜欢就都拿去吧。"

小护士乐得合不拢嘴,说:"啊,真的啊?哪一张都太喜欢了。"

江春燕说:"真的,都送给你了。"

"那我得收好了,要不被她们看到要抢去的。"小护士精心地整理着。

停了停,看了看憔悴的江春燕,小护士又说:"姐,要不你雇个护工吧,你看你刚才也不太会扶,也没那么大劲,都把大妈弄疼了。这些天就你一个人,也没个替换的,别再把自己弄垮了。护工们有经验,会比你照顾得好呢。"

江春燕这些天困累交加,也确实难以坚持,就说:"嗯,我之前没想到会是这种情况,也没想到要住这么多天。"

小护士说:"姐,那我帮你找一个好点的,价格也不贵的。"

江春燕说:"行,那就拜托你了。"

在医院走廊里,江春燕拨通了彭永刚的电话,说:"永刚,你把家里的积蓄都取出来吧,我妈……"

彭永刚担心地问:"妈咋了?确诊了吗?是不是不太好啊?"

江春燕哽咽地说:"是淋巴癌,晚期……"

"淋巴癌?晚期?"彭永刚吃惊地问。

江春燕悲伤地说:"我妈现在离不开人,医生说下一步就是化疗了。你想办法再借一些钱,拿咱们的房子抵押也行啊。永刚,要来不及就先把房子抵给你妈,她有多少钱先借给我用,我回去卖了房子就能还上。"

"哦,癌症,晚期……"彭永刚重复着。

清晨,熬了一夜的江春燕疲累地坐在床边的凳子上,仍然握着母亲的手。

护工进来走到床边,拍拍江春燕,小声道:"春燕,我来了,你快去睡会儿吧。"

江春燕拿过床边的小本指给护工看,护工点头表示明白了。江春燕又看了看昏睡的母亲,悄悄转身来到病房外的椅子上,疲累地靠着,打起瞌睡。

过了一会儿,小护士过来换针的推车声惊醒了江春燕,她睁开眼睛一看,是那个喜欢她剪纸的小护士。

江春燕忙问:"王大夫来了吗?今天我妈能开始化疗了吗?"

小护士查看了一下单子,说:"今天的药还是营养药、消炎药、盐水什么的。姐,王大夫在办公室呢,你去问问吧。"

江春燕站起来说:"哦,谢谢。"突然她又像想起了什么,掏出包里的卡,"是不是费用不够了?"

江春燕来到医院交费处:"先存两万。"

收款员划卡后,问道:"不够啊,只有一万五,都交吗?"

江春燕一愣,说:"哦,那就先存一万吧。"

江春燕在医院走廊里给彭永刚打电话,责怪着:"永刚,怎么就寄一万啊?今天没给化疗,可能是因为费用不够,我还没来得及去问呢,你快点汇啊。"

彭永刚犹豫地说:"春燕,我……"

"唉,我这边都急死了,你快点吧,快点啊。"江春燕催促着。

彭永刚握着手机,慢慢闭上了眼睛,眼前浮现出家里的画面——

薛桂兰不满地说:"什么?让你把家里的积蓄都寄去?再借钱?再卖房子?永刚,你的脑子是不是进水了?春燕妈得的是什么病啊?是癌,而且是癌症晚期!你不要搞不清楚,这样是要人财两空的!咱可不是昧着良心啊,咱家这钱虽说现在是江春燕挣得多点,可没有我支持她开店,没有你天天家里外头孩子老婆事事都包了,她也不可能安下心来挣钱吧?所以说这钱可不能她一个人说用就都用了。她折腾稻米、鼓捣剪纸,赔了挣了都折腾几番了,你这家里以后靠谁还不一定呢!这不得为你们以后着想啊?不得为她自己着想啊?不得为悦悦着想啊?"

"妈,可那是人家亲妈。再说,春燕和她妈的感情你也不是不知道。我必须先给她汇去。妈,你那存折我拿走啦,我的房子归你了。"彭永刚说着把房产证拿出来扔到沙发上。

薛桂兰说:"啊,我的存折你翻着啦?"

彭永刚说:"对,就是密码我不知道。"

薛桂兰说:"永刚,我不买你那房,赶紧把存折给我。亲妈咋啦?咱不是不治,是治不了她那个病。唉,这得啥病不好,偏得这个病,真要自己命,也要别人的命啊!"

彭永刚说:"谁愿意得病啊?!这不是没办法吗?再说,要是你得你不治啊?"

薛桂兰咬咬牙说:"永刚,你咒我我也不怕,你给我听着,我今天就先把话撂在这儿,有一天,我要是真得了这种病,我不遭那份罪,不给你们添麻烦,我——不治!你给我记住了!"

彭永刚说:"唉,妈,是我瞎说。我也不愿意拿钱都砸不出个响啊,可你说,我咋办啊?这些年稻米经销店的利润又都在你这儿管着,我们买房子时你也只拿出一小部分,现在人命关天了,你是不是得再拿出一部分?何况我们的房子还可以押在你这儿。"

薛桂兰说:"房子是固定资产没不了,治病可是到头来人财两空。你爱咋办咋办,反正我不告诉你密码。"

江春燕来到王大夫办公室:"王大夫,不是说今天开始给我妈化疗吗?"

王大夫解释道:"本来要做,发现费用不足,当然这只是一个方面;另一方面,我刚刚又看了你母亲的各项指标,鉴于你母亲目前这种状况,我担心她承受不了啊。没做也好,再养一两天看看。等到能做的时候,我就马上给她做,你放心啊!"

江春燕无奈地走出医生办公室,回到病房简单地向护工交代了一下,就到食堂打饭。

春燕妈从昏睡中醒来,看到护工在旁边坐着,冲她笑了一下,问:"春燕呢?"

护工说:"下楼去食堂买饭了,看你没醒,也没问你想吃啥,说还是弄点小米粥和鸡汤吧。"

春燕妈说:"啥也不想吃,啥也吃不下。"

护工劝道:"那也得尽量吃点,不吃饭咋能好呢?"

春燕妈说几句话,已累得直喘气,出了一身虚汗。

护工扶她起来一点,把枕头垫高,又给她擦着额头的虚汗,继续劝道:"这身子虚得,一动一身汗,一会儿真得多吃点饭啊。"

"唉,吃不下了。我家这傻孩子,啥也不懂,她爸啊,天天来看我,着急啊……我这是要走了呢。"春燕妈说着闭上了眼睛。

稍停了一会儿,春燕妈又睁开眼睛说:"咋还不回呢?"

"也该回来了。"护工说着推开病房门往走廊里看看,转回身又说,"可能顺便买用的东西去了。"

春燕妈说:"这傻孩子,都不懂啊,我这走时用的东西也不知准备没。"

护工劝说道:"大姐,可别这么想。走啥啊?你家女儿多孝顺啊,治好了病回家跟女儿好好过日子,多好啊。"

"我早都准备了,都在家呢,我得回家了,她爸也说在那儿等我呢……"春燕妈小声喃喃着,又昏睡了过去。

医院走廊里,江春燕端着饭给彭永刚打电话:"永刚,钱咋还没到啊?我就收到一万。你快点,钱不够我妈咋化疗啊?还有,悦悦还好吧?"

那边彭永刚迟迟没有声音。

江春燕叹了口气,说:"算了,知道悦悦肯定得想我。你快点啊,我拿着饭呢,先撂啦。"

彭永刚听着电话里的嘟嘟声,自语道:"我得把家里有的都汇去。"

江春燕端饭进了病房,问护工:"我妈还没醒啊?是不是得叫她起来吃点饭啊?"

护工说:"刚才醒了一会儿,说了几句话,就又睡过去了。春燕,你妈刚才,嗯,怎么说呢?虽然醒过来精神了一会儿,但我觉得不太好呢……"

六天后的早上,护士把头一天未打完的药都倒掉,换上这一天的新药。

江春燕问护士:"这药没打完咋都不打啦?这不是浪费吗?"

护士说:"医生新开的,这药不往里走,我们也没办法啊,药是有保质期的,这打开的,过了时间就不能用了。"

护士走后,护工对江春燕说:"唉,都这样,这人活着,就得往里打啊。"

江春燕说:"这化疗始终没做上,就只能这么维持着。"

"我妈的手都肿成这样了,胳膊、腿都是,这饭也不能吃了,话也不跟我说了。唉,遭罪啊!"江春燕说着摸着妈浮肿的手。

护工说:"唉,其实我这些年看了不少病人,跟着最后送走的也不少,这人啊,有时真是生不如死,遭罪啊!唉,我要是到了这一天啊,干脆就不受这份罪了,我可不插这管那管的,也不受这击那击的。"

江春燕瞅瞅护工,说:"我妈可不能不治,我妈只要有一口气,我就得给她治。我妈多活一天,我就能多陪她一天,我们就能多在一起一天。"

护工尴尬地说:"我这也是瞎叨咕呢。"

江春燕说:"我知道你是好意。我还是再去问问王大夫吧。"

江春燕来到医生办公室,问:"王大夫,你看我妈啥时候能化疗?这几天,这药走得这么慢,我挺着急的,不化疗,我妈也不见好啊。"

王大夫说:"哎呀,我也想赶紧化疗,抑制癌细胞生长。可照你母亲这几天的情况看,实在是不理想啊……唉,没想到病人身体条件这么差,病情发展得这么快呀。"

江春燕说:"王大夫,我妈这几天都喂不进去饭了,基本都是睡着,偶尔睁开眼睛,也不说话,唉,是没力气说话。"

王大夫说:"病人病情发展得这么快,实在是出乎意料,照这样看,随时都有生命危险,你得有个心理准备啊。"

王大夫正说着,有电话打进来:"王大夫,306房的病人突然昏迷,你赶紧过来……"

"好,我马上过去。"王大夫急忙往外走。

江春燕忧虑重重地注视着王大夫的背影。

傍晚,江春燕和护工换班,护工跟江春燕说:"这药走得越来越慢了。春燕,你先睡会儿,今天晚上得一直盯着点你妈,以我的经验啊,我就直说吧,我怕就这两天呢。"

"嗯,其实这几天我也看出来了,但就是不敢相信,也不愿意接受……我妈她没享着福啊,这日子才刚刚好起来几天啊!我之前光忙着干活了,拼啊拼的,可这、这到底有什么用啊?"江春燕不得不面对现实。

护工说:"人啊,活着都是忙啊忙,一忙有些事就顾不过来了。唉,你先趴着睡会儿吧。"

第四十章

夜已经很深了,江春燕趴在床边,迷迷糊糊中感觉到身边母亲的手在动。她下意识地瞅瞅输液瓶,又瞅向母亲的手。只见母亲的手在微微地动着,一点一点很缓慢地往上移着,然后停了一会儿,又一点一点地往上移。

江春燕轻声问:"妈,你是手放在下面不得劲吗?是要放上去吗?"

春燕妈戴着氧气罩的脸上没有任何反应。

江春燕把母亲的手放到胸前氧气罩的下面。

忽然,春燕妈的手一使劲,像拼尽全身力气似的推掉氧气罩。

江春燕一惊,叫道:"妈,你这是咋啦?不吸氧你随时都有危险啊!"

护工也醒了,看着江春燕把氧气罩给她妈重新放上。

过了一会儿,春燕妈的手又在缓慢地移。

护工说:"也许你妈她是太难受了吧,是遭不起这罪了。其实,那天你妈精神那一会儿的时候,说了几句话,你没问,我就没好细说。"

江春燕问:"我妈说什么了?"

"这……"护工迟疑着。

江春燕说:"你说吧,没事。"

护工说:"那我说啦,你可别见怪。我觉得你妈那天有点像回光返照呢!你妈说也不知你准备她走时要用的那些东西没有,她自己准备的那些都在家里呢,现在她不能再拖着,害得你把好不容易攒的钱都用了,说你在婆家的时候挺不容易的,后来还租房住了好几年。对了,她还说你爸在家等着她呢,她得回家……"

江春燕盯着妈往上移的手,若有所思。想了想,她又把妈的手放到胸前,可妈停了半天,又积攒出力气似的突然把氧气罩推开。

江春燕把氧气罩又给妈戴上,摸着她的手说:"妈,你坚持一下,明天咱就不打这些药了,明天我一定带你回家。"

春燕妈像听懂了似的,表情慢慢放松下来,被江春燕抚摩着的手比出个大拇指向上的动作。

江春燕紧握着母亲的手,流下泪来。

"春燕,趁着你妈这会儿明白,跟你妈说说话吧。"护工看着这娘俩,也忍不住流下了眼泪。

江春燕说:"妈,你有病了,我想给你治,咱也有条件了,再贵我也想给你治好。可是,我还是帮不上你,我也救不了你。"

停了一会儿,江春燕又哭着小声问:"妈,你想知道你得的是啥病吗?"

春燕妈轻轻点了点头。

"妈,医生说是癌,淋巴癌……晚期。"江春燕努力让自己说得平静。

江春燕看着妈渐渐平和的脸,问:"妈,你还有啥不放心的事吗?"

春燕妈轻轻晃了晃头,眼里流出一滴泪,不再说话了。

第二天早上,护士推车过来换药。

江春燕说:"把药还有这些仪器都撤下来吧,不打了,不治了,我们要出院。"

护士说:"这药先不能撤,你现在停药,病人马上就有生命危险,谁能负责?你得等医生查房时再说。还有,你要出院,也得先办理出院手续啊,药费通知单下来了,今天还得通知你交钱呢。"

护工说:"春燕,我在这儿看着,你快点去找找医生吧,看看怎样才能让你妈挺着回到家里。然后你再办手续,再联系车吧。你妈现在这样,就是想走,肯定也走不了啊。"

江春燕跑到医生办公室门口等着。

"王大夫,我们不治了,我想带我妈回家。"王大夫在走廊里一露头,江春燕就迎了过去。

王大夫说:"这病人停药可随时有生命危险,你得想好啦。"

江春燕说:"嗯,已经没有希望了,我妈现在只想回家。"

王大夫说:"也好。这样吧,今天的药都下了,你就接着打,再联系一下120,如果不行就再找个别的车。唉,想办法联系个能放床的车吧,再联系个医护人员跟着,随时做些简单的救护。你妈不是想回家吗?怎么也得让她挺到家吧?"

江春燕说:"王大夫,这样的车,这样的医护人员,我在这儿……您能帮帮我吗?"

"唉,这些天看到你是真不容易,也明白你的这份心,我就帮人帮到底。"王大夫拿过一张纸,写下一个电话号码,递给春燕,"这是我一个开诊所的朋友,你打电话找他,说是我的朋友,让他帮你联系吧。费用呢,你们自己商量。"

江春燕马上来到医院收费处办理出院手续。收费员把卡扔出来说:"不够,还差七千多呢,你还有别的卡没?交现金也行。"

江春燕既尴尬又疑惑地问:"不够?"

收费员说:"不够,你卡里才五千多块钱。"

江春燕说:"我让他转钱过来了啊。"

收费员不耐烦地说:"你让谁转钱你找谁问去吧,想办手续就赶快筹钱去。来,下一个。"

江春燕从窗口处退下来,走到旁边的走廊里焦急地给彭永刚打电话:"永刚,我让你汇钱你汇到哪儿去了呀?"

彭永刚说:"我把家里有的都汇了啊。"

江春燕说:"唉,我不是让你借,让你多汇点吗?"

彭永刚解释道:"前几天,我姐要买房子,把我妈的钱都借走了。咱家的房子这么短的时间也卖不出去啊。"

江春燕焦急地责问着:"你姐买房子?你没凑到钱为啥不跟我说一声啊?"

彭永刚说:"我看你没再要钱,我以为够了呢。"

"永刚,我妈现在欠着医药费出不了院,还有,我马上要雇车拉我妈回家。我现在急需钱啊,我是要你马上拿来呀……"江春燕说着眼泪流了下来,撂下电话。

电话那边,彭永刚急忙喊:"春燕,春燕,你别着急啊,你别着急,我马上联系,马上借点钱给你送去啊……"可电话里只剩下了嘟嘟嘟的忙音了。

江春燕失魂落魄地往病房走着,脑海中猛然闪现出刘二岗的身影……

江春燕自语道:"对,二岗就在这个城里呀。可是,我没有他的电话号码啊!找二岗好不好呢?唉,管不了那么多了,我妈等不及了。"

为了要二岗的电话,江春燕只好问郑大民了。

"大民哪,你的电话,是不是有人要买咱这鸭子啊?"郑经济跑着给郑大民送手机。

郑大民把手机拿过来,手机却不响了。郑经济急得埋怨郑大民:"你这玩意儿不能当摆设,你还是得装在自己兜里。"

郑大民不慌不忙地说:"爸,没事,我可以再打回去。"

郑经济说:"打回去你不花冤枉钱吗?这孩子,咋不会算这细账呢?"

郑大民查号,见是江春燕的,忙打了回去。

江春燕说:"大民,我是春燕,我妈病了。"

郑大民忙问:"啥,江婶病了?在哪儿?"

江春燕说:"在省城医院。我想带我妈回家,回咱村里的老家。"

郑大民关心地问:"江婶病治好了吗?为啥要回老家啊?"

"我妈想回家了,她挺不了了,没时间了。大民,先不说这些了,我要二岗的电话,我现在钱不够了,我要结医药费办出院手续,还要雇车,我急用钱。"江春燕长话短说。

郑大民说:"需要多少钱啊?春燕,咋不早点说啊?我凑凑给你汇去吧。"

江春燕说:"没时间了,等不及了,我得保证能马上拿到钱啊,我得让我妈活着看一眼咱的老家呀……"

在洮水县科技馆办公室,彭永刚正给薛桂兰打电话:"妈,我求求你了,快把密码给我吧,我得马上汇给春燕!不,我得马上送去。"

薛桂兰说:"你非得打水漂啊!还送去?我不可能给你!你别做梦了!"

彭永刚着急地解释着:"妈,春燕她妈现在不行了,不治了,是要办出院手续,可是那边还欠着医药费呢,不结清出不了院啊。而且春燕得给她妈雇车拉回家去,不然就来不及了。"

薛桂兰吃惊地说:"啊?真是这样啊!这怎么可能?就算是得了癌症,也不可能这么两天……"

"妈,快慢不是你说了算的,你赶紧吧,我现在就得送去,立刻!马上!"彭永刚不耐烦地吼着。

"这事得问清楚了。"薛桂兰还是半信半疑,说完就撂了电话。

彭永刚急得再给江春燕打,那边却是占线声。他又给薛桂兰打过去,也是占线……

十几分钟后,彭永刚正急得无奈之际,薛桂兰的电话打过来了。

彭永刚立刻接起,说:"妈,你同意了?"

薛桂兰说:"唉,钱得在你手上花,你去吧,去了看是真的,我就给你汇。"

"妈,你快给我密码吧,马上……"彭永刚着急却又无可奈何。

彭永刚给江春燕打电话,江春燕的电话一直占线。这一点都不奇怪,江春燕先后给郑大民、刘二岗打电话……接下来,江春燕又跟诊所的医生联系车,联系医护人员……

天色阴沉,好像要下雨了。刘二岗夹着黑皮包,急匆匆地往省医院里跑,在病房门口还险些把一个中年妇女撞倒了。中年妇女有点眼熟,但刘二岗已经顾不上回想她是谁了。刘二岗一边跟中年妇女说着对不起,一边把钱递到江春燕手上,接着又着急忙慌地去看春燕妈。"婶,咋样?"看着春燕妈已经瘦弱得不成样子,刘二岗眼眶红了,强忍着泪水。

看着这对可怜的母女,刘二岗百感交集,不禁轻轻搂住江春燕颤抖的肩膀,安慰着:"没事,没事啊,春燕,江婶一定会挺住的……"

江春燕擦了一把眼泪,说:"二岗,实在是太着急了,实在是不得已了,我认识的人中只有你在省城,我只好麻烦你了。"

刘二岗说:"不说那些,这算啥麻烦啊?春燕,快办手续去吧,车联系好了没?"

江春燕说:"车联系了,那人很给王大夫面子,说我这边办完出院手续就给他打电话,半小时内就能到。"

刘二岗把江春燕按在床边,说:"春燕,坚强点,你守着江婶,我去办手续。"说完匆匆地跑出去了……

坐高铁赶到省城的彭永刚又一次拨打江春燕的电话,可江春燕的电话已经关机了。

彭永刚来到省医院住院部,总算找到了病房,却发现床上躺着的并不是春燕妈。彭永刚出门找到楼层前台询问:"你好,我想问一下,那个 302 号床之前住的病人呢?"

工作人员查了一下说:"三个多小时前办的出院手续。"

彭永刚问:"咋这么快呢?住院费都交上了?"

"不结清费用,怎么可能办出院手续呢?"工作人员说着瞅了彭永刚一眼,不待见地问,"你是病人的什么人啊?"

"啊,我是病人亲属,这不是赶着送钱来了吗?"彭永刚说完又小声自语道,"这没钱交费咋就出院了?"

工作人员瞅了瞅自语的彭永刚,又说:"病人家属知不知道你来啊?要不,你再去问问负责那个病房的护士吧,看给你留下什么话没有。"

彭永刚说:"对啊,我咋没想到呢?谢谢啊。我这脑袋,都急蒙了。"

彭永刚找到小护士,问:"你看,我这给病人送钱来了,紧赶慢赶,还是没赶上。"

小护士问:"你是……?"

彭永刚说:"我是江春燕的丈夫。"

小护士说:"啊,是姐夫啊。噢,是来了一个男的帮春燕姐办的出院手续,大妈已经很危险了,春燕姐都快急死了,多亏了那个人。唉,他们俩都哭了……"

彭永刚问:"一个男的?"

小护士说:"对呀,好像叫刘……"

彭永刚说:"刘二岗?"

小护士说:"对,我听春燕姐是那么叫的。姐夫,你认识吧?"

彭永刚像突然意识到了什么,忙说:"嗯,认识认识,我们很熟呢。"

"熟悉就好……"护士叨咕着转身忙去了。

彭永刚的心绪再次杂乱起来,脑中有两种声音交替着:一个声音说,彭永刚,你就是个傻子!人家在省城有旧情未断的前男友帮忙,根本用不着你了。另一个声音说,江春燕绝对不是那样的人,是因为你不帮她,她没办法急疯了才找能救援的刘二岗,他们都多少年没联系了……

此时,在省城通往白鹤村的高速公路上,面包车在细雨中飞驰着,田野、房屋、树木都向后急速退去,江春燕、春燕妈和一个医生坐在车里。

面包车里,江春燕的视线从母亲脸上移开,望向窗外,熟悉的乡路终于在远处出现了。

江春燕握着妈的手说:"妈,你挺住啊,离咱白鹤村近了。你坚持啊,你不说我爸在家等着你吗?你坚持啊,咱就快到家了……"

在洮水县往白鹤村走的路口处,郑大民看着来往的车辆,耳边回响着电话里刘二岗的描述:白色金杯面包车,车尾号是×××。估计五六个小时……

郑大民看看表,焦急地又打了一遍电话,里面仍是"您拨打的电话已关机",他又望向远处,一辆白色金杯面包车驶来,尾号正是×××,郑大民赶紧挥手挡在路中,大喊着:"春燕——"

面包车司机减速,问江春燕:"前面那个人你认识吗?是叫你吗?"

江春燕抬头看清是郑大民,说:"是叫我的,麻烦你停一下车。"

面包车慢慢停下,郑大民打开车门上来了,面包车重新启动……

当车快开到白鹤村村口时,一直握着母亲手的江春燕长吁了口气,说:"妈,咱们就要进村了,就要到家了。"

许久未动的春燕妈手动了一下,握紧了江春燕的手。

面包车终于停了下来,江春燕低头对母亲说:"妈,咱们到家了!"

春燕妈之前紧握着春燕的手松了开来,她的眼里有一滴泪落下,嘴角却现出一抹微笑,头慢慢歪向了一边……

车里的医生说:"老人走了,请节哀顺变!"

"妈——"江春燕哭着抱住母亲。

从省城回来的彭永刚骑着摩托赶到白鹤村时,悲痛欲绝的江春燕拒绝让他参与母亲的后事。最终,是郑大民和已经当上村主任的金卫国一起帮着江春燕送走了老人……

半个月了,江春燕白天忙活完,晚上都是回到白鹤村。这天,她在母亲的遗像前呆立着,彭永刚下班后又来劝说:"春燕,都这么多天了,跟我回家吧,悦悦天天让我来接你。"

江春燕抬起头,默默地盯着彭永刚,一会儿又把目光转向母亲的遗像。

彭永刚上前欲拉住江春燕,江春燕甩开了他的手。

彭永刚又一次解释着:"春燕,你要是实在不想见我,那你回家里住,我先住我妈那儿,你每天回村里住实在太折腾了。"

江春燕做着"嘘"的手势:"请别打扰我妈,她喜欢安静。"说着转身走了出去。彭永刚紧跟在她的身后。

出门了,彭永刚在后面紧紧抱住江春燕,说:"春燕,对不起,都是我不好!"

江春燕没有任何回应,彭永刚无奈地松开手,说:"春燕,这么多天你都不听我说话,也不让我解释。"

江春燕面无表情地低声说道:"所有的解释都不过是为了让自己心安而已。"

彭永刚一脸委屈,一脸无奈,停了一会儿,还是说:"春燕,也许你说得对,就算我的解释是为了让我自己心安,你也应该知道真相……"

见江春燕无心倾听,继续往自己屋里走,彭永刚停下刚才的话头,跟在后面说:"春燕,咱们还是先回家吧,悦悦天天催我来接你,天天说想妈妈。"

江春燕无限悲伤地说:"我天天想也见不到我的妈妈了……"

彭永刚说:"春燕,我知道你还是在怪我没能及时汇钱给你,这件事我确实做得不够好,可我真的尽力了。我把我妈的存折拿到手了,却没有密码……后来,我妈同意了,我也真的去了……我妈真没想到你妈突然就查出得了那么严重的病,也没想到病情发展得那么快……"

想着薛桂兰平时的嘴脸,江春燕心灰意冷地问:"没想到?在你妈的心里,命和钱这么简单的问题,还要再三权衡比较!钱没了可以再挣,命没了拿什么能换回来呢?"

沉默了一会儿,彭永刚上前拉住江春燕的胳膊,说:"春燕,我以后会加倍对你好的。"

"能别再说了吗?"江春燕轻轻推开彭永刚。

"我……"彭永刚低下了头。

第四十一章

同一天晚上,刘二岗比平时到家晚。晚饭后,他辅导完儿子学习,又念书哄儿子睡觉。

儿子终于甜甜地睡去了,刘二岗给儿子掖好被子,悄悄掩上门,回到自己的房间。

房间里的灯已关了,刘二岗小心翼翼地坐在床边,却被妻子林丽丽伸脚踢到床下。

吓了一跳的刘二岗缓了缓,无奈地起身,小声说:"干吗呀?我还以为你睡着了呢!"

林丽丽没吱声,刘二岗不敢再往床上坐,就等着。

过了一会儿,林丽丽突然说:"刘二岗,别揣着明白装糊涂啊!"

刘二岗心里没底,就试探着说:"这一晚上你就没个笑脸,我也没惹你啊!"

林丽丽说:"装,你继续装!我说刘二岗,你这个人越来越能耐了啊,看着挺老实,实际上一肚子农村人的鬼把戏。"

一听她这么说,刘二岗觉得应该没啥大事,就笑着说:"丽丽,别人身攻击行不行?农村人又咋啦?没农村的广大劳动人民你吃啥喝啥?再说,农村人也没惹你啊!"

林丽丽盯住刘二岗问:"不说是不是?"

刘二岗一脸无辜:"我说啥呀?我今天是回来稍晚了一点,可我回来就做饭,该收拾的我都收拾了,儿子的功课也辅导了……我今天表现得挺好啊。"

林丽丽说:"嗯,表现是挺好,但是,那是因为心虚吧?"

"心虚?我心虚什么啊?"说着,刘二岗往床上坐去,又被林丽丽踢到地下。刘二岗无奈地摇着头:"唉,这是为啥呀?还是请老婆大人明示吧。"

"刘二岗,我说别给脸不要脸啊!你半个月前在省医院都干什么了?"

"没干什么啊?我们医院那么忙,我哪有空去省医院呀?"

"刘二岗,你、你好好想想,你那天去没去省医院,在省医院碰没碰上谁?"

刘二岗脑中突然想起那天在省医院他撞在了一个女人身上,再细想想,好像是林丽丽的一个同事。"碰?好像还真碰上一个,就是走路走得急,不小心碰上的,对,我想起来了,是你们单位王姐。"

林丽丽坐了起来:"碰上了吧?你不忙吗?不是没空去省医院吗?说吧,就碰上那么简单?"

刘二岗说:"不简单还复杂啊?真是没想到,就碰上了。"

林丽丽说:"不是没想到,是不想碰到吧?我告诉你,我今天是强忍着在儿子那儿给你留着面子,等着你自己跟我说到底怎么回事,你自己不交代,就是态度有问题,就是真有鬼了。说吧,本来今天我还不信王姐这个大嘴巴说的呢!"

刘二岗说:"丽丽,你是不是想多了?真没啥。那天就是一个我们村的人,在医院急着用钱,家里汇又没那么快,怕来不及,我就从朋友那儿借了送过去。我这儿也没当回事,都给忘了。"

"刘二岗!我说别给你机会你不要,避重就轻的,还你们村的人,你们村的人你就又抱又哭还送钱的?"说着林丽丽发作起来,拿起枕头打刘二岗,"再不说实话,我就不跟你过了,我一天天跟你……我一想就后悔,当初太傻了,没听我妈的,你们农村人看着老实,其实净耍鬼心眼……"

刘二岗边抵挡边小声说:"你小声点,别吵醒儿子……"

林丽丽说:"你别以为我不知道,你说,是不是你当年喜欢过的那个叫什么燕的?你是不是一听到她找你,你都恨不得飞过去?你、你得不到的就当宝似的,她好,她还不是把你甩了,找别人去了,也就我跟着你受罪……"林丽丽边说边哭起来。

刘二岗赶紧搂着她并轻捂她的嘴求道:"丽丽,我求求你了,小声点,你打我吧,你掐我吧,别吵醒儿子就行。"

林丽丽真的掐起刘二岗来。

刘二岗边忍边说:"你可真下得去手啊!我跟你说,真的啥事都没有,人家有钱,就是怕她妈挺不到家,急着出院,人家到家后马上就把钱还给我了。"

林丽丽还是哭:"有钱有什么了不起?这也不行,我就是不想让你帮她,就是不许你见她。"

刘二岗又解释说:"就是送了钱,帮着把人送上车,前后不到半小时。人家都不知道我电话,还是在郑大民那儿现问的。就是着急,实在没办法了。"

林丽丽哭着问:"那你抱啥?搂啥?"

刘二岗说:"医院里都是人,你想想,我能抱啥?能搂啥?我就真想搂,我还能跑那儿去搂?我要搂我就回家搂你。"说着使劲搂住林丽丽。

林丽丽哭笑不得:"你就是这张嘴会说!我跟你说,我看你要是跟别人也这么会说……"

刘二岗趁机哄道:"我跟谁也不说。我这么多年不就一心跟你吗?你说你,除了刀子嘴哪儿都好,能娶到你这样的媳妇我占了多大的便宜呀!我还能找谁去?"

林丽丽娇嗔地说:"我可告诉你,找谁她也不是你儿子的亲妈!你要是变了心,就一辈子别想再见儿子!"

刘二岗忙说:"我知道,我知道。"搂过林丽丽躺下,刘二岗脑海中却浮现出那天出了高速路口,江春燕和她妈坐在面包车里远去的情景……那天晚上郑大民就告诉他了,春燕妈如愿回到了白鹤村,又如愿地去另一个世界和春燕爸团聚了……

这天,江春燕正在教学员们剪纸技法,出去参加东北地区农民画大奖赛的吕文龙回来了。

吕文龙满面春风、一脸喜气地走进画室。

有学员们喊:"吕站长回来了!"

还有学员问:"吕站长,你这笑得合不拢嘴的,准是带回来啥好消息了吧?"

吕文龙说："是啊,这次争取到学习一个月的机会,还带着咱们的作品参加了东北农民画大展,收获太大了。"

一个学员拍着吕文龙的大行李箱说："吕站长,你这是下了车直接来画室啦?快说说都有啥好消息。"

吕文龙说："我下车后直接去县文化馆汇报了一下,然后就赶到画室跟你们分享来啦。"

吕文龙掏出获奖名单递给学员们,目光却寻找着江春燕。看到满脸憔悴的江春燕,吕文龙嘴边的笑收回了一半,再看到江春燕胳膊上戴的孝,他的笑就完全收回了："春燕,你之前带江婶去省里检查……怎么?"

江春燕小声说："文龙哥,我妈已经去世了。"

吕文龙问："怎么这么快?不就是感冒总不好吗?"

江春燕说："文龙哥,这事以后再细说。还是先跟大家说说你的学习心得吧。"

吕文龙稳定了一下情绪："心得我也以后再细说。这次还有一个好机会就是,有一家艺术机构想要和我们的一些获奖农民画作者签约,收购我们的作品。"

江春燕说："这是好事啊!"

吕文龙说："嗯,春燕,我刚才去县文化馆把得到的一些信息汇报了一下,文化馆让咱们这边再商量商量,看看有些项目咱们能不能也开展起来,制订一个可行性方案报上去,文化馆会尽全力为我们提供支持。"

江春燕说："文龙哥,你还是坐下来给大家详细说说吧?"

一个男学员说："是啊,吕站长,你快给我们详细讲讲,我们是不是致富路上见亮啦?"

一个女学员说："我要是有一天能像春燕老师一样在县里买上房就好了。"

"想得怪美的!春燕老师那手法是你能赶上的?"

"我想想还不行啊?要是在县里有了房,我也省得来回折腾把时间浪费在路上,我家离这儿太远了。要是省下来更多的时间,我跟春燕老师再多学习学习,咋还不能多进步一点……"

江春燕听到女学员说要在县里买房子，神情落寞起来，脑中又想到母亲在医院的那一幕，不禁自责道："我要是不买房把钱留在手里多好……"

周末下午，几个人在画室里各自忙活。江春燕一天都在剪纸，研究技法。吕文龙也在画一幅大型的农民画。

吕文龙画着画着，停下画笔，不禁叹了长气。

江春燕抬起头。

吕文龙画了两笔，又叹了口气，把画笔放在一旁。

画室里的几个人不约而同地都抬起了头。

江春燕问："文龙哥，碰到难点了？"

吕文龙站起来说："唉，不是这画，而是这些天一直在琢磨，如何进一步拓展咱农民画产业，突然就画不下去了。"

江春燕说："我也一直在琢磨，咱们光画画、剪纸，毕竟还是门槛高些，不能带动更多的人一起创业。如果拓展范围，开发农民画和剪纸的周边产业，比如做做壁毯、做做编织、做些手工包、做做陶器等等，把农民画、剪纸与民间的某些工艺品有机地结合起来，可能就会降低参与的门槛，让更多的人加入进来。"

吕文龙说："是要往这个方向努力啊。但是开办新的画社，做新的项目，这个打头阵、投资尝试的肯定得是我们自己，等看到希望了，大家才能跟进，才能争取县里政策和资金及其他方面的支持。没影的事，怎么说也是空口无凭，只有咱们自己做出些眉目来，才是最有力的宣传。"

江春燕说："最重要的是要有启动资金。"

吕文龙说："这肯定得从咱们自己做起。我家那点钱杏花管得太紧，她就想赶紧在县里买房子，我得想办法让她把这钱拿出来。"

江春燕说："我现在除了住的房子，其他……"想到母亲在医院时无助的样子，江春燕的情绪低落下来。

吕文龙忙劝道："春燕，又想起江婶了吧？人有旦夕祸福，咱们只能尽人事听天命，婶总算是按心愿回到了咱白鹤村，回到了家。江婶心心念念的就是你能过得好，你不能让她牵肠挂肚了。"

江春燕苦笑了一下说："文龙哥，咱们一点点来，现在可比咱们当初好太多了。日子还是越来越见亮了,越来越好了。你看,咱们乡农民画和剪纸的队伍扩大了多少倍?"

吕文龙说:"是啊,是见亮了,灿烂的阳光就快来了。春燕,我还是先想办法把我家的钱抠出来再说。"

江春燕说:"贫穷,有时真的就像一只拦路虎啊……"

站在平安乡文化站画室大门外,望眼欲穿的彭永刚终于看到江春燕走了出来,马上推车迎了上去:"春燕,今天是周日,回家吧,我让妈晚上包你爱吃的韭菜馅饺子,悦悦也在那儿等着你呢。她本来要跟我一起来,我怕她来这儿非要进去再影响你工作。"

江春燕脑中浮现着婆婆薛桂兰一向的嘴脸,心里不禁一酸:"那儿哪能算是我的家啊!"

彭永刚说:"春燕,对不起,这些年都是我做得不够好,让你受委屈了。以后,我保证再也不让你难过。你不爱去我妈那儿,咱就回咱自己家,我给你包饺子。"

江春燕苦笑着说:"永刚,在我心里,咱们买的那个房子已经抵出去了,虽然它并没换来我妈的救命钱,但早已经不是我的家了。"

彭永刚大脑中闪现着母亲薛桂兰快速张合的嘴,愧疚地说:"春燕,有时我也恨我自己,为什么那么无能,为什么总是在关键时刻受制于我妈。真的对不起,你看在咱们那么可爱的悦悦的面子上,就回去吧,咱们是一家人啊!"

江春燕无法消解心中的苦痛,闭上眼睛摇了摇头,说:"家,多么有诱惑力的一个字眼啊,可我特别后悔当初只一心想着有个自己的家,非得先买房子!要是再早些带我妈检查身体,再早些投入多挣点钱多好啊!"

彭永刚说:"春燕,你别折磨你自己,都是我无能!以后你做的事我一定全力支持,让咱们的日子越过越好!"

"永刚,别说了,说这些真的改变不了什么!就像我,再后悔也不能让以前的日子重来一遍,让我重新选择重走一回。给我一段时间吧,现在我心里很乱,像在一个无底的深渊里挣扎着,我需要找个能蹬踏的地方,需要赶走心里的恐慌，需要把疼漏了的地方静下来补一补。"江春燕说完跨上自行车。

彭永刚拽住了车把："春燕——"

江春燕语气坚决地说："永刚，我再说一遍，别的我现在还无法确定，但我清楚知道的是，我不可能再回那个房子里了！我太恨自己了，恨自己花了那么多年心血换来的东西，关键的时候却不能解我的燃眉之急；恨它不仅不能解我的燃眉之急，反倒成为一道障碍，让我妈不肯跟病魔拼一拼，因为我妈担心我会拿它换钱治病，没有自己的家再回到别处看人的冷眼；恨它让我低下头求我最不愿意求的你妈先垫钱给我，让我清清楚楚地知道我妈的命在你家还没有那点钱重要，审时度势地拿我妈的命和钱比轻重；恨它让我在那么绝望无助的时刻，把已经愈合的伤口再次揭开，不要任何尊严、不顾一切地去找刘二岗借钱……"

"春燕，我……"彭永刚狠狠紧咬着自己的嘴唇。

"有时候，我恨命运的不公，我恨你们私心太重；可有时候，我更恨我自己的无能为力，我更无法原谅我自己……"江春燕哭着骑上自行车。

彭永刚骑着摩托车跟行了一路。

来到白鹤村江春燕家门口时，江春燕下了自行车，彭永刚也下了摩托车。

江春燕说："永刚，你先回去吧，让我安静地过一段日子，有些事情我必须要冷静地想清楚。我不是刚刚高中毕业，可以任性抉择的小姑娘了，不是家里出现什么问题，哄一哄、让一让、将就一下就能在心里过去了。我也希望你能认认真真地想一想，想一想我们以及我们组成的家庭是怎么一步步走到今天这样的，我们在一起是不是真的合适，真的幸福？"

"可是，春燕，悦悦想你啊！"彭永刚还是奢望着。

"告诉悦悦，以后我每天中午都会去学校看她。"江春燕关上了院门。

彭永刚在外面站了许久才落寞地骑上摩托车走了。

回到县里的彭永刚轻轻打开家门，正在沙发上看书的悦悦满怀期望地起身跑向门边。

看到就彭永刚一个人进了屋，悦悦满脸失望，又不相信似的推开彭永刚，向门外张望，大声叫着："妈妈——"

薛桂兰歪在沙发上打着瞌睡,听到悦悦的喊声,惊醒过来,故意抓过一本杂志装模作样地翻着。

彭永刚拉回悦悦,关上房门说:"悦悦,妈妈今天有事,不能回来了,她说每天中午会到学校看你的。"

悦悦默不作声,坐回沙发上摆弄着自己的图画书。

薛桂兰一听江春燕没回来,不满地说:"永刚,不是我说你,你这人就是抻不住劲,非得一趟趟找她。我跟你说过,你越是找她,她就觉得你在求着她呢,她就越拿捏着,好像她啥错都没有似的。"

彭永刚说:"妈,别说了,这次的事的确是我做得不好,在她最需要的时候,我不仅没在她身边陪着给予情感上的支持,还没能及时汇款给予经济上的支持。反过来想一想,人家要我何用啊?"

薛桂兰说:"永刚,你找她一次就被灌一脑袋迷魂汤啊!你没支持,那你家的存款都花哪儿去了?你没支持,那悦悦这一天天的都谁操着心哪?"

这时,悦悦在一旁说:"奶奶,我没让爸爸操心,我这次考试又是第一名。"

薛桂兰一摆手说:"没操心?悦悦,那你一天天吃的饭谁给你做的?衣服谁给你洗的?天天上下学谁接的你送的你?还有那钢琴课,都是你爸天天陪着上。"

彭永刚阻止道:"妈,你跟孩子说这些干啥?"

薛桂兰说:"不说?我不说你们就都被迷魂汤灌晕了!永刚,你听妈的,别理她,就晾着她,我看她能挺到什么时候。有能耐她就永远离开这个家,咱们还怕再找不着好的?你看人家小妍,啥时候都不跟我硬着来,早知现在这样,当初我就不该听任你的选择。不行咱还找小妍,她又没有孩子,你们可以再生一个!"

彭永刚急得上前捂薛桂兰的嘴,薛桂兰扒着他的手说:"干啥呀?你要捂死我啊?"

彭永刚无奈又气愤地说:"妈,你当着孩子的面不能口无遮拦的!"

悦悦哭道:"我只要我的妈妈,我以后再也不弹钢琴了……"

彭永刚过来安抚悦悦:"别听奶奶乱说,妈妈过几天就回来了,就是姥姥离开妈妈没几天,妈妈太难过了,需要先缓缓,中午她就去看你了。来,爸帮你收拾书包,咱们回家去。"

薛桂兰讪讪地走进厨房,装了一大盒饺子递给欲出门的彭永刚:"没吃饭吧?拿回去吃吧,剩的留给悦悦明天早上吃,她也爱吃韭菜馅饺子。"

彭永刚没有接饺子,冷冷地说:"妈,你留着吃吧,我吃不下。"

薛桂兰又把饺子递给悦悦,说:"悦悦,你爸不吃你吃。"

悦悦扭过头说:"奶奶,我也吃不下。"

薛桂兰尴尬地站在门口抱怨道:"这些个没良心的……"

第四十二章

几个月后,牛大翠的棋牌室里空无一人。

牛大翠晚上收工回家,心神不宁地在空荡荡的棋牌室里坐卧不安。正看连续剧的韩老闷在牛大翠走来走去挡住电视画面时,不断挪动身子左歪右晃地看,弄得破椅子吱吱嘎嘎直响。

牛大翠心烦地冲着韩老闷嚷道:"你能不能不那么吱吱嘎嘎的,烦不烦人?"

韩老闷坐正身子,委屈地说:"我都小点声了,可你总来来回回地挡着我,我不动我看不着啊。"

牛大翠抱怨道:"啥事能指上你?就知道看电视。"说着就把电视给关了。

"我知道你这些天放绿色麻鸭很累,可是你硬拦着不让我去啊。累了回来还拿我出气,看个电视都不行了……"韩老闷嘟囔着。

牛大翠一摔手里的抹布:"韩老闷,明天就轮到大民收购咱家的绿色麻鸭了,你知不知道?"

韩老闷说:"知道啊,这不是好事吗?咱可以歇一歇了,还把钱挣到手了。等明晚,咱整桌好菜,找亲家来,庆祝庆祝,也算谢谢当初文龙帮咱们争取到这个机会。"

"庆祝?那钱到手了?"牛大翠的声调又高了起来。

韩老闷说:"那不就这几天的事?"

牛大翠揉了揉眼睛,担心地说:"哎呀,我这眼皮总跳,老是坐不住呢,总有点不好的预感呢!"

韩老闷安慰道："老伴，能有啥呢？除了好事，没别的啊！你是不是怕一下来那么多钱乐坏啦？"

牛大翠叹了口气："唉，像你这样傻呵呵的也有好处，不知道愁。"

韩老闷讨好地说："咱家有你呢，有啥事都能摆平，你在，我心里可踏实呢。那个，我把电视打开吧？"

牛大翠盯着电视看了两眼，又眼神游移地发起呆来。

第二天，郑大民一行人果然来收绿色麻鸭了。郑大民让工作人员将绿色麻鸭一只只过着秤，并认真记录着。

过完秤，郑大民拿着本子疑惑地望着这群绿色麻鸭。

韩老闷凑上来看，问大民："我家这鸭子总斤数是多少啊？你婶让我问问这钱啥时候能给兑现呢！"

"韩叔啊，我看你家这群鸭子好像不对劲呢！"郑大民疑虑重重。

韩老闷有点发蒙地问："啥？啥不对劲？"

郑大民说："鸭子的分量不对劲，你这每只都比正常养的鸭子体重的平均值多了一斤半呢。"

韩老闷乐了，说："多了好啊，我看着我家这鸭子最近一个月明显见胖呢。"

郑大民说："可按我的要求养，每只鸭子是不可能多出一斤半的。"

韩老闷肯定地说："就是按你的要求养的啊！天然饲料，多放鸭子，没错啊！"

"韩叔，这些天都是你看着的?"郑大民问。

韩老闷仔细地想了想，说："基本都是我看着的。就最后这一个月，你婶说不放心，也想让我歇歇，她就看着了。"

郑大民拎起两只鸭子，递给一个工作人员："拿回去把这鸭肉检测一下。"说着和工作人员就要离开这里。

韩老闷拦住郑大民："哎，咋走了呢？这绿色麻鸭不收购了？按合同，今天收购我家的绿色麻鸭呀！"

郑大民解释道："韩叔，我们得回去检测一下鸭肉的成分，如果没问题，再回来全部收购。"

韩老闷不解地问:"大民,能有啥问题啊?"

郑大民的脸上布满愁云:"唉,啥问题其实你心里应该有数。"

韩老闷愣了愣,叨咕着:"有数？我没数啊……"

郑大民心里全是火,有些不耐烦地说:"如果你心里没数,那我婶应该心里有数。你要还是纳闷,就回去问问她吧。"

韩老闷疑惑,又着急地望着郑大民和拎着鸭子的工作人员远去,突然想起昨晚牛大翠坐卧不宁的样子,自语道:"这个月她不让我来,是有点不对劲,她整啥了呢?"

心神不定的牛大翠频频到大门口张望着,终于看到远处韩老闷急匆匆地往回走。

待韩老闷走近了,牛大翠又装作从屋里刚出来的样子。

韩老闷走进院门,盯着牛大翠看了半天没说话,他想了一路也没想明白到底老伴对鸭子做了啥。

倒是牛大翠假装没事人一样,问:"鸭子收走了没？总共多少斤啊？鸭子钱给咱结了吗?"

韩老闷说:"老伴,你这一个月在外面放鸭子,都是按人家大民那合同要求养的?"

牛大翠故作嘴硬地嚷道:"咋的？不按大民的办法养绿色麻鸭,你还能自创一套啊？又不是打乡村麻将!"

韩老闷满心疑虑:"你真的没整啥?"

牛大翠眼睛一立,手一指:"哎呀,韩老闷,我说你能耐了啊！还质问起我来了？痛快点,有话快说,咋的了?"

"老伴,你要真没整啥就好了。大民说咱家的鸭子每只重量都不对,平均多了一斤半,他抓了两只说回去要检测一下。"韩老闷担心着。

牛大翠问:"看膘厚不厚啊？咱那鸭子肥,膘肯定厚啊!"

韩老闷说:"哎呀,不是,是检测肉里都有啥东西。"

牛大翠说:"鸭子肉里能有啥东西？那多了少了还不都是肉吗?"

韩老闷说:"你笨想想,不是那么回事,要是都一样,凭啥绿色麻鸭肉卖那么贵,而那种普通的鸭子就那么贱呢?"

牛大翠呵呵两声说:"你都开始让我笨想了?我就按笨了想,咱的鸭子也确实是放了不少天啊,还能差那么多?"

韩老闷说:"我也不知道,反正我是按大民的要求喂的放的。你要没整啥,那咱就不用怕,就等着大民的说法呗。"

牛大翠翻了会儿眼睛,突然说:"那不行,刀架在脖子上了,咋也不能干等死啊,我得去问问陆小广。"

刚刚平静下来的韩老闷又一下紧张起来:"为啥要问陆小广?要问咱也是问郑大民啊!"

"你懂个六!"牛大翠说完转身就走,到了门口又突然停下说,"对了,你赶紧上那院看杏花回来没,回来了让她在家等着我,说我找她有事。"

望着牛大翠的背影,韩老闷满腹狐疑:"找陆小广?那还是整啥幺蛾子了吧?"

牛大翠鬼鬼祟祟地在大门口撒目了几下,迅速地往陆小广的鸭场走去。

离陆小广的鸭场还有几十米,牛大翠就听到时隐时现的抽泣声。她放轻脚步,来到陆小广家的围栏外面探头往里看,发现陆小广的媳妇在那儿哭呢。

牛大翠暗自嘀咕:"这闲待着不管鸭子,哭能换钱还是咋的?莫不是陆小广又整啥占别人媳妇便宜的事了?不能啊,上次吓成了那熊德行,怎么着也得长记性啊?!"

牛大翠瞎琢磨了一会儿,猛地一拍脑瓜:"哎呀妈呀,这一听哭声咋还把我哭迷糊了呢?我为啥来呀?唉,估摸着她也可能是因为郑大民收绿色麻鸭的事,我得赶紧问问咋整。"

牛大翠边推门边喊:"小广媳妇,哭啥呢?小广呢?"

陆小广媳妇抬头一看是牛大翠,抹了下脸上的泪水,转哭为怒道:"哭丧呢!小广死了!"

牛大翠说:"净扯!快说,陆小广呢?我有急事找他!"

陆小广媳妇嘲讽道:"急事?你找他,有的只能是蠢事、坏事吧?"

牛大翠拉下脸:"这咋说话呢?"

陆小广媳妇气愤地说:"你们要是没偷偷摸摸地整蠢事、坏事,人家郑大民能不收我家这鸭子吗?"

牛大翠问:"大民也没收你家的鸭子?"

"就拎走两只说是检测啥玩意儿。可是不用检啥测啥,我心里早都明镜似的,可我拦不住死小广。"陆小广媳妇说完又哭了起来。

牛大翠说:"哭,哭有用啊?快说,小广呢?"

"死了。"陆小广媳妇抹了把眼泪。

牛大翠更着急了:"哎呀,开啥国际玩笑?都啥时候了?这出事了不得想办法啊!"

陆小广媳妇说:"能想啥办法?自己做啥事了自己不明白吗?还能把鸭子按回去重养啊?"

"净说屁话!"牛大翠左右撒目了一圈儿,"这么吵吵半天陆小广也没出来,看来是没在这儿啊!得,不说拉倒,我走了。"

陆小广媳妇用手往外轰着:"赶紧走吧,这跟你拴在一根绳上的蚂蚱,没一个好的!"

牛大翠一听来气了,不服地说:"小广媳妇,你要这么说,我还真得跟你掰扯掰扯,不放鸭子、少放鸭子、多喂激素饲料,可是你家陆小广出的馊主意,他上回穷嘚瑟把我的棋牌室坑了,这回又坑我第二把了,看我逮着他我不挠死他。你告诉他,趁早死了好,要不就等我挠他吧。"

"没一个好东西,挠死一个少一个。"陆小广媳妇说完,转过身又坐下抹起眼泪。

傍晚,等在自家大门边的牛大翠看到杏花和吕文龙骑摩托车回来了,上前挤眉弄眼地拽着杏花往自家走。

杏花莫名其妙地问:"妈,咋的啦?做啥好吃的啦?那也得叫着文龙一块啊!"

吕文龙也愣头愣脑地说："这整啥好吃的了,还差我这一口啊?得了,舍不得拉倒,我先回家了。"

见吕文龙径直进了吕家,杏花着急地说："妈,你这是干啥呀?有话就说呗,这整得好像谁不愿意了似的。"

牛大翠看见吕文龙进院了,这才小声地跟杏花说："吵吵啥呀,笨想笨想想,能明着说我还不早说了?"

杏花一听,紧张起来："啥事呀?妈,你可别吓唬我,不会又是偷偷设局赌钱让人举报了吧?"

"哎呀,不是,你快点进屋吧,进屋我跟你细说,妈得求你件事。"牛大翠推推拉拉地把杏花拽进屋里。

吕老倔一家人刚吃过饭,文龙妈在收拾碗筷。杏花没精打采地推门进来。

吕文龙调侃道："杏花,你妈做啥好吃的了?抠搜啊,你也没整回来两碗。"

文龙妈见杏花没吱声,忙问："杏花,吃没吃饭啊?文龙说你不回来吃了,我们就没等你。这锅里还有菜呢,你吃点不?"

"没吃,不吃。"杏花简短地回着。

文龙妈转头用询问的眼神瞅了瞅儿子文龙。

吕文龙见杏花闷闷不乐,像有心事,眼前浮现出刚才牛大翠拽杏花的情形,暗自叨咕："不像有好事啊!"

吕文龙拉住杏花："哎,杏花,是不是有啥事啊?"

杏花抿抿嘴唇,不吱声。

吕文龙说："杏花,没事咱不惹事,有事咱不能怕事!说吧,啥事?"

杏花瞅瞅在一边抽烟的吕老倔。

吕文龙见她好像不好开口,便说："要不回屋说去?"

这时,文龙妈端着一盘菜和一碗饭进来了:"杏花,没吃饭就先吃饭吧!"

杏花肚子正饿,瞅瞅饭菜,又瞅瞅吕老倔。

吕文龙说："老瞅爸干啥?杏花,没吃饭就赶紧先吃饭。有啥事,边吃边说呗。"

杏花坐在饭桌边,吃了几口饭菜,抬头见吕文龙正盯着她,忍不住说道:"我妈……"

"又偷着设赌局被人举报了?"吕文龙猜测着。

杏花晃了晃头:"是麻鸭。"

吕文龙说:"被举报了?"

杏花摇摇头,又点点头。

吕文龙着急了:"杏花,你这又摇头又点头的,啥意思啊?"

吕老倔忍不住问道:"养鸭子顶多也就是养死了呗,要不就是人太懒,喂得不好,不太长肉。"

杏花叹着气说:"唉,要说养死了也行,得算自杀;要说懒呢,不是喂得不好,是放得太少,肉长多了。"

吕老倔恍然大悟:"准是看那鸭子肉贵,打小算盘了。唉,江山易改,本性难移啊!要是不整点偷工减料、偷奸耍滑、偷鸡摸狗的事,占不着便宜,那还是她牛大翠了?!"

杏花反驳道:"我妈啥时候偷鸡摸狗了?"

吕文龙说:"杏花,别在那儿盯着别人的字眼抠扯,大方向没说错就行,赶紧直说吧,肉长多了咋的?"

见吕老倔一副不待见她妈的样子,杏花撂下饭碗,起身拽吕文龙,使眼色让他回屋说。

吕文龙直言道:"杏花,纸里永远不可能包住火!真有啥事,你瞒得了一时,也瞒不了一世。再说了,你这一捅捅咕咕的,准没好事!赶紧说吧,有事就面对,想办法处理!"

杏花垂下眼皮,小声说:"今天是大民来收绿色麻鸭的日子,但是他没把绿色麻鸭收走,说绿色麻鸭的斤数不对,抓了两只回去检测了。"

吕文龙说:"检测就检测呗,那人都有高矮粗细呢,绿色麻鸭当然也有大小胖瘦。"

"文龙,你可别忘了那句话,不做亏心事,不怕鬼叫门!"吕老倔提醒着儿子。

吕文龙说:"爸,大民又不是鬼,人家收绿色麻鸭检测一下应该啊!杏花,你接着说,直说,别绕弯。"

杏花头一仰:"行,我就直说吧。这绿色麻鸭本来一直由我爸严格按照郑大民那合同的要求放养,其间大民来检查指导也说没问题,让后面继续按合同上要求的养。可是,收购前这一个月,陆小广撺掇我妈跟我爸换班,让我妈去放养,我爸在家看棋牌室和小超市。结果,我妈她……"说着说着,杏花又停下了。

一直细听的吕老倔接道:"你妈她没干好事!"

吕文龙说:"爸,你让她说完!"

杏花索性直筒倒豆子:"我妈在天然饲料里添加了别的,还把放鸭子的时间偷偷给减少了一半……"

"我说吧,跑不了偷奸耍滑!"吕老倔一副看透了的神情。

一直听着的文龙妈打着圆场:"杏花,你接着说,别听你爸打岔,他也是着急。"

杏花继续说:"结果鸭子比正常的平均肥了一斤半。原以为多一斤半能多卖几十块钱,现在大民没收,反倒要检测,我妈怕检测出来不合格,鸭子卖不了,白搭了时间,白花了钱……"

文龙妈安慰道:"杏花啊,别着急,那大不了就当平常的鸭子卖呗,咋也不能赔上吧?"

吕老倔恨恨地说:"卖?要我是大民,我就让那偷奸耍滑的人永世不得翻身,我让他们按合同赔偿损失。"

吕文龙说:"卖?恐怕没那么简单吧!杏花,你去把你家和大民签的合同拿来我看看。"

杏花站着没动。

吕文龙催促着:"快去啊!"

杏花沮丧地说:"合同我刚才看了,说不按要求养造成的一切后果由养鸭方负责,说不合格的不允许流向市场,否则导致的扰乱市场价格、影响声誉等后果由养鸭方负全责……"

吕老倔说:"不按定好的规矩来,就该负责!"

"杏花,检测结果出来了吗?"吕文龙冷静下来。

杏花说:"大民还没来,但我妈干了啥她自己确实最清楚,她说有种不好的预感。"

"我去大民那儿看看吧。"吕文龙说着,就拿起衣服往外走。

"我也去。"杏花追上文龙。

吕文龙说:"杏花,你消停会儿吧,这都啥时候了!你看好你妈,别再整出不该干的事啦!"

村路上,吕文龙拨打郑大民的电话,里面传出的却是占线的声音。

吕文龙急匆匆地赶到郑大民家时,发现他家的灯并没有亮起来。他咚咚咚敲了一会儿门,里面没有回应。

吕文龙再拨打郑大民的电话,里面传出的仍是占线的声音。

吕文龙抱怨道:"这大民,做生意咋也不整个好电话?一直占线,准是电话不好使了。"

吕文龙深一脚浅一脚地走在河边草地上,终于来到郑大民家的养鸭场。简易的房子外挂着的红灯笼随风飘着,栅栏里的看门狗听到脚步声汪汪警示着,郑经济推开屋门向外张望。

吕文龙看到有人探头,忙喊:"大民,大民——"

郑经济喝退看门狗,往栅栏门外边走边嘟囔着:"听声音像文龙呢,那不咋的。"

"郑叔,是我,文龙!"吕文龙喊道。

郑经济说:"文龙啊,我听着是你嘛!那不咋的。"

吕文龙问道:"郑叔,大民在不在呀?我打他电话老是占线,是不是电话坏了?"

郑经济说:"大民没在这儿,他带了些鸭子,说要去县里做检测。"

吕文龙又问:"郑叔,那他说啥时候回来了吗?"

郑经济说:"他说这整不准,得看那是个啥结果。咋的了?文龙,你有啥事啊?这晚上还上这儿找他,那不咋的。"

吕文龙说:"没啥事,就是打电话没打通,有点事要问他,就来了。那个郑叔,也不知道大民那电话啥时候能打通,是不是坏了?要是他回来了,你让他给我回个电话,就说我有点事找他问问。"

郑经济说:"行!真没啥大事呀?"

吕文龙说:"能有啥大事?就有个事向他打听打听。郑叔,那我走啦!"

郑经济摆摆手,小声自语道:"没事你大晚上的跑这儿来?我以为有啥事呢!那不咋的。"揉着眼睛又说,"准是有啥事了,要不我这右眼睛咋老跳呢?那不咋的。"

第四十三章

市里某大饭店包房里,郑大民站在窗边打着电话:"小张,咋样,检测结果出来了吧?"

"刚出来,那个、那个……"小张磕巴起来。

郑大民着急地催促道:"快说,跟咱们自己养的营养成分差异大吗?"

小张说:"不只是差异大不大的事啊!"

郑大民的嗓子急得沙哑起来:"有添加成分?"

小张说:"嗯,不仅各种营养成分大大低于咱们要求的指标,里面还有微量的药物残留……"

郑大民说:"就是说它们是披着绿色麻鸭外衣的不合格饲料鸭子……"

这时,饭店采购经理和服务员端着一盘鸭肉走了进来。郑大民撂下电话。

采购经理说:"大民,你带过来的绿色麻鸭我让后厨单独做了,有几桌点绿色麻鸭的老客户,我说今天换了一个养鸭场的绿色麻鸭,免费试尝,让他们给评评,和原来的比哪个更好。"

郑大民问:"他们怎么说的?"

"他们说要是都像今天这种肉质的,以后就不点这个菜了。价钱这么高,比肉鸭是强些,但跟原来的没法比,叫我千万别订这家供货商的绿色麻鸭。"采购经理答道。

郑大民说:"就算你订,我也不能卖给你这种绿色麻鸭。"

采购经理说:"你要真卖给我这种绿色麻鸭,我这道招牌菜可就真砸了,前期的宣传费也白投了。大民,咱们可是签了合同的,这我不能每只绿色麻鸭做好了都让厨师尝尝来检查,今天这是跟几个老客说明了是试吃,要不人家下次准不来了。"

郑大民说:"真不能卖给你这种绿色麻鸭,我要是真想卖给你,能拿来让你先试吃吗?"

采购经理说:"大民,你这绿色麻鸭表面上看着可没啥大区别,这到底是咋回事啊?来,大民,这可不是那几个老客为了白吃故意说这绿色麻鸭不好,我也尝了,你再尝尝。"

郑大民拍拍采购经理的肩膀说:"不需要再尝了,这种绿色麻鸭我会全部清理掉的。"

采购经理说:"大民,我不是那个意思,这个比那个纯肉食鸭子还是好吃些的,清理掉了多浪费啊!再说,光看外表,真没啥大区别。"

郑大民说:"看外表没啥大区别,这才是最要命的事啊!你忙吧,我走了。我保证只要是从我这儿进的绿色麻鸭,只能是味道更好,营养更丰富。"

走在县城的马路上,郑大民的嘴唇干裂到起泡,焦急地打着电话:"王哥,这个月订的那批绿色麻鸭的供应量要减掉一部分。"

电话里传来王哥不满的声音:"什么?你再说一遍?减掉一部分?我这边都收客户的订金了,你让我怎么交代?"

郑大民说:"只能这样了,损失算我的……"

院门一响,牛大翠和杏花就跑了出来,看清是吕文龙,两人迫不及待地同时小声问道:"咋样啊?"

吕文龙一看她俩偷偷摸摸那样,气不打一处来,便说:"能咋样?把鸭子全埋了!"

牛大翠一下坐在地上:"啥?全埋了?那鸭崽儿钱、饲料钱、人工费咋整?郑大民给出不?"

吕文龙质问道:"凭啥郑大民出?郑大民让你往天然饲料里加不该加的东西啦?郑大民让你圈着不放啦?"

"妈,妈,你先起来呀!"杏花拉着牛大翠,不甘心地又问吕文龙,"大民真让把鸭子全埋啦?那不白忙活啦?!咋管那也是鸭子啊,降点价卖了不行吗?再说能差多少啊?看着也就胖点!"

吕文龙心烦地说:"杏花,你别跟着搅和了,老实待着吧。"

牛大翠哭了起来:"看来是真的要把我那些鸭子给埋了啊!干脆把我先埋了得了!"

杏花赶紧又去拉牛大翠:"妈,别哭了,有那工夫想办法啊!"

吕文龙警告道:"杏花,别想着整那些不正经的道,等大民回来了再说吧,大民让咋整就咋整!"

杏花问:"等大民回来了再说?"

吕文龙说:"对,大民去县里了还没回来,我打了几次电话都是占线,可能电话坏了,要不就是没啥好事,一直在处理呢!"

一直支棱耳朵听着的牛大翠松了口气,抱怨道:"哎呀妈呀,你个死吕文龙,你吓唬我干啥玩意儿啊了!"

吕文龙说:"妈,我没吓唬你,我就是这么想的,干啥都不讲信誉,为了钱啥都能干的人,就得一棒子往死了捶,要不永远不长记性!"

牛大翠说:"文龙,找你去想办法说个情,你倒好,帮倒忙!"

杏花说:"妈,别埋怨他了,文龙要是不帮你,人家大民能把养麻鸭这事交给你?人家能信着你?吕文龙他这是让你气的,在大民那儿我们的信誉再也不值钱了!"

"没听说信誉还能当钱花的!"牛大翠毫无歉意。

吕文龙拉起杏花,说:"回家!"

"妈,我明早再来!"杏花瞅了牛大翠一眼,随着气冲冲的吕文龙往外走。

牛大翠一扑棱站了起来:"我不用你们管!"说完走到大门那儿欲插院门。她刚合上门,还未插门闩,门又被挤开。牛大翠吓得腿一软,扑腾坐在地上,"哎——"

来人一把捂住她的嘴,小声说:"别喊,是我,小广。"

牛大翠使劲扒拉开陆小广的手:"你来干啥?吓死我了!"

陆小广说:"我来干啥?我来救你呗!"

牛大翠抱怨道:"你个死玩意儿,你又把我给坑了!"

陆小广说:"我发现你这人,一有事你就筛糠……"

"哼,筛糠要能把这事筛没了,我天天筛两遍都行!我真后悔呀,我这辈子就没这么后悔过,我为啥鬼迷心窍又听了你出的馊主意!"牛大翠后悔不迭。

"哎呀,你这么说话,那可是白菜地里抡镰刀,那样的话我就不跟你说啥啦,我走啦!"陆小广作势欲走。

牛大翠赶紧抓住他:"有屁赶紧放!"

陆小广说:"你说这都啥时候了,你咋还这么不文明呢?"

牛大翠着急地说:"我这真金白银地投了这么多钱,其中一半还是我家杏花攒的要在县里买房的钱,要是大民回来了,真不收我这鸭子,我可咋整?刚才文龙说要都给我埋了,我都希望他把我埋了!"

陆小广推了一把牛大翠,说:"行啦,我刚才趴在墙头上都听着了,吕文龙这是吓唬你呢!"

牛大翠说:"小广,你咋啥事都干呢?连我家墙头都趴!"

陆小广说:"我这是搜集信息!唉,管不了那么多了,你到底听不听我说吧?"

"快说得了,反正今晚是睡不着觉了!"牛大翠催促着。

夜色中,陆小广和牛大翠小声嘀咕了一会儿……

之后,陆小广鬼鬼祟祟地走了出去。

牛大翠伸头左右撒目了一圈,轻轻关上院门。

早上,白鹤村洮儿河边荒草地。郑大民和吕文龙一起急匆匆地走着,后面的杏花紧赶慢赶地跟着。

"大民,真是对不住你,这事怪我脑子里缺根弦,警惕性不够。这个月杏花说她妈去喂鸭子了,我光想着这是好事啊,整天怪累的,肯定没心思再偷摸整小麻将了,不用我们抽空看着她了,竟然没看出反常来。"吕文龙满怀歉意。

郑大民嘴唇干裂,说:"文龙哥,眼前的问题是影响到了供货,这成熟一批卖一批,间隔都是定好的。我得再抓不同批次的绿色麻鸭检测,希望只是这两家鸭场不合格,而不是全部。长期的影响还不好说,你这儿的货供不上的话,人家可能就要从别的渠道进货,一旦渠道货源稳定下来,市场可能就被别家的产品占领了,那就……"

吕文龙说:"大民,真是对不起你。"

郑大民说:"也怪我,光忙着扩大销售渠道,以为天然饲料和有机配菜都是我每天让工人按量投放给各户的,后期监督抽查检测得不够,这才让他们有了可乘之机。"

吕文龙说:"大民,给你造成的损失你该咋罚咋罚,取消她养鸭子的资格也行。可是,你说这不符合要求的鸭子咋处理呢?我昨天气得说都给她埋了,把她心疼完了,说贱点卖行不行,咋也是鸭子啊!"

郑大民说:"文龙哥,市场一点点打开到今天,靠的全是质量和信誉。昨晚我到市里的饭店,人家特意免费让老客品尝,结果几个老客都说要是这样口感的绿色麻鸭,下次就不来了。唉,还有更坑人的是,这鸭肉最后的检测结果出来了,里面含有药物添加成分。让客人品尝时检测结果还没出来,要是出来了,我都不能让客人品尝。这不光是肉质口感的事,也不光是营养成分的事,是坑人的事。君子爱财,取之有道!文龙哥,我就不客气地说吧,凡是这样养出来的绿色麻鸭,还真得像你说的那样!"

吕文龙问:"你是说都埋了?"

"对,必须都处理掉。"郑大民语气坚定。

连跑带颠跟上来的杏花听了个话尾巴:"啊,真得埋了?"

吕文龙一咬牙,语气同样坚定:"埋!"

杏花急得一拍腿:"哎呀妈呀,那这回真是又要了我妈的命了!"

吕文龙恨恨地说:"该!不要她命要谁的命?她早昏了头了,不整邪的她就不会过日子,好了伤疤忘了疼,还真是又让我爸说着了,本性难移啊……"

"你别这么说呀,她咋也是我妈啊!"杏花打断他的话。

吕文龙说:"你妈!你妈!杏花,你别再跟着她那样光想着自己的利益了,大民优先给了你妈发家致富的机会,你妈却鬼迷心窍,把这当成损人利己的机会了。再不醒悟，以后铁笼子就是她的归宿。"

杏花张了张嘴，想到她妈一次次的作为，最终还是把话咽了回去。

牛大翠正在养鸭场等得心急火燎，看到郑大民、吕文龙、杏花一露头，就小跑着迎了上来，：："大民啊，今天婶那鸭子能收购了吧？能换成钱了吧？"

吕文龙气不打一处来，说："能收不能购，换罚换不了钱！"

牛大翠向杏花使着询问的眼色："啥、啥、啥意思呀？"

"婶，你这拿去检测的绿色麻鸭都不符合要求，肉质不达标，口感差，营养成分缺失，关键是还含有药物成分。"郑大民严肃地说。

"不可能吧？我都是按你的要求养的！"牛大翠晃着眼珠子。

吕文龙叹了口气："真人面前就别说假话了，大民啥时候编过瞎话，那仪器化验检测的还能有错？妈，你就说实话吧！"

牛大翠挤眉弄眼地自我挣扎了一番，做出一副可怜相，试探着问："那坦白从宽吗？"

杏花催道："妈，都啥时候了？你快交代咋回事得了！"

牛大翠继续打着可怜牌："哎呀，大民啊，都怪婶没文化，那天陆小广来家里找我，卖给我几袋那个什么营养的玩意儿，说加点鸭子爱吃食，长得肥！我一寻思，咱都放那么多天了，就像那小孩子长到一定岁数了，他就不能再往高长了，骨架都定了型，那丑的咋长也俊不了，那俊的再变也丑不到哪儿去，是不是？何况鸭子呢，多长点肉胖乎乎的多招人稀罕，我就喂了点，我哪知道那里面还有啥、啥药的成分呢？"

吕文龙说："唉，妈，人家大民那合同上写得多清楚啊，放养时间、啥时候喂啥喂多少，你就好好养呗，你说你这正经的事咋就不正经地干呢！"

郑大民冷着脸说："婶，话说得再多也不如实际做的事分量重，现在咱就按合同上要求的办吧，要不签合同干啥呢？"

"大民，那你的意思是僧面佛面都白扯，这些看着怪好的鸭子就得都埋了呗？"牛大翠收起满脸堆着的讨好神色。

郑大民斩钉截铁地说："对，不合格的绿色麻鸭绝不能流向市场。"

牛大翠瞪大眼睛:"大民,你说这些鸭子可都活蹦乱跳的啊,多白瞎啊,那肉咋也得比一般的鸭子肉好啊,不当绿色麻鸭卖,当普通鸭子卖也行啊,要不多败家你说?"

"唉,妈,别说了,谁也没有你能败家呀,我那好不容易攒的钱,房还没买呢,我就先可着你来了,你还我钱!"杏花抱怨着。

牛大翠脑袋晃了两晃,抻了抻脖子,眼皮往上挑着说:"我拿啥还啊?我这全都要变成死鸭子了!行了,郑大民,话既然都说到这儿了,那婶也不再求你了,这鸭子我就自行处理了吧,就把它们全变成死鸭子呗!"

"文龙哥,别的我也不多说了,凡事都有规矩,而且这事怎么处理其他养鸭户也看着呢。这批鸭子处理后,婶就再琢磨其他挣钱的道吧,我这儿养绿色麻鸭的事她就别再掺和了。"说完,郑大民转身急匆匆地走了。

确认郑大民的身影消失在村路上,牛大翠才收回目光。

吕文龙和杏花满以为受此打击的牛大翠会哭天叫地,见她如此表现,都有些预料之外的疑惑。两人默默地交换着目光,等待着牛大翠突如其来的爆发。

牛大翠一反平时针扎火燎的常态,扭身瞅着吕文龙和杏花满脸纠结的神情,镇定地说:"行了,你俩就甭看热闹了,散了吧,回家吧,我得忙活把这堆惹祸的绿色麻鸭变成死鸭子了!"

杏花上前摸了下牛大翠的额头:"妈,你这是不是近几年接连出事,折腾得傻了?"

"傻?你妈没那闲工夫!你俩该整啥整啥去吧,放心,欠你们的钱黄不了,我卖血也还给你们。"牛大翠一把推开杏花的手。

吕文龙劝道:"妈,事已至此,上火也没用,这回一定得吸取教训,别整歪门邪道了,钱没了咱们再从好道挣!"

杏花也安慰道:"妈,我也不催你,你别着急,咱再想别的办法挣钱!"

牛大翠腰一挺:"把心放肚子里,该干啥干啥去吧。"说着手往前一指。

吕文龙和杏花交换几下眼神,迟迟疑疑地转身走向村路。

吕文龙走了几步回头又瞅瞅,杏花也不放心地回头看,只见牛大翠不耐烦地摆着手,催他们快走。

大风吹着路旁的树叶哗哗作响,沉默了一会儿的吕文龙忍不住说道:"杏花,反常啊,我咋觉得山雨欲来风满楼啊?"

杏花抬头瞅了瞅天:"哪有雨啊?我倒希望我妈脸上下场大雨啥的,那样我反倒安心了。"

吕文龙边走边回想着牛大翠脸色的变化:"哎,你是不是也觉得哪儿有点不对劲啊?"

杏花一脸疑惑:"我妈?对,我妈今天有点不像我妈!哎,你说咋回事呢?"

吕文龙说:"就是你妈,我本来等着天打雷劈……"

杏花说:"啥?你这么说我妈?"

吕文龙说:"啊,我本来等着噼里啪啦……可是,太平静了,像你妈说的,那么多鸭子就要变成死鸭子了,她的心咋好像不疼呢?"

杏花说:"哎呀妈呀,死文龙,那还得咋疼啊!你想让她疼死啊?唉,管不了那么多了,这钱是赔定了!文龙,你赶紧回去画画吧,多画点,好再多卖点,要不……哎呀,我这心也疼死了!"

吕文龙说:"还赶紧画?你以为画画跟喂鸭子似的啊?多给点食就多长肉,尤其是像你妈再整点添加剂啥的。"

杏花说:"你这是嫌我疼得不狠啊?哪壶不开你专提哪壶。唉,你说你,平时不让你画你偏画,这一说让你多画点了,你还不抓紧了,你啥时候能让我心里痛快痛快啊?"

吕文龙一听此话,目光狡黠地一闪:"哎,你想不想再快点挣钱?"

杏花问:"快点挣钱?咋快?天上掉钱?要是天上掉钱使劲砸砸我,肯定能治好我这心疼的病啊!"

吕文龙感叹道:"这都啥时候了?你还想着天上掉钱这种歪门生钱法?"

杏花说:"那你说一个不歪的啊!"

吕文龙说:"找正经的项目投资!"

杏花警觉地晃了晃大眼睛:"还想让我往外掏钱?借我妈这钱就是投资!已经失败了,估计血本无归了!哎呀,心、心疼!你再提跟往外掏钱有关的事,我估计我都挺不到回家了……"

吕文龙说:"那等你心不咋疼了,我也再琢磨琢磨吧！唉,你说你投到鸭子身上,不对！我也心疼糊涂了！你说你投到我这样走正道的人身上,那得保准多了吧！"

杏花说:"吕文龙,你……"

吕文龙说:"行了行了,我回去画画行了吧！咋样？你好点没？"

杏花说:"好像好点……"

第四十四章

夜晚,等韩老闷的呼噜声响起,牛大翠悄悄下了炕,打开房门,踮着脚走到院子里,张望了一会儿,悄悄打开院门,扒着看了几眼,钻出去,又在外面锁上。

村里偶尔传来几声狗叫,牛大翠慌慌张张地走出了一段距离才打开拿着的手电筒。

快走到村口时,一束手电光向牛大翠晃来。电筒光转了三圈,牛大翠也晃了三圈。两个手电筒越来越近,直到彼此晃着对方的脸。牛大翠和陆小广像女鬼和男鬼狰狞地相视而笑。

牛大翠说:"小广,都说大白天的见了鬼了,可我这是头一回夜里见了!也就那样哈,不吓人,就有点恶心人。"

陆小广说:"都啥时候了?还不忘损我!你以为你这大半夜的瞅着不像鬼啊!"

牛大翠哼了一声:"还不都是你害的?!我跟你说,我活了这么多年,还是头一回大半夜地跑出来呢。"

陆小广说:"活这么大岁数了,咸盐粒子也吃得多了,你啥都得见识见识,你看,跟着我你啥时候都在长进中。"

牛大翠说:"还长个屁!小广,你媳妇知道咱俩出来了不?一整就拧劲着,可别再整我一身骚。"

陆小广说:"这事能让她知道?知道还不坏大事了!你说吧,你能告诉你家老闷吗?"

"那我能说吗?!"牛大翠扭了扭脖子。

第二天上午,韩老闷从村路上汗流满面地跑回来,慌里慌张地推开院门,喊道:"老伴,老伴——"

躺在炕上睡得正香的牛大翠翻了个身,拿过枕头压在脑袋上继续睡。

韩老闷推开屋门,上前掀开枕头,扒拉着牛大翠:"老伴,别睡了,不好啦!"

牛大翠揉了两下眼睛却没睁开,懒洋洋地说:"天塌啦?"

韩老闷急得直跺脚,手却不敢乱碰了,挣扎了两下又落在两腿边:"老伴,咱家的麻鸭子一只都没有了,咋整啊?"

牛大翠使劲撑了撑眼皮,眼睛露出一条缝:"没了更好!那郑大民不是让它们变成死鸭子吗?吕文龙不是说把它们都埋了吗?你就当它们死了、埋了呗!"

说完,牛大翠摆着手让韩老闷出去,一翻身,又闭上眼睛睡了。

韩老闷愣愣地站着,笨想着:老伴可是属貔貅的,生财的绿色麻鸭整没了,相当于貔貅被用刀划开了肚子,把吃进去的拿了出来,她应该疼得哭天抹泪,咋还能呼呼大睡呢……

晚上,吕文龙和杏花从平安乡回到白鹤村,杏花要先看看牛大翠。

吕文龙问:"回来吃饭不?"

杏花说:"有好吃的就给我留点吧,我妈正上火呢,估计不能做啥好吃的。"

吕文龙小声嘀咕着:"这都是大心脏的人啊……"

杏花推开屋门,闻到一股炖肉的味,纳闷地抽着鼻子说:"哎呀妈呀,心真大呀!拿我的钱赔得不心疼啊!"

正看着锅的韩老闷抬起头说:"咋不心疼?你妈让我杀的鸭子,她今天睡了一白天,估计是心疼蒙了。我寻思她让我干啥我就干啥吧,省得她再生气,万一得病了咋整?"

杏花扫视了一圈,突然想起大民说的"药物成分",问道:"爸,你想把养的那些麻鸭一只只都留着自己家吃,不怕中毒?"

韩老闷说:"这炖的不是咱养的麻鸭,是咱家院里养的普通鸭子。"

杏花疑惑地问:"啊?这不正是下蛋的时候吗?看来我妈这真是心疼得蒙

圈了啊！哎,爸,我妈呢?"

韩老闷说:"在棋牌室那屋呢,招呼她吃饭!"

牛大翠并没上火,一上桌就大口大口吃起了鸭肉,杏花和韩老闷不时地瞅瞅她。

杏花扒拉几下菜,夹了一块肉,嚼了几口,忍不住说道:"爸,你这盐放得太多了!"

韩老闷说:"多吗?我吃着咋觉得没啥味呢?我,唉,我其实也没啥心思做饭。"

杏花又问:"妈,你吃那么多,不咸呀?"

"咸吗?我没觉得,挺好吃的!"说着,牛大翠又夹了一大块肉。

杏花撂下碗筷,说:"妈,别吃了,你咋的了?上火就说出来,我那钱也不指着你还了,我都让文龙多画点画了,今天陪他一天呢!"

牛大翠抬起头,边嚼边说:"谁说不还你了?"

杏花问:"你拿啥还?"

牛大翠说:"你就别管了,过了这段时间我就还你。"

杏花说:"妈,你不是又要设赌局吧?那可绝对不行了,那样你就让老吕家说着了,以后得进铁笼子里待着去。"

牛大翠不耐烦地说:"少提老吕家,他们巴不得我倒霉呢。"

杏花说:"别管提谁,你坚决不能再设赌局了。"

韩老闷附和道:"杏花说得对,绝对不行了。"

牛大翠说:"绝对啥?我说整那玩意儿了吗?我还钱还不行了?我说过一段时间,又没说现在,我以后还不能再整点别的事了?又没让人一棒子打死!"

此时,郑大民一家也在吃饭。

郑经济给郑大民夹了一块肉,劝道:"儿子,多吃点菜,上火没用,好在咱村另外那些养鸭子的没像牛大翠和陆小广那么丧良心。你说那牛大翠和陆小广会不会再耍啥花招啊?"

郑大民说:"我这几天忙着联系协调订货商那边,供货不够,影响人家生意,一个个都跟我急着呢。"

郑大民说完夹起一口菜放在嘴里,还没嚼完,电话就响了起来。

郑经济担心地瞅着郑大民,猜测道:"准是又催咱给送鸭子的!"

郑大民接起电话:"啥?这个月不用送了?我们的绿色麻鸭太贵了?"对方撂了电话,郑大民拿着电话没缓过劲来。

郑经济问:"咋的?不要了?不是说供不上溜吗?"

郑大民刚想解释,可话还没说出来,电话又响了。

郑大民忙接起:"喂,是我。暂时先不要了,为啥?下个月再说?喂——"

郑经济着急地说:"咋按下葫芦又起了瓢,那不咋的。"

郑大民放下碗筷,边琢磨边说:"爸,感觉这几个订户好像从哪儿弄到了便宜的绿色麻鸭,但又好像不能长期供货,所以都是以咱们短期不能按需供货为由,暂停进货。"

郑经济担心地说:"大民,牛大翠和陆小广那些假麻鸭,你说他们真按合同要求的都……你说那活蹦乱跳的钱,哎呀,是乱跳的麻鸭,他们能舍得都那啥吗?"

郑大民说:"这不是舍不舍得的事,是违反了合同的事!"

大民妈说:"他俩对钱从来都是比啥都亲,这……"

"总是检测、检测的,大民,你检测到啥了?"郑经济越发着急起来。

"我、我这几天一直忙着检测其他户的绿色麻鸭肉质了,怕再出现不按合同放养的情况,还跟订户协商短期供货的事,真没顾得上监督他俩咋处理的那些鸭子。爸、妈,你们吃吧,我现在就去看看。"郑大民说着就要往外走。

郑经济拉住郑大民:"你不是有吕文龙的电话吗?你咋不先打电话问问?吕文龙不会撒谎!你问那俩玩意儿,可不保准。"

郑大民说:"行,我先问问吕文龙。"

郑大民正要打电话,电话又响了。

郑经济忧虑地说:"完了,又来个不要的。"

"喂,我是大民。啥?想办法再给你加点?好,正好有几家减量的,能保证你那儿。嗯,便宜肯定没好货!我保证不加价,保证质量。好,好!"电话是之前城里试吃的那家饭店的供销经理打来的。

郑经济紧张地听着,郑大民撂下电话后,两人都松了口气。

郑经济说:"大民,终于有识货的了!"

郑大民边急匆匆地往外走边说:"歪瓜裂枣只能糊弄一时,爸、妈,你们不要着急,那几家说不要的,贪一时便宜吃亏后,肯定还得回头找咱。我还是先整清楚到底是咋回事吧!"

郑经济提醒道:"大民,你先打电话。"

郑大民回头说:"爸,这电话不能打,我先去他们的鸭场看看,然后再说……"

牛大翠家的养鸭场里,韩老闷一个人正无精打采地拆着栅栏,已经拆下的捆好放在一边,码成一大堆。

郑大民匆匆走来,见牛大翠这儿已经看不到一只麻鸭了,只有韩老闷整出碰撞声。

听到脚步声的韩老闷抬起头,看到走近的是郑大民,放下手中刚拆下的栅栏,一脸愧疚。

郑大民顾不得其他,直截了当地问:"韩叔,麻鸭呢?"

韩老闷愣了愣,小声说:"都埋了。"

郑大民两眼紧紧盯着韩老闷,追问道:"埋哪儿了?谁埋的?"

韩老闷吞吞吐吐起来:"那个、那个,不是我埋的,是你婶埋的。"

"这么多鸭子我婶一个人就能埋了?你看见了吗?"埋鸭子这么大的劳动量牛大翠咋能一个人整完呢?郑大民没法相信。

韩老闷急出一脑门子汗:"唉,我、我没看见,我那天一早来到这儿,就发现麻鸭全没了。我急忙回家告诉你婶,你婶说它们死了、埋了。"

郑大民追问道:"这么说那前一天的晚上我婶出去了?"

"我没睡着的时候她在,我早上起来的时候她也在。不过,她早上没起来,睡了一白天。"韩老闷费力地回想着。

郑大民急得音量大了起来:"韩叔,这不合格的麻鸭你当它们死了不行,当它们埋了也不行!"

韩老闷也闷咻得有些急了,拍了一下大腿,喊道:"大民,叔知道这肯定不行,可叔真不知道它们到底死在哪儿啦!"

郑大民见不可能再问出什么,叹了口气,转身走了。

韩老闷在后面喊道:"大民,要不你去家里问问你婶吧,我、我啥事也不知道。"

郑大民又匆匆赶到陆小广家的鸭场。那里也是空荡荡的,陆小广的媳妇一边抽抽搭搭地哭,一边拆着鸭舍的栅栏。

见郑大民来了,她放下手上的栅栏条,蹲下更大声地哭起来。

郑大民尴尬得反倒不知怎么开口。

过了一会儿,她停了哭声,站起身不好意思地说:"大民,让你见笑了,可我就是忍不住。"

郑大民劝道:"婶,别哭了,我知道不是你的责任。"

"可我和那个啥坏事都干的玩意儿是一家的啊!"

郑大民问:"婶,我陆叔和鸭子呢?"

"我也不知道都哪儿去了。前些天他说,虽然白忙活了一场,但也累得够呛,让我在家歇歇,他来收拾那些鸭子。可他一出去就好几天也没个影,直到前天才回来,说让我歇够了就把栅栏拆了卖点钱。我昨天来一看,鸭子都没了。"

郑大民说:"我陆叔没说把鸭子收拾哪去了?"

"他说,死鸭子能去哪儿? 你笨寻思! 我不明白,又问他,他说没那闲工夫跟我磨牙,得放松两天,打打麻将。"陆小广的媳妇抽抽搭搭地说。

郑大民又问:"婶,那我陆叔往家里拿钱了吗?"

"钱? 没拿!"陆小广媳妇迟疑了一下,"他昨天倒是买回来一堆吃的,我说钱都赔没了,还有闲心吃! 他说钱是王八蛋,能花也能赚! 傻子才只知道愁呢!"

郑大民顺着她的话问道:"那我陆叔现在打麻将呢?"

"可能吧。大民,是不是又出啥事了? 我前些天还跟他说这种鸭子可千万不能卖给别人,那样太丧良心了。可他说,那鸭子一个个都活蹦乱跳的,咋也比傻了吧唧的饲料鸭子强！我想，我猜，他……"

郑大民神情严肃起来："婶，我陆叔要是回来了，让他找我。现在城里有几个商家说买到了便宜的绿色麻鸭，还把我的订数减了。如果这事是我陆叔干的，那他得按合同上写的赔偿，不然就法庭上见吧。"

陆小广的媳妇又哭了起来："这、这拿啥赔啊？他还是死在外面好了！"

郑大民又问："婶，我打我叔的电话，里面说我拨打的号码是空号，他换号码了？"

陆小广媳妇答："他没跟我说啊。"

郑大民心中疑虑重重，自语道："我估计他肯定是换号了，如果啥事没有为啥换号呢？我先去棋牌室找找看吧。"

陆小广媳妇看着远去的大民，抹着眼泪自语道："唉，这陆小广干的丧良心事太多了，真是早晚不等，我找了他真是倒了血霉了……"

在牛氏棋牌室门口，牛大翠薅住陆小广走了进去。

陆小广虚张声势地拔高声调说："大翠，你撒开手，你干啥玩意儿啊？我告诉你，你骚扰我的话，我媳妇一会儿可来挠你！搞不好你也得像我上回那样给逮进去。"

牛大翠撇着嘴说："哎呀，还拽上了，可别装啦你，你说，我那麻鸭你多少钱卖的？"

陆小广马上降低音量说："咱不商量好的吗？不赔就行，就当白玩了！"

牛大翠使劲往上拎陆小广："我看你可没白玩，你是没少挣吧？你不只挣了你那份，你还挣了我那份！"

陆小广一脸为难地说："那、那怎么可能啊？这本皮整出去就不错了！"

"本皮整出去你能那么舍得花钱？你糊弄谁呢你？！"牛大翠的眼神里透着啥都瞒不住她的精明。

陆小广马上强调道："就是本皮，我连跑道费都自己搭的！"

"不可能！你精得跟猴似的，你能干那好事，帮我卖还搭上跑道费？"牛大翠挖苦道。

陆小广说:"我不寻思还你份人情吗？你看我都搭了,我还紧得买你家东西,我多仗义。"

牛大翠说:"你仗义？我是一时吓糊涂了,光想着不赔本就行,忘了这咋说表面上看着也是正经花不溜秋的绿色麻鸭啊！"

"表面上看着不正经,那也是绿色麻鸭啊！"陆小广掩饰不住地说。

"对啊对啊,说漏嘴了吧？不正经那也是绿色麻鸭啊,而且你肯定是当正经绿色麻鸭卖的,你得把差价给我！"牛大翠觉得自己抓住了把柄。

"别、别扯了,咋不知足呢？不是我这么帮你,你这些天能跟打了鸡血那样精神吗？"陆小广说得好像牛大翠得了便宜还卖乖。

牛大翠一听,眼睛瞪得溜圆,说:"我精神个六饼,我现在都得精神病了,把我那份钱给我,给我——"

两人正拉扯着,郑大民匆匆闯了进来。

二人撒开彼此扯拽的手,耷拉下眉眼。

"叔、婶,你们忙着分钱呢吧？"郑大民又气又恨地讽刺道。

"啥、啥钱啊？我们都赔个底朝天。大民你手下留情,要不再给我们一次机会吧,这次我们保管你说啥是啥,让咋养咋养！"陆小广边说边朝牛大翠使着眼色。

牛大翠立时心领神会,接着话茬说:"就是啊,大民,那个你要同意,我们家老闷就不用拆鸭舍了,你说费老大劲整的。"

郑大民质问道:"叔、婶,你们的绿色麻鸭处理到哪儿去了？"

"她家的我不知道,我家的可都埋了！"陆小广抢着说。

牛大翠一听不乐意了:"你啥意思呀？小广,你背地里干了啥事我不知道,我家的反正都处理了。"

郑大民追问:"都处理到哪儿了？你们领我去看看。"

陆小广啪地一拍脑门:"哎呀妈呀,我一想起那场面,我就头晕。大翠,你俩去看吧,我得先上趟诊所。"

见陆小广要溜,牛大翠一把薅住他:"哎,要去也是我先去诊所,我这心都疼死了。大民啊,你拽着他,婶先去整点药吃。"

郑大民看着丑态百出的两个人,明白了背后整事的肯定是他俩,冷冷地说:"昧良心的事干多了,半夜小心鬼叫门!"

穆秀英等几个人扒皮在门边看着这一幕,不禁撇起了嘴。

"哎呀,你们俩真是啥事都干呀!人家大民回来创业这么不容易,把机会给你俩了,你俩这么坑人家,这早晚不等啊,我可再不上这儿跟你们玩了,这得多少人往你俩后背吐唾沫呀,我再来也得跟着吃挂落儿啊。"穆秀英边说边往外走。

"哎呀妈呀,那肉里面有药的鸭子你们都敢卖,也太不积德了,这不光得小心半夜鬼叫门,也得小心大白天见鬼啊。这以后啊,我们可不来玩了。"其他几个人附和着也散开了。

郑大民鄙视地看了两眼陆小广和牛大翠:"人要是走歪道,早晚得掉到坑里去!"

第四十五章

郑大民开着小货车行驶在村路上。看到江春燕疲惫地蹬着自行车,郑大民一个急刹车,停在路边。

江春燕看清是郑大民,也下了自行车。

看着江春燕憔悴的脸,郑大民问:"春燕,你怎么了?"

江春燕也是一脸担心地仔细看着郑大民:"我听文龙说陆小广撺掇牛大翠偷奸耍滑,给你添了不少麻烦。我本想去你那儿看看,可是一来我不能在资金上帮上啥忙,二来我现在的情况也不太方便。"江春燕说着前后又瞅了瞅。

郑大民知道江春燕可能怕别人说闲话,就把江春燕的自行车放到车厢里:"春燕,上车说吧,我送你一段。"

上车后,江春燕问:"大民,我听说他俩不仅给你造成了很大的经济损失,还搅乱了刚刚打开的市场。"

郑大民说:"本来按收购合同,他俩整出这事应该把麻鸭全部销毁,可我忙于协调那些商户,疏忽了,才让他俩钻了空子。好不容易打开的市场被他们给搅和了,有些商家说我的绿色麻鸭价格太高,不仅不再订货了,还向我索赔呢。"

江春燕说:"你这段时间一定没少操心,本来养绿色麻鸭势头挺好的,偏偏牛大翠和陆小广来添乱。"

郑大民说:"以后还是离他们远点吧,就当花钱买教训了。对了,之前因为滞销多养了一些日子的麻鸭,肉质更好了。当然,多养了一些日子,因为饲料及人工费用增加,也让我多赔了一些钱。不过,我意外发现了这个秘密,以后就更有经验了。"

江春燕安慰郑大民说:"想做事,有点磕磕绊绊都是正常的,只要我们用良心去做,早晚会闯出一片天地来的。好人终会有好报!大民,一定要注意身体啊,别太上火了。"

郑大民说:"春燕,我没事!从祸到福的转化说着容易,实际上得一点点煎熬过去,我这不一点点从困境中走出来了吗?你别担心,我能挺住。哎,对了,春燕,你是咋回事?这么憔悴?我这些天手忙脚乱的,也没去看看你,你是不是还因为婶不在了难过啊?"

江春燕说:"我就是挺想我妈的,但也不全是因为想我妈。唉,跟你一比,我还没有从眼前的困惑中走出来呢,真是落得远了。"

郑大民说:"春燕,你这么多年一直都在努力地打拼着,还不遮不藏地传手艺,带动那么多学员从事剪纸创作,我是在后面一直撑着你呢。对了,你说不全是因为婶,那还有别的事?"

江春燕现出为难的神情。

"春燕,有啥事你就说出来,别憋在心里。我怎么也算得上你的好朋友吧?可能帮不上什么实质的忙,但总还能当个倾听者。春燕,今天也不是周末,你怎么有空回来了?"郑大民关心地询问着。

江春燕苦笑着说:"大民,其实从我妈走后,我每天晚上都回村里的家。"

"啊?我这段时间忙得焦头烂额,除了在养鸭场就是往城里跑,都不知道你天天回村里来,永刚也来这边住吗?悦悦呢?"

江春燕说:"永刚也要来村里住,我不同意。我现在每天中午都去学校看悦悦。"

郑大民把车停在路边,担心地看着春燕,满脸都是疑问,等着江春燕解答。

江春燕欲言又止。

郑大民猜测道:"春燕,是永刚对你不好,你俩吵架了?"

"大民,不是一句话两句话说得清的事情,也不是一天两天能想明白的事情。"江春燕小声说着。

郑大民有些着急地问:"春燕,那你就多说几句,到底是怎么了?"

江春燕略有所思,说:"可能从我妈病倒了之后,我就陷入一种慌乱中吧。之前是一直拼命学习想考上大学,飞出去,想和你们一起……后来就想守着我妈,把有机稻米种好经营好,把剪纸传承下去,摆脱贫穷……"

"我、我早知道你和二岗没……唉,那年我考完语文下午不去考就好了,那年我不去上大学就好了。那时候太年轻,想得太简单,以为啥都来得及……春燕,我们谁也没想到留下来等等你呀……"郑大民恨不得时光能够倒流,自己能够重新选择。

江春燕感叹道:"走出去多不容易啊!我有时也会想,你看文风去省里读作家班,靠打工赚钱也完成了学业,为啥我不能带着我爸妈一起边打工边上大学呢?不过,这只是偶尔的放飞思绪随便瞎想而已。我这些天常常想的是,我爸曾经怕拖累我们吃下安眠药,我妈怕给我添麻烦身体难受也总是挺着不说出来,我在省医院为治疗费焦急不堪……终归还是因为一个'穷'字!我最恨自己的就是挣了钱光想着先买房子置办个自己的家,没能再等一等,把钱拿去投资做些什么。现在,我只想拼命地剪纸,拼命地研究有机水稻怎么能优质增产,攒下钱做点事,不是光为我自己,我希望更多的人能不再在困境中挣扎。"

郑大民劝道:"春燕,这都是不能急于一时的事,你不要太劳累了,一步步慢慢来,得多注意身体。对了,刚才你说你不在县里住,我这一打岔,岔出这么远,你俩到底怎么了?"

江春燕沉默了一会儿,说:"其实我这段时间也一直在想,我和他怎么了?如果我妈还在,我妈的病顺利地治好了,我一直忙忙碌碌的,可能我也不会这么多天纠结在这个问题上。我觉得送走了我妈之后,我的心好像空了一大片,有些随之而去的东西跳出去了,就再也跳不回来了……"

郑大民开解着说:"你还在怪永刚没及时把钱汇给你?他当时应该也是有难处的,毕竟卖房子没有那么快,借家里的钱也毕竟不像拿自己的钱……"

江春燕叹了口气,说:"不是怪,当时是绝望!就在那一刻我知道他并不了解我,一个在一起这么多年的人其实从一开始就不是真正了解我。那时我的心一下子空了,就像疼得漏了一样,等我知道这是真的,这都是现实,我又陷入持续的慌乱之中……我觉得从那天郑叔来学校找我说我妈晕过去了,我就开始处在一种慌乱之中了。我看着虚弱的妈为了省钱,挣扎着从病床上下来坚定地要回家;我心不在焉地和你们一起参加了高考;和去上大学的你和二岗告别;开始了靠剪纸、种地养家的生活……后来,我以为终于找到了可以信赖的人,可以让我结束心中慌乱的人……判断一个人,我是看当一件大事情来临的时候,一刹那,他的反应、他的决定和他解决这件事情的方法,这些能看出一个人的真实品质。我看清楚了之后,我心里就会给自己一个答案。"

"春燕,我以为你这么多年,一直都过得很幸福,我……"郑大民说完,不禁在心中怨恨起自己。

两个人陷入一阵沉默……

江春燕跨上自行车,说:"大民,我先走了,你快忙你的事吧,注意保重身体。"

郑大民拉住江春燕:"春燕,我送你回家吧。"

"大民,这些天我想了很多,有许多事没有理清,但也明白了一点,能结束我心中慌乱的人只能是我自己,我已经不是十八九岁的小姑娘了,需要想明白以后的路到底怎么走,就让我心无旁骛地想个明白吧。"

郑大民轻声叫道:"春燕——"

江春燕回过头说:"大民,放心,有事情我会找你的,你在我心里,始终是个可以信赖的好朋友!"江春燕骑上自行车。

郑大民的车稍作停留,启动后,慢慢从江春燕身边驶过。郑大民从倒车镜里看着江春燕渐渐变小的身影。

薛桂兰、彭永刚、悦悦三个人在吃晚饭,小妍敲开了门。

小妍进屋后,看到悦悦吃得正香,开口便说:"悦悦,你还吃呢,你妈都不要你了!"

悦悦一愣,反驳道:"你瞎说,我妈要我,我妈天天中午都来学校看我,我妈让我好好吃饭。"

彭永刚不满地说:"小妍老师,你当着悦悦的面咋啥都说呢?"

悦悦瞅着小妍老师,疑惑的眼里含着委屈:"你、你就是瞎说!"

彭永刚忙说:"悦悦,别听小妍老师乱讲,吃完了就先进屋去写作业啊。"

薛桂兰放下筷子:"小妍,咋的,江春燕外面有人了?是那个上大学留省城的?这么长时间不回来,我就觉得有啥说道嘛。"

彭永刚脸色铁青地喊道:"妈——"

薛桂兰当没听着,催促着小妍快说到底是谁。

"那我可说啦!一个在我那儿学琴的孩子家长认识悦悦,昨天她问我悦悦的父母是不是离婚了,说她回乡下探望老人,看到悦悦妈妈骑车骑半道,连车带人上了一辆小货车,然后货车出溜了那么一小段路,就又停在了路边。"小妍瞅瞅彭永刚,一副怪不得她的神情。

薛桂兰追问道:"然后呢?"

小妍继续描述道:"停了半天,两人在驾驶室里干啥她就不知道了……后来悦悦的妈妈又下了车,把自行车也拿了下来,货车开走后,她又没事人一样骑着自行车往白鹤村去了……"

彭永刚听了,不屑地说:"可能是碰上熟人想拉她一段,然后人家又有事要忙,春燕怕麻烦人家,就……对了,那个人有可能是郑大民,是春燕的同学,回来养麻鸭了,听说最近遇上点困难。"

薛桂兰一副看傻儿子的神情,撇了撇嘴:"我就说嘛,小两口闹个别扭几天就得了,她抻这么长时间不回来就是不对劲。行了,那咱就离了算了。是她有错在先,孩子咱不跟她争,房子咱不能让。"

彭永刚埋怨道:"妈,你别出馊主意了!你说,从我和春燕开始相处,你起啥好作用了?我喜欢个人,找个媳妇,倒成给你找个靶子,天天瞄着练枪法呢?这回好,终于要打散了!我跟你们说,孩子和媳妇要没了,我要那个空房子有啥用?"

"这没良心的,天天搁我这儿吃啊喝的,临了你媳妇外面有人还成我的错了。你不要房子你上哪儿住去?从明天起,你别回我这儿了!"薛桂兰声音越来越大。

悦悦背着书包流着眼泪从屋里出来了。

彭永刚起身拉过悦悦,说:"走,咱们回家!"

第四十六章

秋日的周末,白鹤村外河边荒草地一片萧条,郑大民和往日一样在养殖场忙碌着。吕文凤带着儿子纪念来了。

正在给鸭子配料的郑大民听到不远处的摩托声,起身来到栅栏门边向外迎看时,吕文凤的小摩托车在门口停了下来。

郑大民走上前说:"是文凤啊,有啥事就打电话呗,你还特意来一趟干啥?"

郑大民过去拉住纪念,纪念很亲地抱住郑大民。

吕文凤说:"大民,纪念好长时间没见着你了,总跟我磨着要来看看呢,这回如愿了。"

郑大民说:"纪念,叔叔这儿也没啥好玩的,还是带你去看看小鸭崽儿吧。"

纪念开心地逗着小鸭崽儿们。郑大民陪他玩了一会儿,才回过头跟吕文凤说话。

"文凤,你电话里说有事,啥事啊?"

吕文凤说:"大民哥,我这段时间忙,偶尔才回家看看,也没待上多大一会儿,上周才从我哥那儿知道牛大翠和陆小广给你添乱的事。我哥特别自责,也特别佩服你处理事情的能力,还说你的做法很有远见。"

"有啥能力远见的?都是我之前做得不够严谨,才让他们钻了空子。我就是一点点努力补救,再往好了做呗。"

"大民哥,还记得刚开始那阵我和春燕姐说的要投资的事吧?当时你不同意我们投,说等做好了再说。我觉得现在正是时候,你需要扩大规模,更需要资金,我呢,也正想投资享受分红。"

郑大民忙说:"文凤,你这写剧本挣的钱可不容易,投我这儿可不稳当啊。"

吕文凤说:"大民哥,跟你我就不瞒着了,我这些钱,只有一小部分是写剧本挣来的稿费,绝大部分是自从晓东走后,李芒种寄来的钱,他说给纪念用。我本来是不接受他寄钱的,可退回去,他就又寄来,他说不寄钱来,心里会更难受,因为当年晓东的腿确实是因他而伤,最后擒拿劫匪时也确实受伤腿拖累……几次三番,后来,我就不再退回去,索性就当替李芒种攒着了,如果他有需要的时候,我再给他。如果他一直用不上,就捐了做公益。那天,我哥说了你要拿牛大翠的违约金做公益投资,我就有了这个想法,把李芒种的钱投到你这儿,一半收益用作村里的公益基金,一半给他增值。其中我的那部分也是一样。"

郑大民犹豫了一会儿,说:"文凤,既然是这样,我就不多说啥了。这笔钱呢,赔了算我的,赚了就按你说的来。回头咱们签个正式合同,你对这笔款有随时监督的权利。"

吕文凤从包里掏出存折递给郑大民:"密码是纪念的生日……"

郑大民接过存折,很有压力地说:"这算是纪念的投资啊,那我得像养绿色麻鸭一样,精心守护!越养越多!"

吕文凤笑着说:"大民哥,我这可不是来给你增加压力的,钱要是那么容易就赚来了,就没那句钱难挣那啥难吃的土话了。好了,我们得回村了,你忙你的。纪念,我们走啦。"

郑大民叫住吕文凤:"文凤,等等,我刚让我妈收拾了一只鸭子,你拿回去和吕叔他们一起炖着吃。"

"这哪成啊!大民哥,一只鸭子贵着呢。"吕文凤拉着纪念就走。

郑大民边追边喊:"哎,等等,这是自己养的,我给纪念吃的总行了吧?"

吕文凤停下来说:"那我就不客气了。纪念,谢谢叔叔。"

"谢谢叔叔——"纪念拉长"叔"字后又松开吕文凤的手,上前抱住郑大民。

吕文凤说:"咋又抱着你大民叔不撒手啊?都多大了,还跟小不点一样。"

郑大民说:"纪念从小就一直跟我亲呀。"

纪念不好意思地盯着郑大民。

郑大民说:"纪念,你是不是有啥秘密要跟叔叔说呀?你说吧,是不是你有喜欢的东西你妈不给买呀?跟叔说,叔下次去县里给你买。"

纪念犹犹豫豫地小声地说:"你能不能给我当爸爸呀?我想要一个爸爸!"

吕文凤尴尬地拽过纪念说:"纪念,叔叔陪你玩、惯着你,你就开始乱说话了。"

郑大民爱怜地摸摸纪念的头问:"你想爸爸啦?"

吕文凤说:"唉,他在学校,总有几个淘气的同学欺负他,嘲笑他没有爸爸。"

郑大民说:"文凤,晓东哥走了这些年了,纪念也长大了,你确实该考虑找个合适的人啊。"

吕文凤淡淡一笑:"我觉得现在的生活就是最合适的生活,可以做着自己想做的事,不能再贪心了……纪念,走啦,去姥姥家炖鸭肉吃喽。"

纪念不舍地瞅着郑大民。

郑大民说:"纪念啊,以后叔叔只要去县里,就到你学校看你去。你以后就跟同学说,我是你干爸。"

纪念马上就乐了,用力地点了点头。

吕文凤驮着纪念走近吕家院门时,杏花推门迎了出来。

吕文凤叫了一声"嫂子"。

"哎呀,我就觉得你们快到了。"说着,杏花拍了拍纪念,"这姥姥家的狗,吃完饭就走呗。"杏花不见外地开起了玩笑。

纪念不高兴地哼了两声。

杏花忙说:"哎哟,还不愿意了!你是你姥姥家的宝,行了吧?"

吕文凤从车筐里拿出带的东西:"嫂子,这是给小博买的书和遥控飞机。"

杏花笑着说:"这当姑姑的就是惯着侄子,这小博念叨这玩意儿好久了,我说我也没在县里看到啊。"

吕文凤说:"我去省里开会时买的。"

杏花说:"怪不得呢!大城市才有的。"

吕文凤从车筐里拿出那只收拾好的绿色麻鸭:"嫂子,这是大民给拿的鸭子,一会儿炖了吃吧。"

杏花惊讶地说:"噢,原来你是从大民那儿来的呀?"

吕文凤说:"是啊,刚才顺道去大民哥的养鸭场看了看。嫂子,爸和妈都在家呢吧?"

杏花诡秘地一笑:"他俩去地里了,估计也快回来了。说你今天回来,让我在家准备饭呢。"

吕文凤"噢"了一下,问:"小博呢?"

杏花说:"在书屋里写作业呢,估计差不多写完了。让他和纪念玩会儿,咱俩一起整饭。"

杏花和吕文凤在厨房里边唠嗑边切菜做饭。

唠着唠着,杏花又问起了她最关心的事:"我说文凤啊,你总是这么一个人,哪是个事啊!这纪晓东也走了这些年了,你这也把孩子留下了,在他们老纪家也守这些日子了,够劲了,谁也挑不出个啥啦。依我看啊,得张罗张罗下一步的事了。"

吕文凤说:"张罗啥?嫂子,跟你说啊,我没那个心思。我跟纪念还有他奶奶啊,一起过着挺好的。"

杏花说:"哎呀,你说他们老纪家上辈子积了啥德啦?唉,人死为大,我就不说纪晓东了,他是个公家人,个头高,长得也精神,可毕竟他那腿……"

吕文凤有些不高兴:"嫂子,你这还叫人死为大呀?"

杏花忙说:"你看,我这又说走嘴了。我是说啊,你说咱不说这点,咱就说他走了以后,你肯留下他们家的根,这多不容易啊!你说这也巧了,正赶上他走之前你就有了。"

"嫂子,你今天到底是个啥意思呀?"吕文凤觉得杏花话中有话。

"文凤,咱是一家人,我能有啥意思?我这不是看你一个人单着着急嘛,你这条件哪犯着这样单着。反正我呀,一到贼热闹的时候就想起你来,想着你那儿可没这么热闹,得多寂寞呀。"

"我就是个不太喜欢热闹的人,总热闹我还能写个啥?心都乱了。"

"哎呀,那也得有知热知冷的呀。文凤,要我说呀,没有合适的人咱也就罢了,可现在呢,真有那合适的了,咱也得抓住吧?"

"嫂子,你到底要说啥,就别拐来拐去的了,我听着累!"

"那、那我就直说,你看现在郑大民发展得挺好,人家有学历,也肯干,到底闯出来了,钱也挣啦,还对你和纪念挺好的,我说你们两好变一好,咋样?"

"绕了半天你要说的是这事啊!嫂子,别乱猜,我和郑大民可不是那种关系。"

"啥是不是那种关系,文凤,我说了你可别生气,你要是真不惦记着再找个人家这事,我觉得你啊,就是在等着那没正溜的李芒种呢!"

"嫂子,你这可真是扯得太远了。"

"这叫当局者迷,旁观者清。就你们这些写这写那、风花雪月的,有时啊,都搞不清自己到底是咋回事,把自己整迷糊了。"

"我还真让你给整迷糊了。"

"你看看,我说对了吧?那个郑大民啊,当然心里永远藏着江春燕那个狐狸精。这个江春燕呢,也真是害人不浅啊!"

"嫂子,你这都是哪儿跟哪儿啊!你可别再乱说了。谁心里愿意藏着谁,那是人家的事。每个人心里都有自己的念想,又没损人利己,无可厚非。"

吕文凤有一年多没收到李芒种的汇款了,吕文凤觉得李芒种一定是出了什么意外,就跟省里作家班的同学打听。果然如吕文凤所料,原来那年李芒种追求小雯失败后,心中总是扎着一根难拔的刺,他一次次寻找着、尝试着,砸钱试图捧出比小雯外貌更出色又能留在他身边的女友。他的开销太大了,有限的财力总是告急,就冒险通过虚开增值税发票赚了一些黑心钱。事发后,李芒种因经济犯罪被判了刑。

吕文凤专程去监狱看望了李芒种。

李芒种并没有表现出太多的痛苦,挺感慨地说起了自己当年的豪言壮语。他说曾经发誓赚到一百万了就坐下来安安静静地写作,可后来真的赚到了,却觉得钱是赚不够的,又希望赚到一千万……曾经以为有了钱就能找到踏实的感觉,可有了点钱后却感觉越来越不踏实了,脚总像踩在棉花上,软软的,不知道啥时候会漏下去……最后,还真是漏下去了……

后来,李芒种就一遍一遍跟吕文凤说:"既然你坚持下来了,你就写写咱们这些人吧,写写这些农村里闯出来的人,这些年拼搏的酸甜苦辣。"他还说,"我这些年虽然一直在城市里混,但始终是城市里的农村人。躺在城里的床上总是睡不好,远不如睡在自家的土炕上踏实。在城里总是漂的感觉,根总是扎不进钢筋水泥覆盖住的土地里去。"

吕文凤和他告别的时候,他还故作轻松地说:"文凤,要不你先写写为了物质上富裕点,精神上却贫穷了,最终物质和精神都脱不了贫的我吧。"

吕文凤苦笑一下,让李芒种将来恢复老本行,说等他回来,跟大家一起奋斗,一起写写这些年的风风雨雨……

第四十七章

又是周末,悦悦在小妍老师家上的琴课,在小妍老师的指导下弹完《献给爱丽丝》的尾声。

悦悦弹完最后一个音,抬头瞅着小妍老师,等待小妍老师的点评。

小妍得意地点了点头:"悦悦,这遍的节奏和情绪把握得都不错。"说着看了看表,"今天就练到这儿吧,下周再开始学新的一课。"

悦悦开始收拾谱子,小妍起身进屋取了个袋子拿到厅里。

彭永刚正坐在沙发上看着杂志,听到声音看看表抬起头。

小妍把袋子里的一件衣服掏了出来,递给彭永刚:"来,永刚,穿上看合不合适。"

彭永刚表情纠结着:"这、这是……"

小妍说:"你都多久没穿新衣服了?试试。"

彭永刚说:"旧的穿出来了,舒服。我怎么能让你给买衣服呢?"

小妍老师故意抬高音量:"就你能送我东西,我就不能给你买件衣服吗?"

彭永刚说:"你在悦悦这儿费了这么多心思,我感谢还来不及呢,咋还能……"

"怎么就不能!"小妍说着拽过彭永刚,帮他换上新衣服。

悦悦拿着收拾好的书包在门边看着,咬着嘴唇,想起了妈妈给爸爸试新衣服的样子……

彭永刚转头看到悦悦站着不语,忙说:"悦悦,你看小妍老师帮爸买的这件衣服好看吗?"

悦悦眼里有了泪花,嘟着嘴说:"不好看!"说完,往外走去。

彭永刚赶紧脱下衣服,拿起包,追了出去:"悦悦——"

悦悦倚在家门口抽泣着。彭永刚气喘吁吁地跑上楼,心急地问:"悦悦,你这是怎么啦?你知道爸爸有多担心你吗?"

彭永刚边说边拿出钥匙开门,搂着悦悦的肩膀,把她带进屋里。

悦悦把书包扔在门边,进屋坐在了沙发上。

彭永刚跟过来搂住悦悦。

"爸,我不想再学钢琴了!"悦悦说。

"就因为刚才小妍老师给爸爸买了件新衣服吗?"

悦悦狠眨了一下眼睛,抿了抿嘴唇:"她又不是我妈,她不可以帮你穿衣服!"

彭永刚嗔怪地歪了一下头:"悦悦,也不是爸爸让小妍老师买的呀!再说,你看,爸爸也没要那件衣服啊!"

悦悦上下打量了一遍彭永刚:"爸,我妈说,等天暖了,就让我跟她去村里住,你呢?也跟我一起去吗?"

彭永刚落寞地说:"我想去,也得你妈同意啊。悦悦,如果你妈以后真的永远都不回咱这个家了,你……"

悦悦一惊:"爸,你不是说我妈过一段时间心情好了就能回来吗?"

彭永刚反问道:"悦悦,那你问没问你妈啥时候心情能好,啥时候能回来啊?"

悦悦回想着,说:"我妈说,她太想我姥了,就像我想她一样,所以,她得趁我姥还没走远的时候,好好陪陪我姥,好好想一想。她说这可不是着急的事,她不是小孩子了,都是我的妈妈了,要是再想不好,以后咋教我啊?"

彭永刚叹了口气:"悦悦,要是爸爸病了没钱治,你卖不卖房子给爸治病啊?"

悦悦毫不犹豫地回答:"当然要给爸爸治病啦,卖房子就卖呗,又不是卖爸爸。"

彭永刚懊悔地说:"唉,爸当时真是脑子有病啊!"

悦悦见彭永刚叹气,不禁担心起来,伸手抱住他说:"爸爸,你脑子有病了吗？我不让你有病。"

彭永刚赶紧安慰道:"悦悦,爸逗你玩呢,看,爸不好好的嘛。"

悦悦抬起头来,松开手,想了想,又使劲抱住了彭永刚。

彭永刚也抱紧悦悦。

过了一会儿,彭永刚拍拍悦悦的后背说:"悦悦,饿了吧？爸给你削个苹果吃吧,先垫巴垫巴,爸再去做饭。"

彭永刚削着水果,悦悦在一旁若有所思。

彭永刚把削好的苹果递给悦悦。

悦悦接过苹果,边吃边说:"爸,我妈不喜欢这个房子了,那咱们把这个房子卖了再买一个新房子呗。"

彭永刚苦笑了一下:"你妈说的不喜欢这个房子,不是那个意思……"

悦悦疑惑地看着彭永刚:"那我妈说的是啥意思？"

彭永刚不知道怎么表达才好:"我也说不太清楚……唉,有很多事情爸爸没有办法改变。比如奶奶,比如……"

周末下午,彭永刚来到了白鹤村,忐忑不安地敲开了江春燕家的门。

江春燕疑惑地问道:"你怎么来了？下午悦悦不是有钢琴课吗？"

彭永刚咬了下嘴唇:"悦悦说她不想去学钢琴了。我就让她先停一次课。"

江春燕让彭永刚进,问道:"为什么？我昨天中午看她的时候,她没说啊。她现在在哪儿呢？"

彭永刚说:"悦悦要和我一起来找你,我没同意,把她送我妈那儿写作业去了,我妈说今天给她包饺子。"

江春燕问:"学得好好的,悦悦为啥说不想学了？"

"上周悦悦上完钢琴课,小妍说前几天去市里出差,帮我捎了件衣服,拿出来让我试试,悦悦看到了,就跑回家,还哭了……那件衣服,我没要。"彭永刚解释着。

江春燕沉思了一会儿,说:"永刚,这两天其实我也正要找你呢。"

彭永刚不解地问:"春燕,你……"

江春燕说:"永刚,这段时间我没有回去,确实是为了静下心来,前前后后想个明白……"

"春燕,都是我不好……"彭永刚起身拉住江春燕的手。

江春燕推开彭永刚的手,平静地说:"永刚,也可能需要说对不起的是我。"

"啊?春燕,是不是你真的和二岗……哎呀,不是,你和大民……"敏感的彭永刚眼前浮现出小妍那天说江春燕上了一辆小货车的情景,一时慌乱便口不择言地猜测起来。

江春燕苦苦地笑了一下:"你看,永刚,咱们在一起这些年了,你确实不了解我到底是怎么样的一个人!"

彭永刚疑惑不解地问:"那?你?"

江春燕失望地说:"永刚,为了慎重一点,有些话我还是仔细想想之后再说吧,我需要的时间也许会长一点……"

又在白鹤村住了几个月后,江春燕的心情明显平静下来许多。她觉得婆婆虽然有一些自私,但也是人之常情。孤独多年的老人嘛,彭永刚又是个独生子,早早就没了父亲……江春燕这样想着,打算再调整一段时间心态就回到洮水县的家,为给悦悦一个完整的家,为这段婚姻中曾有的那些美好的部分再做一次努力。

可是,彭永刚并不知道江春燕要回来了。

无望的等待和苦闷的徘徊中,醉酒后的彭永刚和小妍在暧昧中越过了界线。彭永刚酒醒后,小妍搂住不知所措的他极尽温柔,临走却又说了一大堆狠话:"反正我是没啥可在乎的人了,大不了就鱼死网破……"话里话外就很有了一些要挟的意思。

后悔不已的彭永刚先把事情和薛桂兰说了。薛桂兰之前希望的是儿子赶紧离婚,然后再和小妍结婚。而不是像现在这样,儿子未离婚就和小妍搞到一起,然后让人逼着离婚。这样整,顺序不对,也不占理,还让她怀疑起小妍的人品。薛桂兰越想越怕,担心儿子被小妍赖上,又担心儿子会被告发而身败名裂……思来想去,她劝彭永刚先稳住小妍,趁江春燕久不回来,赶紧再找个茬吵一架,提出离婚。

这件事的前前后后,让彭永刚反倒更无法喜欢上小妍了。他最痛苦的是,那件错事只是他的一念之差。可是再隐瞒下去,以江春燕不回来为理由提出离婚,他在良心上就更过不去了。他不想离婚,如果江春燕能原谅他,他会不惜一切代价。

彭永刚在周末的晚上来到白鹤村,吞吞吐吐地跟江春燕坦白了……

"春燕,我死的心都有……春燕,我太不是人了……"

江春燕本想着彭永刚再来白鹤村找她,她就跟他一起回家呢。她没想到彭永刚这次来告诉她的是这样不堪的事情。善良的江春燕没有像很多妻子那样大吵大闹,她总不能把彭永刚往死里逼吧?她只是觉得由心里往外地发冷,什么也不想和彭永刚说了,她知道她的这段婚姻在这一刻已于她的心里结束了。

彭永刚则一直说着:"春燕,我实在对不起你呀,我真的不是人啊……"

江春燕关上家门,独自哭了整整一天。她就像站在了人生的谷底,原本渴望有根,渴望灵魂有所寄托,不甘心被命运摆布的她真是太难了……

可江春燕仍得面对现实。这就是人生,人还活着,站在原地哭是没有用的,还得一步一步走完自己的路……

在去办理离婚手续的路上,彭永刚再一次说对不起时,江春燕开解他道:"永刚,咱俩的婚姻之路走到这儿就要停了,我也要说声对不起。"

彭永刚说:"春燕,你可千万别说,确实是我做错了。"

江春燕说:"婚姻不是对和错那么简单的事情,我要说对不起的原因是,我终于明白了我们是不适合在一起的人,我们彼此并不了解对方心里是怎么想的。我这么说,不是埋怨什么,每个人都有他的苦衷,没走进婚姻的人很难理解其中的不易。可能我们都努力地在为彼此做些什么,但不能消解隔在中间的壁垒,结果,我们都活得很疲惫。"

彭永刚沉默了一会儿,说:"春燕,这段时间我也多次回想我们在一起的日日夜夜,让你受委屈的地方确实很多很多,想对一个人好和真正做到对一个人好,确实是隔着很遥远的距离。真的很对不起,想到你曾经那么痛苦,我却无能为力,我还做出了更……可是,我还是舍不得我们的这段婚姻,我还是希望能再有一次机会……"

江春燕打断彭永刚的话,语气坚定地说:"永刚,别说了,这段时间我已经冷静地想过了,已经下决心了。"

两人又是一阵默默无语。快到婚姻登记处了,彭永刚终于抬起头,注视着江春燕的眼睛:"春燕,我们只好分开了。可是,怎么跟悦悦说这件事呢?还有,房子的事得让我来决定。"

江春燕说:"不管我们怎样,不管什么时候,我永远都是悦悦的妈妈,对她的爱都不会变。我们就找个合适的机会跟悦悦说明白吧。还有,房子的事就不用决不决定了,归你。"

彭永刚说:"春燕,你整天都很忙很辛苦,我的意思是,让悦悦跟着我,房子卖了,把钱给你,你再买个新房子,别再来回跑了。或者,你就用卖房子的钱做你想做的有机水稻事业吧!你不是一直想把家乡的有机水稻做大做好吗?我在你最需要的时候没能帮上你,心里确实很难过,现在也只能做到这些了。"

江春燕想了想说:"永刚,房子的事好决定,不用犹豫,也不用说了,还是归你。我决定自己慢慢攒钱去做我的事业。"

彭永刚恳求道:"春燕,就算是成全我吧,让我做一次正确的决定,也让我能从心里迈过这道愧疚的坎吧……也让我先带着悦悦吧。"

"悦悦无论在哪里,我对她的爱都不会变的……"江春燕的声音有些哽咽。

从婚姻登记处走出来,就要分别的那一刻,彭永刚流下了眼泪。他抹了一下脸,说:"春燕,我只有一个请求,你以后一定要好好地幸福地活着。"

江春燕也流下眼泪,用手指揩了一下说:"永刚,你走吧,带好悦悦……"

江春燕和彭永刚的婚姻就此结束了。不久,彭永刚就把房子卖了,他把卖房的钱打到了江春燕的银行卡里,还给江春燕发了一条短信:"春燕,实在对不起,我知道这并不能弥补什么,就用这笔钱去发展你一直梦想的事业吧。希望你别再憋屈,别再难过,白鹤村是你的牵挂,带动家乡更多的人去创业吧。你有这个能力,也有这个担当……我也希望能通过这件事好好总结一下自己,放心吧,我一定会带好悦悦的,她永远都是我们俩的好孩子……"

　　看到银行卡里多出来的钱,江春燕的心不再茫然,她耳边仿佛又响起了父亲关于种好"良心稻子"那朴实的话语……

第四十八章

秋风瑟瑟,郑大民来洮水县送货时,顺便到了江春燕的稻米经销店。

由于牛大翠和陆小广不讲诚信造成了负面影响,郑大民的绿色麻鸭养殖事业始终磕磕绊绊。说起这事,郑大民就气愤地向江春燕抱怨道:"白鹤村有些村民素质真是太差了,有啥好想法都是白扯啊!"

江春燕说:"大民,不要灰心,素质差的人哪儿都有。"

"我想到了白鹤村的一些村民会偷奸耍滑,但我没想到他们会偷奸耍滑到如此程度。"郑大民摇着头。

江春燕说:"实质上还是因为贫穷啊,不仅是腰包里穷,脑子里也穷。大民,你今天来得正好,我正有事要找你商量呢。"

"春燕,什么事?"郑大民问。

"彭永刚把卖房子的钱汇给我了,我想用这笔钱去实现心中的夙愿,回白鹤村大规模种植有机粳稻。"

"回白鹤村大规模种植有机粳稻?"郑大民以为自己听错了,重复了一句。

"对,这些年我一直没有放弃这个想法。开经销店这几年,我更加深有感触,优质农产品和卫生健康的食品非常受欢迎。蔬菜、水果等农产品只是人们日常生活中的一小部分,而人们每天饮食的80%来自稻米、面食及其他杂粮食品,可见稻米品质对人们的身体健康有多么重要。只是市场上绝大多数有机粳稻并不纯正,如果我们自己种,手上有纯正的有机粳稻,真就不愁卖不出去了。如果能和南方的米业公司合作,少经过中间商倒手,还能卖到更高的价钱。"江春燕没再说白鹤村人的素质,而是兴致勃勃地讲述起了自己的打算。

郑大民说:"我知道你这么多年一直坚持研究不上化肥、不打农药的有机粳稻,一心想改良家乡的盐碱大地,只是……"

江春燕说:"虽然有难度,但并不是做不到,种植有机粳稻关键是用好有机肥料。有机肥也就是农家肥,是天然有机质经微生物分解或发酵而成的一类肥料,有机肥主要有秸秆类、粪尿肥类、堆沤肥类、厩圈肥类等,这些农家肥咱们白鹤村都不缺,连金卫国的牛羊粪都能用上。这样,咱们白鹤村就会有更多的人富裕起来。"

郑大民好像又想起了那些村民:"改良家乡的盐碱大地固然难,改变家乡人的素质就更是难上加难了。"

江春燕说:"大民,好事多磨,事在人为。咱家乡的土地虽然大面积盐碱化了,但那毕竟还是正宗的黑土地呀。农家肥料富含有机物质和作物生长所需的营养物质,长期使用不仅能提供作物生长所需养分、改良土壤,还可以改善水稻品质、提高水稻产量呢。咱家乡人也一样,穷日子逼得他们自私自利、不务正业,等走上正道了,他们都会是行家里手。"

郑大民苦笑了一下,没有再说话。他想起来了,上大学时他也曾看过一份关于种植有机水稻的先进资料:用腐熟的菜籽饼或腐熟的鸡粪、鸭粪于栽前施入土壤中,移栽后需追施腐熟的菜籽饼作分蘖肥,搁田前期再追施腐熟的菜籽饼,保住已有分蘖,提高分蘖成穗率……

郑大民没有再说一些村民素质差,好像在思考着什么。江春燕又说:"据最新资料显示:北纬40度至46度,东经121度至131度,大部分年积温在2600度至3200度之间,无霜期在120至160天,年太阳总辐射量45万至54万焦耳……这串数字刚好覆盖了吉林省的三大地带,白鹤村正好处于三大地带之一的西部碱性黑钙土带,也正是弱碱性优质粳稻产区。这是一块难得的黑土大地,要不怎么说,中国大米看东北,东北大米看吉林呢……"

郑大民仍沉浸在自己的思考中,对,是这样的。在有机粳稻生育期中再用酵素菌液追肥,可分五次叶面喷施,喷施生物有机肥,能促进分蘖;搁田中期,再喷施生物有机肥,能促进分蘖向成穗转化;到了促花期,再喷施生物有机肥,能促进颖花分化;保花期再喷施酵素菌液肥,不仅能提高结实率,还能增加粒重……

见郑大民一直在认真地思考着,江春燕又兴奋地说:"我得知白鹤村拥有难得的弱碱黑钙土层,同时又地处最适合种植优质粳稻的全球五大优质水稻生产带之后,真是太激动了!我对种好家乡的优质有机粳稻更有信心了,只要相信科学,白鹤村这方水土一定会长出弱碱优质有机粳稻的!我知道你这些年对市场已经积累了很多经验,还在农大学习过水稻专业,干脆咱们一起开发弱碱优质有机粳稻吧。"

江春燕热情激昂的想法让郑大民也振奋起来:"是啊,我国优质水稻研究最近确实又有了新的突破,看来真是个大好时机。我们一起开发白鹤有机水稻,同时养殖绿色稻田鸭!"

"我要重新起航!"江春燕说得意味深长。

郑大民:"那就出发吧!"

江春燕终于可以静下心来看看车窗外的一路风景了。茫茫的春雨中,郑大民那银灰色的小货车穿行在绿色的东北大平原上,由南向北,从洮水县向白鹤村飞驰着……车轮在路面上带起一片白雾,接着那一抹荒凉就消失在遥远的天边了。透过车窗,向辽阔的平原上望去,北方大片大片的盐碱地就渐渐出现在视野之内了。

小货车高速飞奔,道路两旁晃过一排排白杨树,那枝叶被雨水洗得油亮,有燕子掠过烟气腾腾的田野……眼前黄绿交错的平原就是著名的八百里瀚海,这块曾经肥得流油的黑土大地,就是江春燕梦想中的白鹤之乡……

在江春燕熟悉的这个小小天地里,白鹤村并没有什么大的变化。只是当年的小孩子长大了,不成熟的人变得成熟了,绝大多数人并没有离开。变化最大的是,金卫国当上村主任后,白鹤村周边的养殖场多了起来。但草被牛羊吃光后,没有植被覆盖的大地不仅看上去丑陋无比,而且也破坏了生态环境。冷眼看上去,白鹤村好像比从前富裕了,但江春燕仍然能从摆放整齐、无人阅读的图书室里感受到白鹤村文化底蕴的严重不足。

江春燕知道,刘福贵六十多岁了,已经彻底退了下来,金卫国刚刚当上白鹤村的新主任。这个曾经的追求者会不会成为她实现梦想的障碍呢?在家乡的土地上创业,毕竟要牵扯到各方利益啊!如果说年轻时的江春燕心中没底,那么对现在的江春燕来说,她已经没有什么不敢面对的了。

江春燕回到白鹤村的当天就去了村委会,和以金卫国为首的村委会说了自己的打算——在白鹤村开发抗碱有机粳稻,带领大家共同致富。

金卫国表现得相当热情,当天下午就专门召开了村两委扩大会议,就江春燕回乡开发抗碱有机粳稻事宜进行了讨论。经过广泛的征求意见,大家基本达成了共识。

金卫国果然比当年成熟多了,说:"这是件好事,白鹤村村委会一定全力支持。"说着还开了句玩笑,"我老同学春燕大美女回村创业,求之不得,求之不得呀!"

江春燕很郑重地说:"感谢村委会的支持!"

金卫国又非常实在地说:"只是白鹤村的土地贫瘠,盐碱度高,村民们人均年收入一直都没超过 3000 元。全国都在抓乡村振兴,我这当主任的,压力挺大呀!在脱贫这件事上,我比谁都着急,你能回来带动大家致富真是太好啦!"

金卫国还在村委会旁边腾出了一间房子,给江春燕当办公室。

江春燕和大家谈了很多对未来的设想,还大胆地提出了接下来要创办农业合作社,进一步整合土地资源,大规模开发新型抗碱有机粳稻种植基地的想法……

最后,金卫国爽快地总结说:"春燕老同学,你就放心大胆地干吧,白鹤村村委会愿意为你提供全方位服务!"

金大国之所以如此热情地支持江春燕开发白鹤抗碱有机粳稻,原因是他心中还有个没幻灭的梦想:昔日的梦中情人成了孤燕,着实让金卫国的心里又重新荡起了涟漪……

人前人后,金卫国给足了江春燕面子。连日来,他东跑西颠,还亲自进城为江春燕跑批文。

江春燕并不知道金卫国心中的小算盘,看在眼里的只有热情周到,不免心存感激。

这天,金卫国去乡里汇报后风尘仆仆地从外面走了进来。

江春燕迎过来:"乡里什么态度呀?"

金卫国说:"八个字——利民好事,全力支持!"

江春燕说:"太好了!谢谢平安乡!谢谢金主任!"

金卫国说:"春燕,别总主任主任的,咱俩是同班同学,还是叫卫国亲切。"

江春燕说:"那可不行,这可是场合上的规矩呀。"

金卫国说:"这规矩在你这儿就免了。"

江春燕说:"那可不行。金主任,咱们还是言归正传吧。下面我正式向你汇报一下工作:有机水稻示范田勘查,基本结束;养殖池塘选址,初步确定。"

金卫国说:"春燕,你的报告,白鹤村村委会马上开会研究,争取尽快批准!"

江春燕说:"谢谢金主任!"

江春燕回家乡开发有机稻的消息传开后,很多人都参与了进来。自从上次郑大民养麻鸭失败后,穆秀英、王老蔫等人的思想观念就有了明显的改变。

春节一过,江春燕就马不停蹄地行动起来了。首先整合了包括吕老倔、郑大民、穆秀英、王老蔫等人家在内的十余垧地的水稻田。接着,她又联系省农科院,订购了有机稻种。用自家的责任田建起了育苗大棚,按预定土地数备足了稻苗。

此外,江春燕还做了大量的前期准备工作,包括配合想参与的村民们检测土质等。种植有机稻对田地的质量要求很高,不是所有的田地都能种有机稻。地块儿和地块儿之间是有着很大的差别的,有的地块儿只能种普通稻,顶多也就是绿色稻,是绝对种不了有机稻的。不同人家的地是不同的,同一家不同的地块儿也是不同的。所以在决定选谁家的地,选具体哪块地时,江春燕和郑大民必须严格地实地考察。

在考察穆秀英家的地时,江春燕说:"秀英婶家的稻田土质很好,有点像记忆中的黑土地。"

穆秀英说:"就是啊,记得我小时候洮儿河水哪是这样啊!现在雨后的河水都是浑浆浆的。"

郑大民说："可不是嘛,汛期浊浪翻滚,就像泥汤子似的。"

江春燕说："好端端的源头活水被污染了,大片的湿地都已经盐碱化,这就相当于大地生了皮肤病。"

穆秀英说："草甸子上听不着云雀叫,也看不见几个打鱼郎。原来的白鹤栖息地,也变成了现在的蛤蟆塘。"

江春燕说："婶,相信我,不久的将来,云雀和白鹤都会飞回来的。"

为了学到更多的种稻经验,江春燕还登门专访了老胡五爷。老胡五爷已经七十多岁了,见江春燕专门来请教种有机水稻的事,非常高兴,滔滔不绝地讲起了自己多年来的种稻经验："种地的事说道就多了,但归根到底,还是得用足心思。你对地诚,地就不糊弄你。农田里的事情,表面上看从稻秧落地、分蘖、扬花、灌浆一直到结实,实际上跟养孩子是一样的,庄稼成长过程中,一刻也离不开庄稼人的目光。"

江春燕笑着说："老胡五爷,你比喻得真形象。"

老胡五爷继续说："就是这样啊,庄稼也和人似的,你对它好,它就对你好。凉一点,热一点,渴一点,饿一点,轻一点,重一点,在庄稼漫长的成长期里并没有什么大不了的,但这些一点积累到一起,就不再是一点了,那将会对庄稼产生意想不到的本质改变。"

老胡五爷最后说："别人我不知道,反正我最相信的还是自己手中的锄头和赤裸的双脚。光听说不行,还得看实际操作。"

牛大翠因养麻鸭出事后一直闲着,闲得就像生了一场大病。吕文龙忙着文化站的活,又得创作农民画,杏花就和牛大翠商量还是得干点啥。

正赶上全省各地都在乡村建设文化大院,白鹤村也要响应号召建文化大院。金卫国就想以吕老倔的吕家书屋为基础扩建一下。因为上面有要求,文化大院不仅能看书看报,还要能搞娱乐活动,看看书、下下棋、打打牌,还得有几个运动项目,比如乒乓球、羽毛球、篮球啥的。本来吕老倔的书屋就可以列为其中重要的一项,再增加一些项目就行了。

一开始,牛大翠对办文化大院并不感兴趣。后来,她听说上面除了给配备一些图书建设农家书屋之外,还能给一定的资金扶持和补贴,正寂寞无聊的牛大翠就活动起了心眼。她想:既然文化大院里还让打牌,这样的好事自己得参与进去。不仅能合法重操旧业,人来人往的,还有利于自家小超市的生意,另外还能捞点补贴啥的,而且文化大院这名声也好。于是,她就跑前跑后地跟着张罗起来,有啥事抢着去办,甚至同意把自己家和吕老倔家的院墙打通,变成一个大广场用来跳广场舞。

　　吕老倔坚决不同意,说:"建书屋行,要跳广场舞你可上一边跳去,整天呜嗷喊叫的,影响别人看书绝对不行!"

　　牛大翠说:"这是个多好的商机啊!你就倔吧,总给别人看书你能得到啥好处啊?"

　　见吕老倔态度强硬,村主任金卫国也不想引发不必要的矛盾,就采纳了陆小广的建议:把农家书屋建在吕家书屋里,把文化娱乐点建在村委会的废旧仓库那儿。

　　陆小广第一时间就抢着把废旧仓库收拾利索了,还借此良机在旁边弄了个小卖店,说得给前来参加活动的群众准备点矿泉水、火腿肠啥的。

　　金卫国夸赞陆小广想得周到,并同意装修费用由村里出。

　　牛大翠的小超市和村委会并不远,陆小广的小卖店严重影响到了牛大翠的生意。两个"麻鸭事件"的同盟军心生芥蒂。

　　这天上午,牛大翠坐在窗边望着陆小广的小卖店正生着闷气,多日不来往的陆小广突然闪了进来。

　　陆小广的突然出现,把牛大翠吓了一跳:"哎呀妈呀,大白天见鬼了!"拎起旁边的抹布,牛大翠对着陆小广撒起气来,"你觍着个大脸,你还好意思来?你把我的财路都断了!赶紧把卖麻鸭的差价还给我!"

　　陆小广边做出叫停的手势边躲着:"停,停,停!"

　　牛大翠嚷着:"停你个头,这口气我憋多少天了,我都快憋出病来了。"

　　陆小广顺嘴接道:"那你可快点把气整出来吧!"

　　牛大翠说:"你、你又占便宜,你是让我断气的意思呗?"

陆小广用手点着牛大翠说:"错,你错了,我可没那闲工夫。我要是没点想法,我能送上门来让你骂?"

牛大翠气喘吁吁地停了下来:"我也纳闷呢!说吧,你又想占啥便宜?"

陆小广见状也停止躲闪:"哎,得好好对待老顾客呀,我有正经事跟你商量。"

牛大翠怀疑地说:"正经事?那我提高警惕的弦也得绷紧。"

"爱紧不紧,我跟你说啊……"陆小广摆手让牛大翠过来,然后扒在牛大翠耳边一阵嘀咕。

牛大翠问:"谁家不会种水稻啊?江春燕种水稻这事咋就能行呢?"

陆小广说:"肯定能行,她要种的不是一般水稻,而是有机水稻。种有机水稻土质得好,咱两家的地可是村里数一数二的头等好地块儿呀!我早就听说了,城里人现在非常认可有机大米,就是苦于买不到真货。看着吧,用不了几年,江春燕的有机水稻准能发展起来。"

牛大翠问:"真能行吗?"

陆小广说:"肯定能行,我看准了,江春燕从小就研究有机水稻,据说这次她把郑大民也拉回来了,郑大民在北方农大学的是水稻专业,正对口。他养绿色麻鸭那只是个人爱好,要不他这北方农大不是白上了吗?江春燕当年也是考北方农大的苗子,可惜就差最后一哆嗦时'骨折'了。这俩人可是'北方农大'的强强联手啊!别人我可都没告诉呢。"

牛大翠眉头一皱,说:"小广,咱俩养麻鸭把郑大民坑惨了,就算种有机水稻是好事,人家也不能带咱哪。"

陆小广说:"这得看你求谁了。"

牛大翠说:"你那意思是我得求江春燕呗?"

陆小广说:"错,你求不行,还是得让文龙求。"

牛大翠说:"整了半天你还是想借我光。"

陆小广说:"是你借我光,这次的信息费,我也不要了!"

牛大翠眼一翻,说:"这咋还成了我借你光了呢?江春燕、郑大民要种有机水稻这事明摆着的,谁不知道啊?"

陆小广头一歪嘴一撇,说:"那你之前咋没去掺和呢?"

牛大翠说:"我还没倒出工夫琢磨呢!"

陆小广说:"我是特意来提醒你琢磨的,这可要比先前养绿色麻鸭的利润大多了……"

江春燕正在文化站剪纸,却突然听到吕文龙对旁边的杏花说:"别捅咕了,这快完工的一幅画算是叫你捅咕毁了。你脸皮厚你说去,我是不会再开口了。"

杏花说:"我脸皮够厚,可是面子不够呀!就得你说。"

江春燕抬起头,见杏花正边捅咕着吕文龙边看着她,就问:"杏花,有事呀?"

杏花说:"有事。可是、可是得文龙跟你说。"

江春燕见吕文龙不吱声,就说:"杏花呀,如果这事是跟我有关,你俩谁跟我说不都是一个事吗?"

杏花说:"一个事倒是一个事……唉,行,我脸皮厚,我说,春燕姐,我妈原来那些麻友不都跟着你种上有机粳稻了吗?我妈她……"

江春燕说:"是我婶也想种啊?"

杏花说:"我妈她、她还有机会吗?"

江春燕说:"咱们白鹤村的人都有机会,但我还得再征求一下大民的意见……"

江春燕就在电话里把这事和郑大民说了。

郑大民说:"啥?牛大翠、陆小广?春燕啊,我真怕他俩掺和进来砸了咱们的招牌!"

江春燕说:"大民,我非常理解你的心情,我这也是在征求你的意见呢。一是杏花来跟我商量,希望再给她妈一个机会;二是我一直就有带着大家一起致富的想法。反正咱们早晚也要扩大规模,不妨再给他们一次机会吧,你说呢?"

郑大民说:"扩大规模的事你心里肯定有数,我知道你会根据外面市场的需要做调整。但这个关键时期,我就是不想让你带上那些素质差的人。"

江春燕说:"我们还可以用真心来感化他们,引领他们去做个讲诚信的体面人。我还是相信,白鹤村的父老乡亲们本质上是好的,只是有些人的心灵暂时蒙上了灰尘,他们最终是能够改变的。再说了,种有机粳稻就是靠吃辛苦挣钱的营生,能吃多少苦就挣多少钱呗。"

郑大民说:"通过养绿色麻鸭,他们是啥样的人我已经看得很清楚了,我认为他们根本就不想靠吃苦过上好日子。"

江春燕说:"杏花说了,一旦发现她妈有不好的苗头,马上严惩。咱就再给他们一次机会吧。"

郑大民说:"我爸当初就说,耍钱鬼就是耍钱鬼,反正得防着点!春燕,我也知道你是在为父老乡亲着想,只是你才刚刚起步,还经不起折腾啊!好吧,我尊重你的想法,那就更严谨地和他们签好合同,严格约束他们吧。如果实在不行,你还可以诉诸法律。"

第四十九章

开发优质有机粳稻,必须做好前期准备,江春燕和郑大民就把所有的精力都投入创业中了。

郑大民在外面曾经有过推销绿色麻鸭的经验,在产品推广的过程中,江春燕少走了不少弯路。如果别人不承认你这个水稻是无公害的有机水稻,就会觉得价格太高了。只要有了有机水稻证明,销路就能慢慢打开。江春燕和郑大民带着白鹤有机水稻跑乡里、跑县里、跑省里,终于开到了无公害有机水稻证明。这样,白鹤有机水稻就打开了一部分销路。有了一定销量以后,下一步就是维护品牌建设和继续扩大销量的问题了……

江春燕已不是当年那个新型有机水稻的试种者。多年来,她已经深知种植有机水稻需要哪些准备,光防治有机水稻病虫害这个环节就需要准备十几种方案。比如耕作除虫法,春耕时提早30天以上放水沤田,不仅可以有效减少越冬害虫的数量,如二化螟、三化螟等,还可以控制杂草的生成。比如轮作除虫法,通过稻菜轮作,可显著减少水稻的病虫害。冬种油菜还可有效减少草害。比如休耕除虫法。适当休耕可育土肥田、减少病虫害。使用能量有机肥不必轮作或休耕也可改良土壤、育土肥田、减少病害。此外,还可以尽量去选择抗虫品种,在保证符合优质稻米生产条件的基础上,选中抗或高抗的水稻品种。间种、套种,不同品种的水稻或水稻与茭白等其他水田作物进行间种、套种,可有效减少病虫害。利用趋避植物,在田埂种上鼠尾草,可减少七八成的水稻害虫,效果很好。在田埂上适当保留杂草,或种上黄豆、芝麻、黄秋葵等显花植物,建立昆虫及天敌共处的良好生态环境。还有很多办法，比如可以种养结合，在稻田周边和田块中间开挖水沟，放养鸭子、螃蟹、鲫鱼等，育蜂防虫效果也不错。但江春燕认为，最好的防治虫害的办法还是功能性有机肥防虫法。生物能量有机肥内含矿物质的磁波，能够促使有益微生物大量滋生，从而克制土壤病菌，改良土壤，使植物健康，达到防治虫害的目的。

当然了，江春燕也深知，种植有机粳稻最好走集约化、规模化生产道路，才能够产生显著的经济、社会和生态效益，生物防治方法也能够降低一些成本。

清明节刚过，江春燕和郑大民就租了一辆卡车来到了省城农科院的水稻研究所。他们把一盘盘早就预定好的"豆芽菜"小心翼翼地装上车，运到事先准备好的育苗大棚里，把它们整齐码好，让小稻苗充分地接受阳光的照耀，越来越绿，越来越有生机。接下来，就等着分发给大家了。

春播之后，江春燕和郑大民就更是每天都长在稻田里了。除了学习老胡五爷种水稻，就是看管着自家的稻田，同时江春燕还得监管着所有参与者家的稻田，尤其是之前那几个爱偷懒耍滑的重点户，她宁肯多看一遍，也不能错过一家。

从稻苗下地开始，江春燕就一直细心地观察着老胡五爷的一举一动，老胡五爷果然就像他说的那样执行起来了——

面对着侍弄了大半辈子的稻田，七十多岁的老胡五爷一次又一次地弯下了他那瘦骨嶙峋的腰身，肯定比以往任何时候都更加认真，都更加虔诚。

老胡五爷的双眼更多的时候不是在盯着水稻看，而是一直盯着稻田里的水看。他说是那些无形的水变成了有形的稻苗，那些水又通过稻苗变成了稻谷和大米……直到有一天，水稻全部抽出了穗子，扬出了稻花，田野间四处洋溢起芳香了，老胡五爷这才不再紧盯着那些水了，他的目光也像沉醉在那稻花的芬芳里了。

老胡五爷不是科学家，他说不清原因和结果，只是凭着多年积累下的经验，进入夏季就能预测到秋后的成色。

很明显，就是老胡五爷和他儿子大生子那片稻田种得最好。有一次，江春燕就把全村人组织到老胡五爷家的稻田边观摩学习……确实好啊，和旁边一根筋家的稻田明显不同,稻苗苗壮,长势喜人,连一棵杂草都没有……

在大家的一片赞扬声中,老胡五爷有些激动:"那还说了,要说种地,俺一辈子不会糊弄人,也从来不怕吃苦。可为什么就受了一辈子大穷呢？活到今天,俺才看到通过种地致富的希望……那还说了,种了一辈子有机水稻,没想到老手艺真的又派上用场了。"

早晨的清露,打湿了所有的庄稼,也打湿了老胡五爷的衣服,但从来打不湿老胡五爷监守的双眼。

一直到放水晒米的日子,老胡五爷都会天天走在田埂上,远看,就像田间多了一棵行走的老黄榆树。他说那是种稻人每年的最后一哆嗦,大意不得。

有细心人统计过,从春天注水、耙地、插秧到夏天除草、放水、填埂,再到秋天收割、晾晒、打场,种有机粳稻的老胡五爷在一年中至少要弯下腰去无数次。

有机粳稻之所以比普通水稻市场价格高出四倍以上,就是因为它营养高、品质好,是纯天然绿色产品。生产过程中,不仅劳动强度大,花的工夫也多。全程不上化肥,不打农药,哪怕是关键时期也不能催长,全手工操作,这要比种普通水稻更难更累,别看卖价高,但是产量低,其实赚的也就是辛苦钱。

因为有郑大民养麻鸭遭受欺骗的教训,江春燕一点也不敢放松,她时时亲自监控,处处严格把关。尤其对牛大翠和陆小广家的稻田,江春燕更是要特别关注。

牛大翠、陆小广等人果然不再恋着麻将桌了,他们重新做回了农民,整天忙碌在自家的稻田里。

牛大翠平日里那张白净的小脸也晒得越来越黑了,陆小广的肚子明显地小了,身体看上去也比从前结实了。

村民们干劲十足,再加上遇上了风调雨顺的好年头,白鹤村获得了大丰收,种有机粳稻的人家当然也不例外。

人们欢喜地奔走着,互相估算着产量,估算着能卖多少钱。

为了减少中间商的差价,让乡亲们的有机粳稻卖上更好的价钱,江春燕没有马上出手卖给以前合作过的本地中间商,而是来到四川的一家米业公司。因为这家米业公司是个重合同、守信用的企业,严格执行收货付款。

经过谈判,最后白鹤有机粳稻以每斤十元的价格成交,首批十二万斤有机粳稻顺利地销售出去。验收合格,货到付款。

首战告捷,江春燕这个高兴啊,所有的参与者也都跟着她分享着内心的喜悦。

分红利那天,当初那些持观望态度的村民后悔起来,很多看热闹的村民当场发誓:明年说死说活也要入伙,跟着江春燕种有机粳稻……

就在村民们热情高涨之时,江春燕决定成立白鹤村有机粳稻种植合作社。江春燕任理事长,郑大民任副理事长。在江春燕和郑大民的带领下,合作社既解决了发展问题,又多渠道促进了农民增收。由于有机稻田不上化肥、不打农药,稻田里就可以养绿色麻鸭、养螃蟹、养草鱼,而鸭子、螃蟹和草鱼又能帮助稻田消虫害、增肥力。

如何能种出高质、高产的有机粳稻一直是困扰着江春燕的大问题。江春燕深知种植优质水稻离不开科学技术的支撑,她先后邀请北方农业大学、东北科技大学等各界精英来合作社搞新型水稻成果展示和技术培训。

江春燕把有机粳稻做得风生水起,尤其是和郑大民越走越近之后,表面上全力支持她的金卫国心里越来越不是滋味。

江春燕回村全身心投入有机水稻开发后,金卫国本以为她一个女人能兴多大浪,也就是小打小闹玩玩而已。加上早已离婚的他心里多少隐藏着一点再续前缘的想法,表面上还是做出一些姿态的。金卫国的变化,确实让江春燕对他有种"士别三日,当刮目相看"的感觉。

但随着时间的延续,经过重新近距离接触,江春燕发现他做的和当初说的差距越来越大了,仍然是个"世俗主任"。

金卫国常说,不是让一部分人先富起来吗?让泥腿子们都过上小康的日子,那只是美好的愿景,不会成为现实的。啥叫小康社会呀?小康社会那得是人人不愁吃,不愁喝,住楼房,开小车……他虽然也整天忙碌着,但很少关心村民的精神文化生活。

白鹤村有机粳稻种植合作社虽然成立了,但金卫国自己的土地迟迟不肯入伙。他只是象征性地拿出了一小部分土地参加有机粳稻种植,目的也不是多挣几个钱,而是为了给江春燕这个老同学一点面子。即使这样,金卫国还是觉得自家的养殖业受到不小的冲击。

作为一个男人,当年被洮水县的彭永刚夺爱也就罢了,如今江春燕重新变回单身了,看着却和一向不显山不露水的郑大民越走越近了。虽然金卫国知道他俩一直还是老同学关系,但心里还是非常不舒服。

江春燕和金卫国的想法处处不同,对金卫国也没有那方面的意思,她一心领着大家致富,且初见成果,作为村主任的金卫国经常有种被架空、被边缘化的感觉,认为江春燕大有取代他这个村主任的势头。

金卫国现在就不仅仅是面子挂不住的事了,他心里又多了另外一些莫名其妙的惶惶不安。没事的时候,金卫国就经常和副主任宋长有出去喝闷酒,有时还耳语着什么。

村主任金卫国心里不舒服,副主任宋长有心里当然也不会太舒服。一个村子住了多年,又共事多年,宋长有当然知道金卫国以前喜欢过江春燕的事。金主任当年是在追求江春燕不成的情况下,又错失了好看的韩杏花,最后才娶了长得既不如江春燕也不如韩杏花的外村姑娘,结果吵吵闹闹过到前年还是离婚了。

宋长有现在可是金卫国的副手,如今江春燕离婚归来,宋长有何尝不想帮助金主任创造点机会呢?从江春燕一进村,宋长有就跑前跑后地没少暗自做工作。一切努力,无非就是想帮助金主任尽量给江春燕留下一些好印象。可时至今日,金主任和江春燕之间还是停留在表面的客客气气上,一直也没有什么实质性进展,反倒眼看着江春燕和郑大民有戏了。

一天下午,宋长有酒后来到了江春燕的办公室。办公桌上放着电脑,橱柜里摆有量杯、试管、天平等器具,墙上挂着稻田等级分布图,就像一个小型实验室。

江春燕正坐在电脑前埋头查阅着资料,宋长有一进门就说:"我们的江大女神,江大理事长,你可真敬业呀!"

江春燕吓了一跳,但还是礼貌地从椅子上站了起来:"哟,宋主任,这大中午的也不休息,忙啥呢?"

宋长有连忙说:"副主任,副主任,卫国才是主任呢。你不知道,今天是金主任上任两周年纪念日,又赶上他过生日,这不是高兴嘛,刚才出去喝了点。"

江春燕说:"是吗?那金主任也没和我说呀!"

"金主任这人很低调,一再嘱咐我不要搞什么名堂,可一些村民的热情想挡也挡不住哇!"宋长有说着,打了一个酒嗝。

江春燕说:"哟,这一定是喝的好酒,都没少喝啊!"

宋长有说:"喝点酒算啥呀!金主任魅力无限,还有送红包的呢。"

江春燕有些惊讶:"还有送礼金的?"

宋长有忙解释:"哦,是自发的,都是自发的,都是正常的人情往来。当然也有、也有人情淡漠,无动于衷的。"

江春燕一愣,问道:"这么说,我也得送一份礼呀!"

宋长有说:"不不不,金主任有旨:老同学免礼!江大理事长太客气了。"

江春燕不由得回想起关于金卫国的风言风语,看来真是无风不起浪啊。

宋长有突然觉得有些话还得说,就岔开话题:"江大理事长,为了开发有机粳稻,你花上血本了吧?离婚后,拿卖了县城里房子的钱来投资,还贷了那么多款,换了一般人,可真是做不到啊!"

江春燕说:"我从小就对种植有机粳稻着迷,一直有这个兴趣。再说,恢复白鹤村'鱼米之乡'的美名,也一直是我的一个夙愿。"

宋长有说:"你竟然敢在白鹤村的盐城大地上大规模种植有机粳稻,这可曾是有'八百里瀚海'之称的不毛之地,你不怕赔呀?"

江春燕说:"风险肯定有,但也不能怕呀!再说,现在国家投入巨资,已经完成了河湖连通工程,水的问题也解决了,种植成功的可能性还是很大的。咱们都是吃白鹤稻米、喝洮儿河水长大的,怎么也不能眼看着'白鹤之乡'成为美丽的传说。"

宋长有像又想起了什么,说:"但愿如此。不过,村委会一直担心会不会出点什么意外呢,那可就让你白忙活一场啦!"

江春燕一惊,问道:"意外?能有什么意外呢?"

宋长有诡异地笑了一下:"你没听到议论吗?有人说,有机粳稻种植就是某些人的异想天开,最后肯定是劳民伤财。种有机粳稻,得上有机肥,全程不打农药、不上除草剂,还得有一个良好的生态环境才行。"

江春燕说:"没错,我们就是要逐步恢复白鹤村的生态环境。"

宋长有接着之前的话说:"还有人说呢,江春燕不惜血本投入就是想捞一把走人,应该让她趁早离开白鹤村!"

"这么说,看来我的前景并不光明啊!"江春燕没想到还会有人背后说这样的话。

宋长有说:"那倒不一定,江大理事长,事在人为,这主要还是得看以金主任为首的村委会态度。"

"金主任啥态度呢?"江春燕问。

宋长有说:"江大理事长啊,这还用我说? 如果你能抓紧时间攀上高枝,在白鹤村有了靠山,看谁还敢挑刺? 必要时,你宋叔我也可以帮你牵牵红线。"

江春燕说:"宋主任,谢谢你的好心,我目前还没时间考虑个人问题呀。"

"这个人问题可是大事,给你点考虑时间。我顺便再跟你说个小事。"见江春燕谢绝了,宋长有话头一转。

江春燕问:"什么小事?"

"啊,就是你现在用的合作社办公室的问题。你这间办公室原来是村上的公产,早就答应租给砖厂的老吴,老吴虽然之前没搬进来,但现在已经把租金交上了,马上要用。所以,村委会只好履行当初的承诺啦。"宋长有一副公事公办的样子。

江春燕说:"按你的意思,我就得搬出去了?"

宋长有说:"没有办法呀! 村里实在没有多余的地方了,金主任说请你多多包涵。江大理事长,给你三天时间准备,咋样? 我走了。"

第二天上午,江春燕正坐在桌前收拾东西,金卫国来了,没进门就喊:"春燕,春燕理事长在吧?"

"哎。"江春燕忙起身开门,"金主任回来了? 有事吗?"

金卫国说:"没啥事,就是来跟你解释一下,昨天下午我不在村部,听说宋副主任来催你搬出办公室。"

江春燕说:"是啊,他说是村委会的意思,我这不是正收拾东西嘛。"

金卫国说:"春燕老同学,搬是得搬,但不用那么急。你可千万别误会呀,头些日子老吴确实来找过我,可我当时就没答应他。这不,前几天主管乡长给我打电话,说老吴找到乡里去了,让村里按之前承诺的办。主管乡长都这么说了,我也顶不住呀。"

江春燕说:"好,那我抓紧搬。"

金卫国说:"春燕啊,不是我不支持你,是实在没办法呀。要不,你就先搬到我的办公室去吧。"

江春燕说:"那可使不得,我马上就搬出去。"

金卫国说:"你别马上,你慢慢搬。我还有事,就先走了。"

又经过几次尝试之后,宋长有终于发现自己的一切努力都是徒劳的。

金卫国的态度,宋长有当然最清楚。有时,宋长有就公开不起好作用,经常挑拨是非。

这无形中就给江春燕增加了难度,虽然已经创建了合作社,但接下来整合土地时就更加困难重重了。

经历过风雨的江春燕已经成熟了,她并没有一味地伤心、生气,而是讲原则又宽容地应对着一切。虽然总是磕磕绊绊,但合作社还是在艰难中向前走着……

有了前一年的好事,第二年全村人几乎都参与了有机粳稻种植。村民们把去年赚的钱都投入新的一年中,又是买稻种,又是修田埂,又是扩稻田,大家都铆足了劲。

江春燕吸取前边的教训,一点也没有放松警惕,还是继续时刻监控,严格把关。

经过不懈的努力,白鹤村有机粳稻种植合作社出产的有机粳稻产量高、质量好,打出了"白鹤粳稻"优质品牌,知名度不断提升。同时,"绿色稻田鸭""白鹤稻田蟹""白鹤稻田鱼"也被越来越多的人端上了餐桌。

秋天来了,望着一片片、一田田随风滚动的稻浪,每个劳动者都会有一种统帅三军的感觉。

又是辛辛苦苦大干了一年,全村整整收获了三十万斤有机粳稻,如果按每斤批发价十元计算,那就是三百万元。

由于暑期持续高温,致使江春燕自己家部分稻田染上了稻瘟病,只在生长末期喷了一次药,这样的有机稻和没喷过农药的有机稻没有什么太大区别,一样可以高价售出。但是,为了保证有机粳稻的整体质量,保护好刚刚创出一点名气的品牌,江春燕毫不犹豫地把它们分离出来,打上了普通水稻的标签,在村里低价出售。

这一做法,让牛大翠、陆小广等一些村民目瞪口呆。零售价十二块钱一斤的有机粳稻就卖三块钱一斤。他们一边争相购买,一边觉得江春燕这么做真是太傻了!

炎炎烈日下,江春燕汗涔涔吆喝卖普通水稻的场景让很多白鹤村人惊讶,贫穷落后的白鹤村还有个如此讲诚信的人?

江春燕觉得值,表面上看好像自己损失了很多,但她觉得这种行为的影响力已深入人心,她这也是用实际行动给村民们上课了。

为了让乡亲们的有机粳稻卖上更好的价钱,江春燕坐火车来到四川成都的米业公司谈判。经过艰难的谈判,江春燕又为乡亲们的有机粳稻每斤多卖了一元钱。还是老规矩:验收合格,货到付款。

这次销售的有机粳稻数量几乎是上次的三倍,发货时,整整用了一个火车皮,才把这一年收获的有机粳稻运走。

可就在大家翘首以待,等着回报之时,成都米业公司控告江春燕违约的电话打过来了。

对方称:抽样验货时,工作人员发现白鹤有机粳稻掺假了。按合同规定,这就构成了违约。

那可是整整一火车皮原本价值三百万元的白鹤有机粳稻啊!就算对方给你货款,也就是普通水稻的价钱了。江春燕顿觉五雷轰顶,连说这不可能!当天晚上就坐飞机赶往成都。

现场验证过后,面对现实的江春燕失望至极。合同的违约条款中白纸黑字可是写得清清楚楚,违约方负担一切经济损失和因此产生的一切后果。接下来,为了乡亲们的共同利益,江春燕不得不低下头来说尽了好话。她又是道歉,又是发誓地解释了一大堆,最后,成都的米业公司看在之前合作愉快、江春燕为人正直的面上,才"高姿态"地同意按普通稻米价格结算。也就是说按普通东北水稻每斤三元的价格结算,并且还只同意用无名白酒来充抵七十万元货款。江春燕觉得对方虽然够狠,但已给足了面子。商场如战场,人家严格按合同来,即使啥也不给你,你也说不出啥来,现在这样的结果也是江春燕费尽口舌争取来的呀……

江春燕真是又气又恨啊,她再次想起了郑大民说过的话。但这件事也让她有了一个更加深刻的认识:比物质贫穷更可怕的其实是精神贫穷。不从根本上改变这些,白鹤村就永远不会有希望!白鹤村穷也罢,富也罢,白鹤村苦难的根源来自人心的冷漠和自私。

江春燕当初防了又防,检了又检,就是怕出现万一,可这万一还是来了,而且后果又是如此严重!

有人做了手脚是肯定的,但到底是谁做的呢?很多人把目光投向了牛大翠和陆小广等人,原来做过贼的牛大翠和陆小广等人就更像贼人了。

江春燕没有大发雷霆,不是她没有勇气,而是她觉得那不是办法。声嘶力竭地喊骂,白鹤村的村民们早已经司空见惯了;按照合同追究他们的法律责任,把罪魁祸首揪出来绳之以法……思来想去,江春燕想起了那句看似无奈的古语"以德报怨",她决定还是继续用真心和行动温暖和感化村民们的灵魂。

水稻丰秋的好年景,收获的喜悦却随着有机稻销售过程中的违约事件很快就逝去了。但好在这两年江春燕和郑大民在合作社成立后尝试了立体生态化养殖并取得成效,在水稻产量创新高的同时,今年稻田里养的绿色麻鸭、螃蟹、草鱼等的销售业绩也创了新高。但是这一年,本来可以双喜临门的合作社变成了白忙活。

成都的米业公司如约给江春燕发来了价值七十万元的无名白酒。江春燕为了安抚大家,就把这些无名白酒按照各家当初的供货比例分给了大家,说等事后找出事件的根源再给大家一个说法。

整整一火车皮白鹤有机粳稻从南方换回来半火车皮苦酒,好不容易创出的白鹤有机粳稻品牌也给砸了。

全村人无望地推销着手中的劣质白酒,这一度成了白鹤村民的新营生……

为了帮大家把手中的白酒换成可怜的小钱,江春燕四处游走,累得精疲力竭,说得口干舌燥……

看着江春燕愈显清瘦的脸,郑大民心疼地说:"春燕,你怎么瘦了这么多?我都快认不出来你了。"

江春燕说:"大民,你也瘦了挺多。咱合作社出了这种事,把信誉毁了,把牌子砸了,好不容易打开的一点市场也给搅和乱了。"

郑大民说:"春燕,你担着这么大的压力,却不忍心动用法律手段介入调查,我知道你还在给他们悔过的机会,你对家乡父老的这颗善心他们啥时候才能珍惜啊!"

江春燕说:"大民,陆小广和牛大翠他们之前养殖绿色麻鸭时违约违法,你不是也狠不下心那么做吗?贫穷,无论是精神上的,还是物质上的,都是一道难过的坎。我常想,最重要的不是怎么惩罚犯错误的人,而是怎么能做些改变,扭转他们见利忘义的心性。"

郑大民钦佩地说:"春燕,你的格局真大啊!我亲眼看着你这么多年一直都在努力打拼着,还不遮不藏地无私传艺。那些缺德的人给你造成的损失还没有弥补,你却以德报怨,想得更多的还是惠及全村人。"

"只要路的方向对,中途有点磕磕绊绊也是正常的,早晚会走得更远更好。就说眼前这件事吧,从长远来看,消费者的口味是骗不了的,咱们精心种植的有机粳稻味道、口感和营养都摆在那儿呢,我相信消费者还会来找我们要货的,我们一定能够东山再起的。"江春燕转头眺望着远处那一块块稻田……

就在这段备受煎熬的日子里,传来了老胡五爷患上尿毒症的消息。治不治?怎么治?光是做透析维持生命的费用就是一大笔钱,老胡五爷这两年刚刚攒下的一点钱,跟治疗所需的费用相比,实在是杯水车薪。而配型换肾,则是想都不敢想,那太遥不可及了。

大生子的病已经明显好转,痛哭着来求江春燕,弄得她心如油煎。

江春燕想起了父亲,想起了母亲,他们都是因为没钱及时治疗,让小病发展成大病而离开自己的……不能让这种悲剧再重演了,她决定将自己仅有的定期存款拿出来给老胡五爷治病。

消息传开,白鹤村人都被江春燕的义举所感动,很多人也都表达了爱心,纷纷为老胡五爷捐款。老胡五爷的病得到了及时的治疗,病情逐渐稳定下来。为了方便老胡五爷做透析,根据县医院医生的建议,江春燕买来了高级透析仪器放在村卫生所,这样老人和大生子就不用去县里来回奔波了。

整日操劳的江春燕累得都没个漂亮女人样了,任谁看了都会心疼。这天中午,在江春燕又一次不厌其烦地来到牛大翠家的田边讲解指导时,多日来惴惴不安的牛大翠,回想着江春燕的种种好处,终于承受不住心里的巨大压力,良心发现般地坐在自家的稻田里号啕大哭起来,说出了那不该发生的一切——

原来假白鹤有机粳稻竟是这样混进库房的:

真的又是牛大翠和陆小广!他们俩用卖不出去的陈年旧稻换出了有机粳稻!他们之所以又做成了手脚,是因为有了宋长有的暗中配合。眼看着江春燕的合作社越搞越大,宋长有太怕失去自己的位置了。宋长有手上握着仓库的钥匙,为了他和金卫国的利益集团,才假装喝多酒丢了钥匙,配合两个想占便宜的人做成了手脚。前者为了获取利益,后者出于干扰破坏。

牛大翠坦白了,陆小广却还仍在抵赖。明白真相的村民们把他们团团围住,七嘴八舌地指责着他们。连从前和他们走得最近的穆秀英都看不过去了:"这事做得可太丧良心了!"

吕文龙闻讯赶来了,怒视着直往后躲的牛大翠说:"春燕,那就依法办事吧,谁的责任由谁来承担!"

这时,杏花抱着牛大翠的存折箱子也赶了过来。牛大翠一见是自己的存折箱子,立刻冲上前阻拦道:"杏花,你想干啥呀?"

"妈,把钥匙给我!"杏花伸出手来。

牛大翠缩回手,紧紧捂着腰部。

杏花说:"妈,你不拿钥匙我就把存折箱子砸开!"

牛大翠说:"你拿到存折没密码也是白拿。"

杏花呵呵两声:"你的密码就是小博的生日,我早就知道。"说完抱着存折箱子转身要挤出人群。

牛大翠连忙扑了上来,喊道:"杏花,你傻呀,我不就是想给家里多挣点钱嘛。"

"这样的钱,咱们家一分也不该拿!"杏花强硬地表达着自己的态度。

牛大翠问:"那我拿啥给你和我大外孙子花?"

杏花说:"拿啥也不能拿这不干净的钱!你再这样,我和文龙在白鹤村就都没法抬头做人啦!"

牛大翠不服地嚷着:"我一没偷,二没抢,咋碍着你们做人啦?"

"妈,你这实质上就是在偷,就是在抢啊!你偷走了春燕姐好不容易积攒出来的信誉,抢走了她好不容易打拼出来的市场。更可恨的是,你还坑了大家,大家白白辛苦了一年啊!妈,你们这样损人利己是要遭报应的!"杏花紧紧盯着牛大翠的眼睛。

"杏花,你这觉悟真的上来了,我吕文龙没看错人!"吕文龙冲杏花竖起大拇指。

穆秀英高声说:"杏花,你做得对!不能再任由你妈一条道跑到黑了。"

村民们七嘴八舌道:"这昧良心坑人的事真不能干,不能为了自己的利益啥都不顾了……"

牛大翠的脸七扭八歪了一会儿,手伸到裤腰那儿把钥匙摘下来递给了杏花。

杏花把箱子和钥匙一起递给江春燕,江春燕却没有接。

吕文龙上前拿过箱子说:"春燕,对不住你了!"

江春燕控制着情绪,强忍泪水说:"文龙哥,这次出的事,我也有很大的责任。我这些日子也反思了很多,以后会把可能出现的问题考虑得更加周全一些。"

吕文龙说:"春燕,那是以后的事。咱先把这事了结了再说,是我们家对不起你,对不起合作社的全体成员。"说完,把箱子硬塞进江春燕的怀里。

江春燕犹豫了一下,接过了箱子:"文龙哥,这箱子我接了,就算是你们家在合作社入的股吧。"

陆小广一直观察着事态发展,一听江春燕说算入股,眼睛马上又亮了,忙往江春燕身边凑了凑说:"春燕大侄女呀,我回家再凑点钱算入股行不行?我的情况和牛大翠一样一样的。"

牛大翠推了陆小广一把:"你可别再掺和了,有你掺和的事准没好事,都把我带沟里去了。"

江春燕直视着陆小广,没有说话。

沉默了一会儿,江春燕说:"文龙哥,入股是入股,但给你们入的是公益股,入股的钱产生的利润,不装进我的腰包,也不揣进你的腰包。这些利润要花在咱白鹤村的公益项目上,比如图书室、奖学基金、老年活动中心等等。"

吕文龙说:"春燕,你这想法太好了。"

牛大翠脸上的肉挤到了一起,杏花瞪了她几眼,她才又舒展开脸上的肉。

陆小广一听钱到不了自己腰包,自我解嘲地说:"你们要是不带我,那我可走啦!"说着就拼命地挤出了人群。

看热闹的几个人对着陆小广的背影鄙夷地指点着、嘲笑着……

这次的损失真的太大了,每个人心里都受了重伤。江春燕没有再追究宋长有的责任,而是默默地在心里规划并完善着相关制度。

微凉的秋风中,江春燕和郑大民在附近各县市开办了定点售货处,给需要的饭店和散购的市民送货上门。他们还在互联网上宣传,也跟城里的广告公司合作。

接下来,费尽周折,江春燕和郑大民终于为有机水稻申请到了绿色无公害产品标识,把白鹤粳米进一步精加工,不断扩大销量……

努力终于换来了回报,他们让事业重新走上了正轨。

"春燕,文龙说让牛大翠把钱退给你当罚金,但你决定把这笔钱算他们投资入股,利润又投给村里做公益,真是挺让人佩服啊!"郑大民由衷地感慨。

"虽然他们昧着良心干的这事该罚该赔,可真把这罚金揣在我自己兜里,我还真装不进去！但不让牛大翠真的心疼，她也改不了良心永远排在金钱后面的毛病！看到他们那种行为，恨是真恨，可毕竟一个村里这么多年，还是希望大家都好！不要没等挣钱就把谁先送进去，那不是咱们的目的。我用这钱投资的收益做点对村里人有用的事，算帮她干件好事，弥补下她缺失的德行，而且也算是早一点实现我的初衷。"江春燕的心中也是诸多感慨。

郑大民问："什么初衷？"

江春燕说："让咱们村更多的人富起来，不光是挣到钱，头脑和心灵也富起来，所以，我在考虑怎么和村里人展开更好的合作方式，怎么把其中的一部分收益投到让咱们村变得更好的事情上来。这次把牛大翠的赔偿款当成公益投资，也让我更多地想到这方面的问题。以后，我每挣到一笔钱，都要按比例拿出一部分当公益资金入股，这部分钱生的钱都用来给村里做事。第一件就是以后村里的孩子考上了大学，学费由合作社赞助，再也不能让学费成为孩子们求学的障碍了。"

郑大民赞同道："春燕，你这个方案真好，把我的那份也算进去，这一定能让咱们村更多的孩子受益。"

第五十章

　　江春燕宽容大度的格局和勇于担当的行为终于感化了金卫国。作为村主任的金卫国终于认识到了自己的不足和差距，还主动提出，等下届村委会重新选举，他就让贤给江春燕。

　　江春燕婉言谢绝了金卫国的好意，说："金主任，看来你是误会我了。我回来不是争权夺利的，是回来和大家一起创业的。包括你的牛羊养殖场，不是不能做，而是要好好规划，科学管理，以后一定能做大做强！"

　　"春燕，你是说……"金卫国觉得出乎意料。

　　"我们的土地如果能够统一科学使用，完全可以有计划地转场放养牛羊，不仅要让田地得到休养，还要让田地不断肥沃。别忘了，牛羊粪便那可是上等的有机肥料啊。"江春燕说。

　　"这可太好了！看来，我以前眼界还是太窄了呀！"金卫国发自内心地感叹着。

　　当年的青涩男女，如今已人到中年。这些年，他们终于在风雨中学会了化干戈为玉帛，化伤心为力量，要共同改造白鹤村这片水土，要共同撑起白鹤村这片蓝天。江春燕更加沉稳、更加宽容了；金卫国也变得越来越像个真正的男人了，还亲口承认了当年对李芒种的认识确实有偏见……

　　春风又起，冰雪消融，养精蓄锐的东北大地又重新焕发出勃勃生机。江春燕、吕文龙、郑大民等合作社的骨干成员和以金大国为首的村两委委员们聚在一起,他们研究了对以老胡五爷为代表的贫困户因户施策的相关事宜,大家还商量着如何把文化旅游和农家乐更好地结合在一起,打造农家乐一条龙特色乡村经济,不仅要让城里人来白鹤村吃、住、玩,还要让城里人在吃、住、玩的同时学习和欣赏到城里没有的东西。

一向话语不多的郑大民也一遍遍兴奋地说:"这样真可行,集文化乡村、生态养殖、农事体验、旅游观光于一体,发展特色乡村文化旅游业,把城里人招到乡村来,不仅要让人们吃在白鹤村,玩在白鹤村,还要住在白鹤村……不仅让人们边吃边玩边乐,还能让人们边看边学边做……"

这一年,对白鹤村来说,就像脱了胎、换了骨,金卫国不再和江春燕做表面文章,而是真心实意配合江春燕。江春燕在原有合作社的基础上,又创新运营模式,采取"合作社+基地+农户+多种经营"的运营形式,带领村民进一步整合土地资源,更大规模种植高品质有机粳稻,实现了土地流转和规模经营。她以打造优质有机粳稻为目标,将流转的土地全部申请了有机认证。为了利益最大化,还建立起了白鹤村自己的有机粳米加工厂,打造"白鹤粳米"品牌,让"白鹤粳米"更直接地销往全国各地。

江春燕还借鉴了其他合作社的一些卓有成效的做法,加快了新型合作社的发展进程。她和村两委研究,决定实行全村统一管理,互相监督,共同致富。这样就从根本上避免了因个别人偷奸耍滑,为了个人利益而没有底线的自私行为。

在江春燕和吕文龙的带领下,农家艺术社的成员们把最有特色的农民画和剪纸都放大数倍复制在白鹤村传统特色民居外墙上,打造起了美丽乡村、艺术乡村、文明乡村。

在帮助老胡五爷改建危房的同时,村里还在他家挂起了"胡家农民画工作室"的牌子。大生子乐得手舞足蹈,说话也越来越有条理了,就像从来没生过病似的。

白鹤村的一些民房已经被改造成了特色民宿,开始接待起经常光临的城市旅游团。

杏花问牛大翠要不要抓住这个机会办民宿,牛大翠自嘲道:"都整出那个啥、啥条件反应了……"

杏花打断她的话："妈,什么条件反应啊?你是要说条件反射吧?"

牛大翠说："对对对,就那个,对,是条件反射。我现在一听说有啥机会,心里就发毛,就能想起陆小广!"

在杏花的催促下,牛大翠乐颠颠地把自家的地方腾了出来。

吕老倔说话的态度也不像从前了,倔倒还是那么倔,但和气的时候越来越多了,还头一次表扬牛大翠有正事。慢慢地,多年隔开两家的大院墙也给扒掉了,吕老倔和牛大翠成了真正的对门亲家。

合作社走上了正轨后,在带领大家种有机水稻之余,江春燕也没放弃剪纸创作。她经常盯着老房子里留下的那些旧农具看,旧农具仿佛活了一样在她眼前晃动着,变化着各种造型。她手中的水稻剪纸也像有了生命,稻浪滚滚,稻花飘香……在灵感与真情的作用下,江春燕创作出了水稻文化系列剪纸——《粳稻情韵》,在全国农民美术展览中获得了金奖,江春燕还被评为国家级非物质文化遗产传承人。拿到奖金及产品订单,江春燕感慨万分,要是母亲还活着多好啊!

这天,吕文龙接了一个电话后,面色沉重。

正在创作室剪纸的江春燕无意中抬头,发现吕文龙拿着电话迟迟没有撂下,且面现忧虑,走神地思考着什么。

江春燕起身走了过去,担心地问："文龙哥,怎么了?"说着,把吕文龙手里响着忙音的电话接过来放回去。

吕文龙说："是代理公司来电话,说接连有几份退单,还说另有几份订单减了量。"

学员们听到了他的话,纷纷抬起了头,关注地望着。

江春燕追问道："退单和减量的说明原因了吗?"

吕文龙的脸上布满愁云："代理公司那边说得比较模糊,只说现在市场变化很大,我们的农民画、剪纸要是和市面现有的相比没什么独特性的话,以后销量更会受到冲击。"

江春燕边琢磨边说:"看来是我们在创新的问题上重视不够啊。上次省馆的老师来县馆讲座时就谈到了剪纸作品将会受到机器批量加工的影响。"

吕文龙说:"是啊,我们的作品在参加各种展览及大赛的过程中,曝光在大众面前,面临着创意被模仿的危机啊。"

学员们着急地问:"吕站长,江老师,那咱们咋办啊?"

江春燕安慰着学员们:"大家别犯愁,面临危机,反过来想,其实也是好事。省馆的老师曾多次提到让我们创新、突破,是咱们重视不够。现在既然问题来了,咱们就研究解决问题。"

吕文龙赞同道:"对,既然受到机器和复制品的影响,咱们就琢磨机器不能做的,不好做的。"

江春燕语气坚定地说:"机器有机器的复制优势,人脑有人脑的创造优势,咱们要在技法上多研究,多突破!我相信手的细腻灵动、思维的创意新奇是机器所不能替代的,我们作品中的文化底蕴也是机器不能替代的,这就是咱们农民画和剪纸艺术的优势!"

整个白天,吕文龙、江春燕以及画室的骨干学员都聚在一起,研究比画着。

"春燕,你提议的这个杂染的方法画出来效果不错,还能防伪。"吕文龙觉得心里敞亮起来。

"文龙哥,你再看看这几种点染出来的效果。"江春燕边说边指着几张画,"这个是用雾染法,这个是叠染法,这个是泼墨法。"

"不错不错,运用这几种新的点染技法,咱这农民画的提升空间更广阔了。"吕文龙眼里闪烁着光彩,声调也高了起来。

事实证明,江春燕的坚持是正确的。几个月后,学员们正认真地创作着,吕文龙从外面推门而进,掩饰不住满脸的笑意。

学员们纷纷走上来问:"吕站长,准是又有啥好事吧?是不是又有新订单了?要不就是又得奖了吧?"

"有好事是有好事,不过不是你们猜的这些,应该说比你们猜的还要好呢!"吕文龙笑道。

学员们着急地催促着:"文龙哥,还有更好的事?快说吧!"

吕文龙朗声宣布："好，我宣布……哈哈，是我们白鹤村的农民画和剪纸作品都被选为我省申办亚洲冬季运动会的指定礼品啦！"

学员们都不敢相信自己的耳朵了："真的吗？太好啦！我们的作品要跟运动员们一样冲出亚洲，走向世界啦！"

平安乡的文化大院得到县政府的进一步扶持，县里为吕文龙专门打造了一个"农民画村中村"，成立了吕文龙农民画示范基地。吕文龙带领的农民画队伍和春燕带的剪纸队伍作品获得了大丰收，并进一步扩大经营种类，有了专业营销队伍。全国农民画大奖赛都放在平安乡举行了，平安乡也成了农民画之乡，声名不断远播。

江春燕还提出降低门槛收学员，开发农民画相关产品，制作挂毯、壁画等工艺品。她不仅自己获奖，还带出了更多的人获奖。相对于众多的个人奖项，江春燕更看重的是来自全国各地的订单。这样，她就可以继续和吕文龙开发农民画和剪纸的相关产品了，帮助更多的村民致富。

白鹤村真的成了吃、住、旅游一条龙的文化艺术旅游村。

周末这天是纪念的生日，吕文龙早早就把吕文凤和纪念从县里接回了白鹤村。

郑大民也来到吕家，给纪念送来了蛋糕和礼物。

看到纪念对郑大民比对自己的亲舅舅吕文龙还亲，杏花说："大民，你这个干爸啥时候能变成不干的啊？"

郑大民莫名其妙，不知如何回答。

吕文凤拉走杏花，让她跟自己一起做饭去。

厨房里，吕文凤对杏花说："嫂子，我知道你是为了我和纪念着想，为我们好，可是以后真的不要说这种话了。郑大民心里装的是谁，这些年村里人谁不知道，咱们还能揣着明白装糊涂吗？现在，他们俩又都是单身，咱这方圆百八十里啊，还真就他们两个最相配。"

杏花说："可我咋看啊，都觉得你跟郑大民挺配的，起码你俩有一个地方长得太像了。"

吕文凤说:"嫂子,我和郑大民不可能像,长得那是八竿子打不着。"

杏花说:"我说像就肯定有地方像。"

吕文凤说:"那你说吧,哪像?"

杏花说:"心眼像,你俩呀,都是死心眼。你不也和郑大民一样,心里一直装着一个人吗?"

吕文凤说:"啊,你说晓东啊,那是纪念的爸爸,我当然永远得装着了。"

杏花说:"不,我说的不是他,是那个没正事的李芒种。"

吕文凤说:"嫂子,你真的说错了。我心里是装着他,但不是你想的那种装,我当年是欣赏他的才华。"

杏花说:"得了吧,才华和人是长在一块的,哪能分得那么清呢?"

吕文凤说:"也许吧。嫂子,咱俩赶紧做饭吧,你就别为我操心了。"

饭后送郑大民时,吕文凤说:"大民哥,谢谢你来给纪念过生日,让他有这么开心的一天。"

郑大民说:"文凤,我是他干爸呀,我和纪念在一起也很开心。"

吕文凤说:"对,你是他干爸,所以呀,纪念总问我干妈啥时候能有。"

郑大民挠了挠脑袋,尴尬地笑了。

吕文凤说:"大民哥,春燕姐这几年一个人风里来雨里去的,你不心疼啊?现在咱们生活好了,不要再把幸福弄丢了。幸福是追来的,不是等来的,你快点行动,下次再去看纪念,别让他失望,给他带上干妈吧。"

又到了水稻分蘖的季节,郑大民能和江春燕大大方方地开着玩笑了。他一边圈着新投放的稻田鸭雏,一边慢声慢语地说:"那个最亲近的人就在彼此的身边,何必又绕了这么大一圈才找到彼此呢?"

江春燕则有些不好意思地说:"不管绕多大的圈,走多远的路,能够风雨同行,就不孤单,就有温暖。"

郑大民说:"这么多年来,我只是暗自地喜欢着你,从没奢望过能真正成为一家人。"

江春燕说:"一开始咱们的定位就是亲密发小嘛,看来,有时让一个人改变初心真的很难啊!"

夏末的一天中午,江春燕和郑大民正在最新品粳稻的田边瞭望架上看数据。刘二岗带着一行人从远处走了过来:"大民、春燕,我带着单位的同事们回来看新农村啦!"

郑大民忙迎上前握住二岗的手。

江春燕热情地说:"二岗,那就带着大家先看看咱家乡的自然环境吧。"

刘二岗说:"好啊,听你们的。"

说着,三人就引着众人边看稻田鸭雏边来到洮儿河边上。

刘二岗欣喜地说:"咱家乡真的已经恢复了绿水青山,河边荒草地上除了野鸭子,咋还飞回来那么多白鹤呀?真是太壮观了!春燕、大民,你们俩可真行啊!"

江春燕说:"是大家一起搞的,经过大家的共同努力,洮儿河的生态环境越来越好了,有了良好的食物链,成群的白鹤才终于回来了!"

郑大民说:"伴随着白城地区河湖连通工程的建设,洮儿河水流量越来越大,水质越来越好,河水里的鱼也越来越多了,白鹤群也就飞回来了。"

刘二岗说:"嗯,真是太好了!春燕、大民,是你们回家乡搞建设,咱家乡才能有今天啊!"

江春燕说:"二岗,接下来,我们将以'白鹤粳米'为主打品牌,继续开发稻田鸭、稻田鱼、稻田蟹等副产品,早日实现全方位电商经营,网络销售。"

刘二岗说:"把白鹤粳米及与之相关的系列产品做强做大,真是前景无限啊!"

刘二岗的同事们惊喜地看这看那时,三个老同学仍漫步在洮儿河边上。

江春燕说:"你们看,这碧波伴绿树,皓月照青田,现在咱白鹤村的环境多美呀!"

刘二岗感叹着:"美景衬故旧,茵茵寸草心哪!春燕、大民,我好像又回到了青春年少的中学时代,你们俩是不是也有这种感觉?"

江春燕没有回答,郑大民实在地说:"有!就像还在上高中。"

刘二岗说:"春燕、大民,记得上高中每年放暑假时,咱们仨就经常走在洮儿河边上……"

江春燕笑着说:"涛声依旧。"

郑大民也笑着说:"没忘初心!"

刘二岗临走时拍着大民的肩膀,小声说:"我的好兄弟,事业上勇往直前,感情上也得再加把劲,我可等着喝你和春燕的喜酒啦!"

郑经济又一次请穆秀英吃饭,让她再给大民多介绍几个对象挑挑。

脸喝得红扑扑的穆秀英说:"我给大民介绍多少个对象了?你这饭我不算白吃。"

郑经济说:"秀英,你得介绍成了算哪,那不咋的。"

穆秀英说:"那你得保证他看呀。"

郑经济说:"你介绍条件够好的呀,条件够好他准能看,那不咋的。"

穆秀英寻思寻思,又喝了一口酒说:"我跟你说实话吧,你今天这顿饭我还真算白吃了。"

郑经济说:"咋的,你没有条件够好的,不给介绍啦?"

穆秀英说:"我刚才突然想明白了,有个条件够的,你家大民保准能看的,可是不用我介绍了。"

郑经济说:"人家有对象了?"

穆秀英说:"你这脑袋算账行,算人还真不行。我这刚才算了算,你家大民保证能看的这个人啊,是跟你家大民搞对象啦。"

郑经济说:"我算人也行,你是说我家大民已经有对象了,那不咋的。"

穆秀英说:"哎呀,我一提醒,你还真算对了。"

郑经济说:"那你再提醒提醒我,那个人是谁呀?"

穆秀英说:"你再细算算,细琢磨琢磨,大民对谁的事最上心?"

一直端茶倒水添菜的大民妈突然说:"大民对江春燕的事最上心。"

穆秀英说:"嫂子,你这抢答的还真对了,你算人比算账行。"

郑经济说:"啥?大民和江春燕好上了?"

穆秀英说:"我看是,这种事一般我看不走眼,之前是我没动心思看。"

郑经济说:"秀英啊,我求求你了,你得给我家大民继续介绍啊!江春燕她好是好,可她再优秀也是个离过婚的呀,我家大民必须得娶个黄花大姑娘!再不济,我们大民也是重点大学的毕业生啊,那不咋的。"

郑经济的强烈反对让郑大民和江春燕的感情经历了一场极其意外的"倒春寒",他们迟迟没能举行婚礼,成为真正的一家人……

服刑期满后,走出监狱的李芒种两手空空。虽然他很想家,但还是无颜见白鹤村的父老乡亲,就一直在外面漂泊着。一切从头再来吧,他期待着东山再起。

一次酒桌上,李芒种很认真地听着一个老总憧憬未来的理想生活:"弟兄们,等我赚到更多的钱,就去乡下买上一大块地,盖上乡村式的平房,再雇上一些人帮我种地,帮我放羊……我就整天爱干啥干啥,养养鸟、钓钓鱼、喝喝小酒……累了就躺在草地上,一边看看书,一边看着我那远方羊群悠然地吃草……"

听着听着,李芒种突然间顿悟般地跳了起来。在我的白鹤村,我不是有自己的土地吗?我不是有自己的平房吗?那里到处都是羊啊!我还有知疼知热的亲妈和一直深爱着的女人呢……想着想着,李芒种就悄悄地走下酒桌,竟然和那位曾经无比羡慕的老总不辞而别了。

李芒种再一次坐在了城乡间的郊线大客车上。呈现在李芒种眼里的公路变宽了许多,白鹤村也已经发展成绿水青山的新农村了,洮儿河水好像也比从前清了。最让他惊讶的是:白鹤村外昔日的白色盐碱地变成黑土地,原来的小块片荒变成了万顷稻田。

从前说啥也不肯回来的李芒种,如今竟然自己主动回来了。李芒种终归是这块黑土地的主人,他从金卫国的手里收回了自家的土地,正式加入了江春燕的合作社。

他在和大家一起种有机水稻之余,又继续写起了他的诗和小说。他还和吕文凤合作,写着一部有关家乡巨变的小说呢。依靠着脚下坚实的土地,李芒种过上了踏踏实实、平平安安的富裕生活。

江春田研究生毕业后也回到白鹤村来了,说要和姐姐一起在家乡创业。

刘福贵和老伴被儿子接去城里,可住了没几天又搬回来了,说在城里住着像在半空中蹲小号,连个说话的人都没有,还是在白鹤村住着踏实又自在……还说时代不同了,乡村也能养住龙和凤了。

尾声

经过多年努力,江春燕看见了梦想中的田野大地,白鹤村终于成了名副其实的鱼米之乡。洮儿河水已经成了白鹤村的生态轴和景观带,两岸湿地连片,稻浪滚滚。从前那些不毛之地,现在已成了示范稻田。除了成群的白鹤、苍鹭和野鸭,久违的丹顶鹤也飞回来了。长嘴鸥闪出了矫健身影,雄云雀也亮出了美丽歌喉……

为了记住乡愁,永远留住乡村在记忆中的模样,江春燕没有让白鹤村像南方一些乡村那样一味地城镇化,让村民们集中住进高大的居民楼里,而是帮助乡亲们在原来的宅基地上重新盖起了新房子,还是东北传统特色民居,每家每户又有各自的不同设计。江春燕还另外投资,在原村委会的位置上重建了村民卫生所、村民办公楼、老年活动室。

白鹤村的全体村民都成了新型农民,真正实现了梦寐以求的旱涝保收。村民们每年除了土地流转所得,还有医疗养老保险,勤劳者每个月还另有一份工资。

老胡五爷一辈子空怀种地本领,一直靠天吃饭,一垧多地每年只能收入几千块钱。如今作为合作社社员的他,不仅住上了新房子,拿工资,享分红,还把祖上传下来的农民画不断地发扬光大。老胡五爷的身体恢复得很好,爷俩每天乐此不疲地画着农民画,一年下来能收入五万多元,大生子的病也彻底好了。有一天,因为农民画获奖上了报纸,大生子意外地和当年那个黑鱼淖女子联系上了。得知她离婚后一直一个人带着孩子过,大生子百感交集,和她重续了前缘……在儿子的结婚典礼上,受了一辈子苦穷的老胡五爷喜极而泣,老泪纵横地感叹道:"时代不同了,过去的合作社是集体受穷,现在的合作社是集体致富啊!"

蓝蓝的天空上飘浮着朵朵白云,蓝天白云下面,是一片片金色的稻田。在秋风的吹拂下,田野里到处汹涌着滚滚稻浪……

白鹤村的村民们正在欢声笑语中愉快地劳作着,一台台红色大型联合收割机被开进了稻田。它们每走一趟,稻田就像被裁去一大条,经常会让人产生错觉——一片片金色稻田被一头头红色巨兽吞噬。只有跟在旁边的大卡车给人一些安慰——那庞然大物的后斗里正满溢着黄澄澄的稻谷……

又是一个丰收年,精心打磨出来的白鹤粳米像晶莹剔透的玉石一样被村民们攥在手里时,他们满是汗水的脸上挂着最舒心的笑容。他们中的一些人眼睛里似乎饱含着泪水,那些泪水在阳光的照耀下似乎也闪烁着幸福的光芒。此时,他们知道一年的辛勤劳作又换来了实实在在的收获。他们不必再提心吊胆地盼年景,也不必再斤斤计较地穷算计,更不必再去偷偷摸摸地做手脚了,谁不愿意挺直腰杆、光明磊落地做个好人呢?他们现在可以做到问心无愧了,他们终于走在心安理得的致富道路上,他们终于可以挺直腰杆、光明磊落地挣大钱了……

一群小鸡在鸡妈妈的带领下,正在一根筋的家门口啄食着王蔫巴家的稻谷。王蔫巴媳妇出来一边赶着鸡,一边和一根筋高声说着笑话,脸上还带着惬意的笑容。他们没有因为别人家的小鸡偷吃了稻谷而争吵,也没有因为自家的稻谷遭受损失而要求索赔。虽然事不大,但这可是从前白鹤村人不能想象的。

远处还有没收割完的稻田,一波波金色稻浪和一片片蓝色河水以及一排排翠绿树林组成了乡村最美的图画,那绝对是大自然的精心赐予!

江春燕望着那无边无际的金色稻浪想起了父亲和母亲,当初正是父亲和母亲给了她善良的品性、不屈的精神和顽强的斗志。父亲和母亲一直耐心地期盼着她和弟弟出息成人,总是无条件地、默默地支持着他们。父亲和母亲是最想看到她和弟弟在这块土地上快乐生活的人,可是他们都走得太早了,都没能亲眼看到她和弟弟的成长和成功,也没能看到白鹤村发生的一切变化……

在村民们欢快的说笑声中,江春燕把远眺的目光收拢了回来,她深情地凝视着脚下已经变得黑油油的大地,从内心深处发出了两声轻轻的呼唤:爸——妈——

晚上,白鹤村老年活动室里,吕老倔和郑经济下着跳棋。

郑经济:"哎,老倔,不行,这步我得重跳,那不咋的。"

吕老倔说:"那可不成,落子无悔。你拿起来哪颗棋子,你得多想会儿,想好了你再放那儿。"

郑经济说:"老倔,我刚才算了,你要不让我悔这步,我咋多想那也来不及了,肯定最后是你先一步。唉,撑不上了,那不咋的。"

吕老倔盯着郑经济看了半天,才说:"那我今天就让你悔一步,你赶紧想,好好想。"

听到吕老倔都允许郑经济悔棋了,看热闹的说:"今天太阳真是打西边出来了。"

郑经济也就是说说,根本没指望吕老倔真能让他悔棋。所以吕老倔这一允许,他反倒蒙了:"真的假的?你逗我呢!"

吕老倔又盯着他看了半天,郑经济被看得发慌,就说:"我不悔了,落子无悔,那不咋的。"

吕老倔说:"真不悔啊?老郑头,今天借着下棋,我就跟你说吧,我早就想骂你一顿了。"

郑经济说:"我都说不悔棋了,你为啥又犯倔呀?行啦,算你赢了,那不咋的。"

吕老倔说:"老郑头,棋你不悔就对了,可有件事你不悔呀,这辈子就真输给我了。"

看热闹的替郑经济问道:"啥事呀?"

郑经济神情突然沮丧下来,说:"除了你那个大孙子我还有啥能输给你?你自己偷着乐不就得了,你犯不着损我一顿呀,那不咋的。"说着起身就要回家。

吕老倔说:"你先别走!老郑头,你要孙子你得先让大民娶媳妇,你知不知道个好歹?大民要是能娶上江春燕,偷着乐的就得是你!大民和春燕好不容易有机会走到一起,你横挑竖拦地拧着干啥呀?你再不好好想想,大民这么单着下去,你可就真没机会当爷爷啦。"

看热闹的几个老人也说:"江春燕多好啊,没有她哪有咱们村的今天,咱们哪能在这儿玩着就享福了?"

郑经济眨巴着眼睛,解嘲地说:"我早就不拦着了,吃亏是福嘛,那不咋的。"

吕老倔说:"别说那些没用的,不拦着就赶紧地给大民和春燕张罗婚事!"

恋爱大多是甜蜜的,婚姻却没那么简单。和江春燕离婚后,彭永刚和小妍虽然很快就结婚了,却也很快就离婚了。彭永刚把卖房的钱都汇给了江春燕让小妍很难接受,凭什么不留下一半呢?两个人真正在一起了,日子却过得没滋没味的。薛桂兰因为小妍婚前要挟了儿子,对小妍心存芥蒂,说话办事跟防贼似的。悦悦不再叫她小妍老师,一回家就耍着小脾气。小妍用尽心思得到的婚姻跟她憧憬的美好离得太远了,索性快刀斩乱麻,放了手……

就在江春燕准备和郑大民去乡里办结婚登记时,从悦悦那儿得知消息的彭永刚和薛桂兰赶来了。和小妍离婚后,彭永刚一直心存幻想,觉得有那么可爱懂事的悦悦在中间联系着,他和江春燕一定能有机会重新变成一家人。

彭永刚站在江春燕面前,痛哭流涕地争取着最后的机会;悦悦拽着妈妈和爸爸的手,希望曾经的一家人能把手再牵到一起;薛桂兰头一次在江春燕面前说了软话,道了歉。

面对着可能破镜重圆的一家三口,尤其是悦悦那双天真无邪的眼睛,郑大民心中涌上酸楚,眼中不禁溢满了泪水。

泪眼蒙眬中,郑大民抬起头,天空中的两只燕子相伴飞过……

漫长的沉寂中,郑大民说:"春燕,什么事都不要急于一时,那个全国优质水稻经验交流会还是我去参加吧……"

当天晚上,郑大民就登上了南下的列车。这让已经艰难走出各种困扰的江春燕再一次陷入了两难境地。

郑大民走后的第二天上午,江春燕久久地伫立在白鹤村村头。她越过随风摇曳的滚滚稻浪,深情地向远方眺望着……

"大——民——"表面平静的江春燕在心中喊得肝肠寸断。

江春燕不知道自己还会遇到多少难题,但她知道生活还得继续下去……

2020 年 12 月 6 日第六稿于长春听溪阁